CORTE DE NÉVOA E FÚRIA

Obras da autora publicadas pela Galera Record

***Série* Trono de Vidro**
A lâmina da assassina
Trono de vidro
Coroa da meia-noite
Herdeira do fogo
Rainha das sombras
Império de tempestades
Torre do alvorecer
Reino de cinzas

***Série* Corte de Espinhos e Rosas**
Corte de espinhos e rosas
Corte de névoa e fúria
Corte de asas e ruína
Corte de gelo e estrelas
Corte de chamas prateadas

***Série* Cidade da Lua Crescente**
Casa de terra e sangue
Casa de céu e sopro
Casa de chama e sombra

CORTE DE NÉVOA E FÚRIA

SARAH J. MAAS

Tradução
Mariana Kohnert Medeiros

50ª edição

Galera

RIO DE JANEIRO
2026

CIP-BRASIL. CATALOGAÇÃO NA PUBLICAÇÃO
SINDICATO NACIONAL DOS EDITORES DE LIVROS, RJ

M11c Maas, Sarah J., 1986-
50ª ed. Corte de névoa e fúria / Sarah J. Maas ; tradução Mariana Kohnert. - 50ª ed. - Rio de Janeiro : Galera Record, 2026.
(Corte de espinhos e rosas; 2)

Tradução de: A court of mist and fury
Sequência de: Corte de espinhos e rosas
ISBN 978-85-01-07660-1

1. Ficção americana. I. Kohnert, Mariana. II. Título. III. Série.

CDD: 028.5
16-33834 CDU: 087.5

Título original:
A Court of Mist and Fury

Revisão: Rachel Agavino e Cristina Freixinho
Leitura sensível: Rane Souza

Esta tradução foi publicada mediante acordo com Bloomsbury Publishing Inc.

Texto revisado segundo o Acordo Ortográfico da Língua Portuguesa de 1990.

Direitos exclusivos de publicação em língua portuguesa somente para o Brasil
adquiridos pela
EDITORA GALERA RECORD LTDA.
Rua Argentina, 120 – Rio de Janeiro, RJ – 20921-380 – Tel.: (21) 2585-2000,
que se reserva a propriedade literária desta tradução.

Impresso no Brasil

ISBN 978-85-01-07660-1

Seja um leitor preferencial Record.
Cadastre-se no site www.record.com.br e receba informações
sobre nossos lançamentos e nossas promoções.

Atendimento e venda direta ao leitor:
sac@record.com.br

EDITORA AFILIADA

Para Josh e Annie —
Minha Corte de Sonhos particular

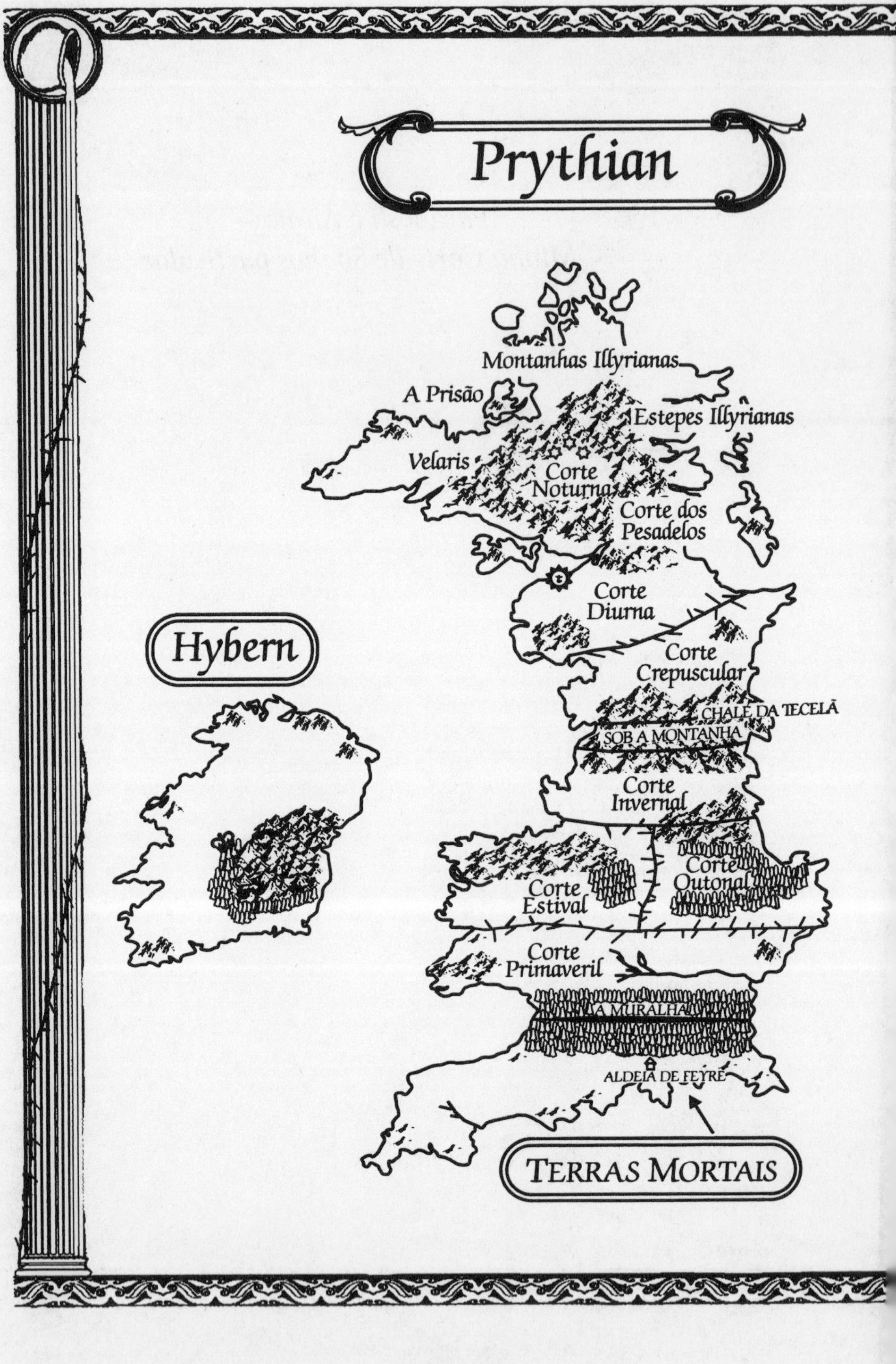

Prythian
Montanhas Illyrianas
A Prisão
Estepes Illyrianas
Velaris
Corte Noturna
Corte dos Pesadelos
Corte Diurna
Hybern
Corte Crepuscular
CHALE DA TECELÃ
SOB A MONTANHA
Corte Invernal
Corte Outonal
Corte Estival
Corte Primaveril
A MURALHA
ALDEIA DE FEYRE
TERRAS MORTAIS

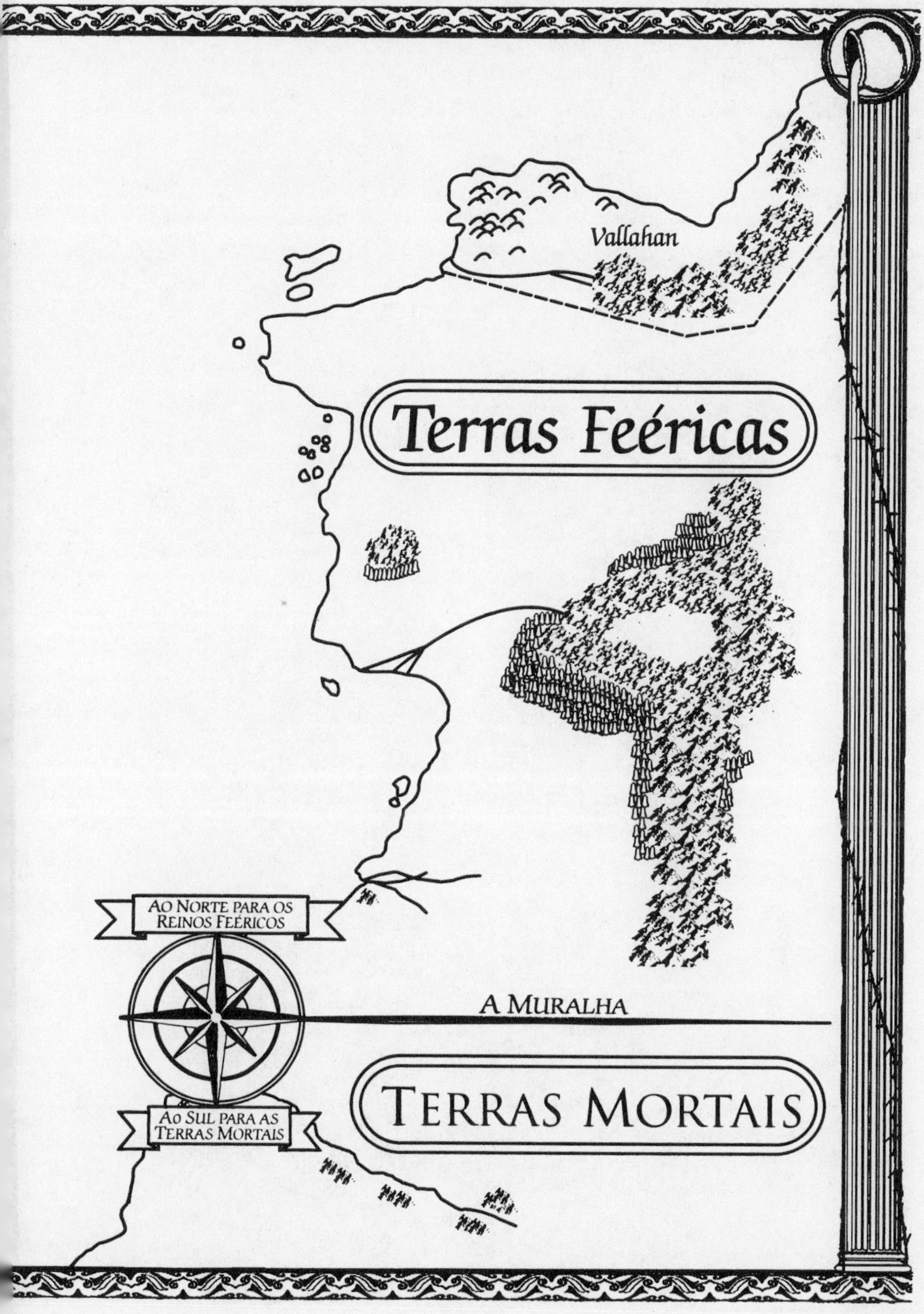

Vallahan
Terras Feéricas
Ao Norte para os Reinos Feéricos
A Muralha
Terras Mortais
Ao Sul para as Terras Mortais

Talvez desde sempre eu fosse quebrada e sombria por dentro.

Talvez alguém que tivesse nascido completa e boa tivesse soltado a adaga de freixo e recebido a morte em vez do que estava diante de mim.

Havia sangue por toda parte.

Foi difícil continuar segurando a adaga enquanto minha mão ensopada de sangue tremia. Enquanto eu me despedaçava, pouco a pouco, o cadáver estatelado do jovem Grão-Feérico esfriava no piso de mármore.

Não conseguia soltar a arma, não conseguia sair do lugar diante dele.

— Que bom — ronronou Amarantha de seu trono. — De novo.

Havia outra adaga de freixo e outro feérico ajoelhado. Era do sexo feminino.

Eu conhecia as palavras que ela diria. A oração que recitaria.

Eu sabia que a massacraria, assim como havia massacrado o rapaz diante de mim.

Para libertar todos eles, para libertar Tamlin, eu o faria.

Eu era a assassina de inocentes e a salvadora de uma terra.

— Quando estiver pronta, querida Feyre — cantarolou Amarantha, com os cabelos ruivos intensos tão brilhantes quanto o sangue em minhas mãos. No mármore.

Assassina. Carniceira. Monstro. Ardilosa. Trapaceira.

Eu não sabia de quem estava falando. Os limites entre mim e a rainha havia muito tempo se confundiam.

Meus dedos se afrouxaram na adaga, e ela caiu no chão, agitando a poça de sangue que se espalhava. Gotas dispararam para minhas botas desgastadas — resquícios de uma vida mortal em um passado tão distante que poderia muito bem ter sido um de meus sonhos febris dos últimos meses.

Encarei a fêmea que aguardava a morte, aquele capuz caído sobre a cabeça, o corpo esguio e firme. Preparada para o fim que eu daria a ela, para o sacrifício que se tornaria.

Levei a mão à segunda adaga de freixo sobre uma almofada de veludo, o cabo estava gelado em minha mão morna e úmida. Os guardas puxaram o capuz da feérica.

Eu conhecia o rosto que me encarava.

Conhecia os olhos cinza-azulados, os cabelos castanho-alourados, a boca farta e as maçãs do rosto acentuadas. Conhecia as orelhas que agora haviam se tornado delicadamente arqueadas, braços e pernas que tinham sido lapidados, delineados com poder, qualquer imperfeição humana fora suavizada e transformada em um sutil brilho imortal.

Conhecia o vazio, o desespero, a corrupção que vazava daquele rosto.

Minhas mãos não tremeram quando inclinei a adaga.

Quando segurei o ombro de ossos finos e encarei aquele rosto odiado... *meu* rosto.

E cravei a adaga de freixo no coração que estava à espera.

PARTE UM

A CASA DAS BESTAS

Capítulo 1

Vomitei na latrina, abraçada às laterais frias, tentando conter o som das golfadas.

O luar entrava no imenso banheiro de mármore, fornecendo a única iluminação, enquanto eu, silenciosamente, passava tão mal.

Tamlin não se movera quando acordei sobressaltada. E, quando não consegui discernir a escuridão do quarto da noite infinita das masmorras de Amarantha, quando o suor frio que me cobria pareceu o sangue daqueles feéricos, disparei para o banheiro.

Estava ali havia 15 minutos, esperando que o vômito parasse, que os tremores remanescentes se tornassem mais esparsos e se fossem, como ondas em uma poça.

Ofegante, eu me apoiei sobre o vaso, contando cada respiração.

Apenas um pesadelo. Um de muitos, dormindo e acordada, que me assombravam ultimamente.

Fazia três meses desde os eventos Sob a Montanha. Três meses me ajustando ao corpo imortal, a um mundo que lutava para se recompor depois que Amarantha o havia despedaçado.

Eu me concentrei na respiração — inspirar pelo nariz, expirar pela boca. De novo e de novo.

Quando parecia que tinha terminado de vomitar, eu me afastei com cuidado da latrina, mas não fui muito longe. Apenas até a parede adjacente, perto da janela entreaberta, onde conseguia ver o céu noturno, onde a brisa podia acariciar meu rosto suado. Apoiei a cabeça contra a parede, chapando as mãos contra o piso de mármore. Real.

Aquilo era real. Eu tinha sobrevivido; tinha escapado.

A não ser que fosse um sonho; apenas um sonho febril na masmorra de Amarantha, e eu acordasse de volta naquela cela e...

Puxei os joelhos até o peito. Real. *Real.*

Articulei a palavra, sem emitir som.

Continuei fazendo isso até que conseguisse relaxar os punhos sobre as pernas e levantar a cabeça. Dor percorreu minhas mãos...

De alguma forma eu as tinha fechado com tanta força que as unhas quase perfuraram a pele.

Força imortal; era mais uma maldição que um dom. Amassei e dobrei todos os talheres em que toquei durante três dias depois de voltar, tropecei tantas vezes nas pernas mais longas e mais rápidas que Alis retirou qualquer bem de valor de meu quarto (ela ficou especialmente ranzinza quando derrubei uma mesa com um vaso de oitocentos anos), e quebrei não uma, não duas, mas *cinco* portas de vidro apenas ao acidentalmente fechá-las com força demais.

Suspirei pelo nariz e estiquei os dedos.

A mão direita estava lisa, macia. Perfeitamente feérica.

Inclinei a mão esquerda, os redemoinhos de tinta cobriam meus dedos, meu pulso, do antebraço até o cotovelo, absorvendo a escuridão do cômodo. O olho gravado no centro da palma de minha mão parecia me observar, calmo e atento como um gato, a pupila em fenda estava mais ampla que no início do dia. Como se tivesse se ajustado à luz, como qualquer olho comum faria.

Olhei para ele com raiva.

Para quem quer que pudesse observar através daquela tatuagem.

Não tivera notícias de Rhys nos três meses em que estava ali. Nem sequer um sussurro. Não ousara perguntar a Tamlin, ou Lucien, ou a ninguém — com medo de que, de algum jeito, convocasse o Grão-Senhor da Corte Noturna, que de algum modo o fizesse se lembrar do acordo de tolo que eu fizera Sob a Montanha: uma semana com ele todo mês em troca de que me salvasse da beira da morte.

Mas, mesmo que Rhys tivesse milagrosamente esquecido, eu jamais poderia. Nem Tamlin, Lucien ou qualquer um. Não com a tatuagem.

Mesmo que Rhys, no final... mesmo que ele não tivesse sido exatamente um inimigo.

Para Tamlin, sim. Para todas as outras cortes lá fora, sim. Pouquíssimos cruzavam as fronteiras da Corte Noturna e sobreviviam para contar a história. Ninguém de fato sabia o que *existia* na parte mais ao norte de Prythian.

Montanhas e escuridão e estrelas e morte.

Mas eu não me senti inimiga de Rhysand da última vez que falei com ele, nas horas após a derrota de Amarantha. Não contei a ninguém sobre aquele encontro, o que ele disse para mim, o que confessei a Rhys.

Agradeça por seu coração humano, Feyre. Tenha piedade daqueles que não sentem nada.

Apertei os dedos em punho, bloqueando aquele olho, a tatuagem. Estiquei o corpo e fiquei de pé, e, então, dei descarga antes de seguir até a pia para enxaguar a boca, depois lavar o rosto.

Queria não sentir nada.

Queria que meu coração humano tivesse mudado com o restante, se transformado em mármore imortal. Em vez do pedaço de escuridão em frangalhos que agora era, vazando pus para dentro de mim.

Tamlin continuava dormindo quando voltei de fininho para o quarto escuro, o corpo nu jogado sobre o colchão. Por um momento, apenas admirei os músculos poderosos de suas costas, delineados de forma tão linda pelo luar, os cabelos dourados, embaraçados pelo sono e pelos dedos que passei por eles enquanto fazíamos amor mais cedo.

Por Tamlin, eu fiz aquilo; por ele, eu, com prazer, destruí a mim e a minha alma imortal.

E agora tinha a eternidade para conviver com isso.

Continuei até a cama, cada passo mais pesado, mais difícil. Os lençóis estavam agora frios e secos, e me deitei, curvando as costas na direção de Tamlin, envolvendo meu corpo com os braços. Sua respiração era profunda... tranquila. Mas com meus ouvidos feéricos...

Às vezes eu me perguntava se ouvira a respiração dele falhar, apenas por um segundo. Jamais tive coragem de perguntar se ele estava acordado.

Tamlin jamais acordava quando os pesadelos me tiravam do sono; jamais acordava quando eu vomitava as entranhas, noite após noite. Se sabia ou se ouvia, não comentava nada.

Eu sabia que sonhos semelhantes afugentavam Tamlin do sono tão frequentemente quanto os meus. Na primeira vez que aconteceu, eu acordei... tentei falar com ele. Mas Tamlin se desvencilhou de meu toque, a pele suada, e se transformou naquela besta de pelos e garras e chifres e presas. Tamlin passou o resto da noite jogado ao pé da cama, monitorando a porta, a parede das janelas.

Desde então, ele passara muitas noites assim.

Enroscada na cama, puxei mais o cobertor, desejando o calor de Tamlin contra a noite fria. Tinha se tornado nosso acordo tácito — não permitir que Amarantha vencesse ao reconhecer que ela ainda nos atormentava nos sonhos e nos momentos acordados.

Era mais fácil não precisar explicar mesmo. Não precisar contar a ele que, embora eu o tivesse libertado, salvado seu povo e toda Prythian de Amarantha... tinha me destruído.

E achava que nem mesmo a eternidade seria tempo suficiente para me consertar.

Capítulo 2

— Eu quero ir.

— Não.

Cruzei os braços, enfiando a mão tatuada sob o bíceps direito, e separei um pouco mais os pés no piso de terra dos estábulos.

— Faz três meses. Nada aconteceu, e a aldeia não fica nem a oito quilômetros...

— Não. — O sol do meio da manhã que entrava pelas portas do estábulo refletia nos cabelos dourados de Tamlin conforme ele terminava de afivelar o boldrié de adagas sobre o peito. O rosto de Tamlin, lindo de um jeito másculo, exatamente como eu sonhei que seria durante aqueles longos meses em que usou a máscara, estava determinado, os lábios dispostos em uma linha fina.

Atrás de Tamlin, já montado no cavalo cinza malhado, junto de outros três senhores-sentinelas feéricos, Lucien silenciosamente balançava a cabeça em aviso, o olho de metal entreaberto. *Não o provoque*, era o que parecia dizer.

Mas, quando Tamlin seguiu para o lugar em que o cavalo preto já estava selado, trinquei os dentes e o segui.

— A aldeia precisa de toda a ajuda que puder.

— E nós ainda estamos caçando as bestas de Amarantha — disse ele ao montar o cavalo com um movimento fluido. Às vezes, eu me perguntava se os cavalos eram apenas para manter a aparência de civilidade, de normalidade. Para fingir que Tamlin não podia correr mais rápido que eles, que não vivia com um pé na floresta. Os olhos verdes de Tamlin pareciam lascas de gelo quando o cavalo começou a trotar. — Não tenho sentinelas sobrando para escoltá-la.

Disparei para as rédeas.

— Não preciso de escolta. — Segurei mais firme no couro quando puxei o cavalo a fim de que parasse, e o anel de ouro em meu dedo, com a esmeralda quadrada que brilhava sobre ele, refletiu a luz do sol.

Fazia dois meses que Tamlin propusera casamento, dois meses suportando apresentações sobre flores e roupas e arranjo de assentos e comida. Tive um leve descanso uma semana antes, graças ao Solstício de Inverno, embora eu tivesse trocado contemplar renda e seda por escolher grinaldas e festões. Mas pelo menos fora um descanso.

Três dias de banquete e bebidas e troca de pequenos presentes, culminando em uma cerimônia longa, muito irritante, no alto das colinas na noite mais longa, que nos acompanharia de um ano para o seguinte enquanto o sol morria e nascia de novo. Ou algo assim. Celebrar uma festa de inverno em um lugar permanentemente envolto em primavera não fizera muito para melhorar minha total falta de entusiasmo festivo.

Não prestei muita atenção às explicações das origens do festival... e os próprios feéricos debateram se tinha surgido na Corte Invernal ou na Corte Diurna. Ambas agora alegavam que era sua festividade mais sagrada. Eu só sabia mesmo que precisava suportar duas cerimônias: uma ao pôr do sol para dar início àquela noite infinita de presentes e danças e bebidas em honra da morte do velho sol; e outra no alvorecer do dia seguinte, com os olhos vermelhos e os pés doendo, para receber o renascimento do sol.

Era ruim o bastante que tivessem solicitado minha presença diante dos cortesãos reunidos e dos feéricos inferiores enquanto Tamlin fazia os muitos brindes e as saudações. Mencionar que meu aniversário também caíra naquela que era a mais longa das noites do ano era um fato que eu convenientemente havia esquecido de contar a todos. Recebi muitos presentes, de toda forma — e sem dúvida receberia muitos, muitos mais no dia do casamento. Não tinha muita utilidade para tantas *coisas*.

Agora, faltavam apenas duas semanas até a cerimônia. Se eu não saísse da mansão, se não tivesse um dia para fazer *alguma coisa* que não gastar o dinheiro de Tamlin e ter pessoas curvadas a meus pés...

— Por favor. Os trabalhos de recuperação estão muito lentos. Eu poderia caçar para os aldeões, conseguir comida para eles...

— Não é seguro — disse Tamlin, mais uma vez incitando o cavalo para que se movesse. A pelagem do animal brilhava como um espelho preto mesmo à sombra dos estábulos. — Principalmente para você.

Tamlin dizia isso todas as vezes que tínhamos aquela discussão; sempre que eu implorava sua permissão para ir até a aldeia de Grão-Feéricos mais próxima, a fim de ajudar a reconstruir o que Amarantha queimara anos antes.

Eu o segui em direção ao dia claro e de céu limpo além dos estábulos; o gramado cobria as colinas próximas, ondulando à leve brisa.

— As pessoas querem voltar, querem um lugar para *viver*...

— Essas mesmas pessoas a veem como uma bênção, um sinal de estabilidade. Se algo acontecesse a você... — Tamlin se interrompeu quando parou o cavalo na beira de uma trilha de terra que o levaria para os bosques a leste; Lucien agora esperava a alguns metros de distância. — Não há por que reconstruir nada se as criaturas de Amarantha devastam as terras e destroem-nas de novo.

— Os feitiços estão ativados...

— Algumas criaturas escaparam antes que as proteções fossem reparadas. Lucien caçou cinco naga ontem.

Virei a cabeça para Lucien, que encolheu o corpo. Ele não tinha me contado isso no jantar da véspera. Lucien *mentira* quando perguntei por que estava com dificuldade para caminhar. Meu estômago se revirou; não apenas por causa da mentira, mas... naga. Às vezes eu sonhava com o sangue deles me encharcando enquanto eu os matava, os rostos viperinos cheios de luxúria enquanto tentavam me cortar no bosque.

Tamlin falou, baixinho:

— Não posso fazer o que preciso se estiver preocupado com sua segurança.

— É lógico que estarei segura. — Como Grã-Feérica, com minha força e minha velocidade, eu teria boas chances de fugir caso algo acontecesse.

— Por favor... por favor, faça isso por mim — pediu Tamlin, acariciando o grande pescoço do cavalo enquanto o animal relinchava impacientemente. Os outros já cavalgavam a trotes leves, os primeiros quase alcançando a sombra do bosque. Tamlin inclinou o queixo na direção da mansão de alabastro que se erguia atrás de mim. — Tenho certeza de que há coisas com que você pode ajudar na casa. Ou poderia pintar. Experimente aquele novo conjunto que lhe dei no Solstício de Inverno.

Não havia nada exceto planos de casamento me esperando na casa desde que Alis se recusara a me deixar erguer um dedo para fazer qualquer coisa. Não por causa de quem eu era para Tamlin, o que eu estava prestes a me tornar para Tamlin, mas... por causa do que eu tinha feito por ela, pelos meninos, por Prythian. Todos os criados faziam o mesmo, alguns ainda choravam de gratidão quando passavam por mim nos corredores. E quanto a pintar...

— Tudo bem — suspirei. Eu me obriguei a encarar Tamlin, me obriguei a sorrir. — Cuidado — aconselhei, e fui sincera. A ideia de Tamlin lá fora, caçando os monstros que um dia serviram a Amarantha...

— Amo você — disse Tamlin, baixinho.

Assenti, murmurando de volta conforme ele cavalgava até onde Lucien ainda esperava. O emissário agora franzia levemente a testa. Não os observei partir.

Eu me demorei voltando pelas cercas vivas dos jardins. Os pássaros da primavera cantavam alegremente, cascalho estalava sob meus sapatos finos.

Odiava os vestidos coloridos que tinham se tornado meu uniforme diário, mas não tinha coragem de confessar a Tamlin; não quando ele havia comprado tantos, não quando parecia tão feliz ao me ver usando-os. Não quando as palavras de Tamlin não estão longe de ser verdade. No dia em que eu vestisse a calça e a túnica, no dia em que prendesse armas ao corpo como se fossem joias finas, mandaria uma mensagem em alto e bom som por toda Prythian. Então, eu usava os vestidos e deixava que Alis arrumasse meu cabelo... ao menos para garantir àquelas pessoas alguma paz e conforto.

Pelo menos Tamlin não se opunha à adaga que eu levava na lateral do corpo, pendurada em um cinto coberto de joias. Lucien me presenteara com ambos — a adaga, durante os meses que precederam Amarantha, o cinto, durante as semanas seguintes à queda da Grã-Rainha, quando eu carregava a adaga, junto a muitas outras, por todo canto. *Pode ao menos ficar bonita se vai se armar até os dentes*, dissera ele.

Mas, mesmo que a estabilidade reinasse durante cem anos, eu duvidava que jamais acordasse certa manhã e não levasse a faca.

Cem anos.

Eu tinha isso; tinha séculos diante de mim. Séculos com Tamlin, séculos naquele lugar lindo e tranquilo. Talvez eu me ajustasse em algum momento pelo caminho. Talvez não.

Parei diante das escadas que davam para a casa coberta de rosas e heras, e olhei para a direita... na direção do roseiral e das janelas logo além deste.

Só havia colocado os pés naquele cômodo — meu antigo estúdio de pintura — uma vez, assim que voltei.

E todas aquelas pinturas, todos os materiais, todas aquelas telas em branco esperando que eu despejasse histórias e sentimentos e sonhos... odiei aquilo.

Saí de lá momentos depois e não voltei desde então.

Tinha parado de catalogar cores e sensações e texturas, parado de reparar nisso. Mal conseguia olhar para as pinturas penduradas dentro da mansão.

Uma voz doce e feminina cantarolou meu nome de dentro das portas abertas da casa, e a tensão em meus ombros se aliviou um pouco.

Ianthe. A Grã-Sacerdotisa, assim como nobre Grã-Feérica e amiga de infância de Tamlin, que tomara para si a tarefa de ajudar a planejar as festividades do casamento.

E que tinha assumido a tarefa de adorar Tamlin e eu como se fôssemos deuses recém-criados, abençoados e escolhidos pelo próprio Caldeirão.

Mas não reclamei; não quando Ianthe conhecia todos na corte e fora desta. Ela ficava ao meu lado nos eventos e jantares, me passando detalhes sobre aqueles que participavam, e era o principal motivo pelo qual eu sobrevivera ao furacão de animação do Solstício de Inverno. Afinal de contas, fora Ianthe quem presidira as diversas cerimônias — e fiquei mais que feliz em deixar que ela escolhesse que tipos de festões e grinaldas deveriam adornar a mansão e a propriedade, que talheres complementavam cada refeição.

Além disso... embora fosse Tamlin quem pagava minhas roupas do dia a dia, era o olho de Ianthe que as escolhia. Ela era o coração do próprio povo, consagrada pela Mão da Deusa para liderá-los para fora do desespero e da escuridão.

Eu não estava em posição de duvidar. Ianthe ainda não tinha me levado para o mau caminho... e eu aprendi a detestar os dias em que ela estava ocupada no templo ou na propriedade, tomando conta de peregrinos e de seus acólitos. Aquele dia, no entanto... sim, ficar com Ianthe era melhor que a alternativa.

Reuni as saias esvoaçantes de vestido rosa como a alvorada com uma das mãos e subi os degraus de mármore até a casa.

Da próxima vez, prometi a mim mesma. Da próxima vez eu convenceria Tamlin a me deixar ir à aldeia.

— Ah, não podemos deixar que *ela* se sente ao lado dele. Eles se atracariam, e então teríamos sangue estragando as toalhas de mesa. — Sob o capuz pálido, azul-acinzentado, Ianthe franziu a testa, enrugando a tatuagem que ali estampava os diversos estágios de ciclo da lua. A sacerdotisa riscou o nome que escrevera em um dos esquemas de assentos momentos antes.

O dia tinha ficado quente, o cômodo estava um pouco abafado, apesar da brisa que entrava pelas janelas abertas. Mesmo assim, a túnica pesada com capuz permanecia.

Todas as Grã-Sacerdotisas usavam as vestes de camadas oscilantes, habilidosamente entrelaçadas, embora sem dúvida estivessem longe de ser matronas. A cintura fina de Ianthe era destacada por um estreito cinto com pedras transparentes azul-celeste, cada uma perfeitamente oval e presa por prata reluzente. E sobre o capuz de Ianthe havia uma tiara combinando: um arco delicado de prata com uma grande pedra no centro. Um pedaço de tecido tinha sido dobrado sob a tiara, um retalho embutido para ser colocado sobre a testa quando Ianthe precisasse rezar, suplicar ao Caldeirão e à Mãe, ou apenas refletir.

Ianthe me mostrou certa vez como era o tecido abaixado: deixava à mostra apenas o nariz e a boca farta e sensual. A Voz do Caldeirão. Achei a imagem perturbadora — o fato de que simplesmente cobrir a parte superior do rosto, de alguma forma, transformasse a mulher alegre e esperta em uma efígie, em algo Dissonante. Ainda bem que Ianthe mantinha o tecido dobrado na maior parte do tempo. De vez em quando ela até tirava o capuz de vez para permitir que o sol brincasse com os longos cabelos dourados e levemente ondulados.

Os anéis prateados de Ianthe reluziam nos dedos de unhas feitas enquanto a sacerdotisa escrevia outro nome.

— É como um jogo — disse ela, suspirando pelo nariz arrebitado. — Todas essas peças, lutando por poder e domínio, determinadas a derramar sangue caso necessário. Deve ser um ajuste estranho para você.

Tanta elegância e riqueza, mas a selvageria permanecia. Os Grão--Feéricos não eram como os nobres afetados do mundo mortal. Não, se brigassem, aquilo *terminaria* com alguém sendo estripado em pedaços sanguinolentos. Literalmente.

Certa vez, eu tremera de medo ao compartilhar o mesmo espaço que eles.

Flexionei os dedos, esticando e contorcendo as tatuagens gravadas na pele.

Agora eu podia lutar ao lado deles, contra eles. Não que tivesse tentado.

Era vigiada demais... monitorada e julgada demais. Por que a noiva do Grão-Senhor aprenderia a lutar se a paz tinha retornado? Essa fora a argumentação de Ianthe quando cometi o erro de mencionar o assunto em um jantar. Tamlin, para seu crédito, enxergara os dois lados: eu aprenderia a me defender... mas os boatos se espalhariam.

— Humanos não são muito melhores — revelei a Ianthe, por fim. E porque ela era basicamente a única de minhas novas companhias que não parecia particularmente chocada ou assustada comigo, tentei puxar conversa e falei: — Minha irmã Nestha provavelmente se encaixaria bem.

Ianthe inclinou a cabeça, e a luz do sol fez com que as pedras azuis no alto do capuz da sacerdotisa brilhassem.

— Sua família mortal *vai* se juntar a nós?

— Não. — Eu não pensei em convidá-los... não quis expô-los a Prythian. Ou ao que eu havia me tornado.

Ianthe tamborilou um dedo longo e esguio na mesa.

— Mas eles moram tão perto da muralha, não moram? Se for importante para você tê-los aqui, Tamlin e eu poderíamos garantir uma jornada segura para eles. — Nas horas que tínhamos passado juntas, eu contara a Ianthe sobre a aldeia e sobre a casa na qual minhas irmãs agora viviam, sobre Isaac Hale e sobre Tomas Mandray. Não consegui mencionar Clare Beddor ou o que aconteceu com sua família.

— Por mais que se contivesse — falei, lutando contra a lembrança daquela garota humana e do que eu tinha feito a ela —, minha irmã Nestha detesta seu tipo.

— *Nosso* tipo — corrigiu Ianthe, baixinho. — Já conversamos sobre isso.

Eu apenas assenti.

Mas ela continuou:

— Somos antigos e espertos, e gostamos de usar palavras como lâminas e garras. Cada palavra de sua boca e cada frase formulada serão julgadas, e possivelmente usadas contra você. — Como se para suavizar o aviso, Ianthe acrescentou: — Mantenha a guarda, Senhora.

Senhora. Um nome insano. Ninguém sabia como me chamar. Eu não nasci Grã-Feérica.

Tinha sido Feita... ressuscitada e presenteada com esse novo corpo pelos sete Grão-Senhores de Prythian. Eu não era a parceira de Tamlin, até onde sabia. Não havia laço de parceria entre nós... ainda.

Sinceramente... Sinceramente, Ianthe, com os reluzentes cabelos dourados, aqueles olhos azuis, as feições elegantes e o corpo esguio parecia mais com a parceira de Tamlin. Sua semelhante. Uma união com Tamlin — um Grão-Senhor e uma Grã-Sacerdotisa — mandaria uma mensagem clara de força para qualquer possível ameaça a nossas terras. E garantiria o poder que Ianthe sem dúvida estava determinada a reunir para si.

Entre os Grão-Feéricos, as sacerdotisas supervisionavam as cerimônias e os rituais, registravam as histórias e as lendas, e aconselhavam os senhores e as senhoras em assuntos importantes e triviais. Eu não vira nenhuma magia de Ianthe, mas, quando perguntei a Lucien, ele franziu a testa e disse que a magia delas vinha das cerimônias e poderia ser definitivamente letal caso as sacerdotisas quisessem. Observei Ianthe durante o Solstício de Inverno em busca de sinais da magia, reparando na forma como se posicionou, de modo que o sol nascente preenchesse seus braços erguidos, mas não houve onda ou estrondo de poder. De Ianthe ou da terra sob nós.

Não sabia o que realmente esperava de Ianthe — uma das 12 Grã-Sacerdotisas que, juntas, governavam suas irmãs por todo o território de Prythian. Antiga, celibatária e silenciosa era até onde iam minhas expectativas, graças àquelas lendas mortais sussurradas, quando Tamlin anunciou que uma velha amiga em breve ocuparia e renovaria o complexo em ruínas do templo em nossas terras. Mas Ianthe entrara como uma brisa em nossa casa na manhã seguinte, e aquelas expectativas imediatamente foram sufocadas. Principalmente a parte sobre celibato.

Sacerdotisas podiam se casar, ter filhos e flertar o quanto quisessem. Seria uma desonra ao dom da fertilidade do Caldeirão trancafiar seus instintos, sua inerente magia feminina para gerar a vida, foi o que Ianthe me disse certa vez.

Então, enquanto os sete Grão-Senhores governavam Prythian em seus tronos, as 12 Grã-Sacerdotisas reinavam nos altares, e os filhos delas eram tão poderosos e respeitados quanto os filhos de qualquer senhor. E Ianthe, a mais nova Grã-Sacerdotisa em três séculos, permanecia solteira, sem filhos e ansiosa por *se deliciar com os melhores machos que a terra tem a oferecer.*

Eu costumava me perguntar como era ser tão livre e tão bem-resolvida.

Quando não respondi à suave reprimenda de Ianthe, ela falou:

— Já pensou na cor das rosas? Branco? Rosa? Amarelo? Vermelho...

— Vermelho, não.

Eu odiava essa cor. Mais que qualquer coisa. O cabelo de Amarantha, todo aquele sangue, os cortes no corpo destruído de Clare Beddor, pregado à parede em Sob a Montanha...

— Um castanho-avermelhado poderia ficar bonito com todo esse verde... Mas talvez seja Corte Outonal demais. — De novo, o dedo tamborilando na mesa.

— A cor que você quiser. — Se eu fosse sincera comigo mesma, admitiria que Ianthe tinha se tornado uma muleta para mim. Mas ela parecia disposta a fazer isso... a se importar quando eu não conseguia.

Mas as sobrancelhas de Ianthe se ergueram levemente.

Apesar de ser uma Grã-Sacerdotisa, Ianthe e a família haviam burlado os horrores de Sob a Montanha ao fugir. O pai, um dos mais fortes aliados de Tamlin entre a Corte Primaveril e um capitão das forças do Grão-Senhor, tinha sentido os problemas se aproximando e despachou Ianthe, a mãe dela e duas irmãs mais novas para Vallahan, um dos incontáveis territórios feéricos do outro lado do oceano. Durante cinquenta anos, elas viveram na corte estrangeira, demorando-se enquanto o próprio povo era massacrado e escravizado.

Ianthe não mencionara isso nem uma vez. Eu sabia que não devia perguntar.

— Cada elemento deste casamento manda uma mensagem não apenas para Prythian, mas para o mundo além — disse ela. Contive um suspiro. Eu sabia... Ianthe tinha me dito isso antes. — Sei que não gosta muito do vestido.

Aquilo era dizer pouco. Eu odiava a monstruosidade de tule que Ianthe escolhera. Tamlin também, embora tenha gargalhado até ficar rouco quando mostrei a ele, na privacidade do quarto. Mas Tamlin me prometeu que, embora achasse que o vestido era absurdo, a sacerdotisa sabia o que estava fazendo. Eu queria revidar; odiava o fato de que, apesar de Tamlin ter concordado comigo, ficara do lado dela, mas... aquilo exigia mais energia do que valia a pena.

Ianthe continuou:

— Mas passa a mensagem certa. Estive com membros de cortes suficientes para saber como eles operam. Confie em mim nisso.

— Eu confio em você — falei, e gesticulei com a mão na direção dos papéis diante de nós. — Sabe como fazer essas coisas, eu não.

Prata tilintou nos pulsos de Ianthe, tão parecida com as pulseiras que os Filhos dos Abençoados usavam do outro lado da muralha. Eu às vezes me perguntava se aqueles humanos tolos tinham roubado a ideia das Grã-Sacerdotisas de Prythian... se foram sacerdotisas como Ianthe que espalharam tal loucura entre os humanos.

— É um momento importante para mim também — disse Ianthe, com cautela, ajustando a tiara sobre o capuz. Olhos azuis encararam os meus. — Você e eu somos tão parecidas... jovens, inexperientes diante desses... lobos. Sou grata a você, e a Tamlin, por permitirem que eu realize a cerimônia, que seja convidada a trabalhar nesta corte, que seja parte desta corte. As outras Grã-Sacerdotisas não gostam muito de mim, e eu não gosto delas, mas... — Ianthe balançou a cabeça, o capuz oscilou com ela. — Juntos — murmurou —, nós três formamos uma unidade formidável. Quatro, se contar com Lucien. — Ianthe riu com deboche. — Não que ele queira ter algo a ver comigo.

Uma sentença sugestiva.

Ianthe costumava encontrar desculpas para mencionar Lucien, para encurralá-lo em eventos, tocar-lhe o cotovelo ou o ombro. Lucien ignorava tudo isso. Na semana anterior, eu finalmente perguntei a Lucien se Ianthe nutria sentimentos por ele, e Lucien apenas me olhou, deu um grunhido baixinho e saiu batendo os pés. Interpretei isso como um sim.

Mas uma parceria com Lucien seria quase tão benéfica quanto uma com Tamlin: o braço direito do Grão-Senhor *e* o filho de outro Grão-Senhor... Qualquer cria da união seria poderosa, cobiçada.

— Sabe que é... difícil para ele, no que diz respeito às fêmeas — ponderei, em tom neutro.

— Ele já esteve com *muitas* fêmeas desde a morte da amante.

— Talvez seja diferente com você, talvez signifique algo para o qual Lucien não está pronto. — Dei de ombros, buscando as palavras certas. — Talvez ele se afaste por causa disso.

Ianthe ficou refletindo, e rezei para que ela tivesse engolido minha meia mentira. A sacerdotisa era ambiciosa, inteligente, linda e ousada... mas eu não achava que Lucien a perdoara, ou jamais perdoaria, por ter fugido durante o reinado de Amarantha. Às vezes eu sinceramente me perguntava se meu amigo poderia rasgar o pescoço de Ianthe por isso.

Ianthe assentiu por fim.

— Você está ao menos animada para o casamento?

Brinquei com o anel de esmeralda.

— Vai ser o dia mais feliz de minha vida.

No dia em que Tamlin me pediu em casamento, eu certamente me senti dessa forma. Chorei de alegria quando disse que sim, sim, mil vezes sim, e fiz amor com ele no campo de flores selvagens para o qual Tamlin me levara para a ocasião.

Ianthe assentiu.

— A união é abençoada pelo Caldeirão. Você ter sobrevivido aos horrores em Sob a Montanha apenas comprova isso.

Percebi o olhar de Ianthe então... na direção de minha mão esquerda, das tatuagens.

Foi difícil não enfiar a mão debaixo da mesa.

A tatuagem na testa de Ianthe era de uma tinta azul como a meia-noite, mas, de alguma forma, combinava, destacava os vestidos femininos, as joias de prata reluzente. Diferentemente da brutalidade da minha.

— Poderíamos comprar luvas para você — sugeriu Ianthe, casualmente.

E isso mandaria outra mensagem; talvez para a pessoa que eu tão desesperadamente esperava que tivesse esquecido de minha existência.

— Vou considerar — concedi, com um sorriso fraco.

Foi um esforço evitar disparar antes que a hora terminasse e Ianthe fosse suavemente para seu quarto particular de orações — um presente de Tamlin na ocasião do retorno da sacerdotisa — para oferecer o agradecimento do meio-dia ao Caldeirão pela libertação de nossa terra, por meu triunfo e pelo domínio assegurado de Tamlin sobre aquela propriedade.

Eu às vezes debatia se deveria pedir que Ianthe também rezasse por mim.

Que rezasse para que um dia eu aprendesse a amar os vestidos, e as festas, e meu papel como uma noivinha linda e corada.

Eu já estava na cama quando Tamlin entrou no quarto, silencioso como um cervo no bosque. Ergui a cabeça, me dirigindo à adaga que mantinha na mesa de cabeceira, mas relaxei quando vi os ombros largos e a luz de velas do corredor que delineava a pele bronzeada e escondia o rosto de Tamlin em sombra.

— Você está acordada? — murmurou Tamlin. Eu conseguia ouvir a expressão do rosto franzido em sua voz. Ele estivera no escritório desde o jantar, organizando a papelada que Lucien soltara na escrivaninha dele.

— Não consegui dormir — falei, observando os músculos de Tamlin se contraírem conforme ele se dirigia ao banheiro para se limpar. Eu tentava dormir havia uma hora, mas, sempre que fechava os olhos, meu corpo travava e as paredes do quarto pareciam se fechar. Cheguei a abrir as janelas, mas... Aquela seria uma longa noite.

Eu me recostei nos travesseiros, ouvindo os ruídos constantes e eficientes de Tamlin se arrumando para deitar. Ele tinha o próprio quarto, achava vital que eu tivesse meu espaço.

Mas dormia ali todas as noites. Eu ainda não visitara a cama de Tamlin, embora me perguntasse se nossa noite de núpcias mudaria isso. Rezava para que eu não me debatesse até acordar e vomitasse nos lençóis quando não reconhecesse o lugar em que estava, quando não soubesse se a escuridão era permanente.

Talvez fosse por isso que ainda não tivéssemos tocado no assunto.

Tamlin saiu do banheiro, tirou a túnica e a camisa, e eu me apoiei nos cotovelos para observar enquanto ele parava na beira da cama.

Minha atenção foi imediatamente para os dedos fortes e habilidosos que abriram a calça de Tamlin.

Ele soltou um grunhido baixo de aprovação, e mordi o lábio inferior quando Tamlin tirou a calça, junto da cueca, revelando toda a sua orgulhosa e grossa extensão. Minha boca secou, e percorri seu tronco musculoso com o olhar, passando pelo peitoral; então...

— Venha cá — grunhiu Tamlin, a voz tão áspera que as palavras eram quase indiscerníveis.

Afastei os cobertores, revelando meu corpo já nu, e ele sibilou.

A expressão de Tamlin se tornou voraz quando eu engatinhei pela cama e levantei o corpo, me apoiando sobre os joelhos. Segurei o rosto dele com as mãos, a pele reluzente emoldurada por dedos marfim e espirais pretas, e o beijei.

Tamlin me encarou durante o beijo, mesmo quando me aproximei, segurando um ruído baixo quando ele roçou o corpo em minha barriga.

As mãos calejadas de Tamlin roçaram meus quadris, minha cintura, e então me prenderam no lugar enquanto ele abaixava a cabeça, saboreando o beijo. O toque de sua língua contra a borda de meus lábios fez com que eu me abrisse toda para ele, e Tamlin entrou, me reivindicando, me marcando.

Gemi, então, e inclinei a cabeça para trás, facilitando seu acesso. As mãos de Tamlin se fecharam em minha cintura, depois se moveram — uma segurou minha bunda em concha, a outra deslizou entre nós.

Esse... esse momento, quando havia Tamlin e eu, e nada entre nossos corpos...

Sua língua raspou o céu de minha boca quando percorreu o dedo para baixo, até meu centro, e gemi, e minhas costas se arquearam.

— Feyre — disse ele contra meus lábios, e meu nome era como uma oração mais fervorosa que qualquer uma que Ianthe tivesse oferecido ao Caldeirão naquela manhã escura de solstício.

A língua de Tamlin percorreu minha boca de novo, no ritmo do dedo que ele deslizara para dentro de mim. Meu quadril ondulava, exigindo mais, desejando a totalidade de Tamlin, e o grunhido dele reverberou em meu peito quando acrescentou mais um dedo.

Movi o corpo contra ele. Relâmpago percorreu minhas veias, e minha concentração se voltou para os dedos de Tamlin, para sua boca, para o corpo contra o meu. A palma de sua mão pressionou o feixe de nervos no ápice de minhas coxas, e gemi o nome dele quando me estilhacei.

Com a cabeça para trás, engoli o ar gélido da noite e então fui deitada na cama, gentilmente, com delicadeza, com amor.

Tamlin ergueu o corpo sobre o meu e, então, abaixou a cabeça até meu seio, e foi preciso apenas uma pressão dos dentes contra meu mamilo para que eu cravasse as unhas em suas costas, para que eu enganchasse as pernas a sua volta e ele se acomodasse entre elas. Isso, eu precisava *disso*.

Tamlin parou com os braços trêmulos enquanto segurava o corpo sobre o meu.

— Por favor — gemi.

Ele apenas roçou os lábios contra meu maxilar, meu pescoço, minha boca.

— Tamlin — implorei. Ele segurou meu seio com a palma da mão, roçando meu mamilo com o polegar. Soltei um grito, e, então, ele se enterrou em mim com um movimento poderoso.

Por um momento, eu não era nada, ninguém.

Então nos unimos, dois corações batendo como um, e prometi a mim mesma que seria sempre dessa forma quando Tamlin se afastou alguns centímetros, os músculos das costas se flexionando sob minhas mãos, e a seguir se impulsionou novamente contra mim. E de novo e de novo.

Eu me desfazia de novo e de novo contra o corpo de Tamlin conforme ele se movia, conforme murmurava meu nome e dizia que me amava. E quando aquele relâmpago tomou conta de minhas veias mais uma vez, de minha cabeça, quando gemi o nome de Tamlin, ele atingiu o clímax. Agarrei-o durante cada onda de tremor, saboreando seu peso, a sensação de sua pele, sua força.

Por um tempo, apenas os sussurros de nossas respirações tomaram conta do quarto.

Franzi a testa quando Tamlin se afastou, por fim... mas ele não foi para longe. Esticou-se de lado, apoiou a cabeça no punho e traçou círculos distraídos em minha barriga, subindo para os seios.

— Desculpe por mais cedo — murmurou ele.

— Tudo bem — sussurrei. — Eu entendo.

Não era mentira, mas tampouco era exatamente verdade.

Os dedos de Tamlin desceram, fazendo um círculo em meu umbigo.

— Você é... você é tudo para mim — disse Tamlin, com a voz rouca. — Preciso... preciso que fique bem. Preciso saber que não podem afetar você... que não podem mais feri-la.

— Eu sei. — Aqueles dedos desceram mais. Engoli em seco e falei, de novo: — Eu sei. — Afastei os cabelos de Tamlin do rosto. — Mas e você? Quem mantém você seguro?

A boca de Tamlin se contraiu. Com os poderes de volta, ele não precisava que ninguém o protegesse, que o defendesse. Eu quase conseguia ver pelos invisíveis se eriçando com irritação — não por mim, mas ao pensar no que ele havia sido fazia apenas meses: escravizado dos caprichos de Amarantha, seu poder mal passando de uma gota em comparação com a cascata que agora o percorria. Ele respirou para se acalmar e, então, inclinou o corpo e beijou meu coração, bem entre os seios. Era resposta suficiente.

— Em breve — murmurou Tamlin, e aqueles dedos voltaram para minha cintura. Eu quase gemi. — Em breve você será minha esposa, e ficará tudo bem. Deixaremos tudo isso para trás.

Arqueei as costas, desejando que a mão de Tamlin descesse, e ele deu uma risada rouca. Não me ouvi falar enquanto me concentrava nos dedos que obedeciam meu comando silencioso.

— Como todos me chamarão então?

Tamlin roçou meu umbigo quando se inclinou para baixo, sugando a ponta de meu seio.

— Hm? — disse ele, e o tremor contra meu mamilo me fez contorcer o corpo.

— Todos vão me chamar de "esposa de Tamlin"? Eu ganho um... título?

Ele ergueu a cabeça por tempo suficiente para me olhar.

— Você quer um título?

Antes que eu pudesse responder, Tamlin mordiscou meu seio e depois lambeu o pequeno machucado; lambeu enquanto os dedos finalmente mergulhavam entre minhas pernas. Traçou círculos preguiçosos e provocantes.

— Não — respondi, com um arquejo. — Mas não quero que as pessoas... — Que o Caldeirão me fervesse, aqueles malditos *dedos*... — Não sei se aguento que me chamem de Grã-Senhora.

Os dedos de Tamlin deslizaram para dentro de mim de novo, e ele grunhiu em aprovação diante da umidade entre minhas coxas, que vinha tanto de mim quanto dele.

— Não vão — disse Tamlin contra minha pele, posicionando-se sobre mim de novo e deslizando por meu corpo, deixando beijos conforme seguia. — Não existe algo como uma Grã-Senhora.

Tamlin agarrou minhas coxas para abrir minhas pernas e abaixou a boca; então...

— Como assim não existe algo como uma Grã-Senhora?

O calor, o toque... tudo parou.

Tamlin ergueu o olhar de entre minhas pernas, e quase alcancei o clímax ao vê-lo. Mas o que ele tinha dito, o que deixara implícito... Ele beijou o interior de minha coxa.

— Grão-Senhores apenas tomam esposas. Consortes. Jamais houve uma Grã-Senhora.

— Mas a mãe de Lucien...

— É Senhora da Corte Outonal. Não Grã-Senhora. Exatamente como você será Senhora da Corte Primaveril. Eles vão se dirigir a você como se dirigem a ela. Respeitarão você como a respeitam. — Tamlin voltou o olhar para o que estava a centímetros de sua boca.

— Então, a mãe de Lucien...

— Não quero ouvir o nome de outro macho em seus lábios agora — grunhiu, e abaixou a boca até mim.

Com o primeiro toque de sua língua, parei de discutir.

Capítulo 3

A culpa de Tamlin devia tê-lo atingido com força, porque, embora ele tivesse saído no dia seguinte, Lucien me esperava com uma oferta para inspecionar o progresso na aldeia próxima.

Eu não visitava a aldeia fazia bem mais de um mês — não conseguia me lembrar da última vez que deixara a propriedade. Alguns dos aldeões tinham sido convidados para nossa comemoração do Solstício de Inverno, mas eu mal consegui fazer mais que cumprimentá-los, graças ao tamanho da multidão.

Os cavalos já estavam selados do lado de fora dos estábulos, e contei as sentinelas perto dos portões mais afastados (quatro), de cada lado da casa (duas em cada esquina), e aquelas que agora estavam no jardim pelo qual eu acabara de sair (duas). Embora nenhuma tivesse falado, seus olhos se fixavam em mim.

Lucien fez menção de montar a malhada égua cinzenta, mas me coloquei no caminho dele.

— Você caiu da porcaria do cavalo? — sibilei, empurrando o ombro de Lucien.

Ele chegou a cambalear para trás, a égua relinchou, alarmada, e pisquei para minha mão estendida. Não me permiti contemplar o que os guardas tinham pensado daquilo. Antes que Lucien conseguisse dizer qualquer coisa, indaguei:

— Por que mentiu sobre os naga?

Lucien cruzou os braços, o olho de metal se semicerrou, e o feérico afastou os cabelos ruivos do rosto.

Precisei afastar o olhar por um momento.

Os cabelos de Amarantha eram mais escuros... e o rosto dela era de um branco creme, nada parecido com o bronzeado de sol da pele de Lucien.

Olhei para o estábulo atrás de Lucien em vez de para ele. Pelo menos era grande, aberto, os cavalariços estavam agora em outra ala. Eu costumava não me incomodar por estar do lado de dentro, o que acontecia na maioria das vezes quando estava entediada o bastante para visitar os cavalos abrigados ali. Havia muito espaço para eu me mover, para fugir. As paredes não pareciam... permanentes demais.

Não era como a cozinha, baixa demais, com paredes espessas demais, com janelas que não eram suficientemente grandes para escapar. Não era como o escritório, sem luz natural suficiente e sem saídas fáceis. Eu tinha uma longa lista na cabeça dos lugares que eu conseguia e que não conseguia suportar na mansão, organizados precisamente de acordo com o quanto faziam meu corpo travar e suar.

— Eu não *menti* — disse Lucien, contendo-se. — Eu tecnicamente *caí* da égua. — Ele deu um tapinha no flanco da montaria. — Depois que um dos naga me derrubou dela.

Uma forma tão feérica de pensar, de mentir.

— Por quê?

Lucien fechou a boca.

— *Por quê?*

Ele simplesmente se virou de volta para a égua paciente. Mas vi a expressão no rosto de Lucien, a... *piedade* em seu olhar.

Disparei:

— Podemos ir andando em vez disso?

Lucien se virou devagar.

— São 4,5 quilômetros.

— E você poderia correr isso em poucos minutos. Quero ver se consigo acompanhar.

O olho de metal de Lucien se virou, e eu soube o que ele diria antes que abrisse a boca.

— Esqueça — falei, seguindo para minha égua branca, um animal de temperamento dócil, mas um pouco preguiçoso e mimado. Lucien não tentou me convencer do contrário, e ficou em silêncio enquanto cavalgávamos da propriedade para a estrada da floresta. A primavera, como sempre, estava no auge, a brisa, carregada com o cheiro de lilases; a vegetação rasteira que ladeava a trilha farfalhava com vida. Não havia sinal do Bogge, dos naga ou de qualquer das criaturas que certa vez lançaram tanta quietude sobre o bosque.

Eu disse a Lucien, por fim:

— Não quero sua porcaria de pena.

— Não é pena. Tamlin disse que eu não deveria contar a você... — Lucien encolheu levemente o corpo.

— Não sou feita de vidro. Se os naga atacaram você, *mereço* saber...

— Tamlin é meu Grão-Senhor. Ele dá uma ordem, e eu obedeço.

— Você não tinha essa mentalidade quando se esquivou dos comandos dele e me mandou para o Suriel. — E eu quase morri.

— Eu estava desesperado na época. Todos estávamos. Mas agora... Agora precisamos de ordem, Feyre. Precisamos de regras e hierarquia e *ordem* se queremos ter uma chance de reconstruir tudo. Portanto, suas palavras são ordens. Sou o *primeiro* para o qual os demais olham, eu dou o exemplo. Não me peça para arriscar a estabilidade desta corte ao ir longe demais. Não agora. Tamlin lhe dá o máximo de liberdade que consegue.

Respirei fundo para me acalmar, para preencher meus pulmões contraídos demais.

— Apesar de se recusar tanto a interagir com Ianthe, você certamente soa muito como ela.

Lucien sibilou.

— Não tem *ideia* de como é difícil para ele sequer lhe deixar sair da propriedade da mansão. Está sob mais pressão do que você percebe.

— Sei exatamente quanta pressão Tamlin sofre. E não percebi que tinha me tornado prisioneira.

— Você não é... — Lucien trincou o maxilar. — Não é assim, e você sabe disso.

— Ele não tinha problemas em me deixar caçar e sair sozinha quando era apenas humana. Quando as fronteiras eram muito menos seguras.

— Ele não gostava tanto de você quanto gosta agora. E depois do que aconteceu Sob a Montanha... — As palavras ressoaram em minha mente, junto de meus músculos tensos demais. — Ele está apavorado. *Apavorado* pela possibilidade de vê-la nas mãos dos inimigos. E eles também sabem disso, sabem que para controlar Tamlin só precisam levar você.

— Acha que não sei disso? Mas ele espera mesmo que eu passe o resto da vida naquela mansão, supervisionando criados e usando roupas bonitas?

Lucien observou a floresta sempre jovem.

— Não é isso que todas as mulheres humanas desejam? Um lindo senhor feérico para se casar, que as encha de riquezas pelo resto da vida?

Segurei as rédeas com tanta força que a égua deu uma guinada com a cabeça.

— Bom saber que você ainda é um canalha, Lucien.

Seu olho de metal se semicerrou.

— Tamlin é um Grão-Senhor. Você será sua esposa. Há tradições e expectativas que você deve atender. *Nós* devemos atender, para apresentar uma fachada sólida, que se recuperou de Amarantha e está disposta a destruir qualquer inimigo que tente tomar o que é nosso de novo. — Ianthe me fizera quase o mesmo discurso no dia anterior. — O Tributo acontecerá em breve — continuou Lucien, balançando a cabeça. — O primeiro que Tamlin convoca desde... a maldição dela. — Lucien estremeceu quase imperceptivelmente. — Ele deu a nosso povo três meses para colocar os negócios em ordem, e queria esperar até o início do novo ano, mas, no mês que vem, Tamlin exigirá o Tributo. Ianthe disse a ele que está na hora, que o povo está pronto.

Lucien esperou, e eu quis cuspir nele, porque ele sabia... ele *sabia* que eu não sabia o que era aquilo, mas queria que eu admitisse.

— Me explique — falei, inexpressiva.

— Duas vezes por ano, em geral perto dos Solstícios de Verão e de Inverno, cada membro da Corte Primaveril, seja ele Grão-Feérico ou um feérico inferior, deve pagar um Tributo, dependendo de sua renda e status. É como mantemos a propriedade, como pagamos por coisas como sentinelas e comida e criados. Em troca, Tamlin os protege, governa, ajuda quando pode. É um toma lá dá cá. Este ano, Tamlin adiou o Tributo em um mês, apenas para garantir ao povo mais tempo para reunir fundos, para comemorar. Mas, em breve, emissários de todos os grupos, todas as aldeias, ou dos clãs, chegarão para pagar seus Tributos. Como esposa de Tamlin, será esperado que você se sente com ele. E se não puderem pagar... Será esperado que você permaneça sentada enquanto Tamlin distribui os julgamentos. A coisa pode ficar feia. Vou monitorar quem aparece e quem não aparece, quem não paga. E depois, se falharem em pagar o Tributo dentro do período de três dias que Tamlin oferecerá oficialmente, será esperado que ele cace os súditos. As próprias Grã-Sacerdotisas Ianthe concedem a Tamlin direitos sagrados de caça para isso.

Horrível... brutal. Era o que eu queria dizer, mas o olhar que Lucien me lançava... Eu estava cheia de as pessoas me julgarem.

— Então, dê tempo a ele, Feyre — disse Lucien. — Vamos passar pelo casamento, e, depois, pelo Tributo no próximo mês, e, então... então veremos o que fazer com o resto.

— Eu dei tempo a ele — falei. — Não posso ficar entocada em casa para sempre.

— Tamlin sabe disso... ele não diz, mas sabe. Confie em mim. Você deve perdoá-lo se o massacre da família de Tamlin o impede de ser tão... liberal com sua segurança. Ele perdeu aqueles com quem se importava vezes demais. Todos perdemos.

Cada palavra era como combustível acrescentado ao caldeirão fervilhando em meu estômago.

— Não quero me casar com um Grão-Senhor. Só quero me casar com *ele*.

— Um não existe sem o outro. Ele é o que é. Sempre, *sempre* tentará protegê-la, goste disso ou não. Fale com Tamlin a respeito disso, converse de verdade, Feyre. Você vai entender. — Nossos olhares se encontraram. Um músculo se contraiu no maxilar de Lucien. — Não me peça para escolher.

— Mas você está deliberadamente *não* me contando coisas.

— Ele é meu Grão-Senhor. A palavra dele é a *lei*. Temos essa única chance, Feyre, de nos reconstruir e deixar o mundo como deveria ser. Não vou começar esse novo mundo traindo a confiança de Tamlin. Mesmo se você...

— Mesmo se eu o quê?

O rosto de Lucien empalideceu, e ele acariciou a crina da cor de teia de aranha da égua.

— Fui forçado a assistir enquanto meu pai assassinava a fêmea que eu amava. Meus irmãos *me obrigaram* a assistir.

Meu coração se apertou por Lucien... pela dor que o assombrava.

— Não houve feitiço mágico, nenhum milagre para trazê-la de volta. Não havia Grão-Senhores reunidos para ressuscitá-la. Observei, e ela morreu, e *jamais* esquecerei aquele momento em que *ouvi* o coração dela parar de bater.

Meus olhos ardiam.

— Tamlin conseguiu aquilo que eu não consegui — disse Lucien baixinho, com a respiração irregular. — Todos ouvimos seu pescoço se quebrar. Mas você pôde voltar. E duvido que Tamlin algum dia se esqueça daquele som também. E fará tudo ao seu alcance para protegê-la daquele perigo de novo, mesmo que isso signifique guardar segredos, mesmo que signifique seguir regras das quais você não goste. Nisso, Tamlin não será flexível. Então, não peça que ele o seja, ainda não.

Eu não tinha palavras na mente, no coração. Dar tempo a Tamlin, deixar que ele se ajustasse... Era o mínimo que eu podia fazer.

Os ruídos da construção se sobrepuseram ao canto dos pássaros da floresta muito antes de colocarmos os pés na aldeia: martelos em pregos, pessoas disparando ordens, gado mugindo.

Saímos do bosque e encontramos uma aldeia sendo reconstruída: lindas e pequenas construções de pedra e madeira, estruturas improvisadas cobrindo os suprimentos e o gado... As únicas coisas que pareciam totalmente terminadas eram o grande poço no centro da cidade e o que parecia ser uma taverna.

Às vezes, a normalidade de Prythian, as semelhanças extremas entre ela e as terras mortais, ainda me surpreendia. Eu podia muito bem estar na minha aldeia, em casa. Uma aldeia muito melhor e mais nova, mas a disposição, os pontos principais... Todos os mesmos.

E me senti tão deslocada quanto nas terras mortais quando Lucien e eu cavalgamos para o coração do caos e todos pararam de trabalhar ou vender ou perambular para nos olhar.

Olhar para mim.

Como uma onda de silêncio, os sons das atividades morreram até mesmo nos cantos mais afastados da aldeia.

— Feyre Quebradora da Maldição — sussurrou alguém.

Ora, esse era um novo nome.

Eu estava grata pelas longas mangas da minha roupa de cavalgar e pelas luvas combinando, que eu colocara antes de entrarmos nos limites da aldeia.

Lucien aproximou a égua de um macho Grão-Feérico que parecia encarregado de construir uma casa no entorno do poço.

— Viemos ver se precisam de alguma ajuda — disse ele, alto o suficiente para que todos ouvissem. — Nossos serviços são seus pelo dia.

O feérico empalideceu.

— Estou grato, meu senhor, mas nenhuma ajuda é necessária. — Os olhos dele me percorreram, arregalando-se. — A dívida está paga.

O suor nas palmas de minhas mãos pareceu mais espesso, mais quente. Minha égua bateu com o casco na rua de terra vermelha.

— Por favor — disse Lucien, fazendo uma reverência graciosa com a cabeça. — O esforço para reconstruir é nosso fardo também. Seria uma honra.

O macho balançou a cabeça.

— A dívida está paga.

E assim foi em todos os lugares em que paramos na aldeia: Lucien desmontava e pedia para ajudar, e recebia rejeições educadas e reverentes.

Em vinte minutos, já estávamos cavalgando de volta para as sombras e para o farfalhar do bosque.

— Ele permitiu que você me trouxesse hoje — comecei, com a voz rouca — para que eu deixasse de pedir para ajudar a reconstruir?

— Não. Decidi trazê-la eu mesmo. Exatamente por esse motivo. Não querem ou precisam de sua ajuda. Sua presença é uma distração e um lembrete do que eles passaram.

Encolhi o corpo.

— Mas não estavam Sob a Montanha. Não reconheci nenhum deles.

Lucien estremeceu.

— Não. Amarantha tinha... campos para eles. Os nobres e os feéricos abastados podiam morar Sob a Montanha. Mas, se o povo de uma corte não estivesse trabalhando para trazer mercadoria e comida, era trancafiado em campos em uma rede de túneis abaixo da Montanha. Milhares deles, entulhados em câmaras e túneis sem luz, sem ar. Por cinquenta anos.

— Ninguém jamais disse...

— Era proibido falar nisso. Alguns deles perderam a sanidade, começaram a predar os demais quando Amarantha se esquecia de ordenar que os guardas os alimentassem. Alguns formaram bandos que percorriam os campos e faziam... — Lucien esfregou a testa com o polegar e o indicador. — Eles fizeram coisas terríveis. Agora, estão tentando se lembrar de como é ser normal... de como *viver*.

Bile queimou minha garganta. Mas esse casamento... sim, talvez fosse o começo dessa cura.

Mesmo assim, um cobertor parecia sufocar meus sentidos, abafando som, gosto, sensação.

— Eu sei que você queria ajudar — disse Lucien. — Sinto muito.

Eu também sentia.

A imensidão de minha agora infinita existência se escancarava diante de mim.

Deixei que me engolisse por completo.

Capítulo 4

Alguns dias antes da cerimônia de casamento, convidados começaram a chegar, e fiquei grata porque jamais seria Grã-Senhora, jamais seria igual a Tamlin no que dizia respeito a responsabilidade e poder.

Uma pequena e esquecida parte de mim rugia e gritava para tudo isso, mas...

Jantar após jantar, almoços e piqueniques e caçadas.

Fui apresentada e passada adiante, e meu rosto doía devido ao sorriso que eu estampava ali dia e noite. Comecei a ansiar pelo casamento apenas por saber que, depois que terminasse, não precisaria ser agradável ou falar com ninguém ou *fazer* nada por uma semana. Um mês. Um ano.

Tamlin suportava tudo isso — daquele jeito silencioso, quase feral — e me dizia diversas vezes que as festas eram uma forma de me apresentar à corte, ao dar ao povo algo que celebrar. Ele me assegurou que odiava as reuniões tanto quanto eu, e que Lucien era o único que se divertia de verdade, mas... peguei Tamlin sorrindo algumas vezes. E, sinceramente, ele merecia, tinha conquistado aquilo. E aquelas pessoas mereciam também.

Então, suportei, agarrando-me a Ianthe quando Tamlin não estava ao meu lado ou, se eles estivessem juntos, permitindo que os dois levassem as conversas enquanto eu fazia a contagem regressiva das horas até que todos fossem embora.

— Você deveria ir para a cama — disse Ianthe, enquanto nós duas observávamos os festejadores reunidos que lotavam o salão. Tinha visto Ianthe perto das portas abertas havia trinta minutos, e fiquei grata pela desculpa para deixar o grupinho de amigos de Tamlin com os quais eu estava presa conversando. Ou *não* conversando. Ou eles me fitavam descaradamente, ou tentavam desesperadamente pensar em assuntos em comum. Caça, na maior parte do tempo. A conversa costumava emperrar depois de três minutos.

— Tenho mais uma hora antes de precisar dormir — comentei. Ianthe usava o vestido pálido de sempre, com o capuz levantado e aquela tiara de prata, a pedra azul no alto.

Machos Grão-Feéricos a olhavam conforme passavam casualmente por nós, ao lado da parede com painel de madeira próxima às portas principais, com espanto ou luxúria, ou talvez ambos, e vez ou outra os olhares recaíam sobre mim. Eu sabia que os olhos arregalados não tinham nada a ver com meu vestido verde-escuro ou com o rosto bonito (relativamente insípido em comparação com o de Ianthe). Tentava ignorá-los.

— Está pronta para amanhã? Tem algo que eu possa fazer por você? — Ianthe bebericou da taça de vinho branco espumante. O vestido que eu usava naquela noite tinha sido um presente dela, na verdade, verde como a Corte Primaveril, foi como ela chamou. Alis apenas ficou parada enquanto eu me vestia, perturbadoramente silenciosa, deixando que Ianthe reivindicasse suas tarefas costumeiras.

— Estou bem. — Eu já contemplara quão patético seria se pedisse a ela que ficasse permanentemente depois do casamento. Se eu revelasse que temia o momento em que Ianthe me deixaria com aquela corte, com aquelas pessoas, até o Nynsar, uma celebração menor da primavera que comemorava o fim da semeadura dos campos e em que distribuíam as primeiras mudas de flores da estação. Meses e meses no futuro. Até mesmo deixar que Ianthe morasse no próprio templo parecia longe demais.

Dois machos que já haviam passado por nós duas vezes finalmente reuniram coragem para se aproximar... dela.

Eu me encostei à parede, as costas pressionadas contra a madeira, enquanto eles cercavam Ianthe. Bonitos, da forma como a maioria deles é bonita, com armas que os marcavam como dois dos Grão-Feéricos que guardavam as terras de Tamlin. Talvez até mesmo trabalhassem para o pai de Ianthe.

— Sacerdotisa — saudou um, fazendo uma reverência intensa.

Àquela altura, eu tinha me acostumado às pessoas beijando os anéis de prata de Ianthe e implorando por orações para si mesmas, para as famílias ou os amantes. Ianthe recebia tudo isso sem que aquele lindo rosto se alterasse infimamente.

— Bron — disse ela para o feérico à esquerda, alto e de cabelos castanhos. — E Hart — falou Ianthe para aquele à direita, de cabelos pretos e com uma compleição um pouco mais forte que a do amigo. Ianthe inclinou os lábios de um jeito tímido e bonito que eu já aprendera querer dizer que ela estava caçando companhia para a noite. — Não vejo vocês dois encrenqueiros há um tempo.

Eles se esquivaram do comentário com flertes e, então, os dois machos começaram a olhar na minha direção.

— Ah — disse Ianthe, com o capuz se movendo quando ela se virou. — Permitam-me apresentar Lady Feyre. — Ianthe abaixou o olhar, inclinando a cabeça em um aceno profundo. — Salvadora de Prythian.

— Nós sabemos — disse Hart, baixinho, fazendo uma reverência, com o amigo, na altura da cintura. — Estávamos Sob a Montanha com você.

Consegui inclinar a cabeça um pouco quando eles esticaram o corpo.

— Parabéns por amanhã — disse Bron, sorrindo. — Um final adequado, não?

Um final adequado seria eu em uma cova, ardendo no inferno.

— O Caldeirão — disse Ianthe — abençoou a todos nós com tal união. — Os machos murmuraram em concordância, fazendo reverências com a cabeça de novo. Eu ignorei.

— Preciso dizer — continuou Bron. — Aquela prova, com o Verme de Middengard? Brilhante. Uma das coisas mais brilhantes que já vi.

Fiz um esforço para não empurrar o corpo todo contra a parede, para não pensar no fedor daquela lama, no ruído aquoso daqueles dentes dilaceradores de carne avançando contra mim.

— Obrigada.

— Ah, pareceu terrível — falou Ianthe, aproximando-se ao reparar que eu não estava mais com aquele sorriso inexpressivo. Ela apoiou a mão no meu braço. — Tal bravura é inspiradora.

Fiquei grata, tão pateticamente grata pelo toque tranquilizador. Pelo aperto. Eu sabia que Ianthe inspiraria hordas de jovens fêmeas feéricas a se juntarem a sua ordem; não para adorar à Mãe e ao Caldeirão, mas para aprender como Ianthe *vivia*, como ela podia brilhar tão forte e se amar, seguir de um macho para outro, como se eles fossem pratos em um banquete.

— Faltamos à caça no outro dia — comentou Hart, casualmente. — Então, não tivemos a chance de ver seus talentos de perto, mas acho que o Grão-Senhor nos alocará perto da propriedade no mês que vem; seria uma honra cavalgar com você.

Tamlin não permitiria que eu saísse com eles nem em mil anos. E eu não tinha vontade de contar aos dois que não tinha interesse em jamais voltar a usar um arco e uma flecha, ou a caçar qualquer coisa. A caçada para a qual eu tinha sido arrastada dois dias antes fora quase demais. Mesmo com todos me observando, não saquei uma flecha.

Ainda estavam esperando uma resposta; então, eu disse:

— A honra será minha.

— Meu pai colocou vocês dois de serviço amanhã, ou participarão da cerimônia? — falou Ianthe, pousando a mão distraidamente sobre o braço de Bron. Era exatamente por isso que eu a procurava nos eventos.

Bron respondeu, mas os olhos de Hart permaneceram em mim... em meus braços cruzados. Em meus dedos tatuados. Ele falou:

— Teve alguma notícia do Grão-Senhor?

Ianthe enrijeceu o corpo, e Bron imediatamente disparou o olhar para minha pele tatuada.

— Não — respondi, encarando Hart.

— Ele provavelmente está assustado demais agora que Tamlin recuperou os poderes.

— Então você não conhece Rhysand nem um pouco.

Hart piscou, e até mesmo Ianthe se manteve em silêncio. Era provavelmente a coisa mais agressiva que eu tinha dito a alguém durante essas festas.

— Bem, nós cuidaremos dele se for preciso — disse Hart, trocando a perna de apoio enquanto eu continuava a encará-lo, não me incomodando em suavizar a expressão.

Ianthe disse a ele, a mim:

— As Grã-Sacerdotisas estão cuidando disso. Não permitiremos que nossa salvadora seja tratada tão mal.

Obriguei a expressão do rosto a ficar neutra. Era *por isso* que Tamlin inicialmente buscara Ianthe? Para fazer uma aliança? Meu peito se apertou um pouco. Eu me voltei para ela.

— Vou subir. Diga a Tamlin que o verei amanhã.

Amanhã, porque aquela noite, Ianthe dissera, passaríamos separados. Conforme rezavam suas antigas tradições.

Ianthe beijou minha bochecha, e seu capuz me protegeu do salão por um segundo.

— Estou a sua disposição, Senhora. Mande chamar se precisar de algo.

Eu não mandaria, mas assenti.

Conforme saí do salão, olhei para a frente, onde Tamlin e Lucien estavam cercados por um círculo de machos e fêmeas Grão-Feéricos. Talvez não fossem tão refinados quanto alguns dos outros, mas... Tinham a aparência de pessoas que estavam juntas havia muito tempo, que tinham lutado ao lado umas das outras. Os amigos de Tamlin. Ele me apresentara ao grupo, e imediatamente esqueci os nomes deles. Não tentei aprender de novo.

Tamlin inclinou a cabeça para trás e gargalhou, e os demais gargalhavam com ele.

Saí antes que Tamlin pudesse me ver, passando sutilmente pelos corredores lotados até estar no andar superior escuro e vazio da ala residencial.

Sozinha no quarto, percebi que não conseguia me lembrar da última vez que tinha rido de verdade.

✠

O teto se abaixava, os espinhos grandes e cegos estavam tão quentes que eu conseguia ver as ondas de calor emanando deles, mesmo de onde estava acorrentada ao chão. Acorrentada, porque era analfabeta e não podia ler a charada escrita na parede, e Amarantha estava feliz por me deixar ser empalada.

Mais e mais perto. Ninguém viria me salvar dessa morte terrível.

Doeria. Doeria e seria lenta, e eu choraria — talvez até chorasse por minha mãe, que jamais se importara mesmo comigo. Talvez eu implorasse para que ela me salvasse...

✠

Braços e pernas se debatiam quando acordei com um susto na cama, puxando correntes invisíveis.

Eu teria corrido para o banheiro caso meus braços e pernas não tremessem tanto, caso conseguisse respirar, respirar, *respirar*...

Verifiquei o quarto, estremecendo. Real... aquilo era real. Os horrores, aqueles eram pesadelos. Eu tinha escapado; estava viva; estava a salvo.

Uma brisa noturna flutuou pelas janelas abertas, embaraçando meus cabelos, secando o suor frio em mim. O céu escuro chamava, as estrelas estavam tão fracas e pequenas como flocos de gelo.

Bron fizera parecer que assistir ao meu encontro com o Verme de Middengard tinha sido uma partida esportiva. Como se eu não estivesse a um erro de ser devorada por inteiro e ter meus ossos cuspidos.

Salvadora e boba da corte, pelo visto.

Saí cambaleando até a janela aberta e a abri mais, deixando minha vista livre para a escuridão salpicada de estrelas.

Apoiei a cabeça contra a parede, aproveitando as pedras geladas.

Em algumas horas, estaria casada. Teria meu final feliz, merecesse eu ou não. Mas aquela terra, aquele povo... *eles* também teriam seu final feliz. Os primeiros poucos passos na direção da cura. Na direção da paz. Então as coisas ficariam bem.

Então eu ficaria bem.

Eu odiava mesmo, de verdade, meu vestido de casamento.

Era uma monstruosidade de tule e *chiffon* e organza, tão diferente dos vestidos soltos que eu costumava usar: o corpete era justo, o decote se curvava para destacar meus seios, e as saias... as saias eram como uma tenda reluzente, praticamente flutuando ao ar perfumado da primavera.

Não era à toa que Tamlin tinha rido. Até mesmo Alis, enquanto me vestia, murmurara consigo mesma, mas não dissera nada. Mais provavelmente porque Ianthe em pessoa escolhera o vestido para complementar qualquer que fosse o conto que ela teceria naquele dia — a lenda que Ianthe proclamaria ao mundo.

Eu poderia ter lidado com tudo isso, não fosse pelas mangas bufantes, tão grandes que quase conseguia enxergá-las brilhando com minha visão periférica. Meus cabelos tinham sido enrolados, metade para cima, metade para baixo, entrelaçados com pérolas e joias e o Caldeirão sabia o que mais, e fora preciso todo o meu autocontrole para evitar encolher o corpo diante do espelho antes de descer as escadas espiraladas até o salão principal. Meu vestido sibilava e farfalhava a cada passo.

Além das portas fechadas do pátio, onde parei, o jardim tinha sido decorado com fitas e lanternas em tons de creme, rosado e azul-celeste. Trezentas cadeiras estavam reunidas no pátio maior, cada assento era ocupado pela corte de Tamlin. Desci o corredor principal, suportando os olhares, antes de chegar ao altar na outra ponta... onde Tamlin estaria esperando.

Então, Ianthe sancionaria e abençoaria nossa união logo antes do pôr do sol, representando *todas* as 12 Grã-Sacerdotisas. Ianthe indicara que elas haviam insistido para estar presentes — mas, por qualquer que fosse o ato de esperteza, Ianthe conseguira manter as outras 11 longe. Talvez para reivindicar a atenção para si, talvez para me poupar de ser importunada pelas outras. Eu não saberia dizer. Talvez os dois.

Minha boca ficou seca como papel quando Alis afofou a cauda brilhante do vestido à sombra das portas do jardim. Seda e organza farfalharam e suspiraram, e segurei o buquê pálido nas mãos enluvadas, quase partindo os caules.

Luvas de seda na altura dos cotovelos... para esconder as marcas. Ianthe as entregara pessoalmente naquela manhã, em uma caixa forrada de veludo.

— Não fique nervosa — disse Alis, com a pele marrom que adquiriu um tom leve e rosado sob a luz dourada do crepúsculo.

— Não estou — disparei.

— Está se mexendo como meu sobrinho mais novo durante um corte de cabelo. — Ela terminou de arrumar meu vestido e enxotou alguns criados que tinham ido me espiar antes da cerimônia. Fingi que não os vi, bem como a multidão reluzente emoldurada pelo pôr do sol, que estava sentada no pátio adiante, e brinquei com algum grão invisível de poeira nas saias.

— Você está linda — disse Alis, baixinho. Eu tinha quase certeza de que ela pensava o mesmo que eu sobre o vestido, mas acreditei.

— Obrigada.

— E você parece a caminho do próprio funeral.

Estampei um sorriso no rosto. Alis revirou os olhos. Mas me cutucou na direção das portas quando estas se abriram com algum vento imortal e se ouviu uma música alegre.

— Terá terminado mais rápido do que você consegue piscar — prometeu ela, e cuidadosamente me empurrou para a última luz do sol.

Trezentas pessoas ficaram de pé e se viraram em minha direção.

Desde minha última tarefa não havia tanta gente reunida para me assistir, me julgar. Todas com adornos tão semelhantes aos que tinham usado Sob a Montanha. Os rostos eram borrões, se fundiam.

Alis tossiu das sombras da casa e me lembrei de começar a andar, a olhar na direção do altar...

Para Tamlin.

Perdi o fôlego, e foi difícil continuar descendo as escadas, evitar que meus joelhos cedessem. Ele estava maravilhoso em uma túnica verde e dourada, uma coroa de folhas secas de louro reluzia em sua cabeça. Tamlin suavizara o encantamento sobre si, permitira que aquela luz e a beleza imortais brilhassem... por mim.

Minha visão se estreitou sobre ele, meu Grão-Senhor; os olhos arregalados de Tamlin reluziam enquanto eu passava na grama fofa, com pétalas de rosas brancas espalhadas sobre ela...

E pétalas vermelhas.

Como gotas de sangue entre as brancas, as pétalas vermelhas tinham sido lançadas no caminho adiante.

Eu me obriguei a olhar para cima, para Tamlin, que estava com os ombros esticados, a cabeça erguida.

Tão ignorante à verdadeira gravidade do quanto eu estava partida e sombria por dentro. Do quanto era inapropriado que eu vestisse branco quando minhas mãos eram tão imundas.

Todos estavam pensando isso. Só podiam estar.

Cada passo era rápido demais, me impulsionava na direção do altar e de Tamlin. E na direção de Ianthe, usando um vestido azul-escuro naquela noite, reluzindo sob aquele capuz e a coroa prateada.

Como se eu fosse boa... como se eu não tivesse assassinado dois dos deles.

Eu era uma assassina e uma mentirosa.

Um punhado de pétalas vermelhas pairava adiante, exatamente como o sangue daquele rapaz feérico que se empoçara aos meus pés.

A dez passos do altar, na beira daquele borrão vermelho, reduzi a velocidade.

Então parei.

Todos estavam observando, exatamente como estiveram quando quase morri, espectadores de meu tormento.

Tamlin estendeu a imensa mão e franziu levemente a testa. Meu coração batia muito rápido, rápido demais.

Eu ia vomitar.

Bem sobre aquelas pétalas; bem sobre a grama e as fitas que se estendiam pelo corredor nas cadeiras que o ladeavam.

E entre minha pele e meus ossos, algo ressoava e latejava, erguendo-se e empurrando, disparando em meu sangue...

Tantos olhos, olhos demais sobre mim, testemunhas de cada crime que eu havia cometido, cada humilhação...

Não sei por que sequer tinha me incomodado em usar luvas, por que deixara que Ianthe me convencesse.

O sol poente estava quente demais, o jardim, fechado demais pelas cercas vivas. Tão inescapável quanto o voto que eu estava prestes a fazer, me unindo a ele para sempre, acorrentando Tamlin a minha alma quebrada e cansada. A coisa dentro de mim se agitava agora, meu corpo tremia com a força que se acumulava conforme buscava uma saída...

Para sempre — eu jamais melhoraria, jamais me libertaria de mim mesma, daquele calabouço no qual tinha passado três meses...

— Feyre — disse Tamlin, a mão firme ainda estendida para mim. O sol desceu além da fronteira do muro do jardim oeste; sombras cresceram, esfriando o ar.

Se eu me virasse, eles começariam a falar, mas não conseguia dar os últimos passos, não conseguia, não conseguia, não conseguia...

Estava prestes a me desfazer, bem ali, naquele momento... e eles veriam exatamente como eu estava destruída.

Ajude-me, ajude-me, ajude-me, implorei a alguém, qualquer um. Implorei a Lucien, parado na fileira da frente, o olho de metal fixo em mim. Implorei a Ianthe, com o rosto sereno e paciente e adorável dentro daquele capuz. *Salve-me, por favor, salve-me. Me tire daqui. Acabe com isso.*

Tamlin deu um passo na minha direção; preocupação cobria aqueles olhos.

Recuei um passo. *Não.*

A boca de Tamlin se contraiu. A multidão murmurou. Fios de seda carregados de esferas de luz feérica dourada brilharam ao tomar vida acima e ao nosso redor.

Ianthe falou, suavemente:

— Venha, Noiva, e una-se a seu verdadeiro amor. Venha, Noiva, e deixe que o bem triunfe por fim.

O bem. Eu não era boa. Eu não era *nada*, e minha alma, minha alma eterna, estava condenada...

Tentei fazer com que meus pulmões traidores inspirassem, para que eu conseguisse dizer a palavra. *Não*... não.

Mas não precisei dizer.

Trovão ressoou atrás de mim, como se duas pedras tivessem se chocado uma contra a outra.

Pessoas gritaram, caindo para trás, e algumas desapareceram imediatamente quando a escuridão irrompeu.

Eu me virei e, em meio à noite que flutuava como fumaça ao vento, encontrei Rhysand ajeitando as lapelas de seu casaco preto.

— Oi, Feyre, querida — ronronou Rhysand.

Capítulo 5

Eu não deveria ter ficado surpresa. Não quando Rhysand gostava de tornar tudo um espetáculo. E achava que irritar Tamlin era um tipo de arte.

Mas ali estava ele.

Rhysand, Grão-Senhor da Corte Noturna, agora estava ao meu lado, e escuridão escorria dele como nanquim na água.

Rhys inclinou a cabeça, os cabelos preto-azulados oscilaram ao movimento. Aqueles olhos violeta brilharam à luz feérica dourada quando se fixaram em Tamlin, conforme Rhysand estendia a mão para onde Tamlin e Lucien e as sentinelas deles estavam sacando as espadas, avaliando como me tirar do caminho, como derrotar Rhys...

Mas, quando aquela mão se ergueu, todos congelaram.

Ianthe, no entanto, estava recuando devagar, o rosto lívido.

— Que casamento bonitinho — disse Rhysand, enfiando as mãos nos bolsos enquanto aquelas muitas espadas permaneceram embainhadas. A multidão que restara recuava, alguns subiam em cadeiras para fugir.

Rhys me olhou de cima a baixo devagar e emitiu um estalo com a língua quando viu as luvas de seda. O que quer que estivesse se acumulando sob minha pele ficou imóvel e frio.

— Dê o fora daqui — grunhiu Tamlin, caminhando em nossa direção. Garras dispararam dos nós de seus dedos.

Rhys emitiu outro estalo com a língua.

— Ah, acho que não. Não quando preciso cobrar meu acordo com a querida Feyre.

Meu estômago pareceu vazio. Não... não, agora não.

— Se tentar quebrar o acordo, saberá o que vai acontecer — continuou Rhys, rindo um pouco da multidão que ainda tropeçava sobre si mesma para fugir. O Grão-Senhor me indicou com o queixo. — Dei três meses de liberdade a você. Poderia ao menos parecer feliz em me ver.

Eu tremia demais para dizer qualquer coisa. Os olhos de Rhys brilharam com desprezo.

A expressão sumiu quando ele olhou para Tamlin de novo.

— Vou levá-la agora.

— Não ouse — rosnou Tamlin. Atrás dele, o altar estava vazio; Ianthe tinha sumido de vez. Junto à maioria dos participantes.

— Interrompi? Achei que tivesse acabado. — Rhys me deu um sorriso que escorria veneno. Ele sabia, por meio daquele laço, de qualquer que fosse a magia entre nós, Rhys sabia que eu estava prestes a dizer não. — Pelo menos Feyre parecia pensar que sim.

Tamlin grunhiu.

— Deixe terminarmos a cerimônia...

— Sua Grã-Sacerdotisa — falou Rhys — parece achar que já acabou também.

Tamlin enrijeceu o corpo quando olhou por cima do ombro e viu o altar vazio. Quando ele nos encarou de novo, suas garras já estavam um pouco retraídas.

— Rhysand...

— Não estou a fim de negociar — declarou Rhys. — Embora eu conseguisse tirar vantagem disso, tenho certeza. — Eu me sobressaltei quando senti a carícia da mão dele no cotovelo. — Vamos.

Não me movi.

— Tamlin — sussurrei.

Tamlin deu um único passo em minha direção, o rosto ficando descorado, mas continuou concentrado em Rhys.

— Diga seu preço.

— Não se incomode — cantarolou Rhys, entrelaçando o braço no meu. Cada ponto de contato era terrível, insuportável.

Ele me levaria para a Corte Noturna, o lugar que supostamente servira de inspiração para Amarantha construir Sob a Montanha, cheio de devassidão e tortura e morte...

— Tamlin, por favor.

— Quanto drama — disse Rhysand, me puxando para perto.

Mas Tamlin não se moveu... e aquelas garras foram completamente substituídas por pele macia. Ele fixou o olhar em Rhys, e seus lábios se retraíram em um grunhido.

— Se você a ferir...

— Eu sei, eu sei — disse Rhysand, impaciente. — Vou devolvê-la em uma semana.

Não, não, Tamlin não podia fazer aquele tipo de ameaça, não quando ela significava que ele me deixaria ir. Até mesmo Lucien olhava boquiaberto para Tamlin, o rosto pálido com fúria e choque.

Rhys soltou meu cotovelo apenas para passar a mão pela minha cintura, me puxando contra a lateral do corpo enquanto sussurrava ao meu ouvido:

— Segure firme.

Então, a escuridão rugiu, um vento me empurrou para um lado e para o outro, o chão pareceu cair sob mim, e o mundo tinha sumido ao meu redor. Restava apenas Rhys, e eu o odiei enquanto me segurava nele, odiei com todo o meu coração...

Então, a escuridão sumiu.

Senti cheiro de jasmim primeiro; depois, vi estrelas. Um mar de estrelas brilhando além de pilares reluzentes de pedra da lua que emolduravam a ampla vista das infinitas montanhas cobertas de neve.

— Bem-vinda à Corte Noturna. — Foi tudo o que Rhys disse.

Era o lugar mais lindo que eu já vira.

Qualquer que fosse o prédio em que estávamos, ele ficava no alto das montanhas de pedras cinzentas. O corredor a nossa volta ficava exposto à natureza, nenhuma janela à vista, apenas pilastras imensas e cortinas finas oscilando àquela brisa com cheiro de jasmim.

Devia ser alguma magia, para manter o ar quente no meio do inverno. Sem falar da altitude, ou da neve que cobria as montanhas, ou dos ventos poderosos que sopravam véus de neve dos picos, como uma neblina errante.

Pequenas áreas de estar, jantar e escritórios pontuavam o corredor, separado por aquelas cortinas ou plantas exuberantes ou tapeçarias espessas espalhadas pelo piso de pedra da lua. Algumas esferas de luz tremeluziam à brisa, junto a lanternas de vidro colorido que pendiam dos arcos do teto.

Não havia um grito, um urro, nenhuma súplica no ar.

Atrás de mim, uma parede de mármore branco se erguia, interrompida ocasionalmente por portais abertos que davam para escadarias escuras. O restante da Corte Noturna devia estar além delas. Não era à toa que eu não conseguia ouvir ninguém gritar se estavam todos do lado de dentro.

— Esta é minha residência particular — disse Rhys, casualmente. A pele estava mais escura do que eu me lembrava, bronzeada agora, em vez de pálida.

Pálida, por ficar trancado Sob a Montanha durante cinquenta anos. Observei Rhysand, em busca de qualquer sinal das imensas asas — aquelas com as quais ele admitira amar voar. Mas não havia. Apenas o feérico, dando um risinho para mim.

E aquela expressão familiar demais...

— Como você *ousa*...

Rhys riu com escárnio.

— Eu senti falta *desse* olhar no seu rosto. — Ele se aproximou, os movimentos felinos, aqueles olhos violeta parecendo controlados, letais. — De nada, aliás.

— Pelo *quê*?

Rhys parou a menos de 30 centímetros e colocou as mãos nos bolsos. A noite não parecia vazar dele ali; e Rhys parecia, apesar da perfeição, quase normal.

— Por salvar você quando pediu.

Enrijeci o corpo.

— Não pedi nada.

O olhar de Rhys desceu para minha mão esquerda.

Ele não deu aviso quando segurou meu braço, grunhindo baixinho, e rasgou a luva. O toque de Rhys era como um ferrete, e me encolhi, recuando um passo, mas Rhysand segurou firme até tirar as duas luvas.

— Ouvi você implorando a alguém, *qualquer um*, para que a resgatasse, para que a tirasse dali. Ouvi você dizer *não*.

— Eu não disse nada.

Rhysand virou minha mão exposta, segurando mais firme enquanto examinava o olho que tinha tatuado. Ele bateu na pupila. Uma vez. Duas.

— Eu ouvi, alto e claro.

Puxei a mão de volta.

— Me leve de volta. *Agora*. Não queria ser levada.

Rhys deu de ombros.

— Que momento melhor para trazer você aqui? Talvez Tamlin não tenha notado que você estava prestes a rejeitá-lo diante da corte inteira... talvez agora você possa simplesmente me culpar.

— Você é um desgraçado. Deixou bem evidente que eu tinha... reservas.

— Quanta gratidão, como sempre.

Tive dificuldades para respirar.

— O que quer de mim?

— *Querer*? Quero que diga "obrigada", antes de tudo. Depois, quero que tire esse vestido horrível. Você parece... — A boca de Rhys se contraiu em uma linha cruel. — Você parece exatamente a donzela com olhos de corça que ele e aquela sacerdotisa afetada querem que seja.

— Você não sabe nada sobre mim. Ou sobre nós.

Rhys me lançou um sorriso conhecedor.

— E Tamlin sabe? Ele por acaso pergunta a você por que vomita as tripas todas as noites, ou por que não pode entrar em alguns cômodos nem ver algumas cores?

Congelei. Ele podia muito bem ter me deixado nua.

— Saia da porcaria da minha cabeça.

Tamlin tinha os próprios horrores para suportar, para enfrentar.

— Igualmente. — Rhys se afastou alguns passos. — Acha que gosto de ser acordado toda noite por visões de você vomitando? Você manda tudo por aquele laço, e não gosto de ter um assento privilegiado quando estou tentando dormir.

— Canalha.

Outra risada. Mas eu não perguntaria do que ele estava falando — do laço entre nós. Não daria a Rhysand a satisfação de parecer curiosa.

— E quanto ao que mais quero de você... — Rhys indicou a casa atrás de nós. — Contarei amanhã no café da manhã. Por enquanto, limpe-se. Descanse. — Aquele ódio lampejou nos olhos de Rhysand mais uma vez quando viu o vestido, o cabelo. — Pegue as escadas à direita, um andar abaixo. Seu quarto é a primeira porta.

— Nada de cela no calabouço? — Talvez tivesse sido burrice revelar esse medo, sugerir isso a ele.

Mas Rhys deu meia-volta e ergueu as sobrancelhas.

— Você não é uma prisioneira, Feyre. Fez um acordo e o estou cobrando. Será minha convidada aqui, com os privilégios de um membro de minha casa. Nenhum de meus súditos vai tocar em você, machucá-la ou sequer pensar em lhe fazer mal aqui.

Minha língua estava seca e pesada quando falei:

— E onde podem estar esses súditos?

— Alguns moram aqui, na montanha sob nós. — Rhysand inclinou a cabeça. — Estão proibidos de colocar os pés nesta residência. Sabem que assinarão a própria sentença de morte. — Os olhos dele encontraram os meus, ríspidos e claros, como se Rhys pudesse ver o pânico, as sombras se aproximando. — Amarantha não foi muito criativa — disse ele, com ódio silencioso. — Minha corte sob esta montanha é temida há muito tempo, e ela escolheu replicá-la, violando o espaço da montanha sagrada de Prythian. Então, sim: há uma corte sob esta montanha, a corte à qual seu Tamlin agora espera que eu a esteja submetendo. Eu a governo vez ou outra, mas ela praticamente se governa.

— Quando... quando vai me levar até lá? — Se eu precisasse ir ao subterrâneo, precisasse ver aqueles tipos de horrores de novo... Eu imploraria, *imploraria* para que não me levasse. Não me importava quanto isso me tornaria patética. Eu tinha perdido qualquer tipo de pudor quanto a que linhas cruzar para sobreviver.

— Não levarei. — Rhys fez um gesto com os ombros. — Este é meu lar, e a corte abaixo é minha... ocupação, como vocês, mortais, chamam. Não gosto que os dois se sobreponham com frequência.

Minhas sobrancelhas se ergueram levemente.

— Vocês, mortais?

Luz das estrelas dançou pelo rosto de Rhysand.

— Deveria considerá-la algo diferente?

Um desafio. Afastei a irritação diante do interesse que novamente repuxava os cantos dos lábios de Rhys, então falei:

— E os outros habitantes de sua corte? — O território da Corte Noturna era enorme, maior que qualquer outro em Prythian. E ao nosso redor havia aquelas montanhas vazias, cobertas de neve. Nenhum sinal de cidades, aldeias, nada disso.

— Espalhados por aí, vivendo como querem. Exatamente como *você* está agora livre para perambular por onde quiser.

— Quero perambular para casa.

Rhys riu, finalmente caminhando até a outra ponta do corredor, o qual terminava em uma varanda que se abria para as estrelas.

— Estou disposto a aceitar seu agradecimento a qualquer hora, sabe — gritou Rhys para mim, sem olhar para trás.

A cor vermelha explodiu em minha visão, e não consegui respirar rápido o bastante, não consegui *pensar* acima do rugido em minha mente. Em um segundo eu estava encarando Rhys... no seguinte, estava com o sapato em uma das mãos.

Atirei o sapato contra Rhys com toda a minha força.

Toda a minha força considerável e imortal.

Mal vi o sapato de seda quando ele voou pelos ares, rápido como uma estrela cadente, tão rápido que nem mesmo um Grão-Senhor conseguiu detectar quando ele se aproximou...

E se chocou contra a cabeça de Rhysand.

Ele se virou, ergueu uma das mãos até a nuca e arregalou os olhos.

Eu já estava com o outro pé do sapato na mão.

Os lábios de Rhys se retesaram, exibindo os dentes.

— *Eu a desafio.* — Temperamento, ele devia estar de mau humor para deixar que o temperamento transparecesse tanto.

Que bom. Éramos dois.

Atirei o outro sapato direto contra a cabeça dele, com as mesmas rapidez e força do primeiro.

A mão de Rhys se ergueu, ele pegou o sapato a apenas centímetros do rosto.

Rhys sibilou e abaixou o sapato, e seus olhos encontraram os meus quando a seda se dissolveu em poeira preta reluzente no punho de Rhys. Os dedos dele se abriram, o restante das cinzas brilhantes foi soprado para o esquecimento, e Rhys observou minha mão, meu corpo, meu rosto.

— Interessante — murmurou ele, e retomou seu caminho.

Pensei em derrubar Rhys no chão e socar aquele rosto, mas não era burra. Estava em sua casa, no alto de uma montanha no meio de absolutamente nada, ao que parecia. Ninguém viria me resgatar; ninguém sequer estava ali para testemunhar meus gritos.

Então, me virei para a porta que Rhysand indicara, prosseguindo para a escada escura além dela.

Tinha quase alcançado a escada, não ousando respirar alto demais, quando uma voz feminina, alegre e interessada disse, atrás de mim, bem longe de onde Rhys tinha ido do lado oposto do corredor:

— É, *isso* correu bem.

O grunhido de resposta de Rhys me fez apressar o passo.

Meu quarto era... um sonho.

Depois de vasculhá-lo em busca de qualquer sinal de perigo, depois de encontrar cada saída e cada esconderijo, parei no centro para contemplar onde, exatamente, eu ficaria durante a próxima semana.

Como a área de estar acima, as janelas estavam abertas para o mundo brutal além delas — nada de vidro, nada de venezianas —, e cortinas de um tom de ametista puro oscilavam àquela brisa suave e sobrenatural. A grande cama era de uma mistura cremosa de branco e marfim, com travesseiros e cobertas e mantas para vários dias, tornada ainda mais convidativa pelo par de luminárias douradas ao lado.

O armário e a penteadeira ocupavam uma parede, emoldurada por aquelas janelas sem vidro. Do outro lado do quarto, um cômodo com uma pia de porcelana e um vaso sanitário estava atrás de uma porta de madeira, mas a banheira...

A banheira.

Ocupando a outra metade do quarto, minha banheira era, na verdade, uma piscina que pendia da própria montanha. Uma piscina para eu me banhar ou me divertir. A beirada parecia desaparecer no nada, a água fluía silenciosamente pela lateral, para a noite além. Um parapeito estreito na parede adjacente estava coberto com velas gordas e tremeluzentes, cujo brilho dourava a superfície escura e vítrea e as espirais de vapor.

Aberto, arejado, aconchegante e... calmo.

Aquele quarto era digno de uma imperatriz. Com o piso de mármore, as sedas, os veludos e os detalhes elegantes, apenas uma imperatriz conseguiria pagar por ele. Eu tentava não pensar em como seria o aposento de Rhys se ele tratava os convidados daquela forma.

Convidada; não prisioneira.

Bem... o quarto provava isso.

Não me incomodei em fazer uma barricada na porta. Rhys provavelmente conseguiria voar para dentro do quarto se tivesse vontade. E eu o vira destruir a mente de um feérico sem sequer piscar. Duvidava que um pedaço de madeira mantivesse fora aquele poder horrível.

Mais uma vez, verifiquei o quarto, e meu vestido de casamento sibilou no piso de mármore cálido.

Olhei para mim.

Você está ridícula.

Senti o calor subir por minhas bochechas e pescoço.

Isso não desculpava o que ele tinha feito. Mesmo que tivesse... me salvado — engasguei na palavra — de precisar recusar Tamlin. Precisar explicar.

Devagar, puxei os grampos e os enfeites dos cabelos cacheados, empilhando-os na penteadeira. A visão foi o suficiente para que eu trincasse os dentes, então os enfiei em uma gaveta vazia e a bati com tanta força que o espelho acima da mesa chacoalhou. Esfreguei a cabeça, que doía devido ao peso dos cachos e dos grampos que despontavam. Naquela tarde, tinha imaginado Tamlin tirando cada grampo de meus cabelos, um beijo por grampo, mas agora...

Engoli em seco para afastar a queimação na garganta.

Rhys era a menor de minhas preocupações. Tamlin vira a hesitação, mas será que entendera que eu estava prestes a dizer não? Será que Ianthe percebera? Eu precisava contar a ele. Precisava explicar que não poderia haver um casamento, não por enquanto. Talvez eu esperasse até que o laço de parceria ocorresse, até que eu tivesse certeza de que não poderia ser um erro, que... que eu era digna dele.

Talvez esperasse até que Tamlin também enfrentasse os pesadelos que o perseguiam. Relaxasse um pouco com relação às coisas. A mim. Mesmo que eu entendesse sua necessidade de proteger, aquele medo de me perder... Talvez eu devesse explicar tudo quando voltasse.

Mas... tanta gente tinha visto, tinha *me* visto hesitar...

Meu lábio inferior tremeu, e comecei a desabotoar o vestido; então, puxei-o pelos ombros.

Deixei que o vestido deslizasse até o chão com um suspiro da seda e do tule e das miçangas, um suflê murchando no piso de mármore, e depois dei um grande passo para fora da pilha. Até mesmo minha roupa de baixo era ridícula: retalhos brilhantes de renda com a única intenção de que Tamlin os admirasse... e então os rasgasse em fitas.

Puxei a anágua para cima, disparei para o armário e a enfiei ali dentro. Depois, tirei as roupas íntimas e as enfiei no armário também.

Minha tatuagem se destacava contra o monte de seda e renda brancas. Minha respiração ficou mais e mais rápida. Não percebi que estava chorando até que segurei o primeiro pedaço de tecido que encontrei dentro do armário — um conjunto de pijama turquesa — e enfiei os pés pela calça na altura do tornozelo; depois, puxei a camisa de manga curta combinando por cima da cabeça, e a bainha batia no alto de meu umbigo. Não me importava com o fato de que aquilo só podia ser algum tipo de moda da Corte Noturna, não me importava que o pijama fosse macio e quente.

Subi naquela cama grande e macia, os lençóis eram suaves e convidativos, e mal consegui puxar o ar em um fôlego uniforme o suficiente para apagar as lâmpadas de cada lado.

Mas, assim que a escuridão envolveu o quarto, meus soluços vieram com força total — arquejos fortes e entrecortados, que me faziam estremecer, fluíam pelas janelas abertas e saíam para a noite estrelada e salpicada de neve.

Rhys não estava mentindo quando disse que eu deveria me juntar a ele para o café da manhã.

Minhas antigas damas de companhia de Sob a Montanha surgiram à porta logo depois do alvorecer, e eu talvez não tivesse reconhecido as belas gêmeas de cabelos pretos caso elas não tivessem agido como se me conhecessem. Eu jamais as vira como qualquer coisa diferente de sombras, os rostos sempre escondidos em noite impenetrável. Mas ali — ou talvez sem Amarantha — elas eram totalmente corpóreas.

Nuala e Cerridwen eram seus nomes, e me perguntei se algum dia tinham me dito. Se eu estava perdida demais Sob a Montanha para sequer me importar.

A batida suave das duas me acordou com um sobressalto... Não que eu tivesse dormido muito à noite. Por um segundo, me perguntei por que a cama parecia muito mais macia, por que montanhas se estendiam ao longe, e não gramado e colinas primaveris... então, tudo retornou. Com uma dor de cabeça latejante e incessante.

Depois da segunda batida paciente, seguida por uma explicação abafada do outro lado da porta sobre quem elas eram, saí da cama confusa para deixar as duas entrarem. E depois de um cumprimento terrivelmente desconfortável, elas me informaram que o café da manhã seria servido em trinta minutos e que eu deveria tomar banho e me vestir.

Não me incomodei em perguntar se Rhys estava por trás da última ordem, ou se era a recomendação delas com base no quanto eu sem dúvida parecia deplorável, mas as duas dispuseram algumas roupas na cama antes de me deixarem para que eu me limpasse com privacidade.

Fiquei tentada a ficar no suntuoso calor da banheira durante o resto do dia, mas um *puxão* suave e eternamente interessado penetrou minha dor de cabeça. Eu conhecia esse puxão — fora chamada por ele antes, naquelas horas antes da queda de Amarantha.

Afundei até o pescoço na água, verificando o céu limpo de inverno, o vento fustigante que açoitava a neve daqueles picos próximos... Nenhum sinal dele, nenhum bater de asas. Mas o puxão se manifestou de novo em minha mente, meu estômago; uma convocação. Como o sino de um criado.

Xingando-o em silêncio, limpei o corpo e coloquei as roupas que as gêmeas haviam deixado.

E agora, caminhando pelo andar superior ensolarado conforme seguia cegamente a fonte daquele puxão insuportável, os sapatos de seda magenta quase silenciosos no piso de pedra da lua, tive vontade de arrancar as roupas, somente devido ao fato de que pertenciam àquele lugar, a *ele*.

A calça cor de pêssego de cintura alta era larga e oscilante, apertada nos tornozelos e com bainha de veludo de um dourado forte. As mangas longas da camisa combinando eram feitas de organza, também apertadas na altura dos pulsos, e a própria blusa chegava apenas à altura do umbigo, revelando uma faixa de pele conforme eu andava.

Confortável, fácil de me mover — de correr. Feminino. Exótico. Tão fino que, a não ser que Rhys planejasse me atormentar me atirando ao deserto de inverno a nossa volta, eu poderia presumir que não deixaria os limites de qualquer que fosse a magia que mantinha o lugar tão morno.

Pelo menos a tatuagem, visível pela manga transparente, não ficaria deslocada ali. Mas... as roupas ainda eram parte da corte de Rhys.

E sem dúvida eram parte de algum jogo que ele pretendia fazer comigo.

No final do nível superior, uma pequena mesa de vidro reluzia como mercúrio no coração de uma varanda de pedra, montada com três cadeiras e posta com frutas, sucos, pães e carnes de café da manhã. E em uma daquelas cadeiras... Embora Rhys encarasse a vista deslumbrante, as montanhas nevadas quase ofuscantes ao sol, eu sabia que ele sentira minha chegada assim que terminei de subir a escada do outro lado do corredor. Talvez desde que eu tinha acordado, se aquele puxão era algum indicativo.

Parei entre as duas últimas pilastras, avaliando o Grão-Senhor que estava à mesa do café e a vista que ele observava.

— Não sou um cão para ser convocada — falei, como cumprimento.

Devagar, Rhys olhou por cima do ombro. Aqueles olhos violeta estavam vibrantes à luz, e fechei os dedos em punhos quando seu olhar me percorreu de cima a baixo, e depois de volta para cima. Ele franziu a testa para o que quer que tivesse achado que faltava.

— Não queria que se perdesse — respondeu Rhys, inexpressivo.

Minha cabeça latejava, e olhei para a chaleira prateada que fumegava no centro da mesa. Uma xícara de chá...

— Achei que seria sempre escuro aqui — comentei, pelo menos para não parecer tão desesperada por aquele chá salvador de manhã tão cedo.

— Somos uma das três Cortes Solares — respondeu Rhys, indicando para que eu me sentasse com um gesto gracioso do pulso. — Nossas noites são muito mais belas e nossos pores do sol e alvoreceres são exóticos, mas aderimos às leis da natureza.

Sentei na cadeira estofada diante de Rhys. A túnica do feérico estava desabotoada no pescoço, revelando um pouco do peito por baixo.

— E as outras escolhem não aderir?

— A natureza das Cortes Sazonais — falou Rhys — está ligada a seus Grão-Senhores cuja magia e vontade os mantém em primavera eterna ou inverno, ou outono ou verão. Sempre foi assim, algum tipo de estagnação estranha. Mas as Cortes Solares, Diurna, Crepuscular e Noturna, são de uma natureza mais... simbólica. Podemos ser poderosos, mas nem mesmo nós podemos alterar o caminho ou a força do sol. Chá?

A luz do sol dançava ao longo da curva da chaleira prateada. Controlei o aceno de cabeça ansioso e fiz um gesto contido com o queixo.

— Mas vai descobrir — continuou Rhysand, servindo uma xícara para mim — que nossas noites são mais espetaculares, tão espetaculares que alguns em meu território até mesmo acordam com o pôr do sol e vão deitar ao alvorecer, apenas para viver sob as estrelas.

Coloquei um pouco de leite no chá, observando o claro e o escuro se misturarem.

— Por que está tão quente aqui quando o inverno está a toda lá fora?

— Magia.

— Óbvio. — Apoiei a colher de chá e bebi, quase suspirando diante da fluidez de calor e sabor intenso e fumegante. — Mas *por quê?*

Rhys observou o vento que fustigava os picos.

— Você aquece uma casa no inverno, por que não deveríamos aquecer este lugar também? Admito que não sei *por que* meus predecessores construíram um palácio digno da Corte Estival no meio de uma cadeia montanhosa que, na melhor das hipóteses, é levemente quente, mas quem sou eu para questionar?

Tomei mais alguns goles, aquela dor de cabeça já estava diminuindo, e ousei colocar no prato algumas frutas de uma tigela de vidro próxima.

Rhys observou cada movimento. Então, ele disse, baixinho:

— Você perdeu peso.

— Você vasculha minha mente sempre que quer — argumentei, espetando um pedaço de melão com o garfo. — Não vejo por que está surpreso com isso.

O olhar de Rhys não se suavizou, embora aquele sorriso, de novo, brincasse na boca sensual, sem dúvida a máscara preferida do Grão-Senhor.

— Faço isso apenas ocasionalmente. Não posso evitar se *você* envia coisas pelo laço.

Pensei em me recusar a perguntar, como tinha feito na noite anterior, mas...

— Como funciona... esse *laço* que lhe permite espiar dentro de minha mente?

Rhys tomou um gole do próprio chá.

— Pense no laço do acordo como uma ponte entre nós, e de cada lado está uma porta para nossas respectivas mentes. Um escudo. Meus talentos inatos permitem que eu passe pelos escudos mentais de qualquer um que eu queira, com ou sem essa ponte, a não ser que a pessoa seja muito, muito forte, ou tenha treinado exaustivamente para manter esses escudos firmes. Como humana, os portões para sua mente estavam escancarados para que eu entrasse passeando. Como feérica... — Um pequeno estremecimento. — Às vezes você, sem querer, ergue um escudo, às vezes, quando a emoção parece correr solta, esse escudo some. E às vezes, quando esses escudos estão baixos, você poderia muito bem estar parada aos portões da própria mente, gritando seus pensamentos para mim através da ponte. Às vezes eu os ouço; às vezes, não.

Fiz uma careta, segurando o garfo com mais força.

— E com que frequência você simplesmente vasculha minha mente quando meus escudos estão baixos?

Todo o interesse sumiu do rosto de Rhys.

— Quando não sei dizer se seus pesadelos são ameaças verdadeiras ou imaginárias. Quando você está prestes a se casar e, silenciosamente, implora a qualquer um para que a ajude. Somente quando você abaixa os escudos mentais e, sem saber, berra essas coisas pela ponte. E para responder à pergunta antes que você a faça, sim. Mesmo com os escudos erguidos, eu poderia passar por eles se quisesse. Você poderia treinar, no entanto, aprender a se proteger de alguém como eu, mesmo com o laço que une nossas mentes e minhas habilidades.

Ignorei a oferta. Concordar em fazer qualquer coisa com Rhysand parecia permanente demais, conivente demais com o acordo entre nós.

— O que quer comigo? Você disse que me contaria aqui. Então, conte.

Rhys se recostou na cadeira, cruzando os braços poderosos que nem mesmo as roupas finas conseguiam esconder.

— Esta semana? Quero que aprenda a ler.

Capítulo 6

Rhysand debochara de mim com relação àquilo uma vez; perguntara, enquanto estávamos Sob a Montanha, se me obrigar a aprender a ler seria minha noção pessoal de tortura.

— Não, obrigada — falei, segurando o garfo para evitar jogá-lo na cabeça de Rhys.

— Você vai ser a esposa de um Grão-Senhor — disse Rhys. — Esperarão que escreva as próprias correspondências, talvez até que faça um ou dois discursos. E o Caldeirão sabe o que mais ele e Ianthe julgarão apropriado para você. Fazer cardápios para jantares, escrever cartas de agradecimento a todos aqueles presentes de casamento, bordar frases meigas em travesseiros... É uma habilidade necessária. E quer saber? Por que não aproveita e acrescenta o escudo mental? Ler e erguer o escudo mental, felizmente, podem ser praticados ao mesmo tempo.

— *Ambas* são habilidades necessárias — falei, entre os dentes trincados. — Mas *você* não vai me ensinar.

— O que mais vai fazer de seu tempo? Pintar? Como anda isso ultimamente, Feyre?

— Como diabos isso é de sua conta?

— Atende a vários propósitos meus, é claro.

— Que. Propósitos.

— Precisará concordar com trabalhar comigo para descobrir, creio.

Algo pontiagudo cutucou minha mão.

Eu tinha amassado o garfo em um emaranhado de metal.

Quando o coloquei na mesa, Rhys deu uma risada de escárnio.

— Interessante.

— Você disse isso ontem à noite.

— Não posso dizer duas vezes?

— Não foi isso que eu quis dizer, e você sabe.

O olhar de Rhys me percorreu de novo, como se ele pudesse ver sob o tecido pêssego, sob a pele, até a alma em pedaços por baixo. Então, ele voltou os olhos para o garfo destruído.

— Alguém já disse a você que é bem forte para uma Grã-Feérica?

— Eu sou?

— Vou tomar isso como um não. — Rhys colocou um pedaço de melão na boca. — Já se testou contra alguém?

— Por que eu faria isso? — Já estava bem arrasada.

— Porque você foi ressuscitada e renascida pelos poderes combinados de sete Grão-Senhores. Se eu fosse você, ficaria curioso para ver se algo mais foi transferido para mim no processo.

Meu sangue gelou.

— Nada mais *foi transferido* para mim.

— É só porque seria muito... interessante — Rhys deu um risinho ao dizer a palavra — se tivesse.

— Não foi transferido, e não vou aprender a ler ou a fazer um escudo mental com você.

— Por quê? Por implicância? Achei que você e eu tínhamos superado isso Sob a Montanha.

— Não comece a falar sobre o que você fez Sob a Montanha.

Rhys ficou imóvel.

O mais imóvel que eu já vira, tão imóvel quanto a morte que agora chamava naqueles olhos. Então, o peito dele começou a se mover, mais e mais rápido.

Do outro lado das pilastras que se erguiam atrás dele, eu podia jurar que a sombra de enormes asas se abriu.

Ele abriu a boca, inclinando-se para a frente, e depois parou. Imediatamente, as sombras, a respiração irregular e a intensidade sumiram, e o sorriso preguiçoso retornou.

— Temos companhia. Conversaremos sobre isso depois.

— Não mesmo. — Mas passos rápidos e leves soaram no fim do corredor, e então ela apareceu.

Se Rhysand era o macho mais lindo que eu já vira, ela era o equivalente feminino.

Os brilhantes cabelos dourados estavam presos para trás em uma trança casual, e as roupas turquesa — no estilo das minhas — contrastavam com a pele bronzeada de sol da feérica, fazendo com que ela praticamente brilhasse à luz da manhã.

— Olá, olá — cantarolou a mulher, os lábios carnudos se abrindo em um sorriso deslumbrante enquanto os olhos castanhos intensos se fixavam em mim.

— Feyre — disse Rhys, suavemente —, conheça minha prima, Morrigan. Mor, conheça a encantadora, charmosa e mente aberta Feyre.

Pensei em jogar o chá na cara de Rhys, mas Mor caminhou até mim. Cada passo era determinado e firme, gracioso e... resoluto. Alegre, mas alerta. Alguém que não precisava de armas, ou pelo menos não se incomodava em embainhá-las na lateral do corpo.

— Ouvi falar tanto de você — confessou ela, e então fiquei de pé, estendendo a mão com desconforto.

Morrigan ignorou o gesto e me envolveu em um abraço de esmagar os ossos. Ela cheirava a frutas cítricas e canela. Tentei relaxar os músculos tensos quando Mor se afastou e deu um sorriso bastante malicioso.

— Parece que você estava irritando Rhys de verdade — disse ela, caminhando até a cadeira entre nós. — Que bom que cheguei. Achei que gostaria de ver as bolas de Rhys pregadas à parede.

Rhys lançou um olhar de incredulidade para ela, erguendo as sobrancelhas.

Escondi o sorriso que repuxou meus lábios.

— É... um prazer conhecer você.

— Mentirosa — replicou Mor, servindo-se de chá e enchendo o prato. — Não quer ter nada a ver conosco, não é? E o malvado do Rhys a obriga a sentar aqui.

— Você está... atrevida hoje, Mor — falou Rhys.

Os olhos lindos de Mor ser ergueram até o rosto do primo.

— Perdoe-me por estar animada por ter companhia *para variar*.

— Você poderia cuidar dos próprios deveres — disse ele, provocativo. Fechei os lábios com mais força. Jamais tinha visto Rhys... exasperado.

— Precisava de um descanso, e você me disse para vir sempre que quisesse; então, que hora melhor que agora, quando você trouxe minha nova amiga para finalmente me conhecer?

Pisquei, percebendo duas coisas ao mesmo tempo: um, ela foi realmente sincera; dois, era dela a voz feminina que eu ouvira na noite anterior, debochando de Rhys por nosso desentendimento. É, isso *correu bem*, provocara Morrigan. Como se houvesse qualquer alternativa, qualquer chance de acontecer algo agradável entre mim e Rhys.

Um novo garfo surgira ao lado de meu prato, e eu o peguei, apenas para espetar um pedaço de melão.

— Você dois não se parecem em nada — declarei, por fim.

— Mor é minha prima na definição mais *livre* da palavra — respondeu Rhys. Morrigan riu para ele, devorando fatias de tomate e queijo branco. — Mas fomos criados juntos. Ela é a única família que me resta.

Não tive coragem de perguntar o que acontecera a todos. Ou me lembrar de quem era o pai responsável pela falta de família na minha corte.

— E como minha única parente restante — continuou Rhys —, Mor acredita que tem direito de entrar e sair de minha vida como quiser.

— Tão mal-humorado esta manhã — disse Mor, colocando dois muffins no prato.

— Não vi você Sob a Montanha. — Eu me percebi falando, odiando aquelas três últimas palavras mais que tudo.

— Ah, eu não estava lá — disse ela. — Eu estava...

— Basta, Mor — disse Rhys, a voz envolta em um ruído baixo de trovão.

Tive de resistir para não me empertigar diante da interrupção, não observar os dois com mais atenção.

Rhysand apoiou o guardanapo na mesa e ficou de pé.

— Mor ficará aqui durante o resto da semana, mas, por favor, não sinta como se precisasse agraciá-la com sua presença. — Mor mostrou a língua para ele. Rhys revirou os olhos, o gesto mais humano que eu já o vira fazer. Então observou meu prato. — Comeu o suficiente? — Assenti. — Que bom. Então, vamos. — Rhys inclinou a cabeça na direção das pilastras e das cortinas oscilantes atrás de si. — Nossa primeira lição nos aguarda.

Mor cortou um dos muffins ao meio com um gesto firme da faca. O ângulo de seus dedos, dos pulsos, de fato confirmava minhas suspeitas de que armas não eram estranhas a ela.

— Se ele a irritar, Feyre, fique à vontade para empurrá-lo do parapeito da varanda mais próxima.

Rhys lançou um gesto sutil e sujo para a prima quando saiu pelo corredor.

Fiquei de pé devagar quando ele estava bem longe.

— Aproveite o café da manhã.

— Sempre que quiser companhia — disse Morrigan, conforme eu dava a volta pela mesa —, grite. — Ela provavelmente estava falando literalmente.

Apenas assenti e segui o Grão-Senhor.

Concordei em me sentar à longa mesa de madeira em uma alcova fechada por cortinas apenas porque Rhysand tinha razão. Não saber ler quase me custara a vida Sob a Montanha. Eu me amaldiçoaria se permitisse que se tornasse uma fraqueza de novo, fosse parte ou não da agenda pessoal de Rhys. E quanto ao escudo mental... Eu seria muito tola se não aceitasse a oferta de aprender com ele. A ideia de que qualquer um, principalmente Rhys, vasculhasse a confusão em minha mente, tomasse informações sobre a Corte Primaveril, sobre as pessoas que eu amava... Jamais permitiria. Não voluntariamente.

Mas isso não tornava mais fácil suportar a presença de Rhys à mesa de madeira. Ou a pilha de livros sobre ela.

— Conheço o alfabeto — falei bruscamente, quando Rhysand colocou um pedaço de papel na minha frente. — Não sou tão burra assim. — Contorci os dedos no colo e, depois, prendi as mãos inquietas sob as coxas.

— Não falei que você era burra — argumentou Rhysand. — Estou apenas tentando determinar por onde deveríamos começar. — Eu me recostei na cadeira acolchoada. — Pois você se recusou a me dizer qualquer coisa sobre o quanto sabe.

Meu rosto ficou quente.

— Não pode contratar um professor?

Rhysand ergueu uma sobrancelha.

— É difícil para você sequer tentar na minha frente?

— Você é um Grão-Senhor... Não tem coisas melhores a fazer?

— É claro. Mas nenhuma é tão divertida quanto vê-la se contorcer.

— Você é um verdadeiro canalha, sabia disso?

Rhys conteve uma risada.

— Já fui chamado de coisa pior. Na verdade, acho que você já me chamou de coisa pior. — Ele bateu no papel que estava à frente. — Leia isso.

Um borrão de letras. Minha garganta se apertou.

— Não consigo.

— Tente.

A frase tinha sido escrita em caligrafia elegante e concisa. A letra dele, sem dúvida. Tentei abrir a boca, mas minha coragem evaporou.

— O que *exatamente* você tem a ganhar com tudo isso? Disse que me contaria se eu trabalhasse com você.

— Não especifiquei *quando* contaria. — Eu me afastei de Rhys quando contraí o lábio. Ele deu de ombros. — Talvez eu me ressinta da ideia de você permitir que aqueles tolos mentirosos e beligerantes da Corte Primaveril a façam se sentir deslocada. Talvez eu goste mesmo de vê-la se contorcer. Ou talvez...

— Entendi.

Rhys riu com escárnio.

— Tente ler, Feyre.

Imbecil. Puxei o papel para mim, quase o rasgando ao meio ao fazer isso. Olhei para a primeira palavra, pronunciando-a na mente.

— V-você... — A seguinte desvendei com uma combinação de minha pronúncia silenciosa e da lógica. — Está...

— Bom — murmurou Rhys.

— Não pedi sua aprovação.

Rhys deu um risinho.

— Ab... Absolutamente. — Levei mais tempo do que quis admitir para entender essa. A palavra seguinte foi ainda pior. — De... Del...

Ousei olhar para Rhysand com as sobrancelhas erguidas.

— Deliciosa — ronronou ele.

Minha testa franziu. Li as duas palavras seguintes e, depois, virei o rosto para ele.

— *Você está absolutamente deliciosa hoje, Feyre*?! Foi isso que você escreveu?

Rhysand se recostou no assento. Nossos olhos se encontraram, garras afiadas acariciaram minha mente, e a voz dele sussurrou dentro de minha cabeça: É verdade, não é?

Dei um solavanco para trás, e minha cadeira rangeu.

— *Pare com isso!*

Mas aquelas garras agora se enterravam — e meu corpo todo, meu coração, meus pulmões, meu *sangue* cediam ao aperto de Rhysand, totalmente sob seu comando enquanto ele dizia: *A moda da Corte Noturna combina com você.*

Eu não conseguia me mexer na cadeira, não conseguia sequer piscar.

Isso é o que acontece quando você não ergue seus escudos mentais. Alguém com meu tipo de poderes pode entrar, ver o que quiser e tomar sua mente. Ou pode destruí-la. Estou, no momento, no portal de sua mente. Mas, se fosse mais fundo, seria preciso apenas meio pensamento meu... e quem você é, sua personalidade, seria apagada.

Em um lugar distante, suor escorreu por minha têmpora.

Você deveria ter medo. Deveria ter medo disto, e deveria agradecer ao maldito Caldeirão que nos últimos três meses ninguém com meu tipo de dons esbarrou em você. Agora, me empurre para fora.

Não consegui. Aquelas garras estavam por toda parte; se enterrando em cada pensamento, cada pedaço meu. Rhysand forçou um pouco mais.

Me. Empurre. Para. Fora.

Eu não sabia por onde começar. Às cegas, empurrei e me choquei contra ele, contra aquelas garras que estavam por toda parte, como se eu fosse uma cabeça perdida em um círculo de espelhos.

A risada de Rhysand, grave e baixa, tomou conta de minha mente, de minhas orelhas. *Por ali, Feyre.*

Em resposta, um pequeno caminho aberto brilhou em minha mente. O caminho para fora.

Eu levaria uma eternidade para soltar cada garra e empurrar a imensidão de sua presença por aquela abertura estreita. Se conseguisse varrê-lo para longe...

Uma onda. Uma onda de personalidade, de *mim*, para varrer ele por inteiro...

Não deixei que Rhysand visse o plano tomar forma quando me concentrei em uma onda alta e golpeei.

As garras se afrouxaram... com relutância. Como se permitissem que eu ganhasse aquela rodada. Ele apenas disse:

— Bom.

Meus ossos, meu fôlego e meu sangue eram meus de novo. Desabei na cadeira.

— Ainda não — avisou Rhysand. — Escudo. Me bloqueie para que eu não consiga voltar.

Já queria ir para algum lugar silencioso e dormir por um tempo... Garras naquela camada externa de minha mente, acariciando...

Imaginei uma parede adamantina desabando, escura como a noite e com a espessura de 30 centímetros. As garras se retraíram um segundo antes de a parede as partir ao meio.

Rhys estava sorrindo.

— Muito bom. Tosco, mas bom.

Não consegui me segurar. Peguei o pedaço de papel e o rasguei em dois, e, depois, em quatro.

— Você é um porco.

— Ah, com certeza. Mas olhe para você, leu aquela frase inteira, me chutou de sua mente *e* se protegeu. Excelente trabalho.

— Não seja condescendente comigo.

— Não estou sendo. Você está lendo em um nível bem melhor do que imaginei.

A queimação voltou para minhas bochechas.

— Mas praticamente analfabeta.

— A esta altura, a questão é prática, soletrar e mais prática. Pode ler romances quando chegar o Nynsar. E, se continuar aumentando esses escudos, pode muito bem me manter totalmente fora a essa altura também.

Nynsar. Seria o primeiro que Tamlin e sua corte celebrariam em quase cinquenta anos. Amarantha banira o festival por capricho, assim como outras pequenas, porém adoradas, festividades feéricas que ela considerara *desnecessárias*. Mas o Nynsar estava a meses de ocorrer.

— É ao menos possível... manter você fora de verdade?

— Pouco provável, mas quem sabe até onde vai esse poder? Continue praticando, e veremos o que acontece.

— E eu ainda estarei presa a esse acordo quando chegar o Nynsar também?

Silêncio.

Insisti.

— Depois... depois do que aconteceu... — Não podia mencionar especificamente o que ocorrera Sob a Montanha, o que Rhys tinha feito por mim durante aquela luta com Amarantha, o que ele fizera depois... — Acho que podemos concordar que não devo nada a você, e você não *me* deve nada.

O olhar de Rhysand não vacilou.

Continuei:

— Não basta estarmos todos livres? — Espalmei a mão tatuada sobre a mesa. — No fim, achei que você fosse diferente, achei que fosse tudo uma máscara, mas me levar embora, me *manter* aqui... — Balancei a cabeça, incapaz de encontrar as palavras cruéis o suficiente, inteligentes o suficiente para convencer Rhysand a acabar com aquele acordo.

O olhar dele ficou sombrio.

— Não sou seu inimigo, Feyre.

— Tamlin diz que sim. — Fechei os dedos da mão tatuada em punho. — Todos dizem que é.

— E o que *você* acha? — Rhysand se recostou na cadeira de novo, mas estava com a expressão séria.

— Está fazendo um trabalho muito bom em me convencer a concordar com eles.

— Mentirosa — disse Rhys, ronronando. — Pelo menos contou a seus amigos sobre o que *fiz com você* Sob a Montanha?

Então aquele comentário no café da manhã *tinha* irritado Rhysand.

— Não quero falar sobre nada relacionado àquilo. Com você ou com eles.

— Não, porque é muito mais fácil fingir que nunca aconteceu e deixar que a mimem.

— Não *deixo* que eles me mimem...

— Eles a embrulharam como um presente ontem. Como se você fosse a recompensa *dele*.

— E daí?

— E daí? — Um lampejo de ódio que logo sumiu.

— Estou pronta para ser levada para casa — falei, simplesmente.

— Onde ficará enclausurada pelo resto da vida, principalmente depois que começar a cuspir herdeiros. Mal posso esperar para ver o que Ianthe fará quando puser as mãos *neles*.

— Você não parece gostar muito dela.

Algo frio e predatório surgiu nos olhos de Rhysand.

— Não, não posso dizer que gosto. — Ele apontou para um pedaço de papel em branco. — Comece a copiar o alfabeto. Até que suas letras estejam perfeitas. E sempre que chegar ao fim, abaixe e erga seu escudo. Até que *isso* se torne uma ação instintiva. Voltarei em uma hora.

— O quê?

— Copie. O. Alfabeto. Até...

— Ouvi o que você disse. — Canalha. Canalha, canalha, *canalha*.

— Então, ao trabalho. — Rhys ficou de pé. — E pelo menos tenha a decência de só me chamar de canalha quando seus escudos estiverem erguidos de novo.

Ele sumiu em uma onda de escuridão antes que eu percebesse que havia deixado a parede adamantina se dissipar de novo.

Quando Rhys voltou, minha mente parecia uma poça de lama.

Passei a hora inteira fazendo o que fora ordenado, embora encolhesse o corpo ao ouvir cada som vindo da escada próxima: passos baixos de criados, o farfalhar de lençóis sendo trocados, alguém murmurando uma melodia linda e envolvente. E, além disso, o canto dos pássaros que moravam no calor sobrenatural da montanha ou nas muitas árvores de frutas cítricas plantadas em vasos. Nenhum sinal de meu tormento iminente. Nenhuma sentinela sequer para me monitorar. Eu podia muito bem ter o lugar todo para mim.

O que era bom, pois minhas tentativas de abaixar e erguer o escudo mental costumavam resultar em meu rosto contorcido ou contraído ou franzido.

— Nada mal — elogiou Rhys, olhando por cima de meu ombro.

Ele aparecera momentos antes, a uma boa distância, e, se eu não o conhecesse, poderia ter pensado que era porque Rhys não queria me assustar. Como se soubesse da vez em que Tamlin tinha se aproximado de fininho por trás de mim e o pânico me dominara com tanta força que o derrubei com um soco no estômago. Eu tinha bloqueado isso — o choque no rosto de Tam, o quanto fora *fácil* derrubá-lo, a humilhação de ter meu terror patético tão exposto...

Rhys avaliou as páginas nas quais eu tinha escrito, folheando-as, verificando meu progresso.

Então, um raspar de garras dentro de minha mente — o qual apenas arranhou o adamantino preto e reluzente.

Voltei minha força de vontade contra aquela parede enquanto as garras empurravam, testando pontos frágeis...

— Ora, ora — ronronou Rhysand, e aquelas garras mentais se retraíram. — Tomara que eu consiga uma boa noite de descanso por fim, se puder manter a parede erguida durante o sono.

Abaixei o escudo, disparei uma palavra por aquela ponte mental entre nós e ergui as paredes de novo. Atrás delas, minha mente oscilou como gelatina. Eu precisava de uma soneca. Desesperadamente.

— Posso ser canalha, mas olhe para você. Talvez possamos nos divertir um pouco com nossas lições, afinal de contas.

Eu ainda olhava com raiva para as costas musculosas de Rhys conforme mantinha seguros dez passos de distância enquanto ele me guiava pelos corredores do prédio principal, e as montanhas extensas e o céu azul intenso eram as únicas testemunhas de nossa caminhada silenciosa.

Eu estava exausta demais para indagar aonde íamos, e Rhys não se incomodou em explicar enquanto me levava mais e mais para cima... até que entramos em uma câmara redonda no alto de uma torre.

Uma mesa circular de pedra preta ocupava o centro, ao passo que a extensão mais ampla da parede de pedra cinza ininterrupta estava coberta com um imenso mapa de nosso mundo. Fora marcado, tinha bandeiras e alfinetes, os motivos eu não sabia dizer, mas meu olhar passou para as janelas ao redor da sala: tantas que parecia totalmente exposta, arejada. O lar perfeito, imaginei, para um Grão-Senhor abençoado com asas.

Rhys caminhou até a mesa, onde havia outro mapa aberto, e miniaturas pontuavam sua superfície. Um mapa de Prythian; e de Hybern.

Cada corte em nossa terra tinha sido marcada, assim como aldeias e cidades e rios e vales. Cada corte... exceto a Corte Noturna.

O amplo território setentrional estava totalmente limpo. Nem mesmo uma cadeia montanhosa tinha sido entalhada. Estranho, era provavelmente parte de alguma estratégia que eu não entendia.

Vi Rhysand me observando; ele ergueu as sobrancelhas o suficiente para me fazer calar a boca diante da pergunta que se formava.

— Nada a perguntar?

— Não.

Um risinho felino percorreu os lábios de Rhysand, mas ele indicou com o queixo o mapa na parede.

— O que você vê?

— Isso é alguma forma de me convencer a aceitar as lições de leitura? — De fato, eu não conseguia decifrar nada da caligrafia, apenas as formas das coisas. Como a muralha, a linha imensa seccionava nosso mundo em dois.

— Diga o que vê.

— Um mundo dividido em dois.

— E acha que deveria permanecer assim?

Virei a cabeça na direção de Rhys.

— Minha família... — Eu me interrompi na palavra. Deveria ter cuidado e não admitir que tinha uma família, que me importava com ela...

— Sua família humana — terminou Rhys — seria profundamente afetada se a muralha fosse derrubada, não seria? Tão perto da fronteira... Se tiverem sorte, fugirão pelo oceano antes que aconteça.

— *Vai* acontecer?

Rhysand não tirou os olhos dos meus.

— Talvez.

— Por quê?

— Porque a guerra se aproxima, Feyre.

Capítulo 7

Guerra.

A palavra percorreu meu corpo, congelou minhas veias.

— Não invada — sussurrei. Eu ficaria de joelhos por aquilo. Rastejaria se precisasse. — Não invada, por favor.

Rhys inclinou a cabeça, contraindo os lábios.

— Acha mesmo que sou um monstro, mesmo depois de tudo.

— Por favor — pedi, arquejando. — Eles são indefesos, não terão chance...

— Não vou invadir terras mortais — disse Rhysand, a voz muito baixa.

Esperei que ele continuasse, grata pela sala espaçosa, pelo ar limpo conforme o chão começava a deslizar sob mim.

— Erga a porcaria do escudo — grunhiu Rhysand.

Olhei para meu interior e descobri que aquela parede invisível tinha desabado de novo. Mas estava tão cansada, e se a guerra se aproximava, se minha família...

— Escudo. *Agora.*

A ordem ríspida na voz de Rhysand — a voz do Grão-Senhor da Corte Noturna — me fez agir por instinto, e minha mente exausta construiu a parede tijolo por tijolo. Somente quando protegi a mente de novo ele falou, os olhos se suavizando quase imperceptivelmente:

— Achou que acabaria com Amarantha?

— Tamlin não falou... — E por que ele me falaria? Mas havia tantas patrulhas, tantas reuniões das quais eu não tinha permissão de participar, tanta... tensão. Ele devia saber. Eu precisava perguntar... exigir saber por que não tinha me contado...

— O rei de Hybern está planejando a campanha para reivindicar o mundo ao sul da muralha há mais de cem anos — disse Rhys. — Amarantha foi uma experiência, um teste de 49 anos, para ver com que facilidade e por quanto tempo um território poderia cair e ser controlado por um de seus comandantes.

Para um imortal, 49 anos era nada. Eu não teria ficado surpresa ao ouvir que o rei estava planejando isso havia muito mais que um século.

— Ele atacará Prythian primeiro?

— Prythian — falou Rhys, apontando para o mapa de nossa imensa ilha na mesa — é tudo o que está entre o rei de Hybern e o continente. Ele quer reivindicar as terras humanas de lá, talvez tomar algumas terras feéricas também. Se alguém deve interceptar a frota de conquista antes que chegue ao continente, somos nós.

Deslizei para uma das cadeiras, e meus joelhos tremiam tanto que eu mal conseguia ficar de pé.

— Ele vai tentar remover Prythian do caminho rápida e completamente — continuou Rhys. — E destruir a muralha em algum momento no processo. Já há buracos, embora, ainda bem, sejam pequenos o suficiente para tornar difícil a passagem de seus exércitos com agilidade. Ele vai querer derrubar a coisa toda, e provavelmente usar o pânico subsequente em vantagem própria.

Cada respiração era como engolir vidro.

— Quando... quando ele vai atacar? — A muralha aguentara firme durante cinco séculos, e, mesmo então, aqueles malditos buracos tinham permitido que as mais cruéis e famintas bestas feéricas passassem de fininho e caçassem humanos. Sem aquela muralha, se Hybern fosse de fato lançar um ataque contra o mundo humano... Desejei não ter comido um café da manhã tão farto.

— Essa é a grande pergunta — disse Rhysand. — E o motivo pelo qual eu a trouxe aqui.

Ergui o rosto e o encarei de volta. O rosto de Rhys estava retraído, mas calmo.

— Não sei quando ou onde ele planeja atacar Prythian — continuou Rhys. — Não sei quem podem ser seus aliados.

— Ele teria aliados aqui?

Um lento aceno de cabeça.

— Covardes que se curvariam e se juntariam a ele, em vez de lutar contra seus exércitos de novo.

Eu podia jurar que um sussurro de escuridão se espalhou pelo chão atrás de Rhysand.

— Você... você lutou na Guerra?

Por um momento, achei que Rhys não responderia. Mas depois ele assentiu.

— Eu era jovem, para nossos padrões, pelo menos. Mas meu pai tinha enviado ajuda para a aliança entre mortais e feéricos no continente, e eu o convenci a me deixar levar uma legião de nossos soldados. — Rhysand se sentou na cadeira ao lado da minha, o olhar vazio para o mapa. — Eu estava posicionado no sul, exatamente onde a luta era mais intensa. O massacre foi... — Rhys mordeu o interior da bochecha. — Não tenho interesse em jamais ver um massacre total como aquele outra vez.

Rhys piscou, como se afastasse os horrores da mente.

— Mas não acho que o rei de Hybern vai atacar daquela forma, não a princípio. É inteligente demais para desperdiçar as forças dele aqui, para dar ao continente tempo de se reunir enquanto o enfrentamos. Se agir para destruir Prythian e a muralha, será por meio de dissimulação e ardil. Para nos enfraquecer. Amarantha foi a primeira parte de um plano. Agora temos diversos Grão-Senhores inexperientes, cortes destruídas com Grã-Sacerdotisas buscando controle, como lobos em volta de uma carcaça, e um povo que percebeu o quanto pode ser realmente impotente.

— Por que está me contando isso? — perguntei, a voz fraca, rouca. Não fazia sentido algum que Rhysand revelasse suas suspeitas, seus medos.

E Ianthe... ela podia ser ambiciosa, mas era amiga de Tamlin. *Minha* amiga, mais ou menos. Talvez a única aliada que teríamos contra as demais Grã-Sacerdotisas, apesar da antipatia pessoal de Rhys contra ela...

— Estou contando por dois motivos — respondeu ele, a expressão tão fria, tão calma que me deixou tão inquieta quanto as notícias que dava. — Um, você é... próxima de Tamlin. Ele tem os homens dele, mas também tem laços antigos com Hybern...

— Ele *jamais* ajudaria o rei...

Rhys ergueu a mão.

— Quero saber se Tamlin está disposto a lutar conosco. Se pode usar essas conexões em nossa vantagem. Como ele e eu temos um relacionamento difícil, você tem o prazer de ser a intermediária.

— Tamlin não me informa dessas coisas.

— Talvez seja hora de informar. Talvez seja hora de você insistir. — Rhysand examinou o mapa, e segui seu olhar para ver onde pararia. Na muralha dentro de Prythian, no pequeno e vulnerável território mortal. Minha boca secou.

— Qual é seu outro motivo?

Rhys me olhou de cima a baixo, avaliando, sopesando.

— Você tem um conjunto de habilidades de que preciso. Dizem os boatos que você pegou um Suriel.

— Não foi tão difícil.

— Já tentei e fracassei. Duas vezes. Mas essa é uma discussão para outro dia. Eu a vi encurralar o Verme de Middengard como um coelho. — Os olhos de Rhys brilharam. — Preciso que me ajude. Que use essas suas habilidades para encontrar o que preciso.

— *De que* precisa? É algo relacionado a minha leitura e a meu escudo mental, imagino?

— Vai descobrir sobre isso depois.

Eu não sabia por que tinha me dado o trabalho de perguntar.

— Deve haver pelo menos uma dezena de outros caçadores mais experientes e habilidosos...

— Talvez haja. Mas você é a única em quem confio.

Pisquei.

— Eu poderia trair você quando quisesse.

— Poderia. Mas não o fará. — Trinquei os dentes e estava prestes a dizer algo maldoso quando Rhysand acrescentou: — E tem a questão de seus poderes.

— Não tenho poderes. — A frase saiu tão rápido que não teve chance de soar como qualquer coisa que não fosse negação.

Rhys cruzou as pernas.

— Não tem? A força, a velocidade... Se não soubesse, diria que você e Tamlin estão fazendo um trabalho muito bom ao fingir que você é normal. Que os poderes que está exibindo não são normalmente a primeira indicação entre nosso povo de que o filho de um Grão--Senhor se tornará seu herdeiro.

— Não sou um Grão-Senhor.

— Não, mas recebeu vida de todos nós sete. Sua mera essência está ligada a nós, nasceu de nós. E se demos mais que esperávamos? — De novo, aquele olhar recaiu sobre mim. — E se você pudesse nos enfrentar... ter a própria força, ser uma Grã-Senhora?

— Não há Grã-Senhoras.

As sobrancelhas de Rhysand se franziram, mas ele balançou a cabeça.

— Conversaremos sobre *isso* mais tarde também. Mas sim, Feyre, *pode* haver Grã-Senhoras. E talvez você não seja uma delas, mas... e se fosse algo semelhante? E se pudesse empunhar o poder de sete Grão-Senhores de uma vez? E se pudesse se dissipar na escuridão, mudar de forma ou congelar uma sala inteira, um exército inteiro?

O vento do inverno nos picos próximos parecia rugir em resposta. Aquela coisa que senti sob a pele...

— Entende o que isso pode significar em uma guerra iminente? Entende o quanto isso pode destruí-la se não aprender a controlá-lo?

— Um, pare de fazer tantas perguntas retóricas. Dois, não sabemos se eu *tenho* esses poderes...

— Você tem. Mas precisa começar a dominá-los. A descobrir o que herdou de nós.

— E imagino que seja você quem vai me ensinar também? Ler e erguer um escudo não bastam?

— Enquanto caça comigo o que preciso, sim.

Comecei a balançar a cabeça.

— Tamlin não vai permitir.

— Tamlin não é seu dono, e você sabe disso.

— Sou súdita dele, e ele é meu Grão-Senhor...

— Você não é *súdita de ninguém*.

Fiquei imóvel quando ele exibiu os dentes, as asas como fumaça que se abriram.

— Vou dizer isso uma vez, e apenas uma vez — ronronou Rhysand, caminhando até o mapa na parede. — Pode ser um peão, ser a recompensa de alguém e passar o resto da vida imortal se curvando e buscando aprovação e fingindo ser menos que ele, que Ianthe, que qualquer um de nós. Se quiser escolher esse caminho, então, tudo bem. É uma pena, mas a escolha é sua. — A sombra de asas ondulou de novo. — Mas conheço você, mais do que você percebe, acho, e não acredito por um minuto que esteja remotamente satisfeita em ser um troféu bonitinho para alguém que ficou sentado durante quase cinquenta anos, e então ficou sentado enquanto você era despedaçada...

— Pare...

— Ou — insistiu Rhysand — tem outra escolha. Pode dominar quaisquer que sejam os poderes que lhe demos e fazê-los valer a pena. Pode ter um papel nessa guerra. Porque a guerra está chegando, de uma forma ou de outra, e não tente se iludir achando que qualquer dos feéricos dará a mínima para sua família do outro lado da muralha quando nosso território inteiro estiver na iminência de se tornar um ossuário.

Encarei o mapa, encarei Prythian, e aquele fiapo de terra na base sul.

— Quer salvar o reino mortal? — perguntou Rhysand. — Então, torne-se alguém em quem Prythian presta atenção. Alguém vital. Torne-se uma arma. Porque pode vir um dia, Feyre, em que apenas você estará entre o rei de Hybern e sua família humana. E você não quer estar despreparada.

Ergui o olhar para ele, sem fôlego, dolorida.

Como se Rhysand não tivesse acabado de puxar o mundo de baixo de meus pés, ele acrescentou:

— Pense bem. Tire a semana para isso. Pergunte a Tamlin, se isso a ajudar a dormir. Veja o que a encantadora Ianthe diz a respeito. Mas a escolha é sua, de mais ninguém.

Não vi Rhysand durante o resto da semana. Ou Mor.

As únicas pessoas que encontrei foram Nuala e Cerridwen, que traziam minhas refeições, arrumavam minha cama e, ocasionalmente, perguntavam como eu estava.

A única evidência que eu tinha de que Rhysand ainda estava na propriedade eram as cópias do alfabeto, com diversas frases que eu deveria escrever todos os dias, trocando palavras, cada uma mais irritante que a anterior:

Rhysand é o Grão-Senhor mais lindo.
Rhysand é o Grão-Senhor mais agradável.
Rhysand é o Grão-Senhor mais inteligente.

Todo dia, uma maldita frase... com a alteração de uma palavra de arrogância e vaidade diversas. E todo dia, outro simples conjunto de instruções: escudo para cima, escudo para baixo; escudo para cima, escudo para baixo. Diversas e diversas vezes.

Como ele sabia se eu obedecia ou não, não me importava, mas mergulhei nas lições, ergui e baixei e reforcei aqueles escudos mentais. Pelo menos porque era tudo que eu tinha para fazer.

Meus pesadelos me deixavam zonza, suada; no entanto o quarto era tão aberto, a luz das estrelas era tão forte que, quando acordava sobressaltada, não corria para o banheiro. Nenhuma parede me sufocava, nenhuma escuridão como nanquim. Eu sabia onde estava. Mesmo que me ressentisse por estar ali.

No dia antes de nossa semana finalmente terminar, eu estava arrastando os pés até minha mesinha de sempre, já fazendo uma careta ao pensar nas belas frases que encontraria à espera e em toda a acrobacia mental que viria, quando as vozes de Rhys e Mor flutuaram em minha direção.

Era um espaço público, então não me incomodei em disfarçar os passos conforme me aproximei de onde eles conversavam, em uma das áreas de estar, Rhys caminhando de um lado para o outro diante do penhasco aberto da montanha, e Mor deitada em uma poltrona cor de creme.

— Azriel iria gostar de saber disso — dizia Mor.

— Azriel pode ir para o inferno — disparou Rhys de volta. — Ele provavelmente já sabe mesmo.

— Fizemos joguinhos da última vez — comentou Mor, com uma seriedade que me fez parar a uma distância segura. — E perdemos. Feio. Não faremos aquilo de novo.

— Você deveria estar trabalhando. — Foi a única resposta de Rhysand. — Dei o controle a você por um motivo, sabe disso.

O maxilar de Mor se contraiu, e ela, por fim, me encarou. Mor me lançou um sorriso que pareceu mais um tremular.

Rhys se virou, franzindo a testa ao me ver.

— Diga o que veio até aqui dizer, Mor — falou Rhys, tenso, voltando a caminhar.

Mor revirou os olhos para mim, mas o rosto ficou severo quando falou:

— Houve outro ataque, um templo em Cesere. Quase todas as sacerdotisas mortas, o tesouro saqueado.

Rhys parou. E eu não soube o que registrar: a notícia de Mor ou o puro ódio transmitido por uma palavra quando Rhys falou:

— Quem.

— Não sabemos — disse Mor. — Mesmos rastros da última vez: grupo pequeno, corpos que mostravam sinais de ferimentos de grandes lâminas, e nenhum sinal do lugar de onde vieram ou como desapareceram. Nenhum sobrevivente. Os corpos só foram encontrados um dia depois, quando um grupo de peregrinos apareceu.

Pelo Caldeirão! Eu devia ter feito um barulho baixinho, porque Mor me olhou de forma tensa, mas com empatia.

Já Rhys... Primeiro as sombras começaram... plumas vindas de suas costas.

Então, como se o ódio tivesse libertado aquela besta à qual Rhysand certa vez me disse que odiava ceder, as asas se concretizaram.

Asas enormes, lindas, cruéis, palmadas e com garras como as de um morcego, muito escuras e fortes como nada mais. Até a forma como ele ficava de pé pareceu alterada: mais firme, equilibrada. Como se uma última peça de Rhys tivesse estalado no lugar. Mas a voz ainda parecia suave como a meia-noite quando ele disse:

— O que Azriel disse a respeito disso?

De novo, aquele olhar de Mor, como se não soubesse se eu deveria estar presente para o que quer que fosse aquela conversa.

— Ele está transtornado. Cassian ainda mais, está convencido de que deve ser uma das tropas de guerra illyrianas desertoras, determinadas a conquistar novo território.

— É algo a considerar — ponderou Rhys. — Alguns dos clãs illyrianos se curvaram satisfeitos para Amarantha durante aqueles anos. Tentar expandir as fronteiras pode ser seu modo de ver até onde podem me perturbar e sair ilesos. — Eu odiei o som do nome dela, me concentrei nele mais que na informação que Rhys permitia que eu contemplasse.

— Cassian e Az estão esperando... — Mor se interrompeu e me lançou um gesto de desculpas. — Estão esperando no lugar de sempre por suas ordens.

Tudo bem... não tinha problema. Eu vira aquele mapa em branco na parede. Eu era a noiva de um inimigo. Sequer mencionar onde suas forças estavam posicionadas, o que planejavam, podia ser perigoso. Eu não fazia ideia de onde *ficava* Cesere; ou do que era, na verdade.

Rhys observou o ar aberto de novo, o vento uivante que empurrava nuvens escuras e espiraladas sobre picos distantes. Bom tempo, percebi, para voar.

— Atravessar seria mais fácil — argumentou Mor, seguindo o olhar do Grão-Senhor.

— Diga aos desgraçados que chegarei em algumas horas — respondeu Rhys, simplesmente.

Mor me deu um sorriso cauteloso e sumiu.

Avaliei o espaço vazio onde ela estivera, não restara um traço de Mor.

— Como esse... desaparecimento funciona? — perguntei, baixinho. Eu só vira poucos Grão-Feéricos o fazerem, e nenhum jamais explicara como.

Rhys não me olhou, mas respondeu:

— A travessia? Pense nisso como... dois pontos diferentes em um tecido. Um ponto é seu local atual no mundo. O outro, do outro lado do tecido, é para onde você quer ir. Atravessar... é como dobrar esse tecido para que os dois pontos se alinhem. A magia faz a dobra, e tudo que fazemos é dar um passo para ir de um lugar ao outro. Às vezes é um passo longo, e dá para sentir o tecido sombrio do mundo conforme atravessamos. Um passo mais curto, digamos, de uma ponta a outra da sala, mal seria registrado. É um dom raro... e útil. Mas apenas os feéricos mais fortes conseguem fazê-lo. Quanto mais poderoso, mais longe se consegue saltar entre lugares de uma vez.

Eu sabia que a explicação era tanto para mim quanto para distrair Rhysand. Mas me peguei dizendo:

— Sinto muito pelo templo... e pelas sacerdotisas.

A ira ainda reluzia em seus olhos quando Rhysand, por fim, se virou para mim.

— Muito mais pessoas morrerão em breve mesmo.

Talvez fosse por isso que ele tivesse permitido que eu me aproximasse, para ouvir aquela conversa. Para me lembrar do que poderia muito bem acontecer com Hybern.

— O que são... — hesitei. — O que são tropas de guerra illyrianas?

— Desgraçados arrogantes, é isso que são — murmurou Rhys.

Cruzei os braços, esperando.

Ele estendeu as asas, e a luz do sol fez com que a textura encouraçada refletisse cores sutis.

— São uma raça guerreira de minhas terras. E costumam ser um pé no saco.

— Alguns deles apoiaram Amarantha?

A escuridão dançou no corredor quando uma tempestade distante se aproximou o suficiente para sufocar o sol.

— Alguns. Mas eu e os meus temos nos divertido caçando-os nos últimos meses. E exterminando-os.

Devagar foi a palavra que Rhysand não precisou acrescentar.

— Foi por isso que ficou afastado... estava ocupado com isso?

— Eu estava ocupado com muitas coisas.

Não era uma resposta. Mas parecia que Rhysand tinha terminado a conversa, e quem quer que fossem Cassian e Azriel... encontrar-se com eles era muito mais importante.

Então Rhys nem mesmo se despediu antes de simplesmente caminhar até a beira da varanda — e se lançar aos ares.

Meu coração subitamente deu um salto, mas, antes que eu conseguisse gritar, Rhys subiu, ágil como o vento travesso entre os picos. Algumas batidas estrondosas das asas o fizeram desaparecer para dentro das nuvens de tempestade.

— Tchau para você também — resmunguei, fazendo um gesto vulgar, e comecei meu trabalho do dia, com apenas a tempestade rugindo além da proteção da casa como companhia.

Mesmo enquanto a neve fustigava a magia que protegia o corredor, mesmo enquanto eu trabalhava nas frases — *Rhysand é interessante; Rhysand é lindo; Rhysand é perfeito* — e erguia e abaixava meu escudo mental até a mente vacilar, pensava no que tinha ouvido, no que tinham dito.

Imaginei o que Ianthe saberia sobre os assassinatos, se conhecia alguma das vítimas. Sabia o que era Cesere. Se os templos eram alvos, Ianthe devia saber. Tamlin devia saber.

Naquela última noite, mal consegui dormir; em parte por alívio, em parte por terror de que talvez Rhysand tivesse realmente alguma cruel surpresa final guardada. Mas a noite e a tempestade passaram, e, quando o alvorecer chegou, eu estava vestida antes de o sol terminar de nascer.

Tinha passado a comer em meus aposentos, mas subi as escadas correndo, dirigindo-me até aquela imensa área aberta, até a mesa na varanda mais afastada.

Jogado na cadeira de sempre, Rhys vestia as mesmas roupas do dia anterior, o colarinho do casaco preto estava desabotoado, e a camisa, tão amassada quanto o cabelo. Nenhuma asa, ainda bem. Imaginei se teria acabado de voltar de onde quer que tivesse encontrado Mor e os demais. O que teria descoberto.

— Faz uma semana — falei, como cumprimento. — Me leve para casa.

Rhys tomou um longo gole do que quer que estivesse em sua xícara. Não parecia chá.

— Bom dia, Feyre.

— Me leve para casa.

Ele observou minhas roupas em tons de azul e dourado, uma variação dos modelitos do dia a dia. Se precisasse admitir, gostava deles.

— Essa cor combina com você.

— Quer que eu peça por favor? É isso?

— Quero que fale comigo como uma pessoa. Comece com "bom dia", e veremos aonde isso nos leva.

— Bom dia.

Um leve sorriso. Canalha.

— Está pronta para enfrentar as consequências de sua partida?

Enrijeci o corpo. Não tinha pensado no casamento. Durante toda a semana, sim, mas naquele dia... naquele dia eu só pensava em Tamlin, em querer ver Tamlin, abraçá-lo, perguntar sobre tudo que Rhys afirmara. Durante os últimos dias, não tinha mostrado qualquer sinal do poder que Rhys acreditava que eu tinha, não *sentira* nada se agitando sob minha pele — e graças ao Caldeirão.

— Não é de sua conta.

— Certo. Provavelmente vai ignorá-las mesmo. Varrer para debaixo do tapete, como todo o resto.

— Ninguém pediu sua opinião, Rhysand.

— Rhysand? — Ele riu, grave e suavemente. — Dou a você uma semana de luxo, e você me chama de Rhysand?

— Não pedi para estar aqui, ou para ganhar essa semana.

— E olhe só para você. Seu rosto ganhou uma cor... e aquelas marcas sob os olhos quase sumiram. Seu escudo mental está espetacular, aliás.

— Por favor, me leve para casa.

Rhys deu de ombros e ficou de pé.

— Direi a Mor que você se despediu.

— Eu mal a vi a semana toda. — Apenas naquele primeiro encontro e, depois, durante a conversa ontem. Quando não trocamos duas palavras.

— Ela estava esperando um convite... não queria incomodar. Queria que ela estendesse a mim tal cortesia.

— Ninguém me falou. — Eu não me importava muito. Sem dúvida Mor tinha coisas melhores a fazer mesmo.

— Você não perguntou. E por que se incomodar? Melhor ficar deprimida e sozinha. — Rhys se aproximou, e cada passo era suave, gracioso. O cabelo estava definitivamente embaraçado, como se tivesse passado as mãos por ele. Ou apenas voado durante horas para qualquer que fosse o local secreto. — Pensou em minha oferta?

— Avisarei no mês que vem.

Rhys parou a um palmo de distância, o rosto tenso.

— Eu disse uma vez e direi de novo — falou ele. — Não sou seu inimigo.

— E eu já falei uma vez e direi de novo: você é inimigo de *Tamlin*. Então, acho que isso o torna meu inimigo.

— Torna?

— Me liberte do acordo, e vamos descobrir.

— Não posso fazer isso.

— Não pode ou não quer?

Rhysand apenas estendeu a mão.

— Vamos?

Quase pulei para lhe tomar a mão. Os dedos de Rhys estavam frios, firmes; calejados devido a armas que eu jamais vira com ele.

A escuridão nos engoliu, e foi instintivo segurar Rhys quando o mundo sumiu sob meus pés. Aquilo era uma travessia mesmo. O vento soprou contra mim, e o braço de Rhys era um peso quente e denso em minhas costas conforme tropeçávamos pelos mundos, Rhys rindo de meu terror.

E então, terra firme — piso em lajotas — estava sob mim, e sol ofuscante acima, e verde, e pequenos pássaros cantando...

Empurrei Rhys para me afastar, piscando diante da claridade, do imenso carvalho curvado sobre nós. Um carvalho na beira dos jardins formais... de minha *casa*.

Fiz menção de disparar para a mansão, mas Rhys segurou meu pulso. Os olhos se moveram de mim para a mansão.

— Boa sorte — cantarolou Rhys.

— Tire a mão de mim.

Ele riu, me soltando.

— Vejo você no mês que vem — falou Rhysand, e, antes que eu conseguisse cuspir nele, Rhys sumiu.

✢

Encontrei Tamlin no escritório; Lucien e duas outras sentinelas estavam de pé em volta da escrivaninha coberta por um mapa.

Lucien foi o primeiro a se virar para onde eu estava parada à porta, calando-se no meio da frase. Mas então a cabeça de Tamlin se ergueu, e ele disparou pela sala, tão rápido que mal tive tempo de inspirar antes que me esmagasse contra si.

Murmurei o nome de Tamlin, e minha garganta queimou, então...

Então ele me segurou com os braços esticados, me observando da cabeça aos pés.

— Você está bem? Está ferida?

— Estou bem — assegurei, percebendo imediatamente quando Tamlin reparou nas roupas da Corte Noturna que eu vestia, no trecho de pele exposta no meu tronco. — Ninguém me tocou.

Mas Tamlin continuou avaliando meu rosto, meu pescoço. Depois, ele me virou, examinando minhas costas, como se pudesse discernir pelas roupas. Eu me desvencilhei.

— Eu disse que ninguém me tocou.

Tamlin respirava com dificuldade, o olhar selvagem.

— Você está bem — disse ele. E repetiu. E repetiu.

Meu coração se partiu, e estendi a mão para segurar sua bochecha.

— Tamlin — murmurei. Lucien e as demais sentinelas, sabiamente, saíram. Meu amigo me encarou ao sair, me dando um sorriso de alívio.

— Ele pode ferir você de outras formas — ponderou Tamlin, a voz rouca, fechando os olhos ao sentir meu toque.

— Eu sei... mas estou bem. Estou mesmo — respondi o mais carinhosamente que pude. Então, reparei nas paredes do escritório, nas marcas de garras que formavam sulcos até embaixo. Por todas elas. E a mesa que estavam usando... era nova. — Você destruiu o escritório.

— Destruí metade da casa — disse Tamlin, inclinando-se para a frente, a fim de tocar minha testa com a dele. — Ele a levou embora, roubou você...

— E me deixou em paz.

Tamlin se afastou, grunhindo.

— Provavelmente para fazer com que baixasse sua guarda. Não tem ideia dos jogos que ele faz, do que é capaz...

— Eu sei — respondi, mesmo que a resposta tivesse gosto de cinzas em minha língua. — E da próxima vez, terei cuidado...

— Não haverá uma próxima vez.

Pisquei.

— Encontrou uma saída? — Ou talvez Ianthe tivesse encontrado.

— Não vou deixar que vá.

— Ele disse que haveria consequências caso o acordo mágico fosse rompido.

— Ao inferno com as consequências. — Mas ouvi a ameaça vazia que representava... e quanto aquilo o destruía. Era também quem Tamlin era, o que ele era: protetor, defensor. Eu não podia pedir que parasse de ser assim, que parasse de se preocupar comigo.

Fiquei na ponta dos pés e o beijei. Havia tanto que eu queria perguntar a Tamlin, mas... depois.

— Vamos subir — falei, na direção dos lábios dele, e Tamlin passou os braços em volta de mim.

— Senti sua falta — disse ele, entre beijos. — Perdi a cabeça.

Era tudo o que eu precisava ouvir. Até...

— Preciso fazer umas perguntas.

Soltei um leve ruído de afirmação, mas inclinei mais a cabeça.

— Depois.

O corpo de Tamlin era tão quente, tão firme contra o meu, o cheiro dele era tão familiar...

Tamlin segurou minha cintura, pressionando a testa contra a minha.

— Não... agora — insistiu Tamlin, mas gemeu baixinho quando passei a língua por seus dentes. — Enquanto ainda está tudo fresco em sua mente.

Congelei com uma das mãos entrelaçadas em seus cabelos; a outra segurava a parte de trás de sua túnica.

— O quê?

Tamlin recuou, balançando a cabeça como que para afastar o desejo que confundia seus sentidos. Não tínhamos ficado tanto tempo longe desde Amarantha, e ele queria me interrogar para obter informações sobre a Corte Noturna?

— Tamlin.

Mas ele ergueu uma das mãos, e seus olhos encararam os meus quando ele chamou Lucien.

Nos momentos que o emissário demorou para surgir, alisei minhas roupas — a blusa tinha subido pelo tronco — e penteei os cabelos com os dedos. Tamlin apenas caminhou até a mesa e se sentou, indicando para que eu me sentasse diante dele.

— Desculpe — pediu Tamlin baixinho, enquanto os passos distraídos de Lucien se aproximaram de novo. — É para nosso próprio bem. Nossa segurança.

Observei as paredes destruídas, a mobília arranhada e lascada. Que pesadelo ele sofrera, acordado e dormindo, enquanto eu estava fora? Como teria sido me imaginar nas mãos do inimigo, depois de ver o que Amarantha fizera comigo?

— Eu sei — murmurei, por fim. — Eu sei, Tamlin. — Ou estava tentando saber.

Tinha acabado de me sentar na cadeira de encosto baixo quando Lucien entrou e fechou a porta atrás de si.

— Que bom vê-la inteira, Feyre — disse Lucien, tomando o assento ao meu lado. — Mas poderia viver sem o modelito da Corte Noturna.

Tamlin deu um grunhido baixo em concordância. Não falei nada. Mas entendia — de verdade — por que aquilo era uma afronta a eles.

Tamlin e Lucien trocaram olhares, falando sem emitir uma palavra, daquela forma que apenas pessoas que são amigas havia séculos podiam fazer. Lucien deu um leve aceno de cabeça e se recostou na cadeira; para ouvir e observar.

— Precisamos que nos conte tudo — explicou Tamlin. — A disposição da Corte Noturna, quem você viu, que armas e poderes eles têm, o que Rhys fez, com quem ele falou, todo e qualquer detalhe de que possa se lembrar.

— Não percebi que eu era uma espiã.

Lucien se moveu na cadeira, mas Tamlin falou:

— Por mais que eu odeie seu acordo, recebeu acesso à Corte Noturna. Forasteiros raramente conseguem entrar e, se entram, raramente saem inteiros. E se conseguem se mover, as memórias costumam estar... confusas. O que quer que Rhysand esteja escondendo, não quer que saibamos.

Um calafrio percorreu minha espinha.

— Por que quer saber? O que vai fazer?

— Conhecer os planos de meu inimigo, seu estilo de vida, é vital. Quanto ao que faremos... Isso não interessa. — Os olhos verdes de Tamlin se fixaram em mim. — Comece com a disposição da corte. É verdade que fica sob uma montanha?

— Isso parece muito com um interrogatório.

Lucien inspirou, mas permaneceu em silêncio.

Tamlin abriu as mãos sobre a mesa.

— Precisamos saber essas coisas, Feyre. Ou... ou não consegue se lembrar? — Garras brilharam nos nós dos dedos.

— Consigo lembrar de tudo — assegurei. — Ele não danificou minha mente. — E, antes que Tamlin pudesse me interrogar mais, comecei a falar sobre tudo que tinha visto.

Porque confio em você, dissera Rhysand. E talvez... talvez ele tivesse confundido minha mente, mesmo com as lições de escudos mentais, porque descrever a disposição de sua casa, da corte de Rhysand, as montanhas ao redor, era como me banhar em óleo e lama. Ele *era* meu inimigo, me fazia cumprir um acordo que eu firmara por puro desespero...

Continuei falando, descrevendo aquela sala na torre. Tamlin me interrogou sobre as figuras nos mapas, me fazendo relatar cada palavra que Rhysand tinha proferido, até que mencionei o que me preocupara mais na última semana: os poderes que Rhys acreditava que eu agora possuía... e os planos de Hybern. Contei a Tamlin sobre a conversa com Mor — sobre aquele templo que foi saqueado (Cesere, explicou Tamlin, era um posto norte da Corte Noturna, e uma das poucas cidades conhecidas), e sobre Rhysand mencionar duas pessoas chamadas Cassian e Azriel. Os rostos dos dois ficaram tensos diante disso, mas não mencionaram se os conheciam, ou se tinham ouvido falar deles. Então, contei a Tamlin sobre o que quer que eram os illyrianos... e como Rhys caçara e matara os traidores entre eles. Quando terminei, Tamlin ficou em silêncio, e Lucien praticamente fervilhava com quaisquer que fossem as palavras reprimidas que estava doido para dizer.

— Você acha que posso ter essas habilidades? — perguntei, obrigando-me a encarar Tamlin.

— É possível — respondeu Tamlin, igualmente baixo. — E se for verdade...

Lucien disse, por fim:

— É um poder pelo qual outros Grão-Senhores podem matar. — Foi difícil não me mover enquanto seu olho de metal se agitava, como se detectasse qualquer que fosse o poder que percorria meu sangue. — Meu pai, por exemplo, não ficaria feliz em saber que uma gota do poder dele está faltando, ou que a noiva de Tamlin agora o tem. Faria qualquer coisa para se certificar de que você *não* o possuísse... inclusive matá-la. Há outros Grão-Senhores que concordariam.

Aquela *coisa* sob minha pele começou a se acumular.

— Eu jamais o usaria contra ninguém...

— A questão não é usar contra eles; é ter uma vantagem quando não deveria — argumentou Tamlin. — E, assim que se espalhar a notícia, você terá um alvo nas costas.

— Sabia disso? — indaguei. Lucien não me encarava. — Suspeitava?

— Eu esperava que não fosse verdade — disse Tamlin, com cautela. — E agora que Rhys suspeita, não há como saber o que ele fará com a informação...

— Ele quer que eu treine. — Não era burra o suficiente para mencionar o treinamento com o escudo mental... não no momento.

— Treinar atrairia atenção demais — ponderou Tamlin. — Não *precisa* treinar. Posso protegê-la do que quer que a ameace.

Houve uma época em que ele não pôde. Quando estava vulnerável, e quando me observara ser torturada até a morte. E não pôde fazer nada para impedir Amarantha de...

Eu não permitiria outra Amarantha. Não permitiria que o rei de Hybern trouxesse as bestas e os seguidores até ali para ferir mais pessoas. Para ferir a mim e aos meus. E que derrubasse aquela muralha para ferir inúmeros outros do outro lado.

— Eu poderia usar meus poderes contra Hybern.

— Isso está fora de cogitação — decretou Tamlin. — Principalmente porque não haverá guerra contra Hybern.

— Rhys diz que a guerra é inevitável e que seremos atingidos com força.

Lucien disse rispidamente:

— E Rhys sabe tudo?

— Não, mas... estava preocupado. Acha que pode fazer a diferença em um conflito iminente.

Tamlin flexionou os dedos, mantendo aquelas garras retraídas.

— Você não tem treinamento de batalha ou armas. E, mesmo que eu começasse a treiná-la hoje, levaria anos até que conseguisse se defender em um campo de batalha imortal. — Tamlin tomou fôlego, contido. — Então, apesar do que ele acha que possa ser capaz de fazer, Feyre, não vou deixar que chegue nem *perto* de um campo de batalha. Principalmente se isso significa revelar a nossos inimigos quaisquer que sejam os poderes que você possui. Estaria enfrentando Hybern pela frente e teria inimigos com rostos familiares às costas.

— Não me importo...

— *Eu* me importo — grunhiu Tamlin. Lucien exalou. — *Eu* me importo se você morrer, se você se ferir, se estiver em perigo a todo momento pelo resto de nossas vidas. Portanto, não haverá treinamento, e vamos manter isso entre nós.

— Mas Hybern...

Lucien interveio, calmamente:

— Já tenho minhas fontes investigando.

Lancei a ele um olhar de súplica.

Lucien suspirou de leve e falou para Tamlin:

— Se talvez a treinássemos secretamente...

— Há riscos demais, variáveis demais — replicou Tamlin. — E não haverá conflito com Hybern, nada de guerra.

Disparei:

— Isso é um desejo seu.

Lucien murmurou algo que soou como uma súplica ao Caldeirão.

Tamlin enrijeceu o corpo.

— Descreva essa sala de mapas para mim de novo. — Foi a única resposta dele.

Fim da discussão. Sem espaço para debate.

Nós nos encaramos por um momento, e meu estômago se revirou mais.

Tamlin era o Grão-Senhor; *meu* Grão-Senhor. Era o escudo e o defensor de seu povo. De mim. E se me manter segura significava que seu povo podia continuar a ter esperanças, a construir uma nova vida, que Tamlin poderia fazer o mesmo... Eu podia me curvar a ele naquela questão.

Eu podia fazer isso.

Você não é súdita de ninguém.

Talvez Rhysand *tivesse* alterado minha mente, com ou sem escudos.

Somente essa ideia bastou para que eu começasse a dar detalhes a Tamlin novamente.

Capítulo 8

Uma semana depois, o Tributo chegou.

Eu pude passar apenas um dia com Tamlin — um dia perambulando pela propriedade, fazendo amor no gramado alto de um campo ensolarado, seguido de um jantar calmo e particular — antes que ele fosse chamado para a fronteira. Tamlin não me contou por que ou para onde. Apenas que eu deveria permanecer na propriedade, e que teria sentinelas me vigiando o tempo todo.

Então, passei a semana sozinha, acordando no meio da noite para vomitar as tripas, para chorar em meio aos pesadelos. Ianthe, se soubera do massacre das irmãs no norte, não dissera nada a respeito nas poucas vezes em que a vi. E, considerando o quão pouco *eu* gostava de ser forçada a conversar sobre todas as coisas que me incomodavam, escolhi não mencionar nada durante as horas que ela passava visitando, ajudando a escolher minhas roupas, meu cabelo, minhas joias para o Tributo.

Quando pedi que Ianthe explicasse o que eu poderia esperar do Tributo, ela apenas disse que Tamlin cuidaria de tudo. Eu deveria observar ao lado dele, prestar atenção.

Bem fácil... e talvez um alívio que não esperassem que eu falasse ou agisse.

Mas eu tinha feito muito esforço para não olhar para o olho tatuado em minha palma... e lembrar o que Rhys me dissera, grunhindo.

Tamlin havia voltado na noite anterior apenas para supervisionar o Tributo do dia. Tentei não levar aquilo para o lado pessoal, não quando ele tinha tantas responsabilidades. Mesmo que Tamlin não me contasse muito sobre o Tributo além do que Ianthe tinha mencionado.

Sentada ao lado de Tamlin sobre um altar no salão principal de mármore e ouro da mansão, suportei as fileiras intermináveis de olhares, lágrimas, gratidão e bênçãos pelo que eu fizera.

Com a habitual túnica azul-clara com capuz, Ianthe estava posicionada perto das portas, oferecendo bênçãos àqueles que partiam, palavras de conforto aos que perdiam completamente a compostura em minha presença, promessas de que o mundo estava melhor agora, de que o bem prevalecera sobre o mal.

Depois de vinte minutos, eu parecia quase me agitar de inquietude. Depois de quatro horas, parei de ouvir completamente.

Eles continuavam a vir, os emissários, representando cada cidade e povo na Corte Primaveril, trazendo pagamentos na forma de ouro ou joias ou galinhas ou colheitas ou roupas. Não importava o que fosse, contanto que equivalesse ao que deviam. Lucien ficou ao pé do altar, contabilizando cada quantia, armado até os dentes como as dez outras sentinelas posicionadas pelo salão. Aquela era a sala de recepção, como a chamara Lucien, embora se parecesse muito com um salão de trono para mim. Imaginei se ele chamava assim porque as outras palavras...

Eu tinha passado muito tempo em outro salão do trono. Assim como Tamlin.

E não o passara sentada em um altar, como Tamlin, mas ajoelhada diante dele. Aproximava-me daquele altar como a feérica esguia, de pele cinzenta, que avançava acanhada da frente da fila interminável cheia de Grão-Feéricos inferiores.

Ela não usava roupas. Os longos cabelos escuros pendiam esmaecidos sobre os seios empinados e firmes — e os imensos olhos eram completamente pretos. Como um lago parado. E, conforme se movia, a luz da tarde reluzia na sua pele iridescente.

O rosto de Lucien se contraiu em reprovação, mas ele não fez comentários quando a feérica inferior abaixou o rosto delicado e de feições pontiagudas e cobriu, com os magros dedos palmados, os seios.

— Em nome dos espectros da água, eu o cumprimento, Grão-Senhor — disse a feérica, com a voz estranha, sibilante, os lábios carnudos e sensuais revelando dentes afiados e irregulares como os de um lúcio. Os ângulos agudos das feições do rosto destacavam aqueles olhos pretos como carvão.

Eu vira o tipo dela antes. No lago, logo além do limite da mansão. Havia cinco delas morando entre os juncos e as ninfeias. Eu mal conseguira ver mais que as cabeças reluzentes despontando pela superfície vítrea; jamais soubera o quanto eram assustadoras de perto. Graças ao Caldeirão que jamais nadei naquele lago. Tinha a sensação de que a feérica me seguraria com aqueles dedos palmados — aquelas unhas pontudas se enterrariam fundo — e me puxaria para baixo da superfície antes que eu conseguisse gritar.

— Bem-vinda — cumprimentou Tamlin. Depois de cinco horas, ele parecia tão disposto quanto naquela manhã.

Imaginei que, com o retorno dos poderes, poucas coisas cansassem Tamlin agora.

O espectro da água se aproximou, o pé palmado e cheio de garras era salpicado de cinza. Lucien deu um passo casual entre nós.

Por isso ele estava posicionado do meu lado do altar.

Trinquei os dentes. Quem eles acreditavam que nos atacaria em nosso lar, ou em nossa terra, se não estavam convencidos de que Hybern poderia organizar uma ofensiva? Até mesmo Ianthe parara com os murmúrios baixos no fundo do salão para monitorar o encontro.

Aparentemente, aquela conversa não era como as demais.

— Por favor, Grão-Senhor — implorou a feérica, com uma reverência tão baixa que os cabelos pretos como nanquim roçaram o mármore. — Não há mais peixes no lago.

O rosto de Tamlin era como granito.

— Independentemente, espera-se que você pague. — A coroa sobre a cabeça de Tamlin reluziu à luz da tarde. Feita com esmeraldas, safiras e ametista, o ouro fora moldado em uma grinalda das primeiras flores da primavera. Era uma de cinco coroas pertencentes à linhagem de Tamlin.

A feérica expôs as palmas das mãos, mas Tamlin a interrompeu.

— Não há exceções. Tem três dias para apresentar o que é devido, ou oferecer o dobro no Tributo seguinte.

Foi difícil evitar olhar com espanto para o rosto imóvel e para as palavras sem misericórdia. No fundo, Ianthe deu um aceno de confirmação para ninguém em particular.

O espectro da água não tinha nada para comer... como Tamlin podia esperar que ela desse comida a *ele*?

— Por favor — sussurrou a feérica entre os dentes afiados, a pele prateada e sarapintada reluzindo quando ela começou a tremer. — Não restou nada no lago.

O rosto de Tamlin não se alterou.

— Você tem três dias...

— Mas não temos ouro!

— *Não* me interrompa — disse Tamlin. Virei o rosto, incapaz de suportar aquela expressão impiedosa.

A feérica abaixou ainda mais a cabeça.

— Perdão, meu senhor.

— Tem três dias para pagar, ou traga o dobro no mês seguinte — repetiu Tamlin. — Se falhar em fazer isso, conhece as consequências. — Tamlin gesticulou com a mão para dispensá-la. Fim da conversa.

Depois de um último olhar desesperançado para Tamlin, o espectro da água saiu do salão. Enquanto o feérico seguinte — um gamo com pernas de bode que carregava o que parecia ser um cesto de cogumelos — pacientemente esperava para ser convidado a se aproximar do altar, eu me virei para Tamlin.

— Não precisamos de um cesto de peixes — murmurei. — Por que fazê-la sofrer assim?

Tamlin voltou os olhos na direção de Ianthe, que tinha se afastado para permitir que a criatura passasse; Ianthe manteve uma das mãos nas joias do cinto. Como se a feérica pudesse arrancá-las para usar como pagamento. Tamlin franziu a testa.

— Não posso fazer exceções. Se fizer, todos exigirão o mesmo tratamento.

Segurei com força os braços da cadeira, um pequeno assento de carvalho ao lado do imenso trono de rosas entalhadas de Tamlin.

— Mas não *precisamos* dessas coisas. Por que precisamos de um velocino de ouro, ou de um pote de geleia? Se ela não tem mais peixes, três dias não farão diferença. Por que fazer com que passe fome? Por que não a ajudar a encher novamente o lago? — Eu tinha passado muitos anos com o estômago vazio para ignorar aquilo, para não querer gritar diante daquela injustiça.

Os olhos esmeralda de Tamlin se suavizaram quando ele leu cada pensamento em meu rosto, mas disse:

— Porque é assim que as coisas são. Era assim que meu pai fazia, e o pai dele, e o modo como meu filho o fará. — Tamlin ofereceu um sorriso e estendeu a mão para a minha. — Algum dia.

Algum dia. Se conseguíssemos nos casar. Se eu me tornasse um fardo menor e nós dois escapássemos das sombras que nos perseguiam. Não tínhamos sequer tocado no assunto. Ianthe, ainda bem, também não dissera nada.

— Ainda podemos ajudá-la, encontrar alguma forma de manter aquele lago abastecido.

— Já temos muito com que lidar. Distribuir esmolas não vai ajudar no longo prazo.

Abri a boca, mas depois a fechei. Não era hora de debater.

Então, me desvencilhei da mão de Tamlin quando ele gesticulou para que o gamo com pernas de bode se aproximasse por fim.

— Preciso de ar — falei, e levantei da cadeira. Não dei a Tamlin a chance de protestar antes de sair do altar batendo os pés. Tentei não reparar nas três sentinelas que Tamlin mandou atrás de mim, ou na fileira de emissários que olhou boquiaberta e sussurrou quando atravessei o salão.

Ianthe tentou me alcançar quando parti em disparada, mas eu a ignorei.

Passei pelas portas e caminhei o mais rápido que ousei para depois da fila reunida que serpenteava pelos degraus até a passagem principal de carvalho. Além do emaranhado de vários corpos, de Grão-Feéricos e de feéricos inferiores, vi a silhueta do espectro retrocedendo, dando a volta por nossa casa... na direção do lago além da propriedade. Ela caminhava arrastando os pés, limpando os olhos.

— Com licença — chamei, alcançando-a; as sentinelas ao meu encalço mantiveram uma distância respeitosa.

O espectro da água parou no limite da casa, virando-se com uma leveza sobrenatural. Evitei a ânsia de recuar um passo quando aquelas feições extraterrenas me devoraram. Mantendo-se a apenas poucos passos de distância, os guardas monitoravam com as mãos nas armas.

O nariz da feérica quase não passava de duas fendas, e guelras delicadas se abriam sob suas orelhas.

O espectro da água inclinou levemente a cabeça. Não foi uma reverência completa, porque eu não era ninguém, mas o reconhecimento de que eu era o brinquedinho do Grão-Senhor.

— Sim? — sibilou ela, os dentes afiados reluziram.

— Quanto é seu Tributo?

Meu coração bateu mais rápido quando vi os dedos palmados e os dentes afiados como lâminas. Tamlin certa vez me dissera que os espectros da água comiam qualquer coisa. E se não restavam mais peixes...

— Quanto ouro ele quer... qual é o valor de seus peixes em ouro?

— Muito mais do que você tem nos bolsos.

— Então, tome — falei, abrindo o fecho de uma pulseira de ouro encrustada de rubis, uma que Ianthe me dissera que combinava melhor com minhas cores que a prateada que quase usei. Ofereci a ela. — Tome isto. — Antes que a feérica conseguisse pegá-la, arranquei o colar de ouro de meu pescoço e os diamantes em formato de gota de minhas orelhas. — E estas. — Estendi as mãos, que reluziam com ouro e joias. — Dê a ele o que deve; depois, compre comida — mandei, engolindo em seco quando os olhos dela se arregalaram. A aldeia próxima tinha um pequeno mercado toda semana, uma reunião incipiente de barracas por enquanto, que eu esperava ajudar a prosperar. De alguma forma.

— E que pagamento você requer?

— Nada. É... não é um acordo. Apenas tome. — Estendi mais as mãos. — Por favor.

O espectro da água franziu a testa ao ver as joias que pendiam de minhas mãos.

— Não deseja nada em troca?

— Nada. — Os feéricos na fila agora encaravam sem disfarçar. — Por favor, apenas leve.

Com um último olhar atento, os dedos frios e úmidos roçaram os meus, pegando as joias. Elas brilhavam como água nas mãos palmadas da feérica.

— Obrigada — disse ela, e fez uma reverência profunda dessa vez. — Não vou esquecer tal gentileza. — A voz do espectro da água sibilava sobre as palavras, e estremeci de novo quando os olhos pretos ameaçaram me engolir inteira. — Assim como nenhuma de minhas irmãs.

Ela caminhou de volta para a mansão, e os rostos de minhas três sentinelas pareciam contraídos em reprovação.

✠

Eu estava sentada à mesa de jantar com Lucien e Tamlin. Nenhum deles falou, mas o olhar de Lucien ficava passando de mim para Tamlin, e, depois, para o próprio prato.

Depois de dez minutos de silêncio, soltei o garfo e falei para Tamlin:

— O que foi?

Tamlin não hesitou.

— Você sabe o que foi.

Não respondi.

— Você deu àquele espectro da água suas joias. Joias que *eu* dei a você.

— Temos toda uma porcaria de casa cheia de ouro e joias.

Lucien respirou fundo, como se dissesse: "Lá vamos nós."

— Por que não deveria dar a ela? — indaguei. — Essas coisas não significam nada para mim. Jamais usei a mesma joia duas vezes! Quem se importa com isso?

Os lábios de Tamlin se contraíram.

— Porque você *menospreza* as leis desta corte quando se comporta dessa forma. Porque é assim que as coisas são *feitas* aqui, e quando entrega àquela feérica glutona o dinheiro de que precisa, faz com que eu, faz com que a corte inteira pareça *fraca*.

— Não fale comigo assim — avisei, exibindo os dentes. Tamlin bateu com a mão na mesa, as garras despontaram pela pele, mas eu me inclinei para a frente, apoiando as mãos na madeira. — Você ainda não faz ideia de como era para mim estar à beira da inanição durante meses. E pode chamá-la de glutona o quanto quiser, mas também tenho irmãs e lembro como era voltar para casa sem comida. — Acalmei meu peito ofegante, e aquela força sob minha pele se agitou, ondulando pelos ossos. — Talvez ela gaste todo o dinheiro em coisas idiotas, talvez ela e as irmãs não tenham autocontrole. Mas não vou arriscar e deixar que passem fome por causa de uma regra *ridícula* que seus ancestrais inventaram.

Lucien pigarreou.

— Ela não fez por mal, Tam.

— Eu sei que não fez por mal — disparou Tamlin.

Lucien continuou encarando o amigo.

— Coisas piores já aconteceram, coisas piores *podem* acontecer. Apenas relaxe.

Os olhos esmeralda de Tamlin estavam selvagens quando ele grunhiu para Lucien.

— Pedi sua opinião?

Aquelas palavras, o *olhar* que Tamlin lançou a Lucien e a forma como Lucien abaixou a cabeça — meu temperamento era um rio incandescente nas veias. *Olhe para cima*, implorei silenciosamente a Lucien. *Resista. Ele está errado, e nós estamos certos.* O maxilar de

Lucien se contraiu. Aquela força ressoou em mim de novo, vazando, disparando para Lucien. Não *recue*...

Então, eu desapareci.

Ainda ali, ainda vendo com meus olhos, mas também meio que olhando por outro ângulo na sala, a partir do lugar de alguém com vista privilegiada...

Pensamentos se chocaram contra mim, imagens e memórias, um padrão de pensamento e sentimento que era antigo e inteligente e triste, tão infinitamente triste e tomado pela culpa, sem esperanças...

Então, eu estava de volta, piscando, sem que mais de um segundo tivesse se passado enquanto eu olhava para Lucien boquiaberta.

Sua cabeça. Eu estivera *dentro* de sua cabeça, deslizara pelas paredes mentais de Lucien...

Fiquei de pé e joguei o guardanapo na mesa com mãos que estavam perturbadoramente firmes.

Eu sabia de quem *aquele* dom viera. Meu jantar subiu pela garganta, mas forcei ele para baixo.

— Não acabamos essa refeição — grunhiu Tamlin.

— Ah, deixe de ser tão egocêntrico! — disparei, e depois saí.

Podia jurar que tinha visto duas impressões queimadas de mãos na madeira despontando de baixo de meu guardanapo. Rezei para que nenhum dos dois tivesse reparado.

E para que Lucien permanecesse ignorante à violação que eu acabara de cometer.

Capítulo 9

Caminhei de um lado para o outro no quarto por um bom tempo. Talvez eu tivesse me confundido ao ver aquelas queimaduras; talvez já estivessem lá. Talvez eu não tivesse, de alguma forma, conjurado calor e marcado a madeira. Talvez não tivesse deslizado para a mente de Lucien, como se estivesse passando de um cômodo para o outro.

Como sempre fazia, Alis foi me ajudar a trocar de roupa para dormir. Enquanto eu estava sentada diante da penteadeira, deixando que ela penteasse meu cabelo, encolhi o corpo ao ver meu reflexo. O roxo sob os olhos parecia permanente agora... a palidez de meu rosto. Até meus lábios estavam um pouco lívidos, e suspirei quando fechei os olhos.

— Você deu suas joias a um espectro da água — ponderou Alis, e encontrei o reflexo dela no espelho. A pele marrom de Alis parecia couro amassado, os olhos escuros reluziram por um momento antes que se concentrasse em meu cabelo. — São um tipo ardiloso.

— Ela disse que estavam famintas, que não tinham comida — murmurei.

Alis cuidadosamente desfez um nó.

— Não havia um feérico naquela fila hoje que teria dado dinheiro a ela. Nenhum teria ousado. Muitos já foram para o túmulo de água por causa da fome delas. Apetite insaciável... é a maldição dos espectros. Suas joias não durarão uma semana.

Bati um pé no chão.

— Mas — continuou Alis, apoiando a escova para fazer uma trança única em meu cabelo. Os dedos longos e finos roçaram minha cabeça. — Ela jamais esquecerá. Enquanto viver, não importa o que você tenha dito, ela está em dívida com você. — Alis terminou a trança e me deu um tapinha no ombro. — Feéricos de mais experimentaram a fome nesses últimos cinquenta anos. Não pense que essa história não vai se espalhar.

Eu tinha medo disso talvez mais que qualquer coisa.

Passava da meia-noite quando desisti de esperar; caminhei até o fim dos corredores escuros e silenciosos e o encontrei no escritório, sozinho, pelo menos uma vez.

Uma caixa de madeira envolta em um laço rosa espesso repousava na pequena mesa entre o conjunto de poltronas.

— Eu já estava subindo — disse Tamlin, e ergueu a cabeça para uma rápida observação de meu corpo, para se certificar de que estava tudo certo, tudo estava bem. — Você deveria estar dormindo.

Fechei a porta atrás de mim. Eu sabia que não conseguiria dormir; não com as palavras que Tamlin gritara ainda ecoando em meus ouvidos.

— Você também — falei, a voz tão tênue quanto o espaço entre nós. — Você trabalha demais. — Cruzei o cômodo para me apoiar na poltrona, olhando para o presente enquanto Tamlin me observava.

— Por que acha que eu tinha tão pouco interesse em ser Grão-Senhor? — disse ele, e ficou de pé para dar a volta na mesa. Tamlin beijou minha testa, a ponta de meu nariz, a boca. — Tanta papelada — resmungou ele contra meus lábios. Eu ri, mas Tamlin tocou com a boca a pele exposta entre meu pescoço e o ombro. — Desculpe — murmurou Tamlin, e senti arrepios na coluna. Ele beijou meu pescoço de novo. — Desculpe.

Passei a mão pelo braço dele.

— Tamlin — comecei a falar.

— Eu não deveria ter dito aquelas coisas — sussurrou Tamlin contra minha pele. — Para você ou para Lucien. Não quis dizer nenhuma delas.

— Eu sei — admiti, e o corpo de Tamlin relaxou contra o meu. — Desculpe por ter perdido a cabeça.

— Você tinha todo o direito — argumentou Tamlin, embora eu tecnicamente não tivesse. — Eu estava errado.

O que ele dissera era verdade: se abrisse exceções, outros feéricos exigiriam o mesmo tratamento. E o que eu tinha feito *poderia* ser visto como menosprezo.

— Talvez eu estivesse...

— Não. Você estava certa. Não entendo como é passar fome... ou nada disso.

Eu recuei um pouco para inclinar a cabeça na direção do presente que esperava ali, mais que disposta a deixar que aquilo fosse o fim da discussão. Dei um sorriso leve, brincalhão.

— Para você?

Tamlin mordiscou minha orelha em resposta.

— Para você. De mim. — Um pedido de desculpas.

Sentindo-me mais leve do que me sentia havia dias, desfiz o laço e observei a caixa de madeira clara abaixo dele. Devia ter 60 centímetros de altura e 90 de largura, com uma alça de ferro sólida presa ao topo; nenhum brasão ou letras indicavam o que podia estar dentro. Certamente não era um vestido, mas...

Por favor, que não seja uma coroa.

Embora, certamente, uma coroa ou um diadema estariam guardados em algo menos... rudimentar.

Abri o pequeno fecho de latão e ergui a tampa larga.

Era pior que uma coroa, na verdade.

Embutidos na caixa havia compartimentos, bolsos e presilhas, todos cheios de pincéis e tintas e carvão e folhas de papel. Um kit de pintura de viagem.

Vermelho... a tinta vermelha dentro do frasco de vidro era tão forte, o azul era tão deslumbrante quanto os olhos daquela mulher feérica que matei...

— Achei que gostaria de carregar pela propriedade. Em vez de arrastar todas aquelas sacolas, como sempre faz.

Os pincéis estavam novos, reluzentes; os pelos, macios e limpos.

Olhar para aquela caixa, para o que estava dentro, foi como examinar um cadáver limpo por um corvo.

Tentei sorrir. Tentei desejar que alguma alegria percorresse meus olhos.

Tamlin falou:

— Você não gostou.

— Não — consegui responder. — Não, é maravilhoso. — E era. Era mesmo.

— Achei que se começasse a pintar de novo... — Esperei que Tamlin terminasse.

Ele não terminou.

Meu rosto corou.

— E você? — perguntei, baixinho. — A papelada vai ajudar com alguma coisa?

Ousei encarar Tamlin. Seu temperamento se acendeu ali. Mas Tamlin disse:

— Não estamos falando de mim. Estamos falando... de você.

Observei a caixa e o conteúdo novamente.

— Ao menos permitirão que eu perambule por onde quiser para pintar? Ou haverá uma escolta também?

Silêncio.

Um não; e um sim, então.

Comecei a tremer, mas por mim, por *nós*, eu me obriguei a dizer:

— Tamlin... Tamlin, não posso viver com guardas em volta de mim dia e noite. Não posso viver com esse sufocamento. Apenas me deixe ajudá-lo... me deixe trabalhar com você.

— Você já ofereceu o suficiente, Feyre.

— Eu sei. Mas... — Eu o encarei. Encarei Tamlin de volta, todo o poder do Grão-Senhor da Corte Primaveril. — É mais difícil me matar agora. Sou mais rápida, mais forte...

— Minha família era mais rápida e mais forte que você. E foram assassinados com muita facilidade.

— *Então, case com alguém que possa suportar isso.*

Ele piscou. Devagar. Depois, falou com a voz terrivelmente baixa:

— Não quer se casar comigo, então?

Tentei não olhar para o anel em meu dedo, para aquela esmeralda.

— É claro que quero. É claro que quero. — Minha voz falhou. — Mas você... Tamlin... — As paredes pareceram se aproximar. O silêncio, os guardas, os olhares. O que eu vira no Tributo naquele dia. — Estou me afogando — consegui dizer. — Estou me *afogando*. E quanto mais faz isso, quanto mais guardas... Poderia muito bem estar enfiando minha cabeça na água.

Nada naqueles olhos, naquele rosto.

Mas então...

Gritei, o instinto tomou conta quando o poder de Tamlin irrompeu pelo cômodo.

As janelas se quebraram.

A mobília se partiu.

E aquela caixa de tintas e pincéis e papel...

Ela explodiu em poeira, vidro e madeira.

Capítulo 10

Em um segundo o escritório estava intacto.

No seguinte, consistia em cacos de nada, um casco do que era antes.

Nada daquilo me tocara no lugar onde me abaixei no chão, com as mãos sobre a cabeça.

Tamlin estava ofegante, a respiração irregular quase como soluços.

Eu estava tremendo; tremendo tanto que achei que meus ossos se partiriam como a mobília... mas me obriguei a abaixar os braços e olhar para Tamlin.

Havia devastação naquele rosto. E dor. E medo. E luto.

Ao meu redor, nenhum escombro tinha caído — como se Tamlin tivesse me protegido.

Ele deu um passo em minha direção, até aquela demarcação invisível.

Então, Tamlin recuou, como se tivesse atingido algo sólido.

— Feyre — disse ele, a voz rouca.

Tamlin avançou de novo, e o limite se manteve intacto.

— Feyre, por favor — sussurrou ele.

E percebi que o limite, aquela bolha de proteção...

Era minha.

Um escudo. Não apenas mental, mas físico também.

Eu não sabia de que Grão-Senhor tinha vindo, quem controlava o ar ou o vento ou qualquer dessas coisas. Talvez uma das Cortes Solares. Eu não me importava.

— Feyre — gemeu Tamlin, uma terceira vez, fazendo força contra o que realmente parecia uma parede invisível e curva de ar endurecido. — *Por favor. Por favor.*

Aquelas palavras partiram algo em mim. Me partiram.

Talvez tivessem partido o escudo de vento sólido também, pois a mão de Tamlin o atravessou.

Então, ele ultrapassou aquela linha entre o caos e a ordem, o perigo e a segurança.

Tamlin ficou de joelhos e segurou meu rosto nas mãos.

— Desculpe, desculpe.

Eu não conseguia parar de tremer.

— Vou tentar — sussurrou ele. — Vou tentar ser melhor. Eu não... Não consigo controlar às vezes. O ódio. Hoje foi apenas... hoje foi ruim. Com o Tributo, com tudo isso. Hoje... vamos esquecer, vamos superar isso. Por favor.

Não resisti quando Tamlin me abraçou, me aconchegando tão apertado que seu calor passou para mim. Tamlin enterrou o rosto em meu pescoço e falou, para minha nuca, como se meu corpo fosse absorver as palavras, como se só pudesse dizê-las daquela forma como sempre soubemos nos comunicar melhor: pele contra pele.

— Não consegui salvá-la antes. Não pude protegê-la deles. E quando disse aquilo sobre... sobre eu afogar você... Sou melhor do que eles foram?

Eu deveria ter dito que não era verdade, mas... Tinha falado com o coração. Ou com o que restara dele.

— Tentarei ser melhor — falou Tamlin de novo. — Por favor, me dê mais tempo. Deixe que eu... deixe que eu supere isso. Por favor.

Supere o quê?, era o que eu queria perguntar. Mas as palavras tinham me abandonado. Percebi que ainda não tinha falado.

Percebi que Tamlin esperava por uma resposta... e que eu não tinha uma.

Então, o abracei, porque corpo a corpo era a única forma com que eu conseguia falar também.

Aquilo bastou como resposta.

— Desculpe — disse Tamlin de novo. Ele não parou de murmurar isso durante vários minutos.

Você já ofereceu o suficiente, Feyre.

Talvez Tamlin estivesse certo. E talvez eu não tivesse mais nada a oferecer mesmo.

Olhei por cima do ombro de Tamlin enquanto o segurava.

A tinta vermelha tinha se espatifado na parede atrás de nós. Enquanto eu a observei escorrer pelo painel de madeira rachado, pensei que parecia sangue.

✠

Tamlin não parou de pedir desculpas durante dias. Ele fez amor comigo de manhã à noite. Adorou meu corpo com as mãos, a língua, os dentes. Mas essa nunca fora a parte difícil. Nós apenas nos enrolamos com o resto.

Mas Tamlin cumpriu a palavra.

Havia menos guardas quando eu caminhava pela propriedade. Alguns restavam, mas nenhum seguia meus passos. Até fui cavalgar pelo bosque sem escolta.

Apesar de saber que os ajudantes do estábulo tinham relatado a Tamlin assim que saí — e voltei.

Tamlin jamais mencionou aquele escudo de vento sólido que usei contra ele. E as coisas estavam tão boas que não ousei mencioná-lo também.

✠

Os dias se passaram como um borrão. Tamlin passava mais tempo fora que em casa e, sempre que voltava, não me contava nada. Eu tinha parado de incomodá-lo por respostas havia muito tempo. Um protetor... era o que Tamlin era e sempre seria. O que *eu* quisera quando era fria e severa e infeliz; o que *eu* precisara para derreter o gelo de amargos anos à beira da fome.

Não tinha coragem de me perguntar o que eu queria ou do que precisava agora. Quem eu me tornara.

Então, com o ócio como única opção, passava os dias na biblioteca. Praticando leitura e escrita. Aumentando aquele escudo mental, tijolo após tijolo, camada após camada. Às vezes tentava conjurar aquela parede física de ar sólido também. Aproveitava o silêncio, mesmo conforme ele penetrava minhas veias, minha mente.

Alguns dias, não falava com ninguém. Nem mesmo Alis.

Acordava todas as noites trêmula e ofegante. E ficava feliz quando Tamlin não estava lá para testemunhar isso. Quando eu também não testemunhava ele ser arrancado dos sonhos, suor frio cobrindo-lhe o corpo. Ou se transformando na besta e ficando acordado até o alvorecer, monitorando a propriedade em busca de ameaças. O que eu poderia dizer para acalmar aqueles medos, quando eu era a fonte de tantos deles?

Mas Tamlin voltou para uma estadia prolongada cerca de duas semanas depois do Tributo — e decidi tentar conversar, interagir. Eu devia a Tamlin tentar. Devia a mim mesma.

Ele pareceu ter a mesma ideia. E pela primeira vez em um tempo... as coisas pareceram normais. Ou o mais normais que podiam ser.

Acordei certa manhã ao som de vozes graves no corredor do lado de fora de meu quarto. Fechando os olhos, me aninhei no travesseiro e puxei mais as cobertas. Apesar de nossas aventuras matinais nos lençóis, eu levantava mais tarde a cada dia; às vezes nem me dava o trabalho de sair da cama até a hora do almoço.

Um grunhido soou através das paredes, e abri os olhos de novo.

— Saia — avisou Tamlin.

Houve uma resposta baixa... baixa demais para que eu discernisse algo além de balbucios simples.

— Vou dizer uma última vez...

Ele foi interrompido por aquela voz, e os pelos de meus braços se arrepiaram. Observei a tatuagem no antebraço como se fizesse uma conta. Não... não, aquele dia não podia ter chegado tão rápido.

Depois de empurrar as cobertas, corri até a porta, percebendo a meio caminho que estava nua. Graças a Tamlin, minhas roupas tinham sido rasgadas e atiradas do outro lado do quarto, e não havia roupão à vista. Peguei um cobertor na cadeira mais próxima e envolvi o corpo antes de entreabrir a porta.

De fato, Tamlin e Rhys estavam no corredor. Ao ouvir a porta se abrir, Rhys se virou na minha direção. O sorriso que estampava no rosto hesitou.

— Feyre. — Os olhos de Rhys se detiveram, absorvendo cada detalhe. — Está ficando sem comida aqui?

— O quê? — indagou Tamlin.

Aqueles olhos violeta tinham ficado frios. Rhys estendeu a mão para mim.

— Vamos.

Tamlin avançou no rosto de Rhysand em um instante, e encolhi o corpo.

— *Saia*. — Ele apontou para a escada. — Ela irá até você quando estiver pronta.

Rhysand apenas limpou um grão invisível de poeira da manga de Tamlin. Parte de mim admirou a pura coragem que aquele gesto devia ter requerido. Se os dentes de Tamlin estivessem a centímetros de minha garganta, eu teria gritado de pânico.

Rhys me olhou.

— Não teria não. Se sua memória não me falha, da última vez que os dentes de Tamlin estavam perto de sua garganta, você deu um tapa da cara dele.

Ergui os escudos esquecidos, fazendo uma careta.

— *Cale a boca* — disse Tamlin, dando mais um passo entre nós. — *E saia*.

O Grão-Senhor cedeu e deu um passo na direção das escadas; depois, colocou as mãos nos bolsos.

— Deveria mesmo inspecionar suas proteções. Só o Caldeirão sabe que outro tipo de traste pode entrar aqui tão facilmente quanto eu. — De novo, Rhys me observou com o olhar severo. — Vista uma roupa.

Exibi os dentes para ele quando entrei no quarto outra vez. Tamlin me seguiu e bateu a porta com tanta força que os lustres estremeceram, disparando fiapos de luz trêmulos pelas paredes.

Larguei o cobertor, fui até o armário do outro lado do quarto, e o colchão rangeu atrás de mim quando Tamlin afundou na cama.

— Como ele entrou aqui? — perguntei, escancarando as portas e vasculhando as roupas até encontrar o modelito turquesa da Corte Noturna que tinha pedido que Alis guardasse. Eu sabia que ela queria queimá-lo, mas eu disse que acabaria voltando para casa com outro conjunto daqueles de qualquer jeito.

— Não sei — respondeu Tamlin. Vesti a calça, me virei e o vi passar a mão pelo cabelo. Senti a mentira sob as palavras. — Ele só... é só parte de qualquer que seja o joguinho que está fazendo.

Vesti a blusa curta por cima da cabeça.

— Se a guerra está vindo, talvez fosse melhor reparar as coisas. — Não tínhamos tocado naquele assunto desde meu primeiro dia de volta. Fucei o fundo do armário em busca dos sapatos de seda combinando e, depois, virei para Tamlin e os calcei.

— Vou começar a consertar as coisas no dia em que ele liberar você do acordo.

— Talvez ele esteja mantendo o acordo para que você tente ouvi-lo. — Caminhei até onde Tamlin estava sentado na cama; a calça estava um pouco mais larga na cintura que no mês anterior.

— Feyre — disse Tamlin, estendendo a mão para mim, mas saí do alcance. — Por que precisa saber essas coisas? Não basta se recuperar em paz? Conquistou esse direito. *Conquistou*. Diminuí o número de sentinelas aqui; tenho tentado... tentado ser melhor com relação a isso. Então, deixe o restante... — Tamlin respirou para se acalmar. — Não é o momento para esta conversa.

Nunca era o momento para *esta* conversa, ou para *aquela* conversa. Mas não falei isso. Não tinha energia para dizer, e todas as palavras secaram e se foram. Então, memorizei as linhas do rosto de Tamlin e não resisti quando me puxou contra o peito e me abraçou com força.

Alguém tossiu no corredor, e o corpo de Tamlin enrijeceu ao meu redor.

Mas bastava de brigas e grunhidos para mim, e voltar para aquele lugar aberto e sereno no alto da montanha... Parecia melhor que me esconder na biblioteca.

Eu me afastei, e Tamlin se deteve conforme eu caminhava de volta para o corredor.

Rhys franziu a testa para mim. Debati se dizia algo sujo para ele, mas teria requerido mais irritação que eu sentia; e teria requerido que eu me importasse mais com o que Rhys pensava.

O rosto de Rhys se tornou indecifrável quando ele estendeu a mão.

Então, Tamlin apareceu atrás de mim e empurrou aquela mão para baixo.

— Encerre o acordo dela bem aqui e agora e darei o que você quiser. Qualquer coisa.

Meu coração subitamente deu um salto.

— Está maluco?

Tamlin nem mesmo piscou em minha direção.

Rhysand apenas ergueu a sobrancelha.

— Já tenho tudo que quero. — Ele desviou de Tamlin como se ele fosse parte da mobília e pegou minha mão. Antes que eu conseguisse dizer adeus, um vento preto nos envolveu e desaparecemos.

Capítulo 11

— Que diabo aconteceu com você? — disse Rhysand, antes que a Corte Noturna surgisse completamente ao nosso redor.

— Por que simplesmente não olha dentro de minha mente? — Mesmo quando falei, as palavras não tiveram emoção. Não me dei o trabalho de empurrar Rhysand quando me desvencilhei de seu toque.

Rhys piscou um olho para mim.

— Onde está a diversão nisso?

Não sorri.

— Não vai jogar sapato desta vez? — Eu quase conseguia ver as outras palavras nos olhos dele. *Vamos lá. Brinque comigo.*

Segui para as escadas que me levariam até meu quarto.

— Tome café comigo — sugeriu Rhysand.

Havia um tom naquelas palavras que me fez parar. Um tom do que eu podia jurar ser desespero. Preocupação.

Eu me virei, as roupas largas deslizaram por meus ombros, pela cintura. Eu não tinha percebido quanto peso havia perdido. Apesar de as coisas voltarem aos poucos ao normal.

Falei:

— Não tem outras coisas para resolver?

— É claro que tenho — respondeu ele, dando de ombros. — Tenho tantas coisas para resolver que às vezes fico tentado a liberar meu poder pelo mundo e limpar todos os problemas. Apenas para me dar um pouco de paz. — Rhys sorriu e fez uma reverência. Mesmo aquela menção casual de poder não me assustou, não me espantou. — Mas sempre terei tempo para você.

Eu estava com fome... ainda não tinha comido. E era de fato preocupação que faiscava por trás do sorriso arrogante e insuportável.

Então, indiquei para que Rhys fosse na frente até aquela mesa de vidro familiar no fim do corredor.

Caminhamos a uma distância casual um do outro. Cansada. Eu estava tão... cansada.

Quando estávamos quase na mesa, Rhys falou:

— Senti uma pontada de medo este mês através de nossa bela ligação. Alguma coisa interessante aconteceu na maravilhosa Corte Primaveril?

— Não foi nada — garanti. Porque não tinha sido. E não era da conta dele.

Olhei de esguelha para Rhys, e ódio, não preocupação, brilhou naqueles olhos.

Eu podia jurar que a montanha sob nós tremeu em resposta.

— Se você sabe — falei, friamente. — Por que pergunta? — Sentei na cadeira quando Rhys sentou na dele.

Ele respondeu, em voz baixa:

— Porque ultimamente a única coisa que ouço por meio da ligação é nada. Silêncio. Mesmo com os escudos erguidos muito impressionantemente a maior parte do tempo, eu deveria conseguir *sentir* você. Mas não sinto. Às vezes dou um puxão na ligação só para me certificar de que ainda está viva. — A escuridão deslizou. — Então, um dia, estou no meio de uma reunião importante quando terror dispara pela ligação. Só recebo lampejos de você e dele, e depois, nada. De volta ao silêncio. Gostaria de saber o que causou tal perturbação.

Eu me servi das bandejas de comida, pouco me importando com o que tinha sido servido.

— Foi uma discussão, e o resto não é de sua conta.

— É por isso que você parece ser devorada viva por luto, culpa e ódio, pouco a pouco?

Não queria conversar sobre aquilo.

— Saia de minha cabeça.

— Me obrigue. Me *empurre* para fora. Você baixou o escudo esta manhã... qualquer um poderia ter entrado.

Eu o encarei. Outro desafio. E eu simplesmente... não me importava. Não me importava com o que quer que fluísse incandescente por meu corpo, ou com a forma como eu deslizei para a cabeça de Lucien com a facilidade com que Rhys podia deslizar para a minha, com ou sem escudo.

— Onde está Mor? — perguntei.

Ele ficou tenso, e me preparei para que Rhys insistisse, provocasse, mas ele disse:

— Longe. Tem deveres a cumprir. — Sombras espiralaram ao redor de Rhysand de novo, e ataquei a comida. — O casamento está adiado, então?

Parei de comer apenas por tempo suficiente para murmurar:

— Sim.

— Eu esperava uma resposta mais próxima de "*Não faça perguntas idiotas para as quais já sabe a resposta*", ou minha preferida: "*Vá para o inferno.*"

Eu apenas estendi a mão para uma bandeja de tortinhas. As mãos de Rhys estavam espalmadas na mesa... e um fiapo de fumaça preta se enroscou nos dedos. Como garras.

Rhysand falou:

— Pensou em minha oferta?

Não respondi até que meu prato estivesse vazio e eu empilhasse mais comida nele.

— Não vou trabalhar com você.

Quase senti a tranquilidade sombria que recaiu sobre ele.

— E por que, Feyre, está recusando?

Empurrei as frutas no prato.

— Não vou fazer parte dessa guerra que acha que está vindo. Você disse que eu deveria ser uma arma, não um peão, mas os dois parecem a mesma coisa para mim. A única diferença é quem os empunha.

— Quero sua ajuda, não a manipular — disparou Rhys.

O estouro de seu temperamento me fez, por fim, erguer a cabeça.

— Quer minha ajuda porque vai irritar Tamlin.

Sombras dançaram ao redor dos ombros de Rhys, como se as asas estivessem tentando tomar forma.

— Tudo bem — sussurrou ele. — Eu cavei o túmulo sozinho, com tudo que fiz Sob a Montanha. Mas preciso de sua ajuda.

Mais uma vez, senti as outras palavras não ditas: *Pergunte por que; insista.*

E, mais uma vez, eu não queria. Não tinha energia.

Rhys falou, baixinho:

— Fui prisioneiro na corte de Amarantha por quase cinquenta anos. Fui torturado e espancado e fodido até que somente dizer a mim mesmo quem eu era, o que tinha a proteger, me impediu de tentar encontrar uma forma de acabar com aquilo. Por favor... me ajude a evitar que isso aconteça de novo. Com Prythian.

Uma parte distante de meu coração doeu e sangrou ao ouvir as palavras, o que ele expusera.

Mas Tamlin abrira exceções — aliviara a presença dos guardas, permitira que eu caminhasse com um pouco mais de liberdade. Ele estava tentando. Nós estávamos tentando. Eu não arriscaria isso.

Então, voltei a comer.

Rhys não disse mais uma palavra.

✣

Não me juntei a Rhysand para jantar.

Não levantei a tempo do café da manhã também.

Mas, quando saí, ao meio-dia, Rhysand estava esperando no andar de cima, com aquele leve e interessado sorriso no rosto. Rhys me cutucou na direção da mesa que arrumara com livros e papel e tinta.

— Copie estas frases — disse Rhys do outro lado da mesa, me entregando um pedaço de papel.

Olhei para as frases e li com perfeição:

— *Rhysand é uma pessoa espetacular. Rhysand é o centro de meu mundo. Rhysand é o melhor amante com que uma fêmea poderia sonhar.* — Apoiei o papel, escrevi as três frases e entreguei a ele.

As garras se chocaram contra minha mente um momento depois.

E ricochetearam em um escudo adamantino preto e reluzente, sem provocar danos.

Ele piscou.

— Você treinou.

Eu me levantei da mesa e saí.

— Não tinha nada melhor a fazer.

Naquela noite, Rhysand deixou uma pilha de livros a minha porta com um bilhete.

Tenho assuntos para tratar em outro lugar. A casa é sua. Mande chamar se precisar de mim.

Dias se passaram; e eu não precisei.

Rhys voltou no fim da semana. Criei o hábito de ficar em uma das pequenas salas que davam para as montanhas, e quase lera um livro inteiro na poltrona de estofado macio, prosseguindo devagar enquanto aprendia novas palavras. Mas aquilo preenchera meu tempo — me dera a companhia silenciosa e constante daqueles personagens, os quais não existiam e jamais existiram, mas, de alguma forma, me faziam sentir menos... sozinha.

A mulher que empunhara uma lança de osso contra Amarantha... Eu não sabia mais onde ela estava. Talvez tivesse sumido naquele dia em que seu pescoço se partiu e a imortalidade feérica tomou conta de suas veias.

Eu estava terminando um capítulo especialmente bom — o antepenúltimo do livro —, e um vespertino raio de sol cálido aquecia meu rosto quando Rhysand passou por duas das grandes poltronas com dois pratos de comida nas mãos e os apoiou na mesa baixa diante de mim.

— Como parece determinada a um estilo de vida sedentário — disse ele —, pensei que poderia me adiantar e lhe trazer comida.

Meu estômago já se revirava de fome, e apoiei o livro no colo.

— Obrigada.

Uma risada curta.

— *Obrigada?* Nada de "*Grão-Senhor e criada*"? Ou: "*Não importa o que queira, pode enfiar na bunda, Rhysand*"? — Ele emitiu um estalo com a língua. — Que decepcionante.

Apoiei o livro e estendi a mão para o prato. Rhysand podia se ouvir falar o dia inteiro se quisesse, mas eu queria comer. Agora.

Meus dedos tinham quase tocado a borda do prato quando ele simplesmente o *deslizou* para longe.

Estendi o braço de novo. Mais uma vez, uma espiral do poder de Rhysand puxou o prato mais para trás.

— Diga o que posso fazer — falou Rhys. — Diga o que posso fazer para ajudá-la.

Rhys manteve o prato além do alcance. Ele falou de novo, e, como se as palavras que saíram afrouxassem o controle dele sobre o poder, garras de fumaça se espiralaram sobre os dedos de Rhysand e enormes asas de sombras se espraiaram de suas costas.

— Meses e meses, e você ainda é um fantasma. Ninguém por lá pergunta que diabo está acontecendo? Seu Grão-Senhor simplesmente não se importa?

Ele se importava. Tamlin se *importava*. Talvez demais.

— Ele está me dando espaço para resolver — falei, com tanta irritação que mal reconheci minha voz.

— Me deixe ajudá-la — falou Rhysand. — Passamos por coisas de mais Sob a Montanha.

Estremeci.

— Ela vence — sussurrou Rhys. — Aquela escrota vence se você permitir se desfazer.

Imaginei se ele estava se dizendo isso havia meses, me perguntei se Rhysand também tinha momentos em que as próprias memórias às vezes o sufocavam profundamente à noite.

Mas ergui o livro, disparando três palavras pela ligação entre nós antes de erguer os escudos de novo.

Fim da conversa.

— Acabou uma ova — grunhiu Rhysand. Um estrondo de poder acariciou meus dedos, e, então, o livro se fechou em minhas mãos. Minhas unhas se enterraram no couro e no papel, inutilmente.

Desgraçado. *Desgraçado* arrogante e convencido.

Devagar, ergui o olhar para Rhys. E senti... não um temperamento colérico, mas ódio frio e reluzente.

Quase conseguia *sentir* aquele gelo na ponta dos dedos, beijando as palmas das mãos. E jurei que gelo cobriu o livro antes que eu o atirasse contra a cabeça de Rhysand.

Ele se protegeu tão rápido que o livro quicou para longe e deslizou pelo piso de mármore atrás de nós.

— Que bom — disse ele, com a respiração um pouco irregular. — O que mais você tem, Feyre?

O gelo se derreteu em chamas, e meus dedos se fecharam em punhos.

E o Grão-Senhor da Corte Noturna pareceu sinceramente aliviado ao ver aquilo; ao ver a ira que me fazia querer explodir e queimar.

Um sentimento, pelo menos. Não como aquele silêncio vazio e frio.

E ao pensar em voltar àquela mansão com as sentinelas e as patrulhas e os segredos... Afundei de novo na poltrona. Congelada, mais uma vez.

— Sempre que quiser alguém com quem brincar — disse Rhysand, empurrando o prato na minha direção com um vento salpicado de estrelas —, seja durante nossa maravilhosa semana juntos ou em outra ocasião, avise.

Não consegui pensar em uma resposta, exausta do pouco de temperamento que demonstrei.

E percebi que parecia em uma queda livre infinita. Estava nela havia um tempo. Desde que esfaqueei aquele jovem feérico no coração.

Não encarei Rhys de novo enquanto devorava a comida.

Na manhã seguinte, Tamlin esperava à sombra do imenso e retorcido carvalho no jardim.

Uma expressão assassina lhe contorcia as feições do rosto, direcionada apenas para Rhys. Mas não havia nada de diversão no sorriso de Rhys quando ele se afastou de mim... apenas um predador frio e esperto olhando para longe.

Tamlin grunhiu para mim:

— Entre.

Olhei de um Grão-Senhor para outro. Ao ver aquela fúria no rosto de Tamlin... Eu soube que não haveria mais cavalgadas ou caminhadas solitárias pela propriedade.

Rhys simplesmente me disse:

— Enfrente isso.

Depois, ele se foi.

— Estou bem — falei para Tamlin, quando os ombros dele se curvaram, a cabeça se abaixou.

— Vou encontrar uma forma de acabar com isso — jurou ele.

Eu queria acreditar em Tamlin. Sabia que ele faria qualquer coisa para conseguir.

De novo, Tamlin me fez descrever cada detalhe do que vira na casa de Rhys. Cada conversa, embora breve. Eu contei tudo, cada palavra mais baixa que a anterior.

Proteger, proteger, proteger — eu conseguia ver a palavra nos olhos dele, senti em cada investida de Tamlin para dentro de meu corpo naquela noite. Eu tinha sido levada de Tamlin uma vez, da mais definitiva das formas, mas nunca mais.

As sentinelas retornaram com força total na manhã seguinte.

Capítulo 12

Durante a primeira semana de volta, não pude sair da vista da casa.

Alguma ameaça sem nome tinha invadido as terras, e Tamlin e Lucien haviam sido chamados para lidar com ela. Pedi que meu amigo me dissesse o que era, mas... Lucien tinha aquele olhar que sempre exibia quando queria, mas a lealdade a Tamlin ficava no caminho. Então, não perguntei de novo.

Enquanto estavam fora, Ianthe retornou... para me fazer companhia, me proteger, não sei.

Ela era a única cuja entrada foi permitida. O bando semipermanente de senhores e damas da Corte Primaveril na mansão fora dispensado, assim como seus criados pessoais. Fiquei grata por isso, por não mais esbarrar com eles enquanto caminhava pelos corredores da mansão, ou pelos jardins, e não precisar desenterrar da memória os nomes, as histórias de cada um, não precisar mais aturá-los tentando não encarar a tatuagem, mas... Eu sabia que Tamlin gostava de tê-los por perto. Sabia que alguns eram, na verdade, velhos amigos; sabia que Tamlin gostava que a mansão estivesse cheia de som e risos e conversa. Mas achava que todos conversavam como se fossem parceiros de luta. Palavras bonitas mascaravam insultos afiados.

Estava feliz com o silêncio — mesmo quando se tornou um peso, mesmo quando preencheu minha mente até que não restasse nada dentro dela além de... vazio.

Eternidade. Seria essa minha eternidade?

Eu lia avidamente todos os dias: histórias sobre povos e lugares dos quais jamais ouvira falar. Talvez fossem a única coisa que impedisse que eu caísse no desespero total.

Tamlin voltou oito dias depois, deu um leve beijo em minha testa, me olhou de cima a baixo e então seguiu para o escritório. Onde Ianthe tinha notícias para ele.

Que eu também não deveria ouvir.

Sozinha no corredor, observando enquanto a sacerdotisa encapuzada levava Tamlin pelas portas duplas na outra ponta, um lampejo vermelho...

Meu corpo ficou tenso, o instinto me percorreu o corpo quando virei...

Não era Amarantha.

Lucien.

O cabelo vermelho era dele, não dela. Eu estava em casa, não naquele calabouço...

Os olhos de meu amigo — tanto o de metal quanto o de carne — estavam fixos em minhas mãos.

Nas quais minhas unhas cresciam, se curvavam. Não como garras de sombras, mas garras que tinham destroçado minha roupa íntima diversas e diversas vezes...

Pare pare pare pare pare...

Parou.

Como uma vela soprada, as garras sumiram com um fiapo de sombra.

O olhar de Lucien passou para Tamlin e Ianthe, que estavam alheios ao que acontecera, e depois ele silenciosamente inclinou a cabeça, indicando para que eu o seguisse.

Pegamos as escadas espiraladas para o segundo andar, os corredores estavam desertos. Não olhei para as pinturas de cada lado. Não olhei além das janelas altas, para os jardins iluminados.

Passamos pela porta do meu quarto, passamos pela dele... até entrarmos em um pequeno escritório no segundo andar, quase não utilizado.

Lucien fechou a porta depois que entrei no cômodo e me recostei no painel de madeira.

— Há quanto tempo as garras aparecem? — disse ele, baixinho.

— Foi a primeira vez. — Minha voz soou vazia e inexpressiva aos ouvidos.

Lucien me observou; o vestido fúcsia vibrante que Ianthe selecionara naquela manhã, o rosto, o qual não me dei o trabalho de moldar em uma expressão agradável...

— Não posso fazer muito — explicou Lucien, a voz rouca. — Mas vou perguntar a ele esta noite. Sobre o treinamento. Os poderes se manifestarão, treinando você ou não, não importa quem esteja por perto. Vou perguntar a ele esta noite — repetiu Lucien.

Mas eu já sabia qual seria a resposta.

Lucien não me impediu quando abri a porta contra a qual ele estava encostado e saí sem dizer mais uma palavra. Dormi até o jantar, despertei o suficiente para comer; quando desci, as vozes elevadas de Tamlin, Lucien e Ianthe me lançaram de volta para o alto dos degraus.

Eles a caçarão e matarão, sibilara Ianthe para Lucien.

Lucien grunhiu em resposta: *Farão isso de qualquer forma, então que diferença faz?*

A diferença, respondera Ianthe, irritada, *está em termos a vantagem desse conhecimento — não será apenas Feyre o alvo devido aos dons roubados daqueles Grão-Senhores. Os filhos de vocês*, disse ela para Tamlin, *também terão tal poder. Outros Grão-Senhores saberão disso. E, se não matarem Feyre imediatamente, poderão perceber o que* eles *têm a ganhar se forem agraciados com filhos dela também.*

Meu estômago se revirou diante da inferência. De que eu poderia ser roubada — e presa — para... procriação. Certamente... certamente nenhum Grão-Senhor iria tão longe.

Se fizessem isso, replicou Lucien, *nenhum dos outros Grão-Senhores ficaria ao lado deles. Encarariam a ira de seis cortes unidas contra eles. Nenhum deles é tão burro a esse ponto.*

Rhysand é burro a esse ponto, disparou Ianthe. *E com aquele poder, teria o potencial de resistir. Imagine*, disse ela, a voz abaixando quando, sem dúvida, se voltou para Tamlin, *pode chegar o dia em que ele não a devolverá. Você ouve as mentiras venenosas que Rhysand sussurra ao ouvido dela. Há outras formas de contornar isso*, acrescentara Ianthe, o veneno silencioso em suas palavras. *Talvez não consigamos lidar com ele, mas há amigos que fiz do outro lado do oceano...*

Não somos assassinos, interrompeu Lucien. *Rhys é o que é, mas quem tomaria o lugar dele...*

Meu sangue gelou, e podia ter jurado que gelo tomou a ponta de meus dedos.

Lucien continuou em tom de súplica: *Tamlin. Tam. Apenas deixe-a treinar, deixe que ela domine isso... se os outros Grão-Senhores vierem de fato atrás dela, deixe que tenha uma chance...*

O silêncio caiu enquanto deixaram que Tamlin considerasse.

Meus pés começaram a se mover assim que ouvi a primeira palavra que saiu da boca de Tamlin, pouco mais que um grunhido. *Não.*

A cada passo escada acima, eu ouvia o restante.

Não demos motivos para eles suspeitarem que ela possa ter qualquer habilidade, algo que o treinamento com certeza fará. Não me olhe assim, Lucien.

Silêncio de novo.

Então, um grunhido cruel e um tremor de magia que agitou a casa.

A voz de Tamlin saiu baixa, ameaçadora. *Não me pressione neste assunto.*

Não quis saber o que estava acontecendo naquela sala, o que ele tinha feito com Lucien, e que cara fizera Lucien para causar aquele pulso de poder.

Tranquei a porta do quarto e não me dei o trabalho de jantar.

Tamlin não me procurou naquela noite. Imaginei se ele, Ianthe e Lucien ainda debatiam meu futuro e as ameaças contra mim.

Havia sentinelas do lado de fora do quarto na tarde seguinte — quando finalmente me arrastei para fora da cama.

De acordo com as sentinelas, Tamlin e Lucien já estavam entocados no escritório. Sem os cortesãos de Tamlin xeretando, a mansão estava, novamente, silenciosa conforme eu, sem mais o que fazer, segui para uma caminhada pelas trilhas do jardim, já percorridas tantas vezes que me surpreendi pela terra pálida não estar permanentemente marcada com minhas pegadas.

Apenas meus passos soavam nos corredores reluzentes conforme eu ultrapassava guarda após guarda, armados até os dentes e tentando ao máximo não me olhar boquiabertos. Ninguém falou comigo. Até mesmo os criados tinham passado a se restringir à ala deles, a não ser que fosse absolutamente necessário.

Talvez eu tivesse me tornado preguiçosa demais; talvez minha preguiça tivesse me tornado predisposta a rompantes de raiva. *Qualquer um* poderia ter me visto no dia anterior.

E embora eu jamais tivesse falado a respeito... Ianthe sabia. Sobre os poderes. Havia quanto tempo sabia? A ideia de Tamlin contar a ela...

Meus chinelos de seda se arrastavam na escadaria de mármore, a cauda de *chiffon* do vestido verde serpenteava atrás de mim.

Tanto silêncio. Silêncio demais.

Precisava sair daquela casa. Precisava *fazer* alguma coisa. Se os aldeões não queriam minha ajuda, tudo bem. Eu poderia fazer outras coisas. O que quer que fossem.

Eu estava prestes a virar no fim do corredor que dava para o escritório, determinada a perguntar a Tamlin se havia *qualquer* tarefa que eu pudesse realizar, pronta para implorar a ele, quando as portas do escritório se abriram e Tamlin e Lucien surgiram, ambos pesadamente armados. Nenhum sinal de Ianthe.

— Vai embora tão cedo? — perguntei, esperando que eles chegassem ao saguão.

O rosto de Tamlin era uma máscara sombria quando os dois se aproximaram.

— Tem atividade na fronteira com o mar oeste. Preciso ir. — Aquela mais próxima de Hybern.

— Posso ir junto? — Jamais tinha perguntado diretamente, mas...

Tamlin parou. Lucien continuou andando, atravessou as portas abertas da entrada da casa, quase incapaz de segurar um encolher do corpo.

— Desculpe — pediu Tamlin, estendendo o braço para mim. Desviei de seu alcance. — É perigoso demais.

— Sei como permanecer escondida. Apenas... me leve com você.

— Não vou arriscar que nossos inimigos coloquem as mãos em você.

Que inimigos? Conte... conte alguma *coisa.*

Olhei por cima do ombro de Tamlin, na direção em que Lucien esperava, no cascalho além da entrada da casa. Nenhum cavalo. Imaginei que não eram necessários dessa vez, pois os dois eram mais rápidos sem eles. Mas talvez eu conseguisse acompanhar. Talvez esperasse até que partissem e...

— Nem pense nisso — avisou Tamlin.

Minha atenção se voltou para seu rosto.

Tamlin grunhiu:

— Nem tente vir atrás de nós.

— Eu posso lutar. — Tentei de novo. Aquela era uma meia verdade. Certa manha para sobreviver não era o mesmo que uma habilidade treinada. — Por favor.

Jamais odiara tanto duas palavras.

Tamlin fez que não com a cabeça e cruzou o saguão até as portas da entrada.

Eu o segui e disparei:

— *Sempre* haverá uma ameaça. Sempre haverá um conflito ou inimigo ou *alguma coisa* que me manterá aqui.

Tamlin parou subitamente do lado de dentro das imensas portas de carvalho, tão perfeitamente restauradas depois que os seguidores de Amarantha as destruíram.

— Você mal consegue dormir uma noite inteira — disse Tamlin, com cautela.

Repliquei:

— Você também.

Mas ele apenas prosseguiu:

— Mal aguenta estar perto de outras pessoas...

— Você *prometeu*. — Minha voz falhou. E não me importava por estar implorando. — Preciso sair desta casa.

— Peça que Bron leve você e Ianthe para uma cavalgada...

— Não quero cavalgar! — Abri os braços. — Não quero cavalgar, ou fazer piquenique, ou colher flores selvagens. Quero *fazer* algo. Então, me leve junto.

Aquela garota que precisava ser protegida, que desejara estabilidade e conforto... ela morrera Sob a Montanha. *Eu* morrera, e não houve ninguém para me proteger daqueles horrores antes que meu pescoço se partisse. Então, eu mesma o fiz. Eu não iria, *não poderia* abrir mão daquela parte de mim que despertara e se transformara Sob a Montanha. Tamlin recuperara seus poderes, se tornara completo de novo... se tornara aquele protetor e provedor que desejava ser.

Eu não era a garota humana que precisava ser paparicada e mimada, que queria luxo e facilidade. Não sabia como voltar a desejar essas coisas. A ser dócil.

As garras de Tamlin dispararam para fora.

— Mesmo que eu arriscasse, suas habilidades destreinadas tornam sua presença um risco mais que qualquer outra coisa.

Era como ser atingida por pedras... com tanta força que eu conseguia me sentir quebrando. Mas ergui o queixo e falei:

— Vou junto, queira você ou não.

— Não, não vai. — Tamlin passou pela porta, as garras golpeando o ar na lateral do corpo, e chegou à metade das escadas antes que eu alcançasse o batente da porta.

Onde me choquei contra uma parede invisível.

Cambaleei para trás, tentando reorganizar minha mente diante daquela impossibilidade. Era idêntica àquela que eu construíra naquele dia no escritório, e vasculhei os cacos de minha alma, meu coração, buscando por um fio que me levasse àquele escudo, imaginando se eu tinha *me* bloqueado, mas... nenhum poder emanava de mim.

Estendi a mão para o ar na porta. E encontrei resistência sólida.

— Tamlin — falei, rouca.

Mas ele já estava na entrada e caminhava na direção dos imensos portões de ferro. Lucien permaneceu ao pé das escadas, o rosto muito, muito pálido.

— *Tamlin* — falei de novo, e empurrei a parede.

Tamlin não se virou.

Choquei a mão contra a barreira invisível. Nenhum movimento... Nada além de ar endurecido. E eu ainda não aprendera o suficiente sobre meus poderes para tentar forçar, para destruir aquilo... Eu *deixei* que Tamlin me convencesse a não aprender sobre essas coisas pelo bem *dele*...

— Nem se dê o trabalho de tentar — avisou Lucien, baixinho, quando Tamlin passou pelos portões e sumiu; fez a travessia. — Ele ergueu um escudo sobre a casa inteira em volta de você. Outros podem entrar e sair, mas você não. Não até que ele erga o escudo.

Tamlin tinha me trancado ali dentro.

Atingi o escudo de novo. De novo.

Nada.

— Apenas... seja paciente, Feyre — pediu Lucien, encolhendo o corpo ao seguir Tamlin. — Por favor, verei o que posso fazer. Vou tentar de novo.

Mal ouvi Lucien por cima do rugido em meus ouvidos. Não esperei para vê-lo passar pelos portões e atravessar também.

Tamlin tinha me trancafiado. Ele me selou dentro da casa.

Disparei para a janela mais próxima no saguão e a abri. Uma brisa fria de primavera entrou — e passei a mão por ela — apenas para que meus dedos ricocheteassem de uma parede invisível. Ar liso e duro empurrou minha pele.

Respirar se tornou difícil.

Eu estava presa.

Estava presa dentro da casa. Podia muito bem estar Sob a Montanha; podia muito bem estar dentro daquela cela de novo...

Recuei, meus passos estavam leves demais, rápidos demais, e me choquei contra a mesa de carvalho no centro do saguão. Nenhuma das sentinelas próximas foi investigar.

Ele tinha me prendido ali dentro; ele tinha *me trancafiado*.

Parei de ver o piso de mármore, ou as pinturas nas paredes, ou a escadaria espiralada que se erguia atrás de mim. Parei de ouvir o canto dos pássaros da primavera, ou o sopro da brisa pelas cortinas.

Então, uma escuridão sufocante me atingiu por cima e se ergueu sob mim, devorando e rugindo e rasgando.

Fiz o possível para evitar gritar, para evitar me quebrar em dez mil pedaços quando afundei no piso de mármore, me curvando sobre os joelhos, e envolvi o corpo com os braços.

Ele me prendera; ele me prendera; ele me prendera...

Precisava *sair*, porque mal conseguira escapar de outra prisão antes, e dessa vez, dessa vez...

Atravessar. Eu podia sumir para o nada e surgir em outro lugar, algum lugar aberto e livre. Busquei meu poder, qualquer coisa, *alguma coisa* que pudesse me mostrar a forma de fazer aquilo, a saída. Nada. Não havia nada, e eu tinha me tornado *nada* e não podia sequer sair...

Alguém gritava meu nome de muito, muito longe.

Alis... Alis.

Mas eu estava envolta em um casulo de escuridão e fogo e gelo e vento, um casulo que derreteu o anel de meu dedo até que a liga de ouro escorresse para o vazio, e a esmeralda saiu quicando atrás dela. Envolvi meu corpo com aquela força violenta, como se pudesse evitar que as paredes me esmagassem por inteiro, e talvez, talvez conseguir um mínimo fôlego...

Eu não podia sair; não podia sair; não podia sair...

Mãos magras e fortes me seguraram por baixo dos ombros.

Não tive forças para lutar contra elas.

Uma daquelas mãos passou para meus joelhos, a outra, para minhas costas, e, então, fui erguida, segurada contra o que era, inconfundivelmente, um corpo feminino.

Não conseguia vê-la, não queria vê-la.

Amarantha.

Fora me buscar de novo; fora me matar, por fim.

Palavras eram ditas ao meu redor. Duas mulheres.

Nenhuma delas... nenhuma delas era Amarantha.

— Por favor... por favor, cuidem dela. — Alis.

Bem ao lado de minha orelha, a outra respondeu:

— Considerem-se muito, muito sortudas por seu Grão-Senhor não estar aqui quando chegamos. Seus guardas terão uma dor de cabeça e tanta quando acordarem, mas estão vivos. Agradeçam por isso. — Mor.

Mor me segurou... me carregou.

A escuridão se dissipou por tempo suficiente para que eu tomasse fôlego, para que pudesse ver a porta do jardim pela qual ela caminhou. Abri a boca, mas Mor olhou para mim e disse:

— Achou que o escudo dele nos manteria longe de você? Rhys o destruiu com meio pensamento.

Mas não pude ver Rhys em lugar nenhum; não quando a escuridão espiralou de volta. Eu me agarrei a ela, tentando respirar, pensar.

— Você está livre — disse Mor, tensa. — Está livre.

Não a salvo. Não protegida.

Livre.

Mor me carregou para além do jardim, para campos, colina acima, abaixo e para dentro... de uma caverna...

Eu devo ter começado a me contorcer e debater nos braços de Mor, porque ela dizia, diversas e diversas vezes, conforme a verdadeira escuridão nos engolia:

— Você saiu; está *livre*.

Meio segundo depois, Mor emergiu para a luz do sol — luz do sol forte e com cheiro de grama e morangos. Achei que poderia ser a Corte Estival, então...

Então, um grunhido baixo e cruel partiu o ar diante de nós, cortando até minha escuridão.

— Fiz tudo de acordo com as regras — disse Mor ao dono daquele grunhido.

Fui passada de seus braços para os de outra pessoa e lutava para respirar, lutava por qualquer resquício de ar para meus pulmões. Até que Rhysand falou:

— Então, terminamos aqui.

O vento soprou contra mim, com escuridão antiga.

Mas um tom mais doce, mais suave de noite me acariciou, tocou meus nervos, meus pulmões, até que eu conseguisse, por fim, colocar ar para dentro, até que me seduzisse ao sono.

Capítulo 13

Acordei com a luz do sol e espaço aberto; nada além de céu limpo e montanhas cobertas de neve ao meu redor.

E Rhysand sentado em uma poltrona diante do sofá no qual eu estava deitada, olhando as montanhas, o rosto incomumente sério.

Engoli em seco, e a cabeça de Rhysand se virou em minha direção.

Não havia bondade em seus olhos. Nada além de um ódio infinito e gélido.

Mas Rhys piscou e aquele ódio sumiu. Substituído talvez por alívio. Exaustão.

E a luz pálida do sol que aquecia o piso de pedra da lua... alvorecer. Era alvorecer. Eu não queria pensar em quanto tempo ficara inconsciente.

— O que aconteceu? — perguntei. Estava com a voz rouca. Como se tivesse gritado.

— Você *estava* gritando — explicou Rhys. Não me importei se meu escudo mental estava erguido ou abaixado ou totalmente destruído. — Também conseguiu dar um susto e tanto em todos os criados e as sentinelas da mansão de Tamlin quando se envolveu em escuridão e eles não conseguiram vê-la.

Meu estômago pareceu vazio.

— Eu machuquei algum...

— Não. O que quer que tenha feito, ficou restrito a você.

— Você não foi...

— Segundo lei e protocolo — disse Rhysand, esticando as longas pernas —, as coisas teriam se tornado muito complicadas e muito confusas se fosse eu quem entrasse naquela casa e a levasse. Quebrar o escudo foi uma coisa, mas Mor precisou entrar a pé, deixar as sentinelas inconscientes com os próprios poderes e carregar você até a fronteira para outra corte antes que eu pudesse trazê-la aqui. Ou Tamlin teria liberdade total para marchar suas forças até minhas terras e reivindicá-las. E como não tenho interesse algum em uma guerra interna, precisamos fazer tudo de acordo com as regras.

Era o que Mor tinha dito... que fizera tudo de acordo com as regras.

Mas...

— Quando eu voltar...

— Como sua presença aqui não é parte de nosso dever mensal, não tem qualquer obrigação de voltar. — Rhys esfregou a têmpora. — A não ser que queira.

A questão caiu sobre mim como uma pedra afundando em um lago. Havia tanto silêncio em mim, tanto... nada.

— Ele me trancou naquela casa. — Consegui dizer.

A sombra de asas poderosas se abriu atrás da cadeira de Rhys. Mas o rosto estava calmo quando disse:

— Eu sei. Eu senti. Mesmo com os escudos erguidos... para variar.

Eu me obriguei a encarar Rhys de volta.

— Não tenho para onde ir.

Era uma pergunta e uma súplica.

Rhys gesticulou com a mão, as asas sumiram.

— Fique aqui por quanto tempo quiser. Fique para sempre se tiver vontade.

— Eu... eu precisarei voltar em algum momento.

— É só dizer, e será feito. — Ele também foi sincero. Mesmo que eu conseguisse ver pela ira nos olhos de Rhys que ele não gostava da ideia. Rhys me levaria de volta à Corte Primaveril assim que eu pedisse.

De volta ao silêncio e àquelas sentinelas, e a uma vida de fazer nada além de me vestir e jantar e planejar festas.

Rhysand cruzou as pernas com o tornozelo sobre o joelho.

— Fiz uma oferta quando veio aqui da primeira vez: me ajude, e comida, abrigo, roupas... Tudo isso é seu.

Eu tinha vivido de esmolas no passado. A ideia de fazer isso agora...

— Trabalhe para mim — disse Rhysand. — De todos os modos, tenho uma dívida com você. E resolveremos o resto com o passar dos dias se for preciso.

Olhei na direção das montanhas, como se pudesse ver até a Corte Primaveril ao sul. Tamlin ficaria furioso. Ele destruiria a mansão.

Mas ele... ele me prendeu. Ou era muito profundamente incapaz de me entender, ou ficara destruído demais pelo que acontecera Sob a Montanha, mas... ele me prendeu.

— Não vou voltar. — As palavras ecoaram em mim, como um badalo da morte. — Não... não até resolver as coisas. — Afastei a parede de ódio e tristeza e puro desespero quando meu polegar roçou o trecho vazio de pele onde aquele anel um dia estivera.

Um dia de cada vez. Talvez... talvez Tamlin se desse conta. Talvez se curasse daquele ferimento pontiagudo de medo pútrido. Talvez eu me resolvesse. Não sabia.

Mas sabia que, se ficasse naquela mansão, se fosse trancafiada mais uma vez... Poderia levar a cabo a destruição que Amarantha tinha começado.

Rhysand conjurou uma caneca de chá quente do nada e a entregou a mim.

— Beba.

Aceitei a caneca, deixando que o calor passasse para meus dedos rígidos. Rhysand me observou até que eu tomasse um gole, e, então, voltou a monitorar as montanhas. Tomei mais um gole: menta e... alcaçuz e outra erva ou tempero.

Eu não voltaria. Talvez jamais sequer tivesse chegado a voltar. Não de Sob a Montanha.

Quando a caneca estava pela metade, procurei algo, qualquer coisa para dizer que afastasse o silêncio sufocante.

— A escuridão... é... parte do poder que *você* me deu?

— É de presumir que sim.

Terminei de tomar o resto da caneca.

— Nada de asas?

— Se herdou alguma coisa da transfiguração de Tamlin, talvez possa fazer asas próprias.

Um calafrio percorreu minha coluna ao pensar naquilo, nas garras que tinham crescido naquele dia com Lucien.

— E dos outros Grão-Senhores? Gelo... isso é da Invernal. O escudo que um dia fiz, com vento endurecido... de quem isso veio? O que os outros podem ter me dado? A-atravessar está ligado a algum de vocês em particular?

Rhysand refletiu.

— Vento? A Corte Diurna, provavelmente. E atravessar... não é exclusividade de corte alguma. É totalmente dependente de sua reserva de poder e de seu treinamento. — Não tive vontade de mencionar meu fracasso espetacular em me mover sequer um centímetro. — E quanto aos dons que recebeu de todos os outros... Acho que cabe a você descobrir.

— Eu deveria saber que sua boa vontade se dissiparia depois de um minuto.

Rhys soltou uma risada baixa e ficou de pé, esticando os braços musculosos acima da cabeça e alongando o pescoço. Como se estivesse sentado ali havia muito, muito tempo. Durante a noite toda.

— Descanse um dia ou dois, Feyre — disse ele. — Então, comece a tarefa de descobrir todo o resto. Tenho assuntos para tratar em outra parte de minhas terras; voltarei no fim da semana.

Apesar de ter dormido bastante, eu ainda estava muito cansada... cansada até os ossos, até o coração destruído. Quando não respondi, Rhys saiu andando por entre as pilastras de pedra da lua.

E vi como passaria os próximos dias: na solidão, com nada para fazer, somente eu mesma, com pensamentos terríveis por companhia. Comecei a falar antes que pudesse mudar de ideia.

— Me leve junto.

Rhys parou quando afastou duas cortinas de organza lilás. E, devagar, ele se virou.

— Você deveria descansar.

— Já descansei o suficiente — argumentei, apoiando a caneca vazia e me levantando. Senti uma leve tontura. Quando tinha comido pela última vez? — Aonde quer que vá, o que quer que faça, me leve junto. Ficarei longe de problemas. Apenas... Por favor. — Odiei as últimas palavras; engasguei. Ela não surtira o efeito de dissuadir Tamlin.

Por um longo momento, Rhys não disse nada. Então, ele caminhou em minha direção, as longas passadas percorriam a distância rapidamente, e seu rosto estava determinado como pedra.

— Se vier comigo, não terá volta. Não poderá falar sobre o que vir com ninguém fora de minha corte. Porque, se falar, pessoas morrerão... *meu* povo morrerá. Então, se vier, precisará mentir a respeito disso para sempre; se voltar para a Corte Primaveril, *não poderá* contar a ninguém o que vir, e quem conheceu, e o que testemunhará. Se você preferir não ter isso entre você e... seus amigos, então, fique aqui.

Ficar ali, ficar trancada na Corte Primaveril... Meu peito era um ferimento exposto, aberto. Imaginei se sangraria até a morte devido a ele, se um espírito podia sangrar até morrer. Talvez isso já tivesse acontecido.

— Me leve com você — sussurrei. — Não contarei a ninguém o que vir. Nem... para eles. — Não suportava dizer o nome dele.

Rhys me observou por alguns segundos. E, por fim, me deu um meio sorriso.

— Sairemos em dez minutos. Se quiser se limpar, vá em frente.

Um lembrete incomumente educado de que eu provavelmente parecia um cadáver. Eu me sentia como um. Mas falei:

— Aonde vamos?

O sorriso de Rhys se alargou.

— Para Velaris, a Cidade de Luz Estelar.

Assim que entrei no quarto, o silêncio vazio retornou, levando consigo qualquer pergunta que eu pudesse ter sobre... sobre uma cidade.

Tudo fora destruído por Amarantha. Se havia uma cidade em Prythian, sem dúvida eu visitaria uma ruína.

Disparei para a banheira, me limpando o mais rápido possível; depois, corri para pegar as roupas da Corte Noturna que tinham sido deixadas para mim. Meus movimentos eram distraídos, cada um, uma tentativa frágil de evitar pensar no que acontecera, no... no que Tamlin tentara fazer e tinha feito, no que *eu* tinha feito...

Quando voltei para o átrio principal, Rhys estava recostado contra uma pilastra de pedra da lua, limpando as unhas. Ele apenas disse:

— Você demorou 15 minutos. — Antes de estender a mão.

Não tive qualquer vontade de tentar fingir que me importava com a provocação antes de sermos engolidos pelo rugido da escuridão.

Vento e noite e estrelas passaram em disparada enquanto Rhys nos atravessava pelo mundo, e os calos de sua mão roçaram contra os meus, que se suavizavam, antes...

Antes que a luz do sol, não das estrelas, me recebesse. Ao semicerrar os olhos para a claridade, me vi de pé no que sem dúvida era o vestíbulo da casa de alguém.

O tapete vermelho ornamentado acolchoou o único passo que dei, cambaleante, para longe de Rhys a fim de observar as paredes quentes com painel de madeira, as obras de arte, a escada reta e ampla de carvalho adiante.

De cada lado havia dois cômodos: à esquerda, uma sala de estar com uma lareira de mármore preto, muita mobília confortável e elegante, mas gasta, e prateleiras de livros embutidas em todas as paredes. À direita: uma sala de jantar com uma mesa longa de cerejeira, grande o bastante para dez pessoas — pequena em comparação com a sala de jantar da mansão. No fim do corredor estreito adiante havia mais algumas portas, e ele terminava com uma que presumi dar para uma cozinha. Uma moradia urbana.

Certa vez, visitara uma, quando era criança e meu pai me levou em viagem para a maior cidade em nosso território: pertencia a um cliente fantasticamente abastado e tinha cheiro de café e naftalina. Um lugar bonito, mas pomposo; formal.

Essa casa... essa casa era um *lar* que fora habitado e aproveitado e querido.

E ficava em uma cidade.

PARTE DOIS

A CASA DO VENTO

Capítulo 14

— Bem-vinda ao meu lar — disse Rhysand.

Uma cidade... havia um mundo lá fora.

O sol da manhã entrava pelas janelas que ladeavam a frente da casa. A porta de madeira com entalhe ornamental diante de mim era embutida com um vidro embaçado, pelo qual se via uma pequena antecâmara e a porta de entrada de fato além dela, fechada e sólida contra qualquer que fosse a cidade que espreitava lá fora.

E a ideia de colocar os pés do lado exterior, para as multidões reunidas, de ver a destruição que Amarantha provavelmente provocara sobre elas... Um peso recaiu sobre meu peito.

Não tinha me concentrado o suficiente para perguntar até agora, não me dera um pingo de espaço para considerar que aquilo poderia ser um erro, mas...

— O que é este lugar?

Rhys apoiou o ombro largo contra o batente de carvalho entalhado que dava para a sala de estar e cruzou os braços.

— Esta é minha casa. Bem, tenho duas casas na cidade. Uma é para assuntos mais... oficiais, mas esta é apenas para mim e minha família.

Tentei ouvir o barulho de criados, mas não consegui. Bom... talvez fosse bom, em vez de ter gente choramingando e boquiaberta.

— Nuala e Cerridwen estão aqui — disse ele, interpretando meu olhar pelo corredor atrás de nós. — Mas, fora isso, seremos apenas nós dois.

Fiquei tensa. Não que as coisas fossem diferentes na própria Corte Noturna, mas... aquela casa era muito, muito menor. Não teria como fugir dele. Exceto pela cidade do lado de fora.

Não restavam cidades em nosso território mortal. Embora algumas tivessem florescido no continente principal, cheias de arte e educação e comércio. Elain certa vez quis ir comigo. Acho que agora não teria mais essa oportunidade.

Rhysand abriu a boca, mas então as silhuetas de dois corpos altos e fortes surgiram do outro lado do vidro embaçado da porta da frente. Um deles bateu com o punho.

— Rápido, seu preguiçoso — vociferou uma voz masculina grave na antecâmara além da porta. Exaustão tinha me entorpecido tanto que não me importava muito que houvesse asas despontando das duas formas sombreadas.

Rhys nem mesmo piscou na direção da porta.

— Duas coisas, Feyre, querida.

As batidas continuaram, seguidas pelo segundo macho murmurando para o companheiro:

— Se vai começar uma briga com ele, faça depois do café. — Aquela voz... como sombras que tomaram forma, sombria e suave e... fria.

— Não fui *eu* quem me expulsou da cama agora há pouco para voar até aqui — disse o primeiro. Então, acrescentou: — Enxerido.

Eu podia jurar que um sorriso repuxou os cantos da boca de Rhys quando ele prosseguiu:

— Primeira: ninguém, *ninguém* além de Mor e eu podemos atravessar diretamente para dentro desta casa. Está enfeitiçada, guarnecida e enfeitiçada ainda mais. Apenas aqueles que eu desejar, e que *você* desejar, podem entrar. Está segura aqui; e segura em qualquer lugar desta cidade, aliás. As muralhas de Velaris são bem protegidas, e não são penetradas há cinco mil anos. Ninguém com má intenção entra nesta cidade a não ser que eu permita. Então, vá aonde desejar, faça o que desejar e veja o que desejar. Aqueles dois na antecâmara — acrescentou Rhys, com os olhos brilhando — podem não estar na lista de pessoas que você deveria se dar o trabalho de conhecer se continuarem esmurrando a porta como se fossem crianças.

Outra batida, enfatizada pela primeira voz masculina dizendo:

— Sabe que podemos ouvir você, seu porco.

— *Segunda* — continuou Rhys. — No que diz respeito aos dois desgraçados à porta, cabe a você querer conhecê-los agora ou seguir para o andar de cima como uma pessoa inteligente, tirar uma soneca, pois ainda parece um pouco pálida, e depois colocar roupas apropriadas para a cidade enquanto espanco um deles por falar dessa forma com um Grão-Senhor.

Havia tanta luz nos olhos de Rhys. Fazia com que ele parecesse... mais jovem, de alguma forma. Mais letal. Tão diferente do ódio gélido que eu vira mais cedo, ao acordar...

Acordar naquele sofá e depois decidir que não voltaria para casa.

Decidir que, talvez, a Corte Primaveril não fosse meu lar.

Eu estava me afogando naquele antigo peso, lutando para subir até uma superfície que talvez não existisse. Tinha dormido por somente a Mãe sabia quanto tempo, mesmo assim...

— Venha me buscar quando eles forem embora.

Aquela alegria diminuiu, e Rhys pareceu prestes a dizer outra coisa, mas uma voz feminina, entrecortada e aguda, soou naquele momento atrás dos dois machos na antecâmara.

— Vocês, illyrianos, são piores que gatos miando para que alguém abra a porta dos fundos. — A maçaneta se agitou. A mulher suspirou profundamente. — Sério, Rhysand? Você nos trancou do lado de fora?

Lutando para afastar aquele imenso peso por um pouco mais de tempo, segui para as escadas — no alto delas agora estavam Nuala e Cerridwen, encolhendo o corpo para a porta da entrada. Eu podia ter jurado que Cerridwen gesticulou subitamente para que eu subisse correndo. E poderia ter beijado as gêmeas por aquele pingo de normalidade.

Talvez também tivesse beijado Rhys por esperar até que eu estivesse na metade do corredor azul-cerúleo no segundo andar para abrir a porta.

Só ouvi aquela primeira voz masculina declarar:

— Bem-vindo ao lar, bastardo.

Isso se seguiu à voz masculina envolta em sombras dizendo:

— Senti que estava de volta. Mor me inteirou, mas eu...

Aquela voz feminina estranha o interrompeu:

— Mande seus cães brincarem no quintal, Rhysand. Você e eu temos assuntos a tratar.

Aquela voz que parecia a meia-noite falou com uma frieza baixa que percorreu minha espinha:

— Assim como eu.

Então, o arrogante falou com a mulher:

— Chegamos primeiro. Espere sua vez, Pequena Anciã.

Flanqueando minha figura, Nuala e Cerridwen encolheram o corpo, talvez segurando as risadas ou por medo, ou talvez ambos. Definitivamente ambos, pois um grunhido feminino percorreu a casa... apesar de pouco entusiasmado.

O corredor do andar de cima era decorado com lustres de vidro espiralado colorido, iluminando as poucas portas polidas de cada um dos lados. Imaginei qual pertenceria a Rhysand — então imaginei qual pertenceria a Mor quando a ouvi bocejar em meio à balbúrdia abaixo:

— Por que estão todos aqui tão *cedo*? Achei que nos encontraríamos esta noite na Casa.

Abaixo, Rhysand resmungou, *resmungou*:

— Confie em mim, não tem festa alguma. Apenas um massacre se Cassian não calar a boca.

— Estamos com fome — aquele primeiro macho, Cassian, reclamou. — Nos alimente. *Alguém* me contou que haveria café da manhã.

— Patéticos — debochou aquela voz feminina esquisita. — Vocês idiotas são patéticos.

Mor falou:

— Sabemos que isso é verdade. Mas *tem* comida?

Ouvi as palavras; ouvi e compreendi. Então elas flutuaram para a escuridão de minha mente.

Nuala e Cerridwen abriram a porta de um quarto aquecido por lareira e iluminado pelo sol. Este se abria para um jardim murado, com vestígios do inverno nos fundos da casa, e as grandes janelas davam para a fonte de pedra dormente no centro, vazia por causa da estação. Tudo no quarto era de madeira fina e de um tom suave de branco, com toques de um verde sutil. Parecia, estranhamente, quase humano.

E a cama — imensa, fofa, adornada com colchas e edredons de cores creme e marfim para afastar o frio do inverno — parecia ser a mais aconchegante das coisas.

Mas eu não estava tão sonolenta que não conseguisse fazer algumas perguntas básicas... para ao menos me dar a ilusão de me importar um pouco com meu bem-estar.

— Quem eram aqueles? — Consegui dizer quando fecharam a porta atrás de nós.

Nuala seguiu para o pequeno banheiro anexo; de mármore branco, com banheira de pés em forma de garras, mais janelas ensolaradas que davam para o muro do jardim e para a fileira espessa de ciprestes que pareciam montar guarda atrás dele. Cerridwen, que já caminhava para o armário, se encolheu um pouco e falou por cima do ombro:

— São do Círculo Íntimo de Rhysand.

Aqueles que eu ouvira serem mencionados naquele dia na Corte Noturna, que Rhys ficava visitando.

— Eu não estava ciente de que Grão-Senhores mantinham as coisas tão casuais — admiti.

— Não mantêm — falou Nuala, ao voltar do banheiro com uma escova. — Mas Rhysand, sim.

Aparentemente, meu cabelo estava uma bagunça, porque Nuala o penteou enquanto Cerridwen escolheu um pijama marfim: camisa com calça quentes e macias e com barra de renda.

Observei as roupas e, depois, o quarto, então, o jardim de inverno e a fonte desativada além dele, e as palavras que Rhysand dissera mais cedo fizeram sentido.

As muralhas desta cidade não são invadidas há cinco mil anos.

O que significava que Amarantha...

— Como esta cidade está aqui? — Encarei Nuala pelo espelho. — Como... como ela sobreviveu?

O rosto de Nuala ficou tenso, e os olhos escuros se voltaram para a irmã gêmea, a qual se levantou devagar da frente da gaveta de uma cômoda, com chinelos forrados de lã nas mãos. Cerridwen engoliu em seco.

— O Grão-Senhor é muito poderoso — falou Cerridwen, com cautela. — E era devotado ao povo muito antes de o fardo do pai passar para ele.

— *Como* ela sobreviveu? — insisti. Ao meu redor estava uma cidade linda, se os sons que vinham de minha janela, do jardim além dela, eram algum indicativo. Intocada, inteira. Segura. Enquanto o restante do mundo tinha sido deixado em ruínas.

As gêmeas trocaram olhares de novo, alguma linguagem silenciosa que aprenderam no útero passou de uma para outra. Nuala apoiou a escova na penteadeira.

— Não cabe a nós dizer.

— Ele *pediu* que vocês não...

— Não — interrompeu Cerridwen, dobrando as cobertas. — O Grão-Senhor não fez tal exigência. Mas o que ele fez para proteger esta cidade é uma história dele para ser contada, não nossa. Ficaríamos mais confortáveis se ele a revelasse a você, para não confundirmos nada.

Olhei para as duas com irritação. Tudo bem. Justo.

Cerridwen foi fechar as cortinas, selando o quarto em escuridão.

Meu coração deu um sobressalto, levando consigo a raiva, e disparei:

— Deixe abertas.

Não podia ser selada e fechada na escuridão... ainda não.

Cerridwen assentiu e deixou as cortinas abertas; as gêmeas me disseram para mandar chamar se eu precisasse de algo e, depois, saíram.

Sozinha, deitei na cama, mal sentindo a maciez, a suavidade dos lençóis.

Ouvi o fogo crepitante, o cantar dos pássaros nas sempre-verdes plantadas no jardim; tão diferente das melodias primaveris doces com as quais eu estava acostumada. Que talvez jamais conseguisse suportar de novo.

Talvez Amarantha tivesse vencido, no fim das contas.

E alguma parte nova e esquisita em mim se perguntou se jamais retornar poderia ser uma punição adequada para ele. Pelo que *ele* tinha feito comigo.

O sono me reivindicou, ágil, brutal e profundo.

Capítulo 15

Acordei quatro horas depois.

Precisei de alguns minutos para me lembrar de onde estava, do que acontecera. E cada tique do pequeno relógio na escrivaninha de jacarandá era como um empurrão mais e mais para trás naquela escuridão profunda. Mas pelo menos eu não estava cansada. Letárgica, mas não estava mais à beira de me sentir como se pudesse dormir para sempre.

Pensaria no que acontecera na Corte Primaveril depois. Amanhã. Nunca.

Ainda bem que o Círculo Íntimo de Rhysand partiu antes que eu terminasse de me vestir.

Rhys esperava à porta da frente, a qual estava aberta para a pequena antecâmara de madeira e mármore, que, por sua vez, dava para a rua além dela. Rhys me observou, desde os sapatos azul-marinho de camurça — práticos e confortáveis — até o sobretudo azul-celeste na altura dos joelhos e a trança que começava de um lado de minha cabeça e dava a volta por trás dela. Sob o casaco, a roupa fina habitual tinha sido substituída por calça marrom mais espessa e mais quente e um suéter creme bonitinho, que era tão macio que eu podia ter dormido com ele. Luvas de tricô que combinavam com os sapatos já estavam enfiadas nos bolsos fundos do casaco.

— Aquelas duas gostam mesmo de chamar atenção — observou Rhysand, embora algo parecesse tenso enquanto seguíamos para a porta.

Cada passo na direção daquele batente iluminado era tanto uma eternidade quanto um convite.

Por um momento, o peso dentro de mim sumiu quando absorvi os detalhes da cidade que emergia:

Luz do sol cálida, que suavizava o dia de inverno já ameno, um pequeno e bem-cuidado jardim na frente, a grama seca quase branca, envolto por uma cerca de ferro retorcido na altura da cintura, e canteiros de flores vazios, tudo isso seguindo até uma rua limpa de paralelepípedos pálidos. Grão-Feéricos em diversos tipos de vestimenta perambulavam: alguns com casacos como o meu para se proteger do ar gelado, alguns usando moda mortal, com camadas e saias bufantes e renda, outros com couro para cavalgar; todos sem pressa conforme inspiravam a brisa de sal, limão e verbena que nem mesmo o inverno conseguia afugentar. Nenhum deles olhou na direção da casa. Como se não soubessem ou não se preocupassem que o próprio Grão-Senhor morava em uma das muitas casas de mármore que ladeavam a rua, cada uma encimada por telhados de cobre verde e chaminés pálidas que sopravam espirais de fumaça no céu frio.

Ao longe, crianças davam gargalhadas esganiçadas.

Saí cambaleando para o portão principal, abrindo-o com os dedos ansiosos que mal registraram o metal frio como gelo; depois, dei três passos para a rua antes de parar ao ver o outro lado.

A rua se inclinava para baixo, revelando mais casas bonitas e chaminés soprando fumaça, mais pessoas bem-alimentadas e despreocupadas. E bem na base da colina um rio amplo e sinuoso se curvava, brilhando com um tom de safira profundo, serpenteando na direção de uma grande extensão de água adiante.

O mar.

A cidade fora construída como uma casca sobre as colinas íngremes que se estendiam flanqueando o rio, as construções eram feitas de mármore branco ou arenito de tom quente. Navios com velas de formas variadas estavam atracados no rio, e as asas brancas de pássaros brilhavam acima deles ao sol do meio-dia.

Nenhum monstro. Nenhuma escuridão. Nem um pingo de medo, de desespero.

Intocada.

A cidade não é invadida há cinco mil anos.

Mesmo durante o auge do domínio de Amarantha sobre Prythian, o que quer que Rhys tivesse feito, o que quer que tivesse vendido ou barganhado... Ela realmente não tocara naquele lugar.

O restante de Prythian havia sido destruído e, então, deixado sangrando ao longo de cinquenta anos, mas Velaris... Meus dedos se fecharam em punho.

Senti algo pairando acima, e olhei para o outro lado da rua.

Ali, como guardiãs eternas da cidade, erguiam-se, em uma muralha, montanhas de topo plano de pedra vermelha — a mesma pedra que fora usada para construir algumas das estruturas. Elas se curvavam na beira norte de Velaris, onde o rio desviava em sua direção e fluía para dentro de sua sombra. Para o norte, montanhas diferentes cercavam a cidade do outro lado do rio — uma cadeia de picos afiados como dentes de peixe, que separava as alegres colinas da cidade do mar além delas. Mas essas montanhas atrás de mim... Eram gigantes adormecidos. De alguma forma pareciam vivas, despertas.

Como se respondessem, aquele poder ondulante, serpenteante, deslizou por meus ossos, como um gato roçando minhas pernas em busca de atenção. Ignorei.

— O pico do meio — falou Rhys, atrás de mim, e me virei, lembrando que ele estava ali. Rhysand apenas apontou na direção do mais alto dos planaltos. Buracos e... *janelas* pareciam ter sido construídos na parte mais alta. E voando naquela direção, com asas grandes e escuras, seguiam duas figuras. — Aquela é minha outra casa nesta cidade. A Casa do Vento.

Certamente, as figuras voadoras desviaram no que parecia ser uma corrente forte e rápida.

— Vamos jantar lá esta noite — acrescentou Rhysand, e não pude dizer se ele parecia irritado ou resignado com o fato.

E não me importava muito. Virei para a cidade de novo e falei:

— Como?

Ele entendeu o que eu quis dizer.

— Sorte.

— Sorte? Sim, que sorte a sua — argumentei, baixinho, mas não muito — que o restante de Prythian tenha sido devastado enquanto seu povo e sua cidade permaneceram a salvo.

O vento soprou os cabelos escuros de Rhysand; seu rosto era indecifrável.

— Chegou a pensar por um momento — continuei, a voz como cascalho — em estender essa *sorte* a algum outro lugar? A alguém mais?

— Outras cidades — falou ele, calmamente — são conhecidas pelo mundo. Velaris permaneceu em segredo além das fronteiras destas terras durante milênios. Amarantha não a tocou porque não sabia da existência da cidade. Nenhuma de suas bestas sabia. Ninguém nas outras cortes sabe da existência de Velaris também.

— *Como?*

— Feitiços e proteções e meus ancestrais muito cruéis, que estavam dispostos a fazer qualquer coisa para preservar um pedaço de bondade em nosso mundo destruído.

— E quando Amarantha surgiu — falei, quase cuspindo o nome dela —, não *pensou* em abrir este lugar como refúgio?

— Quando Amarantha surgiu — respondeu Rhys, o temperamento se descontrolando um pouco quando seus olhos brilharam —, precisei fazer escolhas muito difíceis, muito rapidamente.

Revirei os olhos, virando-me para verificar as colinas extensas e íngremes, o mar ao longe.

— Presumo que *não vai* me contar a respeito disso. — Mas precisava saber... como ele conseguira salvar aquele pedaço de paz e beleza.

— Agora não é hora para essa conversa.

Tudo bem. Eu já ouvira aquele tipo de coisa milhares de vezes antes na Corte Primaveril mesmo. Não valia a pena me esforçar para insistir a esse respeito.

Mas eu não ficaria sentada no quarto, não *podia* me permitir ficar de luto e deprimida e chorar e dormir. Então, me aventuraria na rua, mesmo que fosse uma agonia, mesmo que o tamanho daquele lugar... Pelo Caldeirão, era enorme. Indiquei com o queixo a cidade que se estendia para baixo, na direção do rio.

— Então, o que há ali que vale a pena salvar à custa de todo mundo?

Quando encarei Rhys, os olhos azuis estavam tão cruéis quanto o mar agitado de inverno ao longe.

— Tudo — respondeu ele.

Rhysand não estava exagerando.

Havia tudo para ver em Velaris: casas de chá com mesas e cadeiras delicadas dispostas do lado de fora das fachadas alegres, com certeza aquecidas por um feitiço, cheias de Grão-Feéricos conversando e rindo... e alguns feéricos estranhos e lindos. Havia quatro praças principais de comércio; eram chamadas de Palácios: duas daquele lado — o lado sul — do rio Sidra, e duas do lado norte.

Durante as horas em que caminhamos, só visitei duas delas: grandes praças de pedras brancas, flanqueadas pelas pilastras que sustentavam as construções entalhadas e pintadas, davam para as praças e forneciam um passeio coberto abaixo para as lojas construídas ao nível da rua.

O primeiro mercado em que entramos, o Palácio de Linhas e Joias, vendia roupas, sapatos, suprimentos para fazer ambos e joias — incontáveis joalherias reluzentes. Mas nada dentro de mim se agitou diante do reflexo da luz do sol sobre os tecidos, sem dúvida raros, que oscilavam à brisa fria do rio, diante das roupas dispostas nas amplas janelas de vidro, ou do brilho de ouro, rubi e esmeraldas e pérolas aninhados em almofadas de veludo. Não ousei olhar para o dedo, agora vazio, em minha mão esquerda.

Rhys entrou em algumas das joalherias, procurando um presente para uma amiga, disse ele. Escolhi esperar do lado de fora todas as vezes, me escondendo nas sombras sob as construções do Palácio. Passear naquele dia era o suficiente. Apresentar-me, suportar as bocas escancaradas, as lágrimas e os julgamentos... se precisasse lidar com isso, poderia muito bem deitar na cama e jamais sair.

Mas ninguém nas ruas me olhou duas vezes, mesmo ao lado de Rhysand. Talvez não tivessem ideia de quem eu era; talvez os moradores da cidade não se importassem com quem estava entre eles.

O segundo mercado, o Palácio de Osso e Sal, era uma das Praças Gêmeas: uma do nosso lado do rio, a outra — o Palácio de Casco e Folha — do outro lado, ambas as praças estavam lotadas de comerciantes vendendo carne, vegetais, comida pronta, gado, medicamentos, temperos... Tantos temperos, cheiros familiares e esquecidos daqueles anos preciosos em que conheci o conforto de um pai invencível e uma riqueza sem fim.

Rhysand se manteve a alguns passos de distância, as mãos nos bolsos enquanto oferecia alguma informação de vez em quando. Sim, ele me contou, muitas lojas e lares usavam magia para se aquecer, principalmente espaços abertos populares. Eu não perguntei mais a respeito.

Ninguém o evitou; ninguém sussurrou a respeito de Rhysand ou cuspiu nele ou o acariciou como tinham feito Sob a Montanha.

Na verdade, as pessoas que o viam ofereciam largos sorrisos calorosos. Algumas se aproximavam, segurando a mão de Rhys para lhe dar boas-vindas. Rhys conhecia cada uma pelo nome — e as pessoas se dirigiam a ele pelo nome.

Mas Rhys ficou cada vez mais calado conforme a tarde chegava. Paramos no limite de uma parte da cidade pintada em cores alegres, construída no alto das colinas que se estendiam direto para a beira do rio. Dei uma olhada para a fachada da primeira loja, e meus ossos pareceram quebradiços.

A porta alegre estava entreaberta e revelava arte e pinturas e pincéis e pequenas esculturas.

Rhysand falou:

— É por isso que Velaris é conhecida: o quarteirão dos artistas. Você pode encontrar centenas de galerias, lojas de suprimentos, oficinas de cerâmica, jardins de esculturas e qualquer coisa desse tipo. Chamam de o Arco-Íris de Velaris. Os artistas performáticos, como músicos, dançarinos, atores, moram naquela colina do outro lado do Sidra. Está vendo o trecho dourado brilhando perto do topo? É um dos principais teatros. Há cinco teatros importantes na cidade, mas aquele é o mais famoso. E há os teatros menores, e o anfiteatro nos penhascos do oceano... — Rhys se interrompeu quando reparou em meu olhar voltando-se para a diversidade de prédios alegres adiante.

Grão-Feéricos e diversos feéricos inferiores que eu jamais vira e cujos nomes não conhecia perambulavam pelas ruas. Os segundos chamavam mais minha atenção que os primeiros: alguns tinham braços e pernas longos, sem cabelos, e brilhavam como se uma lua interior morasse sob a pele profundamente escura, alguns eram cobertos de escamas opalinas, que mudavam de cor a cada passo gracioso dos pés palmados e cheios de garras, alguns pareciam quebra-cabeças elegantes e selvagens de chifres e cascos e pele listrada. Alguns estavam envoltos em sobretudos pesados, echarpes e luvas; outros perambulavam usando nada além das próprias escamas, peles e garras, e não pareciam pensar duas vezes a respeito. Assim como ninguém mais. Todos eles, no entanto, estavam preocupados em observar a paisagem, alguns faziam compras, outros manipulavam argila, areia e... tinta.

Artistas. Eu jamais me chamei de artista, jamais havia conjecturado aquilo ou pensado tão grandiosamente, mas...

Onde toda aquela cor, luz e textura um dia morara, havia apenas uma cela de prisão imunda.

— Estou cansada — consegui dizer.

Eu podia sentir o olhar de Rhys, não me importava se o escudo mental estava erguido ou não para me proteger contra seu acesso a meus pensamentos. Mas ele apenas disse:

— Podemos voltar outro dia. Está quase na hora do jantar mesmo.

De fato, o sol descia na direção em que o rio encontrava o mar além das colinas, manchando a cidade de rosa e dourado.

Não senti vontade de pintar aquilo também. Mesmo enquanto as pessoas paravam para admirar o pôr do sol que se aproximava — como se os residentes daquele lugar, daquela corte, tivessem a liberdade, a segurança de aproveitar a vista sempre que desejassem. E jamais tivessem conhecido outra vida.

Eu queria gritar com eles, queria pegar um pedaço solto de paralelepípedo e quebrar a janela mais próxima, queria libertar aquele poder que mais uma vez fervilhava sob minha pele e dizer às pessoas, *mostrar* a elas, o que fora feito comigo, com o resto do mundo, enquanto elas admiravam o pôr do sol e pintavam e bebiam à beira do rio.

— Calma — murmurou Rhys.

Virei a cabeça para ele, minha respiração estava um pouco irregular.

O rosto de Rhysand, de novo, se tornou indecifrável.

— Meu povo não tem culpa.

Com facilidade, meu ódio sumiu, como se tivesse escorregado em um degrau da escada que galgava constantemente dentro de mim e tivesse se estatelado na rua de pedras pálidas.

Sim; sim, é claro que não tinham culpa. Mas eu não tinha mais vontade de pensar naquilo. Em nada. De novo, falei:

— Estou cansada.

Rhys engoliu em seco, mas ele assentiu, virando as costas para o Arco-Íris.

— Amanhã à noite, sairemos para caminhar. Velaris é linda durante o dia, mas foi construída para ser vista depois do anoitecer.

Eu não esperava menos da Cidade de Luz Estelar, mas as palavras tinham ficado, mais uma vez, difíceis de pronunciar.

Mas... jantar. Com ele. Naquela Casa do Vento. Reuni concentração suficiente para dizer:

— Quem, exatamente, estará nesse jantar?

Rhys nos guiou por uma rua íngreme, e minhas coxas pareciam queimar com o movimento. Será que eu estava tão fora de forma, tão fraca?

— Meu Círculo Íntimo — disse ele. — Quero que os conheça antes de decidir se este é um lugar no qual gostaria de ficar. Se gostaria de trabalhar comigo e, portanto, com eles. Mor você já conheceu, mas os outros três...

— Aqueles que vieram essa tarde.

Um aceno de cabeça.

— Cassian, Azriel e Amren.

— Quem são? — Rhysand dissera algo sobre illyrianos, mas Amren, a voz feminina que eu ouvira, não tinha asas. Pelo menos não asas que eu pudesse ver pelo vidro embaçado.

— Há hierarquias — falou Rhysand, com voz neutra — dentro de nosso círculo. Amren é minha imediata.

Uma fêmea? A surpresa devia estar estampada em meu rosto, pois Rhys falou:

— Sim. E Mor é a terceira na hierarquia. Apenas um tolo pensaria que meus guerreiros illyrianos são os predadores no topo de nosso círculo. — A irreverente e alegre Mor era a terceira na sucessão do Grão-Senhor da Corte Noturna. Rhys continuou: — Verá o que quero dizer quando conhecer Amren. Ela parece Grã-Feérica, mas algo diferente habita sua pele. — Rhys assentiu para um casal que passava, o qual fez uma reverência com a cabeça em um cumprimento alegre. — Ela pode ser mais velha que esta cidade, mas é vaidosa e gosta de acumular penduricalhos e pertences tal qual um dragão cuspidor de fogo em uma caverna. Então... fique atenta. Vocês duas têm temperamentos fortes quando provocadas, e não quero que tenha nenhuma surpresa à noite.

Parte de mim não queria exatamente saber que tipo de criatura ela era.

— Então, se entrarmos numa briga e eu lhe arrancar o cordão, Amren vai me assar e me devorar?

Rhys riu.

— Não... Amren faria coisas muito, muito piores que isso. Da última vez em que Amren e Mor se desentenderam, deixaram meu retiro preferido nas montanhas em cinzas. — Ele ergueu uma sobrancelha. — Para você ter uma ideia, sou o Grão-Senhor mais poderoso da história de Prythian, e simplesmente interromper Amren é algo que *eu* só fiz uma vez no último século.

O mais poderoso Grão-Senhor da história.

Ao longo dos incontáveis milênios em que existiram aqui em Prythian, Rhys — *Rhys*, com os risinhos debochados e o sarcasmo e o olhar sensual...

E Amren era pior. E mais velha que *cinco mil anos*.

Esperei que o medo me atingisse; esperei que meu corpo se desesperasse para encontrar uma forma de me livrar do jantar, mas... nada. Talvez fosse uma bênção ser morta...

A mão larga de Rhys segurou meu rosto... com suavidade bastante para não doer, mas com força suficiente para me fazer encará-lo.

— *Nem* pense nisso — sibilou Rhysand, o olhar lívido. — *Nem por um maldito segundo*.

Aquela ligação entre nós ficou tensa, meus escudos mentais restantes desabaram. E, por um segundo, exatamente como acontecera Sob a Montanha, passei de meu corpo para o dele... dos meus olhos para os de Rhys.

Não tinha percebido... minha aparência...

Meu rosto estava macilento, as maçãs do rosto, protuberantes, os olhos azul-acinzentados, esmaecidos e manchados de roxo embaixo. Os lábios carnudos — a boca de meu pai — estavam finos, e as clavículas despontavam acima do decote espesso de lã do suéter. Eu parecia... Parecia que o ódio, o luto e o desespero tinham me devorado viva, como se eu estivesse, de novo, faminta. Não por comida, mas... mas por alegria e vida...

Então, voltei para meu corpo, olhando para Rhys com raiva.

— Isso foi um truque?

A voz de Rhys estava áspera quando ele tirou a mão de meu rosto.

— Não. — Rhys inclinou a cabeça para o lado. — Como passou por ele? Por meu escudo.

Eu não sabia do que ele estava falando. Não tinha *feito* nada. Apenas... deslizado. E não queria falar sobre aquilo, não ali, não com ele. Saí batendo os pés, e minhas pernas — tão finas, tão *inúteis* — queimavam a cada passo acima da íngreme colina.

Rhysand segurou meu cotovelo, de novo com aquela suavidade cautelosa, mas forte o bastante para me fazer parar.

— Para dentro de quantas outras mentes deslizou acidentalmente? Lucien...

— *Lucien?* — Uma risada curta. — Que lugar miserável para estar.

Um grunhido baixo saiu de dentro de mim.

— *Não* entre em minha mente.

— Seu escudo está abaixado. — Eu o ergui às pressas. — Poderia muito bem ter gritado o nome para mim. — De novo, aquela inclinação contemplativa da cabeça. — Talvez ter meu poder... — Rhys mordeu o lábio inferior e, depois, riu com escárnio. — Faria sentido, é claro, se o poder veio de *mim*, se meu escudo às vezes confundisse *você* comigo e a deixasse passar. Fascinante.

Pensei em cuspir em suas botas.

— Pegue seu poder de volta. Não quero.

Um sorriso malicioso.

— Não funciona assim. O poder está preso a sua vida. A única forma de tomá-lo de volta seria matá-la. E, como eu gosto de sua companhia, vou dispensar a oferta. — Demos alguns passos antes de Rhys dizer: — Você precisa ficar vigilante com relação aos escudos mentais. Principalmente agora que viu Velaris. Se algum dia for a outro lugar, além destas terras, e alguém deslizar para dentro de sua mente e vir este lugar... — O músculo em seu maxilar se contraiu. — Somos chamados de daemati, aqueles de nós que podem entrar na mente de outra pessoa como se passássemos de um quarto para o outro. Somos raros, e o traço aparece conforme a Mãe deseja, mas há o suficiente de nós pelo mundo para que muitos, principalmente aqueles em posições de influência, treinem exaustivamente contra nossas habilidades. Se você algum dia encontrasse um daemati sem os escudos erguidos, Feyre, ele tomaria o que quisesse. Um mais poderoso poderia escravizá-la sem que você soubesse, obrigá-la a fazer o que quisesse, e você jamais se daria conta. Minhas terras permanecem tão misteriosas para forasteiros que alguns achariam você, entre outras coisas, uma fonte altamente valiosa de informações.

Daemati; será que agora eu era uma, se também podia fazer tais coisas? Mais um maldito título para que as pessoas sussurrassem quando eu passava.

— Imagino que, em uma potencial guerra contra Hybern, os exércitos do rei nem mesmo saberiam que este é um lugar para atacar? — Indiquei com a mão a cidade ao nosso redor. — Então, o que, seu povo privilegiado... aqueles que não podem proteger a mente recebem sua proteção *e* não precisam lutar enquanto o restante de nós sangra?

Não deixei que ele respondesse e apenas apressei o passo. Um golpe baixo e infantil, mas... Por dentro, por dentro eu tinha me tornado como aquele mar distante, incessantemente revolta, atirada de um lado para o outro por rajadas de vento que destruíam qualquer noção de onde pudesse estar a superfície.

Rhys se manteve um passo atrás durante o restante da caminhada até a casa.

Alguma pequena parte de mim sussurrou que eu podia sobreviver a Amarantha; podia sobreviver a deixar Tamlin; podia sobreviver à transição para aquele novo e estranho corpo... Mas aquele buraco vazio e frio em meu peito... Não tinha certeza se podia sobreviver a ele.

Mesmo durante os anos em que estivera a uma semana ruim de morrer de fome, aquela parte de mim estivera cheia de cor, de luz. Talvez me tornar feérica a tivesse destruído. Talvez Amarantha a tivesse destruído.

Ou talvez eu a tivesse destruído quando afundei aquela adaga nos corações de dois feéricos inocentes e o sangue aqueceu minhas mãos.

— De jeito algum — falei, no pequeno jardim do telhado da casa, as mãos enfiadas nos bolsos do sobretudo para que se aquecessem contra o ar gelado da noite. Havia espaço suficiente para alguns arbustos quadrados e uma mesa de ferro redonda com duas cadeiras, e eu e Rhysand.

Ao nosso redor, a cidade brilhava, as próprias estrelas pareciam mais baixas, pulsando com rubi, ametista e pérolas. Acima, a lua cheia fazia com que o mármore de prédios e pontes reluzisse, como se as construções fossem todas iluminadas de dentro para fora. Música tocava, cordas e tambores suaves, e, de cada lado do rio Sidra, luzes douradas oscilavam sobre passeios à margem, pontuados por cafés e lojas, todos abertos à noite, já lotados.

Vida... tão cheio de vida. Eu quase sentia aquele gosto estalando na língua.

Usando preto ressaltado por linha prateada, Rhysand cruzou os braços. E farfalhou as imensas asas quando falei:

— Não.

— A Casa do Vento é protegida para que pessoas não atravessem para dentro dela... Exatamente como esta casa. Mesmo contra Grão-Senhores. Não me pergunte por que ou quem fez isso. Mas a opção é subir os dez mil degraus andando, o que eu *realmente* não quero fazer, Feyre, ou voar até lá. — O luar se refletiu na garra na ponta de cada asa. Rhys me lançou um lento sorriso que eu não vira a tarde toda. — Prometo que não a deixo cair.

Franzi a testa para o vestido azul como a meia-noite que tinha escolhido; mesmo com as mangas compridas e o tecido pesado e exuberante, o decote acentuado não ajudava em nada contra o frio. Tinha pensado em usar o suéter com calça mais grossa, mas preferi o luxo ao conforto. Já estava arrependida, mesmo com o casaco. Mas... se o Círculo Íntimo de Rhys fosse como a corte de Tamlin... era melhor usar o traje mais formal. Pisquei para o trecho de noite entre o telhado e a residência na montanha.

— O vento vai levar meu vestido embora.

O sorriso de Rhys se tornou felino.

— Vou de escada — declarei, irritada, e o ódio era bem-vindo depois das últimas horas de entorpecimento conforme seguia para a porta na ponta do telhado.

Rhys estendeu uma das asas e bloqueou meu caminho.

Membrana lisa; salpicada com leve iridescência. Eu me afastei.

— Nuala passou uma hora fazendo meu cabelo.

Um exagero, mas ela trabalhara enquanto eu me sentava, em silêncio, deixando que torcesse as pontas para formar leves cachos e prendesse uma parte no alto da cabeça com lindas presilhas de ouro. Mas talvez ficar em casa naquela noite, sozinha e em silêncio... talvez fosse melhor que enfrentar aquelas pessoas. Do que interagir.

A asa de Rhys se curvou ao meu redor, me levando mais para perto, onde eu quase conseguia sentir o calor de seu corpo poderoso.

— Prometo que não vou deixar que o vento destrua seu cabelo. — Rhysand ergueu a mão, como se pudesse puxar um daqueles cachos soltos, e depois a abaixou.

— Se preciso decidir se quero trabalhar contra Hybern com você... com seu Círculo Íntimo, não podemos simplesmente... nos encontrar aqui?

— Já estão todos lá. E, além disso, a Casa do Vento tem espaço o suficiente para que eu não tenha vontade de atirar todos da montanha.

Engoli em seco. De fato, curvando-se no topo da montanha central atrás de nós, andares iluminados brilhavam, como se a montanha tivesse sido coroada de ouro. E entre mim e aquela coroa de luz havia uma *longa* extensão de céu aberto.

— Quer dizer — falei, porque podia ser a única arma em meu arsenal — que esta casa é pequena demais e as personalidades deles, grandes demais, e você está preocupado que eu perca a cabeça de novo.

As asas de Rhys me empurraram para mais perto, como um sussurro de calor em meu ombro.

— E se estiver?

— Não sou uma boneca quebrada. — Mesmo que naquela tarde a conversa que tivemos, o que eu vi pelos olhos de Rhysand, dissesse o contrário. Mas cedi mais um passo.

— Eu sei que não é. Mas isso não significa que vou atirá-la aos lobos. Se falou sério sobre querer trabalhar comigo para manter Hybern longe destas terras, manter a muralha intacta, quero que conheça meus amigos primeiro. Decida por conta própria se é algo de que pode dar conta. E quero que esse encontro aconteça de acordo com *meus* termos, não quando eles decidirem fazer uma emboscada nesta casa de novo.

— Eu não sabia que você tinha amigos. — Sim, raiva, língua afiada... A sensação era boa. Melhor que nenhuma sensação.

Um sorriso frio.

— Você não perguntou.

Rhysand estava tão perto agora que passou a mão por minha cintura e me envolveu com as duas asas. Minha coluna travou. Uma gaiola...

As asas recuaram.

Mas ele segurou mais forte. Me preparando para a decolagem. Que a Mãe me salvasse.

— É só dizer uma palavra esta noite, e voltamos para cá, sem perguntas. E, se não aguentar trabalhar comigo, com eles, então não farei perguntas quanto a isso também. Podemos encontrar alguma outra forma de você morar aqui, de se sentir realizada, independentemente do que eu precise. A escolha é sua, Feyre.

Pensei em provocar mais Rhys... em insistir para que eu ficasse. Mas ficar por quê? Para dormir? Para evitar um encontro que eu muito provavelmente deveria ter antes de decidir *o que* queria fazer comigo mesma? E para voar...

Verifiquei as asas, o braço em volta de minha cintura.

— Por favor, não me deixe cair. E, por favor, não...

Disparamos para o céu, rápidos como uma estrela cadente.

Antes que meu grito terminasse de ecoar, a cidade tinha se aberto sob nós. Uma das mãos de Rhys deslizou sob meus joelhos enquanto a outra envolveu minhas costas e as costelas, e voamos mais e mais para cima, até a noite estrelada, para a escuridão líquida e para o vento melódico.

As luzes da cidade se afastaram até que Velaris se tornasse um cobertor de veludo ondulante cravejado de joias, até que a música não mais alcançasse nossas orelhas pontiagudas. O ar estava frio, mas nenhum vento além de uma leve brisa roçou meu rosto — mesmo conforme disparamos com precisão magnífica em direção à Casa do Vento.

O corpo de Rhys parecia firme e quente contra o meu; era uma força sólida da natureza, criada e aprimorada para aquilo. Mesmo o cheiro me lembrava do vento: chuva e sal e algo cítrico que eu não conseguia nomear.

Desviamos para uma corrente ascendente, subindo tão rápido que foi instintivo me agarrar à túnica preta de Rhysand quando senti um frio na barriga. Fiz uma careta para a risada baixa que fez cócegas em minha orelha.

— Esperava mais gritos de você. Não devo estar tentando com muito afinco.

— *Não* — sussurrei, me concentrando na faixa de luzes que se aproximava, na parede eterna da montanha.

Com o céu girando acima e as luzes disparando abaixo, o lado de cima e o de baixo se tornaram espelhos; até que velejamos por um mar de estrelas. Algo apertado em meu peito se aliviou infimamente.

— Quando eu era menino — disse Rhys ao meu ouvido — saía escondido da Casa do Vento, saltando da minha janela, e voava e voava a noite toda, apenas dando cambalhotas pela cidade, pelo rio, pelo mar. Às vezes ainda faço isso.

— Seus pais deviam ficar felicíssimos.

— Meu pai jamais soube, e minha mãe... — Uma pausa. — Ela era illyriana. Em algumas noites, quando me pegava no momento em que eu saltava da janela, brigava comigo... depois, saltava também para voarmos juntos até o alvorecer.

— Ela parece encantadora — admiti.

— Ela era — confessou Rhysand. E essas duas palavras me disseram o bastante sobre seu passado para que eu não me intrometesse.

Uma manobra nos fez subir mais, até que estivéssemos diretamente alinhados com uma varanda ampla, emoldurada pela luz de lanternas douradas. Na ponta, embutidas na própria montanha vermelha, duas portas de vidro já estavam abertas, revelando uma sala de jantar grande, mas casual, entalhada na pedra e acentuada pela madeira luxuosa. Cada cadeira tinha sido feita, reparei, para acomodar asas.

A aterrissagem de Rhys foi tão suave quanto a decolagem, embora tivesse mantido um braço sob meus ombros enquanto meus joelhos falhavam ao se acomodarem. Eu me desvencilhei do toque de Rhys e olhei para a cidade atrás de nós.

Tinha passado tanto tempo agachada em galhos de árvores que já não sentia pela altura um terror primitivo havia muito tempo. Mas a extensão da cidade... pior, a vasta extensão de escuridão além — o mar... Talvez eu ainda fosse uma tola humana por me sentir daquele jeito, mas não tinha percebido o tamanho do mundo. O tamanho de Prythian, se uma cidade grande como aquela podia permanecer escondida de Amarantha, das outras cortes.

Rhysand estava em silêncio ao meu lado. Mas, depois de um momento, ele disse:

— Fale.

Ergui uma sobrancelha.

— Diga uma coisa que passa na sua cabeça, uma coisa só. E eu digo uma também.

Balancei a cabeça e me voltei para a cidade.

Mas Rhys continuou:

— Estou pensando que passei cinquenta anos trancafiado Sob a Montanha, e, às vezes, eu me deixava sonhar com este lugar, mas jamais esperava vê-lo de novo. Estou pensando que desejava ter sido eu a matá-la. Estou pensando que, se a guerra vier, pode demorar muito até que tenha outra noite como esta.

Rhys desviou o olhar para mim, ansioso.

Não me dei o trabalho de perguntar de novo como ele mantivera aquele lugar escondido, não quando provavelmente Rhys se recusaria a responder. Então, perguntei:

— Acha que a guerra virá tão cedo assim?

— Eu disse que não precisaria fazer perguntas. Eu contei... três coisas. Me conte uma.

Encarei o mundo aberto, a cidade e o mar revolto e a noite seca de inverno.

Talvez fosse algum pingo de coragem, ou inconsequência, ou eu estivesse tão acima de tudo que ninguém, exceto Rhys ou o vento, podia ouvir, mas confessei:

— Estou pensando que devia ser uma tola apaixonada para permitir que me fosse mostrado tão pouco da Corte Primaveril. Estou pensando que há muito daquele território que jamais me foi permitido ver ou saber que existia, e talvez eu tivesse vivido em ignorância para sempre, como algum bicho de estimação. Estou pensando... — Engasguei com as palavras. Balancei a cabeça, como se pudesse afastar aquelas que restavam. Mas mesmo assim as falei: — Estou pensando que era uma pessoa solitária e sem esperanças, e talvez tivesse me apaixonado pela primeira coisa que me mostrou um pingo de bondade e segurança. E estou pensando que talvez ele soubesse disso... talvez não conscientemente, mas talvez *ele* quisesse ser aquela pessoa para alguém. E talvez isso desse certo para quem eu era antes. Talvez não dê certo para quem... o que sou agora.

Pronto.

As palavras, cheias de ódio, egoístas e ingratas. Apesar de tudo que Tamlin tinha feito...

O pensamento desse nome ressoou dentro de mim. Na tarde do dia anterior, eu estava lá. Não... não, não pensaria nisso. Ainda não.

Rhysand comentou:

— Foram cinco. Parece que devo dois pensamentos a você. — Ele olhou para trás de nós. — Depois.

Porque os dois machos alados de mais cedo estavam de pé à porta.

Sorrindo.

Capítulo 16

Rhys caminhou por entre os dois feéricos parados à porta da sala de jantar, me dando a opção de ficar ou me juntar a ele.

Uma palavra, prometera Rhys, e podíamos ir embora.

Os dois eram altos, as asas estavam recolhidas contra os corpos poderosos e musculosos, cobertos com um traje de couro costurado em placas que me lembravam de escamas gastas de alguma besta viperina. Espadas longas idênticas estavam, cada uma, presas ao longo da extensão da coluna de ambos — as lâminas eram lindas em sua simplicidade. Talvez não precisasse ter me dado o trabalho de usar as roupas finas, no fim das contas.

O feérico ligeiramente maior dos dois, o rosto oculto por sombras, deu uma risada e falou:

— Vamos, Feyre. Não mordemos. A não ser que peça.

Surpresa tomou conta de mim, o que colocou meus pés em movimento.

Rhys colocou as mãos nos bolsos.

— Até onde sei, Cassian, ninguém jamais aceitou essa oferta.

O segundo riu com escárnio, os rostos dos dois feéricos foram por fim iluminados quando eles se viraram na direção da luz dourada da sala de jantar, e sinceramente me perguntei por que ninguém tinha aceitado a oferta: se a mãe de Rhysand também era illyriana, então aquele povo era abençoado com beleza sobrenatural.

Como o Grão-Senhor, os machos — guerreiros — tinham cabelo preto, pele marrom. Mas, diferentemente de Rhys, os olhos tinham cor de avelã e estavam fixos em mim quando eu, por fim, me aproximei... em direção à Casa do Vento, que esperava atrás deles.

E era ali que as semelhanças entre os três acabavam.

Cassian observou Rhys da cabeça aos pés, os cabelos pretos, na altura dos ombros, oscilaram com o movimento.

— Tão chique esta noite, irmão. E fez a pobre da Feyre se arrumar também. — Cassian piscou um olho para mim. Havia algo de rústico em suas feições; como se fosse feito de vento e terra e chamas e toda aquela aparência civilizada não passasse de um inconveniente.

Mas o segundo feérico, aquele que tinha uma beleza mais clássica entre os dois... Mesmo a luz fugia das feições elegantes de seu rosto. E por um bom motivo. Era lindo, mas quase indecifrável. Ele seria aquele com quem tomar cuidado... a faca na escuridão. De fato, uma faca de caça com cabo de obsidiana estava embainhada na coxa do feérico, e a bainha escura estampava uma fileira de runas prateadas que eu jamais vira.

Rhys falou:

— Este é Azriel, meu mestre-espião. — Não era surpreendente. Algum instinto profundo em mim me fez verificar se os escudos mentais estavam intactos. Só por garantia.

— Bem-vinda. — Foi tudo que Azriel disse, a voz baixa, quase inexpressiva, quando estendeu a mão coberta de cicatrizes brutais para mim. O formato era normal, mas a pele... parecia que tinha sido torcida, esfregada e rasgada. Queimaduras. Devem ter sido horríveis se nem mesmo o sangue imortal conseguira curá-las.

As placas de couro do traje leve, presas por um laço ao redor do dedo médio, cobriam a maioria das cicatrizes. Não para escondê-las, foi o que percebi quando a mão de Azriel se estendeu no ar frio da noite entre nós. Não, era para segurar no lugar a grande pedra de cobalto intenso que adornava o dorso da manopla do traje. Uma pedra igual estava no dorso da mão esquerda; e pedras gêmeas vermelhas adornavam as manoplas de Cassian, e a cor era como o centro dormente de uma fogueira.

Aceitei a mão de Azriel, e os dedos ásperos apertaram a minha. A pele era tão fria quanto o rosto parecia.

Mas a palavra que Cassian usara um momento antes chamou minha atenção quando soltei sua mão e tentei não parecer ansiosa demais para voltar para o lado de Rhys.

— Vocês são irmãos? — Os illyrianos eram semelhantes, mas apenas da forma como pessoas que vêm do mesmo lugar são.

Rhysand explicou:

— Irmãos no sentido de que todos os bastardos são irmãos de alguma forma.

Jamais pensara nisso dessa forma.

— E... você? — perguntei a Cassian.

Cassian deu de ombros, recolhendo mais as asas.

— Eu comando os exércitos de Rhys.

Como se tal posição fosse algo que se dispensasse com um gesto de ombros. E... exércitos. Rhys tinha exércitos. Eu me mexi, desconfortável. Os olhos cor de avelã de Cassian acompanharam o movimento, a boca se contraiu para o lado, e eu sinceramente achei que Cassian estava prestes a me dar sua opinião profissional a respeito de como me mexer daquela forma poderia me desequilibrar contra um inimigo, quando Azriel explicou:

— Cassian também é excelente em irritar todo mundo. Principalmente entre nossos amigos. Então, como amiga de Rhysand... boa sorte.

Uma amiga de Rhysand; não salvadora de sua terra, não assassina, não *coisa*-humano-feérica. Talvez eles não soubessem...

Mas Cassian cutucou o irmão bastardo, ou o que fosse, para fora do caminho, e as asas poderosas de Azriel se abriram levemente quando ele se equilibrou.

— Como diabos fez aquela escada de ossos na toca do Verme de Middengard quando parece que seus ossos estão prestes a se partir a qualquer momento?

Bem, isso explicava as coisas. E a questão de se ele havia estado Sob a Montanha. Mas onde estava, então... Outro mistério. Talvez ali, com aquelas pessoas. São e salvo.

Encarei Cassian, ao menos porque, se Rhysand me defendesse, isso poderia muito bem me destruir um pouquinho mais. E talvez aquilo me fizesse tão má quanto uma víbora, e talvez eu gostasse de ser uma, mas falei:

— Como diabos *você* conseguiu sobreviver tanto tempo sem que ninguém o matasse?

Cassian inclinou a cabeça para trás e gargalhou, um som intenso e exuberante que ecoou pelas pedras ásperas da Casa. As sobrancelhas de Azriel se ergueram em aprovação, ao passo que as sombras pareceram envolvê-lo com mais força. Como se Azriel fosse a colmeia de escuridão da qual as sombras voavam e para a qual retornavam.

Tentei não estremecer e olhei para Rhys, esperando uma explicação sobre os dons sombrios de seu mestre-espião.

O rosto de Rhys estava inexpressivo, mas os olhos pareciam cautelosos. Atentos. Quase indaguei para que diabos Rhys estava olhando, e, então, Mor chegou à varanda como uma brisa e disse:

— Se Cassian está uivando, espero que signifique que Feyre disse a ele para calar a boca gorda.

Os dois illyrianos se viraram na direção da fêmea, Cassian afastando levemente os pés no chão, em uma posição de luta que eu conhecia muito bem.

Era quase o suficiente para me distrair de Azriel enquanto aquelas sombras clareavam e o olhar dele percorria o corpo de Mor: um vestido vermelho esvoaçante de *chiffon*, realçado por braceletes de ouro, e pentes moldados como folhas banhadas em ouro, que seguravam para trás as ondas dos cabelos soltos.

Um fio de sombra se enroscou ao redor da orelha de Azriel, e os olhos se voltaram para os meus. Obriguei meu rosto a estampar pura inocência.

— Não sei por que esqueço que vocês são parentes — disse Cassian a Mor, apontando com o queixo para Rhys, que revirou os olhos. — Vocês dois e suas roupas.

Mor fez uma leve reverência para Cassian. De fato, tentei não respirar aliviada quando vi roupas requintadas. Pelo menos agora não parecia vestida de forma exagerada.

— Queria impressionar Feyre. Você podia pelo menos ter se dado o trabalho de pentear o cabelo.

— Diferente de algumas pessoas — disse Cassian, provando corretas as minhas suspeitas a respeito da pose de luta. — Tenho coisas melhores a fazer com meu tempo que me sentar diante do espelho durante horas.

— Sim — disse Mor, jogando os longos cabelos para trás do ombro. — Porque se exibir por Velaris...

— Temos companhia. — Foi o aviso em voz baixa de Azriel, as asas se abrindo novamente quando ele empurrou os outros dois pelas portas abertas da varanda até a sala de jantar. Eu podia jurar que gavinhas de escuridão rodopiaram atrás delas.

Mor deu um tapinha no ombro de Azriel quando desviou da asa estendida.

— Relaxe, Az... nada de briga hoje à noite. Prometemos a Rhys.

As sombras à espreita sumiram completamente quando a cabeça de Azriel se abaixou um pouco; os cabelos escuros como a noite deslizavam sobre o lindo rosto, como se o protegessem daquele sorriso impiedosamente belo.

Mor não deu qualquer indicação de ter reparado; depois, curvou os dedos em minha direção.

— Venha sentar comigo enquanto eles bebem. — Eu ainda tinha dignidade suficiente para não olhar para Rhys em busca de confirmação de que era seguro. Então, obedeci e caminhei ao lado de Mor enquanto os dois illyrianos se viravam para percorrer os poucos passos com seu Grão-Senhor. — A não ser que prefira beber — sugeriu Mor, quando entramos no calor da sala de jantar composta por pedras vermelhas. — Mas quero você para mim antes que Amren a monopolize...

As portas interiores da sala de jantar se abriram com um vento sussurrante, revelando os corredores sombreados e carmesim da montanha além.

E talvez parte de mim permanecesse mortal, porque, embora a mulher de baixa estatura e delicada *parecesse* Grã-Feérica... conforme Rhys tinha me avisado, todos os meus instintos berravam para que eu fugisse. Para que me escondesse.

Ela era muitos centímetros mais baixa que eu; o cabelo, na altura do queixo, era brilhante e liso, a pele, marrom e macia, e seu rosto — bonito, mas quase sem graça — exibia uma expressão de tédio, ou talvez de leve irritação. Mas seus olhos...

Os olhos prateados da mulher eram diferentes de tudo que eu já vira; eram um lampejo para o interior da criatura que eu sabia, bem no fundo, não ser Grã-Feérica. Ou pelo menos não tinha nascido daquela forma.

O prateado nos olhos de Amren parecia rodopiar, como fumaça sob vidro.

Ela trajava calça e blusa, como aquelas que usei no outro palácio da montanha, ambas em tons de estanho e nuvem de tempestade, e pérolas — brancas, cinza e pretas — adornavam as orelhas, os dedos e os pulsos de Amren. Mesmo o Grão-Senhor ao meu lado parecia um fiapo de sombras em comparação ao poder que emanava dela.

Mor resmungou, desabando em uma cadeira perto da cabeceira da mesa, e se serviu de uma taça de vinho. Cassian se sentou diante dela, agitando os dedos para pegar a garrafa de vinho. Mas Rhysand e Azriel simplesmente ficaram ali, observando — talvez monitorando — enquanto a mulher se aproximava de mim e então parou a um metro e meio.

— Seu gosto ainda é excelente, Grão-Senhor. Obrigada. — A voz da mulher era baixa, porém mais afiada que qualquer lâmina que eu já tivesse encontrado. Os dedos pequenos e finos roçaram um broche delicado de prata e pérola, preso acima do seio direito de Amren.

Então, foi para ela que Rhys comprou a joia. A joia que jamais, sob circunstância alguma, eu deveria tentar roubar.

Observei Rhys e Amren, como se pudesse decifrar que outro laço havia entre os dois, mas Rhysand gesticulou com a mão e fez uma reverência com a cabeça.

— Combina com você, Amren.

— Tudo combina comigo — disse ela, e aqueles olhos terríveis e encantadores encontraram os meus nesse momento. Como relâmpago domado.

Amren se aproximou um passo, farejando delicadamente, e, embora eu fosse mais alta 15 centímetros, jamais me senti tão franzina. Mas mantive o queixo erguido. Não sabia por que, mas mantive.

Amren falou:

— Então, há duas de nós agora.

Minhas sobrancelhas se franziram.

Os lábios de Amren eram como uma pincelada de vermelho.

— Nós que nascemos outra coisa e nos vimos presas em corpos novos e estranhos.

Decidi que não queria *mesmo* saber o que ela era antes.

Amren indicou com o queixo que eu me sentasse na cadeira vazia ao lado de Mor, os cabelos dela oscilaram como noite derretida. Amren ocupou o assento diante de mim, Azriel se sentou do outro lado, e Rhys se sentou diante de Azriel, a minha direita.

Ninguém na cabeceira da mesa.

— Embora *haja* uma terceira — continuou Amren, agora olhando para Rhysand. — Não creio que tenha tido notícias de Miryam há... séculos. Interessante.

Cassian revirou os olhos.

— Por favor, apenas vá direto ao ponto, Amren. Estou com fome.

Mor engasgou com o vinho. Amren desviou a atenção para o guerreiro à direita. Azriel, do outro lado dela, monitorava os dois com muito, muito cuidado.

— Ninguém está aquecendo sua cama agora, Cassian? Deve ser *tão* difícil ser um illyriano e não ter qualquer pensamento na mente, exceto por aqueles a respeito de sua parte preferida.

— Sabe que sempre fico feliz em me enroscar nos lençóis com você, Amren — disse Cassian, totalmente imperturbado pelos olhos prateados, pelo poder que emanava de cada poro de Amren. — Sei o quanto gosta de um illyriano...

— Miryam — começou Rhysand, quando o sorriso de Amren se tornou viperino — e Drakon estão bem, até onde sei. E o que, exatamente, é interessante?

A cabeça de Amren se inclinou para o lado enquanto ela me estudava. Tentei não encolher o corpo diante disso.

— Somente uma vez antes um humano foi Feito imortal. Interessante que tenha acontecido novamente justo quando todas as antigas peças-chave retornaram. Mas Myriam recebeu o dom da vida longa, não de um novo corpo. E você, menina... — Amren cheirou de novo, e nunca me senti tão exposta. Surpresa iluminou os olhos de Amren. Rhys apenas assentiu. O que quer que aquilo quisesse dizer. Eu já estava cansada. Cansada de ser observada e avaliada. — Seu sangue, suas veias, seus ossos foram Feitos. Uma alma mortal em um corpo imortal.

— Estou com fome — declarou Mor, me cutucando com a coxa. Ela estalou um dedo, e pratos cheios até o alto com frango assado, vegetais e pão surgiram. Simples, mas... elegante. Nada formal. Talvez o conjunto de suéter com calça não fosse tão deslocado para tal refeição. — Amren e Rhys podem conversar a noite toda e nos entediar até chorarmos, então, não se incomode em esperar que eles comam. — Mor pegou o garfo e emitiu um estalo com a língua. — Perguntei a Rhys se *eu* poderia levá-la para jantar, só nós duas, e ele disse que você não iria querer. Mas, sinceramente, prefere passar o tempo com esses dois velhos chatos ou comigo?

— Para alguém com a mesma idade que eu — disse Rhysand —, você parece esquecer...

— Todos só querem ficar de blá-blá-blá — interrompeu Mor, lançando um olhar de aviso a Cassian, que, de fato, abrira a boca. — Não podemos comer-comer-comer e *depois* conversar?

Um equilíbrio interessante entre a aterrorizante imediata de Rhys e a surpreendentemente alegre terceira na hierarquia. Se a patente de Mor era mais alta que aquela dos dois guerreiros na mesa, então devia haver outro motivo por trás daquilo além daquele charme irreverente. Algum poder que permitisse que ela entrasse na briga com Amren que Rhys mencionara... e saísse viva.

Azriel riu baixinho de Mor, mas pegou o garfo. Eu o acompanhei, esperando até que ele tivesse mordido antes de fazer o mesmo. Só por garantia...

Bom. Tão bom. E o vinho...

Nem mesmo tinha percebido que Mor me servira uma taça até que terminei o primeiro gole e ela brindou com a própria taça contra a minha.

— Não deixe que esses velhos enxeridos mandem em você.

Cassian disse:

— Sujo, conheça o mal lavado. — Então, ele franziu a testa para Amren, que mal tocara no prato. — Sempre esqueço como isso é bizarro. — Ele pegou o prato da mulher sem cerimônias, despejando metade do conteúdo no dele antes de passar o restante para Azriel.

Azriel disse a Amren quando passou a comida para o prato:

— Eu sempre digo a ele para perguntar antes de fazer isso.

Amren estalou os dedos, e o prato vazio sumiu das mãos cobertas de cicatrizes de Azriel.

— Se não conseguiu treiná-lo depois de tantos séculos, menino, não acho que vai fazer qualquer progresso agora. — Amren arrumou os talheres no lugar vazio diante dela.

— Você não... come? — perguntei para Amren. As primeiras palavras que eu dizia desde que me sentei.

Os dentes de Amren eram estranhamente brancos.

— Não esse tipo de comida.

— Que o Caldeirão me ferva! — exclamou Mor, tomando goladas do vinho. — Podemos *não* fazer isso?

Decidi que não queria saber o que Amren comia também.

Rhys deu uma risadinha do meu outro lado.

— Me lembre de fazer mais jantares em família.

Jantares em família; não reuniões oficiais da corte. E esta noite... ou não sabiam que eu estava ali para decidir se realmente queria trabalhar com Rhys, ou não tinham vontade de fingir ser qualquer outra coisa além do que eram. Sem dúvida tinham vestido o que quiseram — eu tinha a sensação crescente de que poderia ter aparecido de camisola e eles não teriam se importado. Um grupo singular, de fato. E contra Hybern... quem seriam, o que poderiam fazer, como aliados ou oponentes?

Diante de mim, um casulo de silêncio parecia pulsar ao redor de Azriel, mesmo enquanto os demais mergulhavam na comida. De novo, olhei para aquela pedra azul oval em sua manopla enquanto o feérico tomava um gole do vinho. Azriel reparou o olhar, por mais rápido que tenha sido, pois tive a sensação de que ele estava reparando e catalogando meus movimentos, minhas palavras e minhas respirações. Azriel ergueu as mãos com os dorsos voltados para mim, de forma que as duas joias estivessem totalmente à vista.

— São chamadas de Sifões. Reúnem e concentram nosso poder em batalha.

Apenas Azriel e Cassian os usavam.

Rhys apoiou o garfo e explicou para mim.

— O poder de illyrianos mais fortes tende a ser do tipo "incinerar primeiro, fazer perguntas depois". Possuem poucos dons mágicos além disso... o poder de matar.

— O dom de um povo violento e beligerante — acrescentou Amren. Azriel assentiu, sombras se espiralavam no pescoço, nos pulsos. Cassian lançou para Azriel um olhar afiado, o rosto tenso, mas Azriel o ignorou.

Rhys continuou, embora eu soubesse que estava atento a cada olhar entre o mestre-espião e o comandante do exército:

— Os illyrianos cultivaram o poder a fim de que lhes desse vantagem em batalha, sim. Os Sifões filtram esse poder cru e permitem que Cassian e Azriel o transformem em algo mais sutil e variado, em escudos e armas, flechas e lanças. Imagine a diferença entre atirar um balde de tinta na parede e usar um pincel. Os Sifões permitem que a magia seja ágil, precisa no campo de batalha, ao passo que o estado natural dela se converte em algo muito mais confuso e indefinido, e potencialmente perigoso quando se luta em espaços confinados.

Imaginei quanto disso qualquer um deles já precisara fazer. Se aquelas cicatrizes nas mãos de Azriel tinham vindo daquele tipo de luta.

Cassian flexionou os dedos, admirando as pedras vermelhas transparentes que adornavam o dorso de suas mãos.

— Não faz mal que elas também sejam tão lindas.

— Illyrianos — murmurou Amren.

Cassian exibiu os dentes, com um interesse selvagem, e tomou um gole de vinho.

Conhecê-los, tentar visualizar como eu poderia trabalhar com eles, confiar neles, se esse conflito com Hybern irrompesse... Procurei algo para perguntar e falei para Azriel quando aquelas sombras sumiram de novo:

— Como você... quero dizer, como você e o Senhor Cassian...

Cassian cuspiu vinho do outro lado da mesa, o que fez Mor dar um salto e xingá-lo enquanto usava um guardanapo para limpar o vestido.

Mas Cassian ria e Azriel exibia um leve e cauteloso sorriso no rosto enquanto Mor agitava a mão para o vestido e as gotas de vinho que surgiram no traje de luta, ou talvez de voo, percebi, de Cassian. Minhas bochechas ficaram quentes. Algum protocolo de corte que eu, ignorantemente, quebrei e...

— Cassian não é um senhor — explicou Rhys. — Embora eu tenha certeza de que agradeça por você achar que é. — Rhysand olhou para seu Círculo Íntimo. — Enquanto tratamos do assunto, Azriel também não. Ou Amren. Mor, acredite ou não, é a pessoa de sangue puro e com um título nesta sala. — Rhys não? Ele deve ter visto a pergunta em meu rosto, porque falou: — Sou metade illyriano. Tão bom quanto um bastardo para os Grão-Feéricos de sangue puro.

— Então você... vocês três não são Grão-Feéricos? — perguntei a Rhys e aos dois homens.

Cassian terminou de rir.

— Illyrianos certamente não são Grão-Feéricos. E somos gratos por isso. — Ele prendeu os cabelos pretos atrás de uma das orelhas: redonda, como as minhas haviam sido um dia. — E não somos feéricos inferiores, embora alguns tentem nos chamar assim. Somos apenas... illyrianos. Considerados cavalaria aérea dispensável para a Corte Noturna na melhor das hipóteses, soldados brutamontes descerebrados na pior.

— O que é a maior parte das vezes — explicou Azriel. Não ousei perguntar se aquelas sombras faziam parte de ser illyriano também.

— Não vi você Sob a Montanha — comentei. Precisava saber, sem sombra de dúvida, se tinham estado lá, se tinham me visto, se isso impactara em como eu interagiria enquanto trabalhasse com...

Silêncio. Nenhum deles, nem mesmo Amren, olhou para Rhysand.

Foi Mor quem respondeu:

— Porque nenhum de nós estava lá.

O rosto de Rhys era uma máscara gélida.

— Amarantha não sabia que eles existiam. E, quando alguém tentava contar a ela, costumava acabar perdendo a cabeça antes de conseguir fazer isso.

Um tremor percorreu minha coluna. Não por ele ser um assassino frio, mas, mas...

— Você realmente manteve esta cidade, todas essas pessoas, escondidas dela durante cinquenta anos?

Cassian olhava atentamente para o prato, como se fosse explodir para fora da própria pele.

— Continuaremos mantendo esta cidade e estas pessoas escondidas de nossos inimigos por muitos mais — revelou Amren.

Não era uma resposta.

Rhys não esperava vê-los de novo quando foi arrastado para Sob a Montanha. Mas os manteve seguros, de alguma forma.

E aquilo as deixava arrasadas, as pessoas à mesa. Ficavam arrasadas porque ele fizera aquilo, como quer que tivesse feito. Até mesmo Amren.

Talvez não apenas devido ao fato de que Rhys suportara Amarantha enquanto eles estavam ali. Talvez também fosse por causa daqueles deixados de fora da cidade. Talvez escolher uma cidade, um lugar para proteger fosse melhor que nada. Talvez... talvez fosse reconfortante ter um lugar em Prythian que permanecia intocado. Imaculado.

A voz de Mor estava um pouco rouca enquanto ela explicava para mim, com os pentes dourados brilhando à luz:

— Não há uma só pessoa nesta cidade que não saiba do que aconteceu fora destes limites. Ou do custo.

Não queria perguntar que preço fora cobrado por aquilo. A dor que envolvia o pesado silêncio me disse o bastante.

Mas, se todos conseguiam viver apesar da dor, ainda podiam rir... Pigarreei, estiquei o corpo e falei para Azriel, o qual, com ou sem sombras, parecia o mais seguro e, portanto, provavelmente era o menos seguro:

— Como se conheceram? — Uma pergunta inofensiva para avaliá-los, descobrir quem eram. Não era?

Azriel apenas se virou para Cassian, que encarava Rhys com uma expressão de culpa e amor, tão intensa e sofrida que algum instinto meu, ainda não destruído, quase estendeu a mão sobre a mesa para segurar a sua.

Mas Cassian pareceu processar o que perguntei e o pedido silencioso do amigo de que ele contasse a história em vez de Rhys, e então o espectro de um sorriso surgiu em seu rosto.

— Nós todos nos odiávamos no início.

Ao meu lado, a luz se apagou nos olhos de Rhys. O que eu tinha perguntado sobre Amarantha, os horrores dos quais eu o fizera se lembrar...

Uma confissão por outra; achei que tivesse feito aquilo pelo meu bem. Talvez tivesse coisas que precisava exprimir, *que não podia* exprimir para aquelas pessoas, não sem causar mais dor e culpa a elas.

Cassian continuou, atraindo minha atenção do silencioso Grão-Senhor à direita:

— Nós *somos* desprezíveis, sabe. Az e eu. Os illyrianos... Amamos nosso povo e nossas tradições, mas eles vivem em clãs e acampamentos nas profundezas das montanhas do Norte e não gostam de forasteiros. Principalmente Grão-Feéricos que tentam lhes dizer o que fazer. Mas são igualmente obcecados com linhagem e têm os próprios príncipes e lordes entre eles. Az — disse Cassian, apontando com o dedão na direção de Azriel, o Sifão vermelho refletindo a luz — era o bastardo de um dos senhores locais. E se acha que o filho bastardo de um senhor é odiado, então não pode imaginar o quanto é odiado o bastardo de uma lavadeira de campo de batalha com um guerreiro do qual ela não conseguia, ou não queria, se lembrar. — O gesto casual de ombros de Cassian não combinava com o brilho malicioso nos olhos cor de avelã. — O pai de Az o mandou a nosso campo para treinar depois que ele e sua adorável esposa perceberam que Azriel era um encantador de sombras.

Encantador de sombras. Sim; o título, o que quer que quisesse dizer, parecia combinar.

— Como os daemati — disse Rhys a mim —, encantadores de sombras são raros... cobiçados por cortes e territórios pelo mundo devido ao quanto são furtivos e à predisposição a ouvir e sentir coisas que outros não conseguem.

Talvez aquelas sombras estivessem realmente sussurrando para ele, então. O rosto frio de Azriel não mostrava nada.

Cassian continuou:

— O senhor do acampamento praticamente se cagou todo de animação no dia em que Az foi jogado ali. Mas eu... depois que minha mãe me desmamou e aprendi a andar, me mandaram para um acampamento distante, e me enfiaram na lama para ver se eu sobreviveria.

— Teriam sido mais espertos se jogassem você de um penhasco — argumentou Mor, rindo com deboche.

— Ah, com certeza — rebateu Cassian, e aquele sorriso ficou afiado como uma lâmina. — Principalmente porque, quando eu tive idade e força suficientes para voltar para o acampamento no qual nasci, descobri que aqueles porcos se aproveitaram de minha mãe até ela morrer.

De novo, silêncio; diferente dessa vez. A tensão e o ódio incandescentes de um grupo que suportara tanto, sobrevivera a tanto... e sentiam as dores uns dos outros profundamente.

— Os illyrianos — interrompeu Rhys com educação, e aquela luz finalmente voltou para seu olhar — são guerreiros incomparáveis e têm histórias e tradições ricas. Mas também são cruéis e deturpados, sobretudo no que diz respeito ao modo como tratam as fêmeas.

Os olhos de Azriel tinham ficado quase vazios enquanto ele encarava a parede de janelas atrás de mim.

— São bárbaros — disse Amren, e nenhum dos machos illyrianos protestou. Mor assentiu com empatia, mesmo ao reparar na postura de Azriel e morder o lábio. — Eles aleijam as fêmeas para evitar que elas gerem mais guerreiros perfeitos.

Rhys estremeceu.

— Minha mãe nasceu em uma classe baixa — contou ele. — E trabalhava como costureira em um dos muitos acampamentos de guerra nas montanhas. Quando as fêmeas atingem a maturidade nos acampamentos, quando sangram pela primeira vez, as asas são... cortadas. Apenas uma incisão no lugar certo, abandonada para que se cure de modo errado, pode aleijar alguém para sempre. E minha mãe, ela era bondosa e selvagem e amava voar. Então, fez tudo que pôde para evitar amadurecer. Passou fome, colheu ervas ilegais, fez qualquer coisa para impedir o curso natural do corpo. Ela fez 18 anos e ainda não tinha sangrado, para o horror dos pais. Mas o sangue finalmente chegou, e bastava apenas que estivesse no lugar errado, na hora errada, para que um macho sentisse o cheiro e avisasse ao senhor do acampamento. Ela tentou fugir, disparou para o céu. Mas era jovem, e os guerreiros, mais rápidos, a arrastaram de volta. Estavam prestes a amarrá-la aos mastros no centro do acampamento quando meu pai fez a travessia até lá para uma reunião com o senhor do acampamento a respeito de se prepararem para a guerra. Ele viu minha mãe se debatendo e lutando como um felino selvagem e... — Rhys engoliu em seco. — O laço de parceria entre os dois se atou. Lançou um olhar para minha mãe e soube o que ela era. Meu pai enevoou os guardas que a seguravam.

Semicerrei os olhos.

— Enevoou?

Cassian soltou um riso malicioso quando Rhys fez flutuar acima da mesa uma fatia de limão que decorava seu frango. Com um gesto do dedo, Rhys transformou a fatia em névoa com um cheiro cítrico.

— Em meio à chuva de sangue — continuou Rhys, enquanto eu afastava a imagem do que aquilo faria com um corpo, do que *ele* podia fazer —, minha mãe olhou para meu pai. E a parceria aconteceu para ela. Meu pai a levou de volta à Corte Noturna naquela noite e a desposou. Minha mãe amava seu povo e sentia falta deles, mas jamais se esqueceu do que tentaram fazer com ela, do que fizeram com as fêmeas entre eles. Ela tentou durante décadas fazer com que meu pai banisse aquilo, mas a Guerra estava se aproximando e ele não queria arriscar isolar os illyrianos quando precisava que eles liderassem seus exércitos. E que morressem por ele.

— Uma preciosidade, seu pai — resmungou Mor.

— Pelo menos ele gostava de você — replicou Rhys, e depois explicou para mim. — Meu pai e minha mãe, apesar de parceiros, não eram certos um para o outro. Meu pai era frio e calculista e podia ser cruel, como fora treinado desde que nasceu. Minha mãe era carinhosa e selvagem e amada por todos os que conhecia. Ela passou a odiá-lo depois de um tempo, mas jamais deixou de se sentir grata por meu pai ter salvado suas asas, por ter permitido que ela voasse sempre e para onde quisesse. E, quando nasci, quando pude conjurar as asas illyrianas quando quisesse... Ela queria que eu conhecesse a cultura de seu povo.

— Queria manter você longe das garras de seu pai — ponderou Mor, girando a taça de vinho, curvando os ombros quando Azriel finalmente piscou e pareceu esquecer qualquer lembrança que o tivesse congelado.

— Isso também — acrescentou Rhys, sarcástico. — Quando fiz 8 anos, minha mãe me levou a um dos acampamentos de guerra illyrianos. Para ser treinado, como todos os machos illyrianos o eram. E como todas as mães illyrianas, ela me empurrou para o ringue de treino no primeiro dia e foi embora sem olhar para trás.

— Ela o abandonou? — Eu me peguei dizendo.

— Não, nunca — disse Rhys, com uma ferocidade que eu só tinha ouvido algumas vezes, uma delas naquela tarde. — Ficaria no acampamento também. Mas é considerado vergonhoso uma mãe paparicar o filho quando ele vai treinar.

Minhas sobrancelhas se ergueram, e Cassian riu.

— Relutante, como ele disse — contou o guerreiro.

— Eu estava apavorado — admitiu Rhys, sem uma sombra de vergonha. — Estava aprendendo a usar meus poderes, mas magia illyriana era apenas uma fração deles. E é rara entre eles, em geral possuída apenas pelos guerreiros mais poderosos, de sangue puro. — De novo, olhei para os Sifões dormentes nas mãos dos guerreiros. — Tentei usar um Sifão durante aqueles anos — falou Rhys. — E destruí uma dezena antes de perceber que não era compatível, as pedras não podiam segurá-lo. Meu poder flui e é cultivado de outras formas.

— Tão difícil ser um Grão-Senhor tão poderoso — implicou Mor.

Rhys revirou os olhos.

— O senhor do acampamento me proibiu de usar minha magia. Pelo bem de todos vocês. Mas eu não tinha ideia de como lutar quando coloquei os pés no ringue de treinamento naquele dia. Os outros garotos de minha faixa etária sabiam disso também. Principalmente um deles, que me olhou e me espancou até me deixar ensanguentado.

— Você estava tão *limpo* — comentou Cassian, balançando a cabeça. — O filho bonitinho de linhagem mista do Grão-Senhor, como estava chique nas novas roupas de treinamento.

— Cassian — disse Azriel para mim com aquela voz que parecia como se a escuridão ganhasse som — passou a conseguir roupas novas ao longo dos anos como prêmio ao desafiar outros garotos em lutas. — Não havia orgulho nas palavras, não pela brutalidade de seu povo. Eu não culpava o encantador de sombras, no entanto. Tratar *qualquer um* daquela forma...

Cassian, no entanto, riu. Mas eu agora observava seus ombros largos e fortes, a luz nos olhos.

Jamais conheci mais ninguém em Prythian que tivesse passado fome, sentido desespero, não como eu.

Cassian piscou, e o modo como ele me olhou mudou — mais observador, mais... sincero. Eu podia jurar que vi as palavras nos olhos dele: *Sabe como é. Sabe que marca isso deixa.*

— Eu já tinha espancado todos os garotos de nossa idade duas vezes — continuou Cassian. — Mas, quando Rhys chegou, com as roupas limpas, ele cheirava... diferente. Como um verdadeiro oponente. Então, ataquei. Nós dois recebemos três chibatadas cada pela briga.

Encolhi o corpo. Bater em crianças...

— Eles fazem pior, menina — interrompeu Amren. — Naqueles acampamentos. Três chibatadas é praticamente um encorajamento para que lutem de novo. Quando fazem algo realmente ruim, ossos são quebrados. Repetidas vezes. Durante semanas.

Falei para Rhys:

— Sua mãe voluntariamente o enviou para isso? — Carinhosa e selvagem de fato.

— Minha mãe não queria que eu dependesse de meu poder — explicou Rhysand. — Ela soube, desde o momento em que me concebeu, que eu seria caçado a vida toda. Onde uma força falhava, ela queria que outras me salvassem.

"Minha educação era outra arma, e por isso ela foi comigo: para me ensinar depois que as lições do dia terminassem. E, quando me levou para casa naquela primeira noite, para nossa nova casa no limite do acampamento, me fez ler à janela. Foi lá que vi Cassian arrastando os pés pela lama, na direção das poucas tendas em frangalhos fora do acampamento. Perguntei a ela para onde Cassian estava indo, e minha mãe me contou que bastardos não recebem nada: encontram o próprio abrigo, a própria comida. Se sobrevivem e são escolhidos para fazer parte de uma tropa de guerra, serão de baixa patente para sempre, mas receberão as próprias tendas e os suprimentos. Mas, até então, ele ficaria no frio."

— Aquelas montanhas — acrescentou Azriel, com o rosto duro como gelo — oferecem algumas das piores condições que se pode imaginar.

Eu tinha passado bastante tempo em bosques congelados para entender.

— Depois de minhas lições — continuou Rhys —, minha mãe limpou os machucados deixados pelas chibatadas, e, enquanto fazia isso, percebi pela primeira vez o que era estar aquecido e a salvo e ser cuidado. E não me senti bem com aquilo.

— Aparentemente não — disse Cassian. — Porque, na calada da noite, esse imbecil me acordou na tenda aos pedaços e me disse para ficar de boca fechada e o acompanhar. E talvez o frio tivesse me deixado burro, mas eu fui. A mãe dele ficou *lívida*. Mas nunca vou me esquecer do olhar em seu lindo rosto quando me viu e disse "Tem uma banheira com água quente corrente. Entre ou pode voltar para o frio". Como eu era um cara esperto, obedeci. Quando saí, ela me deu roupas limpas e me mandou para a cama. Passei a vida dormindo no chão, e, quando hesitei, ela disse que entendia porque sentira o mesmo um dia, e que eu me sentiria como se estivesse sendo engolido, mas a cama era minha por quanto tempo eu quisesse.

— E vocês ficaram amigos depois disso?

— Não... Pelo Caldeirão, não — disse Rhysand. — Nós nos odiávamos, e só nos comportávamos porque se um de nós se metesse em confusão ou provocasse o outro, nenhum de nós comeria naquela noite. Minha mãe começou a ensinar Cassian, mas somente quando Azriel chegou, um ano depois, decidimos ser aliados.

O sorriso de Cassian aumentou quando ele estendeu o braço além de Amren para dar um tapinha no ombro do amigo. Azriel suspirou... o longo som do sofrimento. A expressão mais calorosa que eu o vi fazer.

— Um novo bastardo no acampamento e um encantador de sombras destreinado para recrutar. Sem falar que ele nem podia *voar* graças a...

Mor interrompeu, preguiçosamente:

— Volte para o objetivo, Cassian.

De fato, qualquer sensibilidade tinha sumido do rosto de Azriel. Mas calei minha curiosidade quando Cassian, de novo, deu de ombros, sem sequer se dar o trabalho de reparar no silêncio que parecia vazar do encantador de sombras. Já Mor reparou, mesmo que Azriel não tivesse se dado o trabalho de reconhecer o olhar preocupado, a mão para a qual Mor ficava olhando, como se fosse tocar, mas desistisse.

Cassian continuou:

— Rhys e eu tornamos a vida dele um inferno, encantador de sombras ou não. Mas a mãe de Rhys conhecia a mãe de Az e o acolheu. Conforme envelhecemos, e os outros machos ao nosso redor também, percebemos que todos nos odiavam tanto que tínhamos mais chances de sobreviver se ficássemos juntos.

— Tem algum dom? — perguntei a Cassian. — Como... eles? — Indiquei com o queixo Azriel e Rhys.

— Um temperamento volátil não conta — respondeu Mor, quando Cassian abriu a boca.

Ele lhe lançou aquele sorriso que percebi provavelmente significar confusão a caminho, mas disse para mim:

— Não, não tenho... não além de uma pilha enorme do poder fatal. Sou um ninguém bastardo, da cabeça aos pés. — Rhys chegou para a frente como se fosse protestar, mas Cassian prosseguiu: — Mesmo assim, os outros machos sabiam que éramos diferentes. E não porque éramos dois bastardos e um de linhagem mista. Éramos mais fortes, mais rápidos... como se o Caldeirão soubesse que nos destacávamos e quisesse que nos encontrássemos. A mãe de Rhys percebeu também. Principalmente quando chegamos à maturidade e só queríamos foder e lutar.

— Machos são criaturas horríveis, não são? — perguntou Amren.

— Repulsivos — respondeu Mor, e emitiu um estalo com a língua.

Alguma pequena parte sobrevivente de meu coração queria... rir daquilo.

Cassian deu de ombros.

— O poder de Rhys crescia a cada dia, e todos, até mesmo os senhores do acampamento, sabiam que ele poderia enevoar *todo mundo* se tivesse vontade. E nós dois... não estávamos muito atrás. — Cassian bateu no Sifão carmesim com um dedo. — Um bastardo illyriano jamais tinha recebido um destes. Nunca. Quando Az e eu os recebemos, apesar da relutância, todos os guerreiros em todos os acampamentos naquelas montanhas ficaram de olho em nós. Apenas imbecis de sangue puro recebem Sifões, aqueles nascidos e criados *para* o poder fatal. O fato de termos Sifões ainda os deixa acordados à noite, maquinando como diabos os conseguimos.

— Então, veio a Guerra. — Azriel assumiu a narrativa. O simples modo como disse as palavras me fez sentar ereta. Prestar atenção. — E o pai de Rhys visitou nosso acampamento para ver como o filho tinha se saído depois de vinte anos.

— Meu pai — disse Rhys, girando uma... duas vezes a taça de vinho — viu que o filho não apenas começara a rivalizar com ele em poder, mas se aliara a, talvez, os dois illyrianos mais letais da história. Ele colocou na cabeça que, se recebêssemos uma legião na Guerra, talvez acabássemos nos voltando contra ele quando retornássemos.

Cassian riu com deboche.

— Então, o traste nos separou. Deu a Rhys o comando de uma legião de illyrianos que o odiava por ser de linhagem mista, e me jogou em uma legião diferente para ser um soldado de infantaria comum, mesmo quando meu poder era maior que o de qualquer um dos líderes de guerra. Com Az ele ficou, como encantador de sombras pessoal, mais para espionar e fazer o trabalho sujo. Só nos víamos nos campos de batalha durante os sete anos que durou a Guerra. Eles mandavam listas de mortes entre os illyrianos, e eu lia todas, imaginando se veria os nomes deles ali. Mas então Rhys foi capturado...

— *Essa* é uma história para outra hora — interrompeu Rhys, em tom afiado o bastante para que Cassian erguesse as sobrancelhas, mas ele assentiu. Os olhos violeta de Rhys encontraram os meus, e me perguntei se era luz estelar de verdade que brilhava tão intensamente ali enquanto ele falava: — Depois que me tornei Grão-Senhor, nomeei esses quatro para meu Círculo Íntimo, e disse ao restante da corte de meu pai que, se tivessem um problema com meus amigos, poderiam partir. Todos se foram. No fim das contas, o fato de ter um Grão-Senhor de linhagem mista foi piorado quando ele nomeou duas fêmeas e dois bastardos illyrianos.

Tão ruins quanto humanos, de algumas formas.

— O que... o que aconteceu com eles, então?

Rhys deu de ombros, e aquelas grandes asas se moveram junto.

— A nobreza da Corte Noturna se divide em três categorias: aqueles que me odiavam tanto que, quando Amarantha assumiu, se juntaram à corte dela e depois acabaram mortos; aqueles que me odiavam o suficiente para tentar me derrubar e enfrentaram as consequências disso; e aqueles que me odiavam, mas não o suficiente para ser burros, e desde então toleram o reinado de alguém de linhagem mista, principalmente quando ele raramente interfere em suas vidas miseráveis.

— São eles... são eles os que vivem abaixo das montanhas?

Um aceno positivo.

— Na Cidade Escavada, sim. Eu a dei a eles, por não serem tolos. Estão felizes lá, quase não saem, se governam e são tão cruéis quanto querem, por toda a eternidade.

Essa era a corte que Rhys devia ter mostrado a Amarantha quando ela chegou — e a crueldade devia tê-la agradado tanto que Amarantha moldou a própria corte àquela imagem.

— A Corte dos Pesadelos — disse Mor, inspirando entre dentes.

— E o que é essa corte? — perguntei, gesticulando para o grupo. A pergunta mais importante.

Foi Cassian, os olhos límpidos e tão brilhantes quanto seu Sifão, que respondeu:

— A Corte dos Sonhos.

A Corte dos Sonhos; os sonhos de um Grão-Senhor de linhagem mista, dois guerreiros bastardos e... as duas fêmeas.

— E vocês? — perguntei a Mor e Amren.

Amren apenas disse:

— Rhys me ofereceu o cargo de imediata. Ninguém jamais tinha me pedido isso, então aceitei, para ver como poderia ser. Vi e gostei.

Mor recostou na cadeira, Azriel agora observava cada movimento dela com uma concentração sutil e constante.

— Eu era uma sonhadora nascida na Corte dos Pesadelos — disse Mor. Ela enroscou um cacho no dedo, e me perguntei se a história de Mor seria a pior de todas quando ela disse, simplesmente: — Então, saí.

— Qual é sua história, então? — perguntou Cassian para mim, com um gesto do queixo.

Presumi que Rhysand tivesse contado tudo a eles. Rhys apenas deu de ombros.

Então, me estiquei.

— Nasci em uma família de mercadores abastados, com duas irmãs mais velhas e pais que só se importavam com o dinheiro e com a posição social. Minha mãe morreu quando eu tinha 8 anos; meu pai perdeu a fortuna três anos depois. Ele vendeu tudo para pagar as dívidas, nos mudamos para um chalé e ele não se incomodou em encontrar trabalho enquanto nos deixou morrer de fome lentamente durante anos. Eu tinha 14 anos quando o restante do dinheiro acabou, assim como a comida. Meu pai não trabalhava, não podia, porque os credores tinham vindo e destruído sua perna diante de nós. Então, fui até a floresta e me ensinei a caçar. E nos mantive vivos, mesmo que perto da morte por inanição às vezes, durante cinco anos. Até que... tudo aconteceu.

Eles ficaram calados de novo, o olhar de Azriel agora parecia reflexivo. Não tinha contado a própria história. Será que tinha sido mencionada? Ou será que jamais discutiam aquelas queimaduras em suas mãos? E o que as sombras sussurravam para Azriel, se é que falavam uma língua?

Mas Cassian falou:

— Você se ensinou a caçar. E a lutar? — Balancei a cabeça. Cassian apoiou os braços na mesa. — Que sorte, acabou de encontrar um professor.

Abri a boca para protestar, mas... a mãe de Rhysand dera a ele um arsenal para usar as armas no caso de outras fracassarem. O que eu tinha em minha vantagem além de ser boa com o arco e toscamente teimosa? E se eu tivesse esse novo poder — esses *outros* poderes...

Não seria fraca de novo. Não dependeria de ninguém. Jamais precisaria suportar o toque do Attor quando ele me arrastasse porque eu era indefesa demais para saber onde e como golpear. Nunca mais.

Mas o que Ianthe e Tamlin tinham dito...

— Não acha que manda uma mensagem ruim se as pessoas me virem aprender a lutar... a manejar armas?

Assim que as palavras saíram, percebi como eram estúpidas. A estupidez do... do que tinham enfiado em minha cabeça durante aqueles últimos meses.

Silêncio. Então, Mor disse, com um suave veneno que me fez entender que a terceira na hierarquia do Grão-Senhor recebera um treinamento próprio naquela Corte de Pesadelos:

— Vou dizer duas coisas. Como alguém que talvez já tenha estado em seu lugar. — De novo, aquele laço compartilhado de ódio, de dor, latejou entre todos, exceto por Amren, cujo olhar em minha direção pingava desprezo. — Primeira — disse Mor —, você deixou a Corte

Primaveril. — Tentei não deixar que o peso total daquelas palavras fosse absorvido. — Se isso não manda uma mensagem, seja boa ou ruim, então seu treinamento também não vai. Segunda — continuou ela, colocando a palma da mão aberta sobre a mesa —, certa vez vivi em um lugar onde a opinião de outros importava. Isso me sufocava, quase me destruiu. Então, vai entender, Feyre, quando digo que sei como se sente, e sei o que tentaram fazer com você, e que, com coragem suficiente, pode mandar a reputação para o inferno. — A voz de Mor se suavizou, e a tensão entre todos eles se dissipou com isso. — Faça o que gosta, aquilo de que *você* precisa.

Mor não me dizia o que vestir ou não vestir. Não permitiria que eu saísse enquanto falava por mim. Ela não... não faria nenhuma das coisas que eu tão voluntária e desesperadamente permitia que Ianthe fizesse.

Jamais tivera uma amiga mulher. Ianthe... não era uma amiga. Não da forma que importava, percebi. E Nestha e Elain, naquelas poucas semanas em que eu estava em casa antes de Amarantha, tinham começado a preencher esse papel, mas... mas olhando para Mor, eu não podia explicar, não podia entender, mas... eu sentia. Como se pudesse realmente jantar com ela. Conversar com ela.

Não que eu tivesse muito a oferecer em troca.

Mas o que Mor tinha dito... o que todos tinham dito... Sim, Rhys fora sábio por me levar até ali. Deixar que eu decidisse se podia lidar com eles, com a implicância e a intensidade e o poder. Se eu *queria* ser parte de um grupo que provavelmente me motivaria, me sobrecarregaria e, talvez, me apavoraria, mas... Se estavam dispostos a enfrentar Hybern, depois de já terem lutado com o reino quinhentos anos antes...

Encarei Cassian. E embora seus olhos estivessem inquietos, não havia nada de diversão ali.

— Vou pensar a respeito.

Pelo laço em minha mão, podia jurar que senti um brilho de surpresa satisfeita. Verifiquei os escudos mentais... mas estavam intactos. E o rosto calmo de Rhysand não dava qualquer sinal da origem da sensação.

Então, falei com clareza e em tom firme para Rhys:

— Aceito sua oferta... de trabalhar com você. Trabalhar pela estadia. E ajudar com Hybern como puder.

— Que bom. — Foi a simples resposta de Rhys. Mesmo quando os outros ergueram as sobrancelhas. Sim, eles obviamente *não* sabiam que aquilo era um tipo de entrevista. — Porque começamos amanhã.

— Onde? E o quê? — disparei.

Rhys entrelaçou os dedos e os apoiou na mesa, e percebi que havia outro objetivo para aquele jantar, além de minha decisão, quando ele anunciou para todos nós:

— Porque o rei de Hybern está realmente prestes a iniciar uma guerra, e quer ressuscitar Jurian para fazer isso.

Jurian — o antigo guerreiro cuja alma Amarantha aprisionara dentro daquele anel horrível como punição por ele ter assassinado a irmã da feérica. O anel que continha o olho de Jurian...

— Mentira — rebateu Cassian. — Não há como fazer isso.

Amren havia ficado imóvel, e era ela quem Azriel observava, acompanhava.

Amarantha foi apenas o início, dissera Rhys a mim certa vez. Será que sabia mesmo então? Será que aqueles meses Sob a Montanha tinham sido apenas um prelúdio para qualquer que fosse o inferno prestes a ser liberado? Ressuscitar os mortos. Que tipo de poder profano...

— Por que o rei iria querer ressuscitar *Jurian*? Ele era tão desprezível. Só gostava de falar de si mesmo — resmungou Mor.

A idade daquelas pessoas me atingiu como um tijolo, apesar de tudo que tinham me contado minutos antes. A Guerra... todos tinham... todos tinham lutado *na* Guerra quinhentos anos antes.

— É o que quero descobrir — disse Rhysand. — E como o rei planeja fazer isso.

Amren por fim opinou:

— Ele deve ter ouvido falar de como Feyre foi Feita. Sabe que é possível que os mortos sejam refeitos.

Eu me movi na cadeira. Esperava exércitos cruéis, derramamento de sangue. Mas isso...

— Todos os sete Grão-Senhores precisariam concordar com isso — replicou Mor. — Não há a menor chance de acontecer. Ele vai tomar outro caminho. — Os olhos se semicerraram até virarem fendas quando ela encarou Rhys. — Todas as mortes, os massacres em templos. Acha que está ligado a isso?

— Sei que está ligado a isso. Não queria contar até ter certeza. Mas Azriel confirmou que eles saquearam o memorial em Sangravah há três dias. Estão procurando por algo, ou encontraram algo. — Azriel assentiu em confirmação, mesmo quando Mor lançou um olhar surpreso em sua direção. Azriel deu de ombros em resposta, como se pedisse desculpas.

Respirei.

— É... é por isso que o anel e o osso do dedo sumiram depois que Amarantha morreu. Para isso. Mas quem... — Minha boca secou. — Eles jamais pegaram o Attor, pegaram?

Rhys falou, baixo demais:

— Não. Não, não pegaram. — A comida em meu estômago pareceu virar chumbo. Ele disse a Amren: — Como se pega um olho e o osso de um dedo e se transforma em um homem de novo? E como impedimos isso?

Amren franziu a testa para o vinho intocado.

— Já sabe como encontrar a resposta. Vá até a Prisão. Fale com o Entalhador de Ossos.

— Merda! — exclamaram Mor e Cassian.

— Talvez você fosse mais eficiente, Amren — disse Rhys, calmo.

Fiquei grata pela mesa que nos separava quando Amren sibilou:

— Não vou colocar os pés na Prisão, Rhysand, e você sabe disso. Então, vá sozinho, ou mande um desses cães em seu lugar.

Cassian sorriu, mostrou os dentes brancos e retos — perfeitos para morder. Amren mordeu o ar com os dela em resposta.

Azriel apenas balançou a cabeça.

— Eu vou. As sentinelas da Prisão me conhecem, sabem o que sou.

Imaginei se o encantador de sombras costumava ser o primeiro a se colocar em perigo. Os dedos de Mor ficaram imóveis na borda da taça de vinho, os olhos se semicerraram para Amren. As joias, o vestido vermelho — tudo talvez fosse uma forma de amenizar qualquer que fosse o poder em suas veias...

— Se alguém vai à Prisão — decidiu Rhys, antes que Mor abrisse a boca — sou eu. E Feyre.

— O quê? — indagou Mor, as mãos agora espalmadas na mesa.

— Ele não falará com Rhys — disse Amren aos demais — ou com Azriel. Ou com qualquer um de nós. Não temos nada a oferecer. Mas uma imortal com uma alma mortal... — Amren encarou meu peito como se pudesse ver o coração batendo abaixo... E me perguntei mais uma vez o que ela comeria. — O Entalhador de Ossos pode estar disposto, de fato, a falar com ela.

Eles me encararam. Como se esperassem que eu implorasse para não ir, que eu me encolhesse e me acovardasse. Aquela era a entrevista rápida e brutal para ver se queriam trabalhar *comigo*, supus.

Mas o Entalhador de Ossos, os naga, o Attor, o Suriel, o Bogge, o Verme de Middengard... Talvez tivessem destruído qualquer que fosse a parte de mim que realmente sentia medo. Ou talvez o medo fosse apenas algo que eu agora sentia nos sonhos.

— A escolha é sua, Feyre — disse Rhys, casualmente.

Fugir e me deprimir ou encarar algum horror desconhecido; a escolha era fácil.

— Quão ruim pode ser? — Foi minha resposta.

— Ruim — disse Cassian. Nenhum deles se incomodou em contradizê-lo.

Capítulo 17

Jurian.

O nome ecoava dentro de mim, mesmo depois de terminarmos o jantar, mesmo depois de Mor e Cassian e Azriel e Amren pararem de debater e grunhir a respeito de quem faria o que e estaria onde enquanto Rhys e eu íamos à Prisão — o que quer que isso fosse — no dia seguinte.

Rhys me levou voando de volta por cima da cidade, mergulhando nas luzes e na escuridão. Rapidamente descobri que gostava muito mais de subir, e não consegui observar por muito tempo sem sentir o jantar subir pela garganta. Não por medo; apenas alguma reação de meu corpo.

Voamos em silêncio, o farfalhar do vento do inverno era o único som, apesar do casulo de calor de Rhys impedir que me congelasse completamente. Apenas quando a música das ruas nos recebeu olhei para o rosto de Rhys, para as feições indecifráveis enquanto se concentrava em voar.

— Hoje à noite... senti você de novo. Pela ligação. Passei por seus escudos?

— Não — respondeu ele, verificando as ruas de paralelepípedos abaixo. — Essa ligação é... uma coisa viva. Um canal aberto entre nós, moldado por meus poderes, moldado... pelo que você precisava quando fizemos o acordo.

— Eu precisava não estar morta quando concordei.

— Você precisava não estar sozinha.

Nossos olhos se encontraram. Estava escuro demais para ler o que quer que estivesse no olhar de Rhys. Fui eu quem desviou o rosto primeiro.

— Ainda estou aprendendo como e por que às vezes conseguimos sentir coisas que o outro não quer saber — admitiu ele. — Então não tenho uma explicação para o que sentiu esta noite.

Você precisava não estar sozinha...

Mas... e quanto a ele? Durante cinquenta anos ficou separado dos amigos, da família...

— Deixou que Amarantha e o mundo inteiro achassem que você governava e se divertia em uma Corte de Pesadelos. Tudo fachada... para manter o mais importante a salvo — argumentei.

As luzes da cidade emolduravam o rosto de Rhys.

— Amo meu povo e minha família. Não pense que eu não me tornaria um monstro para protegê-los.

— Já fez isso Sob a Montanha. — As palavras saíram antes que eu conseguisse impedir.

O vento soprou os cabelos de Rhys.

— E suspeito que precise fazer de novo em breve.

— Qual foi o custo? — Ousei perguntar. — De manter este lugar secreto e livre?

Rhysand disparou para baixo em linha reta, batendo as asas para suavizar nosso movimento conforme aterrissávamos no telhado da casa. Fiz menção de me afastar, mas ele segurou meu queixo.

— Você já conhece o custo.

A vadia de Amarantha.

Rhys assentiu, e achei que talvez eu tivesse dito as palavras cruéis em voz alta.

— Quando ela me enganou e tirou meus poderes, deixando apenas migalhas, ainda me restou mais do que os outros tinham. E decidi usar o poder para entrar na mente de todos os cidadãos da Corte

Noturna que Amarantha capturara, e de qualquer um que pudesse saber a verdade. Fiz uma rede entre todos eles, controlei ativamente as mentes a todo segundo de todos os dias, todas as décadas, para que se esquecessem de Velaris, esquecessem de Mor e de Amren e de Cassian e de Azriel. Amarantha queria saber quem era próximo a mim, quem matar e torturar. Mas minha verdadeira corte estava aqui, governando esta cidade e as outras. E usei o restante de meus poderes para proteger todos de serem vistos ou ouvidos. Só tinha o bastante para uma cidade, um lugar. Escolhi aquele que já estava escondido da história. *Eu* escolhi e agora preciso viver com as consequências de saber que restavam mais lá fora que sofreram. Mas para os daqui... qualquer um que voasse ou viajasse perto de Velaris não veria nada além de rochas estéreis, e, se tentasse andar pelo território, subitamente decidiriam pelo contrário. Viagens pelo mar e comércio estavam proibidos, marinheiros se tornaram fazendeiros, trabalhavam a terra em torno de Velaris. E porque meus poderes se concentravam em proteger a todos, Feyre, eu tinha muito pouco para usar contra Amarantha. Então, decidi que para evitar que fizesse perguntas sobre as pessoas que importavam, eu me prostituiria ela.

Rhysand fizera tudo aquilo, fizera coisas tão terríveis... fizera *tudo* pelo próprio povo, pelos amigos. E a única parte de si que escondera e conseguira evitar que Amarantha maculasse, que destruísse, mesmo que significassem cinquenta anos preso em uma gaiola de pedra...

Aquelas asas agora se estendiam. Quantos sabiam das asas fora de Velaris ou dos acampamentos de guerra illyrianos? Ou será que Rhys apagara qualquer lembrança delas em Prythian muito antes de Amarantha?

Rhys soltou meu queixo. Mas, quando abaixou a mão, segurei seu pulso, sentindo a força sólida.

— É uma pena — falei, as palavras quase engolidas pelo som da música da cidade. — Que outros em Prythian não saibam. Uma pena que você tenha deixado que pensassem o pior.

Rhysand deu um passo para trás, e as asas bateram no ar como poderosos tambores.

— Contanto que as pessoas que interessam saibam a verdade, não me importo com o resto. Durma um pouco.

Então, ele disparou para o céu e foi engolido pela escuridão entre as estrelas.

✠

Caí em um sono tão pesado que meus sonhos eram como uma correnteza que me arrastava mais e mais para baixo, até que eu não conseguisse escapar.

Estava deitada nua e de barriga para cima em um piso de mármore vermelho familiar enquanto Amarantha deslizava uma faca por minhas costelas expostas, e o aço arranhava levemente minha pele.

— Humana mentirosa e traidora — ronronava Amarantha. — Com seu coração imundo e mentiroso.

A faca roçava como uma carícia fria. Eu lutava para me levantar, mas o corpo não funcionava.

Amarantha deu um beijo na depressão de meu pescoço.

— É um monstro tanto quanto eu. — Ela inclinou a faca sobre meu seio, mirando na direção de meu mamilo firme, como se pudesse ver o coração batendo abaixo. Comecei a chorar. — Não desperdice suas lágrimas.

Alguém muito longe rugia meu nome; implorava por mim.

— Vou transformar a eternidade em um inferno para você — prometeu Amarantha, a ponta da adaga perfurando a pele sensível sob meu seio, os lábios pairando um milímetro acima dos meus quando ela cravou...

✠

Mãos... havia mãos em meus ombros, me sacudindo, me espremendo. Eu me debati contra aquelas mãos, gritando, gritando...

— *FEYRE.*

A voz era ao mesmo tempo a noite e o alvorecer, e as estrelas e a terra, e cada centímetro de meu corpo se acalmou com sua autoridade primitiva.

— Abra os olhos — ordenou a voz.

Abri.

Minha garganta estava seca, minha boca, cheia de cinzas, meu rosto, ensopado e grudento, e Rhysand... Rhysand estava acima de mim, os olhos arregalados.

— Foi um sonho — disse Rhys, a respiração tão pesada quanto a minha.

O luar que atravessava as janelas iluminava as linhas escuras de tatuagens espiraladas em seu braço, nos ombros, sobre o peito delineado. Como aquelas que eu tinha no meu braço. Rhysand observou meu rosto.

— Um sonho — repetiu ele.

Velaris. Eu estava em Velaris, na casa dele. E tinha... meu sonho...

Os lençóis e a coberta estavam rasgados. Em frangalhos. Mas não haviam sido cortados à faca. E aquele gosto de cinzas, como fumaça, que cobria minha boca...

Minha mão estava perturbadoramente firme quando a ergui e vi que meus dedos terminavam em brasas incandescentes. Garras vivas de chamas que haviam cortado minha roupa de cama como se estivessem cauterizando feridas...

Empurrei Rhysand com o ombro firme, caí da cama e me choquei contra um pequeno baú antes de disparar para o banheiro, cair de joelhos diante da privada e vomitar as tripas. De novo. De novo. A ponta de meus dedos derrapou contra a porcelana fria.

Mãos grandes e quentes puxaram meus cabelos para trás um momento depois.

— Respire — instruiu Rhysand. — Imagine que estão se apagando como velas, uma a uma.

Vomitei na privada de novo, estremecendo quando a luz e o calor se acumularam e dispararam para fora de mim, e me deliciei com a escuridão vazia e fria que veio em seguida.

— Bem, essa é uma forma de fazer isso — disse Rhys.

Quando ousei olhar para minhas mãos, apoiadas na latrina, as brasas tinham se extinguido. Até mesmo aquele poder em minhas veias, pelos ossos, adormeceu de novo.

— Tenho esse sonho — revelou Rhys, quando vomitei de novo, segurando meus cabelos. — Em que não sou eu preso sob ela, mas Cassian ou Azriel. E ela prendeu as asas deles à cama com estacas, e não posso fazer nada para impedir. Ela me obriga a assistir, e não tenho escolha a não ser ver de que forma fracassei com eles.

Eu me agarrei à privada, cuspi uma vez e depois estiquei a mão para a descarga. Observei a água descer completamente em redemoinho antes de virar a cabeça para olhar para ele.

Os dedos de Rhysand eram suaves, mas firmes no lugar em que ele os fechara em punho em meus cabelos.

— Você jamais fracassou com eles — garanti, a voz rouca.

— Fiz... coisas terríveis para me certificar disso. — Aqueles olhos violeta quase brilhavam à meia-luz.

— Eu também. — Meu suor se agarrava como sangue... o sangue daqueles dois feéricos...

Virei o corpo bem a tempo. A outra mão de Rhys fez carinho em linhas longas e tranquilizadoras ao longo da curva de minha coluna conforme diversas vezes eu devolvia o jantar. Quando a última onda de vômito cessou, eu disse, sussurrando:

— As chamas?

— Corte Outonal.

Não consegui dar uma resposta. Em algum momento, eu me inclinei contra o frio da banheira próxima e fechei os olhos.

Quando acordei, o sol entrava pelas janelas, e eu estava na cama — bem aconchegada aos lençóis trocados e limpos.

⁜

Encarei a inclinação íngreme e gramada da pequena montanha, estremecendo diante dos véus de névoa que fluíam por nós. Atrás, a terra era varrida por penhascos abruptos e um mar cinzento violento. Adiante, nada além de uma montanha extensa, de topo plano, com pedras cinzentas e musgo.

Rhys estava ao meu lado, uma espada de dois gumes embainhada às costas, facas presas às pernas, cobertas com o que eu só podia presumir serem as roupas de couro de batalha illyrianas, com base no que Cassian e Azriel tinham vestido na noite anterior. A calça preta era justa, as placas, semelhantes a escamas de couro, estavam gastas e arranhadas, e se agarravam a pernas que eu não tinha percebido serem tão musculosas. A jaqueta ajustada ao corpo tinha sido feita ao redor das asas que agora estavam totalmente expostas, partes do traje escuro e arranhado se somavam aos ombros e aos antebraços.

Se a roupa de Rhys não me dissesse o bastante a respeito do que poderíamos enfrentar naquele dia — se *minha* roupa semelhante não tivesse me dito o suficiente —, eu só precisava olhar uma vez para a rocha diante de nós para saber que não seria agradável. Estava tão distraída no escritório, uma hora antes, pelo que Rhys estava escrevendo quando ele redigiu um pedido cuidadoso para visitar a Corte Estival, que não pensei em perguntar o que esperar *ali*. Não que Rhys tivesse se dado o trabalho de explicar por que queria visitar a Corte Estival além de "melhorar as relações diplomáticas".

— Onde estamos? — perguntei, nossas primeiras palavras desde que tínhamos atravessado, um momento antes. Velaris estava vibrante, ensolarada. Aquele lugar, onde quer que fosse, estava gelado, deserto, estéril. Apenas rocha e vidro e névoa e mar.

— Em uma ilha no coração das ilhas Oeste — respondeu Rhysand, encarando a montanha gigantesca. — E aquilo — disse ele, apontando — é a Prisão.

Não havia nada; ninguém por perto.

— Não vejo nada.

— A rocha é a Prisão. E dentro dela estão as criaturas e os criminosos mais desprezíveis e perigosos que pode imaginar.

Entrar — entrar na rocha, sob outra montanha...

— Esse lugar — falou Rhys — foi feito antes de os Grão-Senhores existirem. Antes de Prythian ser Prythian. Alguns dos presos se lembram desse tempo. Lembram-se de uma época em que era a família de Mor, não a minha, a governar o Norte.

— Por que Amren não entra lá?

— Porque ela foi prisioneira um dia.

— Não nesse corpo, presumo.

Um sorriso cruel.

— Não. Não mesmo.

Estremeci.

— A caminhada vai aquecer seu sangue — explicou Rhys. — Pois não podemos atravessar para dentro ou voar até a entrada, os feitiços exigem que os visitantes entrem a pé. Pelo caminho mais longo.

Não me movi.

— Eu... — A palavra ficou presa em minha garganta. Ir para baixo de outra montanha...

— Ajuda a dissipar o pânico — disse Rhys, baixinho — me lembrar de que eu escapei. Que todos escapamos.

— Por pouco. — Tentei respirar. Não conseguia. Não conseguia...

— Nós saímos. E pode acontecer de novo se não entrarmos.

A névoa fria feriu meu rosto. E eu tentei — tentei mesmo — dar um passo na direção dela.

Meu corpo se recusava a obedecer.

Tentei dar um passo de novo; tentei por Elain e Nestha e o mundo humano que poderia ser destruído, mas... não consegui.

— Por favor — sussurrei. Não me importava se significasse que eu fracassara no primeiro dia de trabalho.

Rhysand, como prometido, não fez nenhuma pergunta quando segurou minha mão e nos levou de volta para o sol de inverno e para as cores exuberantes de Velaris.

Não saí da cama pelo resto do dia.

Capítulo 18

Amren estava de pé diante de minha cama.

Recuei com um sobressalto, me chocando contra a cabeceira, com a visão ofuscada pela luz da manhã que entrava a toda, e em busca de uma arma, qualquer coisa para usar...

— Não é surpresa que esteja tão magra se vomita as tripas toda noite. — Ela farejou e contraiu o lábio. — Está fedendo a vômito.

A porta do quarto estava fechada. Rhys dissera que ninguém entrava sem a permissão dele, mas...

Amren jogou algo na cama. Um pequeno amuleto de ouro com pérola e uma pedra azul leitosa.

— Isso me tirou da Prisão. Use, e jamais poderão prendê-la.

Não toquei no amuleto.

— Vou explicar bem uma coisa — disse Amren, apoiando as duas mãos na madeira entalhada ao pé da cama. — Não dou esse amuleto à toa. Mas pode pegar emprestado, enquanto faz o que precisa ser feito, e devolva para mim quando terminar. Se ficar com ele, vou atrás de você, e os resultados não serão agradáveis. Mas é seu para usar na Prisão.

Quando meus dedos roçaram o metal e a pedra frios, Amren havia saído.

Rhys não estava errado quando a comparou a um dragão cuspidor de fogo.

Rhys ficava franzindo a testa para o amuleto conforme subíamos a encosta da Prisão, tão íngreme que às vezes precisávamos subir de quatro. Subíamos mais e mais alto, e bebi dos incontáveis córregos que desciam pelos calombos e pelas depressões na encosta de musgo e grama. Ao nosso redor, a névoa pairava, açoitada pelo vento cujo gemido oco abafava os estalos de nossos passos.

Quando vi Rhys olhando para o colar pela décima vez, falei:

— O quê?

— Ela deu isso a você.

Não era uma pergunta.

— Deve ser sério, então — falei. — O risco com...

— Não diga nada que não quer que outros ouçam. — Ele apontou para a pedra sob nós. — Os detentos não têm nada melhor a fazer que ouvir pela terra e pelas rochas em busca de fofoca. Venderão qualquer tipo de informação por comida, sexo, talvez uma lufada de ar.

Eu podia fazer aquilo; podia dominar aquele medo.

Amren tinha saído daquela prisão. E ficou fora. E o amuleto... ele também me manteria livre.

— Desculpe — pedi. — Por ontem. — Eu tinha passado horas na cama, incapaz de me mover ou pensar.

Rhys estendeu a mão para me ajudar a subir uma rocha especialmente íngreme, me puxando com facilidade para cima, onde ele estava agachado no topo. Fazia tanto tempo — tempo demais — desde que eu estivera ao ar livre, usara meu corpo, dependera dele. Minha respiração estava entrecortada, mesmo com a nova imortalidade.

— Não tem por que pedir desculpas — falou Rhys. — Está aqui agora. — Mas era tão covarde que jamais teria ido sem aquele amuleto. Rhys acrescentou, com um piscar de olho: — Não vou descontar de seu pagamento.

Eu estava ofegante demais para fazer cara feia. Subimos até que a face superior da montanha se tornou uma muralha diante de nós, nada além de encostas gramadas se estendia atrás, muito abaixo, até onde elas fluíam para o mar cinzento inquieto. Rhys sacou a espada das costas com um movimento ágil.

— Não pareça tão surpresa — avisou ele.

— Eu... nunca vi você com uma arma. — Além da adaga que ele pegou para cortar a garganta de Amarantha no final, para me poupar da dor.

— Cassian gargalharia até ficar rouco se ouvisse isso. E então me obrigaria a entrar com ele no ringue de luta.

— Ele consegue derrotar você?

— No combate corpo a corpo? Sim. Seria uma vitória suada, para variar, mas ele venceria. — Sem arrogância, sem orgulho. — Cassian é o melhor guerreiro que já encontrei em qualquer corte, qualquer terra. Ele lidera meus exércitos por isso.

Não duvidei da alegação. E o outro illyriano...

— Azriel... as mãos dele. As cicatrizes, quero dizer — expliquei. — De onde vieram?

Rhys ficou calado um momento. Então falou, bem baixo:

— O pai dele tinha dois filhos legítimos, ambos mais velhos que Azriel. Ambos cruéis e mimados. Aprenderam com a mãe, a esposa do senhor. Durante os 11 anos em que Azriel viveu na fortaleza do pai, ela se certificou de que ele fosse mantido em uma cela sem janelas, sem luz. Deixavam que Azriel saísse durante uma hora todo dia, deixavam que visse a mãe durante uma hora por semana. Não tinha permissão para treinar, para voar ou qualquer das coisas que os instintos illyrianos berrassem para que fizesse. Quando estava com 8 anos, os irmãos decidiram que seria divertido ver o que acontecia quando se misturavam os dons de cura rápida de um illyriano com óleo... e fogo. Os guerreiros ouviram Azriel gritar. Mas não rápido o bastante para salvar suas mãos.

Fui tomada por náusea. Mas pela história, Azriel ainda moraria com eles por mais três anos. Que outros horrores teria suportado antes de ser enviado para aquele acampamento na montanha?

— Os... os irmãos foram punidos?

O rosto de Rhys estava impassível como a rocha e o vento e o mar ao nosso redor quando ele disse, com uma quietude letal:

— Por fim, sim.

Havia tanto primitivismo nas palavras que mudei de assunto:

— E Mor, o que ela faz por você?

— Mor é quem chamarei quando os exércitos fracassarem e Cassian e Azriel estiverem mortos.

Meu sangue gelou.

— Portanto ela deve esperar até então?

— Não. Como minha terceira, Mor é minha... supervisora da corte. Ela supervisiona a dinâmica entre a Corte dos Pesadelos e a Corte dos Sonhos, e governa tanto Velaris quanto a Cidade Escavada. Creio que no reino mortal ela poderia ser considerada uma rainha.

— E Amren?

— Os deveres como minha imediata a tornam minha conselheira política, biblioteca ambulante e executora do trabalho sujo. Eu a nomeei depois que conquistei o trono. Mas era minha aliada, e talvez minha amiga, bem antes disso.

— Quero dizer... nessa guerra em que seus exércitos fracassem e Cassian e Azriel morram, e até mesmo Mor se vá. — Cada palavra era como gelo na língua.

Rhys parou enquanto esticava a mão para a face exposta da rocha diante de nós.

— Se esse dia chegar, vou encontrar uma forma de quebrar o feitiço sobre Amren e libertá-la no mundo. E pedir que me mate primeiro.

Pela Mãe.

— O que ela *é*? — Depois da conversa naquela manhã, talvez fosse burrice perguntar.

— Outra coisa. Algo pior que nós. E, se algum dia encontrar uma forma de se livrar da prisão de carne e osso... que o Caldeirão nos salve.

Estremeci de novo e encarei a parede de pedra nua.

— Não posso escalar rocha exposta assim.

— Não precisa — disse Rhys, espalmando uma das mãos na pedra. Como uma miragem, ela sumiu com um irradiar de luz.

Portões pálidos, escavados, estavam no lugar, tão altos que o topo parecia perdido em meio à névoa.

Portões de ossos.

Os portões de ossos se abriram silenciosamente, revelando uma caverna de um preto tão semelhante ao nanquim como eu nunca tinha visto, nem mesmo Sob a Montanha.

Segurei o amuleto no pescoço, o metal estava quente contra a palma da mão. Amren tinha saído. Eu também sairia.

Rhys colocou a mão morna em minhas costas e me guiou para dentro, três bolas de luar oscilavam diante de nós.

Não... não, não, não, não...

— Respire — disse ele, ao meu ouvido. — Tome fôlego.

— Onde estão os guardas? — Consegui falar apesar do aperto nos pulmões.

— Eles moram dentro da rocha da montanha — murmurou Rhys, quando sua mão encontrou a minha e a envolveu ao me puxar para dentro da escuridão imortal. — Eles só emergem na hora de comer, ou para lidar com prisioneiros inquietos. Não passam de sombras de pensamento e um antigo feitiço.

Com as pequenas luzes flutuando adiante, tentei não olhar por muito tempo para as paredes cinza. Principalmente quando eram tão toscamente escavadas que as partes pontiagudas poderiam ser um nariz, ou uma testa enrugada, ou um par de lábios arrogantes.

O chão seco não exibia nada além de pequenas pedras. E havia silêncio. Silêncio absoluto quando passamos por uma curva e a última luz do mundo enevoado se dissipou em escuridão.

Eu me concentrei na respiração. Não podia ficar presa ali; não podia ficar trancada naquele lugar horrível, morto.

O caminho mergulhava mais profundamente no interior da montanha, e segurei forte os dedos de Rhys para evitar perder o equilíbrio. Ele ainda carregava a espada na outra mão.

— Todos os Grão-Senhores têm acesso? — Minhas palavras saíram tão baixas que foram devoradas pela escuridão. Mesmo aquele poder retumbante nas veias tinha sumido, enterrado em algum lugar em meus ossos.

— Não. A Prisão é a própria lei; a ilha pode até ser uma oitava corte. Mas está sob minha jurisdição, e meu sangue é a chave dos portões.

— Você poderia libertar os presos?

— Não. Depois que a sentença é proferida e um prisioneiro passa por aqueles portões... Ele pertence à Prisão. Ela jamais o deixará sair. Sentenciar pessoas para cá é algo que levo muito, muito a sério.

— Você já...

— Sim. E agora não é hora de falar disso. — Rhysand segurou minha mão para dar ênfase.

Seguimos para baixo, em meio à escuridão.

Não havia portas. Nenhuma luz.

Nenhum som. Nem mesmo água escorrendo.

Mas eu conseguia senti-los.

Conseguia senti-los dormindo, caminhando de um lado para o outro, passando mãos e garras pelo outro lado das paredes.

Eram antigos e cruéis, de uma forma que eu jamais tinha conhecido, nem mesmo com Amarantha. Eram infinitos, e pacientes, e aprenderam a linguagem da escuridão, da pedra.

— Quanto tempo — sussurrei. — Quanto tempo ela ficou aqui? — Não ousei dizer o nome dela.

— Azriel procurou uma vez. Nos arquivos de nossos templos e bibliotecas mais antigos. Só encontrou uma vaga menção de que ela entrou antes de Prythian ser dividida nas cortes, e emergiu depois que estas foram estabelecidas. Sua prisão é de antes de nossa escrita. Não sei por quanto tempo ficou aqui, alguns milênios parecem um palpite justo.

Horror se acumulou dentro de mim.

— Nunca perguntou?

— Por que me daria o trabalho? Ela vai contar quando for necessário.

— De onde ela veio? — O broche que Rhysand dera a Amren, um presente tão pequeno, para um monstro que um dia morara ali.

— Não sei. Embora haja lendas que alegam que, quando o mundo nasceu, havia... fendas no tecido dos mundos. Que no caos da Formação, criaturas de outros mundos podiam passar por uma delas e entrar em outro. Mas as fendas se fechavam quando queriam, e as criaturas podiam ficar presas, sem poder voltar para casa.

Era mais assustador do que eu podia compreender: tanto monstros caminharem entre mundos quanto o terror de ficar presa em outro mundo.

— Acha que ela era um desses?

— Acho que ela é a única de seu tipo, e não há registro de outros terem existido. Mesmo os Suriel existem em números, ainda que pequenos. Mas ela... e alguns daqueles na Prisão... Acho que vieram de outro lugar. E estão procurando um caminho de volta há muito, muito tempo.

Eu tremia sob o couro revestido de pele, a respiração se condensava diante de mim.

Fomos mais e mais para baixo, e perdi a noção do tempo. Poderiam ter se passado horas ou dias, e paramos apenas quando meu corpo inútil e cansado exigia água. Mesmo enquanto bebia, ele não soltava minha mão. Como se a rocha fosse me engolir para sempre. Eu garanti que esses intervalos fossem breves e raros.

E, mesmo assim, prosseguimos mais para o fundo. Apenas as luzes e a mão de Rhys me impediam de sentir como se estivesse prestes a cair direto para a escuridão. Por um segundo, o fedor de minha cela no calabouço entupiu meu nariz, e os estalos de feno mofado roçaram minha bochecha...

A mão de Rhys se apertou em volta da minha.

— Só mais um pouco.

— Devemos estar perto da base agora.

— Passamos dela. O Entalhador de Ossos está enjaulado sob as raízes da montanha.

— Quem é ele? O que é ele? — Só tinha sido informada do que deveria dizer, não do que deveria esperar. Sem dúvida para evitar que eu entrasse em pânico de vez.

— Ninguém sabe. Ele aparece como quer aparecer.

— Metamorfo?

— Sim e não. Ele vai aparecer para você como uma coisa, e eu posso estar bem ao lado e ver outra.

Tentei não começar a balir como uma ovelha.

— E esse entalhar de ossos?

— Você verá. — Rhys parou diante de um pedaço liso de pedra. O corredor continuava para baixo, abaixo até a escuridão imemorial. O ar ali era sufocante, compacto. Mesmo a condensação de minha respiração no ar frio parecia ter vida curta.

Rhysand, por fim, soltou minha mão, apenas para apoiar a dele, de novo, na pedra lisa. A pedra ondulou sob sua palma, formando... uma porta.

Como os portões acima, era feita de marfim — osso. E na superfície estavam entalhadas inúmeras imagens: flora e fauna, mares e nuvens, estrelas e luas, crianças e esqueletos, criaturas belas e feias...

A porta se afastou. A cela era como breu, mal discernível do corredor...

— Entalhei as portas de todos os prisioneiros neste lugar — disse uma voz baixa do lado de dentro. — Mas esta ainda é a minha preferida.

— Preciso concordar — disse Rhysand. Ele entrou, a luz oscilou acima e iluminou um menino de cabelos pretos sentado contra a parede mais afastada, os olhos de um azul assombroso observaram Rhysand e, então, deslizaram para onde eu estava à espreita, na entrada.

Rhys levou a mão a uma bolsa que eu não tinha percebido que carregava; não, uma que ele conjurou de qualquer que fosse o bolso entre reinos que usava como armário. Rhys atirou um objeto para o menino, que não parecia ter mais de 8 anos. Branco reluziu quando o objeto emitiu um clangor no piso de pedra áspera. Outro osso, longo e firme... e pontiagudo de um lado.

— A fíbula responsável pelo golpe fatal quando Feyre matou o Verme de Middengard — disse Rhys.

Meu sangue congelou. Eu tinha disposto tantos ossos na armadilha; não reparei em qual acabara com o Verme. E não achei que alguém tivesse reparado.

— Entre. — Foi tudo o que o Entalhador de Ossos disse, e não havia inocência, nenhuma bondade na voz daquela criança.

Dei um passo para dentro e mais nenhum.

— Faz uma era — disse o menino, me observando com atenção — desde que algo novo surgiu neste mundo.

— Oi — sussurrei.

O sorriso do menino era um deboche de inocência.

— Está com medo?

— Sim — respondi. *Nunca minta*, essa fora a primeira ordem de Rhysand.

O menino ficou de pé, mas se manteve do outro lado da cela.

— Feyre — murmurou ele, inclinando a cabeça. A esfera de luz feérica cobria os cabelos cor de nanquim com prata. — Fey-re — repetiu ele, separando as sílabas, como se conseguisse sentir o gosto. Por fim, o menino esticou a cabeça. — Aonde foi quando morreu?

— Uma pergunta por outra — respondi, como tinha sido instruída no café da manhã.

O Entalhador de Ossos inclinou a cabeça para Rhysand.

— Você sempre foi mais esperto que seus ancestrais. — Mas aqueles olhos se fixaram em mim. — Conte aonde foi, o que viu... e responderei sua pergunta.

Rhys me deu um aceno de cabeça sutil, mas os olhos mostravam cautela. Porque o que o menino tinha pedido...

Precisei me acalmar para pensar, para lembrar.

Mas havia sangue e morte e dor e gritos... e ela estava me partindo, me matando tão devagar, e Rhys estava lá, urrando de fúria enquanto eu morria, Tamlin implorando por minha vida, de joelhos, diante do trono dela... mas havia tanta dor, e eu queria que terminasse, queria que tudo acabasse...

Rhys ficou imóvel enquanto monitorava o Entalhador de Ossos, como se essas lembranças fluíssem livremente pelo escudo mental que eu me certifiquei de que estivesse intacto naquela manhã. E me perguntei se ele achava que eu desistira, bem ali.

Fechei as mãos em punhos.

Eu havia sobrevivido; tinha saído. E sairia hoje.

— Ouvi o estalo — falei. A cabeça de Rhys virou para mim. — Ouvi o estalo quando ela quebrou meu pescoço. Estava em meus ouvidos, mas também dentro de meu crânio. Eu morri antes de sentir qualquer coisa além da primeira descarga de dor.

Os olhos violentos do Entalhador de Ossos pareceram brilhar mais.

— Então, tudo ficou escuro. Um tipo diferente de escuridão que a deste lugar. Mas havia um... fio — continuei. — Uma corda. E eu a puxei... e de repente consegui ver. Não por meus olhos, mas... mas pelos dele — falei, inclinando a cabeça na direção de Rhys. Abri os dedos da mão tatuada. — E soube que estava morta, e que esse pedaço ínfimo de espírito era tudo que restava de mim, apegando-se ao fio de nosso acordo.

— Mas tinha alguém lá, viu alguma coisa além?

— Havia apenas aquela ligação na escuridão.

O rosto de Rhysand tinha ficado pálido, a boca era uma linha fina.

— E quando fui Feita de novo — falei —, segui aquela ligação de volta... até mim. Eu sabia que meu lar ficava na outra ponta. Havia luz então. Como nadar em vinho espumante...

— Sentiu medo?

— Eu só queria voltar para... para as pessoas ao meu redor. Queria tanto que não tive espaço para medo. O pior tinha acontecido, e a escuridão estava calma e silenciosa. Não parecia um lugar ruim para se esvair. Mas eu queria ir para casa. Então, segui a ligação até voltar para casa.

— Não havia outro mundo — insistiu o Entalhador de Ossos.

— Se havia, ou se há, não vi.

— Nenhuma luz, nenhum portal?

Aonde você quer chegar? A pergunta quase escapuliu de minha boca.

— Era apenas paz e escuridão.

— Você tinha um corpo?

— Não.

— Você...

— Já basta de você — disse Rhysand, ronronando, e o som pareceu veludo sobre o aço mais afiado. — Disse uma pergunta por outra. Agora já fez... — Ele contou nos dedos. — Seis.

O Entalhador de Ossos se reclinou contra a parede e deslizou até se sentar.

— É raro o dia em que conheço alguém que voltou da verdadeira morte. Perdoe-me por querer espiar por trás da cortina. — Ele gesticulou com a mão delicada em minha direção. — Pergunte, menina.

— Não há corpo, nada além de, talvez, um pedaço de osso — falei, com o máximo de firmeza que podia. — Haveria uma forma de ressuscitar essa pessoa? Cultivar um novo corpo e colocar a alma ali dentro.

Aqueles olhos brilharam.

— A alma estava preservada de alguma forma? Contida?

Tentei não pensar no anel que Amarantha usava, na alma que ela prendera para testemunhar cada horror e depravação.

— Sim.

— Não tem como.

Quase suspirei aliviada.

— A não ser... — O menino tamborilou cada dedo no polegar, a mão parecia um inseto pálido estremecendo. — Há muito tempo, antes dos Grão-Feéricos, antes dos homens, havia um Caldeirão... Dizem que a magia estava contida dentro dele, que o mundo nascera nele. Mas caiu nas mãos erradas. E coisas grandiosas e terríveis foram feitas com ele. Coisas foram *forjadas* com ele. Coisas tão malignas que o Caldeirão foi, por fim, roubado de volta, a um grande custo. Não podia ser destruído, pois tinha Feito todas as coisas, e, se fosse quebrado, a vida deixaria de existir. Então, foi escondido. E esquecido. Apenas com aquele Caldeirão algo que está morto poderia ser refeito dessa forma.

O rosto de Rhysand era de novo uma máscara de calma.

— Onde o esconderam?

— Conte um segredo que ninguém sabe, Senhor da Noite, e contarei o meu.

Eu me preparei para qualquer que fosse a verdade horrível que estava prestes a vir. Mas Rhysand disse:

— Meu joelho direito sente uma pontada de dor quando chove. Eu o machuquei durante a Guerra, e dói desde então.

O Entalhador de Ossos conteve uma risada rouca, mesmo quando olhei para Rhys boquiaberta.

— Você sempre foi meu preferido — disse ele, dando um sorriso que eu jamais, nem um por um momento, pensaria que era infantil. — Muito bem. O Caldeirão foi escondido no fundo de um lago congelado em Lapplund... — Rhys começou a se virar para mim, como se fosse para lá imediatamente, mas o Entalhador de Ossos acrescentou: — E sumiu há muito, muito tempo. — Rhys parou. — Não sei para onde foi, ou onde está agora. Milênios antes de você nascer, os três pés sobre os quais ele se apoia foram separados da base em uma tentativa de fraturar *parte* do poder. Funcionou, por pouco. Retirar os pés foi como cortar a primeira articulação de um dedo. É nojento, mas ainda dá para usar o resto com alguma dificuldade. Os pés foram escondidos em três templos diferentes: Cesere, Sangravah e Itica. Se *eles* sumiram, é provável que o Caldeirão esteja mais uma vez ativo, e que aquele que o use queira o artefato com poder total, e não com um fiapo faltando.

Por isso os templos tinham sido saqueados. Para conseguirem os pés nos quais o Caldeirão se apoiava e restaurar seu poder total. Rhys apenas disse:

— Suponho que você não saiba *quem* tem o Caldeirão agora.

O Entalhador de Ossos apontou um pequeno dedo para mim.

— Prometa que me dará os ossos dela quando ela morrer, e vou pensar a respeito. — Enrijeci o corpo. — Não... acho que nem você prometeria isso, Rhysand.

Eu poderia ter chamado o olhar no rosto de Rhys de um aviso.

— Obrigado pela ajuda — agradeceu ele, e colocou a mão em minhas costas para me guiar para fora.

Mas se ele soubesse... Virei de novo para a criatura menino.

— Havia uma escolha... na Morte — falei.

Rhys tinha se contraído às minhas costas, mas permaneceu no lugar. Quente, firme. E me perguntei se o toque serviria mais para reconfortar Rhys de que eu estava ali, ainda respirando.

— Eu sabia — continuei — que poderia flutuar para a escuridão. E escolhi lutar, aguentar um pouco mais. Mas sabia que, se quisesse, eu poderia ter me dissipado. E talvez fosse um novo mundo, um reino de descanso e paz. Mas eu não estava pronta para ele, não para ir até lá sozinha. Eu sabia que havia outra coisa esperando além daquela escuridão. Algo bom.

Por um momento, aqueles olhos azuis brilharam mais. Então, o menino disse:

— Você sabe quem tem o Caldeirão, Rhysand. Quem anda pilhando os templos. Só veio até aqui confirmar aquilo de que há muito desconfia.

— O rei de Hybern.

Pesar percorreu minhas veias e se acumulou em meu estômago. Eu não deveria ter me sentido surpresa, deveria saber, mas...

O entalhador não disse nada mais. Ficou esperando outra verdade. Então, ofereci mais um estilhaço meu.

— Quando Amarantha me fez matar aqueles dois feéricos, se o terceiro não fosse Tamlin, eu teria enfiado a adaga em meu coração no fim.

Rhys ficou imóvel.

— Eu sabia que o que eu tinha feito não teria volta — acrescentei, me perguntando se a chama azul nos olhos do entalhador poderia queimar minha alma destruída até virar chamas. — E depois que quebrei a maldição deles, depois que soube que tinha salvado a todos, só queria tempo suficiente para virar aquela adaga para mim. Só decidi que queria viver quando ela me matou, e sabia que não tinha terminado o que quer... o que quer que eu tivesse nascido para fazer.

Ousei olhar para Rhys, e havia algo parecido com desolação no lindo rosto. Sumiu em um piscar de olhos.

Até mesmo o Entalhador de Ossos falou, com suavidade:

— Com o Caldeirão, seria possível fazer outras coisas além de ressuscitar os mortos. Seria possível destruir a muralha.

A única coisa que mantinha as terras humanas — minha família — a salvo não apenas de Hybern, mas de outros feéricos.

— É possível que Hybern esteja quieto por tantos anos porque o rei estava procurando o Caldeirão, aprendendo seus segredos. A ressurreição de um indivíduo específico pode muito bem ter sido o primeiro teste depois que os pés foram reunidos, e agora ele descobre que o Caldeirão é pura energia, puro poder. E, como qualquer magia, pode ser esgotado. Então, ele vai deixar o Caldeirão descansar, deixar que reúna forças, aprender seus segredos para alimentar o artefato com mais energia, mais poder.

— Tem uma forma de impedi-lo? — sussurrei.

Silêncio. Silêncio cheio de expectativa, aguardando.

A voz de Rhys estava rouca quando ele falou:

— Não ofereça a ele mais um...

— Quando o Caldeirão foi feito — interrompeu o entalhador —, o artesão sombrio usou o restante do minério derretido para forjar um livro. O Livro dos Sopros. Nele, escritos entre as palavras entalhadas, estão os feitiços para negar o poder do Caldeirão, ou controlá-lo completamente. Mas, depois da Guerra, ele foi dividido em dois. Um pedaço foi para os feéricos, e o outro, para as seis rainhas humanas. Era parte do Tratado, puramente simbólico, pois o Caldeirão estava perdido havia milênios, e era considerado um mito. O Livro, acreditava-se, era inofensivo, porque semelhante atrai semelhante, e apenas aquele que foi Feito pode proferir os feitiços e conjurar seu poder. Nenhuma criatura nascida neste mundo pode usá-lo, então, os Grão-Senhores e os humanos o desconsideraram, como pouco mais que uma herança histórica, mas, se o Livro estivesse nas mãos de algo que foi refeito... Seria preciso testar tal teoria, obviamente, mas... pode ser possível.

Os olhos do entalhador se semicerraram, tornando-se fendas, devido ao interesse conforme eu percebia... percebia...

— Então, agora o Grão-Senhor Estival possui nosso pedaço — continuou ele. — E as rainhas mortais reinando têm o outro enclausurado no palácio reluzente delas à beira do mar. A metade de Prythian está vigiada, protegida com feitiços de sangue ligados à própria Corte Estival. Aquele pertencente às rainhas mortais... Elas foram astutas ao receberem o presente. Usaram nosso povo para colocar um feitiço no Livro, para prendê-lo, de modo que, se algum dia fosse roubado, se, digamos, um Grão-Senhor atravessasse para o castelo delas e o roubasse... o Livro derreteria em minério e seria perdido. Deve ser dado voluntariamente por uma rainha mortal, sem truques, sem mágica envolvida. — Uma risadinha. — Criaturas tão inteligentes e adoráveis, os humanos.

O entalhador parecia perdido em memórias antigas; então, ele balançou a cabeça e terminou:

— Reúna as duas metades do Livro dos Sopros e conseguirá anular os poderes do Caldeirão. Com sorte, antes que retorne à força total e destrua aquela muralha.

Não me dei o trabalho de agradecer. Não com a informação que ele nos dera. Não quando eu tinha sido forçada a dizer aquelas coisas... e ainda conseguia sentir a atenção de Rhys. Era como se ele suspeitasse, mas jamais acreditasse no quão gravemente eu tinha sido destruída naquele momento com Amarantha.

Nós viramos, a mão de Rhys deslizou de minhas costas e segurou minha mão.

O toque era leve — carinhoso. E subitamente não tive forças para sequer segurar de volta.

O entalhador pegou o osso que Rhysand tinha levado para ele e sopesou o objeto naquelas mãos infantis.

— Vou entalhar sua morte aqui, Feyre.

Mais e mais para cima na escuridão nós seguimos, pela pedra dormente e os monstros que viviam dentro dela. Por fim, falei para Rhys:

— O que você viu?

— Você primeiro.

— Um menino, por volta de 8 anos; cabelos pretos, olhos azuis.

Rhys estremeceu; o gesto mais humano que eu o vira fazer.

— O que você viu? — insisti.

— Jurian — falou Rhys. — Ele tinha exatamente a mesma aparência de Jurian da última vez que o vi: enfrentando Amarantha quando lutaram até a morte.

Não queria saber como o Entalhador de Ossos sabia sobre quem tínhamos ido perguntar.

Capítulo 19

— Amren está certa — disse Rhys, apoiando-se contra o portal da sala de estar da casa. — Vocês *são* como cães, esperando que eu venha para casa. Talvez devesse comprar guloseimas.

Cassian fez um gesto vulgar para Rhys de onde deitara no sofá, diante da lareira, com um braço jogado no encosto, atrás de Mor. Embora tudo a respeito do corpo poderoso e musculoso de Cassian sugerisse que ele se sentia à vontade, havia uma tensão em seu maxilar, uma energia acumulada que me dizia que esperavam ali havia um tempo.

Azriel permanecia à janela, confortavelmente oculto entre as sombras, e uma neve suave caía e salpicava o jardim e a rua atrás dele. E Amren...

Não estava à vista. Eu não saberia dizer se me sentia aliviada ou não. Precisaria achá-la para lhe devolver o cordão em breve — se os avisos de Rhys e as palavras da própria Amren eram verdade.

Molhada e com frio por causa da névoa e do vento que nos perseguiram desde a Prisão, caminhei até a poltrona diante do sofá, a qual tinha sido construída, como tantos outros móveis ali, para acomodar asas illyrianas. Estiquei meus braços e minhas pernas rígidos na direção da lareira e depois contive um gemido ao sentir o delicioso calor.

— Como foi? — perguntou Mor, endireitando-se ao lado de Cassian. Nenhum vestido hoje, apenas calça preta prática e um grosso suéter azul.

— O Entalhador de Ossos — falou Rhys — é um fofoqueiro enxerido que gosta de se meter demais nos negócios dos outros.

— Mas? — indagou Cassian, apoiando os braços nos joelhos, as asas recolhidas.

— Mas — continuou Rhys — também pode ser útil, quando escolhe ser. E parece que precisamos começar a fazer o que fazemos melhor.

Flexionei os dedos dormentes, feliz por deixá-los discutir, precisando de um momento para me recompor, para afastar o que tinha revelado ao Entalhador de Ossos.

E o que o Entalhador de Ossos sugeriu que poderia, de fato, ser pedido que eu fizesse com aquele livro. As habilidades que eu poderia ter.

Então, Rhys contou a eles sobre o Caldeirão e o motivo por trás dos saques aos templos, recebendo em reposta não poucos xingamentos e perguntas — e sem revelar nada do que eu tinha admitido em troca da informação. Azriel saiu das sombras espiraladas para perguntar mais coisas; o rosto e a voz permaneciam indecifráveis. Cassian, surpreendentemente, se manteve calado, como se o general entendesse que o encantador de sombras saberia que informação era necessária, e estivesse ocupado avaliando-a para as próprias forças.

Quando Rhys terminou, o mestre-espião falou:

— Vou contatar minhas fontes na Corte Estival a respeito de onde a metade do Livro dos Sopros está escondida. Posso voar até o mundo humano sozinho para descobrir onde estão guardando a parte deles do Livro antes de pedirmos.

— Não precisa — disse Rhys. — E não confie essa informação, nem a suas fontes, nem a qualquer um fora desta sala. Exceto por Amren.

— Elas podem ser confiadas — argumentou Azriel, com determinação silenciosa, as mãos cobertas de cicatrizes fechando-se nos flancos cobertos de couro.

— Não vamos correr riscos no que diz respeito a isso — respondeu Rhys, simplesmente. Ele encarou Azriel, e quase consegui ouvir as palavras silenciosas que Rhys acrescentou: *Não é um julgamento ou uma reflexão a seu respeito, Az. De maneira alguma.*

Mas Azriel não exibiu um pingo de emoção quando assentiu, abrindo as mãos.

— Então, *qual* é o plano? — interrompeu Mor, talvez pelo bem de Az.

Rhys limpou um pedaço invisível de terra do traje de couro. Quando ergueu a cabeça, os olhos violeta pareciam glaciais.

— O rei de Hybern saqueou um de nossos templos para conseguir um pedaço do Caldeirão. Até onde sei, trata-se de um ato de guerra, uma indicação de que Sua Majestade não tem interesse em me cortejar.

— Ele provavelmente se lembra de sua lealdade aos humanos na Guerra, de qualquer modo — ponderou Cassian. — Não arriscaria revelar os planos enquanto tenta fazê-lo mudar de lado, e aposto que alguns dos seguidores de Amarantha contaram a ele sobre Sob a Montanha. Sobre como tudo acabou, quero dizer. — Cassian engoliu em seco.

Quando Rhys tentou matá-la. Abaixei as mãos na direção do fogo.

— De fato. Mas isso significa que as forças de Hybern já se infiltraram com sucesso em nossas terras, sem ser detectadas. Planejo devolver o favor — disse Rhys.

Pela Mãe. Cassian e Mor apenas sorriram com um prazer selvagem.

— Como? — perguntou Mor.

Rhys cruzou os braços.

— Vai requerer planejamento cuidadoso. Mas, se o Caldeirão estiver em Hybern, então, para Hybern devemos ir. Ou para tomá-lo de volta... ou para usar o Livro e neutralizá-lo.

Uma parte covarde e patética de mim já tremia.

— Hybern provavelmente tem tantos feitiços de proteção e escudos em volta de si quanto nós temos aqui — replicou Azriel. — Precisaríamos encontrar uma forma de passar por eles sem sermos detectados primeiro.

Um leve aceno de cabeça.

— Por isso começamos agora. Enquanto caçamos o Livro. Então, quando conseguirmos as duas metades, poderemos agir rapidamente, antes mesmo que se espalhe a notícia de que o possuímos.

Cassian assentiu, mas perguntou:

— Como vai recuperar o Livro, então?

Eu me preparei quando Rhys falou:

— Como esses objetos são enfeitiçados pelos Grão-Senhores individualmente, e só podem ser encontrados por eles, por meio de seus poderes... Então, além da utilidade dela com o manuseio do próprio Livro dos Sopros, parece que possivelmente temos nosso próprio detector.

Agora todos me olharam.

Encolhi o corpo.

— *Talvez.* Foi o que o Entalhador de Ossos disse em relação a eu ser capaz de encontrar coisas. Você não sabe... — Minhas palavras se dissiparam quando Rhys deu um risinho.

— Você tem uma semente de todo o nosso poder, que é como ter sete impressões digitais. Se escondemos algo, se fizemos ou protegemos isso com nosso poder, não importa onde esteja escondido, conseguirá encontrá-lo por meio dessa mesma magia.

— Não tem como saber disso com certeza. — Eu tentei dizer de novo.

— Não... mas há uma forma de testar. — Rhys ainda sorria.

— Lá vamos nós — resmungou Cassian. Mor lançou a Azriel um olhar de aviso para que *não* se oferecesse dessa vez. Em resposta, o mestre-espião apenas encarou Mor com incredulidade.

Eu poderia ter ficado na poltrona para observar a batalha de personalidades caso Rhys não tivesse dito:

— Com suas habilidades, Feyre, você pode conseguir encontrar a metade do Livro na Corte Estival e quebrar os feitiços que a cercam. Mas não vou confiar na palavra do Entalhador, ou levar você até lá sem testá-la primeiro. Para que nos certifiquemos de que, quando for sério, quando precisarmos daquele livro, você, *nós* não falharemos.

Então, vamos fazer outra pequena viagem. Para ver se é capaz de encontrar um objeto valioso, que perdi há um tempo considerável.

— Merda! — xingou Mor, enfiando as mãos nas dobras espessas do suéter.

— Onde? — Consegui dizer.

Foi Azriel quem respondeu.

— Para a Tecelã.

Rhys estendeu a mão quando Cassian abriu a boca.

— O teste — disse ele — será para ver se Feyre consegue identificar meu objeto no tesouro da Tecelã. Quando chegarmos à Corte Estival, Tarquin pode ter enfeitiçado a parte dele do Livro para parecer diferente, passar uma sensação diferente.

— Pelo Caldeirão, Rhys — disparou Mor, colocando os dois pés no tapete. — Ficou maluco...?

— Quem é a Tecelã? — insisti.

— Uma criatura antiga e cruel — explicou Azriel, e verifiquei as leves cicatrizes em suas asas, no pescoço, e me perguntei quantas criaturas como aquela Azriel teria encontrado na vida imortal. Se eram piores que as pessoas que compartilhavam laços de sangue com ele. — Que deve permanecer imperturbada — acrescentou o mestre-espião na direção de Rhys. — Encontre outra forma de testar as habilidades de Feyre.

Rhys apenas deu de ombros e me olhou. Para me deixar escolher. Sempre... com ele ultimamente a escolha era sempre minha. Mas ele não tinha me deixado voltar à Corte Primaveril durante aquelas duas visitas... porque sabia o quanto eu precisava fugir de lá?

Mordi o lábio inferior, considerando os riscos, esperando sentir qualquer pontada de medo, de emoção. Mas aquela tarde tinha drenado qualquer reserva de ambos.

— O Entalhador de Ossos, a Tecelã... Não podem chamar ninguém pelo nome?

Cassian riu, e Mor se acomodou nas almofadas do sofá.

Apenas Rhys, me parecia, entendera que aquilo não fora totalmente uma piada. O rosto parecia tenso. Como se soubesse exatamente o quanto eu estava cansada, o quanto eu sabia que deveria tremer ao pensar nessa Tecelã, mas, depois do Entalhador de Ossos, e do que eu revelara a ele... não conseguia sentir nada mesmo.

Rhys falou para mim:

— Que tal acrescentar mais um nome a essa lista?

Não gostei muito de como aquilo soou. Mor disse o mesmo.

— Emissária — falou Rhysand, ignorando a prima. — Emissária da Corte Noturna... para o reino humano.

— Não há um desses há quinhentos anos, Rhys — disse Azriel.

— Também não houve um humano que se tornou imortal desde então. — Rhys me encarou. — O mundo humano deve estar tão preparado quanto nós, principalmente se o rei de Hybern planeja destruir a muralha e soltar as forças sobre ele. Precisamos da outra metade do Livro daquelas rainhas mortais, e, se não pudermos usar magia para influenciá-las, então, precisarão trazer o livro até nós.

Mais silêncio. Na rua além do conjunto de janelas, redemoinhos de neve esvoaçavam, cobrindo os paralelepípedos.

Rhys inclinou o queixo em minha direção.

— Você é uma feérica imortal com um coração humano. Mesmo como tal, pode muito bem colocar os pés no continente e ser... caçada por isso. Então, montaremos uma base em território neutro. Em um lugar no qual os humanos confiam em nós, confiam em *você*, Feyre. E onde outros humanos possam se arriscar a se encontrar com você. Para ouvir a voz de Prythian depois de cinco séculos.

— A propriedade de minha família — constatei.

— Pelas tetas da Mãe, Rhys — interrompeu Cassian, abrindo as asas o suficiente para quase derrubar o vaso de cerâmica na mesa ao lado. — Acha que podemos simplesmente tomar a casa da família dela, exigir isso deles?

Nestha não queria nada com os feéricos, e Elain era tão carinhosa, tão doce... como eu poderia arrastá-las para aquilo?

— A terra — disse Mor, estendendo a mão para colocar o vaso de volta no lugar — vai ficar vermelha de sangue, Cassian, independentemente do que faremos com a família dela. Agora é uma questão de onde esse sangue vai fluir, e quanto será derramado. E quanto sangue humano podemos salvar.

E talvez aquilo me tornasse uma tola covarde, mas falei:

— A Corte Primaveril faz fronteira com a muralha...

— A muralha se estende pelo mar. Voaremos até lá pelo oceano — explicou Rhys, sem sequer piscar. — Não vou arriscar que nenhuma corte descubra, embora as notícias possam se espalhar bem rápido depois que chegarmos. Sei que não vai ser fácil, Feyre, mas, se houver uma forma de você conseguir convencer aquelas rainhas...

— Farei isso — decidi. O corpo destruído e pregado de Clare Beddor surgiu em minha visão. Amarantha fora uma de suas comandantes. Apenas uma... entre muitos. O rei de Hybern devia ser inimaginavelmente terrível para ser seu mestre. Se aquelas pessoas pusessem as mãos em minhas irmãs... — Elas podem até não ficar felizes com isso, mas obrigarei Elain e Nestha a ajudar.

Não tive coragem de perguntar a Rhys se ele podia simplesmente forçar minha família a concordar em ajudar caso se recusassem. Eu me perguntei se os poderes do feérico funcionariam em Nestha quando até mesmo o encantamento de Tamlin tinha fracassado contra sua mente de ferro.

— Então está decidido — declarou Rhys. Nenhum deles parecia particularmente feliz. — Depois que a querida Feyre voltar da Tecelã, derrubaremos Hybern.

Rhys e os demais saíram naquela noite — para onde, ninguém me disse. Mas depois dos eventos do dia, mal terminei de devorar a comida que Nuala e Cerridwen levaram para meu quarto antes de cair no sono.

Sonhei com um osso longo e branco, entalhado com uma precisão apavorante: meu rosto, retorcido com dor e desespero; a adaga de freixo em minha mão; uma poça de sangue escorrendo de dois cadáveres...

Mas acordei com a luz aguada do alvorecer do inverno; meu estômago estava cheio da noite anterior.

Um mero minuto depois de eu recobrar a consciência, Rhys bateu à minha porta. Mal dei a ele permissão para entrar antes que batesse os pés para dentro do quarto como um vento da meia-noite e atirasse um cinto com duas facas ao pé da cama.

— Rápido — mandou, abrindo as portas do armário e puxando dali meus trajes de couro. Ele os atirou na cama também. — Quero partir antes que o sol tenha nascido completamente.

— Por quê? — perguntei, empurrando as cobertas. Nenhuma asa hoje.

— Porque o tempo é ouro. — Rhys pegou minhas meias e minhas botas. — Depois que o rei de Hybern perceber que alguém está procurando pelo Livro dos Sopros para anular os poderes do Caldeirão, então seus agentes começarão a procurar pelo Livro também.

— Mas você suspeitava disso há um tempo. — Não tivera a chance de discutir aquilo com Rhys na noite anterior. — O Caldeirão, o rei, o Livro... Você queria que fosse confirmado, mas estava me esperando

— Se tivesse concordado em trabalhar comigo há dois meses, eu a teria levado diretamente ao Entalhador de Ossos para ver se ele confirmaria minhas suspeitas sobre seus talentos. Mas as coisas não seguiram conforme o planejado.

Não, certamente não.

— A leitura — falei, deslizando os pés para chinelos forrados de lã e de solas grossas. — Por isso insistiu nas aulas. Para que, se suas suspeitas fossem verdade e eu pudesse usar o Livro... pudesse de fato lê-lo, ou a qualquer tradução do que quer que esteja dentro. — Um livro tão velho poderia muito bem ter sido escrito em uma língua completamente diferente. Um alfabeto diferente.

— De novo — falou Rhysand, agora caminhando até a cômoda —, se tivesse começado a trabalhar comigo, eu teria dito por quê. Não podia arriscar ser descoberto. — Ele parou com a mão na maçaneta. — Você deveria ter aprendido a ler de qualquer forma. Mas sim, quando eu disse que servia a meus propósitos, era por causa disso. Você me culpa?

— Não — respondi, e fui sincera. — Mas prefiro ser notificada de qualquer trama futura.

— Anotado. — Rhys abriu as gavetas e tirou minha roupa íntima de dentro. Ele agitou as peças de renda preta e riu. — Fico surpreso por não ter exigido que Nuala e Cerridwen comprassem outra coisa.

Caminhei até Rhys, batendo os pés, e arranquei a renda de suas mãos.

— Está babando no carpete. — Bati a porta do banheiro antes que Rhys pudesse responder.

Ele estava esperando quando saí, já aquecida pelo couro forrado de pele. Rhys ergueu o cinto de facas, e observei os laços e as fivelas.

— Nenhuma espada, nenhum arco ou flecha — disse Rhys. Ele usava o próprio couro de guerra illyriano, com aquela espada simples e brutal presa ao longo da coluna.

— Mas facas não têm problema?

Rhys se ajoelhou e abriu a teia de couro e aço que era o cinto, indicando que eu enfiasse a perna por um dos laços.

Fiz conforme o instruído, e ignorei o roçar das mãos firmes em minhas coxas quando passei a perna pelo outro laço, e Rhys começou a amarrar e afivelar as coisas.

— Ela não vai reparar na faca, pois tem facas no chalé para comer e trabalhar. Mas coisas que estão deslocadas, objetos que não estavam lá... Uma espada, um arco e uma flecha... Ela pode sentir essas coisas.

— E quanto a mim?

Rhys apertou uma fivela. Ele agora tinha mãos fortes e capazes; tão diferentes dos requintes que ele costumava usar a fim de maravilhar o resto do mundo e o convencer de que era algo totalmente diferente do que realmente era.

— Não faça um ruído, não toque em *nada* além do objeto que ela tomou de mim.

Rhys ergueu o rosto, as mãos em minhas coxas.

Curve-se, ordenara Rhys certa vez a Tamlin. E agora, ali estava ele, de joelhos diante de mim. Os olhos de Rhys brilharam, como se ele também tivesse se lembrado. Será que aquilo fazia parte do jogo — aquela fachada? Ou será que foi vingança pela disputa de sangue horrível entre ambos?

— Se estivermos certos a respeito de seus poderes — conjecturou Rhys. — Se o Entalhador de Ossos não estava mentindo para nós, então você e o objeto terão a mesma... impressão, graças aos feitiços de preservação que coloquei nele há muito tempo. Vocês serão um.

Ela não reparará na sua presença contanto que toque *apenas* o objeto. Você será invisível para ela.

— É cega?

Um aceno.

— Mas os outros sentidos da Tecelã são letais. Então, seja rápida e silenciosa. Encontre o objeto e saia correndo, Feyre. — As mãos de Rhys se detiveram em minhas pernas, envolvendo-as por trás.

— E se reparar em mim?

As mãos dele ficaram levemente tensas.

— Então, descobriremos exatamente quão habilidosa você é.

Desgraçado cruel e ardiloso. Olhei para Rhys com raiva.

Ele deu de ombros.

— Prefere que eu a tranque na Casa do Vento e a entupa de comida e a obrigue a usar roupas requintadas e a planejar minhas festas?

— Vá para o inferno. Por que não pega esse objeto você mesmo se é tão importante?

— Porque a Tecelã me conhece, e, se eu for pego, haverá um preço alto. Grão-Senhores não devem mexer com ela, não importa o quanto a situação seja grave. Há muitos tesouros na pilha da Tecelã, e alguns ela guarda há milênios. A maioria jamais será recuperada, porque os Grão-Senhores não ousam ser pegos, graças às leis que a protegem, graças à ira dela. Qualquer ladrão agindo em nome de um Grão-Senhor... Ou não retorna, ou jamais é enviado, por medo de que seja rastreado de volta ao Grão-Senhor correspondente. Mas você... Ela não a conhece. Você pertence a todas as cortes.

— Então, sou sua caçadora e ladra?

As mãos de Rhys deslizaram para baixo a fim de apalpar a parte de trás de meus joelhos quando ele falou com um sorriso malicioso:

— Você é minha salvação, Feyre.

Capítulo 20

Rhysand nos atravessou para uma floresta mais velha, mais alerta que em qualquer lugar em que eu tivesse estado.

As faias retorcidas se entrelaçavam bem próximas umas das outras, manchadas e cobertas tão completamente de musgo e líquen que era quase impossível ver a casca abaixo.

— Onde estamos? — Respirei fundo, mal ousando sussurrar.

Rhys manteve as mãos casualmente ao alcance das armas.

— No coração de Prythian, há um território grande e vazio que divide o norte e o sul. No centro dele está nossa montanha sagrada.

Meu coração estava acelerado, e me concentrei nas passadas entre samambaias, musgos e raízes.

— Esta floresta — prosseguiu Rhys — fica na ponta leste desse território neutro. Aqui não há Grão-Senhor. Aqui, a lei é feita por quem é mais forte, mais cruel, mais ardiloso. E a Tecelã da Floresta está no topo da cadeia alimentar.

As árvores rangeram, embora não houvesse brisa para movê-las. Não, o ar ali era sufocante e velho.

— Amarantha não acabou com eles?

— Amarantha não era tola — argumentou Rhys, a expressão sombria. — Ela não tocou nessas criaturas ou perturbou a floresta.

Durante anos, tentei encontrar formas de manipulá-la para que cometesse esse erro tolo, mas ela jamais mordeu a isca.

— E agora nós a estamos perturbando, por um simples teste.

Rhys riu, e o som ecoou pelas pedras cinzentas espalhadas pela floresta como se fossem bolas de gude.

— Cassian tentou me convencer ontem à noite a não trazer você. Achei que fosse até me socar.

— Por quê? — Eu mal o conhecia.

— Quem sabe? Ele provavelmente está mais interessado em transar com você que em protegê-la.

— Você é um porco.

— Você poderia, sabe... — disse Rhys, segurando o galho de uma faia fina para que eu passasse por baixo. — Se precisasse avançar no relacionamento em um sentido físico, tenho certeza de que Cassian ficaria mais que feliz em ajudar.

Pareceu um teste. E me deixou tão irritada que cantarolei:

— Então diga a ele para vir a meu quarto esta noite.

— Se você sobreviver ao teste.

Parei no alto de uma pequena pedra coberta de líquen.

— Você parece feliz com a ideia de que não sobreviverei.

— Pelo contrário, Feyre. — Rhys caminhou até onde eu parei, na pedra. Eu estava quase na altura de seus olhos. A floresta ficou ainda mais silenciosa... as árvores pareciam se aproximar, como se para ouvir cada palavra. — Informarei a Cassian que você está... aberta aos avanços dele.

— Bom — respondi. Um fragmento de ar, como se fosse vácuo, me empurrou, algo como um lampejo de noite. Aquele poder em meus ossos e sangue se agitou em resposta.

Fiz menção de saltar da pedra, mas Rhys segurou meu queixo; o movimento foi rápido demais para que eu o detectasse. As palavras pareciam carícias letais quando Rhys falou:

— Gostou de me ver ajoelhado diante de você?

Eu sabia que Rhys conseguia ouvir meu coração quando este acelerou em um ritmo estrondoso. Dei a ele um sorrisinho de raiva, libertando o queixo e saltando da pedra. Poderia ter mirado os pés de Rhys. E ele poderia ter saído do caminho apenas o bastante para evitar que eu pisasse em seus pés.

— Não é só para isso que vocês machos servem mesmo? — Mas as palavras saíram contidas, quase sem fôlego.

O sorriso de Rhys em resposta evocou lençóis de seda e brisas com cheiro de jasmim à meia-noite.

Aquele era um limite perigoso: um no qual Rhysand me obrigava a caminhar para evitar que eu pensasse no que estava prestes a enfrentar, em quanto eu estava devastada por dentro.

Raiva, aquele... flerte, irritação... Rhys sabia que eram minhas muletas.

O que eu estava prestes a encontrar, então, devia ser realmente perturbador se ele queria que eu entrasse irritada — pensando em sexo, em qualquer coisa menos na Tecelã da Floresta.

— Boa tentativa — admiti, a voz rouca. Rhysand apenas deu de ombros e saiu andando com arrogância para as árvores adiante.

Canalha. Sim, fora para me distrair, mas...

Disparei atrás de Rhys o mais silenciosamente possível, determinada a derrubá-lo e dar um soco em sua coluna, mas Rhys ergueu a mão quando parou diante de uma clareira.

Um pequeno chalé branco com telhado de sapê e uma chaminé quase aos pedaços estava no centro. Comum... quase mortal. Havia até mesmo um poço, o balde estava apoiado na borda de pedra, e lenha fora empilhada debaixo de uma das janelas do chalé. Nenhum ruído ou luz do lado de dentro; nem mesmo fumaça subia da chaminé.

Os poucos pássaros na floresta ficaram em silêncio. Não totalmente, mas para manter o canto ao mínimo. E... ali.

Baixo, vindo do lado de dentro do chalé, havia um murmúrio belo e constante.

Talvez fosse o tipo de lugar no qual eu pararia caso estivesse com sede ou com fome, ou precisando de abrigo para a noite.

Talvez fosse essa a armadilha.

As árvores ao redor da clareira, tão próximas que os galhos quase arranhavam o telhado de sapê, podiam muito bem ser as barras de uma jaula.

Rhys inclinou a cabeça na direção do chalé, fazendo uma reverência com uma graciosidade dramática.

Entrar, sair; não fazer barulho. Encontrar qualquer que seja o objeto e roubá-lo de baixo do nariz de uma pessoa cega.

E então correr como nunca.

Terra coberta de musgo marcava o caminho até a porta da frente, já entreaberta. Um pedaço de queijo. E eu era o rato tolo prestes a cair na armadilha.

Com os olhos brilhando, Rhys articulou, sem emitir som: *Boa sorte*.

Fiz um gesto vulgar para ele e, devagar, em silêncio, segui para a entrada.

A floresta parecia monitorar cada um de meus passos. Quando olhei para trás, Rhys havia sumido.

Ele não disse se interferiria caso eu estivesse em perigo fatal. Provavelmente deveria ter perguntado.

Evitei folhas e pedras, entrando em um ritmo de movimento do qual alguma parte de meu corpo — alguma parte que não tinha nascido dos Grão-Senhores — se lembrava.

Era como acordar. Era essa a sensação.

Passei pelo poço. Não havia um grão de terra, nenhuma pedra fora do lugar. Uma armadilha perfeita, linda, avisou aquela parte mortal. Uma armadilha projetada de uma época em que humanos eram presas, e que, agora, estava disposta para um tipo de jogo mais esperto, imortal.

Eu não era mais presa, decidi, ao me aproximar com cuidado daquela porta.

E não era um rato.

Eu era um lobo.

Ouvi sob o portal cuja rocha estava gasta, como se muitas, muitas botas tivessem passado por ali — e talvez jamais tivessem passado de volta. As palavras da canção se tornaram claras agora, a voz era doce e bela como a luz do sol em um córrego:

"Era uma vez duas irmãs que saíram para brincar,
Foram ver os navios do pai partirem para velejar...
E quando chegaram à beira do mar
A mais velha correu à mais nova empurrar."

Uma voz melíflua para uma música antiga e terrível. Eu já a ouvira antes... um pouco diferente, mas cantada por humanos ignorantes de que vinha de bocas feéricas.

Ouvi mais um momento, tentando escutar mais alguém. Mas havia apenas o clangor e o estampido de algum tipo de aparelho, e a música da Tecelã.

"Às vezes a afundar, às vezes a nadar,
Até que enfim, na represa do moleiro, o cadáver veio parar."

Minha respiração estava presa no peito, mas continuei respirando regularmente — direcionando o ar para a boca com respirações silenciosas. Abri a porta devagar, apenas alguns centímetros.

Nenhum rangido; nenhuma reclamação das dobradiças enferrujadas. Tratava-se de outro pedaço da linda armadilha: ela praticamente convidava os ladrões. Olhei para dentro quando a porta se abriu o suficiente.

Uma grande sala principal, com uma pequena porta fechada ao fundo. Prateleiras do chão ao teto cobriam as paredes, cheias de bricabraques: livros, conchas, bonecas, ervas, cerâmica, sapatos, cristais, mais livros, joias... Do teto e das vigas de madeira pendiam todo tipo de correntes, pássaros mortos, vestidos, laços, pedaços de madeira retorcidos, cordões de pérolas...

Uma loja de quinquilharias — de alguma acumuladora imortal.

E aquela acumuladora...

Na sombra do chalé havia uma grande roca, rachada e desgastada pelo tempo.

E diante daquela roca antiga, de costas para mim, estava a Tecelã.

Os cabelos espessos eram do mais exuberante tom de ônix, descendo em cascata até a cintura fina conforme ela trabalhava na roca, e mãos brancas como neve alimentavam o aparelho e puxavam o fio ao redor de um fuso afiado como um espinho.

Ela parecia jovem; o vestido cinza era simples, mas elegante, brilhando levemente à luz fraca da floresta que entrava pelas janelas conforme a mulher cantava com uma voz que parecia ouro reluzente:

"E ao esterno dela, que fim ele deu?
Fez uma viola, um instrumento seu.
O que ele fez com os dedos tão pequenos?
Fez tarraxas para a viola, nada menos."

A fibra com que a Tecelã alimentava as rodas era branca — macia. Como lã, mas... Eu sabia, com aquela parte humana que me restava, que não era lã. Eu tinha certeza de que não queria saber de que criatura tinha vindo, *quem* ela tecia.

Porque, na prateleira diretamente em frente à Tecelã, havia cones e mais cones de fios: de todas as cores e texturas. E, na prateleira adjacente a ela, havia carreiras e metros daquele fio tecido — tecido, percebi, no imenso tear quase escondido na escuridão próxima à lareira. O tear da Tecelã.

Eu tinha vindo em dia de fiar; será que ela estaria cantando se eu tivesse vindo em dia de tecer? Pelo cheiro estranho, encharcado de medo que vinha daqueles rolos de tecido, eu já sabia a resposta.

Um lobo. Eu era um lobo.

Entrei no chalé, atenta aos objetos espalhados no chão de terra. Ela continuou trabalhando, a roda girando tão alegremente, tão destoante de sua horrível música:

"E o osso do nariz dela, que fim levou?
Para a viola, um cavalete ele entalhou.
E com as veias tão azuis, o que ele fez?
Cordas para a viola, dessa vez."

Observei a sala, tentando não ouvir a letra.

Nada. Senti... nada que pudesse me puxar na direção de um objeto em especial. Talvez fosse uma benção se, de fato, *não* fosse eu aquela a procurar o Livro... se aquele dia não fosse o início do que certamente se tornaria uma série de desventuras.

A Tecelã ficou curvada ali, trabalhando.

Verifiquei as prateleiras, o teto. Tempo emprestado. Eu estava usando tempo emprestado, e ele estava quase acabando.

Será que Rhys me mandara em uma missão impossível? Talvez não houvesse nada ali. Talvez esse *objeto* tivesse sido levado. Seria típico de Rhys fazer isso. Me provocar até que eu fosse para a floresta, para ver que tipo de coisas poderiam fazer meu corpo reagir.

E talvez eu me ressentisse de Tamlin o suficiente naquele momento para aproveitar aquele flerte letal. Talvez eu fosse tão monstruosa quanto a fêmea que tecia diante de mim.

Mas, se eu era um monstro, então supus que Rhys também o fosse.

Rhysand e eu éramos iguais — sem contar o poder que ele me dera. Seria adequado que Tamlin me odiasse também depois que percebesse que eu tinha partido de verdade.

Eu senti algo então... como um tapinha no ombro.

Virei, mantendo um olho na Tecelã e o outro na sala conforme percorria com os olhos o labirinto de mesas e porcarias. Como um farol, um trecho de luz envolto no meio sorriso, o objeto me atraiu.

Oi, ele pareceu dizer. *Veio por fim me reivindicar?*

Sim... sim, eu queria dizer. Mesmo quando parte de mim desejou que fosse o contrário.

A Tecelã cantava atrás de mim:

"Que fim deu ele aos olhos dela, tão cintilantes?
A viola adornam, brilhantes.
E aquela língua tão áspera, aonde foi parar?
Virou o novo arado e desatou a falar."

Segui aquela pulsação... na direção da prateleira que ocupava a parede ao lado da lareira. Nada. E nada na segunda. Mas na terceira, logo acima da direção de meus olhos... Ali.

Eu quase conseguia sentir o cheiro salgado e cítrico de Rhysand. O Entalhador de Ossos estava certo.

Fiquei na ponta dos pés para examinar a prateleira. Um velho abridor de cartas, livros de couro que eu não queria tocar ou cheirar; um punhado de avelãs, uma coroa embaçada de rubi e jaspe e...

Um anel.

Um anel de fios entrelaçados de ouro e prata, adornado com pérolas e encrustado com uma pedra do mais profundo e sólido azul. Safira... mas diferente. Eu jamais vira uma safira como aquela, nem mesmo nos escritórios de meu pai. Aquele... Eu podia jurar que à luz pálida, as linhas de uma estrela de seis pontas irradiavam pela superfície redonda e opaca.

Rhys... aquilo tinha a marca de Rhysand.

Ele me mandara até ali em busca de um *anel*?

A Tecelã cantava:

"Então falou a corda aguda,
Oh, distante está meu pai, o rei."

Observei a Tecelã por mais um segundo, medindo a distância entre a prateleira e a porta aberta. Se pegasse o anel, eu poderia sair em um segundo. Rápida, silenciosa, calma.

"Então falou das cordas a segunda,
Oh, distante está minha mãe, a rainha."

Abaixei a mão na direção de uma das facas presa a minhas coxas. Quando voltasse para Rhys, talvez o esfaqueasse no estômago.

Com a mesma rapidez, a lembrança de sangue imaginário cobriu minhas mãos. Eu sabia como seria cravar a adaga na pele e nos ossos e na carne de Rhys. Sabia como o sangue escorreria, como ele gemeria de dor...

Afastei o pensamento, mesmo enquanto sentia o sangue daqueles feéricos ensopando aquela minha parte humana que não morrera e não pertencia a ninguém, exceto a meu eu miserável.

"Então das três cordas o conjunto falou,
Distante está a irmã que me afogou."

Minha mão se acalmou como uma última e agonizante respiração quando tirei o anel da prateleira.

A Tecelã parou de cantar.

Capítulo 21

Congelei, o anel estava agora no bolso de meu casaco. Ela terminara a última música; talvez começasse outra.

Talvez.

A roca ficou mais lenta.

Recuei um passo na direção da porta. Depois, outro.

Mais e mais devagar, cada rotação da antiga roca era mais longa que a anterior.

Apenas dez passos até a porta.

Cinco.

A roda girou uma última vez, tão devagar que consegui ver cada um dos raios do aro.

Dois.

Virei para a porta quando ela esticou subitamente a mão branca, segurando a roda e parando-a de vez.

A porta diante de mim se fechou com um clique.

Disparei para a maçaneta, mas não havia maçaneta.

Janela. Vá até a janela...

— Quem está em minha casa? — disse a Tecelã, baixinho.

Medo — medo bruto e total — se chocou contra mim, e lembrei. Lembrei como era ser humana e indefesa e fraca. Lembrei como era querer *lutar* para sobreviver, estar disposta a fazer qualquer coisa para continuar respirando...

Cheguei à janela ao lado da porta. Selada. Nenhum trinco, nenhuma abertura. Apenas vidro que não era vidro. Sólido e impenetrável.

A Tecelã virou o rosto em minha direção.

Lobo ou rato, não fazia diferença, porque eu não passava de um animal, avaliando minha chance de sobreviver.

Sobre o corpo jovem e esguio, sob os cabelos pretos lindos, a pele da Tecelã era cinzenta — enrugada e flácida e seca. E onde olhos deveriam brilhar havia pútridos buracos pretos. Os lábios tinham murchado e virado nada além de linhas profundas e escuras ao redor de um buraco cheio de cotocos pontiagudos de dentes... como se a Tecelã tivesse mastigado ossos demais.

E soube que ela mastigaria meus ossos se eu não saísse.

O nariz da Tecelã — talvez um dia tivesse sido bonito, agora estava afundando no rosto — se dilatou quando ela farejou em minha direção.

— O que você é? — perguntou a Tecelã, com uma voz muito jovem e meiga.

Sair... sair, eu precisava *sair*...

Havia outro caminho.

Um caminho suicida e inconsequente.

Não queria morrer.

Não queria ser devorada.

Não queria entrar naquela doce escuridão.

A Tecelã se levantou do banquinho.

E eu soube que meu tempo emprestado tinha acabado.

— O que é como todos — ponderou a Tecelã, dando um passo gracioso em minha direção —, mas é diferente de todos?

Eu *era* um lobo.

E mordia quando encurralada.

Disparei para a única vela que queimava sobre a mesa no centro da sala. E a atirei contra a parede de fios tecidos — contra todos aqueles rolos deprimentes e sombrios de tecido. Corpos tecidos, peles, vidas. Que se libertassem.

Fogo irrompeu, e o grito da Tecelã foi tão cortante que achei que minha cabeça poderia se despedaçar; achei que meu sangue poderia ferver nas veias.

A Tecelã disparou para as chamas, como se pudesse apagá-las com aquelas impecáveis mãos brancas, e a boca de dentes pútridos estava aberta e gritava como se não houvesse nada além de inferno preto dentro de si.

Disparei para a lareira apagada. Para a lareira e a chaminé acima. Espaço apertado, mas largo o bastante para mim.

Não hesitei quando segurei a borda da lareira e me impulsionei para cima, com os braços trêmulos. Força imortal: ela só me levava até certo ponto, e eu tinha ficado tão fraca, tão desnutrida.

Tinha *deixado* que eles me tornassem fraca. Cedera àquilo como um cavalo selvagem perfeitamente domado.

Os tijolos manchados de fuligem estavam soltos, eram irregulares. Perfeitos para subir.

Mais rápido; eu precisava ser mais rápida.

Mas meus ombros se arranhavam nos tijolos, e *fedia* ali dentro, como carniça e cabelo queimado, e havia uma camada de óleo na pedra, tal gordura cozida...

Os gritos da Tecelã foram interrompidos quando eu estava na metade da chaminé, a luz do sol e as árvores eram quase visíveis, cada respiração era quase um soluço.

Levei a mão ao tijolo seguinte, e as unhas se quebraram quando me impulsionei tão violentamente que meus braços urraram em protesto contra a pedra que se espremia ao meu redor e...

Eu estava entalada.

Entalada enquanto a Tecelã sibilava de dentro da casa:

— Que ratinho está subindo minha chaminé?

Eu tinha espaço suficiente para abaixar o olhar conforme o rosto pútrido da Tecelã surgia na base da chaminé.

Ela colocou aquela mão branco-leitosa na borda, e percebi como o espaço entre nós era pequeno.

Minha cabeça se esvaziou.

Fiz força contra a chaminé, mas ela não cedeu.

Eu morreria ali. Seria arrastada para baixo por aquelas lindas mãos e destroçada e devorada. Talvez enquanto ainda estivesse viva, ela colocaria aquela boca horrível em minha carne e mastigaria e rasgaria e morderia e...

Pânico sombrio me sufocou, e eu estava, de novo, presa sob uma montanha próxima, em uma trincheira enlameada, o Verme de Middengard disparava contra mim. Eu mal escapei, mal...

Não conseguia respirar, não conseguia respirar, não conseguia respirar...

As unhas da Tecelã roçaram contra o tijolo quando ela deu um passo para cima.

Não, não, não, não, não...

Chutei e esperneei contra os tijolos.

— Achou que poderia roubar e fugir, ladrão?

Eu teria preferido o Middengard. Teria preferido aqueles dentes imensos e afiados aos cotocos irregulares da Tecelã...

Pare.

A palavra veio da escuridão de minha mente.

E a voz era minha.

Pare, disse ela — *eu* disse.

Respire.

Pense.

A Tecelã se aproximou, tijolos se desfizeram em suas mãos. Ela subiria como uma aranha, como se eu fosse uma mosca na teia...

Pare.

E aquela palavra calou tudo.

Eu a disse sem pronunciar.

Pare, pare, pare.

Pense.

Eu tinha sobrevivido ao Verme — sobrevivido a Amarantha. E tinha recebido dons. Dons consideráveis.

Como força.

Eu *era* forte.

Golpeei com a mão a parede da chaminé, o mais baixo que alcancei. A Tecelã sibilou quando os destroços desceram como chuva. Golpeei com o punho de novo, concentrando aquela força.

Eu não era um bicho de estimação, não era uma boneca, não era um animal.

Era uma sobrevivente e era forte.

Não seria frágil ou indefesa de novo. Não seria, *não poderia* ser destruída. Domada.

Bati com o punho nos tijolos diversas vezes, e a Tecelã parou.

Parou por tempo bastante para que o tijolo que eu tinha soltado deslizasse livremente para a palma de minha mão expectante.

E para que eu atirasse o tijolo contra o rosto horrível e assustador com o máximo de força que consegui.

Osso foi esmagado, e a Tecelã rugiu, sangue preto jorrou. Mas choquei os ombros contra as laterais da chaminé e a pele rasgou sob minha roupa de couro. Continuei em frente, adiante e adiante, até que eu fosse pedra quebrando pedra, até que nada nem ninguém me segurasse e eu estivesse escalando a chaminé.

Não ousei parar, não quando cheguei à abertura e me impulsionei para fora, caindo às cambalhotas no telhado de sapê. Que não era de sapê, de modo algum.

Era de cabelo.

E com toda aquela gordura que cobria a chaminé... toda aquela gordura agora reluzindo em minha pele... os cabelos grudaram em mim. Em punhados e mechas e tufos. Senti a bile subindo na garganta, mas a porta da frente se escancarou e um grito se seguiu.

Não — por ali não. Não para o chão.

Para cima, para cima e para cima.

Um galho de árvore pendia baixo e próximo, e corri com dificuldade por aquele telhado horroroso, tentando não pensar em quem e no que eu estava pisando, o que se agarrava a minha pele, a minhas roupas. Um segundo depois, saltei para o galho que me esperava, me agarrando às folhas e ao musgo enquanto a Tecelã gritava:

— *ONDE VOCÊ ESTÁ?*

Mas eu estava correndo pela árvore; correndo até outra árvore próxima. Saltei de galho em galho, mãos expostas se arranhando na madeira. Onde estava Rhysand?

Para mais e mais longe eu disparei, e os gritos da Tecelã me perseguiam, embora ficassem cada vez mais distantes.

Onde você está, onde você está, onde você está...

Então, acomodado em um galho na árvore diante de mim, com um braço jogado sobre a beirada, Rhysand disse, com voz arrastada:

— Que diabos você *fez*?

Parei subitamente, sem fôlego. Achei que meus pulmões pudessem mesmo estar sangrando.

— *Você* — sibilei.

Mas Rhys ergueu um dedo aos lábios e atravessou até mim; ele pegou minha cintura com uma das mãos e apoiou minha nuca na outra quando nos levou embora...

Para Velaris. Para logo acima da Casa do Vento.

Descemos em queda livre, e não tive fôlego para gritar quando suas asas apareceram, estendendo-se, e Rhysand fez uma curva, deslizando com firmeza... passando direto pelas janelas abertas do que só podia ser uma sala de guerra. Cassian estava ali, no meio de uma discussão com Amren.

Os dois congelaram quando pousamos no piso vermelho.

Havia um espelho na parede atrás dos dois, e me olhei de relance, o bastante para saber por que os dois estavam boquiabertos.

Meu rosto estava arranhado e ensanguentado, e eu, coberta de poeira e gordura — *gordura cozida* — e pó de argamassa, com os cabelos grudados pelo corpo, e eu cheirava...

— Você tem cheiro de churrasco — constatou Amren, encolhendo-se um pouco.

Cassian afrouxou a mão com que envolvera a faca de luta na coxa.

Eu ainda estava ofegante, ainda tentava tomar fôlego. Os cabelos que se grudavam em mim arranhavam e faziam cócegas e...

— Você a matou? — perguntou Cassian.

— Não — respondeu Rhys por mim, recolhendo as asas tranquilamente. — Mas considerando o quanto a Tecelã estava gritando, estou doido para saber o que a querida Feyre fez.

Gordura; eu estava com gordura e cabelo de *gente* em mim...

Vomitei por todo o chão.

Cassian xingou, mas Amren gesticulou com a mão e o vômito sumiu imediatamente... junto da sujeira em mim. Mas eu conseguia sentir o fantasma da Tecelã ali, os resquícios de pessoas, a argamassa daqueles tijolos...

— Ela... me detectou de alguma forma. — Eu consegui dizer, apoiando-me contra a grande mesa e limpando a boca no ombro das vestes de couro. — E trancou as portas c as janclas. Então, precisei escalar pela chaminé. Fiquei entalada — acrescentei, quando Cassian ergueu as sobrancelhas. — E, quando ela tentou subir, eu lhe joguei um tijolo na cara.

Silêncio.

Amren olhou para Rhysand.

— E onde estava você?

— Esperando, longe o bastante para que ela não me detectasse.

Grunhi para ele.

— Eu precisava de uma ajuda.

— Você sobreviveu — disse Rhys. — E encontrou uma forma de se salvar. — Pelo brilho severo nos olhos, eu soube que Rhysand tinha ciência do pânico que quase me matou, fosse pelos escudos mentais que esqueci de erguer, ou por qualquer que fosse a anomalia em nosso laço. Ele tomou ciência... e deixou que eu o sentisse.

Porque aquilo quase *tinha* me matado, e eu não seria útil a Rhysand se isso acontecesse quando importasse de verdade... com o Livro. Exatamente como ele dissera.

— Era esse o objetivo — disparei. — Não apenas esse *anel idiota*. — Levei a mão ao bolso e bati com o anel na mesa. — Ou minhas *habilidades*, mas se eu conseguiria controlar o pânico.

Cassian xingou de novo, os olhos fixos naquele anel.

Amren balançou a cabeça, e camadas de cabelos pretos se agitaram.

— Cruel, mas eficiente.

Rhys apenas disse:

— Agora você sabe. Que pode usar suas habilidades para caçar nossos objetos e, assim, encontrar o Livro na Corte Estival *e* se cuidar.

— Você é desprezível, Rhysand — disse Cassian, baixinho.

Rhys apenas recolheu as asas com um ruído gracioso.

— Você faria o mesmo.

Cassian deu de ombros, como se dissesse que sim, faria.

Olhei para minhas mãos, minhas unhas estavam ensanguentadas e quebradas. E falei para Cassian:

— Quero que me ensine... a lutar. Para ficar forte. Se a oferta para treinar ainda estiver de pé.

Cassian ergueu as sobrancelhas e não se deu o trabalho de olhar para Rhys em busca de aprovação.

— Vai *me* chamar de desprezível bem rápido se treinarmos. E não sei nada sobre treinar humanos, não sei quão frágeis seus corpos são. Eram, quero dizer — acrescentou Cassian, encolhendo o corpo. — Vamos descobrir.

— Não quero que minha única opção seja fugir — falei.

— Correr — interrompeu Amren — a manteve viva hoje.

Eu a ignorei.

— Quero saber como lutar para escapar. Não quero precisar esperar que ninguém me resgate. — Encarei Rhys e cruzei os braços. — Bem? Provei minha capacidade?

Mas Rhysand apenas pegou o anel e acenou com a cabeça em agradecimento.

— Era o anel de minha mãe. — Como se aquilo fosse toda a explicação e todas as respostas que ele me devia.

— Como o perdeu? — indaguei.

— Não perdi. Minha mãe me deu para guardar; depois, tomou-o de volta quando cheguei à maturidade, e deu à Tecelã para que o guardasse.

— Por quê?

— Para que eu não o desperdiçasse.

Incoerências e idiotices e... eu queria um banho. Queria *silêncio* e um banho. A necessidade dessas coisas me atingiu com tanta força que meus joelhos cederam.

Mal olhei para Rhys antes que ele segurasse minha mão, estendesse as asas e disparasse voando comigo pelas janelas. Descemos em queda livre durante cinco estrondosas e selvagens batidas de meu coração antes de Rhysand atravessar comigo até meu quarto, na casa da cidade. Um banho quente já estava preparado. Cambaleei até ele, e exaustão me atingiu como um golpe físico quando Rhys falou:

— E quanto a treinar seus outros... dons?

Através do vapor que subia da banheira, falei:

— Acho que você e eu nos destruiríamos.

— Ah, nós com certeza nos destruiremos. — Rhysand se encostou à porta do banheiro. — Mas não seria divertido de outra forma. Considere *nosso* treinamento agora oficialmente parte de suas obrigações de trabalho comigo. — Um gesto com o queixo. — Vá em frente... tente passar por meus escudos.

Eu sabia de quais ele falava.

— Estou cansada. O banho vai esfriar.

— Prometo que estará tão quente quanto agora em alguns momentos. Ou, se você dominou seus dons, pode conseguir cuidar disso sozinha.

Franzi a testa, mas dei um passo na direção de Rhysand, e depois, outro — fazendo-o recuar um passo, dois, para dentro do quarto. A gordura e o cabelo agora imaginários se agarravam a mim, me lembravam do que Rhys havia feito...

Eu o encarei, seus olhos violeta brilhando.

— Você sente, não é? — falou Rhysand, por cima do canto e do gorjeio dos pássaros do jardim. — Seu poder, espreitando sob a pele, ronronando em seu ouvido.

— E daí se eu sentir?

Um gesto de ombros.

— Estou surpreso por Ianthe não cortar você em um altar para ver como é esse poder por dentro.

— Qual, precisamente, é o seu problema com ela?

— Acho que as Grã-Sacerdotisas são uma perversão do que um dia foram... um dia prometeram ser. Ianthe está entre as piores.

Um nó se revirou em meu estômago.

— Por que diz isso?

— Passe por meus escudos e *mostrarei* a você.

Então, aquilo explicava a mudança de assunto. Uma provocação. Isca.

Encarar Rhys... Eu me permiti cair naquilo. Permiti imaginar aquela linha entre nós: um pouco de luz entrelaçada... E ali estava seu escudo mental, na outra ponta do laço. Preto e sólido e impenetrável. Não tinha como entrar. Como eu tinha deslizado por ele antes... Não fazia ideia.

— Já cansei de testes por hoje.

Rhys percorreu os 60 centímetros entre nós.

— As Grã-Sacerdotisas se entocaram em algumas cortes: Crepuscular, Diurna e Invernal, principalmente. Elas se entrincheiraram tanto que seus espiões estão por toda parte, os seguidores são quase fanáticos com devoção. Mesmo assim, durante aqueles cinquenta anos, elas fugiram. Permaneceram escondidas. Eu não ficaria surpreso se Ianthe tentasse se assentar na Corte Primaveril.

— Está querendo me dizer que são todas vilãs de coração sombrio?

— Não. Algumas, sim. Algumas têm compaixão, são altruístas e sábias. Mas há aquelas que são apenas hipócritas... Embora sejam essas aquelas que sempre parecem as mais perigosas para mim.

— E Ianthe?

Uma faísca sábia nos olhos de Rhys.

Ele realmente não me contaria. Seguraria aquilo diante de mim como um pedaço de carne...

Disparei. De maneira indistinta, selvagemente, mas lancei o poder a toda por aquela linha entre nós.

E gritei quando ele se chocou contra os escudos interiores de Rhysand, reverberando dentro de mim, como se eu tivesse me chocado fisicamente contra algo.

Rhys riu, e eu vi faíscas.

— Admirável... descuidada, mas um esforço admirável.

Um pouco ofegante, eu sentia a raiva dentro de mim.

Mas ele disse:

— Apenas como teste... — E pegou minha mão. O laço ficou tenso, aquela coisa sob minha pele pulsava e...

Havia escuridão e a sensação colossal de *Rhysand* do outro lado de sua barricada mental de preto adamantino. Aquele escudo se estendia eternamente, o produto de meio milênio sendo caçado, atacado, odiado. Rocei a mão, mentalmente, contra aquela muralha.

Como um felino das montanhas arqueando-se ao toque, a muralha pareceu ronronar... e, então, relaxou a guarda.

A mente de Rhys se abriu para mim. Uma antecâmara, ao menos. Um único espaço que ele abrira, para me deixar ver...

Um quarto entalhado de obsidiana; uma cama imensa com lençóis de ébano, grande o bastante para acomodar asas.

E sobre ela, deitada com nada além da própria pele, estava Ianthe.

Recuei, percebendo que era uma memória e que Ianthe estava na cama *dele*, na corte *dele* sob aquela montanha, os seios fartos firmes contra o frio...

— Tem mais — disse a voz de Rhys, de longe, enquanto eu me debatia para me afastar. Mas minha mente se chocou contra o escudo, o outro lado dele. Rhysand tinha me prendido lá dentro...

— Você me deixou esperando — reclamou Ianthe.

A sensação de madeira dura entalhada, pressionada contra minhas costas — contra as costas de Rhysand — conforme ele se inclinava contra a porta do quarto.

— Saia.

Ianthe fez um biquinho, dobrou o joelho e abriu mais as pernas, oferecendo-se a ele.

— Eu vejo como me olha, Grão-Senhor.

— Você vê o que quer ver — disse ele, ou nós. A porta se abriu ao lado de Rhys. — Saia.

Os lábios da sacerdotisa se contraíram em timidez fingida.

— Soube que gosta de brincadeiras. — A mão esguia de Ianthe desceu, tracejando a pele além do umbigo. — Acho que vai perceber que sou uma companheira de brincadeiras interessante.

Ira gélida tomou conta de mim — dele — quando Rhys debateu os méritos de estatelar Ianthe contra as paredes, e o quanto isso seria inconveniente. Ela o encurralava incessantemente — perseguia os outros machos também. Azriel se fora na noite anterior por causa disso. E Mor estava a um comentário de partir o pescoço de Ianthe.

— Achei que sua lealdade estivesse com outras cortes. — A voz de Rhysand era tão fria. A voz do Grão-Senhor.

— Minha lealdade está com o futuro de Prythian, com o verdadeiro poder nesta terra. — Os dedos deslizaram entre as pernas e pararam. O arquejo de Ianthe pareceu partir o quarto quando Rhysand lançou uma gavinha de poder em disparada contra ela, prendendo aquele braço na cama, longe do corpo dela. — Sabe o que uma união entre nós poderia fazer por Prythian, pelo mundo? — perguntou Ianthe, ainda devorando Rhys com os olhos.

— Quer dizer para você mesma.

— Nossos filhos poderiam dominar Prythian.

Uma diversão cruel percorreu Rhysand.

— Então quer minha coroa... e que eu banque o reprodutor?

Ela tentou contorcer o corpo, mas o poder de Rhys a conteve.

— Não vejo mais ninguém digno da posição.

Ianthe seria um problema — agora e mais tarde. Rhys sabia disso. Mate-a agora, acabe com a ameaça antes que comece, encare a ira de outras Grã-Sacerdotisas, ou... veja o que acontece.

— Saia de minha cama. Saia de meu quarto. E saia de minha corte.

Ele afrouxou o poder para permitir que Ianthe o fizesse.

Os olhos da feérica ficaram mais sombrios, e Ianthe ficou de pé com um movimento viperino, sem se incomodar com as roupas, jogadas sobre a poltrona preferida de Rhysand. Cada passo na direção dele fazia com que os generosos seios de Ianthe oscilassem. Ela parou a quase 30 centímetros.

— Você não faz ideia do que posso fazê-lo sentir, Grão-Senhor.

Ianthe estendeu a mão para Rhys, bem entre as pernas dele.

O poder de Rhysand se prendeu ao redor dos dedos de Ianthe antes que ela conseguisse agarrá-lo.

Ele esmagou o feixe de poder, girando-o.

Ianthe gritou. Ela tentou recuar, mas o poder de Rhys congelou a sacerdotisa onde estava; tanto poder, tão facilmente controlado, acu-

mulando-se ao redor de Ianthe, contemplando se acabaria com sua existência, como uma víbora observando um rato.

Rhys se aproximou para sussurrar ao ouvido de Ianthe:

— Nunca mais me toque. Nunca mais toque em outro macho de minha corte. — O poder de Rhys partiu ossos e tendões, e Ianthe gritou de novo. — Sua mão vai se curar — disse Rhysand, recuando um passo. — Da próxima vez que tocar em mim ou qualquer um em minhas terras, vai descobrir que o restante de você não terá a mesma sorte.

Lágrimas de dor escorreram pelo rosto da fêmea, e o efeito foi anulado pelo ódio que iluminava seus olhos.

— Vai se arrepender disso — sibilou Ianthe.

Rhysand riu baixinho, a risada de um amante, e um lampejo de poder atirou Ianthe, de bunda no chão, no corredor. As roupas seguiram um segundo depois. Então, a porta bateu.

Como tesouras cortando um laço esticado, a memória foi partida, o escudo atrás de mim caiu, e cambaleei para trás, piscando.

— Regra um — disse Rhys, os olhos brilhavam com o ódio àquela lembrança. — Não entre na mente de alguém a não ser que mantenha o caminho aberto. Um daemati pode deixar a mente se abrir para você, e então a fechar dentro dela, escravizá-la.

Um calafrio percorreu minha espinha quando pensei nisso. Mas o que Rhys me mostrara...

— Regra dois — disse ele, com o rosto severo como pedra. — Quando...

— Quando foi isso? — disparei. Eu conhecia Rhys bem o bastante para não duvidar da veracidade. — Quando isso aconteceu entre vocês?

O gelo permanecia em seus olhos.

— Há cem anos. Na Corte dos Pesadelos. Permiti que ela visitasse depois de implorar durante anos, insistindo que queria formar laços entre a Corte Noturna e as sacerdotisas. Eu ouvira boatos sobre a natureza de Ianthe, mas ela era jovem e inexperiente, e esperava que talvez uma nova Grã-Sacerdotisa pudesse, de fato, ser a mudança de que a ordem precisava. Pelo visto, Ianthe já tinha sido muito bem treinada por algumas das irmãs menos benevolentes.

Engoli em seco, meu coração batia forte.

— Ela... ela não agiu assim na...

Lucien.

Lucien a odiara. Fizera alusões vagas e cruéis sobre não gostar dela, sobre ter sido abordado por ela...

Eu ia vomitar. Será que ela... será que o perseguira daquela forma? Será que ele... será que fora forçado a dizer que sim por causa da posição de Ianthe?

E se eu voltasse para a Corte Primaveril um dia... Como conseguiria convencer Tamlin a dispensá-la? E se, agora que eu tinha partido, ela estivesse...

— Regra dois — continuou Rhys, por fim. — Esteja pronta para ver coisas de que pode não gostar.

Apenas cinquenta anos depois, Amarantha viera. E fizera com Rhys exatamente aquilo por que ele quisera matar Ianthe. E ele permitiu que acontecesse. Para mantê-los seguros. Para proteger Azriel e Cassian dos pesadelos que o perseguiriam para sempre, de aturarem mais dor do que haviam sofrido quando crianças...

Ergui a cabeça para perguntar mais. Porém, Rhys sumira.

Sozinha, tirei as roupas, lutando contra as fivelas e os laços que ele prendera em mim — quando fora? Uma hora ou duas antes?

Senti como se uma vida tivesse se passado. E agora eu era uma rastreadora de Livro diplomada, ao que parecia.

Melhor que uma esposa anfitriã de festas e geradora de pequenos Grão-Senhores. O que Ianthe queria me tornar... para servir quaisquer que fossem suas motivações secretas.

O banho estava mesmo quente, como Rhys prometera. E remoí o que ele tinha me mostrado, vi aquela mão diversas vezes se estender na direção das pernas de Rhys, a ousadia e a arrogância do gesto...

Afastei a lembrança, e a água da banheira ficou subitamente fria.

Capítulo 22

Na manhã seguinte, ainda não haviam chegado notícias da Corte Estival; então, Rhysand cumpriu com a decisão de nos levar ao reino mortal.

— O que se usa, exatamente, nas terras humanas? — perguntou Mor, de onde estava jogada ao pé de minha cama. Para alguém que alegava ter saído para beber e dançar até sabia a Mãe quando, ela parecia injustamente animada. Cassian e Azriel, resmungando e se encolhendo durante o café da manhã, pareciam ter sido atropelados por carruagens. Repetidas vezes. Alguma pequena parte de mim se perguntou como seria sair com eles; ver o que Velaris poderia oferecer à noite.

Vasculhei as roupas em meu armário.

— Camadas — respondi. — Eles... cobrem tudo. O decote pode ser um pouco ousado dependendo do evento, mas... todo o resto é escondido sob saias e anáguas e bobagens.

— Parece que as mulheres estão acostumadas a não precisar correr, ou lutar. Não me lembro de ser dessa forma há quinhentos anos.

Parei em um conjunto turquesa com detalhes dourados: elegante, alegre, majestoso.

— Mesmo com a muralha, a ameaça da invasão de feéricos permaneceu, então... certamente roupas práticas teriam sido necessárias para fugir, para lutar contra qualquer um que atravessasse. Imagino o que mudou. — Peguei a blusa com a calça para aprovação dela.

Mor apenas assentiu — sem comentar, como Ianthe poderia ter feito, sem *intervenção* beatífica.

Afastei esse pensamento e a lembrança do que ela tentara fazer com Rhys, e continuei:

— Hoje em dia, a maioria das mulheres se casa, tem filhos e, então, planeja o casamento dos filhos. Algumas das pobres podem trabalhar nos campos, e algumas poucas são mercenárias ou soldados de aluguel, mas... quanto mais ricas, mais restritos se tornam a liberdade e o papel delas. Era de se pensar que dinheiro compraria a habilidade de fazer o que se quisesse.

— Alguns dos Grão-Feéricos — argumentou Mor, puxando um fio do bordado de minha cama — são assim.

Passei para trás do biombo para tirar o roupão que vestira momentos antes de ela entrar para me fazer companhia enquanto me preparava para nossa jornada do dia.

— Na Corte dos Pesadelos — continuou Mor, aquela voz ficou baixa e um pouco fria mais uma vez — fêmeas são... um prêmio. Nossa virgindade é preservada e, depois, vendida ao lance mais alto, qualquer que seja o macho que dê mais vantagem a nossas famílias.

Continuei me vestindo, apenas para me dar algo a fazer enquanto o horror do que eu começava a suspeitar percorria meus ossos e meu sangue.

— Eu nasci mais forte que qualquer um em minha família. Mesmo os machos. E não podia esconder, porque eles sentiam o cheiro, da mesma forma que você consegue sentir o cheiro do herdeiro de um Grão-Senhor antes de ele chegar ao poder. O poder deixa uma marca, um... eco. Quando eu tinha 12 anos, antes de sangrar, rezava para que isso quisesse dizer que nenhum macho me aceitaria como esposa, que eu escaparia daquilo que minhas primas mais velhas tinham suportado: casamentos sem amor, às vezes, violentos.

Vesti a blusa por cima da cabeça e abotoei os punhos de veludo antes de ajustar as esvoaçantes mangas turquesa no lugar.

— Mas então comecei a sangrar alguns dias depois de fazer 17 anos. E assim que meu primeiro sangue desceu, meu poder despertou com força total, e até mesmo aquela montanha maldita tremeu ao nosso redor. Mas, em vez de ficarem horrorizadas, todas as famílias poderosas da Cidade Entalhada me viram como uma égua premiada. Viram aquele poder e quiseram que fosse procriado nas respectivas linhagens, diversas vezes.

— E seus pais? — consegui dizer, colocando os pés nos sapatos azul meia-noite. Deveria ser o fim do inverno nas terras mortais, a maioria dos sapatos seria inútil. Na verdade, o conjunto que eu usava seria inútil, exceto enquanto eu ficasse do lado de fora, encasacada.

— Minha família ficou exultante de alegria. Poderiam escolher uma aliança com qualquer das outras famílias governantes. Minhas súplicas por uma opinião no assunto não foram ouvidas.

Mor escapara, lembrei a mim mesma. Mor escapara e agora vivia com pessoas que se importavam com ela, que a amavam.

— O resto da história — disse Mor, quando saí de trás do biombo — é longo e terrível, e contarei outra hora. Vim aqui dizer que não vou com você... para o mundo mortal.

— Pelo modo como tratam mulheres?

Os intensos olhos castanhos estavam brilhantes, mas calmos.

— Quando as rainhas vierem, estarei lá. Quero ver se reconheço algum de meus amigos mortos há tanto tempo em seus rostos. Mas... não acho que eu conseguiria... me comportar com nenhuma das outras.

— Rhys disse a você que não fosse? — perguntei, tensa.

— Não — respondeu Mor, rindo com escárnio. — Ele tentou me convencer a ir, na verdade. Disse que eu estava sendo ridícula. Mas Cassian.... ele entende. Nós dois convencemos Rhys ontem à noite.

Minhas sobrancelhas se ergueram levemente. Por isso tinham saído e se embebedado, sem dúvida. Para manipular o Grão-Senhor por meio do álcool.

Mor deu de ombros para a pergunta não formulada em meus olhos.

— Cassian ajudou Rhys a me salvar. Antes que qualquer um deles tivesse posição hierárquica para fazê-lo. Para Rhys, ser pego daria em uma pequena punição, talvez um pouco de isolamento social. Mas Cassian... ele arriscou tudo para se certificar de que eu ficasse longe daquela corte. E ele ri disso, mas acredita que é um bastardo nascido em posição inferior, que não é digno da patente ou da vida que tem aqui. Não faz ideia de que vale mais que qualquer outro macho que eu tenha conhecido naquela corte, e fora dela. Ele e Azriel, quero dizer.

Sim. Azriel, que se mantinha afastado, cujas sombras o seguiam e pareciam sumir na presença de Mor. Abri a boca para perguntar a respeito de sua história com ele, mas o relógio soou 10 horas. Hora de partir.

Meus cabelos foram arrumados antes do café da manhã em uma coroa trançada no alto da cabeça, com um pequeno diadema de ouro — decorado com lápis-lazúli. Brincos combinando pendiam tão baixo que tocavam as laterais de meu pescoço, e peguei as pulseiras de ouro retorcido que haviam sido deixadas na cômoda, colocando uma em cada pulso.

Mor não fez comentários... e eu sabia que, se não vestisse nada além de roupa íntima, ela teria me dito que a usasse com autoridade. Virei para Mor.

— Gostaria que minhas irmãs a conhecessem. Talvez não hoje. Mas, se algum dia tiver vontade...

Ela inclinou a cabeça.

Esfreguei a nuca.

— Quero que ouçam sua história. E saibam que há uma força especial... — Conforme falei, percebi que precisava ouvir, conhecê-la também. — Uma força especial é necessária para suportar tais provações sombrias e dificuldades... E permanecer benevolente e gentil. Ainda disposta a confiar... e a se aproximar dos outros.

A boca de Mor se contraiu, e ela piscou algumas vezes.

Fui até a porta, mas parei com a mão na maçaneta.

— Desculpe se não fui tão acolhedora com você quanto você foi comigo quando cheguei à Corte Noturna. Eu estava... estou tentando aprender como me ajustar.

Uma forma patética e pouco articulada de explicar como eu estava destruída.

Mas Mor saiu da cama, abriu a porta para mim e falou:

— Há dias bons e ruins para mim... mesmo agora. Não deixe que os dias ruins vençam.

Aquele, ao que tudo indicava, seria, de fato, mais um dia ruim.

Com Rhys, Cassian e Azriel prontos para partir — Amren e Mor permaneceriam em Velaris para governar a cidade e planejar nossa inevitável viagem até Hybern —, só me restou uma escolha: com quem voar.

Rhys nos atravessaria para fora da costa, bem na linha invisível em que a muralha dividia nosso muro. Havia uma fenda na magia, a cerca de 700 metros da praia... pela qual voaríamos.

Mas parada naquele corredor, todos em roupas de couro de guerra e eu enroscada em um casaco pesado com forro de pele, olhei uma vez para Rhys e senti aquelas mãos nas coxas de novo. Senti como tinha sido olhar dentro de sua mente, sentir o ódio frio de Rhys, sentir Rhys... se defender, defender seu povo, os amigos, usando o poder e as máscaras em seu arsenal. Rhysand vira e suportara coisas tão... tão inomináveis, e, no entanto... as mãos dele em minhas coxas eram suaves, o toque era como...

Não me deixei terminar o pensamento quando falei:

— Vou voar com Azriel.

As expressões de Rhys e Cassian insinuavam que eu tinha declarado o desejo de passear por Velaris totalmente nua, mas o encantador de sombras apenas fez uma reverência com a cabeça e disse:

— É claro.

E isso, ainda bem, foi o fim do assunto.

Rhys atravessou Cassian primeiro, e voltou um segundo depois para buscar Azriel e eu.

O mestre-espião esperava em silêncio. Tentei não parecer desconfortável demais quando ele me pegou nos braços, e aquelas sombras que sussurravam para Azriel acariciaram meu pescoço, minha bochecha. Rhys franzia um pouco a testa, e eu apenas lhe lancei um olhar afiado e disse:

— Não deixe o vento estragar meu cabelo.

Rhys riu, segurou o braço de Azriel, e todos sumimos em um vento escuro.

Estrelas e escuridão, as mãos cobertas de cicatrizes de Azriel se fechando com força ao redor de mim, meus braços entrelaçados em seu pescoço, preparando-se, esperando, contando...

Então, luz do sol ofuscante, vento rugindo, um mergulho cada vez mais baixo...

Depois, uma guinada, subimos direto. O corpo de Azriel era quente e firme, embora aquelas mãos agredidas fossem cuidadosas quando ele me pegou. Nenhuma sombra nos seguiu, como se Azriel as tivesse deixado em Velaris.

Abaixo, adiante, atrás, o amplo mar azul se estendia. Acima, fortalezas de nuvens se arrastavam, e à esquerda... um borrão escuro no horizonte. Terra.

Terra da Corte Primaveril.

Imaginei se Tamlin estava na fronteira com o mar oeste. Ele uma vez indicara que havia problemas ali. Será que podia me sentir, nos sentir agora?

Não me permiti pensar nisso. Não quando *senti* a muralha.

Como humana, não passava de um escudo invisível.

Como feérica... não conseguia vê-la, mas conseguia ouvir os estalos de poder... o cheiro pungente que envolvia minha língua.

— É repulsivo, não é? — indagou Azriel, a voz baixa quase engolida pelo vento.

— Posso ver por que você... *nós* fomos detidos por ela por tantos séculos — admiti. Cada batida de meu coração nos levava mais perto daquela sensação descomunal e nauseante de poder.

— Vai se acostumar... com o vocabulário — disse Azriel. Eu me segurava a ele com tanta força que não conseguia ver seu rosto. Observei a pequena mudança dentro do Sifão de safira em vez disso, como se fosse o grande olho de alguma besta semiadormecida de um deserto congelado.

— Não sei bem onde me encaixo — admiti, talvez apenas porque o vento estivesse gritando ao nosso redor e Rhys já tivesse atravessado à frente, para onde a forma escura de Cassian voava, além da muralha.

— Estou vivo há quase cinco séculos e meio, e não tenho muita certeza disso também — retrucou Azriel.

Tentei afastar o rosto para interpretar aquela expressão linda e fria, mas Azriel me segurou com mais força, um aviso silencioso para que eu me preparasse.

Como Azriel sabia onde estava a fenda, eu não tinha ideia. Tudo parecia igual para mim: céu aberto invisível.

Mas senti a muralha quando passamos por ela. Senti quando avançou contra mim, como se transtornada por termos passado, senti o poder irradiar e tentar fechar aquela fenda, mas falhar...

Então, saímos.

O vento estava gelado, e a temperatura, tão baixa que me tirou o fôlego. Aquele vento fustigante parecia, de alguma forma, menos vivo que o ar da primavera que tínhamos deixado para trás.

Azriel se inclinou, virando na direção da costa, onde Rhys e Cassian agora faziam uma varredura da terra. Estremeci na capa forrada de pele, agarrando-me ao calor de Azriel.

Ultrapassamos uma praia de areia na base de penhascos brancos, e terra plana e nevada com florestas devastadas pelo inverno se estendiam além deles.

As terras humanas.

Meu lar.

Capítulo 23

Fazia um ano desde que eu entrara naquele labirinto de neve e gelo, e matara um feérico com ódio no coração.

A propriedade de telhado cor de esmeralda de minha família era tão linda no fim do inverno quanto fora no verão. Um tipo diferente de beleza, no entanto — o mármore pálido parecia quente contra a neve ríspida amontoada pela propriedade, e pedaços de sempre--verdes e azevinhos adornavam as janelas, os portais e os postes. A única parte de decoração, de celebração que os humanos se davam o trabalho de fazer. Não depois de terem banido ou condenado todas as festividades pós-Guerra, já que todas eram um lembrete de seus capatazes imortais.

Três meses com Amarantha haviam me destruído. Não conseguia começar a imaginar o que milênios com Grão-Feéricos como ela podiam fazer — as cicatrizes que deixariam em uma cultura, em um povo.

Meu povo... ou o que um dia fora.

Com o capuz na cabeça, dedos dentro dos bolsos revestidos de pele do manto, fiquei de pé diante das portas duplas da casa, ouvindo o som nítido da campainha que puxara um segundo antes.

Atrás de mim, escondidos pelos encantamentos de Rhys, meus três companheiros esperavam, invisíveis.

Eu disse a eles que seria melhor se eu falasse com minha família primeiro. Sozinha.

Estremeci, desejando o inverno moderado de Velaris, imaginando como podia ser tão temperado no extremo norte, mas... tudo em Prythian era estranho. Talvez quando a muralha não existia, quando a magia fluía livremente entre os reinos, as diferenças entre as estações não fossem tão grandes.

A porta se abriu, e uma governanta de rosto alegre e rechonchudo — Sra. Laurent, lembrei — semicerrou os olhos para mim.

— Posso ajudar... — As palavras se dissiparam quando ela reparou em meu rosto.

Com o capuz, minhas orelhas e a coroa estavam escondidas, mas aquele brilho, aquela quietude sobrenatural... A Sra. Laurent não abriu a porta mais um pouco.

— Estou aqui para ver minha família — disparei.

— Seu... seu pai está fora a negócios, mas suas irmãs... — Ela não se moveu.

Ela sabia. Podia ver que havia algo diferente, algo *distorcido*...

Os olhos da Sra. Laurent olharam ao meu redor. Nada de carruagem, nenhum cavalo.

Nenhuma pegada na neve.

O rosto da governanta ficou lívido, e me xinguei por não ter pensado nisso...

— Sra. Laurent?

Algo em meu peito se partiu ao ouvir a voz de Elain no corredor atrás da mulher.

Ao ouvir a meiguice e a juventude e a bondade, intocadas por Prythian, alheia ao que eu tinha feito, o que me tornara...

Recuei um passo. Não podia fazer aquilo. Não podia jogar aquilo sobre elas.

Então, o rosto de Elain surgiu por cima do ombro redondo da Sra. Laurent.

Linda... ela sempre fora a mais linda de nós. Suave e encantadora, como um crepúsculo de verão.

Elain estava exatamente como eu me lembrava, do modo como eu me obrigava a lembrar naqueles calabouços, quando disse a mim mesma que, se fracassasse, se Amarantha atravessasse a muralha, ela seria a próxima. Assim como seria a próxima se o rei de Hybern destruísse a muralha, se eu não conseguisse o Livro dos Sopros.

Os cabelos louro-dourados de Elain estavam presos pela metade, a pele pálida parecia lisa e levemente corada, e os olhos, como chocolate derretido, se arregalaram quando me viram.

Eles se encheram de lágrimas que silenciosamente transbordaram, escorrendo por aquelas lindas bochechas.

A Sra. Laurent não se moveu um centímetro. Ela fecharia a porta na minha cara assim que eu sequer respirasse errado.

Elain levou a mão fina à boca quando o corpo estremeceu com um soluço.

— Elain — falei, a voz rouca.

Passos nas escadas espiraladas atrás delas, então...

— Sra. Laurent, prepare um chá e leve-o ao escritório.

A governanta olhou para as escadas, depois, para Elain, e, então, para mim.

Um fantasma na neve.

A mulher simplesmente me lançou um olhar que prometia a morte caso eu ferisse minhas irmãs, e depois se virou para a casa e me deixou diante de Elain, que ainda chorava baixinho.

Mas dei um passo para a entrada e olhei para a escada.

De onde Nestha me encarava, a mão apoiada no corrimão, como se eu fosse um fantasma.

✢

A casa estava linda, mas havia algo de intocado a seu respeito. Algo novo, em comparação com a idade e com o amor antigo das casas de Rhys em Velaris.

E, sentada diante da lareira de mármore entalhado da sala de estar, com o capuz sobre a cabeça, as mãos estendidas para o fogo crepitante, eu senti... senti como se as duas houvessem permitido a entrada de um lobo.

Um espectro.

Eu ficara grande demais para aqueles cômodos, para aquela frágil vida mortal, maculada e selvagem demais e... poderosa. E estava prestes a levar isso permanentemente para suas vidas também.

Onde estavam Rhys, Cassian e Azriel, eu não sabia. Talvez estivessem de pé, como sombras no cantinho, observando. Talvez tivessem permanecido do lado de fora, na neve. Eu não duvidaria da possibilidade de Cassian e Azriel estarem agora sobrevoando a propriedade, inspecionando a disposição, formando círculos mais amplos até que chegassem à aldeia, ao meu velho chalé aos pedaços, ou talvez até mesmo à própria floresta.

Nestha parecia igual. Só que mais velha. Não no rosto, que estava tão severo e impressionante como antes, mas... nos olhos, na forma como se portava.

Sentadas diante de mim em um pequeno sofá, minhas irmãs encaravam... e esperavam.

Perguntei:

— Onde está papai? — Pareceu a única coisa segura a dizer.

— Em Neva — explicou Nestha, citando uma das maiores cidades do continente. — Negociando com mercadores da outra metade do mundo. E participando de uma reunião sobre a ameaça acima da muralha. Uma ameaça sobre a qual, imagino, você tenha voltado para nos avisar.

Nenhuma palavra de alívio, de amor — jamais de Nestha.

Elain ergueu a xícara de chá.

— Qualquer que seja o motivo, Feyre, ficamos felizes por vê-la. Viva. Achamos que estava...

Puxei o capuz antes que ela pudesse continuar.

A xícara de chá de Elain chacoalhou no pires quando ela reparou em minhas orelhas. Minhas mãos mais longas, mais finas... o rosto inegavelmente feérico.

— Eu *estava* morta — falei, apressadamente. — Estava morta e então renasci, fui refeita.

Elain apoiou a xícara de chá trêmula na mesa baixa entre nós. Líquido âmbar se derramou pelas laterais, empoçando no pires.

E quando ela se moveu, Nestha se inclinou... muito levemente. Entre mim e Elain.

Foi no olhar de Nestha em que me fixei quando disse:

— Preciso que ouçam.

As duas arregalaram os olhos.

Mas ouviram.

Contei minha história. Com o máximo de detalhes que pude aguentar, contei a elas de Sob a Montanha. Das provas. E de Amarantha. Contei sobre a morte. E a ressureição.

Explicar os últimos meses, no entanto, foi mais difícil.

Então, fui breve.

Mas expliquei o que precisava acontecer ali: a ameaça que Hybern representava. Expliquei o que a casa precisaria ser, o que nós precisaríamos ser, e o que eu precisava delas.

E, quando terminei, as duas permaneceram de olhos arregalados. Em silêncio.

Foi Elain quem disse, por fim:

— Você... quer que outros Grão-Feéricos venham... *aqui*. E... e as rainhas do reino.

Assenti devagar.

— Encontre outro lugar — avisou Nestha.

Eu me virei para ela, já suplicando, me preparando para a briga.

— Encontre outro lugar — repetiu Nestha, com as costas esticadas. — Não os quero em minha casa. Ou perto de Elain.

— Nestha, por favor — sussurrei. — Não há outro lugar, lugar algum em que eu possa ir sem que alguém me cace, me crucifique...

— E quanto a nós? Quando as pessoas aqui descobrirem que somos simpatizantes de feéricos? Somos iguais aos Filhos dos Abençoados, então? Qualquer posição, qualquer influência que temos... desaparecerá. E o casamento de Elain...

— Casamento? — disparei.

Não tinha reparado no anel de pérola e diamante em seu dedo, o aro de metal escuro brilhando à luz da lareira.

O rosto de Elain estava pálido, no entanto, enquanto olhava para o anel.

— Em cinco meses — revelou Nestha. — Vai se casar com o filho de um Senhor. E o pai dedicou a vida a caçar *seu tipo* quando eles atravessam a muralha.

Seu tipo.

— Então, não haverá reunião aqui — decretou Nestha, os ombros rígidos. — Não haverá feéricos nesta casa.

— Você me inclui nessa declaração? — perguntei, baixinho.

O silêncio de Nestha foi resposta suficiente.

Mas Elain falou:

— Nestha.

Devagar, minha irmã mais velha olhou para ela.

— Nestha — tentou Elain, de novo, contorcendo as mãos. — Se... se não ajudarmos Feyre, não *haverá* um casamento. Nem mesmo as tropas de Lorde Nolan e todos os seus homens poderiam me salvar de... deles. — Nestha nem mesmo estremeceu. Elain insistiu: — Manteremos segredo, mandaremos os criados para longe. Com a proximidade da primavera, ficarão felizes por irem para casa. E se Feyre precisar se deslocar para reuniões, avisará com antecedência, e nós os mandaremos embora. Inventaremos desculpas para as férias. Papai só voltará no verão mesmo. Ninguém vai descobrir. — Elain colocou a mão no joelho de Nestha, e o lilás do vestido de minha irmã quase engoliu a mão de cor marfim. — Feyre deu e deu... durante anos. Vamos ajudá-la agora. Ajudar... outros.

Minha garganta se apertou, e meus olhos se encheram d'água.

Nestha avaliou o anel escuro no dedo de Elain, o modo como ela ainda parecia aninhar o objeto. Uma senhora... era o que Elain se tornaria. O que estava arriscando por aquilo.

Encarei Nestha.

— Não há outro jeito.

O queixo dela se ergueu levemente.

— Mandaremos os criados embora amanhã.

— Hoje — insisti. — Não temos tempo a perder. Ordene que saiam agora.

— Eu faço isso — disse Elain, e respirando fundo, esticou os ombros. Ela não esperou por nenhuma de nós antes de sair andando, graciosa como uma corça.

Sozinha com Nestha, falei:

— Ele é bom... o filho do senhor com quem ela vai casar?

— Ela acha que sim. Ela o ama como se fosse.

— E o que você acha?

Os olhos de Nestha — meus olhos, os olhos de nossa mãe — encararam os meus.

— O pai dele construiu uma muralha de pedra ao redor da propriedade, tão alta que nem as árvores alcançam o topo. Acho que parece uma prisão.

— Disse alguma coisa a ela?

— Não. O filho, Graysen, é bom. Tão apaixonado por Elain quanto ela por ele. É do pai que não gosto. Ele vê o dinheiro que Elain tem a oferecer a sua propriedade, e à cruzada contra os feéricos. Mas o homem é velho. Vai morrer logo.

— Espero que sim.

Nestha deu de ombros. Depois, perguntou:

— Seu Grão-Senhor... Você passou por tudo isso — ela gesticulou com a mão para mim, minhas orelhas, meu corpo — e mesmo assim não acabou bem?

Senti um peso nas veias de novo.

— Aquele Senhor construiu uma muralha para manter os feéricos do lado de fora. Meu Grão-Senhor queria me manter enjaulada do lado de dentro.

— Por quê? Ele deixou que voltasse para cá tantos meses atrás.

— Para me salvar... me proteger. E acho... acho que o que aconteceu com ele, conosco, Sob a Montanha, o partiu. — Talvez mais do que tenha me partido. — A ânsia de proteger a qualquer custo, mesmo à custa de meu bem-estar... Acho que ele queria conter isso, mas não conseguia. Não conseguia abrir mão. — Havia... havia tanto que eu ainda precisava fazer, percebi. Para consertar as coisas. Para me consertar.

— E agora está em uma nova corte.

Não foi bem uma pergunta, mas falei:

— Gostaria de conhecê-los?

CAPÍTULO 24

Levou horas para que Elain usasse o charme nos empregados a fim de que agilmente fizessem as malas e partissem, cada um com uma bolsa de dinheiro para acelerar o processo. A Sra. Laurent, embora tenha sido a última a partir, prometeu manter em segredo tudo que vira.

Eu não sabia onde Rhys, Cassian e Azriel esperavam, mas depois que a Sra. Laurent subiu na carruagem entulhada com o resto dos empregados, em direção à cidade e ao transporte até onde quer que tivessem família, uma batida soou à porta.

Já escurecia, e o mundo do lado de fora estava espesso com tons de azul e branco e cinza e manchado de dourado quando abri a porta e os vi aguardando.

Nestha e Elain ocupavam a ampla sala de jantar — o espaço mais aberto da casa.

Ao olhar para Rhys, Cassian e Azriel, soube que acertara ao escolher a sala de jantar como local da reunião.

Eram enormes; selvagens, primitivos e antigos.

As sobrancelhas de Rhys se ergueram.

— A impressão que se tem é a de que disseram aos empregados que uma praga recaiu sobre a casa.

Abri a porta o bastante para deixá-los entrar, e depois rapidamente a fechei contra o frio fustigante.

— Minha irmã Elain consegue convencer qualquer um a fazer qualquer coisa com alguns sorrisos.

Cassian soltou um assobio baixo quando se virou, observando o grande corredor da entrada, a mobília ornamentada, as pinturas. Tudo pago por Tamlin — inicialmente. Ele cuidara tão bem de minha família, mas a dele... Não quis pensar na família de Tamlin, assassinada por uma corte rival qualquer que fosse o motivo que ninguém jamais me explicou. Não agora que eu estava vivendo em meio a essa corte...

Ele fora bom; havia uma parte de Tamlin que era boa...

Sim. Ele me dera tudo de que eu precisava para me tornar eu mesma, para me sentir segura. E, quando conseguiu o que quis... parou. Tentou, mas não de verdade. Tamlin aceitou fazer vista grossa em relação ao que eu precisava depois de Amarantha.

— Seu pai deve ser um bom mercador — disse Cassian. — Já vi castelos com menos riquezas.

Vi que Rhys me observava, e havia uma pergunta silenciosa estampada em seu rosto.

— Meu pai está fora, a negócios... e participando de uma reunião em Neva sobre a ameaça de Prythian — respondi.

— Prythian? — indagou Cassian, se virando em nossa direção. — Não Hybern?

— É possível que minhas irmãs estejam enganadas, suas terras são estranhas a elas. Simplesmente disseram "acima da muralha". Presumi que achassem que fosse Prythian.

Azriel se aproximou com pés tão silenciosos quanto os de gatos.

— Se humanos estão cientes da ameaça, se reunindo para enfrentá-la, então isso pode nos dar uma vantagem quando entrarmos em contato com as rainhas.

Rhys ainda me observava, como se pudesse ver o peso que recaíra sobre mim desde que havíamos chegado. Na última vez que tinha estado naquela casa, eu era uma mulher apaixonada — um amor tão frenético e desesperado que voltei para Prythian, desci Sob a Montanha, como uma mera humana. Tão frágil quanto minhas irmãs agora me pareciam.

— Venha — disse Rhys, me oferecendo um aceno de cabeça sutil e compreensivo antes de gesticular para que eu liderasse o caminho. — Vamos fazer essas apresentações.

Minhas irmãs estavam paradas à janela, a luz dos lustres convidava o dourado nos cabelos a brilhar. Tão lindas e jovens e vivas — mas quando isso mudaria? Como seria falar com elas quando eu permanecesse dessa forma e a pele delas tivesse ficado fina como papel e enrugada, as costas, curvadas com o peso dos anos, as mãos brancas, cheias de sardas?

Eu mal estaria no início da existência imortal quando a delas seria apagada como uma vela diante de um sopro frio.

Mas eu poderia dar a Nestha e Elain alguns bons anos — anos seguros — até então.

Atravessei a sala, os três machos ficaram um passo atrás, e o piso de madeira estava tão brilhante e polido quanto um espelho sob nós. Eu tinha tirado a capa agora que os criados partiram, e foi para mim — não para os illyrianos — que minhas irmãs olharam primeiro. Para as roupas feéricas, a coroa, as joias.

Uma estranha; essa parte de mim era agora estranha para elas.

Então, elas observaram os machos alados... ou dois deles. As asas de Rhys tinham sumido, e as roupas de couro haviam sido substituídas pelo casaco preto elegante e calça.

Minhas irmãs enrijeceram o corpo ao ver Cassian e Azriel, ao verem aquelas poderosas asas recolhidas rentes aos corpos fortes, as armas, e, depois, os rostos arrasadoramente lindos de todos os três machos.

Elain, para seu crédito, não desmaiou.

E Nestha, por sua vez, não sibilou para os feéricos. Ela apenas deu um passo nada sutil para a frente de Elain e escondeu a mão fechada em punho atrás do vestido simples e elegante cor de ametista. O movimento não passou despercebido por meus companheiros.

Parei a um bom metro de distância, dando a minhas irmãs espaço a fim de respirarem em uma sala que subitamente foi privada de ar. Eu disse aos machos:

— Minhas irmãs, Nestha e Elain Archeron.

Não pensava no sobrenome de minha família, não o usava havia anos e anos. Porque, mesmo quando eu tinha me sacrificado e caçado por eles, não queria o nome de meu pai — não quando se sentava diante de uma lareira e nos deixava passar fome. Deixava que eu caminhasse sozinha no bosque. Parara de usar o sobrenome no dia em que matei aquele coelho e senti o sangue manchar minhas mãos, da mesma forma que o sangue daqueles feéricos as maculara anos mais tarde, como uma tatuagem invisível.

Minhas irmãs não fizeram reverência. Seus corações batiam freneticamente, até mesmo o de Nestha, e o cheiro de terror envolvia minha língua...

— Cassian — falei, inclinando a cabeça para a esquerda. Então, me virei para a direita, grata porque aquelas sombras não podiam ser vistas em lugar algum quando falei: — Azriel. — Fiz uma meia-volta. — E Rhysand, Grão-Senhor da Corte Noturna.

Rhys também se contivera, percebi. A noite que ondulava dele, a graciosidade sobrenatural e o poder estrondoso. Mas ao encarar aqueles olhos violeta salpicados de estrelas, ninguém jamais poderia confundi-lo com qualquer coisa que não fosse extraordinária.

Ele fez uma reverência para minhas irmãs.

— Obrigado pela hospitalidade... e pela generosidade — disse Rhysand, com um sorriso caloroso. Mas havia algo tenso ali.

Elain tentou devolver o sorriso, mas fracassou.

E Nestha apenas olhou para os três e, depois, para mim e disse:

— O cozinheiro deixou jantar na mesa. Deveríamos comer antes que esfrie. — Ela não esperou que eu concordasse antes de sair andando, bem para a cabeceira da mesa de cerejeira polida.

— É um prazer conhecê-los — disse Elain, a voz rouca, antes de correr atrás de Nestha, e as saias de seda do vestido cobalto farfalharam sobre os tacos do piso.

Cassian fez uma careta quando as seguimos, as sobrancelhas de Rhys estavam erguidas, e Azriel parecia mais inclinado a se misturar à sombra mais próxima e evitar completamente aquela conversa.

Nestha esperava à cabeceira da mesa, uma rainha pronta para fazer a corte. Elain tremia na cadeira de madeira entalhada e estofada à esquerda dela.

Fiz um favor a todos e ocupei a cadeira à direita de Nestha. Cassian reivindicou o assento ao lado de Elain, que segurou o garfo com força, como se pudesse empunhá-lo contra o feérico; Rhys passou para o assento ao meu lado, e Azriel se sentou do outro lado de Rhysand. Um leve sorriso se abriu na boca de Azriel quando ele reparou os dedos de Elain com as articulações esbranquiçadas naquele garfo, mas se manteve calado, concentrando-se, em vez disso, como Cassian sutilmente tentava fazer, em ajustar as asas ao redor de uma cadeira humana. Maldito Caldeirão. Devia ter lembrado. Embora duvidasse que qualquer um deles fosse gostar que eu agora trouxesse dois banquinhos.

Suspirei pelo nariz e tirei as tampas de várias travessas e panelas. Salmão cozido com aneto e limão da estufa, purê de batatas, frango assado com beterraba e nabo da cave, e um guisado de ovos, carne de caça e alho-poró. Comida da estação; o que tinha sobrado no fim do inverno.

Coloquei comida no prato, e os sons de minhas irmãs e meus companheiros fazendo o mesmo preencheram o silêncio. Dei uma mordida e contive minha reação.

Certa vez, aquela comida fora exuberante e saborosa.

Agora, era como cinzas em minha boca.

Rhys comia o frango sem hesitar. Cassian e Azriel o faziam como se não tivessem desfrutado de uma refeição havia meses. Talvez por serem guerreiros, por lutar em guerras, tivessem a habilidade de enxergar a comida como força... e de deixar de lado o sabor.

Vi que Nestha me observava.

— Tem algo errado com nossa comida? — perguntou ela, simplesmente.

Eu me obriguei a dar outra mordida, cada movimento de meu maxilar era um esforço.

— Não. — Engoli e entornei um belo gole d'água.

— Então não pode mais comer comida normal, ou é boa demais para ela? — Uma pergunta e um desafio.

O garfo de Rhys tilintou no prato. Elain emitiu um ruído baixo de nervosismo.

E, embora Nestha tivesse me deixado usar a casa, embora tivesse tentado atravessar a muralha por mim e tivéssemos concordado em uma trégua frágil, o *tom*, o nojo e a reprovação...

Coloquei a mão espalmada na mesa.

— Posso comer, beber, transar e lutar tão bem quanto antes. Até melhor.

Cassian engasgou com a água. Azriel se moveu na cadeira, posicionando-se para se colocar entre nós se fosse preciso.

Nestha soltou uma risada baixa.

Mas pude sentir o gosto de fogo na boca, pude ouvi-lo rugindo nas veias e...

Senti um *puxão* súbito, sólido na ligação, e escuridão tranquilizadora entrando em mim, meu temperamento, meus sentidos, acalmando aquele fogo...

Comecei a erguer os escudos mentais. Mas eles estavam intactos.

Rhys nem mesmo piscou para mim antes de dizer a Nestha:

— Se algum dia vier a Prythian, vai descobrir por que nossa comida tem um gosto tão diferente.

Nestha olhou para ele com superioridade.

— Tenho pouco interesse em algum dia pôr os pés em suas terras, então, vou acreditar em sua palavra.

— Nestha, por favor — murmurou Elain.

Cassian observava Nestha, e havia um brilho em seus olhos que eu só podia interpretar como um guerreiro se vendo diante de um novo e interessante oponente.

Então, pela Mãe, Nestha voltou a atenção para Cassian, reparando naquele brilho... e no que ele significava.

— O que está olhando? — perguntou ela, grunhindo.

As sobrancelhas de Cassian se ergueram... agora com pouco interesse.

— Alguém que deixou a irmã mais nova arriscar a vida todos os dias no bosque enquanto não fazia nada. Alguém que deixou que uma criança de 14 anos entrasse naquela floresta tão perto da muralha. — Meu rosto começou a ficar morno e abri a boca. Não sei o que diria. — Sua irmã morreu... *morreu* para salvar meu povo. Ela está disposta a fazer isso de novo para proteger você da guerra. Então, não espere que eu fique sentado aqui de boca fechada enquanto você a despreza por uma escolha que sua irmã não pôde fazer... e ainda insulta *meu* povo no processo.

Nestha não moveu um cílio enquanto observava as belas feições, o tronco musculoso. Então, se virou para mim. Ignorando completamente Cassian.

O rosto dele se tornou quase selvagem. Era um lobo caçando uma corça... apenas para encontrar um felino selvagem vestindo a pele da corça.

A voz de Elain falou quando ela observou a mesma coisa e rapidamente disse a Cassian:

— É... é muito difícil, entende, aceitar. — Percebi que o metal escuro do anel dela... era ferro. Embora eu tivesse dito a elas que ferro era inútil, ali estava. O presente da família odiadora de feéricos do futuro marido. Elain lançou um olhar de súplica para Rhys, e depois para Azriel, com um medo tão letal envolvendo as feições, seu cheiro. — Somos criados assim. Ouvimos histórias de seu povo cruzando a muralha para nos ferir. Nossa própria vizinha, Clare Beddor, foi levada, a família foi assassinada...

Um corpo nu empalado à parede. Partido. Morto. Pregado ali durante meses.

Rhys encarava o prato. Sem se mover. Sem piscar.

Ele revelara a Amarantha o nome de Clare — apesar de saber que eu tinha mentido a respeito daquilo.

— É tudo muito confuso — continuou Elain.

— Posso imaginar — disse Azriel. Cassian lançou um olhar de raiva para ele. Mas a atenção de Azriel estava em minha irmã, um sorriso educado e calmo estampava seu rosto. Os ombros de Elain relaxaram um pouco. Imaginei se o mestre-espião de Rhys costumava obter a informação por meio do comportamento frio como pedra, tanto quanto por ser furtivo e das sombras.

Elain se sentou um pouco mais ereta quando disse a Cassian:

— E quanto à caça de Feyre durante aqueles anos, não é só a negligência de Nestha a culpada. Estávamos com medo e não tínhamos recebido nenhum treinamento, e tudo tinha sido levado, e falhamos com ela. Nós duas.

Nestha não disse nada, manteve as costas rígidas.

Rhys me deu um olhar de aviso. Segurei o braço de Nestha, atraindo a atenção dela para mim.

— Podemos simplesmente... começar de novo?

Quase consegui sentir o gosto de seu orgulho se acumulando nas veias, gritando para que Nestha não cedesse.

Cassian, maldito fosse, deu um sorriso provocador para minha irmã.

Mas Nestha apenas sibilou:

— Tudo bem. — E voltou a comer.

Cassian observou cada mordida que Nestha deu, cada movimento da garganta dela quando engolia.

Eu me obriguei a limpar o prato, ciente da atenção de Nestha para *minha* comida.

Elain falou para Azriel, talvez os dois únicos civilizados ali:

— Pode mesmo voar?

Azriel soltou o garfo, piscando. Talvez pudesse até dizer que tinha ficado envergonhado.

— Sim. Cassian e eu somos de uma raça de feéricos chamados illyrianos. Nascemos ouvindo a canção do vento — respondeu ele.

— Isso é muito lindo — disse Elain. — Mas não é... assustador? Voar tão alto?

— Às vezes é — respondeu Azriel. Cassian desviou a atenção irredutível de Nestha por tempo o bastante para assentir. — Se for pego em uma tempestade, se a corrente descer. Mas somos tão bem-treinados que o medo some antes de largarmos as fraldas. — No entanto, Azriel não fora treinado até muito depois disso. *Você se acostuma com o vocabulário*, dissera ele mais cedo. Com que frequência precisava se lembrar de usar tais palavras? Será que "nós" e "nosso" tinham um gosto tão estranho na língua dele quanto tinham na minha?

— Vocês parecem Grão-Feéricos — interrompeu Nestha, a voz como uma lâmina afiada. — Mas não são?

— Apenas os Grão-Feéricos que se parecem com *eles* — falou Cassian, gesticulando com a mão para mim e para Rhys — são Grão-

-Feéricos. Todo o resto, qualquer outra diferença, e marcam você como o que eles gostam de chamar de feéricos "inferiores".

Rhysand falou, por fim:

— Virou um termo usado pela praticidade, mas mascara uma história longa e sangrenta de injustiças. Muitos feéricos inferiores se ressentem do termo... e desejam que todos sejamos chamados da mesma coisa.

— E com razão — ponderou Cassian, bebendo água.

Nestha me observou.

— Mas você não era Grã-Feérica, não no início. Então, como a chamam? — Eu não consegui sentir se foi uma alfinetada.

— Feyre é quem ela escolher ser — respondeu Rhys.

Nestha agora observava todos nós, erguendo os olhos para aquela coroa. Mas falou:

— Escrevam suas cartas para as rainhas agora. Amanhã, Elain e eu iremos à cidade enviá-las. Se as rainhas vierem até aqui — acrescentou Nestha, lançando um olhar gélido para Cassian —, sugiro se prepararem para preconceitos muito mais profundos que os nossos. E contemplem como planejam tirar *todos* nós dessa confusão, caso as coisas deem errado.

— Vamos levar isso em consideração — respondeu Rhys, tranquilamente.

— Presumo que vão querer passar a noite — continuou Nestha, nada impressionada com nenhum de nós.

Rhys me olhou, uma pergunta silenciosa. Poderíamos facilmente partir, os machos encontrariam o caminho para casa no escuro, mas... Muito em breve, talvez, o mundo virasse um inferno. Falei:

— Se não incomodar muito, então sim. Partiremos amanhã depois do café.

Nestha não sorriu, mas Elain se iluminou.

— Que bom. Acho que alguns quartos já estão arrumados...

— Precisaremos de dois — interrompeu Rhys, silenciosamente.
— Adjacentes, com duas camas cada.

Franzi a testa para ele.

Rhys explicou para mim:

— A magia é diferente do outro lado da muralha. Então, nossos escudos, nossos sentidos, podem não funcionar bem. Não vou arriscar. Principalmente em uma casa com uma mulher prometida a um homem que deu a ela um anel de noivado de ferro.

Elain corou um pouco.

— Os... os quartos que têm duas camas não são adjacentes — murmurou ela.

Suspirei.

— Nós moveremos as coisas. Não tem problema. Este aqui — acrescentei, com um olhar de raiva na direção de Rhys — só está ranzinza porque é velho e passou da hora de dormir.

Rhys riu, a ira de Cassian se dissipou o bastante para que ele sorrisse, e Elain, ao reparar que Azriel relaxara como prova de que as coisas não estavam, de fato, prestes a dar errado, ofereceu um sorriso também.

Nestha apenas ficou de pé, uma pilastra esguia de aço, e falou, para ninguém em especial:

— Se terminamos de comer, esta refeição acabou.

E foi isso.

✠

Rhys escreveu a carta por mim, Cassian e Azriel interromperam com correções, e levamos até meia-noite para fazer um rascunho que todos concordamos ser impressionante, caloroso e ameaçador o bastante.

Minhas irmãs lavavam a louça enquanto trabalhávamos, e tinham se despedido para se recolher horas antes, mencionando onde poderíamos encontrar nossos quartos.

Cassian e Azriel dividiriam um; Rhys e eu, o outro.

Franzi a testa ao ver a grande cama de hóspedes quando Rhys fechou a porta atrás de nós. A cama era grande o bastante para dois, mas eu não a dividiria. Virei para Rhys.

— Não vou...

Madeira bateu no carpete, e uma pequena cama surgiu ao lado da porta. Rhys se deitou nela, tirando as botas.

— Nestha é encantadora, aliás.

— Ela é... é uma criatura singular — admiti. Talvez fosse a coisa mais bondosa que eu poderia dizer a seu respeito.

— Faz alguns séculos desde que alguém tira Cassian do sério com tanta facilidade. Uma pena que provavelmente matariam um ao outro.

Parte de mim estremeceu diante do caos que os dois causariam se decidissem parar de brigar.

— E Elain — falou Rhys, suspirando ao remover a outra bota — não deveria se casar com o filho daquele senhor, não por uma dezena de motivos, o menor deles é o fato de que você não será convidada para o casamento. Embora talvez isso seja bom.

— Isso não é engraçado — ciciei.

— Pelo menos não precisa mandar um presente também. Duvido que o sogro ouse aceitar.

— Você tem muita coragem ao insultar minhas irmãs quando seus amigos têm a mesma quantidade de melodrama. — As sobrancelhas de Rhys se ergueram em uma pergunta silenciosa. Ri com deboche. — Ah, então não reparou na forma como Azriel olha para Mor? Ou como ela às vezes *o* observa, o defende? E como os dois fazem um trabalho *tão* bom permitindo que Cassian sirva de amortecedor entre eles na maior parte do tempo?

Rhys me encarou.

— Sugiro manter essas observações para si.

— Acha que sou uma fofoqueira enxerida? Minha vida já é bem miserável como está, por que iria espalhar essa miséria para aqueles ao redor também?

— É miserável? Sua vida, quero dizer. — Uma pergunta cautelosa.

— Não sei. Tudo está acontecendo tão rápido que não sei o que sentir. — Fui mais sincera do que eu tinha sido em um bom tempo.

— Hmm. Talvez depois que voltarmos para casa, eu devesse dar um dia de folga a você.

— Quanta consideração, *meu senhor.*

Rhys riu com deboche, desabotoando o casaco. Percebi que estava com todas as minhas roupas finas — e sem nada usável para dormir.

Com um estalo dos dedos de Rhys, meu pijama e roupas íntimas minúsculas sugiram na cama.

— Não pude decidir qual pedaço de renda eu queria que você vestisse; então, trouxe algumas opções.

— Porco — disparei, pegando as roupas e seguindo para o banheiro adjacente.

O quarto estava morno quando voltei; Rhys ocupava a cama que tinha conjurado de onde quer que fosse, e toda a luz tinha sumido, exceto pelas brasas estalando na lareira. Até mesmo os lençóis pareciam mornos quando me deitei neles.

— Obrigada por aquecer a cama — falei, na escuridão.

Rhys estava de costas para mim, mas eu o ouvi claramente quando ele falou:

— Amarantha jamais me agradeceu por isso.

Todo o calor se dissipou.

— Ela não sofreu o suficiente.

Nem perto disso, pelo que tinha feito. Comigo, com ele, com Clare, com tantos outros.

Rhys não respondeu. Em vez disso, comentou:

— Não achei que aguentaria aquele jantar.

— O que quer dizer? — Rhys estivera bastante... calmo. Contido.

— Suas irmãs têm boa intenção, ou uma delas tem. Mas ao vê-las, sentadas àquela mesa... Não percebi que me atingiria com tanta força. O quanto você era jovem. O quanto elas não a protegeram.

— Eu me saí muito bem.

— Nós devemos a elas nossa gratidão por nos deixarem usar esta casa — disse Rhysand, baixinho. — Mas vai levar um bom tempo até que eu consiga olhar para suas irmãs sem querer berrar com elas.

— Parte de mim sente o mesmo — admiti, me aninhando nos cobertores. — Mas, se não tivesse entrado naquele bosque, se elas não tivessem me deixado ir sozinha... você ainda estaria escravizado. E talvez Amarantha agora estivesse preparando as forças para destruir estas terras.

Silêncio. Então...

— Vou pagar um salário a você, sabe. Por tudo isso.

— Não precisa. — Mesmo que... mesmo que eu não tivesse nenhum dinheiro.

— Todo membro de minha corte recebe um. Já existe uma conta bancária em Velaris para você, onde seus ganhos serão depositados. E tem linhas de crédito na maioria das lojas. Assim, se não tiver o suficiente consigo quando estiver fazendo compras, pode mandar a conta para a Casa.

— Eu... você não precisava fazer isso. — Engoli em seco. — E quanto exatamente vou receber todo mês?

— O mesmo que os outros. — Sem dúvida um salário generoso, talvez generoso *demais*. Mas Rhys subitamente perguntou: — Quando é seu aniversário?

— Preciso continuar contando meus aniversários? — Ele apenas esperou. Suspirei. — É no Solstício de Inverno.

Rhys parou.

— Isso foi há meses.

— Mmmhmm.

— Você não... Não me lembro de vê-la comemorar.

Pelo laço, pela minha mente confusa e desprotegida.

— Não contei a ninguém. Não queria uma festa quando já tinha toda aquela comemoração acontecendo. Aniversários parecem insignificantes agora.

Rhys ficou em silêncio por um longo minuto.

— Você realmente nasceu no Solstício de Inverno?

— É tão difícil de acreditar? Minha mãe alegava que eu era tão retraída e estranha porque tinha nascido na noite mais longa do ano. Uma vez ela tentou fazer meu aniversário em outro dia, mas esqueceu de fazer isso no ano seguinte... provavelmente havia uma festa mais útil que precisava planejar.

— Agora sei a quem Nestha puxou. Sinceramente, é uma pena não podermos ficar mais, ao menos para ver quem sobrevive: ela ou Cassian.

— Eu aposto em Nestha.

Uma risada baixa percorreu meus ossos; um lembrete de que Rhysand certa vez apostou em mim. Fora o único Sob a Montanha que apostou dinheiro que eu derrotaria o Verme de Middengard.

— Eu também — disse ele.

Capítulo 25

Parada sob o trançado formado pelas árvores cobertas de neve, observei a floresta dormente e me perguntei se os pássaros tinham ficado quietos por causa de minha presença. Ou da do Grão-Senhor ao meu lado.

— Congelar a bunda de manhã cedo não é como eu pretendia passar nosso dia de folga — comentou Rhysand, franzindo a testa para o bosque. — Deveria levá-la até as estepes illyrianas quando voltarmos, a floresta lá é muito mais interessante. E mais quente.

— Não faço ideia de onde ficam. — Neve estalou sob as botas que Rhys conjurara quando declarei que queria treinar com ele. E não fisicamente, mas... com os poderes que eu tinha. O que quer que fossem. — Você me mostrou um mapa em branco daquela vez, lembra?

— Por precaução.

— Algum dia verei um mapa decente, ou me restará adivinhar onde tudo fica?

— Você está com um humor ótimo hoje — observou Rhys, e ergueu a mão no ar entre nós. Um mapa dobrado surgiu, o qual ele se demorou bastante a abrir. — Para não achar que não confio em você, Feyre, querida... — Rhysand apontou para o sul das ilhas Norte. — Estas são as estepes. Quatro dias nessa direção a pé — ele traçou o dedo para cima, na direção das montanhas ao longo das ilhas — a levarão ao território illyriano.

Observei o mapa, reparei na península que se projetava para cima até a metade da costa oeste da Corte Noturna, e no nome marcado ali. *Velaris*. Rhys certa vez me mostrara um mapa vazio — quando eu pertencia a Tamlin e não passava de uma espiã e prisioneira. Porque ele sabia que eu contaria a Tamlin sobre as cidades, as localizações.

E que Ianthe também poderia descobrir a respeito delas.

Afastei aquele peso no peito, no estômago.

— Aqui — falou Rhys, ao guardar o mapa no bolso e gesticular para a floresta ao nosso redor. — Vamos treinar aqui. Estamos bem longe agora.

Bem longe da casa, de qualquer um, para evitar sermos detectados. Ou evitar casualidades.

Rhys estendeu a mão, e uma vela espessa e curta apareceu em sua palma. Ele a colocou no chão nevado.

— Acenda, encharque com água e seque o pavio.

Eu sabia que ele queria dizer sem usar as mãos.

— Não consigo fazer nenhuma dessas coisas — admiti. — E quanto ao escudo físico? — Pelo menos eu tinha conseguido fazer isso *em parte*.

— Isso é para outra hora. Hoje, sugiro que comece tentando *outra* faceta de seu poder. Que tal metamorfose?

Encarei Rhys com raiva.

— Então, pratiquemos fogo, água e ar. — Canalha... canalha insuportável.

Rhys não insistiu no assunto, ainda bem; não perguntou *por que* mudar de forma talvez fosse o único poder que eu jamais me daria o trabalho de destrinchar e dominar. Talvez pelo mesmo motivo pelo qual eu não queria exatamente perguntar sobre uma peça-chave de sua história, não queria saber se Azriel e Cassian haviam ajudado quando a família governante da Corte Primaveril fora morta.

Olhei para Rhys da cabeça aos pés: a vestimenta de guerreiro illyriano, a espada sobre o ombro, as asas e aquela sensação geral de poder sobrepujante que sempre irradiava.

— Talvez você devesse... ir.

— Por quê? Você pareceu tão insistente para que *eu* a treinasse.

— Não posso me concentrar com você por perto — confessei. — E vá... para longe. Posso sentir você a um cômodo de distância.

Uma curva sugestiva moldou os lábios de Rhysand.

Revirei os olhos.

— Por que não se esconde em um daqueles reinos-bolsões por um tempo?

— Não funciona assim. Não tem ar lá. — Lancei um olhar a Rhys para indicar que então ele definitivamente deveria se esconder lá, e Rhys riu. — Tudo bem. Pode praticar o quanto quiser em privacidade. — Ele indicou minha tatuagem com o queixo. — Grite pelo laço se conseguir realizar alguma coisa antes do café da manhã.

Franzi a testa para o olho em minha palma.

— O que... literalmente gritar para a tatuagem?

— Poderia tentar esfregá-la em certas partes do corpo e talvez eu chegue mais rápido.

Rhys desapareceu antes que eu conseguisse atirar a vela nele.

Sozinha na floresta emoldurada por gelo, repassei as palavras de Rhysand, e uma risada baixa saiu de dentro de mim.

Imaginei se deveria ter testado o arco e as flechas que tinha recebido antes de pedir que ele saísse. Ainda não experimentara o arco illyriano — não atirava em nada havia meses, na verdade.

Encarei a vela. Nada aconteceu.

Uma hora se passou.

Pensei em tudo que me enraivecia, me enojava; pensei em Ianthe e sua arrogância, as exigências. Nem mesmo um fiapo de fumaça surgiu.

Quando meus olhos estavam quase sangrando, fiz uma pausa para vasculhar a sacola que levara. Encontrei pão fresco, uma lata de ensopado magicamente aquecida e um bilhete de Rhysand que dizia:

Estou entediado. Alguma faísca?

Não foi surpreendente que uma caneta tivesse se agitado no fundo da sacola.

Peguei a caneta e rabisquei minha resposta no topo da lata antes de observar a carta sumir de minha mão: *Não, enxerido. Não tem coisas importantes a fazer?*

A carta voltou um momento depois.

Estou vendo Cassian e Nestha se atracarem de novo por causa do chá. Você me submeteu quando me expulsou do treinamento. Achei que fosse nosso dia de folga.

Ri com deboche e escrevi em resposta: *Tadinho do Grão-Senhor. A vida é tão difícil.*

O papel sumiu e, então, reapareceu; a letra dele agora estava perto do alto do papel, o único espaço vazio que restara. *A vida é melhor quando você está por perto. E olhe como sua letra é linda.*

Quase pude sentir Rhysand esperando do outro lado, na sala ensolarada do café da manhã, prestando atenção em parte à briga entre minha irmã e o guerreiro illyriano. Um leve sorriso curvou meus lábios. *Você é um galanteador sem-vergonha*, escrevi de volta.

A página sumiu. Observei a palma de minha mão aberta, esperando que retornasse.

E estava tão concentrada naquilo que não reparei que havia alguém atrás de mim até que a mão cobriu minha boca e me levantou.

Eu me debati, mordendo e arranhando, gritando enquanto quem quer que fosse me levantava.

Tentei me desvencilhar, a neve se agitava ao nosso redor, como poeira em uma estrada, mas os braços que me pegaram não se moviam, eram como faixas de ferro e...

Uma voz rouca soou em meu ouvido:

— Pare, ou vou partir seu pescoço.

Eu conhecia aquela voz. Ela espreitava meus pesadelos.

O Attor.

Capítulo 26

O Attor tinha sumido momentos depois de Amarantha morrer; suspeitava-se de que tivesse fugido para o rei de Hybern. E, se estava ali, nas terras mortais...

Fiquei imóvel em seus braços, ganhando um pouco de tempo para procurar algo, qualquer coisa que pudesse usar contra ele.

— Bom — sibilou o Attor em meu ouvido. — Agora me conte...

Noite explodiu ao nosso redor.

O Attor gritou — *gritou* — quando aquela escuridão nos engoliu; fui largada pelos braços finos e duros, e suas unhas perfuraram minha pele. Caí de cara na neve firme e gelada.

Rolei, virando de barriga para cima, me agitando para levantar...

A luz retornou quando me agachei com a faca inclinada.

E lá estava Rhysand, prendendo o Attor contra um carvalho coberto de neve, com nada além de amarras de noite em espirais. Como aquelas que tinham esmagado a mão de Ianthe. As mãos do próprio Rhysand estavam nos bolsos, e o rosto, frio e lindo como a morte.

— Estava me perguntando para onde você teria rastejado.

O Attor estava ofegante enquanto lutava contra as amarras.

Rhysand apenas atirou duas lanças de noite contra as asas do demônio. O Attor gritou quando aquelas lanças encontraram carne e se enterraram firmemente contra a casca de árvore atrás dela.

— Responda minhas perguntas e pode rastejar de volta para seu mestre — exigiu Rhys, como se estivesse perguntando a respeito do tempo.

— Vadia — disparou o Attor. Sangue prateado lhe escorreu das asas, chiando ao atingir a neve.

Rhys sorriu.

— Você se esquece de que eu me divirto muito com essas coisas. — Ele ergueu um dedo.

— Não! — O dedo de Rhys parou. — Fui enviado — disse a criatura, ofegante. — Para buscá-la — gritou o Attor.

Meu sangue gelou tanto quanto o bosque ao nosso redor.

— Por quê? — perguntou Rhys, com aquela calma casual e assustadora.

— Essa foi minha ordem. Não devo questionar. O rei a quer.

— Por quê? — insistiu Rhys. O Attor começou a gritar, dessa vez sob a força de um poder que eu não conseguia ver. Encolhi o corpo.

— *Não sei, não sei, não sei.* — Acreditei nele.

— Onde está o rei no momento?

— Hybern.

— Exército?

— Virá em breve.

— De que tamanho?

— Infinito. Temos aliados em todos os territórios, todos esperando.

Rhys inclinou a cabeça, como se considerasse o que perguntar a seguir. Mas ele se esticou e Azriel aterrissou na neve, lançando-a pelos ares como se fosse água em uma poça. Ele voara tão silenciosamente que nem ouvi o bater das asas. Cassian devia ter ficado na casa para defender minhas irmãs.

Não havia bondade no rosto de Azriel quando a neve baixou — a máscara imóvel do encantador de sombras do Grão-Senhor.

O Attor começou a tremer, e quase me senti mal pela criatura quando Azriel foi andando até ele. Quase... mas não senti. Não quando aqueles bosques estavam tão perto do palacete. De minhas irmãs.

Rhys foi para meu lado quando Azriel chegou ao Attor.

— Da próxima vez que tentar levá-la — falou Rhys para o Attor —, matarei primeiro; perguntarei depois.

Azriel o encarou. Rhys assentiu. Os Sifões no topo das mãos cobertas de cicatrizes se iluminaram como fogo azul ondulante quando ele as estendeu para o Attor. Antes que a criatura pudesse gritar, ela e o mestre-espião sumiram.

Não queria pensar para onde teriam ido, no que Azriel faria. Nem mesmo sabia que Azriel tinha a habilidade de atravessar, ou qualquer que fosse o poder que ele canalizara pelos Sifões. Azriel permitira que Rhys atravessasse conosco no outro dia — a não ser que o poder o exaurisse demais para ser usado tão banalmente.

— Azriel vai matá-lo? — perguntei, a respiração irregular.

— Não. — Estremeci diante do poder cru que cobria o corpo rígido de Rhysand. — Nós o usaremos para mandar uma mensagem para Hybern de que, se quiserem caçar os membros de minha corte, terão de fazer melhor que isso.

Eu me espantei; com a alegação que fizera sobre mim e com as palavras.

— Você sabia... sabia que ele estava me caçando?

— Estava curioso para saber quem a levaria assim que você estivesse sozinha.

Eu não sabia por onde começar. Então, Tamlin estava certo — em relação à minha segurança. Até certo ponto. Aquilo não desculpava nada.

— Então, jamais planejou ficar comigo enquanto eu treinava. Você me usou como *isca*...

— Sim, e faria de novo. Você estava segura o tempo todo.

— *Deveria ter me contado!*

— Talvez da próxima vez.

— *Não haverá próxima vez!* — Bati com a mão no peito de Rhysand, e ele cambaleou para trás um passo devido à força do golpe. Pisquei. Tinha me esquecido... esquecido daquela força durante o pânico. Assim como com a Tecelã. Tinha me esquecido do quanto eu era forte.

— Sim, esqueceu — grunhiu Rhysand, lendo a surpresa em meu rosto, aquela calma fria se dissipando. — Esqueceu dessa força e de que pode queimar e se tornar escuridão e criar garras. Você *esqueceu. Você parou de lutar.*

Ele não estava falando apenas do Attor. Ou da Tecelã.

E o ódio subiu dentro de mim em uma onda tão poderosa que não pensei em qualquer coisa a não ser ira: comigo mesma, com o que tinha sido forçada a fazer, o que tinha sido feito comigo, com ele.

— E daí se parei? — sibilei, e empurrei Rhys de novo. — E *daí* se parei?

Fiz menção de empurrá-lo de novo, mas Rhys atravessou alguns metros.

Disparei na direção dele, neve estalando sob meus pés.

— Não é fácil. — O ódio me esmagava, me cegava. Ergui os braços para golpear seu peito com as palmas das mãos...

E Rhys sumiu de novo.

Ele surgiu atrás de mim, tão perto que a respiração fez cócegas em minha orelha quando ele falou:

— Não tem ideia do quanto *não* é fácil.

Virei, segurando-o. Rhys sumiu antes que eu conseguisse acertá-lo, socá-lo.

Ele surgiu do outro lado da clareira, rindo.

— Tente com mais afinco.

Não podia me dobrar em escuridão e para dentro de bolsões. E se pudesse... se pudesse me transformar em fumaça, em ar e noite e estrelas, usaria isso para surgir bem diante dele e arrancar aquele sorriso de seu rosto.

Eu me movi, mesmo que fosse inútil, mesmo enquanto Rhys ondulava e virava escuridão, e eu o odiei por aquilo: pelas asas e pela habilidade de se mover como névoa ao vento. Rhys surgiu a um passo de distância, e golpeei, com as mãos estendidas... com as *garras* estendidas...

E me choquei contra uma árvore.

Rhysand riu quando ricocheteei para trás, os dentes zunindo, as garras doendo quando rasgaram a madeira. Mas eu já estava disparando quando Rhysand sumiu, disparando como se pudesse desaparecer para as dobras do mundo também, rastreá-lo pela eternidade...

Então, consegui.

O tempo ficou mais lento, e pude ver a escuridão de Rhysand se tornar fumaça e virar, como se estivesse fugindo para outro lugar na clareira. Disparei para aquele ponto, mesmo quando senti minha leveza, dobrando meu próprio ser em vento e sombra e pó, a liberdade daquilo irradiando para fora de mim, tudo isso enquanto eu mirava para onde Rhysand se dirigia...

Ele apareceu, uma figura sólida em meu mundo de fumaça e estrelas.

E seus olhos estavam arregalados, e a boca, entreaberta com um sorriso de prazer malicioso, quando atravessei para diante dele e o derrubei na neve.

Capítulo 27

Eu estava ofegante, caída sobre Rhysand na neve enquanto ele dava uma risada rouca.

— *Nunca* — grunhi para o rosto dele — *mais* — empurrei os ombros duros como rochas de Rhys, e as garras se curvaram na ponta de meus dedos — *me use como isca.*

Rhys parou de rir.

Eu empurrei com mais força, aquelas unhas se enterraram na pele dele.

— Você disse que eu poderia ser uma arma... me ensine a virar uma. *Não* me use como um peão. E caso ser um peão seja parte de meu *trabalho* para você, então, chega. *Chega.*

Apesar da neve, o corpo de Rhys estava quente sob mim, e não tinha certeza de que eu entendia o quanto ele era maior até que nossos corpos estivessem nivelados — perto demais. Muito, muito perto.

Rhys inclinou a cabeça, soltando um bolo de neve preso no cabelo.

— É justo.

Empurrei Rhys para sair de cima dele, e a neve estalou quando recuei. Minhas garras tinham sumido.

Rhys se apoiou nos cotovelos.

— Faça isso de novo. Me mostre como conseguiu.

— Não. — A vela que Rhys tinha levado estava em pedaços, meio enterrada sob a neve. — Quero voltar ao palacete. — Estava com frio, cansada, e ele...

O rosto de Rhys ficou sério.

— Desculpe.

Imaginei com que frequência ele dizia aquela palavra. Não me importei.

Esperei Rhys se levantar, limpar a neve do corpo e estender a mão. Não era apenas uma oferta.

Você se esqueceu, dissera Rhysand. E eu tinha.

— Por que o rei de Hybern me quer? Porque sabe que posso anular o poder do Caldeirão com o Livro?

Escuridão lampejou, o único sinal do temperamento que Rhysand tinha, de novo, domado.

— É o que vou descobrir.

Você parou de lutar.

— Desculpe — repetiu ele, ainda com a mão estendida. — Vamos tomar café da manhã e depois ir para casa.

— Velaris não é minha casa.

Eu podia jurar que mágoa percorreu os olhos de Rhys antes que ele nos atravessasse de volta para a casa de minha família.

Capítulo 28

Minhas irmãs tomaram café da manhã com Rhys e comigo; Azriel estava onde quer que tivesse levado o Attor. Cassian voara para se encontrar com ele assim que voltamos. Ele fizera a Nestha uma reverência debochada, e ela devolvera um gesto vulgar que eu não sabia que minha irmã conhecia.

Cassian apenas riu, e os olhos percorreram o vestido azul-gelo de Nestha com uma intenção predatória que, considerando o sibilo de ódio emitido por ela, ele sabia: a deixara irritada. Então, o feérico se foi, abandonando minha irmã sob o amplo portal, os cabelos castanho-dourados embaraçados pelo vento frio agitado pelas asas poderosas.

Levamos minhas irmãs à cidade para mandar nossa carta, e Rhys nos encantou para que ficássemos invisíveis enquanto elas entravam na lojinha para postá-la. Depois que voltamos para casa, as despedidas foram rápidas. Eu sabia que Rhys queria voltar a Velaris — pelo menos para descobrir o que o Attor planejava.

Eu disse isso a ele enquanto voava conosco pela muralha, para o calor de Prythian, e depois nos atravessava até Velaris.

A névoa da manhã ainda cobria a cidade e as montanhas em volta. O frio também permanecia — mas não era nem de perto tão impiedoso quanto o frio do mundo mortal. Rhys me deixou no saguão, soprando ar quente nas palmas das mãos congeladas, sem sequer dizer adeus.

Com fome de novo, encontrei Nuala e Cerridwen e devorei bolinhos de cebolinha com queijo enquanto pensava no que tinha visto, no que havia feito.

Menos de uma hora depois, Rhys me encontrou na sala de estar, os pés para o alto no sofá diante da lareira, um livro no colo e uma xícara de chá de rosa fumegante na mesa de centro diante de mim. Levantei quando ele entrou, observando-o em busca de um sinal de ferimento. Algum nó em meu peito se afrouxou quando não vi nada de errado.

— Está feito — disse ele, e passou a mão pelo cabelo preto-azulado. — Descobrimos o que precisávamos. — Eu me preparei para ser isolada, para ouvir que aquilo seria resolvido, mas Rhys acrescentou: — Cabe a você, Feyre, decidir o quanto de nossos métodos quer conhecer. Com o que pode lidar. O que fizemos com o Attor não foi bonito.

— Quero saber tudo — decidi. — Me leve até lá.

— O Attor não está em Velaris. Ele estava na Cidade Escavada, na Corte de Pesadelos, onde Azriel levou menos de uma hora para fazê-lo falar. — Esperei por mais, e, como se decidisse que eu não parecia prestes a desabar, Rhys se aproximou até que menos de 30 centímetros do tapete ornamentado restasse entre nós. As botas, em geral impecavelmente polidas... havia sangue prateado borrifado nelas. Apenas quando o encarei, Rhys falou: — Vou mostrar a você.

Eu sabia o que ele queria dizer, e me preparei, bloqueando o fogo crepitante e as botas, e o frio que restava ao redor de meu coração.

Imediatamente, estava na antecâmara da mente de Rhysand... um bolsão de lembrança que Rhys escavara para mim.

Escuridão fluiu ao meu redor, suave, sedutora, ecoando de um abismo de poder tão grande que não tinha fim nem início.

— Conte como a encontrou — disse Azriel, a voz baixa que destruíra inúmeros exércitos.

Eu — Rhys — estava encostada na parede mais afastada da cela, de braços cruzados. Azriel se agachou em frente ao lugar onde o Attor estava acorrentado a uma cadeira no centro da sala. Alguns andares abaixo, a Corte de Pesadelos seguia em frente, alheia ao fato de que seu Grão-Senhor viera.

Precisaria visitá-los em breve. Lembrar quem segurava a coleira.

Em breve. Mas não hoje. Não quando Feyre tinha atravessado.

E ainda estava transtornada comigo.

E com razão, se eu fosse honesto. Mas Azriel descobrira que uma pequena força inimiga tinha se infiltrado no Norte havia dois dias, e minhas suspeitas foram confirmadas. Para afetar a mim ou a Tamlin, eles queriam Feyre. Talvez para fazer experimentos próprios.

O Attor soltou uma risada baixa.

— Recebi notícia do rei de que era onde você estava. Não sei como ele sabia. Recebi a ordem e voei até a muralha o mais rápido possível.

A faca de Azriel estava desembainhada, apoiada em um joelho. Reveladora da Verdade — o nome aparecia estampado na bainha, em prateadas runas illyrianas. Ele já descobrira que o Attor e alguns outros estavam posicionados nos limites do território illyriano. Fiquei tentado a jogar o Attor em um dos acampamentos de guerra e ver o que os illyrianos fariam com ele.

Os olhos do Attor se voltaram para mim, brilhando com um ódio ao qual eu tinha me acostumado.

— Boa sorte ao tentar ficar com ela, Grão-Senhor.

Azriel falou:

— Por quê?

As pessoas costumavam cometer o erro de achar que Cassian fosse o mais selvagem; aquele que não podia ser domado. Mas Cassian era só esquentado — e seu temperamento podia ser usado para forjar e soldar. Havia um ódio gelado em Azriel que eu jamais conseguira aquecer. Nos séculos em que eu o conhecia, dissera pouco a respeito da vida, daqueles anos na fortaleza do pai, trancado na escuridão. Talvez o dom de encantar sombras tivesse vindo até ele então, talvez tivesse se ensinado a língua da sombra e do vento e da pedra. Os meios-irmãos tampouco eram comunicativos. Eu sabia porque os conheci, perguntei sobre o assunto e lhes destruí as pernas quando, em vez de responderem, cuspiram em Azriel.

Eles voltaram a andar... depois de algum tempo.

O Attor falou:

— Acha que não é de conhecimento de todos que você a levou de Tamlin?

Eu já sabia disso. Esta fora a tarefa de Azriel ultimamente: monitorar a situação com a Corte Primaveril e se preparar para nosso ataque contra Hybern.

Mas Tamlin fechara as fronteiras; selara-as tão fortemente que nem mesmo voar por cima delas à noite seria possível. E quaisquer ouvidos e olhos que Azriel tivesse um dia na corte perderam seus sentidos.

— O rei poderia ajudá-lo a ficar com ela, considerar poupá-lo, se trabalhasse com ele...

Conforme o Attor falava, vasculhei sua mente, cada pensamento era mais cruel e terrível que o seguinte. Ele nem mesmo sabia que eu tinha deslizado para dentro dela, mas... ali: imagens do exército que fora montado, idêntico àquele contra o qual eu lutara cinco séculos antes; dos litorais de Hybern cheios de navios, preparando-se para um ataque; do rei, sentado no trono no castelo em ruínas. Nenhum sinal de Jurian se arrastando por ali, ou do Caldeirão. Nenhum sussurro a respeito de o Livro ocupar suas mentes. Tudo que o Attor tinha confessado era verdade. E a criatura não tinha mais valor.

Az olhou por cima do ombro. O Attor entregara tudo a ele. Agora estava apenas tagarelando para ganhar tempo.

Eu me afastei da parede.

— Quebre suas pernas, destrua as asas e atire-o na costa de Hybern. Veja se sobrevive. — O Attor começou a se debater, a implorar. Parei à porta e falei para ele: — Lembro de todos os momentos. Agradeça por eu permitir que você viva. Por enquanto.

Não tinha me permitido ver as lembranças de Sob a Montanha: de mim, dos outros... do que o Attor tinha feito com aquela garota humana que entreguei a Amarantha no lugar de Feyre. Não me permiti ver como tinha sido espancar Feyre, atormentar e torturá-la.

Eu podia ter batido com o Attor contra as paredes. E precisava que ele mandasse uma mensagem mais do que precisava de minha vingança.

O Attor já gritava sob a lâmina afiada da Reveladora da Verdade quando deixei a cela.

Então, tudo acabou. Cambaleei para trás, retornando para meu corpo.

Tamlin fechara as fronteiras.

— Que *situação* na Corte Primaveril?

— Nenhuma. A partir de agora. Mas sabe até que ponto Tamlin pode ir para... proteger o que ele acha que é dele.

A imagem de tinta escorrendo pela parede destruída do escritório surgiu em minha mente.

— Deveria ter mandado Mor naquele dia — disse Rhys, como uma ameaça silenciosa.

Ergui os escudos mentais. Não queria falar sobre aquilo.

— Obrigada por me contar — agradeci, e peguei o livro e o chá para levar até o quarto.

— Feyre — disse Rhys. Não o impedi. — Desculpe... por enganar você mais cedo.

E aquilo, me deixar entrar na mente dele... foi uma oferta de paz.

— Preciso escrever uma carta.

A carta foi breve, simples. Mas cada palavra foi uma luta.

Não por causa de meu antigo analfabetismo. Não, agora eu podia ler e escrever muito bem.

Era por causa da mensagem que Rhys, de pé no saguão, agora lia:

Saí por vontade própria.

Sou bem-cuidada e estou segura. Sou grata por tudo que fez por mim, tudo que deu.

Por favor, não venha atrás de mim. Não vou voltar.

Rhysand rapidamente dobrou a carta ao meio, e ela sumiu.

— Tem certeza?

Talvez a carta pudesse ajudar com qualquer que fosse a *situação* que estivesse acontecendo na Corte Primaveril. Olhei pelas janelas além. A névoa que cobria a cidade tinha se dissipado, revelando um céu limpo e sem nuvens. E, de alguma forma, minha cabeça parecia mais leve que dias antes; meses.

Havia uma cidade lá fora, que eu mal tinha observado, ou com a qual mal me importava.

Eu queria aquilo: vida, pessoas. Queria vê-la, sentir a agitação em meu sangue. Sem obstáculos, sem limites para o que eu poderia encontrar ou fazer.

— Não sou o bicho de estimação de ninguém — argumentei. A expressão de Rhys estava contemplativa, e me perguntei se ele se lembrava de que tinha me dito a mesma coisa uma vez, quando eu estava quase perdida em minha culpa e meu desespero para entender. — E agora?

— Se faz alguma diferença, eu queria mesmo dar a você um dia para descansar...

— Não me paparique.

— Não estou. E mal chamo nosso encontro dessa manhã de *descansar*. Mas me perdoe por precisar fazer avaliações com base em sua condição física atual.

— Eu decidirei isso. E quanto ao Livro dos Sopros?

— Depois que Azriel voltar de tratar do Attor, vai colocar sua outra habilidade em uso e se infiltrar nas cortes das rainhas mortais para descobrir onde o estão guardando, e quais podem ser os planos delas. E, quanto à metade que fica em Prythian... Iremos à Corte Estival em alguns dias se meu pedido de visita tiver sido aprovado. Grão-Senhores visitando outras cortes deixam todos alertas. Lidaremos com o Livro então.

Rhys se calou, sem dúvida esperando que eu subisse arrastando os pés, que ficasse deprimida e fosse dormir.

Bastava; já estava cheia de dormir.

— Você me disse que era melhor visitar esta cidade à noite. Era só conversa ou algum dia vai se dar o trabalho de me mostrar? — perguntei.

Soltei uma risada baixa enquanto Rhys me observava. Não me encolhi diante do olhar.

Quando os olhos de Rhysand encontraram os meus de novo, a boca se contorceu em um sorriso que muito poucos viam. Verdadeira diversão — talvez um pouco de felicidade com uma pontada de alívio. O macho por trás da máscara de Grão-Senhor.

— Jantar — disse ele. — Esta noite. Vamos descobrir se *você*, Feyre querida, está só de conversa, ou se permitirá que um Senhor da Noite a leve para se divertir.

✢

Amren foi até meu quarto antes do jantar. Pelo visto, *todos* sairíamos naquela noite.

No andar de baixo, Cassian e Mor implicavam um com o outro sobre o que seria mais rápido: Cassian voando uma certa distância, ou Mor a atravessando. Presumi que Azriel estivesse perto, buscando abrigo nas sombras. Esperava que ele tivesse descansado depois de lidar com o Attor... e que descansasse um pouco mais antes de entrar no reino mortal para espionar aquelas rainhas.

Amren pelo menos bateu dessa vez, antes de entrar. Nuala e Cerridwen, que tinham terminado de colocar pentes de madrepérola em meus cabelos, olharam uma vez para a delicada fêmea e sumiram em lufadas de fumaça.

— Coisinhas assustadas — comentou Amren, os lábios vermelhos formando uma linha cruel. — Espectros sempre são.

— Espectros? — Eu me virei na cadeira diante da penteadeira. — Achei que fossem Grã-Feéricas.

— Metade — explicou Amren, avaliando minhas roupas turquesa, cobalto e brancas. — Espectros não passam de sombras e névoa, e são capazes de atravessar paredes, pedras, seja lá o que for. Nem mesmo quero saber como aquelas duas foram concebidas. Grão-Feéricos enfiam os paus em qualquer lugar.

Engasguei no que poderia ter sido uma risada ou uma tosse.

— Elas dão boas espiãs.

— Por que acha que agora estão sussurrando ao ouvido de Azriel que estou aqui?

— Achei que respondessem a Rhys.

— Elas respondem aos dois, mas foram treinadas por Azriel primeiro.

— Estão me espionando?

— Não. — Amren franziu a testa para um fio solto na camisa cor de nuvem de chuva. Os cabelos pretos na altura do queixo oscilaram quando ela ergueu a cabeça. — Rhys já disse diversas vezes para não o fazerem, mas não acho que Azriel algum dia vá confiar totalmente em mim. Então, estão relatando meus movimentos. E com um bom motivo.

— Por quê?

— Por que não? Eu ficaria desapontada se o mestre-espião de Rhysand não ficasse de olho em mim. Se nem mesmo desobedecesse a ordens para isso.

— Rhys não o pune por desobedecer?

Aqueles olhos prateados brilharam.

— A Corte dos Sonhos é fundamentada em três coisas: defender, honrar e preservar. Esperava força bruta e obediência? Muitos dos altos oficiais de Rhysand têm pouco ou nenhum poder. Ele valoriza lealdade, esperteza, compaixão. Azriel, apesar da desobediência, está agindo para defender a corte de Rhys, o povo dele. Então, não. Rhysand não pune isso. Há regras, mas são flexíveis.

— E quanto ao Tributo?

— Que Tributo?

Levantei da banqueta.

— O Tributo... impostos, o que seja. Duas vezes por ano.

— Há impostos sobre os habitantes da cidade, mas não há Tributo. — Amren emitiu um estalo com a língua. — Mas o Grão-Senhor da Corte Primaveril cobra um.

Eu não queria pensar mesmo naquilo, ainda não; não com aquela carta agora a caminho de Tamlin, se é que já não tinha sido entregue. Então, peguei a pequena caixa na penteadeira e tirei de dentro o amuleto de Amren.

— Aqui. — Entreguei a coisa de ouro encrustada de joias. — Obrigada.

A sobrancelha de Amren se ergueu quando soltei o amuleto na palma de sua mão.

— Você me devolveu.

— Não sabia que era um teste.

Ela colocou o amuleto de volta na caixa.

— Fique com ele. Não tem magia.

Pisquei.

— Você mentiu...

Amren deu de ombros, dirigindo-se à porta.

— Encontrei no fundo de minha caixa de joias. Precisava de algo que a fizesse acreditar que poderia sair da Prisão de novo.

— Mas Rhys ficava olhando para ele...

— Porque *Rhys* me deu o cordão há duzentos anos. Ele estava provavelmente surpreso por vê-lo de novo, e se perguntou por que eu o tinha dado a você. Provavelmente *preocupado* com o fato de eu ter dado a joia a você.

Trinquei os dentes, mas Amren já estava deslizando para a porta com um alegre:

— De nada.

Capítulo 29

Apesar da noite fria, todas as lojas estavam abertas enquanto caminhávamos pela cidade. Músicos tocavam nas pequenas praças, e o Palácio de Linhas e Joias estava lotado de fregueses e artistas, Grão-Feéricos e feéricos inferiores. Mas continuamos além deles, até o próprio rio, a água tão tranquila que as estrelas e as luzes se misturavam na superfície escura, como um laço de fita vivo de eternidade.

Os cinco não tinham pressa conforme passeávamos por uma das amplas pontes de mármore que se estendia pelo rio Sidra, frequentemente seguindo adiante, ou se detendo para conversar uns com os outros. Pelas lanternas decoradas que ladeavam a ponte, luzes feéricas projetavam sombras douradas nas asas dos três machos, emoldurando as garras no topo de cada uma.

Os assuntos das conversas variavam entre as pessoas que conheciam, partidas e times esportivos dos quais eu jamais ouvira falar (aparentemente, Amren era a cruel e obsessiva torcedora de um deles), novas lojas, música que tinham ouvido, clubes de que gostavam... Nenhuma menção a Hybern ou às ameaças que enfrentávamos — sem dúvida por discrição, mas eu tinha a sensação de que também era porque, naquela noite, naquele tempo que passávamos juntos... eles não queriam a intromissão daquela presença terrível e horrorosa. Era como se todos fossem apenas cidadãos comuns... até mesmo Rhys. Como se não fossem as pessoas mais poderosas da corte, talvez de toda Prythian. E ninguém, simplesmente ninguém na rua parava, empalidecia ou corria.

As pessoas ficavam espantadas, talvez, um pouco intimidadas, mas... não tinham medo. Aquilo era tão incomum que fiquei em silêncio, apenas observando-os: o mundo deles. A normalidade que cada um lutava tanto para preservar. Contra a qual eu um dia me revoltara, da qual me ressentira.

Mas não havia lugar como aquele no mundo. Não tão sereno. Tão amado pelo povo e pelos governantes.

O outro lado da cidade estava ainda mais lotado, com mecenas em roupas elegantes indo aos muitos teatros pelos quais passamos. Eu jamais tinha visto um teatro antes... nem vira uma peça, ou um concerto ou uma sinfonia. Em nossa cidade em ruínas, tínhamos, no máximo, músicos e menestréis; hordas de pedintes lamuriando-se em instrumentos improvisados, no pior dos casos.

Caminhamos ao longo da margem do rio, passando por lojas e cafés, e música fluía de dentro dos lugares. E pensei — mesmo ficando para trás em relação aos outros, com as mãos enluvadas enfiadas nos bolsos do sobretudo azul pesado — que os sons daquilo tudo talvez fossem a coisa mais linda que eu já ouvira: as pessoas, o rio, a música; o tilintar dos talheres nos pratos, o arrastar das cadeiras puxadas e empurradas; os gritos de vendedores ambulantes oferecendo suas mercadorias conforme passavam.

Quanto eu tinha perdido naqueles meses de desespero e torpor?

Mas não mais. O sangue vital de Velaris ressoava em mim, e, em raros momentos de silêncio, podia jurar que ouvia o mar quebrando, arranhando os penhascos distantes.

Por fim, entramos em um pequeno restaurante à margem do rio, construído no nível mais baixo de um prédio de dois andares; o espaço era decorado de verde e dourado, e mal era grande o suficiente para todos nós. E três pares de asas illyrianas.

Mas a dona os conhecia e beijou cada um na bochecha, até mesmo Rhysand. Bem, exceto por Amren, para quem a dona fez uma reverência antes de correr de volta à cozinha e nos mandar sentar na grande mesa que ficava metade dentro e metade fora da fachada aberta. A noite estrelada estava fria, e o vento farfalhava as palmeiras em vasos, posicionadas com muito cuidado ao longo do parapeito do passeio à margem do rio. Sem dúvida haviam sido enfeitiçadas para que não morressem no inverno — assim como o calor do restaurante evitava que o frio perturbasse a nós ou a qualquer um daqueles que comiam ao ar livre, na beira do rio.

Então, as bandejas de comida começaram a brotar, assim como o vinho e a conversa, e comemos sob as estrelas ao lado do rio. Eu jamais tinha experimentado comida assim: quente, exótica, temperada, picante. Era como se a comida não preenchesse apenas meu estômago, mas aquele buraco constante em meu peito também.

A dona — uma fêmea magra de pele negra e lindos olhos castanhos — estava ao lado de minha cadeira, conversando com Rhys sobre o último carregamento de especiarias que chegara aos Palácios.

— Os mercadores estavam dizendo que os preços podem subir, Grão-Senhor, principalmente se os boatos sobre o despertar de Hybern forem verdadeiros.

No fim da mesa, senti a atenção dos demais se desviar para nós, mesmo enquanto continuavam falando.

Rhys se recostou na cadeira, girando a taça de vinho.

— Encontraremos uma forma de evitar que os preços subam muito.

— Não se preocupe, é claro — disse a dona, retorcendo um pouco os dedos. — É só... é tão bom ter tantas especiarias disponíveis de novo... agora que... as coisas estão melhores.

Rhys deu um sorriso gentil para a feérica, aquele que fazia com que ele parecesse mais jovem.

— Eu não me preocuparia tanto... não quando eu gosto tanto de sua comida.

A dona sorriu, corando, e olhou para onde eu tinha virado o corpo na cadeira para observá-la.

— Está do seu gosto?

A felicidade em seu rosto, a satisfação que apenas um dia de trabalho árduo, fazendo algo que se ama, pode dar, aquilo me atingiu como uma pedra.

Eu... eu me lembrei de que já me sentira daquela forma. Depois de pintar da manhã até a noite. Certa vez, era tudo que eu queria para mim. Olhei para os pratos e, depois, de volta para a mulher e falei:

— Vivi no reino mortal e vivi em outras cortes, mas jamais provei comida assim. Comida que me faz sentir... desperta.

Aquilo pareceu tão idiota quanto me senti quando o disse, mas não conseguia pensar em outra forma de dizê-lo. Mas a dona assentiu como se entendesse e apertou meu ombro.

— Então, vou trazer uma sobremesa especial — disse ela, e foi até a cozinha.

Eu me virei para o prato, mas vi que Rhysand me olhava. Seu rosto parecia mais suave, mais contemplativo do que eu jamais o vira; a boca, levemente aberta.

Ergui as sobrancelhas. *O quê?*

Rhysand me deu um sorriso arrogante e se aproximou para ouvir a história que Mor contava sobre...

Esqueci do que ela falava quando a dona voltou com uma grande taça de metal cheia de líquido preto e a colocou diante de Amren.

A imediata de Rhys não tocara no prato, mas remexera um pouco a comida como se estivesse realmente tentando ser educada. Quando viu a taça que foi colocada diante de si, Amren ergueu as sobrancelhas.

— Não precisava fazer isso.

A dona fez um gesto com os ombros esbeltos.

— Está fresco e quente, e precisávamos da besta para o assado de amanhã mesmo.

Tive uma sensação terrível de que sabia o que havia ali dentro.

Amren girou a taça, o líquido escuro transbordou pelas laterais como vinho, e então ela o bebeu.

— Você temperou muito bem. — Sangue brilhou nos dentes de Amren.

A dona fez uma reverência.

— Ninguém deixa meu estabelecimento com fome — disse ela, antes de ir embora.

De fato, quase pedi que Mor me rolasse para fora do restaurante quando terminamos e Rhys pagou a conta, apesar dos protestos da dona. Meus músculos doíam graças ao *treinamento* mais cedo na floresta mortal, e, em algum momento durante a refeição, cada parte de mim usada para derrubar Rhys na neve começou a doer.

Mor esfregou o estômago em círculos preguiçosos quando paramos ao lado do rio.

— Quero sair para dançar. Não conseguirei dormir tão cheia. O Rita's fica logo no fim da rua.

Dançar. Meu corpo gemeu em protesto e olhei em volta em busca de um aliado para matar aquela ideia ridícula.

Mas Azriel... *Azriel* falou, com os olhos totalmente voltados para Mor:

— Estou dentro.

— É claro que está — resmungou Cassian, franzindo a testa para ele. — Não precisa partir ao alvorecer?

A testa franzida de Mor agora copiava a de Cassian... como se tivesse percebido onde e o que ele faria no dia seguinte. Então, Mor falou para Azriel:

— Não precisamos...

— Eu quero — cortou Azriel, encarando Mor por bastante tempo.

Ela desviou o olhar, virou para Cassian e disse:

— Vai ousar se juntar a nós, ou tem planos de admirar seus músculos no espelho?

Cassian riu com escárnio, entrelaçou o braço com o de Mor e a levou pela rua.

— Vou pelas bebidas, babaca. Nada de dança.

— Graças à Mãe. Você quase destruiu meu pé da última vez que tentou.

Foi difícil não encarar Azriel enquanto ele observava os dois subirem a rua, de braços dados, discutindo a cada passo. As sombras se reuniram em volta de seus ombros, como se estivessem de fato sussurrando para Azriel, protegendo-o, talvez. Seu peito largo se expandiu com uma respiração profunda que fez as sombras dispararem, e, depois, ele começou uma caminhada casual e graciosa atrás dos dois. Se Azriel iria com eles, então, qualquer desculpa que eu pudesse dar para *não* ir...

Voltei meus olhos suplicantes para Amren, mas ela desaparecera.

— Ela foi buscar mais sangue nos fundos para levar para casa — disse Rhys ao meu ouvido, e me arrepiei toda. A risada de Rhys pareceu quente contra meu pescoço. — Depois, vai direto até o apartamento para se entupir.

Tentei não estremecer quando me virei para Rhys.

— Por que sangue?

— Não parece educado perguntar.

Franzi a testa para ele.

— *Você* vai dançar?

Rhys olhou por cima de meu ombro para os amigos, que estavam quase no topo da rua íngreme; algumas pessoas paravam a fim de cumprimentá-los.

— Prefiro andar até em casa — disse Rhys, por fim. — Foi um dia longo.

Mor se virou no alto da rua, as roupas roxas flutuando ao redor do corpo ao vento do inverno, e ergueu uma sobrancelha louro-escura. Rhys balançou a cabeça, e ela gesticulou com a mão, ao que se seguiram gestos breves de Azriel e de Cassian, o qual recuou para falar com o irmão de guerra.

Rhys indicou a frente.

— Vamos? Ou está com frio demais?

Consumir sangue com Amren nos fundos do restaurante parecia mais atraente, mas balancei a cabeça e comecei a andar ao lado de Rhys conforme seguimos o rio, na direção da ponte.

Absorvi a cidade com a mesma fome com que Amren tinha entornado o sangue temperado, e quase tropecei ao ver o reflexo de cor na água.

O Arco-Íris de Velaris brilhava como um punhado de joias, como se a tinta que tivessem usado nas casas tomasse vida ao luar.

— Esta é minha vista preferida da cidade — confessou Rhys, parando ao parapeito de metal que percorria o passeio do rio e olhando para o quarteirão dos artistas. — Também era o preferido de minha irmã. Meu pai costumava precisar arrastá-la aos chutes e gritos para fora de Velaris, de tanto que ela amava a cidade.

Procurei a resposta certa para a tristeza silenciosa naquelas palavras. Mas, como uma tola inútil, apenas perguntei:

— Então, por que suas casas ficam do outro lado do rio? — Encostei no parapeito, observando os reflexos do Arco-Íris ondulando na superfície, como se fossem peixes coloridos lutando contra a corrente.

— Porque eu queria uma rua calma, para poder visitar esta balbúrdia sempre que quisesse e ainda assim ter um lar ao qual me recolher.

— Poderia ter simplesmente reorganizado a cidade.

— Por que diabo eu mudaria alguma coisa a respeito deste lugar?

— Não é isso o que Grão-Senhores fazem? — Meu hálito se condensava diante de mim na noite fria. — O que querem?

Rhysand observou meu rosto.

— Tem muitas coisas que quero fazer e não posso.

Não tinha percebido quanto estávamos próximos.

— Então, quando compra joias para Amren, é para se manter nas graças dela, ou porque vocês estão... juntos?

Rhys deu uma risada.

— Quando eu era jovem e burro, certa vez a convidei para minha cama. Amren riu até ficar rouca. As joias são apenas porque gosto de comprá-las para uma amiga que trabalha muito para mim, e me protege sempre que preciso. Permanecer em suas graças é um bônus.

Nada daquilo me surpreendia.

— E você não se casou com ninguém.

— Tantas perguntas hoje. — Encarei Rhys até que ele suspirou. — Tive amantes, mas jamais me senti tentado a convidar uma delas a compartilhar a vida comigo. E, sinceramente, acho que se tivesse perguntado, todas teriam dito que não.

— Achei que elas estariam lutando umas com as outras para conquistar sua mão. — Como Ianthe.

— Casar comigo significa uma vida com um alvo nas costas, e, se houvesse filhos, então, uma vida sabendo que seriam caçados desde que fossem concebidos. Todos sabem o que aconteceu com minha família... e meu povo sabe que, além de nossas fronteiras, somos odiados.

Ainda não conhecia a história toda, mas perguntei:

— Por quê? Por que são odiados? Por que manter em segredo a verdade sobre este lugar? É uma pena que ninguém saiba a respeito dele, do bem que fazem aqui.

— Houve um tempo em que a Corte Noturna *era* uma Corte de Pesadelos e era governada da Cidade Escavada. Há muito tempo. Mas um antigo Grão-Senhor teve uma visão diferente e, em vez de permitir que o mundo visse o território vulnerável em um momento de mudança, selou as fronteiras e deu um golpe, eliminando os piores dos cortesãos e dos predadores, construindo Velaris para os sonhadores, estabelecendo comércio e paz.

Os olhos de Rhys se iluminaram, como se ele pudesse espiar o passado e ver aquilo. Com aqueles dons incríveis, não me surpreenderia.

— Para preservá-la — continuou Rhys —, ele a manteve em segredo, assim como seus filhos, e os filhos deles. Há muitos feitiços na própria cidade, conjurados por ele e pelos herdeiros, que fazem com que aqueles que negociam aqui não consigam contar nossos segredos, e os tornam habilidosos em mentir para poder manter a origem das mercadorias, os navios, ocultos do resto do mundo. Dizem os boatos que aquele antigo Grão-Senhor colocou o próprio sangue vital sobre as pedras e o rio para manter esse feitiço eterno.

"Mas, pelo caminho, apesar das melhores intenções, a escuridão cresceu de novo... não tão ruim quanto fora um dia... Mas ruim o bastante para que houvesse uma divisão permanente em minha corte. Permitimos que o mundo veja a outra metade, que a tema, para que jamais adivinhem que este lugar floresceu aqui. E permitimos que a Corte dos Pesadelos continue, alheia à existência de Velaris, porque sabemos que, sem eles, algumas cortes e alguns reinos podem nos atacar. E invadir nossas fronteiras para descobrir muitos, muitos segredos que guardamos dos outros Grão-Senhores e de outras cortes ao longo dos milênios."

— Então, realmente, nenhum dos outros sabe? Nas outras cortes?

— Nenhuma alma. Não vai encontrá-la em um único mapa, ou mencionada em livro algum além daqueles escritos aqui. Talvez estejamos perdendo por sermos tão contidos e isolados, mas... — Rhys gesticulou para a cidade ao nosso redor. — Meu povo não parece sofrer muito por isso.

De fato, eles não sofriam. Graças a Rhys e a seu Círculo Íntimo.

— Está preocupado com a ida de Az às terras mortais amanhã?

Rhysand tamborilou com o dedo contra o parapeito.

— É claro que estou. Mas Azriel se infiltrou em lugares muito mais perturbadores que algumas cortes mortais. Ele acharia minha preocupação um insulto.

— Ele gosta do que faz? Não a espionagem. O que ele fez com o Attor hoje.

Rhys suspirou.

— É difícil saber, e ele jamais me contará. Já vi Cassian destruir oponentes e depois vomitar as tripas no fim da carnificina, e, às vezes, até ficar de luto por eles. Mas Azriel... Cassian tenta, eu tento, mas acho que a única pessoa que consegue fazer com que ele admita qualquer sentimento é Mor. E somente quando ela o importuna ao ponto em que até mesmo a paciência infinita de Azriel se esgota.

Sorri um pouco.

— Mas ele e Mor, eles nunca...?

— Isso é entre eles... e Cassian. Não sou burro ou arrogante o suficiente para me colocar no meio.

O que eu certamente seria se metesse o nariz na vida deles.

Caminhamos em silêncio pela ponte lotada até o outro lado do rio. Meus músculos estremeceram diante das colinas íngremes entre nós e a casa.

Estava prestes a implorar a Rhys que me levasse voando para casa quando ouvi trechos de música que vinha de um grupo de artistas do lado de fora de um restaurante.

Minhas mãos ficaram inertes ao lado do corpo. Uma versão reduzida da sinfonia que tinha ouvido naquele calabouço frio, quando estava tão perdida para o terror e o desespero que alucinei... alucinei enquanto aquela música entrava em minha cela... e impedia que eu me destruísse.

E mais uma vez, a beleza da melodia me atingiu, as camadas, o ritmo, a alegria e a paz.

Nunca haviam tocado aquela música Sob a Montanha — nunca aquele tipo de música. E eu jamais ouvi música na cela, exceto por aquela vez.

— Você — sussurrei, sem tirar os olhos dos músicos tocando tão habilidosamente que até mesmo os fregueses soltaram os garfos nos cafés próximos. — Você mandou aquela música para minha cela. Por quê?

A voz de Rhysand estava rouca.

— Porque estava se partindo. E não pude encontrar outra forma de salvá-la.

A música se desenvolveu e aumentou. Eu vira um palácio no céu quando alucinei, um palácio entre o pôr do sol e o alvorecer... uma casa de pilastras de pedra da lua.

— Eu vi a Corte Noturna.

Rhys me olhou de esguelha.

— Não enviei aquelas imagens para você.

Não me importava.

— Obrigada. Por tudo... pelo que fez. Naquela época... e agora.

— Mesmo depois da Tecelã? Depois dessa manhã com minha armadilha para o Attor?

Minhas narinas se dilataram.

— Você estraga tudo.

Rhys sorriu, e não reparei se as pessoas observavam quando ele deslizou um braço sob minhas pernas e nos lançou para o céu.

Eu poderia aprender a amar aquilo, percebi. O voo.

Eu estava lendo na cama, ouvindo o ruído alegre da fogueira morna de bétula que queimava na lareira diante da luminária do quarto, quando virei a página do livro e um pedaço de papel caiu.

Dei uma olhada no papel creme e na letra e me sentei, reta.

No papel, Rhysand tinha escrito:

Posso ser um galanteador sem-vergonha, mas pelo menos não tenho um temperamento terrível. Você deveria vir cuidar de meus ferimentos de nossa briga na neve. Estou todo cheio de hematomas graças a você.

Algo estalou contra a cabeceira, e uma caneta rolou pelo mogno polido. Sibilando, eu a peguei e rabisquei:

Vá lamber seus ferimentos e me deixe em paz.

O papel sumiu.

Ele ficou um tempo sumido — bem mais do que deveria ter levado para escrever as poucas palavras que surgiram no papel quando retornou.

Eu preferiria que você lambesse meus ferimentos para mim.

Meu coração bateu, mais e mais rápido, e um estranho tipo de agitação percorreu minhas veias quando li a frase diversas vezes. Aquilo era um desafio.

Fechei os lábios para evitar sorrir quando escrevi:

Lamber você onde, exatamente?

O papel sumiu antes que eu conseguisse completar a pontuação.

A resposta de Rhys demorou. Então:

Onde quiser me lamber, Feyre.

Eu gostaria de começar com "Em todos os lugares", mas posso escolher, se for necessário.

Escrevi de volta:

Espero que minha língua seja melhor que a sua. Lembro como você era horrível nisso Sob a Montanha.

Mentira. Rhys lambera minhas lágrimas quando eu estava a segundos de me destruir.

Ele fizera isso para me manter distraída — me manter com raiva. Porque o ódio era melhor que sentir nada; porque ira e ódio eram o combustível duradouro na escuridão infinita de meu desespero. Da mesma forma que aquela música evitou que eu quebrasse.

Lucien fora tratar de minhas feridas algumas vezes, mas ninguém arriscara tanto para me manter não apenas viva, mas tão mentalmente intacta quanto eu pudesse ficar, considerando as circunstâncias. Exatamente como Rhys estava fazendo nas últimas semanas: me provocando, implicando comigo para manter o vazio longe. Exatamente como ele fazia agora.

Eu estava sob pressão, dizia o bilhete seguinte de Rhysand. *Se quiser, ficaria mais que feliz em provar que está errada. Já me disseram que sou muito, muito bom com a língua.*

Apertei os joelhos e escrevi de volta: *Boa noite.*

Um segundo depois, o bilhete dele dizia:

Tente não gemer alto demais quando sonhar comigo. Preciso de meu sono de beleza.

Eu me levantei, joguei o bilhete no fogo e fiz um gesto vulgar para ele.

Podia ter jurado que uma risada ecoou pelo corredor.

Não sonhei com Rhys.

Sonhei com o Attor, as garras em mim, me agarrando enquanto eu era socada. Sonhei com a risada sibilante e com seu fedor terrível.

Mas dormi a noite inteira. E não acordei uma só vez.

Capítulo 30

Cassian podia exibir sorrisos arrogantes e vulgaridade na maior parte do tempo, mas, no ringue de luta em um pátio escavado da rocha no alto da Casa do Vento, na tarde seguinte, ele era um assassino de sangue frio.

E quando aqueles instintos letais estavam voltados para mim...

Sob a roupa de couro de luta, mesmo com a temperatura fria, minha pele estava coberta de suor. Cada respiração machucava minha garganta, e meus braços tremiam tanto que ao sequer tentar usar os dedos, o mindinho começava a tremer incontrolavelmente.

Eu estava observando meu dedo oscilar por vontade própria quando Cassian cobriu a distância entre nós, pegou minha mão e disse:

— Isso é porque está forçando as articulações erradas. As duas primeiras, do indicador e do dedo médio, é onde os socos devem atingir o alvo. Acertar aqui — instruiu ele, batendo um dedo calejado no trecho de pele já roxo do arco entre meu mindinho e o anelar — causará mais danos a você que a seu oponente. Tem sorte de o Attor não querer entrar em uma briga mano a mano.

Estávamos naquilo havia uma hora, repassando os passos básicos do combate corpo a corpo. E pelo visto, eu podia ser boa de caça, com o arco e flecha, mas... usando meu lado esquerdo? Patética. Era tão descoordenada quanto um cervo recém-nascido aprendendo a andar. Socar *e* avançar com o lado esquerdo do corpo ao mesmo tempo era quase impossível, e tropecei em Cassian mais vezes do que o acertei. Os socos com a direita, esses eram fáceis.

— Beba alguma coisa — disse Cassian. — Depois, vamos trabalhar sua musculatura central. Não faz sentido aprender a socar se não pode sequer se equilibrar.

Franzi a testa na direção do som de espadas se chocando no ringue de luta aberto diante de nós.

Azriel, surpreendentemente, tinha voltado do mundo mortal antes do almoço. Mor o interceptou primeiro, mas consegui um relatório em segunda mão com a explicação de Rhys de que ele tinha encontrado algum tipo de barreira em volta do palácio das rainhas e precisara retornar para avaliar o que poderia ser feito a respeito.

Avaliar... e ficar deprimido, ao que parecia, pois Azriel mal conseguira me dar um oi educado antes de começar a lutar com Rhysand, o rosto sombrio e tenso. Estavam naquilo havia uma hora, as lâminas finas eram como lampejos de mercúrio conforme os dois se moviam em círculos. Imaginei se era para praticar ou para que Rhys ajudasse o mestre-espião a se livrar da frustração.

Em algum momento desde que eu olhara pela última vez, apesar do dia ensolarado de inverno, os dois tinham tirado os casacos de couro e as camisas.

Os braços musculosos estavam cobertos do mesmo tipo de tatuagens que adornavam minha mão e meu antebraço, o nanquim fluía pelos ombros e por cima dos músculos peitorais esculturais. Entre as asas, uma linha de tatuagens descia pela coluna vertebral, bem abaixo de onde os feéricos tipicamente prendiam as lâminas.

— Recebemos as tatuagens quando somos iniciados como guerreiros illyrianos, para dar sorte e glória no campo de batalha — explicou Cassian, seguindo meu olhar. Duvidava de que Cassian estivesse se deleitando com o restante da imagem, no entanto: os músculos do estômago de ambos reluzindo com suor à luz do sol, a contração dos músculos das poderosas coxas, a força delineada nas costas, cercando aquelas asas poderosas, lindas.

Morte em asas ágeis.

O título surgiu do nada, e, por um momento, vi a pintura que eu criaria: a escuridão daquelas asas, fracamente iluminadas por linhas de vermelho e dourado sob o radiante sol do inverno, o brilho das lâminas, a severidade das tatuagens contra a beleza dos rostos...

Pisquei, e a imagem sumiu como uma nuvem de hálito quente em uma noite fria.

Cassian indicou os irmãos com o queixo.

— Rhys está fora de forma e não admite, mas Azriel é educado demais para espancá-lo até cair na terra.

Rhys parecia qualquer coisa, menos fora de forma. Que o Caldeirão me cozinhasse, que diabo eles *comiam* para ter aquela aparência?

Meus joelhos tremeram um pouco quando caminhei até o banquinho ao qual Cassian tinha levado uma jarra de água e dois copos. Eu me servi de um, e meu mindinho tremia descontroladamente de novo.

Minha tatuagem, percebi, tinha sido feita com marcas illyrianas. Talvez fosse a forma do próprio Rhys de me desejar sorte e glória enquanto enfrentava Amarantha.

Sorte e glória. Não me importaria de ter um pouco de cada ultimamente.

Cassian encheu um copo para si e brindou comigo, bem diferente do brutal mestre de lutas que, momentos antes, me fizera caminhar em meio a socos, golpear suas almofadas de treino e tentar não desabar no chão implorando pela morte. Bem diferente do macho que enfrentara minha irmã, incapaz de resistir a se testar contra o espírito de aço e chamas de Nestha.

— Então — falou Cassian, tomando a água. Atrás de nós, Rhys e Azriel se chocaram, se separaram e se chocaram de novo. — Quando vai falar sobre como escreveu uma carta a Tamlin dizendo a ele que partiu de vez?

A pergunta me acertou tão cruelmente que disparei:

— Que tal quando você falar sobre como provoca e implica com Mor para esconder o que quer que sinta por ela? — Porque eu não tinha dúvidas de que Cassian estava bastante ciente do papel que tinha no pequeno triângulo amoroso deles.

O som de passos estalando e lâminas se chocando atrás de nós parou... então retornou.

Cassian soltou uma risada sobressaltada e áspera.

— Notícia velha.

— Tenho a sensação de que é isso o que ela provavelmente diz sobre você.

— Volte para o ringue — mandou Cassian, apoiando o copo vazio. — Nada de exercícios para a musculatura central. Apenas punhos. Quer ser engraçadinha, então aprenda se defender.

Mas a pergunta que Cassian tinha feito tomou conta de minha mente. *Você partiu de vez; você partiu de vez; você partiu de vez.*

Eu tinha... sido sincera. Mas sem saber o que ele achava, se ele se importaria tanto... Não, eu sabia que ele se importaria. Provavelmente tinha destruído a mansão num ataque de ódio.

Se a simples menção a Tamlin de que ele estava me sufocando o fizera destruir o escritório, então, aquilo... Eu tinha ficado com medo daqueles ataques de raiva intensa, intimidada por eles. E aquilo fora amor... eu o amara tão profunda e imensamente, mas...

— Rhys contou a você? — perguntei.

Cassian teve a inteligência de parecer um pouco nervoso diante da expressão em meu rosto.

— Ele informou a Azriel, que está... monitorando as coisas e precisa saber. Az me contou.

— Presumo que tenha sido enquanto estavam fora bebendo e dançando. — Entornei o resto da água e voltei para o ringue.

— Ei! — chamou Cassian, segurando meu braço. Os olhos cor de avelã estavam mais esverdeados que marrons naquele dia. — Desculpe. Não quis tocar em um ponto delicado. Az só me contou porque contei a ele que *eu* precisava saber para minhas forças; saber o que esperar. Nenhum de nós... não achamos que é uma piada. Você tomou uma decisão difícil. Uma decisão muito difícil. Foi só uma tentativa imbecil minha de tentar ver se você precisava falar sobre isso. Desculpe — repetiu Cassian, deixando o assunto de lado.

As palavras trôpegas, a sinceridade nos olhos dele... Assenti quando retomei meu lugar.

— Tudo bem.

Embora Rhysand continuasse lutando com Azriel, eu podia jurar que seus olhos estavam em mim — desde o momento em que Cassian fizera aquela pergunta.

Cassian enfiou as mãos nas almofadas de treino e as ergueu.

— Trinta séries de dois socos cada; depois, quarenta; depois, cinquenta. — Fiz um gesto de sofrimento para ele por cima das almofadas enquanto enfaixava as mãos. — Não respondeu minha pergunta — falou Cassian, com um sorriso hesitante, um que eu duvidava que seus soldados ou os irmãos illyrianos jamais viam.

Aquilo tinha sido amor, e eu tinha sido sincera; a felicidade, o desejo, a paz... Senti todas essas coisas. Um dia.

Posicionei as pernas e ergui as mãos até a altura do rosto.

Mas talvez essas coisas tivessem me ofuscado também.

Talvez tivessem sido como um cobertor sobre meus olhos no que dizia respeito ao temperamento. A necessidade de controle, a necessidade de proteger que era tão profunda a ponto de Tamlin me trancafiar. Como uma prisioneira.

— Estou bem — assegurei, avançando e socando com o lado esquerdo. Fluida, suave como seda, como se meu corpo imortal tivesse, por fim, se alinhado.

Meu punho se chocava contra a almofada de treino de Cassian, retornando tão rápido quanto a mordida de uma cobra quando golpeei com o lado direito, o ombro e o pé girando.

— Um — contou Cassian. De novo, golpeei, um-dois. — Dois. E bem é bom... bem é ótimo.

De novo e de novo.

Nós dois sabíamos que "bem" era uma mentira.

Eu tinha feito tudo... *tudo* por aquele amor. Tinha me despedaçado, tinha matado inocentes e me degradado, e ele tinha se *sentado* ao lado de Amarantha naquele trono. E ele não conseguira fazer nada, não arriscara; não arriscara ser pego até que restasse uma noite, e tudo que ele quis fazer não foi me libertar, mas transar comigo e...

De novo e de novo e de novo. Um-dois; um-dois; um-dois...

E quando Amarantha me destruiu, quando ela partiu meus ossos e fez meu sangue ferver nas veias, ele apenas se ajoelhou e implorou a ela. Não tentou matá-la, não rastejou por mim. Sim, lutou por mim... mas eu lutei mais por ele.

De novo, de novo, de novo, cada soco de meus punhos nas almofadas de treino eram uma pergunta e uma resposta.

E ele teve a ousadia, depois que seus poderes retornaram, de me jogar em uma jaula. A *ousadia* de dizer que eu não era mais útil; eu deveria ficar enclausurada para a paz de espírito *dele*. Tamlin me dera tudo de que eu precisava para me tornar quem era, me sentir segura, e, quando conseguiu o que quis, quando conseguiu o poder de volta, as terras de volta... parou de tentar. Ainda era bom, ainda era Tamlin, mas estava simplesmente... errado.

Então, comecei a chorar entre os dentes trincados, as lágrimas lavando aquela ferida infeccionada, e não me importei que Cassian estivesse ali, ou Rhys, ou Azriel.

O choque das lâminas cessou.

Depois, meus punhos se chocaram contra pele exposta, e percebi que tinha socado até rasgar as almofadas de treino — não, *queimara* as almofadas e...

E parei também.

As faixas em minhas mãos eram agora meros borrões de fuligem. As palmas erguidas de Cassian ainda estavam diante de mim — prontas para receber o golpe se eu precisasse dá-lo.

— Estou bem — disse ele, em voz baixa. Com suavidade.

E talvez eu estivesse exausta e partida, mas sussurrei:

— Eu os matei.

Não tinha dito as palavras em voz alta desde que acontecera.

Os lábios de Cassian se contraíram.

— Eu sei. — Nem reprimenda, nem parabéns. Mas compreensão sombria.

Minhas mãos relaxaram quando outro soluço percorreu meu corpo.

— Deveria ter sido eu.

E lá estava.

Bem ali, sob o céu limpo, o sol de inverno em minha cabeça, nada ao meu redor, exceto rocha, nenhuma sombra na qual me esconder, nada a que me agarrar... Lá estava.

Então, a escuridão deslizou para mim, escuridão tranquilizadora, suave — não sombras — e um corpo masculino coberto de suor parou diante de mim. Dedos carinhosos ergueram meu queixo até que eu olhasse para cima... para o rosto de Rhysand.

As asas de Rhys nos envolveram, nos encasularam, a luz do sol projetou a membrana em dourado e vermelho. Além de nós, do lado de fora, em outro mundo, talvez, os sons de aço contra aço — Cassian e Azriel lutando — começaram.

— Você vai sentir isso todos os dias pelo resto da vida — disse Rhysand. De tão perto, eu conseguia sentir o cheiro de suor nele, o cheiro de mar e algo cítrico por baixo. Os olhos de Rhys eram suaves. Tentei virar o rosto, mas ele segurou meu queixo. — E sei disso porque eu me sinto assim todos os dias desde que minha mãe e minha irmã foram assassinadas e precisei enterrá-las eu mesmo, e nem sequer a vingança consertou as coisas. — Rhysand limpou as lágrimas em uma bochecha, depois, outra. — Pode deixar que isso a destrua, deixar que a leve à morte, como quase fez com a Tecelã, ou pode aprender a viver com isso.

Por um longo momento, apenas encarei o rosto sincero e calmo — talvez o verdadeiro rosto de Rhys, aquele por baixo de todas as máscaras que ele usava para manter o povo a salvo.

— Sinto muito... por sua família — murmurei, a voz rouca.

— Sinto muito por não ter encontrado uma forma de poupá-la do que aconteceu Sob a Montanha — disse Rhys, igualmente baixo. — De morrer. De *querer* morrer. — Comecei a balançar a cabeça, mas Rhys falou: — Tenho dois tipos de pesadelos: aqueles em que sou mais uma vez a vadia de Amarantha ou meus amigos são... E aqueles em que ouço seu pescoço estalar e vejo a luz deixar seus olhos.

Não tive resposta para aquilo... para o tom da voz intensa e grave. Então, examinei as tatuagens no peito e nos braços de Rhysand, o brilho da pele bronzeada de sol, tão reluzente agora que não estava mais enjaulado dentro daquela montanha.

Parei o escrutínio quando cheguei aos músculos em forma de "V" que surgiam da parte de baixo da cintura de sua calça de couro. Em vez disso, flexionei a mão diante do corpo, e minha pele estava quente com o calor que havia queimado aquelas almofadas.

— Ah — disse Rhysand, e as asas retornaram, mas ele as recolheu graciosamente atrás do corpo. — Isso.

Semicerrei os olhos com a inundação da luz do sol.

— Corte Outonal, certo?

Rhys pegou minha mão, examinando-a, a pele já estava ferida devido à luta.

— Certo. Um presente de seu Grão-Senhor, Beron.

O pai de Lucien. Lucien... Imaginei o que ele achava daquilo tudo. Se sentia minha falta. Se Ianthe continuava... caçando Lucien.

Ainda lutando, Cassian e Azriel estavam fazendo o melhor para não parecer que bisbilhotavam.

— Não sou bem versado nas complexidades dos dons elementares de outros Grão-Senhores — explicou Rhys. — Mas podemos descobrir, um dia após o outro, se for preciso.

— Se você é o Grão-Senhor mais poderoso da história... será que isso quer dizer que a gota que recebi de você tem mais força que as dos demais? — Por que eu tinha conseguido entrar na mente dele daquela vez?

— Tente. — Rhys inclinou o queixo em minha direção. — Veja se consegue conjurar a escuridão. Não vou pedir que tente atravessar — acrescentou, com um sorriso.

— Não sei como fiz isso, para início de conversa.

— Deseje que tome vida.

Eu o encarei inexpressivamente.

Rhys deu de ombros.

— Tente pensar em mim, em como sou bonito. Quanto sou talentoso...

— Quanto é arrogante.

— Isso também. — Rhys cruzou os braços sobre o peito nu, e o movimento fez os músculos de seu abdômen se contraírem.

— Aproveite e coloque uma camisa — provoquei.

Um sorriso felino.

— Isso a deixa desconfortável?

— Fico surpresa por não haver mais espelhos nesta casa, pois você parece amar tanto se olhar.

Azriel teve um ataque de tosse. Cassian apenas se virou com a mão tapando a boca.

Os lábios de Rhys se contraíram.

— Aí está a Feyre que adoro.

Fiz uma careta, mas fechei os olhos e tentei olhar para dentro — na direção de qualquer canto escuro que eu pudesse encontrar. Havia muitos.

Até demais.

E no momento... no momento cada um deles continha a carta que eu tinha escrito no dia anterior.

Uma despedida.

Por minha sanidade, por *minha* segurança...

— Há tipos diferentes de escuridão — falou Rhys. Mantive os olhos fechados. — Há a escuridão que assusta, a escuridão que acalma, a escuridão do descanso. — Visualizei cada uma. — Há a escuridão dos amantes, e a escuridão dos assassinos. Ela se torna o que o portador deseja que seja, precisa que seja. Não é completamente ruim ou boa.

Só vi a escuridão da cela daquele calabouço; a escuridão do covil do Entalhador de Ossos.

Cassian xingou, mas Azriel murmurou um desafio baixinho que fez suas lâminas se chocarem novamente.

— Abra os olhos. — Abri.

E encontrei escuridão ao meu redor. Não de mim... mas de Rhys. Como se o ringue de luta tivesse sido varrido, como se o mundo ainda estivesse para começar.

Silenciosa.

Suave.

Pacífica.

Luzes começaram a piscar: pequenas estrelas, íris fluorescentes de azul e roxo e branco. Estendi a mão na direção de uma, e luz estelar dançou na ponta de meus dedos. Bem longe, em outro mundo talvez, Azriel e Cassian lutavam na escuridão, sem dúvida usando-a como exercício de treinamento.

Movi a estrela entre meus dedos, como uma moeda na mão de um mágico. Ali, na escuridão tranquilizadora e reluzente, uma respiração apaziguadora preencheu meus pulmões.

Não conseguia me lembrar da última vez que tinha feito tal coisa. Respirar com facilidade.

Então, a escuridão se partiu e sumiu, mais ágil que fumaça ao vento. Eu me vi piscando de novo no sol ofuscante, com o braço ainda estendido, Rhysand ainda diante de mim.

Ainda sem camisa.

Ele falou:

— Podemos trabalhar nisso depois. Por enquanto. — Rhys cheirou. — Vá tomar um banho.

Mostrei a ele um gesto particularmente vulgar... e pedi que Cassian voasse comigo para casa em vez de Rhys.

Capítulo 31

— Não dance muito na ponta dos pés — disse Cassian para mim quatro dias depois, enquanto passávamos a habitual tarde morna no ringue de treino. — Pés plantados, adagas em punho. Olhos nos meus. Se estivesse em um campo de batalha, estaria morta com aquele movimento.

Amren riu com escárnio enquanto limpava as unhas sentada em uma espreguiçadeira.

— Ela ouviu das primeiras dez vezes que você falou, Cassian.

— Continue falando, Amren, e vou arrastá-la para o ringue e ver o quanto realmente tem praticado.

Amren apenas continuou limpando as unhas; com um osso minúsculo, percebi.

— Me toque, Cassian, e vou arrancar sua parte preferida. Por menor que seja.

Ele soltou uma risada grave. De pé entre os dois no ringue de treino no alto da Casa do Vento, uma adaga em cada mão, suor escorrendo por meu corpo, me perguntei se deveria encontrar uma forma de fugir. Talvez atravessar... embora não tivesse conseguido fazer isso de novo desde aquela manhã no reino mortal, apesar de meus esforços silenciosos na privacidade do quarto.

Quatro dias daquilo: treinando com Cassian, então trabalhando com Rhys em tentar conjurar chamas ou escuridão. Não era surpresa que eu tivesse progredido mais com o primeiro.

Ainda não tinham chegado notícias da Corte Estival. Ou da Corte Primaveril, com relação a minha carta. Eu não sabia se aquilo era bom. Azriel continuou com sua tentativa de se infiltrar nas cortes das rainhas humanas, a rede de espiões agora buscava uma posição para entrar. O fato de ele ainda não ter conseguido o deixara mais silencioso que o normal... mais frio.

Os olhos prateados de Amren se ergueram das unhas.

— Que bom. Pode brincar com ela.

— Brincar com quem? — indagou Mor, saindo das sombras do vão das escadas.

As narinas de Cassian se dilataram.

— Aonde foi na outra noite? — perguntou ele a Mor, sem sequer um aceno de cumprimento. — Não a vi sair do Rita's. — O salão que frequentavam para beber e festejar.

Eles tinham me arrastado para fora duas noites antes, e passei a maior parte do tempo sentada na mesa, me demorando com o vinho, falando por cima da música com Azriel, que chegara com vontade de ficar remoendo suas preocupações, mas relutantemente me acompanhou em ver Rhys fazer a corte no bar. Fêmeas e machos seguiam Rhysand pelo salão... e o encantador de sombras e eu fizemos um jogo, apostando em quem, exatamente, teria coragem de convidar o Grão-Senhor até a casa.

Não foi surpresa que Az tivesse vencido todas as partidas. Mas ao menos estava sorrindo no fim da noite... para a felicidade de Mor quando ela voltou cambaleando para nossa mesa, a fim de entornar outra bebida antes de deslizar de volta à pista de dança.

Rhys não aceitou nenhuma das ofertas feitas, não importava o quanto fossem belos, o quanto sorrissem e rissem. E as recusas eram educadas; firmes, mas educadas.

Será que tinha estado com alguém desde Amarantha? Será que *queria* outra pessoa em sua cama depois de Amarantha? Mesmo o vinho não me dera coragem para perguntar a Azriel a respeito.

Mor, ao que parecia, ia ao Rita's mais que qualquer um — praticamente morava ali, na verdade. Ela deu de ombros diante da pergunta de Cassian, e outra espreguiçadeira como a de Amren surgiu.

— Eu só... saí — respondeu ela, sentando-se.

— Com quem? — insistiu Cassian.

— Da última vez que verifiquei — disse Mor, recostando-se na cadeira — não recebia ordens de você, Cassian. Ou me reportava a você. Então, onde eu estava e com quem estava não é da porcaria de sua conta.

— Também não contou a Azriel.

Parei, sopesando aquelas palavras, os ombros rígidos de Cassian. Sim, havia alguma tensão entre ele e Mor que resultara naquela implicância, mas... talvez... talvez Cassian aceitasse o papel de amortecedor não para mantê-los separados, mas para evitar que o encantador de sombras se ferisse. Que se tornasse *notícia velha*, como eu o tinha chamado.

Cassian finalmente se lembrou de que eu estava parada diante dele, reparou no olhar de compreensão em meu rosto e me deu um de aviso em troca. Justo.

Dei de ombros e tomei um momento para apoiar as adagas e recuperar o fôlego. Por um segundo, desejei que Nestha estivesse ali, apenas para ver os *dois* se bicarem. Não tínhamos ouvido nada de minhas irmãs ou das rainhas mortais. Imaginei quando mandaríamos outra carta, ou tentaríamos outro caminho.

— Por que, exatamente — disse Cassian a Amren e Mor, sem sequer se dar o trabalho de tentar soar agradável —, vocês, *damas*, estão aqui?

Mor fechou os olhos quando inclinou a cabeça para trás, deixando o sol bater no rosto com a mesma irreverência da qual Cassian talvez tentasse proteger Azriel; e a própria Mor talvez tentasse proteger Azriel de si mesma também.

— Rhys virá em alguns momentos para nos dar notícias, aparentemente. Amren não lhe disse?

— Esqueci — comentou Amren, ainda limpando as unhas. — Estava me divertindo demais vendo Feyre fugir das técnicas infalíveis de Cassian para conseguir com que as pessoas façam o que ele quer.

As sobrancelhas de Cassian se ergueram.

— Você está aqui há uma *hora*.

— Ops! — exclamou Amren.

Cassian ergueu as mãos.

— Levante da cadeira e pague vinte flexões...

Um grunhido cruel e sobrenatural o interrompeu.

Mas Rhys desceu as escadas e não pude decidir se deveria me sentir aliviada ou desapontada porque a luta Cassian *versus* Amren foi tão subitamente interrompida.

Ele estava com as roupas finas, não o couro de luta, as asas fora de vista. Rhys olhou para todos, para mim, para as adagas que eu tinha deixado na terra, e depois disse:

— Desculpe interromper quando as coisas ficavam interessantes.

— Felizmente, para as bolas de Cassian — disse Amren, aninhando-se de volta na espreguiçadeira —, você chegou na hora certa.

Cassian deu um grunhido fraco para ela.

Rhys riu e disse para nenhum de nós em especial:

— Prontos para tirar umas férias de verão?

— A Corte Estival convidou você? — quis saber Mor.

— É claro que sim. Feyre, Amren e eu vamos amanhã.

Apenas nós três? Cassian pareceu pensar o mesmo, as asas farfalharam quando cruzou os braços e encarou Rhys.

— A Corte Estival é cheia de tolos esquentados e canalhas arrogantes — avisou ele. — Eu deveria ir junto.

— Você se encaixaria direitinho — cantarolou Amren. — É uma pena que não vai mesmo assim.

Cassian apontou o dedo para ela.

— Cuidado, Amren.

Ela exibiu os dentes em um sorriso malicioso.

— Acredite em mim, prefiro não ir também.

Fechei a boca para conter um sorriso ou uma careta, não sabia qual.

Rhys esfregou as têmporas.

— Cassian, considerando o fato de que da última vez que visitou, não acabou bem...

— Eu destruí *um* prédio...

— *E* — interrompeu Rhys. — Considerando que morrem de medo da doce Amren, *ela* é a escolha mais sábia.

Eu não sabia se havia alguém vivo que *não* morria de medo de Amren.

— Poderia facilmente ser uma armadilha — insistiu Cassian. — Quem pode dizer que o atraso na resposta não foi porque estão contatando nossos inimigos para fazer uma emboscada?

— É por isso *também* que Amren vai — explicou Rhys, simplesmente.

Amren franzia a testa; entediada e irritada.

Rhys continuou, casualmente demais:

— Há também muito tesouro que pode ser encontrado na Corte Estival. Se o Livro estiver escondido, Amren, você pode encontrar outros objetos de que gostará.

— Merda! — xingou Cassian, erguendo as mãos de novo. — Sério, Rhys? Já é ruim o bastante que vamos furtar deles, mas roubar descaradamente...

— Rhysand *tem* razão — ponderou Amren. — O Grão-Senhor deles é jovem e inexperiente. Duvido que tenha tido muito tempo para catalogar o tesouro herdado desde que foi nomeado Sob a Montanha. Duvido que saiba que tem algo faltando. Muito bem, Rhysand... Estou dentro.

Não era mesmo melhor que um dragão cuspidor de fogo guardando o tesouro. Mor me lançou um olhar secreto, sutil, que comunicava o mesmo, e engoli uma risada.

Cassian começou a protestar de novo, mas Rhys disse, baixinho:

— Vou precisar de você, não de Amren, no reino humano. A Corte Estival o baniu pela eternidade, e, embora sua presença servisse como uma boa distração enquanto Feyre faz o que precisa, poderia levar a mais problemas do que vale a pena.

Enrijeci o corpo. O que eu precisava fazer... ou seja, rastrear aquele Livro dos Sopros e roubá-lo. Feyre, Quebradora da Maldição... e ladra.

— Apenas fique calmo, Cassian — disse Amren, com os olhos um pouco distantes, pois sem dúvida imaginava o tesouro que poderia roubar da Corte Estival. — Ficaremos bem sem sua arrogância e sem que saia grunhindo para todos. O Grão-Senhor deles deve um favor a Rhys por lhe ter salvado a vida Sob a Montanha, e por ter guardado seus segredos.

As asas de Cassian estremeceram, mas Mor se intrometeu:

— E o Grão-Senhor provavelmente também quer saber qual é nossa posição no conflito iminente.

As asas de Cassian se acalmaram de novo. Ele inclinou o queixo para mim.

— Feyre, no entanto... Uma coisa é tê-la aqui, mesmo quando todos sabem. Outra coisa é levá-la para uma corte diferente e apresentá-la como um membro da sua.

A mensagem que aquilo mandaria para Tamlin. Como se minha carta não bastasse.

Mas Rhys tinha terminado. Ele inclinou a cabeça para Amren e caminhou até o portal em arco. Cassian avançou um passo, mas Mor ergueu a mão.

— Esqueça — murmurou ela. Cassian a olhou com raiva, mas obedeceu.

Tomei isso como uma chance de seguir Rhys, a escuridão quente dentro da Casa do Vento me cegava. Meus olhos feéricos se ajustaram rapidamente, mas, durante os primeiros passos pelo estreito corredor, segui Rhys apenas pela memória.

— Mais alguma armadilha da qual eu deva saber antes de partirmos amanhã? — perguntei às costas dele.

Rhys olhou por cima do ombro, parando no alto da plataforma das escadas.

— E aqui estava eu, pensando que seus bilhetes na outra noite indicavam que me perdoara.

Prestei atenção àquele meio sorriso, ao peito que eu talvez tivesse sugerido que lamberia, e para o qual evitara olhar durante os últimos quatro dias, e parei a uma distância segura.

— Era de se pensar que um Grão-Senhor tivesse coisas mais importantes a fazer que passar bilhetinhos de um lado para o outro à noite.

— Tenho coisas mais importantes a fazer — ronronou Rhys. — Mas acho que sou incapaz de resistir à tentação. Da mesma forma que você não pode resistir a me observar sempre que saímos. Tão ciumenta.

Minha boca ficou um pouco seca. Mas... flertar com ele, lutar com ele... Era fácil. Divertido.

Talvez eu merecesse aquelas duas coisas.

Então, encurtei a distância entre nós, passei suavemente por Rhys e falei:

— *Você* não consegue ficar longe de mim desde o Calanmai, ao que parece.

Algo ondulou nos olhos de Rhysand, algo que não identifiquei, mas ele deu um peteleco em meu nariz... com tanta força que eu sibilei e bati em sua mão.

— Mal posso esperar para ver o que essa sua língua afiada pode fazer na Corte Estival — disse Rhys, com o olhar fixo em minha boca, e se dissipou na sombra.

Capítulo 32

No fim das contas, apenas Amren e eu nos juntamos a Rhys; Cassian fracassara em convencer o Grão-Senhor, Azriel ainda estava fora, supervisionando sua rede de espiões e investigando o reino humano, e Mor fora incumbida de cuidar de Velaris. Rhys atravessaria conosco direto para Adriata, a cidade-castelo da Corte Estival — e ali nós ficaríamos, por quanto tempo fosse necessário para que eu detectasse e então roubasse a primeira metade do Livro.

Como o mais novo bicho de estimação de Rhys, eu teria direito a passeios pela cidade e a me hospedar na residência pessoal do Grão-Senhor. Se tivéssemos sorte, nenhum deles perceberia que o cachorrinho de Rhys na verdade era um cão de caça.

E era um disfarce muito, muito bom.

Rhys e Amren estavam no saguão da casa no dia seguinte, o sol abundante da manhã entrava pelas janelas e cobria o tapete ornamentado. Amren usava os habituais tons de cinza — a calça larga com cós logo abaixo do umbigo, a blusa esvoaçante curta o suficiente para mostrar um trecho ínfimo de pele no tronco. Tão atraente quanto um mar calmo sob um céu de tempestade.

Rhys estava de preto da cabeça aos pés, acentuado pelo bordado prateado... nenhuma asa. O macho contido e sofisticado que eu conhecera. Sua máscara preferida.

Para mim, escolhi um vestido lilás esvoaçante, as saias oscilando a um vento inexistente, sob o cinto encrustado de prata e pérolas. Flores noturnas prateadas combinando foram bordadas a partir da bainha, roçando minhas coxas, e algumas mais se entrelaçavam pelas dobras de meus ombros. O vestido perfeito para combater o calor da Corte Estival.

O vestido farfalhou e suspirou conforme desci os dois últimos lances de escada até o saguão. Rhys me observou com um olhar longo e indecifrável, desde os pés em sandálias de prata até o cabelo preso pela metade. Nuala cacheara as mechas que tinham sido deixadas para baixo — cachos macios e leves que ressaltavam o dourado em meus cabelos.

Rhys apenas disse:

— Bom. Vamos.

Minha boca se abriu, mas Amren explicou com um sorriso amplo e felino:

— Ele está irritadinho esta manhã.

— Por quê? — perguntei, observando Amren pegar a mão de Rhys, e os dedos delicados pareciam encolher nos dele. Rhys estendeu a outra mão para mim.

— Porque — respondeu Rhys por Amren — fiquei fora até tarde com Cassian e Azriel e eles me limparam nas cartas.

— Mau perdedor? — Segurei a mão dele. Os calos de Rhys arranharam os meus, o único lembrete do guerreiro treinado sob as roupas e a máscara.

— Eu sou quando meus irmãos se juntam contra mim — murmurou Rhys. Ele não ofereceu aviso antes de sumir em um vento da meia-noite; então...

Eu estava semicerrando os olhos diante do sol incandescente em um mar turquesa, ao mesmo tempo que tentava reorganizar meu corpo sob o calor seco e sufocante, mesmo com a brisa refrescante da água.

Pisquei algumas vezes... e foi o máximo de reação que me permiti mostrar quando me desvencilhei da mão de Rhys.

Parecíamos estar de pé em uma plataforma de pouso na base de um palácio de pedra, o próprio prédio ficava empoleirado no alto de uma ilha-montanha, no coração de uma baía em meia-lua. A cidade se estendia ao redor e abaixo de nós, na direção daquele mar reluzente; os prédios eram todos feitos daquela pedra, ou brilhavam com um material branco que podia ser coral ou pérola. Gaivotas sobrevoavam os muitos torreões e pináculos, nenhuma nuvem acima delas, nada com elas na brisa, além de ar salgado e dos ruídos da cidade abaixo.

Várias pontes conectavam a ilha tumultuada à massa de terra maior que a circundava em três lados, e uma delas se erguia no momento para que um navio de muitos mastros pudesse atravessar. De fato, havia mais navios do que eu podia contar; alguns navios comerciais, alguns de pesca e alguns, ao que parecia, transportavam pessoas da cidade na ilha para o continente cujo litoral inclinado estava abarrotado de mais prédios, mais pessoas.

Mais pessoas como a meia dúzia diante de nós, emolduradas por um par de portas de vidro marinho que se abria para o próprio palácio. Em nossa pequena varanda, não havia rota de fuga, nenhum caminho além de atravessar... ou passar pelas portas. Ou, imaginei, o mergulho que nos esperava em direção aos telhados vermelhos das lindas casas 30 metros abaixo.

— Bem-vindos a Adriata — disse o macho alto no centro do grupo.

E eu o conhecia... me lembrava dele.

Não pela memória. Eu já me lembrara de que o belo Grão-Senhor da Corte Estival tinha pele negra, cabelos brancos e olhos de um azul-turquesa impressionantes. Já me lembrara de que ele tinha sido obrigado a assistir enquanto a mente de um de seus cortesãos era invadida e, então, sua vida era extinguida por Rhysand. E Rhysand mentira para Amarantha a respeito do que tinha descoberto, e poupara o homem de um destino talvez pior que a morte.

Não; no momento eu me lembrava do Grão-Senhor da Corte Estival de uma forma que não podia explicar, como se algum fragmento meu soubesse que tinha vindo dele, daquele lugar. Como se algum pedaço meu dissesse: *eu lembro, eu lembro, eu lembro. Somos iguais, você e eu.*

Rhys apenas cantarolou:

— Bom ver você de novo, Tarquin.

As outras cinco pessoas atrás do Grão-Senhor da Corte Estival trocaram expressões de severidade diversa. Como o senhor delas, tinham a pele escura, os cabelos em tons de branco ou prata, como se tivessem vivido sob o sol forte a vida inteira. Os olhos, no entanto, eram de todas as cores. E agora se moviam de mim para Amren.

Rhys colocou uma das mãos no bolso e gesticulou com a outra para Amren.

— Acho que conhece Amren. Embora não a tenha visto desde sua... promoção. — Uma graciosidade fria e calculista, com uma pontada de severidade.

Tarquin deu o mais breve aceno de cabeça para Amren.

— Bem-vinda de volta à cidade, senhora.

Amren não assentiu, não fez reverência, nem sequer uma cortesia. Ela olhou Tarquin de cima a baixo, alto e musculoso, com as roupas verde-mar, azul e dourado, e falou:

— Pelo menos você é muito mais bonito que seu primo. Olhar para ele feria os olhos. — Uma fêmea atrás de Tarquin não disfarçou a expressão de ódio. Os lábios vermelhos de Amren sorriram. — Minhas condolências, é claro — acrescentou ela, com tanta sinceridade quanto uma cobra.

Maliciosos, cruéis; era o que Amren e Rhys eram... O que *eu* deveria ser para aquelas pessoas.

Rhys gesticulou para mim.

— Não acredito que vocês dois tenham sido formalmente apresentados Sob a Montanha. Tarquin, Feyre. Feyre, Tarquin. — Rhys não mencionou nenhum título ali, ou para irritá-los, ou porque os achava um desperdício de fôlego.

Os olhos de Tarquin — de um azul-cristal tão espantoso — se fixaram em mim.

Eu me lembro de você, eu me lembro de você, eu me lembro de você.

O Grão-Senhor não sorriu.

Mantive o rosto neutro, vagamente entediado.

O olhar de Tarquin desceu até meu peito, a pele nua revelada pelo decote acentuado do vestido, como se ele pudesse ver para onde aquela faísca de vida, o poder dele, tinha ido.

Rhys acompanhou aquele olhar.

— Os seios dela *são* espetaculares, não são? Deliciosos como maçãs maduras.

Lutei contra a vontade de fazer uma careta, e, em vez disso, voltei minha atenção para ele, com a mesma indolência com que Rhys olhara para mim, para os demais.

— E aqui estava eu pensando que você tinha uma fascinação pela minha boca.

O olhar de Rhys se acendeu de surpresa e satisfação, surgindo e indo embora em um segundo.

Nós dois viramos de volta para os anfitriões, ainda com expressões petrificadas e costas rígidas.

Tarquin pareceu calcular o ar entre nós, e então falou, com cautela:

— Você tem uma história a contar, parece.

— Temos muitas histórias a contar — avisou Rhys, indicando com o queixo as portas de vidro atrás deles. — Então, por que não ficarmos confortáveis?

A fêmea que estava meio passo atrás de Tarquin se aproximou.

— Temos bebidas prontas.

Tarquin pareceu se lembrar dela e colocou a mão no ombro magro da mulher.

— Cresseida, princesa de Adriata.

A governante da capital ou a esposa de Tarquin? Não havia anel nos dedos de nenhum deles, e não reconheci Cresseida de Sob a Montanha. O cabelo longo e prateado soprava sobre o lindo rosto à brisa salgada, e não confundi a luz nos olhos castanhos da mulher com qualquer outra coisa que não esperteza afiada.

— É um prazer — murmurou Cresseida, com a voz rouca, para mim. — E uma honra.

Meu café da manhã virou chumbo no estômago, mas não deixei que ela visse o efeito que aquelas palavras de reverência tinham sobre mim; não deixei que visse que eram munição. Em vez disso, fiz minha melhor imitação de Rhysand dando de ombros.

— A honra é minha, princesa.

Os outros foram apressadamente apresentados: três conselheiros que supervisionavam a cidade, a corte e o comércio. E, então, um lindo homem de ombros largos chamado Varian, o irmão mais novo de Cresseida, capitão da guarda de Tarquin, príncipe de Adriata. A atenção dele estava fixa somente em Amren, como se soubesse onde estava a maior ameaça. E ficaria feliz em matá-la se tivesse a chance.

Durante o breve período de tempo em que eu conhecia Amren, ela jamais parecera mais encantada.

Fomos levados para um palácio feito de passagens e paredes de conchas, e incontáveis janelas se abriam para a baía e para o continente ou o mar aberto além. Lustres de vidro marinho oscilavam à brisa morna sobre córregos e fontes que jorravam água fresca. Grão-Feéricos — criados e cortesãos — se apressavam além e ao redor deles, a maioria de pele marrom e vestidos em roupas largas e leves, todos preocupados demais com os próprios problemas para notar ou se interessar por nossa presença. Nenhum feérico inferior cruzou nosso caminho... nem um sequer.

Eu me mantive um passo atrás de Rhysand enquanto ele caminhava ao lado de Tarquin, aquele poder magnífico estava domado e reduzido, e os outros seguiam atrás de nós. Amren permaneceu ao alcance, e me perguntei se ela também deveria ser minha guarda-costas. Tarquin e Rhys conversavam casualmente, ambos já entediados, sobre o iminente Nynsar; sobre as flores nativas que as duas cortes exibiriam para a pequena e breve festividade.

O Calanmai aconteceria logo depois.

Meu estômago se revirou. Se Tamlin estava determinado a seguir a tradição, se eu não estava mais com ele... não me permiti ir tão longe. Não seria justo. Comigo... com ele.

— Temos quatro cidades principais em meu território — disse Tarquin para mim, olhando por cima do ombro musculoso. — Passamos o último mês de inverno e os primeiros meses de primavera em Adriata, que é quando a cidade está em sua melhor forma.

De fato, supus que, com o verão interminável, não havia limite para como se poderia aproveitar o tempo. No campo, ao mar, em uma cidade sob as estrelas... Assenti.

— É muito linda.

Tarquin me encarou por tanto tempo que Rhys falou:

— Os reparos estão indo bem, suponho.

Aquilo chamou a atenção de Tarquin de volta.

— Em grande parte. Ainda resta muito a fazer. A metade posterior do castelo está em ruínas. Mas, como pode ver, terminamos a maior parte do interior. Nós nos concentramos primeiro na cidade, e esses consertos estão em curso.

Amarantha tinha destruído a cidade?

— Espero que nada de valor tenha sido perdido durante a ocupação — disse Rhys.

— Não as coisas mais importantes, graças à Mãe — respondeu Tarquin.

Atrás de mim, Cresseida ficou tensa. Os três conselheiros se afastaram para cuidar de outros afazeres, murmurando uma despedida... com olhares cautelosos na direção de Tarquin. Como se aquela pudesse muito bem ser a primeira vez que ele precisasse bancar o anfitrião e *os conselheiros* estivessem de olho em todos os movimentos do Grão-Senhor.

Tarquin deu a eles um sorriso que não chegou aos olhos, e não respondeu nada mais quando nos levou para uma sala abobadada de carvalho branco e vidro verde — com vista para a abertura da baía e para o mar que se estendia infinitamente.

Eu jamais tinha visto água tão vibrante. Verde e cobalto e cor da meia-noite. E, por um segundo, uma paleta de cores lampejou em minha mente, com o azul e o amarelo e o branco e o preto de que eu poderia precisar para pintar aquilo...

— Esta é minha vista preferida — disse Tarquin, ao meu lado, e percebi que tinha ido até as amplas janelas enquanto os demais haviam se sentado ao redor da mesa de madrepérola. Um punhado de criados empilhava frutas, saladas de folhas e mariscos no vapor em seus pratos.

— Você deve se sentir muito orgulhoso — falei. — Por ter terras tão deslumbrantes.

Os olhos de Tarquin, tão parecidos com o mar além de nós, se voltaram para mim.

— Como são em comparação às que já viu? — Uma pergunta cuidadosamente elaborada.

Respondi, inexpressivamente:

— Tudo em Prythian é lindo em comparação ao mundo mortal.

— E ser imortal é melhor que ser humana?

Eu conseguia sentir a atenção de todos em nós, mesmo quando Rhys envolveu Cresseida e Varian em uma discussão inútil e acalorada sobre o estado dos mercados de peixes deles. Então, olhei para o Grão-Senhor da Corte Estival de cima a baixo, assim como ele me examinara, indisfarçadamente e sem um pingo de educação, e falei:

— Diga você.

Os olhos de Tarquin se enrugaram.

— Você é uma pérola. Embora eu soubesse disso desde o dia em que atirou aquele osso em Amarantha e sujou de lama seu vestido preferido.

Afastei as lembranças, o terror ofuscante daquela primeira tarefa. O que ele achava daquele puxão que havia entre nós; será que percebia que era mesmo seu poder, ou achava que era um laço próprio, algum tipo de atração estranha?

E se eu precisasse roubar dele... talvez isso significasse que eu precisava me aproximar.

— Não me lembro de você ser tão bonito Sob a Montanha. A luz do sol e o mar lhe caem bem.

Um macho de posição inferior poderia ter se empertigado. Mas Tarquin era esperto demais para isso, sabia que eu estivera com Tamlin e estava agora com Rhys, e que tinha sido levada até ali. Talvez achasse que eu não era melhor que Ianthe.

— Como, exatamente, você se encaixa na corte de Rhysand?

Uma pergunta direta, depois de tantas voltas, para sem dúvida me desconcentrar.

Quase funcionou; eu quase admiti: "*Não sei*", mas Rhys falou, da mesa, como se tivesse ouvido cada palavra:

— Feyre é um membro de meu Círculo Íntimo. E é minha Emissária nas Terras Mortais.

Cresseida, sentada ao lado de Rhysand, falou:

— Tem muito contato com o mundo mortal?

Tomei aquilo como um convite para me sentar... e fugir do olhar carregado demais de Tarquin. Um assento tinha sido deixado vago para mim ao lado de Amren, diante de Rhys.

O Grão-Senhor da Corte Noturna cheirou o vinho — branco, espumante —, e me perguntei se estava tentando irritá-los ao insinuar que o vinho tinha sido envenenado quando falou:

— Prefiro estar pronto para cada situação potencial. E, considerando que Hybern parece determinada a se tornar um aborrecimento, abrir o diálogo com os humanos pode ser de nosso interesse.

Varian desviou a atenção de Amren por tempo suficiente para dizer, grosseiramente:

— Então, foi confirmado mesmo? Hybern está se preparando para a guerra.

— Já terminaram de se preparar — revelou Rhys, por fim tomando o vinho. Amren não tocou no prato, embora tivesse remexido a comida, como sempre fazia. Imaginei o que, ou quem, ela comeria enquanto estivesse ali. Varian parecia um bom palpite. — A guerra é iminente.

— Sim, você mencionou na carta — falou Tarquin, reivindicando um assento à cabeceira da mesa entre Rhys e Amren. Um movimento ousado, se colocar entre dois seres tão poderosos. Arrogância ou uma tentativa de amizade? O olhar de Tarquin, de novo, se voltou para mim antes de se concentrar em Rhys. — E você sabe que contra Hybern nós lutaremos. Perdemos muita gente boa Sob a Montanha. Não tenho interesse em sermos escravizados de novo. Mas, se está aqui para me pedir que lute em outra guerra, Rhysand...

— Isso não é uma possibilidade — interrompeu Rhys, suavemente. — E nem mesmo passou por minha mente.

Meu vislumbre de confusão deve ter transparecido, pois Cresseida me disse, cantarolando:

— Grão-Senhores já guerrearam por muito menos, sabe. Fazê-lo por uma fêmea tão *incomum* não seria inesperado.

E provavelmente por isso aceitaram o convite, a favor ou não. Para nos avaliar.

Se... se Tamlin entrasse em guerra para me recuperar. Não. Não, isso não seria uma opção.

Eu tinha escrito para ele, dissera que ficasse longe. E Tamlin não era tolo o bastante para começar uma guerra que não poderia vencer.

Não quando não lutaria com outros Grão-Feéricos, mas com guerreiros illyrianos, liderados por Cassian e Azriel. Seria um massacre.

Eu falei, entediada e inexpressiva e insipidamente:

— Tente não parecer animada demais, princesa. O Grão-Senhor da Corte Primaveril não tem planos de guerrear com a Corte Noturna.

— E você está em contato com Tamlin, então? — Um sorriso doce.

Minhas palavras seguintes foram baixas, lentas, e decidi que não me importaria de roubar deles, nem um pouco.

— Há coisas que são de conhecimento público, e coisas que não são. Meu relacionamento com ele é conhecido. A situação atual, no entanto, não é de sua conta. Ou da de qualquer outro. Mas conheço Tamlin e sei que não haverá guerra interna entre cortes, pelo menos não por minha causa, ou por *minhas* decisões.

— Que alívio, então — disse Cresseida, bebericando do vinho branco antes de quebrar uma enorme garra de caranguejo, rosada, branca e laranja. — Saber que não estamos abrigando uma noiva roubada, e que não precisamos nos dar o trabalho de devolvê-la ao mestre, como exige a lei. E como qualquer pessoa sábia deveria fazer, para manter os problemas longe de casa.

Amren tinha ficado completamente imóvel.

— Parti por vontade própria — falei. — E ninguém é meu mestre.

Cresseida deu de ombros.

— Pode pensar o que quiser, senhora, mas a lei é a lei. Você é... era a noiva dele. Jurar lealdade a outro Grão-Senhor não muda isso. Então, é muito bom que ele respeite suas decisões. Caso contrário, seria preciso apenas uma carta de Tamlin para Tarquin pedindo seu retorno, e precisaríamos obedecer. Ou arriscar a guerra também.

Rhysand suspirou.

— Você é sempre uma diversão, Cresseida.

— Cuidado, Grão-Senhor. Minha irmã diz a verdade — avisou Varian.

Tarquin colocou a mão na mesa pálida.

— Rhysand é nosso convidado, assim como seus cortesãos. E nós os trataremos como tal. Nós os trataremos, Cresseida, como tratamos pessoas que salvaram nossas cabeças quando tudo que seria preciso era uma palavra deles para que todos estivéssemos muito, muito mortos.

Tarquin avaliou a mim e a Rhys... cujo rosto parecia gloriosamente desinteressado. O Grão-Senhor da Corte Estival balançou a cabeça e falou para ele:

— Temos mais a discutir depois, você e eu. Esta noite, vou dar uma recepção para todos em minha barca de festas na baía. Depois disso, estão livres para perambular por onde quiserem na cidade. Perdoem a princesa se for superprotetora com seu povo. A reconstrução durante esses meses tem sido longa e árdua. Não desejamos fazer isso de novo tão cedo.

Os olhos de Cresseida ficaram sombrios, como se assombrados.

— Cresseida fez muitos sacrifícios em nome do povo — explicou Tarquin, cuidadosamente, para mim. — Não leve sua cautela para o lado pessoal.

— Todos fizemos sacrifícios — argumentou Rhysand, o tédio gélido agora se tornando algo afiado. — E você se senta a esta mesa com sua família por causa daqueles que Feyre fez. Então, precisa *me* perdoar, Tarquin, se digo a sua princesa que, se ela avisar a Tamlin, ou se qualquer um de seu povo tentar levá-la para ele, vidas serão tomadas.

Até mesmo a brisa do mar morreu.

— Não me ameace em minha casa, Rhysand — avisou Tarquin. — Minha gratidão vai apenas até certo ponto.

— Não é uma ameaça — replicou Rhys, as patas de caranguejo em seu prato se abrindo sob mãos invisíveis. — É uma promessa.

Todos me olharam, esperando alguma resposta.

Então, ergui a taça de vinho, encarei cada um, detendo-me nos olhos de Tarquin por mais tempo, e falei:

— Não é à toa que a imortalidade jamais vira um tédio.

Tarquin riu... e me perguntei se o ar que ele expirava seria de alívio profundo.

E por meio daquele laço entre nós, senti o lampejo de aprovação de Rhysand.

Capítulo 33

Recebemos uma suíte de quartos conectados, todos dando para uma grande e exuberante sala de estar, que se abria para o mar e para a cidade abaixo. Meu quarto era decorado na cor da espuma do mar e no mais suave tom de azul, com detalhes em dourado — como a concha dourada sobre minha cômoda de madeira clara. Eu tinha acabado de colocá-la de volta no lugar quando a porta branca atrás de mim se abriu com um clique e Rhys entrou.

Ele se recostou à porta depois de fechá-la, com a parte de cima da túnica preta desabotoada revelando as espirais superiores da tatuagem que lhe cobria o peito.

— O problema, percebi, será que gosto de Tarquin — disse Rhys, como um cumprimento. — Até mesmo gosto de Cresseida. Varian, eu poderia viver sem ele, mas aposto que algumas semanas com Cassian e Azriel, e eles seriam como unha e carne, e eu precisaria aprender a gostar dele. Ou estaria envolto nos dedos de Amren, e eu precisaria deixá-lo em paz de vez, ou arriscaria sua ira.

— E? — Ocupei um lugar contra a cômoda, na qual roupas que eu não tinha levado, mas que, obviamente, vinham da Corte Noturna, já esperavam por mim.

O espaço do quarto — a grande cama, as janelas, a luz do sol — preenchia o silêncio entre nós.

— E — emendou Rhysand — quero que encontre uma forma de fazer o que precisa fazer sem torná-los inimigos.

— Então, está me dizendo para não ser pega.

Um aceno. Então:

— Gosta que Tarquin não consiga parar de olhar para você? Não sei se é porque a quer ou porque sabe que tem o poder dele e quer ver quanto.

— Não pode ser pelos dois motivos?

— É claro. Mas ter um Grão-Senhor a desejando é um jogo perigoso.

— Primeiro, você me provoca com Cassian; agora, com Tarquin? Não pode encontrar outras formas de me irritar?

Rhys se aproximou, e me preparei para seu cheiro, para o calor, o impacto de poder. Ele estendeu as mãos de cada lado meu, apoiando-as na cômoda. Eu me recusei a encolher o corpo.

— Você tem uma tarefa aqui, Feyre. Uma tarefa sobre a qual ninguém pode saber. Então, faça o que for preciso para realizá-la. Mas consiga aquele livro. E não seja pega.

Eu não era uma tola alegrinha. Conhecia os riscos. E aquele *tom*, aquele *olhar* que ele sempre me lançava...

— *O que for preciso?* — As sobrancelhas de Rhys se ergueram. Sussurrei: — Se eu transasse com Tarquin pelo livro, o que você faria?

As pupilas de Rhys se dilataram, e o olhar recaiu sobre minha boca. A cômoda de madeira rangeu sob suas mãos.

— Você diz coisas tão atrozes. — Esperei, as batidas do coração irregulares. Rhysand por fim me encarou de novo. — É sempre livre para fazer o que quiser, com quem quiser. Então, se quer montar Tarquin, vá em frente.

— Talvez eu monte. — Embora parte de mim quisesse responder: *Mentiroso.*

— Tudo bem. — A respiração de Rhys acariciou minha boca.

— Tudo bem — respondi, ciente de cada centímetro entre nós, da distância cada vez menor, do desafio que aumentava a cada segundo que nenhum de nós se movia.

— Não — disse Rhys, baixinho, os olhos parecendo estrelas — coloque esta missão em risco.

— Eu conheço o custo. — O puro poder de Rhys me envolveu, me despertando.

O sal, o mar e a brisa me puxaram, cantaram para mim.

Como se Rhys também os ouvisse, ele inclinou a cabeça na direção da vela apagada na cômoda.

— Acenda.

Pensei em discutir, mas olhei para a vela, conjurei fogo, conjurei aquele ódio incandescente que ele conseguia agitar...

A vela foi derrubada da cômoda por um jato violento de água, como se alguém tivesse virado um balde cheio.

Olhei boquiaberta para a água que ensopava a cômoda, as gotas no piso de mármore eram o único som.

Rhys, com as mãos ainda apoiadas de cada lado meu, riu baixinho.

— Não consegue seguir ordens?

Mas o que quer que eu fosse — estar ali, perto de Tarquin e de seu poder... eu conseguia sentir aquela água respondendo a mim. Senti conforme ela cobriu o chão, senti o mar se agitar e oscilar na baía, o gosto do sal na brisa. Encarei Rhys.

Ninguém era meu mestre, mas eu podia ser mestre de tudo se quisesse. Se ousasse.

Como uma chuva estranha, a água se levantou do chão quando desejei que ela se tornasse como aquelas estrelas que Rhys conjurara em seu cobertor de escuridão. Desejei que as gotinhas se separassem até que pendessem ao nosso redor, refletindo a luz e brilhando como cristais em um lustre.

Rhys desviou os olhos dos meus para observar as gotas.

— Sugiro — murmurou ele — que não mostre a Tarquin esse pequeno truque no quarto.

Lancei cada uma das gotas em disparada contra o rosto do Grão-Senhor.

Rápido demais, ágil demais para que ele se protegesse. Algumas gotas caíram em mim quando ricochetearam dele.

Nós dois estávamos agora ensopados. Rhys entreabriu a boca... e depois sorriu.

— Bom trabalho — disse ele, por fim se afastando da cômoda. Não se deu o trabalho de limpar a água que reluzia em sua pele. — Continue treinando.

Mas eu disse:

— Ele vai à guerra? Por minha causa?

Rhys sabia do que eu estava falando. O temperamento esquentado no seu rosto momentos antes se tornou uma calma letal.

— Não sei.

— Eu... eu voltaria. Se chegasse a esse ponto, Rhysand. Eu voltaria, em vez de obrigar você a lutar.

Rhys colocou a mão ainda molhada no bolso.

— Você *gostaria* de voltar? Ir à guerra por você faria com que o amasse de novo? Seria um gesto grandioso para conquistá-la?

Engoli em seco.

— Estou cansada de morte. Não gostaria de ver mais ninguém morrer, muito menos por mim.

— Isso não responde a minha pergunta.

— Não. Eu não gostaria de voltar. Mas voltaria. Dor e morte não me conquistariam.

Rhys me encarou por mais um tempo, a expressão estava indecifrável, antes de caminhar até a porta. Ele parou com os dedos na maçaneta em formato de ouriço.

— Ele trancafiou você porque sabia, o desgraçado sabia que você era um tesouro. Que vale mais que terras ou ouro ou joias. Ele sabia e queria guardá-la inteira para si.

As palavras me golpearam, mesmo que tivessem alisado alguma ponta irregular em minha alma.

— Ele me amava... ele me ama, Rhysand.

— A questão não é se amava você, é o quanto. Demais. Amor pode ser um veneno.

E ele se foi.

✠

A baía estava bastante calma — talvez amansada por seu senhor e mestre — para que a barca de festas mal oscilasse ao longo das horas em que jantávamos e bebíamos a bordo.

Feito da madeira mais fina e de ouro, o enorme barco era confortável para os cem ou mais Grão-Feéricos que faziam o possível para não observar cada movimento que Rhys, Amren e eu fazíamos.

O deque principal estava cheio de mesas baixas e sofás para comer e relaxar, e, no nível superior, sob um dossel de azulejos composto com madrepérola, nossa longa mesa tinha sido montada. Tarquin era o verão encarnado, usando turquesa e ouro, e pedaços de esmeralda brilhavam nos botões e em seus dedos. Uma coroa feita de safira e ouro branco em forma de ondas quebrando repousava no alto do cabelo cor de espuma do mar; tão exótica que eu me surpreendia olhando para ela frequentemente.

Como estava naquele momento, quando Tarquin se virou para onde eu sentara, a sua direita, e reparou em meu olhar.

— Era de pensar que nossos habilidosos joalheiros pudessem fazer uma coroa um pouco mais confortável. Esta é terrível.

Uma tentativa bastante agradável de conversa quando eu tinha ficado calada durante a primeira hora, em vez de observar a cidade-ilha, a água, o continente — lançando uma rede de cautela, de poder, na direção deles, para ver se algo respondia. Se o Livro estava dormente em algum daqueles lugares.

Nada respondera a meu chamado silencioso. Então, achei que aquele era um momento tão bom quanto qualquer outro quando falei:

— Como você a manteve longe das mãos dela?

Dizer o nome de Amarantha ali, entre pessoas tão felizes, comemorando, se assemelhava a convidar uma nuvem de tempestade.

Sentado à esquerda de Tarquin, conversando com Cresseida, Rhys nem sequer me olhou. De fato, ele mal falara comigo mais cedo, nem mesmo reparara em minhas roupas.

Incomum, considerando que até *eu* estava satisfeita com minha aparência e tinha, de novo, escolhido a roupa sozinha: cabelos soltos e afastados do rosto por um arco de ouro rosa trançado, o vestido de alça de *chiffon* rosa-crepúsculo — justo no peito e na cintura — quase idêntico ao roxo que eu tinha usado de manhã. Feminino, suave, lindo. Não me sentia daquela forma havia muito tempo. Não tinha vontade.

Mas ali ser tais coisas não me garantiria um ingresso para uma vida como planejadora de festas. Ali eu podia ser tranquila e encantadora ao pôr do sol, e acordar de manhã para colocar meu couro de luta illyriano.

Tarquin falou:

— Conseguimos contrabandear a maior parte de nosso tesouro quando o território caiu. Nostrus, meu predecessor, era meu primo. Eu servia de príncipe em outra cidade. Então, recebi a ordem de esconder o tesouro na calada da noite, o mais rápido possível.

Amarantha matara Nostrus quando ele se rebelou... e executara a família inteira por pura maldade. Tarquin devia ser um dos poucos membros sobreviventes se o poder tinha passado para ele.

— Não sabia que a Corte Estival valorizava tanto os tesouros — comentei.

Tarquin conteve uma risada.

— Os primeiros Grão-Senhores sim. Agora fazemos isso por tradição, em grande parte.

Falei, com cautela, casualmente:

— Então, são ouro e joias que vocês valorizam?

— Entre outras coisas.

Bebi do vinho para ganhar tempo e pensar em uma forma de perguntar sem levantar suspeitas. Mas talvez ser direta a respeito fosse melhor.

— Forasteiros podem ver a coleção? Meu pai era mercador, passei a maior parte da infância em seu escritório, ajudando com as mercadorias. Seria interessante comparar riquezas mortais com aquelas feitas por mãos feéricas.

Rhys continuava conversando com Cresseida, nem mesmo um pingo de aprovação ou diversão passou por nosso laço.

Tarquin inclinou a cabeça, as joias na coroa reluzindo.

— É claro. Amanhã, depois do almoço, talvez?

Ele não era burro e, talvez, estivesse ciente do jogo, mas... a oferta era sincera. Sorri um pouco, assentindo. Fiquei olhando na direção da multidão que perambulava pelo deque abaixo, na direção da água acesa por uma lanterna além, até mesmo quandc senti o olhar de Tarquin se demorar.

— Como era? O mundo mortal? — perguntou ele.

Mexi na salada de morango no prato.

— Só vi uma parte muito pequena dele. Meu pai era chamado de o Príncipe dos Mercadores, mas eu era jovem demais para ser levada em suas viagens para outras partes do mundo mortal. Quando eu tinha 11 anos, ele perdeu nossa fortuna em um carregamento para Bharat. Passamos os oito anos seguintes na pobreza, na cidade esquecida perto da muralha. Então, não posso falar por todo o mundo mortal quando digo que o que vi ali era... difícil. Cruel. Aqui, as divisões de classe são muito mais confusas, parece. Lá, são definidas por dinheiro. Ou você tem, e não divide, ou é deixado para passar fome e lutar para sobreviver. Meu pai... Ele recuperou a riqueza quando vim para Prythian. — Meu coração se apertou, e depois meu estômago pesou. — E as mesmas pessoas que tinham ficado felizes ao nos deixar passar fome mais uma vez se tornaram nossas amigas. Eu preferiria enfrentar todas as criaturas de Prythian aos monstros do outro lado da muralha. Sem magia, sem poder, o dinheiro se tornou a única coisa que importa.

Os lábios de Tarquin estavam contraídos, mas os olhos pareciam contemplativos.

— Você os pouparia se a guerra acontecesse?

Uma pergunta muito perigosa e intensa. Não diria a ele o que estávamos fazendo do outro lado da muralha, não até que Rhys indicasse que deveríamos.

— Minhas irmãs vivem com meu pai na propriedade dele. Por elas, eu lutaria. Mas pelos hipócritas e ostentadores... Eu não me importaria de ver a ordem deles ser abalada. — Como a família cheia de ódio do prometido de Elain.

Tarquin falou, bem baixo:

— Há alguns em Prythian que pensariam o mesmo das cortes.

— O que... se livrar dos Grão-Senhores?

— Talvez. Mas em grande parte eliminar os privilégios inerentes que os Grão-Feéricos têm sobre os feéricos inferiores. Os próprios termos que usamos para nos descrever sugerem um nível de injustiça. Talvez aqui seja mais como o mundo humano do que você percebe, e não tão confuso quanto pode parecer. Em algumas cortes, os mais baixos dos criados dos Grão-Feéricos têm mais direitos que os mais ricos dos feéricos inferiores.

Percebi que não éramos os únicos na barca, naquela mesa. E que estávamos cercados por Grão-Feéricos com audição aguçada.

— Concorda com eles? Que deveria mudar?

— Sou um jovem Grão-Senhor — explicou Tarquin. — Mal fiz 80 anos. — Então, ele tinha 30 quando Amarantha assumiu o controle. — Talvez outros possam me chamar de inexperiente ou tolo, mas vi essas crueldades em primeira mão e conheci muitos feéricos inferiores que sofreram por apenas terem nascido do lado errado do poder. Mesmo em minhas residências, o confinamento da tradição me pressiona a aplicar as leis de meus predecessores: os feéricos inferiores não devem ser vistos ou ouvidos enquanto trabalham. Gostaria de um dia ver uma Prythian na qual eles têm voz, tanto em meu lar quanto no mundo além.

Observei Tarquin em busca de ardil, de manipulação. Não encontrei nada.

Roubar dele... eu *roubaria* dele. Mas e se apenas pedisse? Será que me daria, ou será que as tradições dos ancestrais estavam arraigadas demais?

— Diga o que esse olhar significa — pediu Tarquin, apoiando os braços musculosos na toalha de mesa dourada.

Falei, diretamente:

— Estou pensando que seria muito fácil amar você. E ainda mais fácil chamá-lo de meu amigo.

Tarquin sorriu para mim; um sorriso largo, sem se conter.

— Eu também não resistiria a isso.

Fácil... era muito fácil se apaixonar por um macho bondoso, zeloso.

Mas olhei para Cresseida, que agora estava quase no colo de Rhysand. E Rhysand sorria como um gato, um dedo traçando círculos no dorso da mão de Cresseida enquanto ela mordia o lábio e sorria. Encarei Tarquin, com as sobrancelhas erguidas em uma pergunta silenciosa.

Ele fez uma careta e balançou a cabeça.

Eu esperava que fossem para o quarto dela.

Porque, se eu tivesse de ouvir Rhys fazendo sexo com Cresseida... Não me deixei terminar o pensamento.

Tarquin ponderou:

— Faz muitos anos desde que a vejo dessa forma.

Minhas bochechas coraram: vergonha. Vergonha do quê? De querer avançar em Cresseida sem motivo? Rhysand implicava e me provocava, ele jamais... me seduziu, com aqueles olhares longos e determinados, os meios sorrisos que eram pura arrogância illyriana.

Supus que eu tivesse recebido esse dom certa vez... e o desgastei e lutei por ele e o destruí. E supus que Rhysand, por tudo que tinha sacrificado e feito... ele o merecia tanto quanto Cresseida.

Mesmo... mesmo que por um momento eu quisesse.

Eu quisesse me sentir daquela forma de novo.

E... eu estava solitária.

Andava solitária, percebi, por muito, muito tempo.

Rhys se aproximou para ouvir algo que Cresseida dizia, os lábios da feérica lhe roçando a orelha, a mão agora entrelaçada na dele.

E não foi pesar, desespero ou terror que me atingiu, mas... tristeza. Uma tristeza tão pura e intensa que fiquei de pé.

Os olhos de Rhys se viraram em minha direção, por fim se lembrando de que eu existia, e não havia nada no rosto dele, nenhum indício de que sentia um pingo do que eu sentia por nossa ligação. Não me importava se estivesse sem escudo, se meus pensamentos estavam abertos e Rhys os lesse como um livro. Ele não pareceu se importar também. Rhysand voltou a rir do que quer que Cresseida estivesse contando a ele, aproximando-se.

Tarquin ficou de pé, olhando para mim e para Rhys.

Eu estava infeliz... não apenas quebrada. Mas infeliz.

Uma emoção, percebi. Era uma emoção, em vez do vazio infinito ou do terror guiado pela necessidade de sobreviver.

— Preciso de ar puro — comentei, embora estivéssemos a céu aberto. Mas com as luzes douradas, as pessoas de um lado a outro da mesa... Precisava encontrar um local na barca onde pudesse estar sozinha, apenas por um momento, com ou sem missão.

— Gostaria que eu me juntasse a você?

Olhei para o Grão-Senhor da Corte Estival. Não tinha mentido. Seria fácil me apaixonar por um macho como ele. Mas não tinha certeza absoluta de que mesmo com as dificuldades que tinha encontrado Sob a Montanha, Tarquin podia entender a escuridão que talvez sempre vivesse dentro de mim. Não apenas devido a Amarantha, mas pelos anos passados com fome, desesperada.

Que eu sempre poderia ser um pouco cruel ou inquieta. Que eu poderia almejar a paz, mas jamais uma jaula de conforto.

— Estou bem, obrigada — respondi, e segui para a escada espiralada que dava para a popa da embarcação, bem iluminada, porém mais silenciosa que as áreas principais na proa. Rhys nem sequer olhou em minha direção quando eu saí. Eu já ia tarde.

Eu estava a meio caminho dos degraus de madeira quando vi Amren e Varian — ambos recostados em pilastras adjacentes, ambos bebendo vinho, ambos se ignorando. Mesmo que não falassem com mais ninguém.

Talvez fosse outro o motivo pelo qual ela nos acompanhara até ali: para distrair o cão de guarda de Tarquin.

Cheguei ao deque principal, encontrei um ponto ao lado do parapeito de madeira que era um pouco mais sombreado que o resto, e me encostei ali. Magia movimentava a barca; nenhum remo, nenhuma vela. Portanto, nos movíamos pela baía em silêncio e com suavidade, mal deixando ondulações para trás.

Não percebi que o esperava até que a barca aportou na base da cidade-ilha, e, de alguma forma, eu tinha passado toda a última hora sozinha.

Quando segui para terra firme com o restante da multidão, Amren, Varian e Tarquin estavam me aguardando nas docas, todos com as costas um pouco rígidas.

Rhysand e Cresseida não estavam em lugar algum.

Capítulo 34

Ainda bem que nenhum ruído veio do quarto fechado. E nenhum som foi emitido naquela noite, quando acordei sobressaltada de um pesadelo em que era girada em um espeto e não conseguia me lembrar de onde estava.

O luar dançava no mar além de minhas janelas abertas, e havia silêncio, muito silencio.

Uma arma. Eu era uma arma para encontrar aquele livro, para impedir que o rei quebrasse a muralha, a fim de evitar o que quer que ele tivesse planejado para Jurian e para a guerra que poderia destruir meu mundo. Que poderia destruir aquele lugar... e um Grão-Senhor que poderia muito bem subverter a ordem das coisas.

Por um segundo, senti falta de Velaris, senti falta das luzes e da música e do Arco-Íris. Senti falta do calor aconchegante do solar para me acolher do inverno frio, senti falta... de como tinha sido fazer parte da pequena unidade deles.

Talvez envolver as asas ao meu redor e me escrever bilhetes tivessem sido as formas de Rhys de garantir que sua arma não se quebraria para sempre.

Tudo bem... era justo. Nós não devíamos nada um ao outro além das promessas de trabalhar e de lutar juntos.

Ele ainda podia ser meu amigo. Companheiro; o que quer que aquela coisa entre nós fosse. O fato de ele levar alguém para a cama não mudava essas coisas.

Fora apenas um alívio pensar que, por um momento, Rhysand poderia ser tão solitário quanto eu.

✢

Não tive coragem de sair do quarto para tomar café, de ver se Rhys voltara.

De ver quem ele levaria para o café da manhã.

Não tendo mais nada a fazer, disse a mim mesma que ficaria na cama até minha visita na hora do almoço com Tarquin. Então, fiquei ali até que os criados viessem, pedissem desculpas por me perturbar e começassem a ir embora. Eu os impedi, disse que tomaria banho enquanto limpavam o quarto. Eles foram educados — talvez nervosos — e apenas assentiram quando fiz como tinha dito.

Eu me demorei no banho. E, por trás da porta trancada, deixei que aquela semente do poder de Tarquin saísse, primeiro fazendo a água subir da banheira, e depois moldando pequenos animais e criaturas com ela.

Era o mais próximo de transformação que eu me permitira chegar. Contemplar como eu poderia me dar formas animalescas apenas me deixava trêmula, enjoada. Podia ignorar aquilo, ignorar aquele ocasional arranhar de garras em meu sangue durante um tempo.

Eu fazia borboletas de água voarem pelo cômodo quando me dei conta de que estava na banheira havia tanto tempo que o banho tinha esfriado.

Como na noite anterior, Nuala atravessou as paredes vinda de onde quer que *ela* estivesse hospedada no palácio e me vestiu, de alguma forma alerta a quando eu deveria estar pronta. Cerridwen, contou Nuala, tirara o palito mais curto e estava cuidando de Amren. Não tive coragem de perguntar sobre Rhys também.

Nuala escolheu verde-mar ressaltado por ouro rosa, cacheou e então trançou meus cabelos em uma trança grossa e larga que brilhava com toques de pérola. Se Nuala sabia por que eu estava lá, o que faria, não disse. Mas tomou cuidado especial com meu rosto, colorindo meus lábios com rosa-cereja e salpicando minhas bochechas com o mais leve *blush*. Eu podia parecer inocente, encantadora... não fosse pelos olhos azul-cinzentos. Mais vazios que na noite anterior, quando me admirei no espelho.

Eu vira o suficiente do palácio para encontrar o lugar em que Tarquin dissera para encontrá-lo antes de darmos boa-noite. O salão principal ficava em um andar intermediário; o local de encontro perfeito para aqueles que moravam nos pináculos acima e aqueles que trabalhavam sem ser vistos ou ouvidos abaixo.

Aquele andar abrigava todas as diversas salas de conselho, salões de baile, salões de jantar e quaisquer outros salões que pudessem ser necessários para visitantes, eventos, reuniões. O acesso aos andares residenciais dos quais eu tinha vindo era vigiado por quatro soldados em cada escada: todos me observaram com cautela enquanto eu esperava contra uma pilastra de concha por seu Grão-Senhor. Imaginei se Tarquin podia sentir que eu estava brincando com seu poder na banheira, que o pedaço de si que ele entregara estava agora ali e obedecia a mim.

Tarquin surgiu de uma das salas adjacentes quando o relógio soou 14 horas... seguido por meus companheiros.

O olhar de Rhys me percorreu, reparando nas roupas que obviamente eram em honra de meu anfitrião e de seu povo. Reparando que não o encarei nem a Cresseida quando olhei apenas para Tarquin e Amren ao lado de Rhys — Varian agora caminhava até os soldados próximos às escadas — e dei aos dois um sorriso inexpressivo, de lábios fechados.

— Você está bonita hoje — elogiou Tarquin, inclinando a cabeça.

Nuala, ao que parecia, era uma espiã espetacular. A túnica cor de chumbo de Tarquin era ressaltada pelo mesmo tom de verde-mar que minhas roupas. Poderíamos muito bem estar vestindo roupas do mesmo conjunto. Supus que, com os cabelos castanho-alourados e a pele pálida, eu era seu oposto perfeito.

Consegui sentir Rhys me avaliando.

Eu o afastei. Talvez mandasse um cachorro de água atrás de Rhys depois — e deixasse que lhe mordesse a bunda.

— Espero que não esteja interrompendo — disse eu a Amren.

Amren fez um gesto com os ombros magros, aquele dia vestidos em cinza como as lajotas do calçamento.

— Estávamos terminando um debate bastante acalorado sobre armadas e quem poderia estar no comando de uma frente unificada. Sabia — disse Amren — que antes de se tornarem tão grandiosos e poderosos, Tarquin e Varian lideravam a frota de Nostrus?

Varian, a alguns metros, enrijeceu o corpo, mas não se virou.

Encarei Tarquin.

— Não mencionou que era um marinheiro. — Foi um esforço parecer intrigada, como se nada me incomodasse.

Tarquin esfregou o pescoço.

— Planejava contar durante nosso passeio. — Ele estendeu o braço. — Vamos?

Nenhuma palavra; eu não dissera uma palavra a Rhysand. E não estava prestes a começar quando dei o braço a Tarquin e falei, para nenhum deles em especial:

— Vejo vocês depois.

Algo roçou contra meu escudo mental, o estremecer de algo sombrio, poderoso.

Talvez um aviso para que tomasse cuidado. Embora parecesse muito com a emoção sombria e tremeluzente que me assombrara; tanto que dei um passo para mais perto de Tarquin. E, então, lancei um sorriso bonito e banal para o Grão-Senhor da Corte Estival, um que não dirigia a *ninguém* havia muito tempo.

Aquele toque de emoção ficou silencioso do outro lado de meus escudos.

Que bom.

✠

Tarquin me levou a um salão de joias e tesouros tão amplo que fiquei boquiaberta por um bom minuto. Um minuto que usei para verificar as prateleiras em busca de qualquer lampejo de sensação — alguma coisa que desse a mesma *sensação* do macho ao meu lado, como o poder que eu tinha conjurado na banheira.

— E esta é... é apenas *uma* das salas do tesouro? — O salão fora escavado bem no interior do castelo, atrás de uma pesada porta de chumbo que só se abria quando Tarquin colocava a mão nela. Não ousei me aproximar o suficiente da tranca para ver se podia funcionar com meu toque, com a assinatura forjada *dele*.

Uma raposa no galinheiro. Era isso o que eu era.

Tarquin soltou uma risada.

— Meus ancestrais eram uns canalhas gananciosos.

Balancei a cabeça, caminhando até as prateleiras embutidas na parede. Pedra sólida, nenhuma forma de invadir, a não ser que eu escavasse um túnel pela própria montanha. Ou se alguém me atravessasse. Embora ali provavelmente houvesse feitiços semelhantes àqueles do solar e da Casa do Vento.

Caixas transbordando joias e pérolas e gemas brutas, ouro empilhado em baús tão altos que se derramava no piso de paralelepípedo. Trajes de armadura ornamentados montavam guarda contra uma parede; vestidos tecidos de teias de aranha e luz estelar estavam apoiados uns contra os outros. Havia espadas e adagas de todos os tipos. Mas nenhum livro. Nenhum.

— Conhece a história por trás de cada artigo?

— De alguns — respondeu Tarquin. — Não tive muito tempo para aprender sobre tudo.

Que bom; talvez ele não soubesse sobre o Livro, não sentisse sua falta.

Eu me virei.

— Qual é a coisa mais valiosa aqui?

— Pensando em roubar?

Contive uma risada.

— Fazer essa pergunta não me tornaria uma péssima ladra?

Miserável, mentirosa duas-caras: era isso que fazer *essa* pergunta me tornava.

Tarquin me observou.

— Eu diria que estou olhando para a coisa mais valiosa aqui.

Não fingi o rubor nas bochechas.

— Você é... muito encantador.

O sorriso de Tarquin era suave. Como se sua posição ainda não tivesse destruído a compaixão que tinha. Eu esperava que jamais destruísse.

— Sinceramente, não sei qual é a coisa mais valiosa daqui. Essas são todas heranças inestimáveis de minha casa.

Caminhei até uma prateleira, observando. Um colar de rubis estava disposto em uma almofada de veludo — cada um dos rubis tinha o tamanho de um ovo de tordo. Seria preciso uma mulher e tanto para usar aquele colar, para dominar as gemas e não o contrário.

Em outra prateleira, um colar de pérolas. Depois, safiras.

E em outra... um colar de diamantes pretos.

Cada uma das pedras pretas era um mistério... e uma resposta. Cada uma delas estava dormente.

Tarquin se aproximou por trás de mim, olhando por cima de meu ombro para o que tinha atiçado meu interesse. O olhar passou para meu rosto.

— Leve.

— O quê? — Eu me virei para ele.

Tarquin passou a mão na nuca.

— Como um agradecimento. Por Sob a Montanha.

Peça agora... peça o Livro em vez disso.

Mas isso exigiria confiança, e... por mais bondoso que fosse, ele era um Grão-Senhor.

Tarquin tirou a caixa do local em que repousava e fechou a tampa antes de entregá-la para mim.

— Você foi a primeira pessoa que não riu de minha ideia de acabar com as barreiras de classe. Mesmo Cresseida debochou quando contei a ela. Se não aceitar o colar por nos salvar, então aceite por isso.

— É uma boa ideia, Tarquin. Mas você não precisa me recompensar pelo fato de eu valorizar sua ideia.

Ele balançou a cabeça.

— Apenas leve.

Seria um insulto a ele se eu me recusasse... então, fechei as mãos em volta da caixa.

— Vai combinar com você na Corte Noturna — comentou Tarquin.

— Talvez eu fique aqui e ajude você a revolucionar o mundo.

A boca de Tarquin se contraiu para o lado.

— Uma aliada no norte seria útil.

Seria por isso que ele me levara até ali? Por que me dera o presente? Não tinha percebido o quanto estávamos sozinhos ali embaixo, que eu estava no subterrâneo, em um lugar que poderia ser facilmente selado...

— Não tem nada a temer de mim — assegurou Tarquin, e me perguntei se meu cheiro seria tão evidente. — Mas estou falando sério, você consegue... ter influência sobre Rhysand. E ele é notoriamente difícil de lidar. Consegue o que quer, tem planos sobre os quais não conta a ninguém até depois de ter completado, e não pede desculpas por nada. Seja emissária dele no mundo humano, mas seja também a nossa. Viu minha cidade. Tenho mais três assim. Amarantha destruiu todas quase imediatamente depois de assumir. Tudo que meu povo quer agora é paz e segurança, e jamais precisar olhar por cima do ombro de novo. Outros Grão-Senhores me contaram a respeito de Rhys e me avisaram com relação a ele. Mas Rhys me poupou Sob a Montanha. Brutius era meu primo, e tínhamos forças reunidas em todas as cidades para atacar Sob a Montanha. Eles o pegaram saindo de fininho pelos túneis para se encontrar com essas forças. Rhys viu isso na mente de Brutius, sei que viu. Mas mentiu para Amarantha e a desafiou quando esta deu a ordem para transformar meu primo em um fantasma vivo. Talvez fosse pelos planos próprios dele, mas sei que foi um gesto de misericórdia. Ele sabe que sou jovem, e inexperiente, e me poupou. — Tarquin balançou a cabeça, mais para si mesmo. — Às vezes acho que Rhysand... acho que ele pode ter sido a vadia de Amarantha para poupar todos nós de sua total atenção.

Eu não trairia nada do que sabia. Mas suspeitei que Tarquin pudesse ver em meus olhos... a tristeza ao pensar naquilo.

— Sei que devo olhar para você — falou Tarquin — e ver que ele a transformou em um bicho de estimação, em um monstro. Mas vejo bondade em você. E acho que isso reflete mais a ele do que a qualquer outra coisa. Acho que mostra que você e ele podem ter muitos segredos...

— Pare — disparei. — Apenas... pare. Sabe que não posso contar nada. E não posso prometer nada. Rhysand é Grão-Senhor. Só sirvo a sua corte.

Tarquin olhou para o chão.

— Perdoe-me se fui direto. Ainda estou aprendendo a jogar os jogos dessas cortes... para a tristeza de meus conselheiros.

— Espero que jamais aprenda a jogar os jogos dessas cortes.

Tarquin me encarou, o rosto cauteloso, um pouco triste.

— Então, me permita fazer uma pergunta direta. É verdade que deixou Tamlin porque ele a trancafiou em casa?

Tentei bloquear a lembrança, o terror e a dor de meu coração se partindo. Mas assenti.

— E é verdade que você foi salva do confinamento pela Corte Noturna?

Assenti de novo.

Tarquin falou:

— A Corte Primaveril é minha vizinha ao sul. Tenho laços tênues com eles. Mas a não ser que me seja perguntado, não mencionarei que esteve aqui.

Ladra, mentirosa, manipuladora. Não merecia me aliar a ele.

Mas fiz uma reverência em agradecimento.

— Mais alguma sala de tesouro para me mostrar?

— Ouro e joias não são impressionantes o suficiente? E quanto a seu olho de mercadora?

Dei um tapinha na caixa.

— Ah, consegui o que queria. Agora, estou curiosa para ver quanto vale sua aliança.

Tarquin riu, o som ecoou na pedra e nas riquezas ao redor.

— Não estava mesmo com vontade de ir a minhas reuniões dessa tarde.

— Que jovem Grão-Senhor inconsequente e selvagem.

Tarquin me ofereceu o braço de novo, dando um tapinha no meu enquanto me levava da câmara.

— Sabe, acho que também pode ser muito fácil amar você, Feyre. E mais fácil ser seu amigo.

Eu me obriguei a virar o rosto, timidamente, quando Tarquin selou a porta atrás de nós, colocando a palma da mão aberta no espaço acima da maçaneta. Ouvi o clique das trancas deslizando para o lugar.

Tarquin me levou para outros salões sob o palácio, alguns cheios de joias, outros com armas, outros com roupas de eras há muito passadas. Ele me mostrou um cheio de livros, e meu coração deu um salto — mas não havia nada ali. Nada além de couro e poeira e silêncio. Nenhuma gota de poder que desse a sensação do macho ao meu lado; nenhuma indicação do livro de que eu precisava.

Tarquin me levou para um último salão, cheio de caixas empilhadas cobertas com lençóis. E, enquanto eu olhava para as obras de arte que esperavam além da porta aberta, falei:

— Acho que já vi o bastante por hoje.

Tarquin não fez perguntas ao selar de novo a câmara e me acompanhar de volta aos andares superiores tumultuados e ensolarados.

Devia haver outros lugares em que o Livro poderia estar guardado. A não ser que fosse em outra cidade.

Eu precisava encontrá-lo. Logo. Rhys e Amren só poderiam estender os debates políticos por um tempo limitado antes de precisarmos partir. Eu só rezava para que o encontrasse rápido o suficiente... e não me odiasse mais do que já odiava.

Rhysand estava deitado em minha cama como se fosse o dono dela.

Olhei uma vez para as mãos cruzadas atrás da cabeça, as longas pernas jogadas sobre a beira do colchão, e trinquei os dentes.

— O que você quer? — Bati a porta alto o suficiente para enfatizar o tom afiado nas palavras.

— Flertar e dar risadinhas com Tarquin não adiantou nada, suponho?

Atirei a caixa na cama ao lado de Rhys.

— Diga você.

O sorriso hesitou quando ele se sentou e abriu a tampa.

— Isso não é o Livro.

— Não, mas é um lindo presente.

— Quer que eu compre joias para você, Feyre, então peça. Mas, considerando seu guarda-roupa, achei que estivesse ciente de que *tudo* é comprado para você.

Não tinha percebido, mas falei:

— Tarquin é um bom macho, um bom Grão-Senhor. Deveria simplesmente *pedir* a ele a porcaria do Livro.

Rhys fechou a tampa.

— Então ele a enche de joias e despeja mel em seus ouvidos e agora você se sente mal?

— Ele quer sua aliança, desesperadamente. Quer confiar em você, contar com você.

— Bem, Cresseida tem a impressão de que o primo é bastante ambicioso; então, eu tomaria o cuidado de ler as entrelinhas do que ele diz.

— Ah, é? Ela disse isso a você antes, durante ou depois que a levou para a cama?

Rhys ficou de pé com um movimento gracioso e lento.

— É por isso que você não quis me olhar? Porque acha que trepei com ela por informações?

— Informações ou por seu prazer, não me importa.

Rhys deu a volta na cama, e não me movi, mesmo quando ele parou a pouco menos de um palmo entre nós.

— Ciúmes, Feyre?

— Se estou com ciúmes, então você tem ciúmes de Tarquin e o mel que ele derrama.

Rhysand mostrou os dentes.

— Acha que gosto de precisar flertar com uma fêmea solitária para conseguir informações sobre sua corte, sobre seu Grão-Senhor? Acha que me sinto bem comigo mesmo ao fazer isso? Acha que gosto de fazer isso para que você tenha espaço para manipular Tarquin com seus sorrisos e olhos lindos, para conseguirmos o Livro e irmos para casa?

— Você pareceu se divertir muito ontem à noite.

O grunhido de Rhysand saiu baixo, cruel.

— Não a levei para a cama. Cresseida queria, mas nem mesmo a beijei. Eu a levei para beber na cidade, deixei que falasse sobre a vida, as pressões, e a levei de volta ao quarto e não passei da porta. Esperei por você no café da manhã, mas você dormiu até tarde. Ou me evitou, aparentemente. E tentei olhar em seus olhos essa tarde, mas foi *tão eficiente* em me afastar totalmente.

— Foi isso que o deixou irritado? Que eu o afastei, ou que foi tão fácil para Tarquin se aproximar?

— O que me irritou — disse Rhys, com a respiração um pouco irregular — foi que você *sorriu* para ele.

O resto do mundo se dissipou em névoa quando as palavras foram absorvidas.

— Está com ciúmes.

Rhysand balançou a cabeça, caminhou até a pequena mesa contra a parede mais afastada e bebeu um copo de um líquido âmbar. Ele apoiou as mãos na mesa, os músculos poderosos das costas estremeceram sob a camisa quando a sombra daquelas asas lutou para tomar forma.

— Ouvi o que você disse a ele — revelou Rhys. — Que achava que seria fácil se apaixonar por ele. E foi sincera.

— E daí? — Foi a única coisa que pensei em dizer.

— Fiquei com ciúmes... disso. Porque não sou... esse tipo de pessoa. Para ninguém. A Corte Estival sempre foi neutra; só mostrou coragem durante aqueles anos Sob a Montanha. Poupei a vida de Tarquin porque tinha ouvido falar que ele queria a igualdade entre Grão-Feéricos e feéricos inferiores. Estou tentando fazer isso há anos. Sem sucesso, mas... eu só o poupei por isso. E Tarquin, com sua corte neutra... jamais precisará se preocupar com o fato de alguém ter de fugir porque a ameaça contra a vida da pessoa, contra a vida dos filhos dela, sempre existirá. Então, sim, senti ciúmes dele, porque será sempre fácil para ele. E Tarquin jamais saberá o que é olhar para o céu à noite e desejar.

A Corte dos Sonhos.

As pessoas que sabiam que havia um preço, e um que valia a pena pagar, por aquele sonho. Os guerreiros bastardos, os illyrianos de linhagem mista, o monstro preso em um lindo corpo, a sonhadora nascida em uma corte de pesadelos... E a caçadora com alma de artista.

E talvez porque fosse a coisa mais vulnerável que ele tinha dito para mim, talvez fosse a ardência em meus olhos, mas caminhei até onde Rhys estava, no pequeno bar. Não olhei para ele quando peguei o decantador com líquido âmbar e me servi de um dedo, enchendo o copo dele em seguida.

Mas encarei Rhys quando brindei com ele, o cristal dos copos tilintou nítida e alegremente por cima do barulho do mar que quebrava abaixo, e falei:

— Às pessoas que olham para as estrelas e desejam, Rhys.

Ele pegou o copo com um olhar tão intenso que me perguntei por que tinha me dado o trabalho de corar para Tarquin.

Rhys brindou com o copo contra o meu.

— Às estrelas que ouvem e aos sonhos que são atendidos.

Capítulo 35

Dois dias se passaram. Cada momento era um número de malabarismo entre a verdade e as mentiras. Rhys se certificou de que eu não fosse convidada para as reuniões que ele e Amren convocaram para distrair meu gentil anfitrião, o que me deu tempo para vasculhar a cidade em busca de qualquer sinal do Livro.

Mas não muito ansiosamente; não muito avidamente. Eu não podia parecer intrigada demais enquanto percorria as ruas e as docas, não podia fazer muitas perguntas tendenciosas às pessoas que encontrasse, a respeito dos tesouros e das lendas de Adriata. Mesmo quando acordei, ao alvorecer, me obriguei a esperar até uma hora razoável antes de sair pela cidade, me obriguei a tomar um banho demorado para secretamente praticar aquela magia de água. E embora moldar animais de água hora após hora tivesse se tornado entediante... era fácil para mim. Talvez por causa da proximidade com Tarquin, talvez por causa de qualquer que fosse a afinidade com a água que já estivesse em meu sangue, minha alma — embora eu certamente não estivesse em posição para perguntar.

Depois que o café da manhã foi finalmente servido e consumido, me certifiquei de parecer um pouco entediada e sem rumo quando saí pelos corredores iluminados do palácio a caminho da cidade que despertava.

Quase ninguém me reconheceu conforme eu casualmente examinava as lojas e as casas e as pontes, em busca de qualquer lampejo de um feitiço que tivesse a *sensação* de Tarquin, embora duvidasse que tivessem motivo para isso. Haviam sido os Grão-Feéricos — a nobreza — que foram mantidos Sob a Montanha. Aquelas pessoas foram deixadas ali... para serem atormentadas.

Cicatrizes cobriam os prédios, as ruas, pelo que tinha sido feito em retaliação à rebelião deles: queimaduras, pedras sulcadas, prédios inteiros transformados em escombros. Os fundos do castelo, conforme Tarquin alegara, pareciam realmente no meio de uma obra. Três torres de vigia estavam pela metade, a pedra marrom, chamuscada e quebradiça. Nenhum sinal do Livro. Trabalhadores se ocupavam ali — e por toda a cidade —, consertando aquelas áreas quebradas.

Exatamente como as pessoas que eu via — Grão-Feéricos e feéricos com escamas e guelras e longos e finos dedos palmados; todos pareciam estar se curando lentamente. Havia cicatrizes e membros faltando em mais de um que contei. Mas nos olhos... nos olhos, a luz brilhava.

Eu também os salvara.

Libertara-os de quaisquer que fossem os horrores que ocorreram durante aquelas cinco décadas.

Tinha feito algo terrível para salvá-los... mas os salvara.

E jamais seria o suficiente para me redimir, mas... Eu não me sentia tão pesada, apesar de não encontrar um lampejo da presença do Livro, quando voltei ao palácio no alto da colina na terceira noite para esperar o relatório de Rhysand sobre as reuniões do dia; e saber se ele tinha descoberto alguma coisa também.

Conforme subia os degraus do palácio, me xingando por permanecer tão fora de forma mesmo com as lições de Cassian, vi Amren empoleirada na beira da varanda de uma torre de vigia, limpando as unhas.

Varian estava encostado à soleira da varanda de outra torre, ao alcance de um salto — e me perguntei se ele estava imaginando se conseguiria cobrir aquela distância rápido o bastante para empurrar Amren.

Um gato brincando com um cão... era o que aquilo era. Amren estava praticamente tomando banho, silenciosamente desafiando-o a se aproximar o bastante para farejá-la. Duvidei de que Varian fosse gostar das garras dela.

A não ser que fosse por isso que ele a seguisse dia e noite.

Balancei a cabeça, continuei a subir os degraus — observando conforme a maré baixava.

O céu manchado pelo pôr do sol se refletia na água e na lama exposta pela maré baixa. Um pouco de brisa noturna passou sussurrando por mim, e me inclinei em sua direção, deixando que esfriasse meu suor. Certa vez houve um tempo em que eu odiava o fim do verão, rezava para que se estendesse pelo máximo de tempo possível. Agora, pensar no calor interminável e no sol me deixava... entediada. Inquieta.

Estava prestes a voltar para as escadas quando vi o trecho de terra que tinha sido revelado próximo ao quebra-mar. O pequeno prédio.

Não era à toa que eu não o tinha visto, pois jamais subira tanto durante o dia quanto quando a maré baixava... E durante o resto do dia, pela lama e pelas algas que agora reluziam ali, aquela área estaria totalmente submersa.

Mesmo agora, estava submersa pela metade. Mas eu não conseguia desviar os olhos.

Como se aquele fosse um pedacinho de meu lar, por mais que parecesse molhado e deprimente, e eu só precisava correr pelo quebra-mar enlameado entre a parte mais tranquila da cidade e o continente — muito, muito rápido, e, então, poderia alcançá-lo antes que sumisse sob as ondas de novo.

Mas o local era visível demais, e, de longe, eu não conseguia dizer com certeza se *era* o Livro que ele continha.

Precisaríamos ter certeza absoluta antes de entrarmos... para afastar os riscos da busca. Certeza absoluta.

Desejei não ter, mas percebi que já tinha um plano para aquilo também.

✢

Jantamos com Tarquin, Cresseida e Varian em sua sala de jantar de família — uma indicação certeira de que o Grão-Senhor queria mesmo aquela aliança, com ou sem ambição.

Varian observava Amren como se estivesse tentando resolver uma charada que ela propusera a ele, e Amren não lhe deu qualquer atenção enquanto debatia com Cresseida as diversas traduções de algum texto antigo. Eu me aproximava de minha pergunta, contando a Tarquin as coisas que tinha visto na cidade naquele dia — os peixes frescos que comprara nas docas.

— Você comeu lá — comentou Tarquin, erguendo as sobrancelhas.

Rhys apoiou a cabeça no punho enquanto eu falava:

— Eles fritaram com o almoço dos outros pescadores. Não me cobraram a mais por isso.

Tarquin soltou uma risada impressionada.

— Não posso dizer que já fiz isso, marinheiro ou não.

— Deveria — aconselhei, sincera em cada palavra. — Estava delicioso.

Eu estava usando o colar que Tarquin me dera, e Nuala planejara minha roupa a partir da joia. Decidimos por cinza — um tom suave, colombino — para exibir o preto reluzente. Não usei mais nada: nenhum brinco, nenhuma pulseira, nenhum anel. Tarquin parecera satisfeito com aquilo, embora Varian tivesse engasgado ao me ver usando uma herança de sua casa. Cresseida, surpreendentemente, me disse que combinava comigo e que não se adequava àquele lugar mesmo. Um elogio às avessas, mas era o bastante.

— Bem, talvez eu vá amanhã. Se você se juntar a mim.

Sorri para Tarquin, ciente de todos os sorrisos que oferecia a ele agora que Rhys tinha comentado. Além de me dar breves atualizações noturnas sobre a falta de progresso com a descoberta de qualquer coisa a respeito do Livro, não havíamos conversado de verdade desde aquela noite em que eu lhe enchera o copo; embora fosse por causa de nossos dias cheios, não de estranheza.

— Eu gostaria disso — falei. — Talvez pudéssemos caminhar de manhã no quebra-mar, quando a maré estiver baixa. Tem aquele pequeno prédio no caminho, parece fascinante.

Cresseida parou de falar, mas prossegui, tomando vinho.

— Acho que, como já vi a maior parte da cidade agora, poderia ver essa construção quando formos visitar parte do continente também.

O olhar de Tarquin para Cresseida foi toda a confirmação de que eu precisava.

Aquele prédio de pedra de fato guardava o que procurávamos.

— É a ruína de um templo — explicou Tarquin, simplesmente, a mentira suave como seda. — Apenas lama e alga por enquanto. Estamos querendo restaurá-lo há anos.

— Talvez seja melhor pegarmos a ponte então. Já chega de lama por um tempo.

Lembre-se de que o salvei, que lutei contra o Verme de Middengard, esqueça a ameaça...

Os olhos de Tarquin encararam os meus — por um momento longo demais.

Na duração de um piscar de olhos, disparei meu poder silencioso e oculto em sua direção, uma lança apontada para a mente de Tarquin, para aqueles olhos desconfiados.

Havia um escudo erguido; um escudo de vidro marinho e coral e o mar ondulante.

Eu me tornei aquele mar, me tornei o sussurro de ondas contra pedra, o brilho da luz do sol nas asas brancas de uma gaivota. Eu me tornei *ele* — me tornei aquele escudo mental.

Então, passei por ele, uma corda nítida, escura, me mostrava o caminho de volta caso eu precisasse. Deixei que o instinto, sem dúvida vindo de Rhys, me guiasse para a frente. Para o que eu precisava ver.

Os pensamentos de Tarquin me atingiram como pedrinhas. *Por que ela pergunta sobre o templo? De todas as coisas que ela podia mencionar...* Ao meu redor, eles continuaram comendo. *Eu* continuei comendo. Obriguei meu rosto, em um corpo diferente, em um mundo diferente, a sorrir encantadoramente.

Por que quiseram tanto vir? Por que perguntar sobre meu tesouro?

Como ondas batendo, lancei meus pensamentos sobre os dele.

Ela é inofensiva. É boa, e triste, e partida. Você a viu com seu povo — viu como ela os tratou. Como trata você. Amarantha não destruiu essa bondade.

Despejei meus pensamentos para Tarquin, tingindo-os com maresia e o canto das andorinhas-do-mar — envolvendo-os na essência que era Tarquin, a essência que ele me dera.

Leve-a para o continente amanhã. Isso a impedirá de perguntar sobre o templo. Ela salvou Prythian. É sua amiga.

Meus pensamentos se assentaram em Tarquin como uma pedra solta em um lago. E quando a desconfiança se dissipou de seus olhos, eu soube que meu trabalho estava feito.

Recuei mais e mais, deslizando por aquela muralha de oceano e pérola, me recolhendo para dentro até que meu corpo fosse uma jaula ao meu redor.

Tarquin sorriu.

— Vamos nos encontrar depois do café da manhã. A não ser que Rhysand queira me levar para mais reuniões. — Nem Cresseida nem Varian sequer olharam para Tarquin. Será que Rhys cuidara de suas suspeitas?

Um raio percorreu meu sangue, mesmo quando ele gelou ao perceber o que havia feito...

Rhys gesticulou com a mão preguiçosa.

— Por favor, Tarquin, passe o dia com minha senhora.

Minha senhora. Ignorei as duas palavras. Mas afastei meu próprio assombro diante do que eu realizara, do horror que se acumulava devagar diante da violação invisível da qual Tarquin jamais saberia.

Eu me inclinei para a frente, apoiando os antebraços expostos na mesa fria de madeira.

— Conte o que há para ver no continente — disse a Tarquin, e desviei o assunto do templo no quebra-mar.

✢

Rhys e Amren esperaram até que as luzes da casa diminuíssem antes de irem até meu quarto.

Eu estava sentada na cama, contando os minutos, armando meu plano. Nenhum dos quartos de hóspedes dava para o quebra-mar, como se não quisessem que ninguém o notasse.

Rhys chegou primeiro e se inclinou contra a porta fechada.

— Como você aprende rápido. A maioria dos daemati leva anos para dominar esse tipo de infiltração.

Minhas unhas se enterraram nas palmas das mãos.

— Você sabia... que eu fiz aquilo? — Dizer as palavras em voz alta pareceu demais, pareceu... real demais.

Um aceno breve de cabeça.

— E que trabalho de especialista você fez, usando a essência *dele* para enganar os escudos de Tarquin, para passar por eles... Senhora esperta.

— Ele jamais me perdoará — sussurrei.

— Ele jamais saberá. — Rhys inclinou a cabeça, e os cabelos pretos sedosos caíram sobre sua testa. — Você se acostuma. Com a sensação de que está ultrapassando um limite, de que o está violando. Se ajuda, não gostei muito de convencer Varian e Cresseida a encontrar outros assuntos mais interessantes.

Abaixei o olhar para o piso de mármore pálido.

— Se não tivesse cuidado de Tarquin — continuou ele —, provavelmente estaríamos enterrados até o joelho em bosta agora.

— A culpa foi minha mesmo, fui eu quem perguntou sobre o templo. Só estava limpando minha sujeira. — Balancei a cabeça. — Não parece certo.

— Nunca parece. Ou não deveria parecer. Muitos daemati perdem essa noção. Mas aqui, esta noite... os benefícios foram maiores que os custos.

— Também é isso que disse a si mesmo quando entrou em minha mente? Qual foi o benefício então?

Rhys se afastou da porta, caminhando até onde eu estava sentada na cama.

— Há partes de sua mente que deixei intactas, coisas que pertencem apenas a você, e sempre pertencerão. E quanto ao resto... — O maxilar de Rhys se contraiu. — Você me apavorou durante um bom tempo, Feyre. Mandando sensações daquela forma... Eu não podia sair andando para dentro da Corte Primaveril e perguntar como você estava, podia? — Passos leves soaram no corredor: Amren. Rhys me encarou, no entanto, ao dizer: — Explico o resto outra hora.

A porta se abriu.

— Parece um lugar idiota para esconder um livro — disse Amren, como um cumprimento, ao entrar, sentando-se na cama.

— E o último lugar em que alguém procuraria — argumentou Rhys, se afastando de mim para sentar no banquinho da penteadeira diante da janela. — Poderiam protegê-lo facilmente com feitiços contra água e erosão. Um lugar apenas visível por breves momentos ao longo do dia, quando a terra ao redor está exposta para que todos vejam? Não poderia haver lugar melhor. Temos os olhos de milhares nos observando.

— Então, como entramos? — perguntei.

— Provavelmente está guardado contra travessia — disse Rhys, apoiando os antebraços nas coxas. — Não vou arriscar soar algum alarme ao tentar. Então, vamos à noite, à moda antiga. Posso carregar vocês duas e, depois, montar guarda — acrescentou Rhys, quando ergui as sobrancelhas.

— Tão galanteador — ironizou Amren — fazer a parte fácil, e então deixar que nós, fêmeas indefesas, chafurdemos na lama e nas algas marinhas.

— Alguém precisa circular alto o bastante para ver qualquer um se aproximando, ou soando um alarme. E ocultar vocês de vista.

Franzi a testa.

— As trancas respondem ao toque dele; tomara que respondam ao meu.

— Quando agimos? — indagou Amren.

— Amanhã à noite — respondi. — Observaremos os turnos dos guardas esta noite durante a maré baixa, descobriremos onde estão os vigias. Quem poderemos precisar eliminar antes de agirmos.

— Você pensa como um illyriano — murmurou Rhys.

— Acredito que isso deveria ser um elogio — confidenciou Amren.

Rhys riu com escárnio, e sombras se reuniram ao redor dele quando o Grão-Senhor afrouxou o controle sobre o poder.

— Nuala e Cerridwen já estão agindo dentro do castelo. Vou tomar os céus. Vocês duas deveriam sair para uma caminhada à meia-noite, considerando o quanto está quente. — Então, ele se foi com um farfalhar de asas invisíveis e uma brisa morna e escura.

Os lábios de Amren estavam vermelhos como sangue ao luar. Eu sabia quem teria a incumbência de eliminar qualquer olho espião, e acabaria com uma refeição. Minha boca secou um pouco.

— Que tal um passeio?

Capítulo 36

O dia seguinte foi uma tortura. Uma tortura lenta, interminável, quente como o inferno.

Fingir interesse no continente conforme caminhava com Tarquin, conhecia seu povo, sorria para eles ficou mais difícil à medida que o sol percorria o céu e então finalmente começava a descer em direção ao mar. Mentirosa, ladra, enganadora — era assim que me chamariam em breve.

Esperava que soubessem — que Tarquin soubesse — que o que tínhamos feito era pelo bem deles.

Arrogância suprema, talvez, pensar assim, mas... era verdade. Considerando a rapidez com que Tarquin e Cresseida tinham se olhado, me guiado para longe daquele templo... Aposto que não teriam entregado o livro. Por quaisquer que fossem os motivos, queriam o artefato.

Talvez esse novo mundo de Tarquin só pudesse ser construído com base na confiança... Mas ele não teria a chance de construí-lo se tudo fosse destruído pelos exércitos do rei de Hybern.

Foi o que disse para mim mesma, repetidas vezes, enquanto caminhávamos pela cidade de Tarquin; enquanto eu aturava os cumprimentos de seu povo. Talvez não tão alegres quanto aqueles em

Velaris, mas... era uma acolhida esforçada e merecida. Aquelas pessoas tinham suportado o pior e agora tentavam superá-lo.

Como eu deveria superar minha escuridão.

Quando o sol por fim deslizou no horizonte, confessei a Tarquin que estava cansada e com fome — e, por ser gentil e hospitaleiro, ele me levou de volta, e me comprou uma torta de peixe assado a caminho de casa. Ele até mesmo comera um peixe frito nas docas naquela tarde.

O jantar foi o pior.

Partiríamos antes do café da manhã, mas eles não sabiam disso. Rhys mencionou voltar à Corte Noturna na tarde do dia seguinte, então, talvez uma partida mais cedo não parecesse tão suspeita. Ele deixaria um bilhete sobre assuntos urgentes, agradeceria a Tarquin pela hospitalidade e então sumiria para casa... para Velaris. Se tudo corresse de acordo com o planejado.

Havíamos descoberto onde os guardas estavam posicionados, como os turnos funcionavam e onde os postos ficavam no continente também.

E, quando Tarquin beijou minha bochecha ao me dar boa-noite, dizendo que desejava que aquela não fosse minha última noite e que talvez visse se poderia visitar a Corte Noturna em breve... Quase caí de joelhos para implorar seu perdão.

A mão de Rhysand em minhas costas era um aviso sólido para que eu mantivesse a calma... mesmo que o rosto só estampasse aquela diversão fria.

Fui para o quarto. E encontrei trajes de couro de guerra illyrianos me esperando. Junto daquele cinto de facas illyrianas.

Então, me vesti para batalha mais uma vez.

⁜

Rhys voou conosco para perto da maré baixa e nos deixou antes de tomar os céus, onde ele circularia, monitoraria os guardas na ilha e no continente enquanto caçávamos.

A lama fedia, emitia ruídos aquosos e nos espremia a cada passo desde a estreita estrada do quebra-mar até a pequena ruína do templo. Cracas, algas marinhas e lapas se agarravam a pedras cinza — e cada passo para dentro da única câmara interna fazia com que aquela *coisa* em meu peito dissesse *onde você está, onde você está, onde você está?*

Rhys e Amren tinham verificado feitiços ao redor do local, mas não encontraram nada. Era estranho, mas era uma sorte. Graças à porta aberta, não ousamos arriscar acender uma luz, e, com as rachaduras na pedra acima, o luar fornecia iluminação suficiente.

Com os joelhos enterrados em lama, a água recuando e escorrendo pelas rochas, Amren e eu verificamos a câmara, com pouco mais de 12 metros de largura.

— Consigo sentir — sussurrei. — Como a mão de alguém, cheia de garras, percorrendo minha coluna. — De fato, minha pele formigava, os pelos se arrepiavam sob o traje quente de couro. — Está adormecido.

— Não é à toa que o tenham escondido sob pedra e lama e mar — murmurou Amren, com a lama fazendo barulhos aquosos quando ela se virou onde estava.

Estremeci, as facas illyrianas em mim agora pareciam tão úteis quanto palitos de dente, e mais uma vez me virei onde estava.

— Não sinto nada nas paredes. Mas está aqui.

De fato, nós duas olhamos para baixo na mesma hora e nos encolhemos.

— Devíamos ter trazido uma pá — ponderou Amren.

— Não há tempo de pegar uma. — A maré estava totalmente baixa agora. Cada minuto contava. Não apenas para a água, que retornaria, mas para o alvorecer, que não estava muito longe.

Cada passo era um esforço em meio ao aperto firme da lama, e me concentrei naquela sensação, naquele chamado. Parei no centro da câmara; bem no centro. *Aqui, aqui, aqui*, sussurrou a coisa.

Eu me inclinei para baixo, estremecendo para a lama gelada, para os pedaços de concha e de destroços que arranharam minhas mãos expostas conforme comecei a empurrá-los.

— Rápido.

Amren sibilou, mas se abaixou para puxar a lama pesada e densa. Caranguejos e coisas ligeiras fizeram cócegas em meus dedos. Eu me recusei a pensar neles.

Então, cavamos e cavamos, até estarmos cobertas de lama salgada que queimava nossos inúmeros pequenos cortes conforme ofegávamos para um piso de pedra. E uma porta de chumbo.

Amren xingou.

— Chumbo para manter a força total dele do lado de dentro, para preservá-lo. Costumavam cobrir os sarcófagos dos grandes governantes com isso, porque achavam que um dia acordariam.

— Se o rei de Hybern sair por aí com aquele Caldeirão, podem muito bem acordar.

Amren estremeceu e apontou.

— A porta está selada.

Limpei a mão na única parte de mim que estava limpa — o pescoço — e usei a outra para raspar o restante da lama da porta redonda. Cada esbarrão contra o chumbo lançava pontadas de frio por mim. Mas ali estava: um redemoinho entalhado no centro da porta.

— Isso está aqui há muito tempo — murmurei.

Amren assentiu.

— Não ficaria surpresa se, apesar da marca do poder do Grão-Senhor, Tarquin e seus predecessores jamais tivessem colocado os pés aqui, o feitiço de sangue neste lugar tivesse sido imediatamente transferido para eles depois que assumiram o poder.

— Por que desejar o Livro, então?

— Não iria querer esconder um objeto de terrível poder? Para que ninguém pudesse usá-lo para o mal, ou para ganho pessoal? Ou talvez o tenham trancafiado para ter poder de barganha se algum dia fosse necessário. Eu não tinha ideia de por que eles, de todas as cortes, receberam a metade do Livro para início de conversa.

Balancei a cabeça e espalmei a mão no redemoinho no chumbo.

Um sobressalto me percorreu o corpo como relâmpago, e resmunguei, descendo meu peso sobre a porta.

Meus dedos congelaram ali, como se o poder estivesse sugando minha essência, bebendo como Amren bebia, e eu o senti hesitar, questionar...

Sou Tarquin. Sou verão; sou calor; sou mar e céu e campos cultivados.

Eu me tornei cada sorriso que Tarquin me lançara, me tornei o azul cristalino de seus olhos, o marrom de sua pele. Senti minha pele mudar, senti meus ossos se esticarem e mudarem. Até que eu *fosse* ele, e até que então eu tivesse um par de mãos masculinas, que agora faziam força contra a porta. Até que minha essência se tornasse o que eu tinha provado naquele escudo mental interior de Tarquin: mar e sol e maresia. Não me dei um momento para pensar em que poder teria acabado de usar. Não permiti que nenhuma parte de mim que *não fosse* o Grão-Senhor da Corte Estival transparecesse.

Sou seu mestre, e você me deixará passar.

A tranca resistiu com mais e mais força, e mal consegui respirar...

Então, ouviu-se um clique e um rangido.

Voltei para minha pele e recuei para a lama amontoada no momento em que a porta afundou e se afastou, entrando sob as pedras e revelando uma escada espiralada que descia para uma escuridão primitiva. E, com uma brisa úmida e salgada, de baixo subiram gavinhas de poder.

Do outro lado da escada, o rosto de Amren ficara mais pálido que o comum, os olhos prateados brilhavam fortemente.

— Nunca vi o Caldeirão — disse Amren. — Mas deve ser mesmo terrível se apenas um grão de seu poder tem... essa sensação.

De fato, aquele poder estava preenchendo a câmara, minha cabeça, meus pulmões; sufocando, afogando e seduzindo...

— Rápido — avisei, e uma pequena bola de luz feérica disparou para baixo da curva das escadas, iluminando degraus cinza desgastados escorregadios com lodo.

Saquei a faca de caça e desci, com uma das mãos apoiada na parede de pedra gelada, para evitar escorregar.

Desci uma curva, com Amren logo atrás, antes de luz feérica dançar sobre uma água pútrida na altura da cintura. Verifiquei a passagem ao pé das escadas.

— Tem um corredor e uma câmara além dele. Tudo livre.

— Então, suba correndo — disse Amren.

Eu me preparei e avancei para a água escura, contendo o grito diante da temperatura quase congelante, da oleosidade dali. Amren quase vomitou, pois a água praticamente lhe atingia o peito.

— Este lugar sem dúvida enche rápido depois que a maré sobe de novo — observou Amren, conforme arrastávamos as pernas pela água, franzindo a testa para os muitos vãos de drenagem nas paredes.

Seguimos devagar o bastante para que ela detectasse qualquer tipo de feitiço ou armadilha, mas... não havia nada. Nada mesmo. No entanto, quem desceria até lá, até tal lugar?

Tolos... tolos desesperados, isso sim.

O longo corredor de pedra terminava em uma segunda porta de chumbo. Atrás dela, aquele poder estava contido, cobrindo a marca de Tarquin.

— Está ali.

— Obviamente.

Fiz uma cara feia para Amren, nós duas estremecemos. O frio estava intenso o bastante para que eu me perguntasse se talvez já estivesse morta caso ainda tivesse um corpo de humana. Ou perto de morrer.

Espalmei a mão na porta. Os puxões, os questionamentos e a exaustão foram piores dessa vez. Muito piores, e precisei apoiar a mão tatuada na porta para evitar cair de joelhos e gritar enquanto o poder me pilhava.

Sou verão, sou verão, sou verão.

Não me transformei em Tarquin dessa vez — não precisei. Um clique e um rangido, e a porta de chumbo deslizou para a parede, águas se encontraram e agitaram quando cambaleei para trás, para os braços pacientes de Amren.

— Fechadura tão travessa — sibilou ela, estremecendo não apenas devido à água.

Minha cabeça estava girando. Mais uma fechadura e eu poderia muito bem desmaiar.

Mas a luz feérica tremeluziu para dentro da câmara diante de nós e paramos.

A água não tinha se encontrado com mais uma câmara, mas parado contra um umbral invisível. A câmara seca além estava vazia, exceto por um altar redondo e um pedestal.

Uma pequena caixa de chumbo estava sobre ele.

Amren gesticulou com a mão hesitante no ar acima de onde a água simplesmente... parava. Então, satisfeita por não haver feitiços ou truques, ela entrou, pingando nas pedras cinza ao ficar de pé na câmara, encolhendo um pouco o corpo, e me chamar.

Arrastando as pernas o mais rápido possível na água, eu a segui, quase caindo no chão quando meu corpo se ajustou ao ar repentino. Eu me virei... e, de fato, a água era uma parede preta, como se houvesse um painel de vidro mantendo-a no lugar.

— Sejamos rápidas — ordenou Amren, e não discordei.

Nós duas cuidadosamente verificamos a câmara: pisos, paredes, tetos. Nenhum sinal de mecanismos ou gatilhos ocultos.

Embora não fosse maior que um livro comum, a caixa de chumbo parecia engolir a luz feérica; e dentro dela, sussurrando... o selo do poder de Tarquin e o Livro.

E agora ouvi, com tanta clareza quanto se a própria Amren tivesse sussurrado:

Quem é você... o que é você? Chegue mais perto, me deixe sentir seu cheiro, me deixe vê-la...

Paramos de lados opostos do pedestal, a luz feérica pairava sobre a tampa.

— Nenhum feitiço — disse Amren, a voz pouco mais alta que o raspar de suas botas na pedra. — Nenhum feitiço. Precisa retirá-lo... carregá-lo para fora. — A ideia de tocar naquela caixa, de me aproximar daquela coisa dentro dela... — A maré está voltando — acrescentou Amren, verificando o teto.

— Cedo assim?

— Talvez o mar saiba. Talvez o mar seja o servo do Grão-Senhor.

E se ficássemos presas ali embaixo quando a água subisse...

Não achei que meus pequenos animais de água ajudariam. Pânico se contorceu em meu estômago, mas eu o afastei e reuni coragem, erguendo o queixo.

A caixa devia ser pesada e fria.

Quem é você, quem é você, quem é você...

Flexionei os dedos e estalei o pescoço. *Sou verão; sou mar e sol e coisas verdes.*

— Vamos lá, vamos lá — murmurou Amren. Acima, a água escorria pelas pedras.

Quem é você, quem é você, quem é você...

Sou Tarquin; sou Grão-Senhor; sou seu mestre.

A caixa se calou. Como se fosse resposta o bastante.

Peguei a caixa do pedestal, a frieza do metal feriu minhas mãos, e o poder percorreu meu sangue, como uma mancha de óleo.

Uma voz antiga e cruel sibilou:

Mentirosa.

E a porta bateu.

Capítulo 37

— *Não!* — gritou Amren para a porta em um segundo, o punho como uma forja radiante quando golpeou contra o chumbo, uma, duas vezes.

E acima, a corrente e o ruído da água escorrendo escada abaixo, enchendo a câmara...

Não, não, não...

Cheguei à porta, guardei a caixa no grande bolso interno do casaco de couro enquanto a palma da mão incandescente de Amren pressionava a porta, queimando, aquecendo o metal, espirais e redemoinhos irradiavam pela porta como se fossem uma língua só dela, então...

A porta se abriu com uma explosão.

Apenas para que uma enchente entrasse com tudo.

Segurei o umbral, mas errei quando a água me empurrou de volta, me varrendo para debaixo da superfície escura e gelada. O frio roubou o ar de meus pulmões. Encontrar o chão, encontrar o chão...

Meus pés tocaram o chão e dei um impulso para cima, puxando ar, avaliando a câmara escura em busca de Amren. Ela estava agarrada ao umbral, de olho em mim, a mão estendida, brilhando forte.

A água já subira até a altura de meus seios, e corri até Amren, lutando contra o ataque que inundava a câmara, desejando que aquela nova força tomasse meu corpo, meus braços...

A água ficou mais tranquila, como se aquela semente de poder acalmasse a corrente, sua ira, mas Amren agora subia o umbral.

— Está com ele? — gritou ela, por cima do rugido da água.

Assenti e percebi que a mão estendida de Amren não era para mim, mas para a porta que ela forçara de volta para dentro da parede. Amren a manteve afastada até que eu pudesse sair.

Forcei meu caminho pela abertura em arco, e Amren deslizou pelo umbral — no momento em que a porta se fechou de novo, com tanta violência que me maravilhei diante do poder que Amren tinha usado para afastá-la.

A única desvantagem era que a água no corredor agora tinha muito menos espaço a preencher.

— Vá! — mandou Amren, mas não esperei por aprovação antes de pegá-la, prendendo seus pés de em volta da minha barriga quando a coloquei nas costas.

— Apenas... faça o que precisa fazer — disse eu, o pescoço curvado acima da água que subia. Não faltava muito até as escadas, as escadas que agora eram uma cachoeira. Onde diabo estava Rhysand?

Mas Amren estendeu a palma da mão diante de nós, e a água recuou e estremeceu. Não era um caminho livre, mas uma brecha na corrente. Direcionei aquela semente do poder de Tarquin — de *meu* poder agora — para ela. A água se acalmou mais ainda, lutando para obedecer meu comando.

Corri, segurando as coxas de Amren, provavelmente com força suficiente para deixar hematomas. Passo a passo, a água agora descendo violentamente, em meu maxilar, em minha boca...

Mas cheguei às escadas, quase escorregando no degrau coberto de lodo, e o arquejo de Amren quase me parou subitamente.

Não foi um arquejo de choque, mas em busca de ar quando uma muralha de água jorrou pelas escadas. Como se uma onda poderosa tivesse varrido o local. Até mesmo meu domínio sobre o elemento não podia fazer nada contra ela.

Tive tempo o bastante para tomar fôlego, segurar as pernas de Amren e me preparar...

E observar quando aquela porta no alto das escadas se fechou, nos selando em uma tumba de água.

Eu estava morta. Sabia que estava morta, e não tinha como escapar. Tinha consumido meu último fôlego e estaria consciente durante cada segundo até que meus pulmões cedessem e meu corpo me traísse, e eu tragasse aquele gole fatal de água.

Amren bateu em minhas mãos até que eu soltasse, até que nadasse atrás dela, tentando acalmar meu coração em pânico, meus pulmões, tentando convencê-los a fazer cada segundo contar conforme Amren alcançava a porta e batia nela com a palma da mão. Símbolos se incendiaram; de novo e de novo. Mas a porta se manteve firme.

Alcancei Amren, e empurrei meu corpo contra a porta, de novo e de novo, e o chumbo cedeu sob meus ombros. Então eu tinha presas, presas, não garras, e eu cortava e socava o metal...

Meus pulmões pareciam em fogo. Meus pulmões estavam entrando em colapso...

Amren esmurrava a porta, aquela faísca de luz feérica se extinguia, como se estivesse fazendo a contagem regressiva das batidas do próprio coração...

Precisava tomar fôlego, precisava abrir a boca e tomar fôlego, precisava acalmar a queimação...

Então, a porta foi destruída.

E a luz feérica permaneceu forte o suficiente para que eu visse os três rostos lindos e etéreos sibilando com dentes como os de peixes enquanto os dedos finos e palmados nos puxavam das escadas para seus braços com pele de rã.

Espectros da água.

Mas não consegui aguentar, quando aquelas mãos finas seguraram meu braço, abri a boca, a água entrou, cortando pensamentos e sons e fôlego. Meu corpo se convulsionou, e aquelas presas sumiram...

Escombros e algas marinhas e água passaram em disparada por mim, e tive a vaga sensação de ser lançada pela água, tão rápido que esta ardeu sob minhas pálpebras.

Então, ar quente; ar, ar, ar, mas meus pulmões estavam cheios de água quando...

Um punho golpeou meu estômago e vomitei água nas ondas. Inspirei ar, piscando diante do roxo hematoma e do rosa corado do céu matinal.

Uma tosse e um arquejo, não muito longe de mim, e me arrastei pela água quando me virei na baía para ver Amren vomitando também... mas viva.

E, nas ondas entre nós, com cabelo ônix colado às cabeças estranhas como se fossem capacetes, os espectros da água flutuavam, encarando-nos com olhos grandes e pretos.

O sol estava nascendo atrás deles — a cidade que nos cercava se agitava.

O espectro que estava no centro falou:

— A dívida de nossa irmã está paga.

Então, se foram.

Amren já estava nadando para o litoral distante do continente.

Rezando para que eles não voltassem e nos transformassem em refeição, segui com pressa atrás de Amren, tentando manter meus movimentos curtos para evitar ser detectada.

Nós duas chegamos a um recesso tranquilo de areia e desabamos.

✠

Uma sombra bloqueou o sol, e uma bota chutou minha panturrilha.

— O que — falou Rhysand, ainda vestido de preto para a batalha — vocês duas estão fazendo?

Abri os olhos e encontrei Amren apoiada sobre os cotovelos.

— Onde *diabos* você estava? — indagou ela.

— Vocês duas dispararam todas as porcarias de gatilhos do palácio. Eu estava caçando cada guarda que soaria o alarme. — Minha garganta ardia, e areia fazia cócegas em minhas bochechas, em minhas mãos expostas. — Achei que você estava cuidando de tudo — disse Rhysand a Amren.

Ela sibilou.

— Aquele *lugar*, ou aquele maldito livro, quase anularam meus poderes. Quase nos afogamos.

O olhar dele disparou para mim.

— Não senti pelo laço...

— Provavelmente anulou isso também, seu canalha burro — disparou Amren.

Os olhos de Rhys se iluminaram.

— Conseguiu pegar o Livro? — Ele não estava nem um pouco preocupado se quase nos havíamos afogado e morrido.

Toquei meu casaco; o pedaço do metal pesado estava dentro do bolso.

— Que bom — falou Rhys, e olhei para trás dele devido à urgência súbita em seu tom de voz.

E de fato, no castelo do outro lado da baía, as pessoas corriam.

— Deixei alguns guardas escaparem — disse ele, e depois pegou nossos braços e desaparecemos.

O vento escuro estava frio e rugia, e eu mal tinha forças para me segurar em Rhysand.

Perdi totalmente as forças, assim como Amren, quando aterrissamos no saguão do solar... e nós duas desabamos no piso de madeira, derramando areia e água no carpete.

Cassian gritou da sala de jantar atrás de nós:

— Que diabos?

Olhei com raiva para Rhysand, que apenas se aproximou da mesa de café da manhã.

— Também estou esperando uma explicação — disse ele, simplesmente, para Cassian, Azriel e Mor, todos de olhos arregalados.

Mas eu me virei para Amren, que ainda sibilava no chão. Seus olhos vermelhos se semicerraram.

— Como?

— Durante o Tributo, a emissária dos espectros da água disse que não tinham ouro ou comida com que pagar. Estavam passando fome. — Cada palavra doía, e achei que poderia vomitar de novo. Ele mereceria se eu vomitasse no tapete inteiro. Embora Rhys provavelmente descontasse o prejuízo de meu salário. — Então, dei a ela algumas de minhas joias para pagar os impostos. O espectro jurou que ela e as irmãs jamais se esqueceriam da bondade.

— Alguém pode explicar, por favor? — gritou Mor, da sala além de nós.

Permanecemos no chão, e Amren começou a rir baixinho, o pequeno corpo tremia.

— O quê? — indaguei.

— Apenas uma imortal com coração mortal daria dinheiro a uma daquelas bestas terríveis. É tão... — Amren riu de novo, os cabelos pretos estavam colados com areia e algas marinhas. Por um momento, até pareceu humana. — Qualquer que seja a sorte que a mantém viva, garota... agradeça ao Caldeirão por ela.

Os outros observavam, mas senti um riso sair, sussurrado, de mim. Seguido por uma risada, rouca e crua como meus pulmões. Mas uma risada real, talvez impulsionada pela histeria... e por alívio profundo.

Nós nos olhamos e rimos de novo.

— Senhoras — ronronou Rhys, uma ordem silenciosa.

Gemi quando fiquei de pé, areia caiu por toda parte, e ofereci a mão para que Amren se levantasse. Seu aperto era firme, mas os olhos de mercúrio estavam surpreendentemente suaves quando ela segurou minha mão antes de estalar os dedos.

Nós duas fomos instantaneamente limpas e aquecidas, as roupas estavam secas. Exceto por um trecho molhado perto de meu seio, onde aquela caixa esperava.

Meus companheiros exibiam uma expressão solene conforme me aproximei e levei a mão ao bolso. O metal feriu meus dedos, tão frio que pareceu queimar.

Soltei o objeto na mesa.

Ele emitiu um estampido, e todos se encolheram, xingando.

Rhys apontou um dedo flexionado para mim.

— Uma última tarefa, Feyre. Destranque-o, por favor.

Meus joelhos estavam falhando, minha cabeça girava, e minha boca parecia seca e cheia de sal e areia, mas... eu queria me livrar daquilo.

Então, me sentei em uma cadeira, puxando aquela maldita caixa para mim, e coloquei a mão no topo.

Oi, mentirosa, ronronou o objeto.

— Oi — falei, baixinho.

Vai me ler?

— Não.

Os outros não disseram uma palavra, embora eu sentisse sua confusão pairando pela sala. Apenas Rhys e Amren me observavam com atenção.

Abra, falei, em silêncio.

Diga por favor.

— Por favor — pedi.

A caixa — o Livro — ficou em silêncio. Então, disse: *Semelhante atrai semelhante.*

— Abra! — ordenei, entre dentes.

Desfeita e Feita; Feita e Desfeita — esse é o ciclo. Semelhante atrai semelhante.

Empurrei a mão com mais força, tão cansada que não me importava com os pensamentos que saíam aos tropeços, com os punhados e os pedaços que eram e não eram partes de mim: calor e água e gelo e luz e sombra.

Quebradora da Maldição, disse para mim o Livro, e a caixa se abriu.

Relaxei na cadeira, grata pelo fogo crepitante na lareira próxima.

Os olhos cor de avelã de Cassian estavam sombrios.

— Jamais quero ouvir aquela voz de novo.

— Bem, vai ouvir — falou Rhysand, casualmente, levantando a tampa. — Porque virá conosco ver aquelas rainhas mortais assim que se dignem a receber visitas.

Eu estava cansada demais para pensar naquilo: no que ainda tínhamos de fazer. Olhei dentro da caixa.

Não era um livro; não com papel e couro.

Tinha sido feito de placas de metal escuras amarradas em três anéis de ouro, prata e bronze, cada palavra entalhada com precisão impecável, em um alfabeto que eu não reconhecia. Sim, de fato, minhas aulas de leitura haviam sido desnecessárias.

Rhys o deixou dentro da caixa enquanto olhávamos para ela — e depois nos encolhíamos.

Apenas Amren continuou observando o livro. O sangue totalmente drenado do rosto.

— Que língua é essa? — perguntou Mor.

Achei que as mãos de Amren estivessem tremendo, mas ela as enfiou nos bolsos.

— Não é uma língua deste mundo.

Apenas Rhys permaneceu inabalado pelo choque no rosto de Amren. Como se suspeitasse que língua seria aquela. Por que a escolhera para fazer parte daquela caçada.

— O que é, então? — perguntou Azriel.

Amren encarou o Livro sem parar — como se fosse um fantasma, como se fosse um milagre — e falou:

— É o Leshon Hakodesh. A Língua Sagrada. — Aqueles olhos de mercúrio se voltaram para Rhysand, e percebi que Amren também entendia por que tinha ido.

Rhysand falou:

— Ouvi uma lenda que diz que ele foi escrito em uma língua de seres poderosos que temiam o poder do Caldeirão e fizeram o Livro para combatê-lo. Seres poderosos que estavam aqui... e depois sumiram. Você é a única que pode decodificá-lo.

Foi Mor quem avisou:

— Não entre nesse tipo de jogo, Rhysand.

Mas ele balançou a cabeça.

— Não é um jogo. Foi um palpite de que Amren conseguiria lê-lo, e um de sorte.

As narinas de Amren se dilataram delicadamente, e, por um momento, me perguntei se ela poderia atacar Rhys por não lhe ter contado sobre suas suspeitas, de que o Livro poderia, de fato, ser mais que a chave para nossa salvação.

Rhys sorriu para Amren de uma forma que dizia que ele estaria disposto a permitir que ela tentasse.

Até mesmo Cassian deslizou a mão para a faca de guerra.

Mas, então, Rhysand falou:

— Eu também achei que o Livro pudesse conter o feitiço para libertar você... e mandá-la de volta para casa. Se foram eles que escreveram.

Amren engoliu em seco de maneira sutil.

— Merda — disse Cassian.

Rhys continuou:

— Não contei sobre minhas suspeitas porque não queria dar esperanças a você. Mas, se as lendas sobre a língua forem mesmo verdadeiras... talvez encontre o que anda procurando, Amren.

— Preciso da outra parte antes que possa começar a decodificá-lo. — A voz de Amren soava áspera.

— Espero que nosso pedido às rainhas mortais seja atendido em breve — disse Rhys, franzindo a testa para a areia e a água que manchavam o saguão. — E espero que o próximo encontro seja melhor que esse.

A boca de Amren se contraiu, os olhos brilhavam intensamente.

— Obrigada.

Dez mil anos em exílio; sozinha.

Mor suspirou — um ruído alto e dramático, sem dúvida destinado a interromper o silêncio carregado — e reclamou sobre querer ouvir a história toda sobre o que acontecera.

Mas Azriel disse:

— Mesmo que o livro possa anular o Caldeirão... Teremos ainda que enfrentar Jurian.

Todos olhamos para ele.

— Essa é a peça que não se encaixa — elucidou Azriel, batendo com um dedo coberto de cicatrizes na mesa. — Por que ressuscitá-lo? E como o rei o mantém preso? O que o rei tem que garante a lealdade de Jurian?

— Pensei nisso — confessou Rhys, sentando-se diante de mim à mesa, entre os dois irmãos. É claro que tinha pensado. Rhys deu de ombros. — Jurian era... obsessivo em sua busca por coisas. Ele morreu com muitas daquelas metas por cumprir.

O rosto de Mor empalideceu um pouco.

— Se suspeitar que Miryam está viva...

— É mais provável que Jurian acredite que Miryam se foi — disse Rhys. — E quem melhor para ressuscitar sua antiga amante que um rei com um Caldeirão capaz de levantar os mortos?

— Será que Jurian se aliaria a Hybern apenas porque acha que Miryam está morta e a quer de volta? — argumentou Cassian, apoiando os braços na mesa.

— Ele faria isso para se vingar de Drakon por ter conquistado Miryam — respondeu Rhys. Ele balançou a cabeça. — Discutiremos depois. — E fiz uma nota mental para perguntar a Rhys quem eram aquelas pessoas, qual era a história delas, perguntar a Rhys por que ele jamais indicara Sob a Montanha que *conhecia* o homem por trás do olho no anel de Amarantha. Depois que eu tivesse tomado banho. E bebido água. E tirado uma soneca.

Mas todos olharam para mim e para Amren de novo — ainda esperando pela história. Depois de limpar alguns grãos de areia, deixei que Amren começasse o conto, cada palavra era mais inacreditável que a anterior.

Do outro lado da mesa, ergui o olhar de minhas roupas e vi os olhos de Rhys já sobre mim.

Inclinei levemente a cabeça e abaixei o escudo por tempo suficiente para dizer pela ligação: *Aos sonhos que são atendidos.*

Um segundo depois, uma carícia sensual percorreu meus escudos mentais — um pedido educado. Deixei que caíssem, deixei que ele entrasse, e a voz de Rhys tomou conta de minha cabeça. *Às caçadoras que se lembram de ajudar os menos favorecidos — e aos espectros da água que nadam muito, muito rápido.*

CAPÍTULO 38

Amren levou o Livro para onde quer que fosse sua casa em Velaris, deixando nós cinco para comer. Enquanto Rhys contava sobre nossa visita à Corte Estival, consegui tomar meu café da manhã antes que a exaustão de ter ficado acordada a noite inteira, de ter destrancado aquelas portas e de ter chegado muito perto de morrer me atingisse. Quando acordei, a casa parecia vazia, o sol da tarde estava morno e dourado, e o dia, tão incomumente quente e lindo que levei um livro para o pequeno jardim nos fundos.

O sol, por fim, mudou, sombreando o jardim até esfriar de novo. Ainda não estava muito disposta a desistir de seus raios; então, subi os três andares até o pátio do telhado para vê-lo se pôr.

É claro — é claro — que Rhysand já estava sentado em uma das cadeiras de ferro pintadas de branco, com um dos braços jogado para trás enquanto a outra mão segurava casualmente um copo com algum tipo de bebida, a mesma que enchia um decantador de cristal pousado na mesa diante de Rhys.

As asas estavam abertas às costas, até o piso de azulejo, e me perguntei se Rhys estaria aproveitando o dia incomumente ameno para banhá-las ao sol; depois, pigarreei.

— Eu sei que você está aí — disse Rhys, sem dar as costas à vista do rio Sidra e do mar vermelho-dourado além.

Fiz uma expressão de raiva.

— Se quer ficar sozinho, posso ir.

Rhys apontou com o queixo na direção da cadeira vazia à mesa de ferro. Não era um convite entusiasmado, mas... eu me sentei.

Havia uma caixa de madeira ao lado do decantador; e talvez eu tivesse pensado que era algum ingrediente para o que quer que Rhys estivesse bebendo, caso não tivesse notado a adaga de madrepérola na tampa.

Se não tivesse jurado que sentia o cheiro do mar e do calor e do solo que eram de Tarquin.

— O que é isso?

Rhys esvaziou o copo, ergueu a mão — o decantador flutuou até ele em um vento fantasma — e se serviu de mais um dedo antes de falar.

— Debati por um bom tempo, sabe — revelou Rhys, encarando sua cidade. — Se deveria simplesmente pedir o Livro a Tarquin. Mas achei que ele poderia muito bem dizer que não, e em seguida vender a informação para quem fizesse o lance mais alto. Achei que pudesse dizer que sim, e ainda acabaria com pessoas demais a par de nossos planos e com o potencial para que essa informação se espalhasse. E, no fim das contas, precisava que o *motivo* de nossa missão permanecesse em segredo pelo máximo de tempo possível. — Rhys bebeu de novo e passou uma das mãos pelos cabelos preto-azulados. — Não gostei de roubar dele. Não gostei de ferir os guardas de Tarquin. Não gostei de sumir sem dizer uma palavra, quando, com ou sem ambição, ele realmente queria uma aliança. Talvez até mesmo amizade. Nenhum outro Grão-Senhor sequer se deu o trabalho, ou ousou. Mas acho que Tarquin queria ser meu amigo.

Olhei de Rhysand para a caixa e repeti:

— O que é isso?

— Abra.

Cuidadosamente, abri a tampa.

Dentro, aninhados em uma cama de veludo branco, três rubis brilharam, cada um do tamanho de um ovo de galinha. Cada um tão puro e de cor tão intensa que pareciam feitos de...

— Rubis de sangue — explicou Rhys.

Afastei os dedos que estavam se aproximando das pedras.

— Na Corte Estival, quando um insulto grave é cometido, eles mandam um rubi de sangue ao ofensor. Uma declaração oficial de que há um preço sobre sua cabeça, de que agora são caçados e, em breve, estarão mortos. A caixa chegou à Corte dos Pesadelos há uma hora.

Pela Mãe.

— Presumo que um desses rubis tenha meu nome. E o seu. E o de Amren.

A tampa se fechou com um vento sombrio.

— Cometi um erro — disse ele. Abri a boca, mas Rhysand continuou: — Eu deveria ter apagado as mentes dos guardas e deixado que continuassem. Em vez disso, eu os apaguei. Faz um tempo desde que precisei... me defender fisicamente daquele jeito, e estava tão concentrado no treinamento illyriano que esqueci o outro arsenal a minha disposição. Eles provavelmente acordaram e foram direto para Tarquin.

— Mesmo assim, ele logo teria notado que o livro sumira.

— Poderíamos ter negado o roubo e dito que havia sido uma coincidência. — Rhysand esvaziou o copo. — Cometi um erro.

— Não é o fim do mundo se fizer isso de vez em quando.

— Você acaba de saber que é agora inimiga pública número um da Corte Estival e não vê problema nisso?

— Vejo. Mas não o culpo.

Rhys expirou, encarou a cidade conforme o calor do dia sucumbia ao frio do inverno mais uma vez. Aquilo não importava para ele.

— Talvez possa devolver o Livro depois que neutralizar o Caldeirão... pedir desculpas.

Rhys riu com escárnio.

— Não. Amren vai ficar com aquele livro por quanto tempo precisar.

— Então, compense Tarquin de alguma forma. Obviamente, *você* queria ser amigo dele tanto quanto Tarquin queria ser seu. Não estaria tão chateado se não fosse verdade.

— Não estou chateado. Estou com raiva.

— Semântica.

Rhys me deu um meio sorriso.

— Disputas como a que acabamos de iniciar podem durar séculos, milênios. Se esse é o custo de impedir essa guerra, de ajudar Amren... eu o pago.

Ele pagaria com tudo que tinha, percebi. Com qualquer esperança que algum dia teve para si, com a própria felicidade.

— Os outros sabem... sobre os rubis de sangue?

— Azriel foi quem os trouxe para mim. Estou debatendo como contar a Amren.

— Por quê?

Escuridão preencheu aqueles lindos olhos.

— Porque a resposta dela seria ir até Adriata e apagar a cidade do mapa.

Estremeci.

— Exatamente — declarou Rhys.

Contemplei Velaris com ele, ouvindo os sons do dia se encerrando... e da noite iniciando. Adriata parecia rudimentar em comparação.

— Entendo — falei, esfregando as mãos frias para aquecê-las — por que fez o que precisou fazer para proteger esta cidade. — Imaginar a destruição que tinha sido infligida a Adriata ali, em Velaris, fez meu sangue gelar. Os olhos de Rhys desviaram para mim, cautelosos e inexpressivos. Engoli em seco. — E entendo por que faria de tudo para mantê-la a salvo durante os tempos que virão.

— E seu argumento é?

Um dia ruim; aquele era um dia ruim para Rhys, percebi. Não mostrei raiva diante de seu tom ríspido.

— Enfrente essa guerra, Rhysand, e depois se preocupe com Tarquin e os rubis de sangue. Anule o Caldeirão, impeça o rei de destruir a muralha e escravizar o reino humano de novo; pensaremos no resto depois.

— Parece que você planeja ficar aqui um tempo. — Uma pergunta casual, mas carregada.

— Posso encontrar minha própria residência se é a isso que está se referindo. Talvez use aquele salário generoso para conseguir algo exuberante para mim.

Vamos lá. Pisque para mim. Brinque comigo. Apenas... tire essa expressão do rosto.

Rhys apenas disse:

— Poupe seu salário. Seu nome já foi acrescentado à lista daqueles aprovados para usar meu crédito residencial. Compre o que quiser. Compre uma casa inteira se quiser.

Trinquei os dentes, e talvez fosse pânico ou desespero, mas falei, em tom doce:

— Vi uma loja bonitinha na outra margem do Sidra outro dia. Vendia o que pareciam ser muitas coisinhas de renda. Posso comprar isso com seu crédito também, ou sai de meus fundos pessoais?

Aqueles olhos violeta se voltaram para mim de novo.

— Não estou a fim.

Não havia humor, nenhuma malícia. Eu poderia me aquecer em uma lareira dentro da casa, mas...

Rhysand tinha ficado. E lutado por mim.

Semana após semana, ele lutou por mim, mesmo quando eu não tinha reação, mesmo quando mal conseguia falar, me importar se vivia ou morria ou comia ou passava fome. Não podia deixar Rhys com seus pensamentos sombrios, com a própria culpa. Rhys os suportara sozinhos por muito tempo.

Então, eu o encarei de volta.

— Nunca soube que illyrianos eram bêbados tão deprimidos.

— Não estou bêbado, estou bebendo — argumentou ele, exibindo um pouco os dentes.

— De novo, semântica. — Eu me recostei na cadeira, desejando ter levado um casaco. — Talvez devesse ter dormido com Cresseida no fim das contas, para que vocês dois pudessem ficar tristes e solitários juntos.

— Então, você pode ter tantos dias ruins quanto quiser, mas eu não tenho direito a algumas horas?

— Ah, pode levar o tempo que quiser para se deprimir. Eu o convidaria para ir comigo comprar aquelas rendinhas íntimas, mas... fique sentado aí para sempre se precisar.

Rhys não respondeu.

Continuei:

— Talvez eu mande algumas a Tarquin, com uma oferta de usá-las para ele se nos perdoar. Talvez pegue esses rubis de sangue de volta.

A boca de Rhys levemente, muito levemente se repuxou nos cantos.

— Tarquin veria isso como uma provocação.

— Eu dei a ele alguns sorrisos, e ele me entregou uma herança de família. Aposto que me daria as chaves do território se eu aparecesse naquelas roupas íntimas.

— Alguém aqui se acha muito.

— Por que não deveria? Você parece ter dificuldades para *não* me olhar dia e noite.

Ali estava: um grão de verdade e uma pergunta.

— Devo negar — começou Rhys, mas algo se iluminou naqueles olhos — que a acho atraente?

— Você jamais disse isso.

— Já disse muitas vezes, e com muita frequência, o quanto a acho atraente.

Dei de ombros, mesmo ao pensar em todas aquelas vezes, quando as ignorara como elogios provocadores, nada mais.

— Bem, talvez devesse fazer um trabalho melhor.

O brilho nos olhos de Rhysand se tornou algo predatório. Adrenalina percorreu meu corpo quando ele apoiou os braços fortes na mesa e ronronou:

— Isso é um desafio, Feyre?

Encarei aquele olhar predatório... o olhar do macho mais poderoso de Prythian.

— *Será?*

As pupilas de Rhys se dilataram. A tristeza silenciosa sumira, com a culpa que o isolava. Apenas aquela concentração letal... em mim. Em minha boca. No movimento da minha garganta enquanto eu tentava manter a respiração equilibrada. Ele falou, devagar, em voz baixa:

— Por que não vamos até aquela loja agora mesmo, Feyre, para que você possa experimentar aquelas coisinhas de renda, para que eu possa ajudá-la a escolher uma para mandar a Tarquin.

Meus dedos dos pés se contraíram dentro dos chinelos forrados de lã. Estávamos prestes a cruzar juntos uma fronteira perigosa. O vento noturno beijado pelo frio farfalhou nossos cabelos.

Mas o olhar de Rhys se voltou para o céu — e, um segundo depois, Azriel disparou das nuvens como uma lança de escuridão.

Eu não tinha certeza se deveria me sentir aliviada, mas saí antes que Azriel pudesse pousar, dando ao Grão-Senhor e ao mestre-espião alguma privacidade.

Assim que entrei na escuridão da escada, o calor se esvaiu de dentro de mim, deixando uma sensação fria e nauseante em meu estômago.

Uma coisa era flertar, e outra era... aquilo.

Eu amara Tamlin. Amara tanto que não me importei de me destruir por isso — por ele. Então, tudo aconteceu, e agora eu estava ali, e... poderia muito bem ter ido àquela lojinha bonita com Rhysand.

Quase conseguia ver o que aconteceria:

As moças da loja teriam sido educadas — um pouco nervosas — e nos dariam privacidade enquanto Rhys se sentava no sofá nos fundos da loja e eu iria para trás da cabine fechada pela cortina a fim de experimentar o conjunto de renda vermelha que já vira três vezes. E, quando eu saísse da cabine, reunindo mais coragem que sentia, Rhys teria me olhado de cima a baixo. Duas vezes.

E teria continuado me olhando enquanto informava as moças da loja que o estabelecimento estava fechado e que elas deveriam voltar no dia seguinte, e nós deixaríamos a conta no balcão.

Eu teria ficado ali, nua, exceto pelos retalhos de renda vermelha, enquanto ouvíamos os ruídos discretos e rápidos das vendedoras fechando a loja e partindo.

E Rhysand teria me olhado o tempo inteiro: para meus seios, visíveis pela renda; para minha barriga reta, agora finalmente parecendo menos faminta e dura. Para a curva de meus quadris e coxas — para o ponto entre elas. Então, Rhysand me encararia de novo e flexionaria um dedo com um único murmúrio:

— Venha cá.

E eu teria caminhado até ele, ciente de cada passo, até que, por fim, parasse diante de onde ele estava. Entre as pernas de Rhys.

As mãos dele deslizariam por minha cintura, os calos arranhariam minha pele. Então, Rhys me puxaria mais para perto antes de se inclinar para roçar os lábios em meu umbigo, a língua...

Xinguei quando me choquei contra a pilastra na plataforma da escada.

E pisquei; pisquei quando o mundo retornou e percebi...

Olhei com raiva para o olho tatuado em minha mão e sibilei, com a língua e com aquela voz silenciosa dentro de nossa ligação:

— *Canalha.*

No fundo da mente, uma voz masculina sensual riu uma risada como a meia-noite.

Meu rosto queimava, eu xingava Rhys pela visão que ele passara por meus escudos mentais, e os reforcei quando entrei no quarto. E tomei um banho muito, muito frio.

✠

Comi com Mor naquela noite, ao lado do fogo crepitante na sala de jantar do solar, Rhys e os demais estavam em algum outro lugar, e, quando Mor finalmente perguntou por que eu fazia cara feia toda vez que o nome de Rhysand era mencionado, contei a ela sobre a visão que Rhys me mandara. Mor riu até soltar vinho pelo nariz e, quando fiz cara feia para *ela*, me disse que eu deveria me sentir orgulhosa: quando Rhys estava pronto para ficar deprimido, apenas um milagre o tirava daquilo.

Tentei ignorar a leve sensação de triunfo — mesmo quando me deitei.

Estava apenas começando a cair no sono, bem depois das 2 horas da manhã, pois conversara com Mor no sofá da sala durante horas e horas sobre todos os lugares ótimos e terríveis que ela vira, quando a casa soltou um gemido.

Como se a própria madeira estivesse sendo dobrada, a casa começou a gemer e a estremecer; as lâmpadas de vidro colorido em meu quarto tilintaram.

Eu me sentei, sobressaltada, virando-me para a janela aberta. Céus limpos, nada...

Nada além de escuridão entrando em meu quarto pela porta do corredor.

Eu conhecia aquela escuridão. Uma semente vivia em mim.

Ela escorria para dentro pelas rachaduras na porta, como uma enchente. A casa estremeceu de novo.

Disparei da cama, escancarei a porta, e a escuridão passou por mim em um vento fantasma, cheia de estrelas e bater de asas e... dor.

Tanta dor, e desespero, e culpa, e medo.

Disparei para o corredor, completamente cega na escuridão impenetrável. Mas havia um fio entre nós, e eu o segui — até onde sabia que o quarto dele ficava. Procurei a maçaneta, então...

Mais noite e estrelas e vento saíram, meus cabelos voando ao meu redor, e ergui um braço para proteger o rosto quando entrei no quarto.

— Rhysand.

Nenhuma resposta. Mas eu conseguia senti-lo ali, sentir aquela linha da vida entre nós.

Segui a linha até minhas canelas baterem no que só podia ser a cama dele.

— *Rhysand* — chamei, por cima do vento e da escuridão. A casa estremeceu, as tábuas do piso estalaram sob meus pés. Bati na cama, sentindo lençóis e cobertores e abaixo, então...

Então, um corpo masculino duro, tenso. Mas a cama era enorme, e não conseguia encontrá-lo.

— *Rhysand!*

Por toda a volta, a escuridão girava, o início e o fim do mundo.

Subi na cama, atrapalhada, disparando até Rhys, sentindo o que era seu braço, depois, a barriga, então, os ombros. A pele de Rhys estava congelando quando lhe segurei os ombros e gritei seu nome.

Nenhuma resposta, e deslizei a mão para cima, para o pescoço de Rhys, até a boca — para me certificar de que ele estava respirando, de que aquele não era o poder de Rhysand fluindo para longe dele...

Hálito gélido atingiu a palma de minha mão. E, me preparando, fiquei de joelhos, mirando às cegas, e o estapeei.

Minha palma doeu... mas Rhys não se moveu. Eu o acertei de novo, *puxando* aquele laço entre nós, gritando o nome dele pela ligação, como se fosse um túnel, esmurrando aquela parede de ébano e adamantino dentro da mente de Rhys, rugindo para ela.

Uma fenda na escuridão.

Então, as mãos de Rhys estavam em mim, me virando, me prendendo ao colchão com habilidade, a mão com garras em meu pescoço.

Fiquei imóvel.

— Rhysand. — Respirei. *Rhys*, chamei pela ligação, colocando a mão contra aquele escudo interno.

A escuridão estremeceu.

Projetei meu poder; trevas contra trevas, acalmando sua escuridão, as beiradas ásperas, desejando que se acalmasse, que se suavizasse. Minha escuridão cantava uma canção de ninar para a dele, uma canção que minha babá cantara quando minha mãe me atirava em seus braços a fim de voltar para as festas.

— Foi um sonho — expliquei. A mão de Rhys estava tão fria. — Foi um sonho.

De novo, a escuridão parou. Lancei meus véus de noite para que a acariciassem, percorrendo mãos salpicadas de estrelas contra ela.

E por um segundo, a escuridão como nanquim se dissipou o bastante para que eu visse o rosto de Rhys acima de mim: lívido, lábios pálidos, olhos violeta arregalados, avaliando.

— Feyre — avisei. — Sou Feyre. — A respiração de Rhys estava entrecortada, irregular. Segurei o pulso no meu pescoço, mas sem machucar. — Você estava sonhando.

Desejei que aquela escuridão dentro de mim ecoasse isso, que cantasse até colocar aqueles medos selvagens para dormir, que acariciassem aquela parede de ébano dentro da mente de Rhysand, com cuidado, suavidade...

Então, como neve sacudida de uma árvore, a escuridão de Rhys se dissipou, levando a minha consigo.

E o luar invadiu o quarto — junto dos sons da cidade.

O quarto dele era parecido com o meu, a cama, tão grande que devia ter sido construída para acomodar asas, mas tudo era decorado com bom gosto e conforto. E Rhysand estava nu acima de mim... completamente nu. Não ousei olhar mais para baixo do que as tatuagens em seu peito.

— Feyre — disse Rhys, a voz rouca. Como se estivesse gritando.

— Sim — falei. Ele observou meu rosto, a mão com garras em meu pescoço. E me soltou imediatamente.

Fiquei deitada ali, encarando o ponto em que Rhys agora estava ajoelhado na cama, esfregando o rosto com as mãos. Meus olhos traidores de fato ousaram olhar mais para baixo que o peito dele, mas minha atenção parou nas tatuagens gêmeas nos joelhos de Rhys: uma montanha alta encimada por três estrelas, uma em cada joelho. Linda... mas de alguma forma brutal.

— Você estava tendo um pesadelo — comentei, me sentando. Como se alguma represa tivesse estourado dentro de mim, olhei para a mão, e desejei que ela se dissipasse em sobras. E se dissipou.

Meio pensamento espalhou a escuridão de novo.

As mãos de Rhys, no entanto, ainda terminavam em garras longas e pretas — e os pés... também terminavam em garras. As asas estavam expostas, apontando para baixo atrás dele. E me perguntei o quanto ele teria chegado perto de se transformar completamente naquela besta que certa vez me disse que odiava.

Rhysand abaixou as mãos, e as garras se dissiparam em dedos.

— Desculpe.

— Por isso fica aqui, e não na Casa. Não quer que os outros vejam isso.

— Eu costumo manter isso contido em meu quarto. Desculpe se a acordou.

Fechei as mãos em punho no colo, para evitar tocá-lo.

— Com que frequência isso acontece?

Os olhos violeta de Rhys encontraram os meus, e eu soube a resposta antes de ele dizer:

— A mesma com que acontece com você.

Engoli em seco.

— Com que sonhou esta noite?

Rhys balançou a cabeça, olhando pela janela... para onde neve cobrira os telhados próximos.

— Há lembranças de Sob a Montanha, Feyre, que é melhor não compartilhar. Mesmo com você.

Rhysand compartilhara comigo coisas terríveis o suficiente para que fossem... piores que pesadelos, então. Mas coloquei a mão em seu cotovelo, mesmo com o corpo nu.

— Quando quiser falar, me avise. Não contarei aos demais.

Fiz menção de deslizar para fora da cama, mas Rhys pegou minha mão, segurando-a contra o braço.

— Obrigado.

Observei a mão, o rosto sofrido. Tanta dor permanecia ali... e exaustão. O rosto que Rhys jamais deixaria que alguém visse.

Fiquei de joelhos e beijei sua bochecha; a pele de Rhys estava morna e macia sob minha boca. Aquilo tinha acabado antes de começar, mas... mas quantas noites eu quis que alguém fizesse o mesmo por mim?

Os olhos de Rhysand pareciam um pouco arregalados quando me afastei, e ele não me impediu quando saí da cama devagar. Eu estava quase cruzando a porta quando me voltei de novo para ele.

Ele ainda estava ajoelhado, as asas abaixadas sobre os lençóis brancos, a cabeça curvada, as tatuagens contrastantes com a pele por baixo. Um príncipe sombrio e caído.

A pintura surgiu em minha mente.

Surgiu... e ficou ali, reluzindo, antes de se dissipar.

Mas ela permaneceu, brilhando de leve, naquele buraco dentro de meu peito.

O buraco que, devagar, começava a se curar.

Capítulo 39

— Acha que consegue decodificar depois que conseguirmos a outra metade? — perguntei para Amren, de pé à porta de seu apartamento na tarde seguinte.

Amren era dona do último andar de um prédio de três pavimentos em que o teto inclinado terminava, dos dois lados, em uma imensa janela. Uma dava para o rio Sidra; a outra, para uma praça arborizada. O apartamento inteiro consistia em um cômodo gigante: os pisos de carvalho desbotado estavam cobertos com carpetes igualmente desgastados, e a mobília, espalhada pela casa como se Amren constantemente a movesse por qualquer que fosse o motivo.

Apenas a cama, uma monstruosidade de quatro mastros com dossel de organza, parecia posicionada em um local permanente contra a parede. Não havia cozinha — apenas uma longa mesa e uma lareira que queimava o suficiente para deixar o cômodo quase como uma estufa. A neve que caíra na noite anterior sumira no sol seco de inverno antes do meio da manhã, e a temperatura estava fresca, mas suficientemente amena para que a caminhada até ali tivesse sido revigorante.

Sentada no chão diante de uma mesa baixa coberta de papéis, Amren ergueu o rosto do metal reluzente do livro. O rosto parecia mais pálido que o normal, os lábios, lívidos.

— Faz muito tempo desde que usei essa língua, quero dominá-la de novo antes de pegar o Livro. Espero que então aquelas rainhas arrogantes já tenham nos dado a parte delas.

— E quanto tempo levará para aprender a língua de novo?

— Sua Escuridão não a inteirou? — Amren retornou ao Livro.

Caminhei até a mesa de madeira e pousei o pacote que levara sobre a superfície arranhada. Alguns potes de sangue quente, direto do açougueiro. Quase tinha corrido até ali para evitar que esfriasse.

— Não — respondi, tirando os potes de dentro. — Não inteirou. — Rhys já tinha partido na hora do café da manhã, embora um de seus bilhetes estivesse na mesa de cabeceira.

Obrigado... por ontem à noite, era tudo que dizia. Nenhuma caneta para escrever uma resposta.

Mas encontrei uma mesmo assim e escrevi de volta: *O que as estrelas tatuadas e a montanha em seus joelhos significam?*

O papel sumiu um segundo depois. Quando não voltou, eu me vesti e fui tomar café. Tinha comido metade dos ovos e da torrada quando o papel surgiu ao lado de meu prato, perfeitamente dobrado.

Que não me curvarei diante de ninguém e nada além de minha coroa.

Dessa vez, uma caneta surgiu. Apenas escrevi em resposta: *Tão dramático.* E por meio de nossa ligação, do outro lado de meus escudos mentais, podia ter jurado que ouvi sua risada.

Sorrindo ao me lembrar, abri a tampa do primeiro pote, e o odor de sangue preencheu minhas narinas. Amren fungou e, depois, virou a cabeça para os potes de vidro.

— Você... ah, eu gosto de você.

— É cordeiro, se faz alguma diferença. Quer que eu esquente?

Amren se afastou do Livro, e apenas observei enquanto ela segurava o pote nas duas mãos e bebia como se fosse água.

Bem, pelo menos eu não precisaria me preocupar em encontrar uma panela naquele lugar.

Amren bebeu metade de uma só vez. Uma gota de sangue lhe escorreu pelo queixo, e ela deixou que pingasse na camisa cinza — amarrotada de uma forma que eu jamais vira. Depois de esfregar um lábio no outro, Amren colocou o pote na mesa com um suspiro intenso. Sangue reluzia em seus dentes.

— Obrigada.

— Tem um preferido?

Amren ergueu o queixo ensanguentado e, então, limpou-o com um guardanapo quando percebeu que tinha feito sujeira.

— Cordeiro sempre foi meu preferido. Por mais que seja horrível.

— Não... humano?

Amren fez uma careta.

— Aguado e geralmente tem gosto da última coisa que eles comeram. E como a maioria dos humanos têm um paladar sofrível, é questão de sorte. Mas cordeiro... Também gosto de bode. O sangue é mais puro. Mais intenso. Me lembra de... outra época. E lugar.

— Interessante — comentei, e fui sincera. Imaginei de que mundo, exatamente, ela falava.

Amren bebeu o restante, a cor já ruborizava seu rosto, e colocou o pote em uma pequena pia ao longo da parede.

— Achei que moraria em algum lugar mais... enfeitado — admiti.

De fato, todas as roupas finas de Amren estavam penduradas em araras próximas da cama, e as joias, espalhadas em alguns armários e mesas. Havia joias suficientes para pagar o resgate de um imperador.

Amren gesticulou com os ombros, sentando-se mais uma vez ao lado do Livro.

— Tentei isso uma vez. Fiquei entediada. E não gostava de ter criados. Era muito barulhento. Já morei em palácios e chalés e nas montanhas e na praia, mas, por algum motivo, gosto mais deste apartamento ao lado do rio. — Ela franziu a testa para as claraboias que ocupavam o teto. — Também significa que jamais preciso dar festas ou receber convidados. Duas coisas que abomino.

Eu ri.

— Então vou manter minha visita breve.

Amren soltou uma risada de diversão e cruzou as pernas sob o corpo.

— Por que você *está* aqui?

— Cassian disse que você estava entocada aqui dia e noite desde que voltamos, e achei que talvez estivesse com fome. E... eu não tinha mais nada para fazer.

— Cassian é um enxerido.

— Ele se importa com você. Com todos vocês. São a única família que tem. — Eram *todos* a única família que cada um tinha.

— Eca! — exclamou Amren, avaliando um pedaço de papel. Mas pareceu agradá-la mesmo assim. Um lampejo de cor chamou minha atenção no chão perto dela.

Amren usava o rubi de sangue como peso de papel.

— Rhys convenceu você a não destruir Adriata por causa do rubi de sangue?

Os olhos de Amren se voltaram para cima, cheios de tempestades e mares violentos.

— Ele não fez nada disso. *Aquilo* me convenceu a não destruir Adriata. — Ela apontou para a cômoda.

Disposto sobre o topo, como uma cobra, estava um colar familiar de diamantes e rubis. Eu o vira antes... no tesouro de Tarquin.

— Como... o quê?

Amren sorriu consigo mesma.

— Varian o mandou para mim. Para suavizar a declaração de Tarquin de nossa rixa de sangue.

Eu achara que os rubis só podiam ser usados por uma fêmea poderosa — e não conseguia pensar em uma fêmea mais poderosa que aquela diante de mim.

— Você e Varian...?

— Tentador, mas não. O canalha não consegue decidir se me odeia ou se me quer.

— Por que não podem ser os dois?

Uma risada baixa.

— De fato.

Então, começaram semanas de espera. Espera para que Amren reaprendesse uma língua falada por mais ninguém em nosso mundo. Espera até que as rainhas respondessem nosso pedido por um encontro.

Azriel continuou com a tentativa de se infiltrar nas cortes delas — ainda sem sucesso. Ouvi a respeito, principalmente de Mor, que sempre sabia quando ele voltaria para a Casa do Vento, e sempre fazia questão de estar lá assim que Azriel tocasse o chão.

Ela me contava pouco dos detalhes; ainda menos sobre como a frustração de *não* poder conseguir colocar os espiões dele *ou* a si mesmo naquelas cortes o atormentava. Os padrões que Azriel se impunha, confidenciou Mor a mim, beiravam o sadismo.

Conseguir que Azriel tirasse *qualquer* tempo para si que não envolvesse trabalho ou treinamento era quase impossível. E, quando observei que ele *ia* ao Rita's com Mor sempre que esta pedia, Mor simplesmente me informou que levara *quatro séculos* para que ela conseguisse que ele fosse. Eu às vezes me perguntava o que acontecia na Casa do Vento enquanto Rhys e eu estávamos na casa da cidade.

Eu só visitava mesmo pelas manhãs, quando ocupava a primeira metade de meu dia treinando com Cassian — o qual, com Mor, decidira indicar que comidas eu deveria comer para recuperar o peso que perdera, para me tornar forte e ágil de novo. E conforme os dias se passavam, passei de defesa pessoal a aprender a empunhar uma arma illyriana, que era tão afiada que quase arranquei o braço de Cassian.

Mas estava aprendendo a usá-la... devagar. Dolorosamente. Tivera uma folga do treinamento cruel de Cassian: apenas uma manhã, quando ele voou até o reino humano para ver se minhas irmãs haviam recebido notícia das rainhas e entregar *outra* carta de Rhys para ser enviada a elas.

Presumi que ver Nestha correra tão mal quanto se podia imaginar, porque minha lição na manhã seguinte foi mais longa e mais difícil que nos dias anteriores. Perguntei o que, exatamente, Nestha dissera a ele para irritá-lo com tanta facilidade. Mas Cassian apenas grunhiu e me disse para cuidar de minha vida, e que minha família era cheia de fêmeas mandonas e sabe-tudo.

Parte de mim se perguntou se Cassian e Varian talvez precisassem trocar umas ideias.

A maioria das tardes... se Rhys estava por perto, eu treinava com ele. Mente a mente, poder a poder. Trabalhamos devagar os dons que eu tinha recebido — chama e água, gelo e escuridão. Havia outros, sabíamos, que não haviam sido descobertos, não foram desenterrados. Atravessar ainda era impossível. Não conseguira fazê-lo desde aquela manhã de neve com o Attor.

Levaria tempo, me dizia Rhys todos os dias, quando eu inevitavelmente me irritava com ele... tempo para aprender e dominar cada dom.

Ele enriquecia cada lição com informações sobre os Grão-Senhores cujos poderes eu roubara: sobre Beron, o cruel e vaidoso Grão-Senhor da Corte Outonal; sobre Kallias, o silencioso e esperto Grão-Senhor da Invernal; sobre Helion Quebrador de Feitiços, o Grão-Senhor da Diurna, cujas mil bibliotecas tinham sido pessoalmente saqueadas por Amarantha, e cujo povo inteligente possuía excelente domínio dos feitiços e arquivara o conhecimento de Prythian.

Saber *de quem* viera meu poder, dissera Rhys, era tão importante quanto aprender a natureza do próprio poder. Jamais falamos de metamorfose — das garras que eu às vezes conjurava. Os fios que acompanhavam a análise desse dom estavam emaranhados demais, a história não dita era violenta e sangrenta demais.

Então, aprendi a política e as histórias das outras cortes, e aprendi os poderes de seus mestres, até que minhas horas acordada e dormindo fossem passadas com chama queimando minha boca e gelo estalando entre meus dedos. E todas as noites, exausta depois de um dia treinando corpo e poderes, eu caía em um sono pesado, entrelaçado com escuridão perfumada a jasmim.

Até mesmo meus pesadelos pareciam cansados demais para me assombrar.

Nos dias em que Rhys era chamado para outro lugar, para lidar com os assuntos internos da própria corte, para lembrá-los de quem os governava ou para exercer julgamento, para se preparar para nossa inevitável visita a Hybern, eu lia, ou me sentava com Amren enquanto ela trabalhava no Livro, ou passeava por Velaris com Mor. Essa última atividade talvez fosse a minha preferida, e a fêmea era mesmo excelente em encontrar formas de gastar dinheiro. Olhei apenas uma vez para a conta que Rhys abrira para mim — apenas uma vez, e percebi que ele me pagava absurdamente, *absurdamente* muito.

Tentei não ficar desapontada nas tardes em que Rhys partia, tentei não admitir que começava a ansiar por aquilo: dominar meus poderes e... implicar com Rhys. Mas, mesmo quando ele estava fora, falava comigo, nos bilhetes que tinham se tornado nosso estranho segredo.

Um dia, Rhys escreveu para mim de Cesere, uma cidadezinha a nordeste onde se encontraria com algumas sacerdotisas sobreviventes para discutir reconstruir seu templo, que fora destruído pelas forças de Hybern. Nenhuma das sacerdotisas era como Ianthe, prometera Rhysand.

Me conte sobre a pintura.

Escrevi de volta da cadeira no jardim, a fonte finalmente voltara a jorrar água com o retorno de clima mais ameno: *Não tenho muito a dizer.*

Conte mesmo assim.

Eu precisei de um tempo para elaborar a resposta, para pensar naquele pequeno buraco em mim e o que um dia significara e qual era a sensação. Mas, então, falei: *Houve uma época em que tudo que eu queria era dinheiro para alimentar minha família e para poder passar os dias pintando. Era tudo que eu queria. Sempre.*

Uma pausa. Então, ele escreveu: *E agora?*

Agora, respondi, *não sei o que quero. Não consigo mais pintar.*

Por quê?

Porque essa parte de mim está vazia. Embora talvez naquela noite em que o vi ajoelhado na cama... talvez isso tivesse mudado um pouco. Eu tinha contemplado a frase seguinte e depois escrevi: *Você sempre quis ser Grão-Senhor?*

Uma pausa longa de novo. *Sim. E não. Via como meu pai governava, e sabia desde cedo que não queria ser como ele. Portanto, decidi ser um tipo diferente de Grão-Senhor; queria proteger meu povo, mudar as percepções dos illyrianos e eliminar a corrupção que assolava a terra.*

Por um momento, não consegui deixar de comparar: Tamlin não queria ser Grão-Senhor. Ele se ressentia por isso; e talvez... talvez essa fosse em parte a razão para a corte dele ter se tornado o que era. Mas Rhysand, com uma visão, com a vontade e o desejo e a paixão para fazer aquilo... Ele construíra algo.

E depois fora à luta para defender isso.

Era o que Rhys tinha visto em Tarquin, e por que aqueles rubis de sangue o atingiram com tanta força. Outro Grão-Senhor com visão... uma visão radical pelo futuro de Prythian.

Então, escrevi de volta: *Pelo menos você compensa os galanteios sem-vergonha sendo um Grão-Senhor e tanto.*

Rhysand voltara naquela noite, sorrindo como um gato, e apenas dissera, como cumprimento:

— Um Grão-Senhor e tanto?

Eu joguei o equivalente a um balde d'água em sua cara.

Rhys não se incomodou em se proteger. E em vez disso, sacudiu os cabelos molhados como um cachorro, me molhando até que eu gritasse e fugisse. A risada de Rhys me perseguiu escada acima.

O inverno aos poucos se esvaía quando acordei certa manhã e encontrei outra carta de Rhys ao lado da cama. Sem caneta.

Nenhum treinamento com seu segundo illyriano preferido hoje. As rainhas finalmente ousaram responder. Irão à propriedade de sua família amanhã.

Não tive tempo de ficar nervosa. Partimos depois do jantar, voando para as terras humanas, que descongelavam, sob o manto da escuridão; o vento frio gritava enquanto Rhys me segurava com força.

✠

Minhas irmãs estavam prontas na manhã seguinte, ambas vestindo as roupas mais finas para receber qualquer rainha, feérica ou mortal.

Supus que eu também estava.

Usava um vestido branco de *chiffon* e seda, com o corte típico da moda da Corte Noturna para revelar a pele; os destaques dourados no vestido refletiam a luz do meio da manhã, que entrava pelas janelas da sala de estar. Meu pai, ainda bem, permaneceria no continente por mais dois meses — devido a qualquer que fosse o comércio vital que buscava entre reinos.

Perto da lareira, eu me coloquei ao lado de Rhys, vestido com o preto de sempre, as asas ocultas, o rosto, uma máscara calma. Apenas a coroa escura no alto da cabeça — o metal moldado como penas de corvos — era diferente. Aquela era a coroa que era irmã de meu diadema dourado.

Cassian e Azriel monitoravam tudo do muro mais afastado, sem armas à vista.

Mas os Sifões brilhavam, e me perguntei que tipo de arma exatamente podiam forjar com eles se necessário. Pois fora uma das exigências das rainhas para aquela reunião: nenhuma arma. Não importava que os próprios guerreiros illyrianos fossem armas o suficiente.

Mor, com um vestido vermelho semelhante ao meu, franziu a testa para o relógio sobre a lareira branca, batendo com o pé no tapete ornamentado. Apesar de meus desejos para que ela conhecesse minhas irmãs, Nestha e Elain estavam tão tensas e pálidas quando chegamos que eu imediatamente decidi que não era a hora de tal encontro.

Um dia — um dia eu reuniria todas. Se não morrêssemos naquela guerra primeiro. Se aquelas rainhas escolhessem nos ajudar.

O relógio bateu 11 horas.

Havia duas outras demandas.

A reunião deveria começar às 11 horas. Não antes. Não depois.

E queriam a localização geográfica exata da casa. A disposição e o tamanho de cada quarto. Onde estava a mobília. Onde estavam as janelas e as portas. Em que cômodo, provavelmente, nós as receberíamos.

Azriel fornecera tudo, com a ajuda de minhas irmãs.

As batidas do relógio sobre a lareira eram o único ruído.

E percebi, quando ele terminou a última badalada, que a terceira exigência não fora apenas por segurança.

Não, quando um vento soprou pela sala e cinco figuras surgiram, acompanhadas por dois guardas cada, percebi que era porque as rainhas podiam atravessar.

Capítulo 40

As rainhas mortais eram uma mistura de idade, cor, altura e temperamento. A mais velha, usando um vestido de lã bordado do mais profundo tom de azul, tinha pele marrom, os olhos inteligentes e frios, e não andava curvada, apesar das pesadas rugas que lhe sulcavam o rosto.

As duas que pareciam de meia-idade eram opostos: uma negra, a outra de pele clara; uma de rosto doce, outra esculpida em granito; uma sorrindo, e a outra franzindo a testa. Até mesmo usavam vestidos em preto e branco — e pareciam se mover como em pergunta e resposta uma à outra. Imaginei como seriam seus reinos, que relações teriam. Se os anéis de prata combinando que cada uma usava as uniam de outras formas.

E as duas rainhas mais jovens... Uma talvez fosse alguns anos mais velha que eu, de cabelos e olhos pretos, uma esperteza cautelosa escorrendo de cada poro enquanto ela nos avaliava.

E a última rainha, aquela que falou primeiro, era a mais bela — a única bela entre as rainhas. Aquelas eram mulheres que, apesar da elegância, não se importavam se eram jovens ou velhas, gordas ou magras, baixas ou altas. Essas coisas eram secundárias; essas coisas eram como cartas na manga.

Mas a última, essa linda rainha, talvez não tivesse mais que 30 anos...

Os cabelos selvagemente crespos eram tão dourados quanto os de Mor, e os olhos eram do mais puro âmbar. Até mesmo a pele marrom e coberta de sardas parecia salpicada de ouro. O corpo era firme nos locais em que ela provavelmente descobrira que os homens consideravam uma distração, suave onde mostrava graciosidade. Um leão em pele humana.

— Saudações — falou Rhys, permanecendo imóvel conforme os guardas de rosto impassível das rainhas nos observavam, observavam o cômodo. Enquanto as rainhas nos avaliavam.

A sala de estar era enorme o bastante para que um aceno de cabeça da rainha dourada levasse os guardas a se afastar para se posicionarem às paredes, às portas. Minhas irmãs, silenciosas diante da janela da sacada, se moveram para o lado para abrir espaço.

Rhys deu um passo adiante. Todas as rainhas inspiraram, como se estivessem se preparando. Os guardas, casualmente, talvez tolamente, levaram uma das mãos ao cabo das espadas longas — tão grandes e ruidosas em comparação às armas illyrianas. Como se tivessem chance... contra qualquer um de nós. Inclusive eu, percebi, um pouco surpresa.

Mas eram Cassian e Azriel que fariam o papel de meros guardas aquele dia; distrações.

Mas Rhys fez uma reverência com a cabeça, levemente, e disse às rainhas reunidas:

— Somos gratos por terem aceitado nosso convite. — Ele ergueu uma sobrancelha. — Onde está a sexta?

A rainha idosa, com o vestido azul pesado e exuberante, apenas respondeu:

— Ela não está bem e não pôde fazer a viagem. — A rainha me observou. — Você é a emissária.

Minhas costas enrijeceram. Sob seu escrutínio, minha coroa parecia uma piada, uma quinquilharia, mas...

— Sim — respondi. — Sou Feyre.

Um olhar súbito para Rhysand.

— E você é o Grão-Senhor que nos escreveu uma carta tão interessante depois que as primeiras foram ignoradas.

Não ousei olhar para ele. Rhys tinha mandado muitas cartas por minhas irmãs àquela altura.

Você não perguntou o que havia dentro delas, disse ele, com a mente ligada a minha, risos dançando pelo laço. Eu tinha deixado os escudos mentais abaixados... só para o caso de precisarmos nos comunicar silenciosamente.

— Eu sou — disse Rhysand, com um ínfimo aceno. — E esta é minha prima, Morrigan.

Mor caminhou até nós, o vestido carmesim fluía com um vento fantasma. A rainha dourada a olhou de cima a baixo, a cada passo de Mor, cada fôlego. Uma ameaça: por beleza e poder e domínio. Mor fez uma reverência ao meu lado.

— Faz muito tempo desde que conheço uma rainha mortal.

A rainha vestida em preto levou a mão branca como a lua à altura do ventre.

— Morrigan... *a* Morrigan da Guerra.

Todos pararam, como se sentissem surpresa. E um pouco de espanto e medo.

Mor fez outra reverência.

— Por favor... sentem-se. — Ela indicou as cadeiras que tínhamos disposto a uma distância confortável umas das outras, todas bem separadas para que os guardas pudessem se colocar ao lado das rainhas, caso achassem necessário.

Quase ao mesmo tempo, as rainhas se sentaram. Os guardas, no entanto, permaneceram nos postos em volta da sala.

A rainha de cabelos dourados abaixou a volumosa saia e disse:

— Presumo que estas sejam nossas anfitriãs. — Um olhar abrupto para minhas irmãs.

Nestha tinha enrijecido as costas, mas Elain fez uma reverência desajeitada, corando rosa-choque.

— Minhas irmãs — expliquei.

Olhos âmbar deslizaram até mim. Até minha coroa. Depois, para a de Rhys.

— Uma emissária usa uma coroa de ouro. Isso é tradição em Prythian?

— Não — respondeu Rhys, em tom suave. — Mas ela fica tão bem com uma que não consigo resistir.

A rainha dourada não sorriu quando ponderou:

— Uma humana transformada em Grã-Feérica... e que agora está ao lado de um Grão-Feérico em lugar de honra. Interessante.

Mantive os ombros para trás, o queixo erguido. Cassian estava me ensinando ao longo das últimas semanas como avaliar um oponente... e o que eram as palavras dela se não os movimentos iniciais em outro tipo de batalha?

A mais velha declarou para Rhys:

— Tem uma hora de nosso tempo. Faça valer a pena.

— Como conseguem atravessar? — perguntou Mor, sentada ao meu lado.

A rainha dourada deu um sorriso — um sorriso breve, de deboche — e respondeu:

— É nosso segredo, e um dom que recebemos de seu povo.

Tudo bem. Rhys me olhou e engoli em seco quando me inclinei para a frente na cadeira.

— A guerra se aproxima. Chamamos vocês aqui para avisar... e para suplicar por um favor.

Não haveria truques, nada de roubo nem sedução. Rhys não podia sequer arriscar olhar dentro das mentes delas por medo de disparar os feitiços inerentes ao Livro e destruí-lo.

— Sabemos que a guerra se aproxima — revelou a mais velha, cuja voz soava como folhas quebrando. — Estamos nos preparando para ela há muitos anos.

Parecia que as três outras estavam posicionadas como observadoras enquanto a mais velha e a de cabelos dourados lideravam.

Eu falei, o mais calma e nitidamente possível:

— Os humanos neste território parecem alheios à ameaça maior. Não vimos sinais de preparação. — De fato, Azriel havia deduzido aquilo durante as últimas semanas, para meu desapontamento.

— Este território — explicou a dourada, friamente — é um fiapo de terra em comparação com a vastidão do continente. Não é de nosso interesse defendê-lo. Seria um desperdício de recursos.

Não. *Não*, isso...

Rhys falou:

— Certamente a perda de sequer uma vida inocente seria terrível.

A rainha mais velha cruzou as mãos enrugadas no colo.

— Sim. Perder uma vida é sempre um horror. Mas guerra é guerra. Se precisarmos sacrificar este minúsculo território para salvar a maioria, então faremos isso.

Não ousei olhar para minhas irmãs. Para aquela casa, que poderia muito bem virar escombros. Eu disse, a voz rouca:

— Há pessoas boas aqui.

A rainha dourada replicou em tom doce:

— Então, que os Grão-Feéricos de Prythian as defendam.

Silêncio.

E foi Nestha que ciciou atrás de nós.

— Temos criados aqui. Com famílias. Há *crianças* nestas terras. E quer nos deixar todos nas mãos dos feéricos?

O rosto da mais velha se suavizou.

— Não é uma escolha fácil, menina...

— É a escolha de *covardes* — disparou Nestha.

Interrompi antes que Nestha nos cavasse uma cova mais profunda.

— Apesar do tanto que seu tipo odeia o nosso... deixariam que os feéricos defendessem seu povo?

— Não deveriam? — perguntou a dourada, jogando a cascata de cachos sobre um ombro quando inclinou a cabeça para o lado. — Não deveriam defender contra uma ameaça que eles mesmos criaram? — Um riso de escárnio. — Sangue feérico não deveria ser derramado pelos crimes deles ao longo dos anos?

— Nenhum dos lados é inocente — replicou Rhys, calmamente. — Mas podemos proteger aqueles que são. Juntos.

— Ah?! — exclamou a mais velha, e as rugas pareceram se enrijecer, se aprofundar. — O Grão-Senhor da Corte Noturna nos pede que nos juntemos a ele, para salvarmos vidas com ele. Para lutarmos por paz. E quanto às vidas que você tirou durante sua longa e terrível existência? E quanto ao Grão-Senhor que caminha com a escuridão ao encalço e destrói mentes conforme acha necessário? — Ela riu como um corvo. — Ouvimos falar de você, mesmo no continente, Rhysand. Ouvimos falar do que a Corte Noturna faz, do que fazem com seus inimigos. *Paz?* Para um macho que derrete mentes e tortura por diversão, não achei que conhecia a palavra.

Senti a raiva esquentando meu sangue; brasas estalaram em meus ouvidos. Mas esfriei esse fogo, que aos poucos eu cultivava ao longo das últimas semanas, e tentei:

— Se não enviar forças para defender seu povo, então, o artefato que requeremos...

— Nossa metade do Livro, criança — interrompeu a idosa —, não deixa nosso local sagrado. Não deixou aquelas paredes brancas desde o dia em que nos foi dada como parte do Tratado. Jamais deixará aquelas paredes, não enquanto enfrentarmos os terrores do norte.

— Por favor. — Foi tudo que eu disse.

Silêncio de novo.

— Por favor — repeti. Emissária... eu era emissária deles, e Rhys tinha me escolhido para aquilo. Para ser a voz de dois mundos. — Fui transformada *nisto*, em feérica, porque uma comandante de Hybern me *matou.*

Por meio de nosso laço, podia jurar que senti Rhys encolher o corpo.

— Durante cinquenta anos — insisti — ela aterrorizou Prythian e, quando eu a derrotei, quando libertei o povo de Prythian, me *matou.* E, antes de fazer isso, testemunhei os horrores que ela liberou sobre humanos e feéricos. Um deles, apenas *um* deles foi capaz de causar tal destruição e sofrimento. Imagine o que um exército como ela seria capaz de fazer. E agora o rei deles planeja usar uma arma para destruir a muralha, para destruir *todos* vocês. A guerra será breve, e brutal. E vocês não vencerão. *Nós* não venceremos. Sobreviventes serão escravizados, e os filhos dos filhos deles serão escravizados. Por favor... por favor, nos deem a outra metade do Livro.

A rainha mais velha trocou um olhar com a dourada antes de dizer, gentilmente, em tom apaziguador:

— Você é jovem, criança. Tem muito a aprender sobre o funcionamento do mundo...

— Não — cortou Rhys, com um tom baixo e letal — seja condescendente com ela. — A rainha mais velha, que não passava de uma criança para *ele*, para os séculos de existência de Rhysand, teve o bom senso de parecer nervosa ao ouvir aquele tom. Os olhos de Rhys estavam vítreos, o rosto, tão impiedoso quanto a voz, quando ele continuou: — Não insulte Feyre por falar com o coração, com compaixão por aqueles que não podem se defender, quando você fala apenas por egoísmo e covardia.

A mais velha enrijeceu o corpo.

— Pelo bem maior...

— Muitas atrocidades — disse Rhys, rosnando — foram feitas em nome do bem maior.

Boa parte de mim ficou impressionada quando a rainha o encarou de volta. Ela disse, simplesmente:

— O Livro permanecerá conosco. Nós superaremos essa tempestade...

— Basta — interrompeu Mor.

Ela se levantou.

E Mor olhou cada uma daquelas rainhas nos olhos quando falou:

— Sou a Morrigan. Vocês me conhecem. Sabem o que sou. Sabem que meu dom é a verdade. Então, ouvirão minhas palavras agora e saberão que são verdadeiras... como suas ancestrais um dia souberam.

Nenhuma palavra.

Mor gesticulou para trás de si... para mim.

— Acha que é uma simples coincidência que uma humana tenha sido transformada em imortal de novo, no exato momento em que nosso velho inimigo ressurge? Eu lutei ao lado de Miryam na Guerra, lutei ao seu lado conforme a ambição e a sede por sangue de Jurian o levaram à loucura, e os separaram. Levaram Jurian a torturar Clythia até a morte e, depois, a lutar com Amarantha até a própria morte. — Mor respirou fundo, e pude jurar que Azriel se aproximou ao ouvir aquilo. Mas Mor continuou: — Marchei de volta à Terra Sombria com Miryam para libertar os escravizados que foram deixados naquelas areias em chamas, a escravidão da qual ela mesma escapara. Os escravizados que Miryam prometera devolver à liberdade.

Marchei com ela, minha amiga. Junto à legião do príncipe Drakon. Miryam era minha *amiga*, como Feyre é agora. E suas ancestrais, aquelas rainhas que assinaram o Tratado... Eram minhas amigas também. E quando olho para vocês... — Mor exibiu os dentes. — Não vejo *nada* daquelas mulheres em vocês. Quando olho para vocês, sei que suas ancestrais teriam *vergonha*.

"Vocês riem da ideia de paz? De que podemos tê-la entre nossos povos? — A voz de Mor falhou, e, de novo, Azriel subitamente se aproximou mais dela, embora seu rosto não revelasse nada. — Há uma ilha em uma parte tempestuosa e esquecida do mar. Uma ilha grande e exuberante, protegida do tempo e de olhos espiões. E, nessa ilha, Miryam e Drakon ainda vivem. Com seus filhos. Com os povos de *ambos*. Feéricos e humanos e os de linhagem mista. Lado a lado. Há quinhentos anos, têm prosperado naquela ilha, deixando que o mundo acredite que estão mortos..."

— Mor — disse Rhys, fazendo uma reprimenda silenciosa.

Aquele era um segredo, percebi, que talvez tivesse permanecido oculto havia cinco séculos.

Um segredo que alimentara os sonhos de Rhysand e de sua corte.

Uma terra na qual dois sonhadores tinham encontrado paz entre seus povos.

Onde não havia muralha. Nenhum feitiço de ferro. Nenhuma flecha de freixo.

A rainha dourada e a rainha idosa se entreolharam de novo.

Os olhos da idosa brilharam quando declarou:

— Prove. Se não é o Grão-Senhor que os boatos alegam ser, nos dê um pingo de prova de que é o que diz: um macho de paz.

Havia apenas uma forma. Apenas uma forma de mostrar a elas, de provar a elas.

Velaris.

Meus ossos reclamaram diante da ideia de revelar aquela joia àquelas... aranhas.

Rhys se levantou com um movimento fluido. As rainhas fizeram o mesmo. A voz era como uma noite sem lua quando Rhys falou:

— Desejam prova? — Prendi a respiração, rezando... rezando para que ele não contasse. Rhysand deu de ombros, o bordado prateado no casaco refletiu a luz do sol. — Vou obter provas para vocês. Aguardem notícias minhas, e voltem quando as convocarmos.

— Não somos convocadas por ninguém, humanos ou feéricos — rebateu, rindo, a rainha dourada.

Talvez fosse por isso que elas tivessem levado tanto tempo para responder. Para fazer algum jogo de poder.

— Então, venham por vontade própria — disse Rhys, com um tom afiado o bastante para que os guardas das rainhas dessem um passo adiante. Cassian apenas sorriu para eles, e o mais sábio dos guardas imediatamente empalideceu.

Rhys somente inclinou a cabeça ao acrescentar:

— Talvez então você entenda o quanto o Livro é vital para os esforços de *ambos*.

— Vamos considerar depois que tivermos sua *prova*. — A mais velha quase cuspiu a palavra. Alguma parte de mim me lembrou de que ela era velha, e real, e lhe arrancar aquela arrogância do rosto a tapas *não* nos ajudaria em nada. — Aquele livro é nosso para proteger há quinhentos anos. Não o entregaremos sem a devida consideração.

Os guardas se posicionaram ao lado das rainhas, como se as palavras tivessem sido algum sinal predeterminado. A rainha dourada deu um risinho para mim e disse:

— Boa sorte.

Então, elas se foram. A sala de estar ficou subitamente grande demais, silenciosa demais.

E foi Elain — *Elain* — quem suspirou e murmurou:

— Tomara que todas elas queimem no inferno.

Capítulo 41

Ficamos praticamente em silêncio durante o voo e a travessia até Velaris. Amren já aguardava na casa, as roupas amarrotadas e o rosto perturbadoramente pálido. Fiz uma nota mental para comprar mais sangue para ela imediatamente.

Mas em vez de nos reunirmos na sala de jantar ou na de estar, Rhys seguiu pelo corredor, as mãos nos bolsos, passou pela cozinha, e saiu para o jardim do pátio nos fundos.

O resto de nós permaneceu no vestíbulo, olhando para ele — silêncio irradiava de Rhys. Como a calma antes da tempestade.

— Foi bem, suponho — disse Amren. Cassian a olhou e seguiu o amigo.

O sol e o dia árido haviam aquecido o jardim, trechos verdes agora despontavam lá fora e nos incontáveis canteiros e vasos. Rhys se sentou na beira da fonte, com os antebraços apoiados nos joelhos, encarando o piso de lajotas manchado de musgo entre os pés.

Todos ocupamos nossos assentos nas cadeiras de ferro pintadas de branco. Se apenas os humanos pudessem ver: feéricos sentados em ferro. Jogariam fora aquelas bijuterias e joias ridículas. Talvez até mesmo Elain recebesse um anel de noivado que não tivesse sido forjado com ódio e medo.

— Se veio aqui fora para se deprimir, Rhys — disse Amren, empoleirada em um banquinho —, então, diga, que volto para meu trabalho.

Olhos violeta se ergueram para os dela. Frios, sem humor.

— As humanas querem prova de nossas boas intenções. De que podem confiar em nós.

A atenção de Amren passou para mim.

— Feyre não bastou?

Tentei não deixar que as palavras me ferissem. Não, eu não fora suficiente; talvez até mesmo tivesse fracassado como emissária...

— Ela mais que basta — decretou Rhys, com aquela calma letal, e me perguntei se eu enviara meus patéticos pensamentos pela ligação. Ergui o escudo de novo. — São tolas. Pior... tolas com medo. — Rhys observou o chão de novo, como se o musgo seco e a pedra formassem algum padrão que somente ele conseguisse enxergar.

— Poderíamos... derrubá-las. Colocar rainhas mais novas, mais inteligentes em seus tronos. Que estejam dispostas a negociar — disse Cassian.

Rhys fez que não com a cabeça.

— Um, demoraria muito. Não temos esse tempo todo. — Pensei nas últimas semanas, em como Azriel tentara entrar naquelas cortes. Se nem mesmo suas sombras e espiões tinham conseguido penetrar a organização interna das rainhas, então eu duvidava que um assassino conseguisse. O gesto negativo que Azriel fez com a cabeça para Cassian dizia isso. — Dois — continuou Rhys —, quem sabe se isso de alguma forma impactaria a magia de sua metade do Livro? Ela deve ser dada voluntariamente. É possível que a magia seja forte o bastante para ver nossos planos. — Rhys inspirou, entre dentes. — Estamos empacados com elas.

— Poderíamos tentar de novo — disse Mor. — Deixe que eu fale com elas, que vá ao palácio...

— Não — respondeu Azriel. Mor ergueu as sobrancelhas, e um leve rubor manchou o rosto de Azriel. Mas sua expressão era determinada, os olhos cor de avelã pareciam firmes. — Não vai colocar os pés naquele reino humano.

— Eu lutei na guerra se não se lembra...

— Não — disse Azriel, de novo, recusando-se a tirar os olhos dos de Mor. As asas agitadas roçaram contra o encosto da cadeira. — Elas a amarrariam e a fariam de exemplo.

— Precisariam me pegar primeiro.

— Aquele lugar é uma armadilha fatal para nossa espécie — replicou Azriel, a voz baixa e áspera. — Construído por mãos feéricas para proteger os humanos de nós. Se colocar os pés lá dentro, Mor, não sairá de novo. Por que acha que estamos com tantos problemas para infiltrar alguém?

— Se entrar no território deles não é uma opção — interrompi, antes que Mor pudesse dizer o que quer que o temperamento que lhe deformava a expressão do rosto tivesse sussurrado para que ela replicasse, o que certamente feria o encantador de sombras mais do que Mor pretendia —, e enganar ou fazer manipulação mental podem levar a magia a destruir o Livro... Que prova pode ser oferecida? — Rhys ergueu a cabeça. — Quem é... quem é essa Miryam? Quem ela foi para Jurian, e quem era esse príncipe de quem você falou... Drakon? Talvez nós... talvez eles pudessem ser usados como prova. Pelo menos para falar a seu favor.

O calor se dissipou dos olhos de Mor quando ela arrastou o pé contra o musgo e o piso de lajotas.

Mas Rhys entrelaçou os dedos entre os joelhos antes de dizer:

— Há quinhentos anos, nos anos que precederam a Guerra, havia um reino feérico na parte sul do continente. Era um reino de areia que cercava o exuberante delta de um rio. A Terra Sombria. Não havia lugar mais cruel para se nascer humano, pois nenhum humano ali nascia livre. Eram todos escravizados, forçados a construir grandes templos e palácios para os Grão-Feéricos que governavam. Não havia escapatória; nenhuma chance de comprar a liberdade. E a rainha da Terra Sombria... — A memória se estampou na expressão de Rhys.

— Ela fazia Amarantha parecer tão doce quanto Elain — explicou Mor, com delicado veneno.

— Miryam — continuou Rhys — era uma fêmea meio-feérica nascida de mãe humana. E como a mãe era escravizada, a concepção foi... contra a vontade da mulher, e Miryam também nasceu em grilhões e, considerada humana, teve negados quaisquer direitos à herança feérica.

— Conte a história toda outra hora — interrompeu Amren. — O resumo, garota — disse Amren para mim —, é que Miryam foi dada como presente de casamento da rainha para seu prometido, um príncipe feérico estrangeiro chamado Drakon. Ele ficou horrorizado, e deixou Miryam escapar. Temendo a ira da rainha, ela fugiu pelo deserto, atravessou o mar, mais deserto... e foi encontrada por Jurian. Miryam se juntou aos exércitos rebeldes de Jurian, se tornou sua amante e era uma curandeira entre os guerreiros. Até que uma batalha devastadora levou Miryam a cuidar dos novos aliados feéricos de Jurian: inclusive do príncipe Drakon. No fim das contas, Miryam abrira os olhos de Drakon para o monstro com quem ele planejava se casar. Drakon desfez o noivado, aliou seus exércitos aos humanos e estava à procura da linda garota escravizada havia três anos. Jurian não tinha ideia de que o novo aliado cobiçava sua amante. Ele estava concentrado demais em vencer a Guerra, em destruir Amarantha no norte. Conforme a obsessão de Jurian tomava conta, o guerreiro não enxergou Miryam e Drakon se apaixonando às suas costas.

— Não foi pelas costas! — disparou Mor. — Miryam terminou com Jurian antes de sequer colocar um dedo em Drakon.

Amren gesticulou com os ombros.

— Resumindo, garota, quando Jurian foi massacrado por Amarantha, e durante os longos séculos depois disso, ela contou ao guerreiro o que tinha acontecido com sua amante. Que Miryam o traíra por um macho feérico. Todos acreditavam que Miryam e Drakon haviam morrido libertando o povo dela da Terra Sombria, no fim da Guerra, até mesmo Amarantha.

— E não tinham — concluí. Rhys e Mor assentiram. — Foi tudo uma forma de fugir, não foi? De começar de novo em outro lugar, com os povos de ambos? — Mais acenos. — Então, por que não mostrar isso às rainhas? Você começou a contar a elas...

— Porque — interrompeu Rhys —, além de não provar nada sobre *meu* caráter, que parecia ser o maior problema, seria uma grave traição a nossos amigos. Seu único desejo era permanecer escondidos, viver em paz com os respectivos povos. Lutaram e sangraram e sofreram muito por isso. Não vou arrastá-los para este conflito.

— O exército aéreo de Drakon — ponderou Cassian — era tão bom quanto o nosso. Talvez precisemos chamá-lo no fim.

Rhys apenas balançou a cabeça. Fim de papo. E talvez ele estivesse certo: revelar a existência pacífica de Drakon e Miryam não explicava nada a respeito das intenções do próprio Rhys. Sobre seus méritos e seu caráter.

— Então, o que oferecemos em troca? — perguntei. — O que mostramos a elas?

O rosto de Rhys pareceu arrasado.

— Mostramos Velaris a elas.

— O quê? — disparou Mor. Mas Amren a silenciou.

— Não é sério que quer trazê-las aqui — protestei.

— É claro que não. Os riscos são grandes demais, recebê-las por sequer uma noite provavelmente resultaria em derramamento de sangue. — Rhys continuou: — Então, planejo apenas mostrar a elas.

— Elas vão ignorar, como um truque mental — replicou Azriel.

— Não — respondeu Rhys, e se levantou. — Quero *mostrar* a elas, de acordo com as regras delas mesmas.

Amren tamborilou as unhas umas contra as outras.

— Como assim, Grão-Senhor?

Mas Rhys apenas disse a Mor:

— Avise seu pai. Vamos fazer uma visita a ele e a minha outra corte.

Meu sangue gelou. A Corte dos Pesadelos.

Existia uma esfera, pelo visto, que pertencera à família de Mor havia milênios: a Veritas. Transbordava a magia da verdade que Mor alegava possuir; que muitos em sua linhagem também tinham. E a Veritas era um de seus talismãs mais valiosos e vigiados.

Rhys não perdeu tempo com planejamento. Iríamos para a Corte dos Pesadelos dentro da Cidade Escavada na tarde seguinte, atravessaríamos para perto da enorme montanha dentro da qual era construída, e então voaríamos o restante do caminho.

Mor, Cassian e eu éramos meras distrações para tornar a visita súbita de Rhys menos suspeita... enquanto Azriel roubava a esfera dos aposentos do pai de Mor.

A esfera era conhecida entre os humanos, fora empunhada por eles na Guerra, contou-me Rhys em um jantar tranquilo naquela noite. As rainhas saberiam. E saberiam que era a mais absoluta verdade, não uma ilusão ou um truque, quando a usássemos para mostrar a elas — como espiar uma pintura viva — que aquela cidade e o bom povo existiam.

Os demais tinham sugerido outros lugares dentro do território de Rhys para provar que ele não era um sádico beligerante, mas nenhum tinha o mesmo impacto de Velaris, alegava Rhys. Pelo povo dele, pelo *mundo*, Rhysand ofereceria às rainhas aquele pedaço de verdade.

Depois do jantar, fui passear pelas ruas e me vi, por fim, na beira do Arco-Íris, a noite a toda, mecenas e artistas e cidadãos comuns entrando e saindo de loja em loja, olhando as galerias, comprando suprimentos.

Em comparação com as luzes fortes e as cores alegres da pequena colina que descia até o rio adiante, as ruas atrás de mim pareciam sombreadas, dormentes.

Eu estava ali havia quase dois meses e não tinha reunido coragem para caminhar pelo quarteirão dos artistas.

Mas aquele lugar... Rhys arriscaria aquela linda cidade, aquele povo amável, tudo por uma chance de ter paz. Talvez a culpa por ter deixado Velaris protegida enquanto o resto de Prythian sofria o guiasse; talvez oferecer Velaris em uma bandeja fosse a própria tentativa de Rhysand de aliviar esse peso. Esfreguei o peito, pois um peso se acumulava ali.

Dei um passo na direção do quarteirão... e parei.

Talvez devesse ter pedido a Mor que viesse comigo. Mas ela partira depois do jantar, de rosto pálido e sobressaltada, ignorando a tentativa de Cassian de conversar. Azriel saíra voando para contatar os espiões. Ele silenciosamente prometera a um Cassian impaciente que encontraria Mor quando tivesse terminado.

E Rhys... Ele tinha muito nas costas. E não fizera objeções quando eu disse que sairia para caminhar. Nem mesmo me avisara para que tomasse cuidado. Se era confiança ou total fé na segurança daquela cidade, ou apenas o fato de Rhys saber o quanto eu reagiria mal se ele tentasse me dizer para não ir ou me desse um aviso, eu não sabia.

Balancei a cabeça, limpando a mente, quando mais uma vez olhei para a rua principal do Arco-Íris.

Eu sentira faíscas nas últimas semanas, naquele buraco dentro do peito — faíscas de imagens, mas nada sólido. Nada que rugisse com vida e exigências. Não da forma como acontecera naquela noite, quando vi Rhysand ajoelhado naquela cama, nu e tatuado e com as asas à mostra.

Seria burrice me aventurar no quarteirão, de toda forma, quando poderia muito bem ser destruído em um conflito iminente. Seria burrice me apaixonar por ele, quando poderia ser arrancado de mim.

Então, como uma covarde, eu me virei e fui para casa.

Rhys aguardava no vestíbulo, encostado no mastro do corrimão da escada. O rosto estava sombrio.

Parei no meio do tapete da entrada.

— O que foi?

— Estou pensando em pedir que você fique aqui amanhã. — As asas de Rhys não estavam visíveis, nem mesmo sua sombra.

Cruzei os braços.

— Achei que eu iria. — *Não me tranque nesta casa, não me afaste...*

Ele passou a mão pelo cabelo.

— O que preciso ser amanhã, quem preciso me tornar, não é... não é algo que quero que veja. Como tratarei você, tratarei os demais...

— A máscara do Grão-Senhor — falei, baixinho.

— Sim. — Rhys se sentou na base das escadas.

Permaneci no centro do saguão quando perguntei, com cautela:

— Por que não quer que eu veja isso?

— Porque você acabou de começar a me ver como se eu não fosse um monstro, e não suporto a ideia de nada do que verá amanhã estar sob aquela montanha, colocar você de volta naquele lugar onde a encontrei.

Sob aquela montanha — no subterrâneo. Sim, tinha me esquecido disso. Esquecido que eu veria a corte na qual Amarantha inspirara a própria, que eu estaria presa sob a terra...

Mas com Cassian, Azriel e Mor. Com... ele.

Esperei pelo pânico, pelo suor frio. Nenhum veio.

— Me deixe ajudar. Como eu puder.

Tristeza ofuscou a luz estelar naqueles olhos.

— O papel que precisará interpretar não é agradável.

— Confio em você. — Eu me sentei ao lado de Rhys nas escadas, perto o bastante para que o calor do corpo dele aquecesse o ar frio da noite que se agarrava ao meu sobretudo. — Por que Mor parecia tão perturbada quando foi embora?

Rhys engoliu em seco. Eu podia ver que era ódio, e dor, que evitavam que ele me contasse diretamente; não falta de confiança. Depois de um momento, Rhys falou:

— Eu estava lá, na Cidade Escavada, no dia em que o pai declarou que Mor seria vendida em casamento a Eris, o filho mais velho do Grão-Senhor da Corte Outonal. — Irmão de Lucien. — Eris tinha a reputação de ser cruel, e Mor... me implorou que eu não deixasse aquilo acontecer. Apesar de todo o poder, de ser tão selvagem, ela não tinha voz, não tinha direitos para aquela gente. E meu pai não se importava muito se os primos usassem as crias como animais de reprodução.

— O que aconteceu? — sussurrei.

— Levei Mor ao acampamento illyriano por alguns dias. E ela viu Cassian e decidiu que faria a única coisa que destruiria seu valor para aquelas pessoas. Não soube até depois, e... foi uma confusão. Com Cassian, com ela, com nossas famílias. E é outra longa história, mas a versão resumida é que Eris se recusou a se casar com ela. Disse que Mor tinha sido maculada por um bastardo feérico inferior, e preferia transar com uma porca. A família dela... eles... — Nunca vi Rhys tão sem palavras. Ele pigarreou. — Quando terminaram, jogaram Mor na fronteira da Corte Outonal, com um bilhete pregado ao corpo; dizia que Mor era problema de Eris.

Pregado... *pregado* a ela.

Rhys falou, com ira, baixinho:

— Eris deixou Mor à beira da morte no meio do bosque deles. Azriel a encontrou um dia depois. Fiz o possível para evitar que Azriel fosse a qualquer uma das cortes e massacrasse a todos.

Pensei naquele rosto alegre, na risada irreverente, na fêmea que não se importava com quem a aprovasse. Talvez porque tivesse visto o pior que sua espécie tinha a oferecer. E sobrevivera.

E entendi; por que Rhys não podia suportar Nestha por mais de alguns minutos, por que não conseguia se desvencilhar daquele ódio no que dizia respeito a suas falhas, mesmo que eu o tivesse feito.

O fogo de Beron começou a crepitar em minhas veias. *Meu* fogo, não o dele. E nem o do filho dele.

Peguei a mão de Rhys, e seu polegar roçou contra a palma da minha. Tentei não pensar na familiaridade daquela carícia quando falei, com uma voz firme e calma que mal reconheci:

— Diga o que preciso fazer amanhã.

CAPÍTULO 42

Eu não estava com medo.

Não do papel que Rhys tinha pedido que eu interpretasse naquele dia. Não do vento estrondoso conforme atravessávamos até uma cadeia montanhosa familiar, coberta de neve, que se recusava a se dobrar ao beijo do despertar da primavera. Não da descida violenta quando Rhys nos levou voando entre os picos e vales, ágil e suavemente. Cassian e Azriel nos flanqueavam; Mor nos encontraria nos portões, na base da montanha.

O rosto de Rhys estava contraído, e os ombros, tensos enquanto eu os segurava. Sabia o que esperar, mas... mesmo depois de Rhys ter me contado o que precisava que eu fizesse, mesmo depois de eu concordar, ele estava... distante. Perturbado.

Preocupado comigo, percebi.

E só por causa daquela preocupação, só para tirar aquela tensão de seu rosto, mesmo que durante os poucos minutos antes de enfrentarmos aquele reino maldito sob a montanha, eu falei, acima do ruído do vento:

— Amren e Mor me disseram que a extensão das asas de um macho illyriano diz muito sobre o tamanho de... outras partes.

Os olhos de Rhys se voltaram para mim, e depois, para as encostas cobertas de pinheiros abaixo.

— Disseram, é?

Dei de ombros, tentando não pensar no corpo nu daquela noite, há tantas semanas, embora eu não tivesse visto muito.

— Também disseram que as asas de Azriel são as maiores.

Malícia dançou naqueles olhos violeta, levando embora a distância fria, a tensão. O mestre-espião era um borrão preto contra o céu azul pálido.

— Quando voltarmos para casa, vamos pegar a fita métrica, que tal?

Belisquei o músculo firme como pedra do antebraço de Rhys. Ele me lançou um sorriso malicioso antes de descer...

Montanhas e neve e árvores e sol e queda livre total em meio a fiapos de nuvem...

Um grito sem fôlego saiu de mim quando mergulhamos. Por instinto, envolvi o pescoço de Rhys com os braços. Sua risada grave fez cócegas em minha nuca.

— Está disposta a desbravar minha escuridão e erguer a sua, disposta a entrar em um túmulo inundado e enfrentar a Tecelã, mas uma quedinha livre a faz gritar?

— Vou deixá-lo apodrecer da próxima vez que tiver um pesadelo — sibilei, ainda de olhos fechados e com o corpo travado quando Rhys abriu as asas para suavizar nossa queda constante.

— Não vai, não — cantarolou ele. — Gostou demais de me ver nu.

— Canalha.

A risada de Rhys ressoou contra mim. De olhos fechados, o vento rugindo como um animal selvagem, ajustei minha posição, segurando-o com mais força. Os nós de meus dedos roçaram em uma das asas de Rhys — lisa e fria como seda, mas firme tal como pedra quando totalmente esticada.

Fascinante. Tateei às cegas de novo... e ousei passar a ponta do dedo por uma das bordas internas.

Rhysand estremeceu, um gemido baixo escapuliu ao lado de minha orelha.

— Aí — falou ele, contendo a voz — é muito sensível.

Puxei o dedo de volta, me afastei o bastante para ver o rosto de Rhys. Com o vento, precisei semicerrar os olhos, e meus cabelos trançados voavam de um lado a outro, mas... Rhys estava completamente concentrado nas montanhas ao nosso redor.

— Faz cócegas?

Ele voltou o olhar para mim, e depois, para a neve e os pinheiros que se estendiam infinitamente.

— A sensação é esta — disse Rhys, e se aproximou tanto que os lábios roçaram a parte externa de minha orelha quando ele lhe lançou um leve sopro. Minhas costas se arquearam por instinto, e ergui o queixo diante da carícia daquele sopro.

— Ah! — Eu consegui dizer. Senti Rhys sorrir contra minha orelha e se afastar.

— Se quiser a atenção de um macho illyriano, será melhor puxá-lo pelas bolas. Somos treinados a proteger nossas asas a todo custo. Alguns machos atacam primeiro e fazem perguntas depois se as asas forem tocadas sem convite.

— E durante o sexo? — A pergunta saiu sem querer.

O rosto de Rhys era puro interesse felino enquanto monitorava as montanhas.

— Durante o sexo, um macho illyriano pode atingir um orgasmo só de alguém tocar as asas no lugar certo.

Meu sangue latejava. Território perigoso; mais que a queda letal abaixo.

— *Você* já testou se isso é verdade?

Os olhos de Rhys me despiram.

— Nunca permiti que ninguém visse ou tocasse em minhas asas durante o sexo. Isso torna você vulnerável de uma forma com a qual... não estou confortável.

— Uma pena — lamentei, olhando casualmente demais na direção da grandiosa montanha que agora surgia no horizonte, erguendo-se por cima das demais. E encimada, reparei, por aquele palácio reluzente de pedra da lua.

— Por quê? — perguntou Rhys, cauteloso.

Dei de ombros, lutando contra o sorriso em meus lábios.

— Porque aposto que poderia fazer umas posições interessantes com essas asas.

Rhys soltou uma gargalhada ruidosa, e seu nariz roçou minha orelha. Eu o senti abrir a boca para sussurrar algo, mas...

Uma coisa escura e rápida e lustrosa disparou contra nós, e Rhys mergulhou para baixo e para longe, xingando.

Então, outra, e outra, elas continuaram vindo.

Não eram apenas flechas comuns, percebi quando Rhys desviou e pegou uma no ar. Mais flechas ricochetearam inofensivamente de um escudo que Rhys ergueu.

Ele verificou a madeira na palma da mão e a soltou com um chiado. Flechas de freixo. Para matar feéricos.

E agora que eu era uma...

Mais rápido que o vento, mais rápido que a morte, Rhys disparou para o chão. Voou, não atravessou, porque queria saber onde estavam nossos inimigos, não queria perdê-los. O vento feriu meu rosto, emitiu um guincho em meus ouvidos, se entrelaçou em meus cabelos com garras cruéis.

Azriel e Cassian já se dirigiam até nós. Escudos de azul e vermelho translúcidos os envolviam — lançando aquelas flechas pelos ares. Eram os Sifões em ação.

As flechas eram disparadas da floresta de pinheiro que cobria as montanhas, e, depois, sumiam.

Rhys atingiu o chão, neve subindo ao seu encalço, e uma fúria como eu não via desde aquele dia na corte de Amarantha deformou a expressão de seu rosto. Eu conseguia sentir aquele ódio latejando em mim, reunindo-se pela clareira na qual agora estávamos.

Azriel e Cassian chegaram em um instante, e seus escudos coloridos se encolheram de volta para os Sifões. Os três eram como forças da natureza na floresta de pinheiros, e Rhysand nem mesmo me olhou quando ordenou a Cassian:

— Leve-a para o palácio e fique lá até eu voltar. Az, você vem comigo.

Cassian estendeu a mão para mim, mas eu me afastei.

— Não.

— O quê? — grunhiu Rhys, a palavra saiu quase gutural.

— Me leve junto — pedi. Não queria ir para aquele palácio de pedra da lua e ficar andando de um lado a outro, e esperar e torcer os dedos.

Cassian e Azriel, sabiamente, ficaram calados. E Rhys, que a Mãe o abençoasse, apenas recolheu as asas e cruzou os braços... esperando ouvir meus motivos.

— Já vi flechas de freixo — falei, um pouco sem fôlego. — Posso reconhecer onde foram feitas. E se vieram da mão de outro Grão-Senhor... posso detectar isso também. — Se tinham vindo de Tarquin... — E posso rastrear tão bem no chão quanto qualquer um de vocês. — Exceto por Azriel, talvez. — Então, você e Cassian vão pelo céu — sugeri, ainda esperando a rejeição, a ordem de me trancafiar. — E vou caçar no chão com Azriel.

A ira que irradiava pela clareira nevada se conteve em um ódio gélido, calmo demais. Porém, Rhys falou:

— Cassian, quero patrulhas aéreas nas fronteiras marítimas, posicionadas em círculos de 3,5 quilômetros, até Hybern. Quero soldados de infantaria nos vales das montanhas ao longo da fronteira sul; certifique-se de que aquelas fogueiras de aviso estejam prontas em cada cume. Não vamos nos fiar em magia. — Ele se voltou para Azriel. — Quando terminarem, avise seus espiões de que podem estar comprometidos, e prepare-se para extraí-los. E coloque novos espiões no lugar. Vamos conter isso. Não contaremos a ninguém dentro daquela corte o que aconteceu. Se alguém mencionar, digam que foi um treinamento.

Porque não podíamos correr o risco de deixar que essa fraqueza transparecesse, mesmo entre seus súditos.

Os olhos de Rhysand finalmente encontraram os meus.

— Temos uma hora até precisarmos estar na corte. Façam valer a pena.

Nós buscamos, mas as flechas caídas foram levadas por nossos agressores — e nem mesmo as sombras e o vento disseram algo a Azriel, como se nosso inimigo também tivesse se escondido deles.

Mas aquela era a segunda vez que sabiam onde Rhys e eu estaríamos.

Mor nos encontrou depois de vinte minutos, querendo saber que diabos havia acontecido. Nós explicamos, e ela atravessou para dar qualquer que fosse a desculpa que evitaria levantar suspeitas sobre algo errado em sua terrível família.

Mas, ao fim de uma hora, não tínhamos encontrado uma única pista. E não podíamos mais atrasar nossa reunião.

A Corte dos Pesadelos ficava atrás de um conjunto imenso de portas entalhadas na própria montanha. E da base, a montanha se erguia tão alta que eu não conseguia ver o palácio no qual um dia eu ficara, acima desta. Apenas neve e rocha, e pássaros circulando ao alto. Não havia ninguém do lado de fora — nenhuma cidade, nenhum sinal de vida. Nada que indicasse que uma cidade inteira de pessoas morava ali dentro.

Mas não deixei que minha curiosidade, ou qualquer temor remanescente, transparecesse quando Mor e eu entramos. Rhys, Cassian e Azriel chegariam minutos depois.

Havia sentinelas aos portões de pedra, vestidas não de preto, como eu poderia ter suspeitado, mas de cinza e branco — traje feito para se camuflar com a face da montanha. Mor nem sequer olhou para elas ao me levar silenciosamente para dentro da cidade na montanha.

Meu corpo enrijeceu assim que a escuridão, o cheiro de rocha e de fogo e de carne assando me atingiram. Eu tinha estado ali antes, sofrido ali...

Não Sob a Montanha. Aquilo não era Sob a Montanha.

De fato, a corte de Amarantha fora o trabalho de uma criança.

A Corte dos Pesadelos era o trabalho de um deus.

Enquanto Sob a Montanha consistia em uma série de corredores e quartos e andares, aquela... aquela era uma verdadeira cidade.

A passagem pela qual Mor nos levou era uma avenida, e, ao nosso redor, erguendo-se na escuridão, havia prédios e pináculos, lares e pontes. Uma metrópole entalhada da pedra escura da própria montanha, nenhum centímetro deixado de fora ou sem algum adorável e terrível trabalho artístico gravado. Figuras dançavam e fornicavam;

imploravam e festejavam. Pilastras tinham sido entalhadas para parecerem vinhas curvas de flores noturnas. Água percorria pequenos córregos, e rios brotavam do coração da própria montanha.

A Cidade Escavada. Um lugar de beleza tão terrível que era difícil manter o espanto e o pesar longe de minha expressão. Música já tocava em algum lugar, e nossos anfitriões ainda não haviam vindo nos cumprimentar. As pessoas pelas quais passávamos — somente Grão-Feéricos — estavam vestidas com elegância, os rostos mortalmente pálidos e frios. Ninguém nos parou, ninguém sorriu ou fez reverência.

Mor ignorou todos. Nenhuma de nós dissera uma palavra. Rhys me avisara que não falasse — que as paredes ali tinham ouvidos.

Mor me levou pela avenida na direção de outro conjunto de portões de pedra, escancarados na base do que parecia ser um castelo *dentro* da montanha. O assento oficial do Grão-Senhor da Corte Noturna.

Imensas bestas pretas cobertas de escamas estavam entalhadas naqueles portões, todas reunidas em um ninho de garras e presas, dormindo e lutando, algumas presas em um ciclo eterno, devorando outras. Entre as bestas, heras de jasmim e de boas-noites. Eu podia jurar que as bestas pareciam se contorcer ao brilho prateado das luzes feéricas tremeluzentes ao longo da cidade na montanha. Os Portões da Eternidade; era assim que eu chamaria a pintura que lampejara em minha mente.

Mor prosseguiu através dos portões, um lampejo de cor e de vida naquele lugar estranho e frio.

Ela estampava um vermelho intenso, os tecidos de organza e gaze do vestido sem mangas se ajustavam aos seios e aos quadris de Mor, enquanto fendas cuidadosamente localizadas deixavam muito da barriga e das costas expostas. Os cabelos de Mor estavam soltos em uma cascata de ondas, e pulseiras de ouro sólido reluziam em seus pulsos. Uma rainha — uma rainha que não se curvava a ninguém, uma rainha que enfrentara todos e triunfara. Uma rainha que era dona do próprio corpo, da vida, do destino, e jamais se desculpava por isso.

Mor tomara um tempo no bosque de pinheiro para me vestir, e minhas roupas eram de um modelo semelhante, quase idênticas àquelas que eu havia sido forçada a usar Sob a Montanha. Duas faixas de tecido que mal cobriam meus seios fluíam até abaixo do umbigo, onde um cinto nos quadris prendia as faixas de tecido em uma só, longa, que descia por minhas pernas e mal cobria a parte de trás.

Mas diferente do *chiffon* e das cores alegres que eu usara então, esse era feito de um tecido preto e brilhante, que refletia luz a cada oscilação de quadril.

Mor arrumara meu cabelo como uma coroa no alto da cabeça — logo atrás do diadema preto que tinha colocado diante do penteado, ressaltado por grãos de diamante que faziam com que brilhasse como o céu noturno. Mor escurecera e alongara meus cílios, passando uma linha elegante e maliciosa de delineador no canto exterior de cada um. Meus lábios, Mor pintara de vermelho-sangue.

E entramos no castelo abaixo da montanha. Havia mais pessoas ali, perambulando pelos intermináveis corredores, observando cada respiração nossa. Alguns se pareciam com Mor, com os cabelos dourados e os lindos rostos. Até mesmo sibilavam para ela.

Mor dava risinhos para eles. Parte de mim desejava que Mor lhes rasgasse a garganta em vez disso.

Por fim, chegamos a um salão do trono de ébano polido. Mais das serpentes dos portões da entrada estavam entalhadas ali... dessa vez, enroscadas nas inúmeras colunas que apoiavam o teto de ônix. Era tão alto que a escuridão escondia os detalhes mais finos, mas eu sabia que mais delas haviam sido entalhadas ali também. Eram grandes bestas para monitorar as manipulações e as tramas dentro daquela sala. O próprio trono tinha sido feito de algumas delas, uma cabeça serpenteava ao redor de cada lado do encosto... como se observassem por cima dos ombros do Grão-Senhor.

Uma multidão estava reunida; e, por um momento, eu estava de novo no salão do trono de Amarantha, de tão parecida que era a atmosfera, a malícia. De tão parecido que era o altar do outro lado.

Um homem lindo, de cabelos louros, se colocou em nosso caminho na direção daquele trono de ébano, e Mor parou suavemente. Eu soube que era o pai dela sem que o homem dissesse uma palavra.

Ele vestia preto, um diadema de prata no alto da cabeça. Os olhos castanhos do feérico eram como terra antiga quando ele disse a Mor:

— Onde ele está?

Nenhum cumprimento, nenhuma formalidade. Ele me ignorou por completo.

Mor deu de ombros.

— Ele chega quando quer. — Ela seguiu em frente.

O pai de Mor me olhou então. E obriguei meu rosto a estampar uma máscara como a dela. Desinteresse. Distância.

O pai de Mor observou meu rosto, meu corpo — e onde achei que veria escárnio e provocação... não havia nada. Nenhuma emoção. Apenas um frio desalmado.

Segui Mor antes que o desprezo destruísse minha máscara gélida.

Mesas de banquete contra as paredes pretas estavam cobertas de frutas fartas e suculentas e tranças de pão dourado, interrompidas por carnes assadas, barris de cidra e cerveja e tortas e tortinhas e pequenos bolos, de todos os tamanhos e variedades.

Talvez tivesse feito minha boca se encher d'água... Não fosse pelos Grão-Feéricos em toda a elegância. Não fosse pelo fato de que ninguém tocava na comida; o poder e a riqueza estavam em deixar que fosse desperdiçada.

Mor foi direto para o altar de obsidiana, e parei ao pé dos degraus quando ela ocupou um lugar ao lado do trono e disse para a multidão, com uma voz que era nítida, cruel e astuta:

— Seu Grão-Senhor se aproxima. Está de péssimo humor, então, sugiro que se comportem, a não ser que desejem ser o entretenimento da noite.

E, antes que a multidão pudesse começar a murmurar, eu senti. Senti... Rhysand.

A própria rocha sob meus pés pareceu tremer, uma batida pulsante e constante.

Seus passos. Como se a montanha estremecesse a cada toque.

Todos naquele salão ficaram mortalmente imóveis. Como se petrificados porque a própria respiração poderia atrair a atenção do predador que agora caminhava em nossa direção.

Os ombros de Mor estavam esticados, e o queixo, erguido — orgulho bestial e lascivo diante da chegada do mestre.

Ao me lembrar de meu papel, abaixei meu queixo, observando por baixo das sobrancelhas.

Primeiro Cassian e Azriel surgiram à porta. O general e o encantador de sombras do Grão-Senhor... e os illyrianos mais poderosos da história.

Não eram os machos que eu conhecera.

Usando preto de batalha, que delineava as formas musculosas, suas armaduras eram complexas, com escamas — os ombros impossivelmente mais largos, os rostos eram um retrato da brutalidade insensível. Os dois me lembraram, por algum motivo, das bestas de ébano entalhadas nas pilastras pelas quais eles passavam.

Mais Sifões, percebi, brilhavam, além daqueles no dorso de cada mão. Um Sifão no centro do peito. Um em cada ombro. Um em cada joelho.

Por um momento, meus joelhos fraquejaram, e entendi o que os senhores do acampamento tinham temido nos dois. Se um Sifão era do que a maioria dos illyrianos precisava para controlar o poder fatal... Cassian e Azriel tinham sete cada. *Sete.*

Os cortesãos tiveram o bom senso de recuar um passo conforme Cassian e Azriel seguiam em meio à multidão, na direção do altar. As asas reluziam, as garras no topo estavam afiadas o bastante para cortar o ar — como se as tivessem afiado.

A concentração de Cassian foi direto para Mor; Azriel se permitiu um olhar antes de observar as pessoas ao redor. A maioria se esquivava do olhar do mestre-espião... embora tremessem ao ver a Reveladora da Verdade ao seu lado, a lâmina illyriana despontando sobre o ombro esquerdo.

Azriel, o rosto como uma linda máscara de morte, silenciosamente prometia a todos tormento infinito e irrefreável, e até mesmo as sombras estremeciam quando ele passava. Eu sabia por quê; sabia por quem ele ficaria feliz em fazer aquilo.

Tinham tentado vender uma jovem de 17 anos em casamento para um sádico — e então a brutalizam de formas que eu não podia, não me permitiria considerar. E aquelas pessoas agora viviam em profundo pavor dos três companheiros que estavam ao altar.

Que bom. Deveriam sentir medo deles.

Medo de mim.

E, então, Rhysand surgiu.

Ele libertara o controle sobre o poder, sobre quem era. O poder de Rhys tomou conta do salão do trono, do castelo, das montanhas. Do mundo. Não tinha fim ou começo.

Nenhuma asa. Nenhuma arma. Nenhum sinal do guerreiro. Nada além do elegante e cruel Grão-Senhor que o mundo acreditava que ele era. As mãos de Rhysand estavam nos bolsos, a túnica preta parecia engolir a luz. E na cabeça de Rhys estava uma coroa de estrelas.

Nenhum sinal do macho que bebia no telhado; nenhum sinal do príncipe caído, ajoelhado na cama. O impacto total de Rhysand ameaçou me sobrepujar.

Ali — ali ele era o Grão-Senhor mais poderoso que já nascera.

O rosto de sonhos e pesadelos.

Os olhos de Rhys encararam os meus brevemente do outro lado do salão conforme ele caminhou entre as pilastras. Até o trono que era seu por direito de sangue, sacrifício e poder. Meu próprio sangue cantava diante do poder que latejava dentro de Rhysand, diante de sua pura beleza.

Mor desceu do altar e se colocou sobre um joelho com uma reverência suave. Cassian e Azriel acompanharam em seguida.

Assim como todos no salão.

Inclusive eu.

O piso de ébano estava tão polido que pude ver meus lábios pintados de vermelho, ver meu rosto inexpressivo. O salão estava tão silencioso que pude ouvir cada um dos passos de Rhys em nossa direção.

— Ora, ora — disse ele, para ninguém em especial. — Parece que chegaram todos na hora, para variar.

Erguendo a cabeça enquanto ainda de joelhos, Cassian deu um meio sorriso para Rhys — o comandante do Grão-Senhor encarnado, ansioso para derramar sangue por ele.

As botas de Rhys pararam em meu campo visual.

Os dedos pareceram gelo em meu queixo quando Rhys ergueu meu rosto.

O salão inteiro, ainda no chão, observava. Mas aquele era o papel que eu precisava interpretar. Ser uma distração e uma novidade. Os lábios de Rhys se curvaram para cima.

— Bem-vinda a meu lar, Feyre, Quebradora da Maldição.

Abaixei o olhar, os cílios espessos com rímel fizeram cócegas na bochecha. Rhys emitiu um estalo com a língua, e a mão se apertou em meu queixo. Todos repararam na pressão dos dedos dele, no ângulo predatório da cabeça de Rhys quando ele disse:

— Venha comigo.

Um puxão em meu queixo e fiquei de pé. Rhys passou os olhos por meu corpo, e me perguntei se seria mesmo apenas atuação quando eles brilharam um pouco.

Rhysand me guiou pelos poucos degraus até o altar... até o trono. Ele se sentou, sorrindo levemente para a monstruosa corte. Rhys dominava cada centímetro do trono. Daquelas pessoas.

E com um puxão em minha cintura, ele me colocou no colo.

A prostituta do Grão-Senhor. Quem eu tinha me tornado Sob a Montanha... quem o mundo esperava que eu fosse. O perigoso novo bicho de estimação que o pai de Mor agora tentaria avaliar.

A mão de Rhys deslizou por minha cintura exposta, e a outra percorreu minha coxa nua. Frias — as mãos estavam tão frias que quase gritei.

Ele devia ter sentido quando me encolhi silenciosamente. Um segundo depois, as mãos estavam mornas. O polegar de Rhys, curvando-se para o interior de minha coxa, fez uma carícia lenta e longa, como se dissesse: *Desculpe.*

Rhys chegou a se inclinar para aproximar a boca de minha orelha, bastante ciente de que os súditos não tinham se levantado. Como se, certa vez, há muito tempo, o tivessem feito sem ser ordenados e tivessem aprendido as consequências. Rhysand sussurrou para mim, com a outra mão agora acariciando a pele exposta de minhas costelas em círculos preguiçosos, indolentes:

— Tente não deixar lhe subir à cabeça.

Eu sabia que todos podiam ouvir. Ele também.

Encarei as cabeças curvadas dos súditos, meu coração batia forte, mas falei, com a suavidade da meia-noite:

— O quê?

O hálito de Rhys acariciou minha orelha, idêntico àquele que ele me soprara uma hora antes no céu.

— Que cada macho aqui está considerando de que estaria disposto a abrir mão para ter essa sua boquinha linda e vermelha para si.

Esperei que o rubor e a timidez tomassem conta.

Mas eu *era* linda. Era forte.

Tinha sobrevivido... triunfado. Como Mor tinha sobrevivido àquela casa terrível, venenosa...

Então, sorri de leve, o primeiro sorriso de minha nova máscara. Que eles vissem aquela linda boca vermelha e meus dentes brancos e retos.

A mão de Rhys deslizou mais para cima em minha coxa, o toque territorial de um macho que sabia que era dono de alguém, de corpo e alma. Rhys tinha se desculpado com antecedência por aquilo, por aquele jogo, aqueles papéis que precisaríamos interpretar.

Mas eu me inclinei na direção daquele toque, me inclinei para trás no corpo firme e quente. Estava tão perto de Rhys que consegui sentir o tremor grave de sua voz quando ele disse para a corte:

— De pé.

Como um, eles se levantaram. Ri de alguns deles, gloriosamente entediada e infinitamente divertida.

Rhys roçou o nó de um dedo contra a parte interna de meu joelho, e cada nervo de meu corpo ficou tenso àquele toque.

— Vão brincar — disse Rhys a todos.

Eles obedeceram, a multidão se dispersou, música surgiu de um canto distante.

— Keir — falou Rhys, com a voz perfurando o salão como relâmpago em uma noite de tempestade.

Era tudo o que ele precisava fazer para convocar o pai de Mor ao pé do altar. Keir fez nova reverência, o rosto estampando ressentimento gélido ao observar Rhys, e, depois, a mim... olhando uma vez para Mor e os illyrianos. Cassian deu a Keir um aceno lento que disse a ele que o illyriano se lembrava — e jamais se esqueceria — do que o administrador da Cidade Escavada tinha feito com a própria filha.

Mas era de Azriel que Keir se esquivava. Da visão da Reveladora da Verdade.

Um dia, percebi, Azriel usaria aquela lâmina no pai de Mor. E levaria muito, muito tempo para abrir o homem.

— Relatório — disse Rhys, acariciando minhas costelas com o nó do dedo. Ele deu um aceno de cabeça para dispensar Cassian, Mor e Azriel, e o trio sumiu na multidão. Em um segundo, Azriel tinha se dissipado em sombras e partido. Keir nem mesmo se virou.

Diante de Rhys, Keir não passava de uma criança emburrada. Mas eu sabia que o pai de Mor era mais velho. Muito mais velho. O administrador se agarrava ao poder, ao que parecia.

Rhys *era* poder.

— Saudações, senhor — cumprimentou Keir, a voz grave polida até se suavizar. — E saudações a sua... convidada.

A mão de Rhys espalmou minha coxa quando ele inclinou a cabeça para me olhar.

— Encantadora, não é?

— De fato — respondeu Keir, abaixando os olhos. — Há pouco a relatar, senhor. Tudo está calmo desde a última visita.

— Ninguém para eu punir? — Um gato brincando com a comida.

— A não ser que queira que eu selecione alguém aqui, não, senhor.

Rhys emitiu um estalo com a língua.

— Que pena. — Ele me observou de novo e, depois, se aproximou para puxar minha orelha com os dentes.

E maldição, eu me inclinei ainda mais para trás quando os dentes de Rhys puxaram para baixo no mesmo momento em que o polegar subiu pela lateral de minha coxa, percorrendo a pele sensível com um toque longo e lascivo. Meu corpo ficou relaxado e tenso ao mesmo tempo, e minha respiração... Maldito Caldeirão de novo, o cheiro, algo cítrico e o mar, o poder escorrendo de Rhys... minha respiração falhou um pouco.

Eu sabia que Rhys tinha percebido; sabia que sentira aquela mudança em mim.

Os dedos ficaram imóveis em minha perna.

Keir começou a mencionar pessoas que eu não conhecia da corte, relatórios casuais sobre casamentos e alianças, disputas de família, e Rhys o deixou falar.

O polegar me acariciou de novo — dessa vez junto com o indicador.

Um rugido constante preenchia meus ouvidos, abafava tudo excto aquele toque na parte interna de minha perna. A música latejava, antiga, selvagem, e as pessoas se esfregavam ao som dela.

Com os olhos no administrador, Rhys acenava vagamente de vez em quando. Enquanto os dedos continuavam as carícias lentas e constantes em minhas coxas, subindo a cada toque.

As pessoas observavam. Mesmo enquanto bebiam e comiam, mesmo enquanto algumas dançavam em pequenos círculos, as pessoas observavam. Eu estava sentada no colo de Rhys, seu brinquedinho pessoal, cada toque era visível às pessoas... no entanto, podíamos muito bem estar a sós.

Keir listou as despesas e os custos de administrar a corte, e Rhys deu mais um breve aceno de cabeça. Dessa vez, o nariz roçou o lugar entre meu pescoço e meu ombro, seguido por uma carícia passageira com a boca.

Meus seios enrijeceram, tornando-se fartos e pesados, doendo — doendo como aquilo que agora se acumulava dentro de mim. Calor encheu meu rosto, meu sangue.

Mas Keir disse, por fim, como se o autocontrole tivesse escapado da coleira:

— Ouvi os boatos e não acreditei muito. — Seu olhar recaiu sobre mim, sobre meus seios, firmes sob as dobras do vestido, sobre minhas pernas, mais abertas do que estavam minutos antes, e sobre a mão de Rhys em território perigoso. — Mas parece verdade: o bicho de estimação de Tamlin agora tem outro mestre.

— Deveria ver como eu a faço implorar — murmurou Rhys, cutucando meu pescoço com o nariz.

Keir entrelaçou as mãos às costas.

— Presumo que a tenha trazido como uma declaração.

— Você sabe que tudo que faço é uma declaração.

— É evidente. Essa, ao que parece, você gosta de vestir com teias de aranha e coroas.

A mão de Rhys parou, e me sentei mais ereta ao ouvir o tom de voz, o nojo. E disse para Keir, com uma voz que pertencia a outra mulher:

— Talvez eu coloque uma coleira em *você*.

A aprovação de Rhys deu batidinhas em meu escudo mental, a mão em minhas costelas agora formava círculos preguiçosos.

— Ela gosta de brincar — ponderou ele, sobre meu ombro. — Rhys indicou o administrador com o queixo. — Pegue vinho para ela.

Puro comando. Nenhuma educação.

Keir enrijeceu o corpo, mas saiu andando.

Rhys não ousou sair do personagem, mas o leve beijo que deu sob minha orelha me disse o bastante. Desculpa e gratidão — e mais desculpas. Não gostava daquilo mais que eu. Mas, para conseguir o que precisava, para ganhar tempo para Azriel... ele o faria. E eu também.

Imaginei, então, com as mãos dele sob meus seios e entre minhas pernas, o que Rhys *não* daria de si. Imaginei se... se talvez a arrogância e o orgulho... se ocultariam um macho que talvez achasse que não valia muito.

Uma nova música começou, como mel gotejando, e depois se desenvolveu para um vento ágil, pontuado por tambores melódicos, incansáveis.

Eu me virei, observando o rosto de Rhys. Não havia nada de caloroso naqueles olhos, nada do amigo que eu fizera. Abri o escudo o suficiente para deixar que ele entrasse. *O quê?* A voz de Rhys entrou em minha mente.

Percorri a ligação entre nós, acariciando aquela muralha de ébano adamantino. Uma pequena fenda se abriu... apenas para mim. E falei para dentro dela: *Você é bom, Rhys. Você é gentil. Essa máscara não me assusta. Vejo você por baixo dela.*

As mãos de Rhys se apertaram sobre mim, e ele me encarou quando se aproximou para roçar a boca contra minha bochecha. Foi resposta suficiente — e... uma libertação.

Eu me inclinei um pouco mais contra ele e abri levemente as pernas. *Por que parou?*, falei para sua mente, para dentro de Rhys.

Um grunhido quase silencioso reverberou contra mim. Rhysand acariciou minhas costelas de novo, ao ritmo da batida da música, o polegar se erguendo quase o suficiente para roçar meus seios.

Deixei a cabeça se reclinar para trás, em seu ombro.

Eu me libertei da parte de mim que ouvia as palavras deles — *vadia, vadia, vadia...*

Libertei-me da parte que acompanhava aquelas palavras — *traidora, mentirosa, vadia...*

E simplesmente *me tornei.*

Eu me tornei a música, os tambores e a coisa selvagem e sombria nos braços do Grão-Senhor.

Os olhos de Rhys estavam completamente vidrados... e não por poder ou ódio. Algo vermelho incandescente e emoldurado por escuridão reluzente explodiu em minha mente.

Passei a mão pela coxa de Rhys, sentindo a força do guerreiro oculto ali. Puxei a mão para cima de novo, em uma carícia longa, distraída, precisando tocá-lo, senti-lo.

Eu estava prestes a pegar fogo e queimar. Começaria a queimar bem ali...

Calma, disse Rhys, com um interesse malicioso, pela fenda aberta em meu escudo. *Se você se tornar uma vela viva, o pobre Keir vai dar um ataque. E então vai estragar a festa de todos.*

Porque o fogo mostraria a todos que eu não era normal — e sem dúvida Keir informaria aos quase aliados na Corte Outonal. Ou algum daqueles monstros da corte informaria.

Rhys moveu os quadris, esfregando-se contra mim com tanta pressão que, por um segundo, não me importei com Keir, ou com a Corte Outonal, ou com o que Azriel poderia estar fazendo naquele momento para roubar a esfera.

Eu estava tão fria, tão solitária, por tanto tempo, e meu corpo gritava ao contato, à alegria de ser tocada e abraçada e estar *viva.*

A mão que estava em minha cintura deslizou para o abdômen, agarrando-se ao cinto baixo. Apoiei a cabeça entre o ombro e o pescoço de Rhys, encarando a multidão conforme eles me encaravam, saboreando cada lugar em que Rhys e eu nos tocávamos, e querendo *mais, mais, mais.*

Por fim, quando meu sangue começou a ferver, quando Rhys deslizou o nó do dedo sob meu seio, olhei para onde eu sabia que Keir estava parado, nos observando, meu vinho esquecido na mão.

Nós dois olhamos.

O administrador encarava, sem disfarçar, encostado à parede. Sem saber se deveria interromper. Meio apavorado de fazer isso. *Nós* éramos sua distração. *Nós* éramos a carta na manga enquanto Az roubava a esfera.

Eu sabia que Rhys ainda encarava Keir quando a ponta da língua deslizou por meu pescoço.

Arqueei as costas, as pálpebras pesadas, respiração entrecortada. Eu queimaria e queimaria e queimaria...

Acho que ele está tão enojado que poderia me dar a esfera apenas para sair daqui, disse Rhys, em minha mente, com a outra mão escorregando perigosamente para baixo. Mas havia um desejo tão crescente ali, e eu não usava nada abaixo para disfarçar as consequências se Rhys deslizasse a mão um pouco mais para cima.

Você e eu damos um show e tanto, falei, de volta. A pessoa que disse isso, com a voz rouca e abafada — eu jamais ouvira aquela voz sair de mim antes. Mesmo em minha mente.

A mão de Rhys deslizou para a parte de cima de minha coxa, e os dedos se curvaram para dentro.

Eu me esfreguei contra Rhys, tentando afastar suas mãos do que ele estava prestes a descobrir...

E me dei conta de que ele estava duro contra minhas costas.

Cada pensamento se esvaiu de minha cabeça. Apenas a adrenalina do poder permaneceu enquanto eu me esfregava ao longo daquela extensão impressionante. Rhys soltou uma risada grave e rouca.

Keir apenas observava e observava e observava. Rígido. Horrorizado. Preso ali, até que Rhys o dispensou — e ele não pensou duas vezes no motivo. Ou em para onde teria ido o mestre-espião.

Então, me virei de novo, encarei os olhos agora incandescentes de Rhysand e lambi a extensão de seu pescoço. Vento e mar e algo cítrico e suor. Aquilo quase me destruiu.

Olhei para a frente, e Rhys passou a boca por minha nuca, logo acima da coluna, no momento em que me movi contra a ereção que estava pressionada contra mim, insistente, dominante. Exatamente quando a mão dele deslizou um pouco mais alto na parte interna de minha coxa.

Senti a concentração predatória se voltar direto para a umidade que Rhysand sentiu ali. Prova de meu corpo traidor. Os braços de Rhys ficaram tensos em volta de meu corpo, e meu rosto corou — talvez um pouco por vergonha, mas...

Rhys sentiu minha concentração se extinguindo e meu fogo se insinuando. *Não tem problema*, disse ele, mas aquela voz mental parecia sem fôlego. *Não quer dizer nada. É apenas seu corpo reagindo...*

Porque você é tão irresistível? Minha tentativa de desviar do assunto pareceu forçada, até mesmo na mente.

Mas Rhys riu, provavelmente por mim.

Nós dançávamos, provocávamos e implicávamos um com o outro durante meses. E talvez fosse a reação de meu corpo, talvez fosse a reação do corpo *dele*, mas o gosto de Rhys ameaçava me destruir, me consumir e...

Outro macho. Eu tive as mãos de outro macho em meu corpo inteiro quando Tamlin e eu tínhamos acabado...

Lutando contra a náusea, estampei um sorriso sonolento e envolto em luxúria no rosto. No momento em que Azriel voltou para dar um aceno sutil de cabeça para Rhys. Ele tinha conseguido a esfera.

Mor deslizou direto para o mestre-espião, percorrendo com mãos senhoriais os ombros de Azriel, o peito, conforme ela dava a volta para encará-lo. A mão coberta de cicatrizes de Az envolveu a cintura exposta de Mor, apertando-a uma vez. A confirmação de que Mor precisava também.

Ela ofereceu um breve sorriso a Azriel que sem dúvida iniciaria boatos, e saiu andando para a multidão de novo. Estonteante, uma distração, deixando que pensassem que Az estivera ali o tempo todo, deixando que se perguntassem se Mor tinha estendido a Az um convite para sua cama.

Azriel apenas encarou Mor, distante e entediado. Eu me perguntei se ele seria tão perturbado por dentro quanto eu era.

Rhys flexionou o dedo para Keir, o qual, fazendo uma careta na direção da filha, se aproximou aos tropeços com meu vinho. Ele mal tinha alcançado o altar quando o poder de Rhys tomou o vinho do administrador, fazendo a taça flutuar até nós.

Rhys apoiou a taça no chão, ao lado do trono; aquela havia sido uma tarefa idiota que dera a Keir para lembrar o administrador do quanto ele era impotente, de que aquele trono não era dele.

— Devo provar para ver se tem veneno? — perguntou Rhys, enquanto dizia para minha mente: *Cassian está esperando. Vá.*

Rhys tinha a mesma expressão desnorteada de desejo no rosto perfeito, mas os olhos... Eu não conseguia ler as sombras nos olhos de Rhys.

Talvez... talvez, apesar de toda a provocação, depois de Amarantha, ele não *quisesse* ser tocado por uma mulher daquela forma. Nem mesmo gostava de ser desejado daquela forma.

Eu tinha sido torturada e atormentada, mas os horrores de Rhys haviam passado para outro nível.

— Não, meu senhor — grunhiu Keir. — Eu jamais ousaria feri-lo. — Mais uma distração, aquela conversa. Tomei isso como minha deixa para caminhar até Cassian, que estava grunhindo ao lado de uma pilastra para qualquer um que se aproximasse.

Senti os olhos da corte deslizarem para mim, senti quando farejaram delicadamente o que estava tão obviamente estampado em meu corpo. Mas, quando passei por Keir, mesmo com o Grão-Senhor em minhas costas, ele sibilou, quase baixo demais para ser ouvido:

— Vai receber o que merece, vadia.

Noite explodiu no salão.

Pessoas gritaram. E, quando a escuridão se dissipou, Keir estava de joelhos.

Rhys ainda estava sentado no trono. O rosto era uma máscara de ódio congelado.

A música parou. Mor surgiu à frente da multidão — a expressão estampava uma satisfação arrogante. Mesmo enquanto Azriel se aproximava do lado de Mor, perto demais para parecer casual.

— Peça desculpas — disse Rhys. Meu coração bateu forte ao puro comando, à ira primitiva.

Os músculos do pescoço de Keir se contraíram e suor escorreu por seu lábio.

— Eu disse — entoou Rhys, com uma calma tão terrível — peça desculpas.

O administrador gemeu. E quando outro segundo se passou...

Osso estalou. Keir gritou.

E eu observei... observei seu braço ser fraturado não em dois, não em três, mas em *quatro* partes diferentes, a pele ficando esticada e frouxa em todos os lugares errados...

Outro estalo. O cotovelo de Keir se desintegrou. Meu estômago se revirou.

Keir começou a chorar, as lágrimas eram em parte ódio, a julgar pela ira nos olhos enquanto me encarava, e depois virou para Rhys. Mas os lábios do administrador formaram a palavra *Desculpe*.

Os ossos do outro braço se partiram, e foi difícil não encolher o corpo.

Rhys sorriu quando Keir gritou de novo; depois, disse ao salão:

— Devo matá-lo por isso?

Ninguém respondeu.

Rhys riu. Ele disse ao administrador:

— Quando acordar, não deve ver um curandeiro. Se eu souber que viu... — Outro estalo, o mindinho de Keir ficou mole. O macho gritou. O calor que fervera meu sangue se tornou gelo. — Se eu souber que viu, vou cortar você em pedaços e enterrá-los onde ninguém conseguirá emendá-lo de novo.

Os olhos de Keir se arregalaram com terror verdadeiro agora. Então, como se a mão invisível de alguém o tivesse apagado, o administrador desabou no chão.

Rhys disse, para ninguém em especial:

— Jogue-o no quarto.

Dois machos que pareciam primos ou irmãos de Mor se adiantaram, recolhendo o administrador. Mor os observou, com um leve riso de escárnio, embora estivesse pálida.

Ele acordaria. Foi o que Rhys falou.

Eu me obriguei a continuar andando quando Rhys convocou outro membro da corte para dar relatórios sobre quaisquer que fossem os assuntos triviais.

Mas minha atenção permaneceu no trono atrás de mim, mesmo quando fui para o lado de Cassian, desafiando a corte a se aproximar, a brincar comigo. Ninguém o fez.

E durante a longa hora depois disso, minha concentração permaneceu em parte no Grão-Senhor cujas mãos e a boca e o corpo tinham subitamente me feito sentir desperta — queimando. Não me fez esquecer, não me fez apagar feridas ou tristezas, apenas me tornou... viva. Eu me senti como se estivesse dormindo havia um ano, dentro de um caixão de vidro, e Rhys tivesse acabado de quebrar esse caixão e me sacudido até que eu recobrasse a consciência.

O Grão-Senhor cujo poder não tinha me assustado. Cuja ira não tinha me destruído.

E agora... agora eu não sabia onde tudo isso me deixava.

Submersa até os joelhos em problemas parecia um bom lugar para começar.

CAPÍTULO 43

O vento rugia em volta de mim e Rhys conforme ele atravessava o céu acima da corte. Mas Velaris não nos recebeu.

Em vez disso, estávamos de pé à margem de um lago montanhoso iluminado pelo luar e cercado por pinheiros, bem acima do mundo. Deixamos a corte como chegamos — com arrogância e de forma ameaçadora. Aonde Cassian, Azriel e Mor tinham ido com a esfera, eu não fazia ideia.

Sozinho na beira do lago, Rhys falou, a voz rouca:

— Desculpe.

Pisquei.

— Que motivo você teria para se desculpar?

As mãos de Rhys tremiam... como consequência da fúria devido ao xingamento que Keir direcionou a mim, ao que ele ameaçara. Talvez nos tivesse levado até lá antes de voltarmos para casa atrás de alguma privacidade antes de os amigos interromperem.

— Eu não deveria tê-la deixado ir. Deixado que visse aquela parte de nós. De mim. — Eu jamais vira Rhys tão aberto, tão... hesitante.

— Estou bem. — Eu não sabia o que pensar a respeito do que fora feito. Tanto entre nós quanto com Keir. Mas tinha sido minha escolha. Interpretar aquele papel, vestir aquelas roupas. Deixar que Rhys me tocasse. Mas... falei devagar: — Sabíamos o que esta noite exigiria de nós. Por favor, por favor, não comece... a me proteger. Não dessa forma. — Ele sabia o que eu queria dizer. Tinha me protegido Sob a Montanha, mas aquele ódio primitivo de macho que mostrara a Keir... Um escritório destruído sujo de tinta surgiu em minha memória.

— Eu nunca, *nunca* vou trancafiar você, obrigá-la a ficar para trás. Mas, quando ele a ameaçou esta noite, quando a chamou de... — Vadia. Era como chamavam a *ele*. Durante cinquenta anos, sibilavam aquilo. Eu ouvira Lucien disparar as palavras na cara de Rhys. Ele soltou um fôlego entrecortado. — É difícil segurar meus instintos — explicou Rhys, a voz rouca.

Instintos. Exatamente como... como *outra* pessoa tinha instintos de proteger, de me esconder.

— Então, deveria ter se preparado melhor — disparei. — Parecia estar *muito bem* até que Keir falou...

— *Matarei* qualquer um que faça mal a você — grunhiu Rhys. — *Matarei* e demorarei muito fazendo isso. — Ele ficou sem fôlego. — Vá em frente. Pode me odiar... me desprezar.

— Você é meu *amigo* — declarei, e minha voz falhou na palavra. Odiei as lágrimas que me escorreram pelo rosto. Nem mesmo sabia por que estava chorando. Talvez devido ao fato de que tinha parecido real naquele trono com ele, mesmo que por um momento, e... e provavelmente não fora. Não para ele. — Você é meu amigo, e entendo que é Grão-Senhor. Entendo que defenderá sua verdadeira corte, e punirá ameaças contra ela. Mas não posso... Não quero que pare de me contar as coisas, de me convidar para fazer coisas, por causa das ameaças contra mim.

Escuridão ondulou, e asas se abriram nas costas de Rhys.

— Não sou ele — sussurrou Rhys. — *Jamais* serei ele, agirei como ele. Ele trancafiou você e a deixou definhar e morrer.

— Ele tentou...

— Pare de comparar. *Pare* de me comparar a ele.

As palavras me interromperam. Pisquei.

— Acha que não sei como as histórias são escritas, como *esta* história será escrita? — Rhys levou as mãos ao peito, o rosto mais aberto, mais angustiado do que eu já vira. — Sou o senhor sombrio que roubou a noiva da primavera. Sou um demônio e um pesadelo, e terei um final triste. Ele é o príncipe de ouro, o herói que poderá ficar com você como recompensa por não morrer de burrice ou arrogância.

As coisas que amo têm uma tendência a ser tiradas de mim. Rhys admitira isso Sob a Montanha.

Mas suas palavras eram como combustível para meu temperamento, para qualquer poço de medo que estivesse se abrindo dentro de mim.

— E quanto a minha história? — sibilei. — E quanto a *minha* recompensa? E quanto ao que *eu* quero?

— O que você quer, Feyre?

Não tive resposta. Não sabia. Não mais.

— O que você *quer*, Feyre?

Fiquei em silêncio.

A risada de Rhys saiu amargamente suave.

— Foi o que pensei. Talvez devesse tirar um tempo para descobrir isso um dia desses.

— Talvez eu não saiba o que quero, mas pelo menos não escondo o que sou atrás de uma máscara — argumentei, irritada. — Pelo menos deixo que vejam quem sou, pedaços quebrados e tudo. Sim, é para salvar seu povo. Mas e quanto às outras máscaras, Rhys? E quanto a deixar que seus amigos vejam seu verdadeiro rosto? Mas talvez seja mais fácil não fazer isso. Porque o que acontece se deixar alguém entrar? E se a pessoa vir *tudo*, mas ainda assim der as costas? Quem poderia culpá-la, quem iria querer lidar com esse tipo de confusão?

Ele se encolheu.

O Grão-Senhor mais poderoso da história se encolheu. E eu sabia que o tinha atingido com força... e profundamente.

Muita força. Muito profundamente.

— Rhys — falei.

— Vamos para casa.

A palavra pairou entre nós, e me perguntei se ele a retiraria — mesmo quando esperei que minha boca disparasse que não era minha casa. Mas pensar nos céus azuis limpos e frescos de Velaris ao pôr do sol, a faísca das luzes da cidade...

Antes que eu pudesse dizer que sim, Rhys pegou minha mão, sem me encarar, e nos atravessou.

O vento parecia vazio conforme rugia ao nosso redor, a escuridão era fria e estranha.

✣

Cassian, Azriel e Mor estavam, de fato, esperando na casa da cidade. Dei boa-noite a eles enquanto cercavam Rhysand em busca de respostas a respeito do que Keir tinha dito para provocá-lo.

Eu ainda estava com o vestido — que parecia vulgar em Velaris —, mas me peguei seguindo para o jardim, como se o luar e o frio pudessem purificar minha mente.

No entanto, se quisesse ser sincera... Eu esperava por ele. O que tinha dito...

Eu fora horrível. Rhys me contou aqueles segredos, aquelas vulnerabilidades em confidência. E eu as atirei na cara dele.

Porque eu sabia que o machucaria. E sabia que não estava falando sobre Rhys, não de verdade.

Minutos se passaram, a noite ainda parecia fria o bastante para me lembrar de que a primavera não tinha chegado de vez, e estremeci, esfregando os braços conforme a lua cruzava o céu. Ouvia a fonte e a música da cidade... Ele não veio. Eu não tinha certeza do que sequer diria a Rhys.

Sabia que ele e Tamlin eram diferentes. Sabia que a raiva protetora de Rhysand naquela noite fora justificada, que eu teria uma reação semelhante. Estava sedenta por sangue ao ouvir os mínimos detalhes do sofrimento de Mor, queria *puni-los* por aquilo.

Eu conhecia os riscos. Sabia que ficaria sentada em seu colo, tocando-o, usando-o. Eu o estava usando havia um tempo agora. E talvez devesse contar a Rhys que não... não queria ou esperava nada dele.

Talvez Rhysand precisasse flertar comigo, me provocar, como distração e para ter um senso de normalidade, tanto quanto eu.

E talvez eu tivesse dito o que disse a ele porque... porque percebi que poderia muito bem ser a pessoa que não deixava ninguém me conhecer. E naquela noite, quando Rhys se encolheu depois que viu como ele me afetava... aquilo esmagara algo em meu peito.

Eu tinha sentido ciúmes... de Cresseida. Estava tão profundamente infeliz naquela barca porque queria ser aquela para quem ele sorria daquela forma.

E sabia que era errado, mas... Não achava que Rhys me chamaria de vadia se eu quisesse... se eu *o* quisesse. Não importava quão pouco tempo tinha se passado depois de Tamlin.

E seus amigos também não. Não quando haviam sido chamados da mesma coisa, ou pior.

E aprenderam a viver — e a amar — depois disso. Apesar disso.

Então, talvez fosse a hora de confessar isso a Rhysand. De explicar que eu não queria fingir. Não queria ignorar como se fosse uma piada, um plano ou uma distração.

E seria difícil, e eu estava com medo, e talvez fosse difícil lidar com aquilo, mas... eu estava disposta a tentar — com ele. Tentar... ser alguma coisa. Juntos. Se aquilo era puramente sexual, ou se era mais, ou um meio-termo, ou além disso, eu não sabia. Nós descobriríamos.

Eu estava curada — ou me curando — o suficiente para querer tentar.

Se ele estivesse disposto a tentar também.

Se não desse as costas quando eu dissesse o que queria: ele.

Não o Grão-Senhor, não o macho mais poderoso da história de Prythian.

Apenas... ele. A pessoa que mandara música para aquela cela; que pegara aquela faca no trono de Amarantha para lutar por mim quando ninguém mais ousou, e que continuou lutando por mim todo dia desde então, recusando-se a me deixar desabar e definhar.

Então, esperei por Rhys no jardim frio sob o luar.

Mas ele não veio.

Rhys não apareceu no café da manhã. Ou no almoço. Não estava nem na casa.

Eu até escrevi um bilhete no último papel que usamos.

Quero falar com você.

Esperei trinta minutos até o papel sumir.

Mas ele permaneceu na palma de minha mão — até que o atirei ao fogo.

Eu fiquei tão irritada que saí andando pelas ruas batendo os pés, e mal reparei que o dia estava morno, ensolarado, que o próprio ar agora parecia envolto em limão e flores selvagens e grama nova. Agora que tínhamos a esfera, ele sem dúvida entraria em contato com as rainhas. As quais sem dúvida desperdiçariam nosso tempo, apenas para nos lembrar de que eram importantes; que elas também tinham poder.

Parte de mim desejava que Rhys pudesse lhes esmagar os ossos, como tinha feito com Keir na noite anterior.

Fui para o apartamento de Amren do outro lado do rio, precisando da caminhada para espairecer.

O inverno tinha, de fato, cedido lugar à primavera. Quando cheguei à metade do caminho, meu sobretudo estava jogado sobre o braço, e meu corpo, brilhoso com suor sob o suéter pesado cor de creme.

Encontrei Amren da mesma forma que a vira da última vez: curvada sobre o Livro, papéis espalhados ao redor. Apoiei o corpo no balcão.

Amren falou, sem erguer o rosto:

— Ah. O motivo pelo qual Rhys quis arrancar minha cabeça essa manhã.

Encostei no balcão, franzindo a testa.

— Para onde ele foi?

— Caçar quem atacou vocês ontem.

Se tinham flechas de freixo no arsenal... Tentei acalmar a preocupação profunda.

— Acha que foi a Corte Estival? — O rubi de sangue ainda estava no chão, ainda usado como peso de papel contra a brisa do rio que soprava das janelas abertas. O colar de Varian estava agora ao lado da cama de Amren. Como se ela tivesse caído no sono olhando para ele.

— Talvez — ponderou, passando o dedo por uma linha de texto. Ela devia estar realmente absorta, para sequer se incomodar com o sangue. Pensei em deixá-la sozinha. Mas Amren continuou: — Independentemente disso, parece que nossos inimigos colocaram um rastreador na magia de Rhys. O que significa que podem encontrá-lo quando ele atravessa para qualquer lugar, ou se usa seus poderes. — Amren por fim ergueu o rosto. — Vocês vão deixar Velaris em dois dias. Rhys quer que se posicionem em um dos acampamentos de guerra illyrianos, de onde voarão até as terras humanas quando as rainhas mandarem notícias.

— Por que não hoje?

— Porque a Queda das Estrelas é amanhã à noite, a primeira que passamos juntos em cinquenta anos. Espera-se que Rhys participe, em meio ao povo.

— O que é Queda das Estrelas?

Os olhos de Amren brilharam.

— Fora destas fronteiras, o resto do mundo celebra a data de amanhã como Nynsar, o Dia das Sementes e Flores. — Quase me encolhi ao ouvir aquilo. Não tinha percebido quanto tempo havia se passado desde que eu chegara ali. — Mas a Queda das Estrelas — falou Amren —, apenas na Corte Noturna é possível testemunhá-la, apenas neste território a Queda das Estrelas é comemorada no lugar das festividades de Nynsar. O restante, o porquê disso, você vai descobrir. É melhor se for surpresa.

Bem, isso explicava por que as pessoas pareciam já estar se preparando para algum tipo de comemoração: Grão-Feéricos e feéricos correndo para casa com os braços cheios de buquês de flores selvagens de cores vibrantes, e laços de fita e comida. As ruas eram varridas e limpas, as fachadas das lojas, arrumadas com mãos ágeis e habilidosas.

— Vamos voltar para cá depois de partirmos? — perguntei.

Amren voltou para o Livro.

— Não por um tempo.

Algo em meu peito começou a afundar. Para um imortal, um tempo devia ser... muito tempo.

Tomei aquilo como um convite para partir, e segui até a porta nos fundos do apartamento. Mas Amren disse:

— Quando Rhys voltou, depois de Amarantha, ele era um fantasma. Fingia que não era, mas era. Você o fez recuperar a vida.

As palavras ficaram emperradas, e eu não quis pensar naquilo, não quando qualquer que fosse o bem que eu tivesse feito, qualquer que fosse o bem que tínhamos feito *um para o outro*, pudesse ter sido varrido pelo que eu dissera a Rhys.

Então, falei:

— Ele tem sorte por ter todos vocês.

— Não — rebateu Amren, baixinho, com mais suavidade do que eu jamais ouvira. — *Nós* temos sorte de tê-lo, Feyre. — Eu me virei da porta. — Conheci muitos Grão-Senhores — continuou Amren, estudando o papel. — Cruéis, espertos, fracos, poderosos. Mas nunca um que sonhava. Não como ele.

— Sonha com o quê? — sussurrei.

— Com paz. Com liberdade. Com um mundo unido, um mundo que floresça. Com algo melhor... para todos nós.

— Ele acha que será lembrado como o vilão da história.

Amren riu com deboche.

— Mas eu me esqueci de contar a ele — falei, baixinho, abrindo a porta — que o vilão costuma ser a pessoa que trancafia a donzela e joga a chave fora.

— Ah?

Dei de ombros.

— Foi ele quem me libertou.

Se você se mudou para outro lugar, escrevi, depois de sair do apartamento de Amren e voltar para casa, *poderia ao menos ter me dado as chaves desta casa. Sempre deixo a porta destrancada quando saio. Está ficando tentador demais para ladrões.*

Nenhuma resposta. A carta nem mesmo sumiu.

Tentei depois do café da manhã, no dia seguinte — a manhã da Queda das Estrelas. *Cassian diz que você está emburrado na Casa do Vento. Que comportamento mais indigno de um Grão-Senhor. E meu treinamento?*

De novo, nenhuma resposta.

Minha culpa e... e o que mais fosse aquilo... começou a mudar. Mal consegui me controlar para não rasgar o papel quando escrevi o terceiro bilhete depois do almoço.

Isso é punição? Ou as pessoas em seu Círculo Íntimo não recebem segundas chances quando o irritam? Você é um covarde desprezível.

Eu estava saindo da banheira, e a cidade fervilhava com os preparativos das festividades ao pôr do sol, quando olhei para a mesa na qual tinha deixado a carta.

E a vi sumir.

Nuala e Cerridwen chegaram para me ajudar a me vestir, e tentei não encarar a mesa enquanto esperava, esperava e esperava pela resposta.

Ela não veio.

Capítulo 44

Mas, apesar da carta, apesar da confusão entre nós, quando olhei no espelho uma hora depois, não consegui acreditar no que via refletido.

Fiquei tão aliviada nas últimas semanas por conseguir dormir que me esquecera de agradecer por manter a comida no estômago.

Meu rosto e meu corpo estavam cheios de novo. O que deveria ter levado mais semanas na forma humana fora apressado pelo milagre de meu sangue imortal. E o vestido...

Jamais tinha vestido nada como aquilo, e duvidava que algum dia vestiria algo assim de novo.

Feito de minúsculas gemas azuis, tão pálidas que quase pareciam brancas, ele se agarrava a todas as curvas e todas as depressões antes de descer ao chão e formar uma cauda que parecia luz estelar líquida. As mangas longas eram justas, terminando nos pulsos com punhos de puro diamante. O decote roçava minha clavícula, e a modéstia era compensada pela forma como o vestido envolvia áreas que supus que interessariam a uma fêmea exibir. Meus cabelos haviam sido afastados do rosto com dois pentes de prata e diamante, e soltos como uma cascata por minhas costas. E pensei, enquanto estava sozinha no banheiro, que talvez eu parecesse uma estrela cadente.

Rhysand não estava em lugar algum quando tomei coragem para ir ao jardim do telhado. As pedras no vestido tilintavam e farfalhavam contra o piso conforme eu caminhava pela casa quase escura, todas as luzes haviam sido atenuadas ou apagadas.

Na verdade, a cidade inteira apagara as luzes.

Uma figura alada e musculosa estava no alto do telhado, e meu coração deu um salto.

Mas então ele se virou, no momento em que o cheiro do feérico me atingiu. E algo em meu peito pesou um pouco quando Cassian soltou um assobio baixo.

— Devia ter deixado Nuala e Cerridwen me vestirem.

Eu não sabia se sorria ou se encolhia o corpo.

— Você está muito bonito apesar disso. — Ele estava. Tinha tirado o traje de combate e a armadura, vestia uma túnica preta cujo corte ressaltava aquele corpo de guerreiro. O cabelo preto de Cassian fora penteado e domado, até mesmo as asas pareciam mais limpas.

Cassian estendeu os braços. Os Sifões ainda estavam lá — uma manopla de metal com buracos no lugar dos dedos que se estendia por baixo das mangas feitas sob medida de seu casaco.

— Pronta?

Ele tinha me feito companhia nos últimos dois dias, me treinava todas as manhãs. Enquanto me mostrava mais detalhes sobre como usar uma lâmina illyriana, em grande parte como estripar alguém com ela, conversávamos sobre tudo: nossas vidas igualmente miseráveis quando crianças, caça, comida... Tudo, exceto Rhysand.

Cassian mencionara apenas uma vez que Rhysand estava na Casa, e supus que minha expressão dissera o suficiente a ele sobre não querer saber mais nada. Ele sorria para mim agora.

— Com todas essas pedras e contas, pode estar pesada demais para ser carregada. Espero que esteja praticando atravessar, caso eu a deixe cair.

— Engraçadinho. — Deixei que Cassian me pegasse nos braços antes de dispararmos para cima. Eu podia ainda não conseguir atravessar, mas desejei ter asas, percebi. Asas grandes e poderosas para que eu pudesse voar o quanto quisesse; para que pudesse ver o mundo e tudo que ele tinha a oferecer.

Abaixo de nós, cada luz restante se apagou. Não havia lua; nenhuma música fluía nas ruas. Só havia o silêncio — como se estivesse esperando algo.

Cassian disparou pela escuridão silenciosa até onde a Casa do Vento se erguia. Eu conseguia distinguir multidões reunidas nas muitas varandas e nos pátios apenas pelo leve brilho de luz estelar em seus cabelos, e, depois, pelo tilintar dos copos e conversas baixas conforme nos aproximávamos.

Cassian me colocou no pátio lotado do lado de fora da sala de jantar, e apenas alguns convivas se deram o trabalho de olhar para nós. Esferas com luz feérica tênue dentro da Casa iluminavam travessas de comida e intermináveis fileiras de garrafas verdes de vinho espumante sobre as mesas. Cassian sumiu e voltou antes que eu desse por sua falta, colocando uma taça do vinho em minha mão. Nenhum sinal de Rhysand.

Talvez ele me evitasse a festa inteira.

Alguém chamou o nome de Cassian do outro lado do pátio, e ele me deu um tapinha no ombro antes de sair. Um macho alto, com o rosto oculto em sombras, entrelaçou o antebraço com o de Cassian em um cumprimento, seus dentes brancos reluziram na escuridão. Azriel já estava com o estranho, e as asas recolhidas para evitar que os convivas esbarrassem nelas. Ele, Cassian e Mor ficaram entre si durante o dia — o que era compreensível. Busquei sinais de meus outros...

Amigos.

A palavra ressoou em minha cabeça. Seria isso o que eram?

Amren não estava à vista, mas notei uma cabeça dourada no mesmo momento em que ela me viu, e Mor veio até meu lado. Ela usava um vestido totalmente branco, pouco mais que uma faixa de seda que mostrava as generosas curvas. De fato, um olhar por cima do ombro de Mor revelava Azriel olhando ostensivamente para as costas da feérica, e Cassian e o estranho já estavam distraídos em conversa para notar o que chamara a atenção do mestre-espião. Por um momento, a cobiça no rosto de Azriel fez meu estômago se apertar.

Eu me lembrava de me sentir daquela forma. Lembrava como era ceder àquilo. Como eu tinha chegado perto de fazê-lo na outra noite.

— Não vai demorar muito — avisou Mor.

— *O quê*? — Ninguém tinha me contado o que esperar, como se não quisesse estragar a *surpresa* da Queda das Estrelas.

— Até a diversão.

Olhei para a festa ao nosso redor...

— Esta não é a diversão?

Mor ergueu uma sobrancelha.

— Nenhum de nós se importa muito com essa parte. Depois que começar, você verá. — Mor tomou um gole do vinho espumante. — Esse é um vestido e tanto. Tem sorte que Amren está escondida no sótão, ou provavelmente o roubaria de você. Aquela dragoa vaidosa.

— Ela não vai fazer uma pausa na decodificação?

— Sim, e não. Algo a respeito da Queda das Estrelas a perturba, é o que diz. Quem sabe? Provavelmente faz isso para ser rebelde.

Mesmo enquanto falava, as palavras de Mor estavam distantes, o rosto, um pouco tenso. Eu disse, baixinho:

— Está... pronta para amanhã? — Amanhã, quando deixaríamos Velaris para evitar que qualquer um reparasse em nossos movimentos naquela área. Mor, Azriel me contara, nervoso, no café da manhã, voltaria para a Corte dos Pesadelos. Para verificar a... recuperação do pai.

Provavelmente não era o melhor lugar para discutir nossos planos, mas Mor deu de ombros.

— Não tenho escolha a não ser estar preparada. Vou com vocês para o acampamento, e, então, sigo meu caminho depois disso.

— Cassian ficará feliz com isso — comentei. Mesmo que fosse Azriel quem estivesse tentando ao máximo *não* encarar Mor.

Mor riu com deboche.

— Talvez.

Ergui uma sobrancelha.

— Então vocês dois...?

Outro gesto de ombros.

— Uma vez. Bem, nem isso. Eu tinha 17 anos, ele não era sequer um ano mais velho.

Quando tudo aconteceu.

Mas não havia escuridão no rosto de Mor quando ela suspirou.

— Pelo Caldeirão, aquilo foi há muito tempo. Visitei Rhys durante duas semanas no acampamento de guerra quando ele estava treinando, e Cassian, Azriel e eu viramos amigos. Uma noite, Rhys e a mãe precisaram voltar para a Corte Noturna, e Azriel foi com eles; então, Cassian e eu ficamos sozinhos. E, naquela noite, uma coisa levou à outra e... Eu queria que fosse Cassian quem fizesse aquilo. Eu queria escolher.

Um terceiro gesto de ombros. Eu me perguntei se Azriel tinha desejado ser o escolhido em vez do amigo. Se tinha admitido a Mor, ou a Rhys. Se ele se ressentia por ter estado fora naquela noite, por Mor não o ter considerado.

— Rhys voltou na manhã seguinte e, quando descobriu o que tinha acontecido... — Mor riu baixinho. — Tentamos não falar sobre o Incidente. Ele e Cassian... Nunca os vi brigar daquele jeito. Tomara que nunca mais veja. Sei que Rhys não estava com raiva por causa de minha virgindade, mas pelo perigo que perdê-la me fazia correr. *Azriel* ficou ainda mais irritado, embora tenha deixado Rhys brigar. Eles sabiam o que minha família faria por eu ter *me rebaixado* com um bastardo feérico inferior. — Mor passou a mão pelo abdômen, como se conseguisse sentir aquele prego que haviam cravado nela. — Estavam certos.

— Então, você e Cassian — falei, querendo desviar o assunto, aquela escuridão — nunca mais ficaram juntos depois daquilo?

— Não — disse Mor, rindo baixinho. — Eu estava desesperada, fui inconsequente naquela noite. Escolhi Cassian não apenas pela bondade, mas porque queria que minha primeira vez fosse com um dos lendários guerreiros illyrianos. Eu queria me deitar com o melhor dos guerreiros illyrianos, na verdade. E olhei uma vez para Cassian e soube. Depois que consegui o que queria, depois... de tudo, não gostei que aquilo tivesse causado um abismo entre ele e Rhys, ou mesmo entre ele e Az, então... nunca mais.

— E nunca ficou com mais ninguém depois disso? — Nem o frio e belo encantador de sombras que tentava com tanto afinco não a olhar com desejo no rosto?

— Eu tive amantes — explicou Mor. — Mas... fico entediada. E Cassian também as teve, então, não fique com esse olhar meloso de amor não correspondido. Ele só quer o que não pode ter, e se irrita há séculos porque fui embora e nunca mais olhei para trás.

— Ah, isso o deixa louco — disse Rhys, atrás de mim, e dei um salto. Mas o Grão-Senhor me circundava. Cruzei os braços quando ele parou e deu um risinho. — Você parece uma mulher de novo.

— Sabe mesmo elogiar as mulheres, primo — ironizou Mor, e deu um tapinha no ombro de Rhys ao ver um conhecido e ir cumprimentá-lo.

Tentei não olhar para Rhys, que estava de casaco preto, casualmente desabotoado no alto para que a camisa branca abaixo — também desabotoada no pescoço — mostrasse as tatuagens no peito exposto. Tentei não olhar, e fracassei.

— Planeja me ignorar um pouco mais? — perguntei, com frieza.

— Estou aqui agora, não estou? Não quero que me chame de covarde desprezível de novo.

Abri a boca, mas senti todas as palavras erradas começarem a sair. Então, eu a fechei e procurei por Azriel ou Cassian ou qualquer um que pudesse falar comigo. Ir até um estranho começava a parecer agradável quando Rhys falou, a voz um pouco rouca:

— Eu não estava punindo você. Só... precisava de tempo.

Não queria ter aquela conversa ali — com tanta gente ouvindo. Então, gesticulei para a festa e falei:

— Pode, por favor, me dizer sobre o que se trata essa... reunião?

Rhysand passou para trás de mim, rindo ao dizer ao meu ouvido:

— Olhe para cima.

De fato, quando olhei, a multidão se calou.

— Nenhum discurso para os convidados? — murmurei. Tranquilas... só queria que as coisas ficassem tranquilas entre nós de novo.

— Esta noite não se trata de mim, embora minha presença seja reconhecida e observada — disse ele. — Esta noite se trata disso.

Quando ele apontou...

Uma estrela disparou pelo céu, mais brilhante e mais próxima que qualquer uma que eu tivesse visto. A multidão e a cidade abaixo comemoraram, erguendo os copos quando a estrela passou bem acima, e apenas quando ela desapareceu na curva do horizonte é que eles beberam intensamente.

Recuei um passo, na direção de Rhys — e rapidamente me afastei, para longe do calor, do poder e do cheiro dele. Tínhamos causado danos suficientes em uma posição semelhante na Corte dos Pesadelos.

Outra estrela cruzou o céu, rodopiando e girando no próprio eixo, como se estivesse celebrando a própria beleza iluminada. Ela foi seguida por outra, e outra, até uma brigada de estrelas ser lançada do horizonte, como se milhares de arqueiros as tivessem soltado dos poderosos arcos.

As estrelas passaram em cascata por cima de nós, enchendo o mundo de luz branca e azul. Eram como fogos de artifício vivos, e prendi o fôlego enquanto as estrelas continuavam caindo e caindo.

Eu jamais vira algo tão lindo.

E quando o céu estava cheio delas, quando as estrelas disparavam e dançavam e fluíam pelo mundo, a música começou.

Onde quer que estivessem, as pessoas começaram a dançar, se balançando e girando, algumas davam as mãos e rodopiavam, rodopiavam e rodopiavam ao som dos tambores, das cordas, das harpas tilintantes. Não era como o rilhar e as estocadas da Corte dos Pesadelos, mas uma dança alegre e pacífica. Pelo amor ao som, ao movimento e à vida.

Fiquei com Rhysand no limiar, entre observar as pessoas dançando no pátio, com as mãos erguidas, e as estrelas descendo, mais e mais perto, até que eu jurava que podia tê-las tocado se me inclinasse.

E lá estavam Mor e Azriel... e Cassian. Os três dançando juntos, a cabeça de Mor voltada para o céu, os braços erguidos, a luz das estrelas brilhando no branco do vestido. Dançando como se pudesse ser a última vez, fluindo entre Azriel e Cassian, como se os três fossem uma unidade, um único ser.

Olhei para trás e vi Rhys observando os três, com uma expressão suave. Triste.

Separados durante cinquenta anos e reunidos — apenas para serem separados tão rapidamente para lutar de novo pela liberdade.

Rhys me encarou e disse:

— Venha. Tem uma vista melhor. Mais silenciosa. — Ele estendeu a mão para mim.

Aquela tristeza, aquele peso, permaneceu nos olhos de Rhys. E não aguentei vê-la; assim como não aguentava ver meus três amigos dançando juntos como se fosse a última vez que o fariam.

Rhys me levou para uma varanda pequena e reservada que se projetava do nível superior da Casa do Vento. Nos pátios abaixo, a música ainda tocava, as pessoas ainda dançavam, as estrelas disparavam, próximas e ágeis.

Rhys me soltou quando me sentei no parapeito da varanda. Imediatamente desisti disso quando vi a altura, e recuei um passo por segurança.

Rhysand riu.

— Se você caísse, sabe que eu me daria o trabalho de salvá-la antes que atingisse o chão.

— Mas não até eu estar perto da morte?

— Talvez.

Apoiei a mão contra o parapeito, olhando para as estrelas que passavam.

— Como punição pelo que falei a você?

— Eu também disse coisas horríveis — murmurou Rhys.

— Eu não fui sincera — disparei. — Estava falando mais de mim que de você. E peço desculpas.

Rhys observou as estrelas por um momento antes de responder:

— Mas estava certa. Eu me afastei porque você estava certa. Embora fique feliz em saber que minha ausência pareceu uma punição.

Ri com escárnio, mas me senti grata pelo humor, pela forma como ele sempre conseguia me divertir.

— Alguma novidade com a esfera ou com as rainhas?

— Nada ainda. Estamos esperando que decidam responder.

Ficamos em silêncio de novo, e observei as estrelas.

— Não são... não são estrelas, na verdade.

— Não. — Rhys foi até meu lado no parapeito. — Nossos ancestrais achavam que sim, mas... São apenas espíritos, em uma migração anual para algum lugar. Por que escolhem este dia para aparecer, ninguém sabe.

Senti os olhos de Rhys sobre mim, e desviei o olhar das estrelas cadentes. Luz e sombra passaram pelo rosto dele. As comemorações e a música da cidade muito, muito abaixo mal eram audíveis por cima do barulho da multidão reunida na Casa.

— Deve haver centenas deles! — Eu consegui dizer, voltando meu olhar para as estrelas que passavam zunindo.

— Milhares — replicou Rhys. — Vão continuar passando até o alvorecer. Ou espero que sim. Há menos deles do que da última vez que vi a Queda das Estrelas.

Antes de Amarantha o trancafiar.

— O que está acontecendo com eles? — Olhei a tempo de ver Rhys dar de ombros. Algo doeu em meu peito.

— Eu queria saber. Mas eles continuam voltando, apesar disso.

— Por quê?

— Por que as coisas se atêm a outras? Talvez amem tanto o lugar para onde vão que vale a pena. Talvez continuem voltando até que reste apenas uma estrela. Talvez essa única estrela faça a viagem para sempre, com a esperança de que um dia, se continuar voltando com frequência, outra estrela a encontre de novo.

Franzi a testa para o vinho em minha mão.

— Esse é... um pensamento muito triste.

— Realmente. — Rhys apoiou os antebraços na beira da varanda, perto o bastante para que meus dedos os tocassem se eu ousasse.

Um silêncio calmo, intenso, nos envolveu. Palavras de mais; eu ainda tinha palavras de mais em mim.

Não sei quanto tempo se passou, mas devia ter sido um bom tempo, porque, quando Rhys falou de novo, eu me sobressaltei.

— A cada ano que passei Sob a Montanha e a Queda das Estrelas chegava, Amarantha se certificava de que eu... a satisfizesse. A noite toda. A Queda das Estrelas não é um segredo, mesmo para forasteiros, até mesmo a Corte dos Pesadelos sai de dentro da Cidade Escavada para olhar o céu. Então, ela sabia... Ela sabia o que significava para mim.

Parei de ouvir as comemorações ao nosso redor.

— Sinto muito. — Era tudo o que eu podia oferecer.

— Enfrentava aquilo me lembrando de que meus amigos estavam em segurança; que Velaris estava em segurança. Nada mais importava, contanto que eu tivesse isso. Ela podia usar meu corpo como quisesse. Eu não me importava.

— Então, por que não está lá embaixo com eles? — perguntei, mesmo ao guardar o horror do que tinha sido feito a ele no coração.

— Eles não sabem... o que ela fazia comigo durante a Queda das Estrelas. Não quero que isso estrague sua noite.

— Não acho que estragaria. Eles ficariam felizes por você deixar que eles dividissem o fardo.

— Assim como você conta com os outros para ajudar com os problemas?

Nós nos encaramos, perto o bastante para dividirmos uma respiração.

E talvez todas aquelas palavras acumuladas em mim... Talvez eu não precisasse delas no momento.

Meus dedos tocaram os dele. Quentes e firmes; pacientes como se quisessem ver o que mais eu poderia fazer. Talvez fosse o vinho, mas lhe acariciei o dedo com o meu.

E, quando me virei mais completamente para Rhys, algo ofuscante e brilhante se chocou contra meu rosto.

Recuei, dando um grito ao dobrar o corpo para a frente, protegendo o rosto da luz que eu ainda conseguia enxergar mesmo de olhos fechados.

Rhys soltou uma risada sobressaltada.

Uma *risada*.

E, quando percebi que meus olhos não tinham sido queimados nas órbitas, eu me virei para Rhys.

— Eu podia ter ficado cega! — sibilei, empurrando Rhys. Ele olhou meu rosto e caiu no riso de novo. Uma risada verdadeira, sincera, prazerosa e encantadora.

Limpei o rosto e, quando abaixei as mãos, fiquei boquiaberta. Luz verde pálida — como gotas de tinta — brilhava como sardas em minha mão.

Um espírito estelar esmagado. Não sabia se ficava horrorizada ou maravilhada. Ou enojada.

Quando fui limpar, Rhys segurou minhas mãos.

— Não — disse ele, ainda rindo. — Parece que suas sardas estão brilhando.

Minhas narinas se dilataram, e fui empurrar Rhysand de novo, não me importava se minha nova força o derrubasse da varanda. Ele podia conjurar asas; podia lidar com isso.

Rhys desviou de mim, virando para o parapeito da varanda, mas não rápido o bastante para evitar a estrela em disparada que colidiu com a lateral de seu rosto.

Rhys deu um salto para trás, xingando. Eu ri, o som saiu rouco de mim. Não uma risada alegre ou um risinho, mas uma gargalhada ruidosa.

E gargalhei de novo, e de novo, quando Rhys tirou as mãos dos olhos.

O lado esquerdo inteiro de seu rosto havia sido atingido.

Uma tinta de guerra celestial, era o que parecia. Eu conseguia ver por que Rhys não queria que eu me limpasse.

Rhys estava examinando as mãos, cobertas da poeira, e dei um passo na sua direção, olhando para a forma como aquilo brilhava e reluzia.

Rhys ficou completamente imóvel quando peguei uma de suas mãos na minha e tracei a forma de uma estrela no alto da palma, brincando com o brilho e as sombras, até que parecesse que uma das estrelas tinha nos atingido.

Os dedos de Rhys se fecharam com firmeza sobre os meus, e ergui o rosto. Ele sorria. E parecia tão dissonante de um Grão-Senhor, com a poeira brilhante na lateral do rosto, que sorri de volta.

Não tinha sequer percebido o que fizera até que o sorriso de Rhys se dissipou e a boca se abriu levemente.

— Sorria de novo — sussurrou ele.

Não tinha sorrido para ele. Nunca. Ou gargalhado. Sob a Montanha, jamais sorria, jamais dava risada. E depois...

E aquele macho diante de mim... meu amigo...

Apesar de tudo que Rhys havia feito, eu jamais sorrira para ele também. Mesmo quando tinha acabado... eu tinha acabado de pintar algo. Nele. Para ele.

Eu tinha pintado de novo.

Então, sorri para Rhys, um sorriso largo, sem me conter.

— Você é linda — sussurrou Rhysand.

O ar estava tenso demais, perto demais entre nossos corpos, entre nossas mãos unidas. Mas eu falei:

— Você me deve dois pensamentos, desde quando eu tinha acabado de chegar aqui. Diga em que está pensando.

Rhys esfregou o pescoço.

— Quer saber por que eu não falei ou vi você? Porque estava muito convencido de que você me jogaria para fora. Eu só... — Rhys passou a mão pelo cabelo e conteve uma risada. — Achei que me esconder seria uma alternativa melhor.

— Quem diria que o Grão-Senhor da Corte Noturna teria medo de uma humana analfabeta? — ronronei. Ele sorriu, me cutucando com o cotovelo. — Esse é um — insisti. — Conte outro pensamento.

Os olhos de Rhys se detiveram em minha boca.

— Queria poder pegar de volta aquele beijo Sob a Montanha.

Eu às vezes esquecia aquele beijo, quando Rhys fizera aquilo para evitar que Amarantha soubesse que Tamlin e eu estávamos no corredor esquecido, agarrados. O beijo de Rhysand fora brutal, exigente, mas...

— Por quê?

O olhar dele recaiu sobre a mão que eu pintara então, como se fosse mais fácil encará-la.

— Porque não o tornei prazeroso para você, e estava com ciúme e irritado, e sabia que você me odiava.

Território perigoso, avisei a mim mesma.

Não. Sinceridade, era isso. Sinceridade e confiança. Eu jamais tivera aquilo com alguém.

Rhys ergueu o rosto, me encarando. E o que quer que estivesse em meu rosto, acho que devia estar espelhado no dele: a fome e o desejo e a surpresa.

Engoli em seco e tracei outra linha de poeira estelar pelo interior do pulso forte de Rhys. Achei que ele não estivesse respirando.

— Você... você quer dançar comigo? — sussurrei.

Ele ficou em silêncio por tanto tempo que ergui a cabeça para observar seu rosto. Mas seus olhos estavam iluminados, emoldurados em prata.

— Quer dançar? — perguntou Rhys, a voz rouca, entrelaçando os dedos nos meus.

Apontei com o queixo na direção da comemoração abaixo.

— Lá embaixo... com eles. — Onde a música chamava, onde a *vida* chamava. Onde ele deveria passar a noite com os amigos, e onde eu queria passar a noite com eles também. Até mesmo com os estranhos que participavam da festa.

Não me importava de sair das sombras, não me importava de sequer *estar* nas sombras, na verdade, contanto que ele estivesse comigo. Meu amigo por tantos perigos — que lutara por mim quando ninguém mais lutaria, nem mesmo eu.

— É claro que danço com você — disse Rhys, a voz ainda rouca. — A noite toda, se quiser.

— Mesmo que eu pise nos seus pés?

— Mesmo assim.

Rhysand se inclinou para mim e roçou a boca contra minha bochecha corada. Fechei os olhos diante do sussurro de um beijo, do desejo que me devastou depois dele, que talvez devastasse Prythian. E ao nosso redor, como se o próprio mundo estivesse, de fato, se desfazendo, chovia estrelas.

Grãos de poeira estelar brilhavam nos lábios de Rhys quando ele se afastou, enquanto eu o encarava, sem fôlego, enquanto Rhys sorria. O sorriso que o mundo provavelmente jamais veria, o sorriso do qual ele abrira mão pelo bem do povo, das terras. Ele disse, baixinho:

— Eu... sou muito feliz por tê-la conhecido, Feyre.

Pisquei para afastar a queimação em meus olhos.

— Vamos — falei, puxando a mão de Rhys. — Vamos nos juntar à dança.

Capítulo 45

O acampamento de guerra illyriano no interior das montanhas ao norte estava congelante. Aparentemente, a primavera ainda era pouco mais que um sussurro na região.

Mor nos atravessou para lá, Rhysand e Cassian nos acompanharam ao lado.

Tínhamos dançado. Todos nós, juntos. E eu nunca vira Rhys tão feliz, rindo com Azriel, bebendo com Mor, discutindo com Cassian. Eu dançara com cada um deles e, quando a noite virou alvorecer e a música se tornou suave e melíflua, deixei que Rhys me pegasse nos braços e dançasse comigo, devagar, até que os outros convidados tivessem partido, até que Mor estivesse dormindo em um sofá na sala de jantar, até que o disco dourado do sol emoldurasse Velaris.

Rhys voou comigo de volta para a casa na cidade em meio aos tons de rosa, roxo e cinza do alvorecer, nós dois em silêncio, e me beijou na testa uma vez, antes de seguir pelo corredor para o próprio quarto.

Não menti para mim mesma sobre por que tinha esperado durante trinta minutos para ver se minha porta abriria. Ou para ao menos ouvir uma batida. Mas nada.

Estávamos de olhos vermelhos, mas fomos educados à mesa do almoço, horas depois; Mor e Cassian pareciam incomumente silenciosos, conversando mais com Amren e Azriel, que foram se despedir. Amren continuaria trabalhando no Livro até recebermos a segunda metade — se a recebêssemos; o encantador de sombras estava partindo para reunir informações e gerenciar os espiões posicionados em outras cortes, tentando penetrar a corte humana. Consegui falar com eles, mas grande parte de minha energia foi para *não* olhar para Rhysand, ou pensar na sensação de seu corpo pressionado contra o meu enquanto dançávamos durante horas, aquele roçar de boca contra minha pele.

Mal tinha conseguido cair no sono por causa daquilo.

Traidora. Mesmo que eu tivesse deixado Tamlin, era uma traidora. Estava fora havia dois meses — apenas dois. Em termos feéricos, era provavelmente considerado menos de um dia.

Tamlin me dera tanto, fizera tantas coisas boas por mim e por minha família. E ali estava eu, querendo outro macho, por mais que odiasse Tamlin pelo que ele tinha feito, por como tinha fracassado comigo. *Traidora.*

A palavra continuava ecoando em minha cabeça enquanto eu estava ao lado de Mor, Rhys e Cassian alguns passos adiante, e olhava para o acampamento com fortes ventos. Mor mal dera mais que um breve abraço em Azriel antes de dizer adeus. E, apesar de tudo, o mestre-espião pareceu não se importar — até me dar um olhar ágil, de aviso. Eu ainda estava dividida entre diversão e revolta diante da presunção de que eu meteria o nariz nos negócios *dele*. De fato.

Construído perto do topo de uma montanha florestada, o acampamento de guerra illyriano não passava de rocha nua e lama, interrompidas apenas por tendas grosseiras, fáceis de guardar, centralizadas ao redor de grandes fogueiras. Perto do limite das árvores, uma dezena de prédios permanentes fora erguida a partir da pedra cinzenta da montanha. Fumaça subia das chaminés contra a fria manhã nublada, ocasionalmente espiralada por asas que passavam acima.

Tantos machos alados disparando a caminho de outros acampamentos, ou em treinamento.

De fato, do lado oposto do acampamento, em uma área rochosa que terminava em um mergulho íngreme da montanha, estavam os ringues de luta e treinamento. Estantes de armas eram deixadas a céu aberto; no ringue delimitado por giz, machos de todas as idades agora treinavam com bastões e espadas e escudos e lanças. Rápidos, letais, brutais. Nenhuma reclamação, nenhum grito de dor.

Não havia calor ali, nenhuma alegria. Mesmo as casas do outro lado do acampamento não tinham toques pessoais, como se fossem usadas apenas como abrigo e armazém.

E era ali que Rhys, Azriel e Cassian haviam crescido; onde Cassian fora isolado para sobreviver sozinho. Era tão frio que mesmo enroscada em couro forrado de pele eu tremia. Não conseguia imaginar uma criança passando uma noite sem roupas adequadas — ou sem abrigo — muito menos oito anos.

O rosto de Mor estava pálido, tenso.

— Odeio este lugar — disse ela, sussurrando, o calor do hálito dela se condensou no ar diante de nós. — Deveria ser queimado até virar cinzas.

Cassian e Rhys ficaram em silêncio quando um macho mais velho, alto, de ombros largos, se aproximou, acompanhado por cinco outros guerreiros illyrianos, todos com as asas recolhidas, as mãos casualmente ao alcance das armas.

Não importava que Rhys pudesse destruir suas mentes sem erguer um dedo.

Cada illyriano usava Sifões de cores diferentes no dorso das mãos, e aquelas pedras eram menores que as de Azriel e Cassian. E tinham apenas uma. Não sete cada um, como meus dois amigos usavam para conter seu imenso poder.

O macho à frente disse:

— Outra inspeção no acampamento? Seu cão — ele apontou com o queixo para Cassian — esteve aqui na outra semana. As garotas estão treinando.

Cassian cruzou os braços.

— Não as vejo no ringue.

— Elas fazem as tarefas de casa primeiro — explicou o macho, com os ombros para trás e as asas se abrindo levemente. — Então, quando terminam, podem treinar.

Um grunhido baixo saiu da boca de Mor, e o macho virou em nossa direção. Ele enrijeceu o corpo. Mor lançou um sorriso malicioso para o homem.

— Oi, Lorde Devlon.

O líder do acampamento, então.

Ele examinou Mor de cima a baixo com desprezo e voltou o olhar para Rhys. O grunhido de aviso de Cassian ecoou em meu estômago.

Rhys falou, por fim:

— Um prazer vê-lo, como sempre, Devlon, mas há duas questões a serem tratadas: primeiro, as garotas, como você foi expressamente instruído por Cassian, devem treinar *antes* das tarefas, não depois. Coloque-as no campo. Agora. — Estremeci ao puro comando naquele tom de voz. Rhys continuou: — Segundo, ficaremos aqui por enquanto. Esvazie a antiga casa de minha mãe. Não há necessidade de faxineira. Cuidaremos de nós mesmos.

— A casa está ocupada por meus melhores guerreiros.

— Então, desocupe-a — mandou Rhysand, simplesmente. — E faça com que a limpem antes de saírem.

A voz do Grão-Senhor da Corte Noturna, que se regozijava com dor e fazia os inimigos tremerem.

Devlon farejou em minha direção. Concentrei cada gota de exaustão emburrada em sustentar seu olhar semicerrado.

— Outra dessas... criaturas que você traz aqui? Achei que era a única do tipo dela.

— Amren — falou Rhys — mandou lembranças. E quanto a *esta*... — Tentei não desviar o olhar dele. — Ela é minha — declarou Rhys, baixinho, mas com malícia suficiente para que Devlon e os guerreiros próximos ouvissem. — E, se algum de vocês colocar a mão nela, perderá essa mão. E, depois, a cabeça. — Tentei não estremecer, pois Cassian e Mor não mostraram qualquer reação. — E depois que Feyre terminar de matá-los — Rhys deu um risinho —, vou triturar seus ossos até virarem poeira.

Eu quase ri. Mas os guerreiros agora avaliavam a ameaça que Rhys estabelecera que eu era... e não conseguiam pensar em respostas. Dei um breve sorriso a todos eles mesmo assim, um sorriso que eu vira

Amren esboçar centenas de vezes. Deixei que imaginassem o que eu poderia fazer se provocada.

— Vamos sair — disse Rhys a Cassian e Mor, sem se dar o trabalho de dispensar Devlon antes de caminhar até o limite das árvores. — Voltaremos ao anoitecer. — Ele olhou para a prima. — Tente ficar longe de problemas, por favor. Devlon nos odeia menos que os demais senhores da guerra, e não quero encontrar outro acampamento.

Pela Mãe, os outros deviam ser... desagradáveis se Devlon era o mais moderado.

Mor piscou um olho para nós dois.

— Vou tentar.

Rhys apenas balançou a cabeça e falou para Cassian:

— Verifique as forças; depois, certifique-se de que as garotas estejam praticando como deveriam estar. Se Devlon ou os demais protestarem, faça o que for preciso.

Cassian sorriu de uma forma que mostrava que ficaria mais que feliz ao fazer exatamente isso. Era o general do Grão-Senhor... no entanto, Devlon o chamava de cão. Não queria imaginar como tinha sido para Cassian crescer sem título.

Então, por fim, Rhys olhou para mim de novo, e seus olhos se fecharam.

— Vamos.

— Teve notícias de minhas irmãs?

Um aceno negativo com a cabeça.

— Não. Azriel está verificando hoje se receberam uma resposta. Você e eu... — O vento farfalhou seu cabelo quando Rhys sorriu. — Vamos treinar.

— Onde?

Rhys indicou o amplo território além: as estepes florestais que ele mencionara certa vez.

— Longe de potenciais causalidades. — Rhys ofereceu a mão quando as asas se estenderam, o corpo se preparando para o voo.

Mas só ouvi aquelas três palavras que ele dissera, ecoando contra o latejar constante de *traidora, traidora*.

Ela é minha.

⸸

Estar nos braços de Rhys de novo, contra seu corpo, era um teste de teimosia. Para nós dois. Para ver quem falaria a respeito daquilo primeiro.

Estávamos voando acima das montanhas mais lindas que eu já vira — nevadas e salpicadas de pinheiros —, seguindo na direção de colinas de estepes além, quando eu disse:

— Estão treinando guerreiras illyrianas?

— Tentando. — Rhys olhou para a paisagem cruel. — Bani o corte de asas há muito, muito tempo, mas... nos acampamentos mais inflamados, bem no interior das montanhas, ainda o praticam. E, quando Amarantha assumiu, mesmo os acampamentos mais liberais começaram de novo. Para manter as mulheres seguras, era o que alegavam. Durante os últimos cem anos, Cassian vem tentando montar uma unidade de combate aéreo entre as mulheres, tentando provar que elas têm um lugar no campo de batalha. Até agora, conseguiu treinar algumas guerreiras dedicadas, mas os machos tornam a vida delas tão miserável que muitas partiram. E quanto às garotas em treinamento... — Ele exalou ruidosamente. — É um longo caminho. Mas Devlon é um dos poucos que sequer deixa as garotas treinarem sem dar um ataque.

— Dificilmente eu chamaria desobedecer ordens de "sem dar um ataque".

— Alguns acampamentos publicaram decretos dizendo que, se uma fêmea for pega treinando, deve ser considerada imprópria para o casamento. Não posso combater esse tipo de coisa, não sem assassinar os líderes de cada acampamento e pessoalmente criar cada um de seus filhos.

— E, mesmo assim, sua mãe os amava, e vocês três usam suas tatuagens.

— Fiz as tatuagens em parte por minha mãe, em parte para honrar meus irmãos, que lutaram todos os dias da vida pelo direito de tê-las.

— Por que deixa Devlon falar com Cassian daquele jeito?

— Porque sei quais brigas comprar com Devlon, e sei que Cassian ficaria transtornado se eu me intrometesse e destruísse a mente de Devlon, como uma uva, quando o próprio Cassian pode cuidar disso.

Um sussurro frio percorreu meu corpo.

— Já pensou em fazer isso?

— Acabei de pensar. Mas a maioria dos senhores de acampamentos jamais teria dado uma chance a nós três no Rito de Sangue. Devlon deixou que alguém de linhagem mista e dois bastardos passassem pelo Rito, e não nos negou nossa vitória.

Pinheiros cobertos de neve fresca passavam sob nós como um borrão.

— O que é o Rito de Sangue?

— Tantas perguntas hoje. — Apertei o ombro de Rhys com força o bastante para machucar, e ele riu. — Você entra desarmado nas montanhas, sem magia, nenhum Sifão, asas atadas, sem suprimentos ou roupas além das que está usando. Você e qualquer outro macho illyriano que queira passar de um novato para verdadeiro guerreiro. Algumas centenas seguem para as montanhas no início da semana, e nem todos voltam no fim.

A paisagem beijada pelo gelo se estendia infinitamente, tão irredutível quanto os guerreiros que a governavam.

— Vocês... se matam?

— A maioria tenta. Por comida e roupas, por vingança, por glória entre clãs inimigos. Devlon nos permitiu participar do Rito, mas também se certificou de que Cassian, Azriel e eu fôssemos jogados em locais diferentes.

— O que aconteceu?

— Nós nos encontramos. Matamos para abrir caminho pelas montanhas até chegarmos um ao outro. No fim das contas, muitos guerreiros illyrianos queriam provar que eram mais fortes e mais espertos que nós. E, pelo visto, estavam errados.

Ousei olhar para o rosto de Rhys. Por um segundo, pude ver: sujo de sangue, selvagem, lutando e matando para chegar aos amigos, para proteger e salvá-los.

Rhys nos desceu em uma clareira, os pinheiros eram tão altos que pareciam acariciar a base das nuvens cinza e pesadas que passavam ao vento suave.

— Então, você não vai usar magia, mas eu vou? — perguntei, dando alguns passos para longe de Rhys.

— Nosso inimigo está ligado a meus poderes. Você, no entanto, permanece invisível. — Rhys gesticulou com a mão. — Vejamos em que seu treino resultou.

Eu não estava a fim. Apenas falei:

— Quando... quando você conheceu Tamlin?

Sabia o que o pai de Rhysand fizera. Não me permitia pensar muito a respeito.

A respeito de como ele tinha matado o pai e os irmãos de Tamlin. E a mãe.

Mas agora, depois da noite anterior, depois da Corte de Pesadelos... Eu precisava saber.

O rosto de Rhys era uma máscara de paciência.

— Mostre algo impressionante e contarei a você. Magia... em troca de respostas.

— Sei que tipo de jogo está fazendo... — Eu me interrompi ao indício de um risinho. — Muito bem.

Estendi a mão diante do corpo, a palma em concha, e desejei que o silêncio tomasse minhas veias, minha mente.

Silêncio e calma e peso, como estar debaixo d'água.

Na minha mão, uma borboleta de água bateu as asas e dançou.

Rhys sorriu um pouco, mas a diversão se dissipou quando ele falou:

— Tamlin era mais novo que eu, nasceu quando a Guerra começou. Mas, depois da Guerra, quando amadureceu, passamos a nos conhecer em diversos eventos das cortes. Ele... — Rhys trincou os dentes. — Ele parecia decente para o filho de um Grão-Senhor. Melhor que os filhos de Beron, na Corte Outonal. Os irmãos de Tamlin eram igualmente ruins, no entanto. Piores. E sabiam que Tamlin assumiria o título um dia. E para um illyriano de linhagem mista que teve de provar o valor, defender seu poder, eu enxergava o que Tamlin passava... E fiquei seu amigo. Procurava por Tamlin sempre que conseguia escapar dos acampamentos de guerra ou da corte. Talvez fosse por pena, mas... ensinei a ele algumas técnicas illyrianas.

— Alguém sabia?

Rhys ergueu as sobrancelhas... e lançou um olhar carregado para minha mão.

Fiz uma careta para ele e conjurei aves cantoras feitas de água, deixando que batessem as asas pela clareira, como tinham voado por meu banheiro na Corte Estival.

— Cassian e Azriel sabiam — continuou Rhys. — Minha família sabia. E reprovava. — Os olhos de Rhys eram como lascas de gelo. — Mas o pai de Tamlin se sentia ameaçado por aquilo. Por mim. E porque ele era mais fraco que eu e Tamlin, queria provar ao mundo que não o era. Minha mãe e minha irmã deveriam viajar até o acampamento de guerra illyriano para me visitar. Eu deveria me encontrar com elas no meio do caminho, mas estava ocupado, treinando uma nova unidade, e decidi ficar.

Meu estômago se revirou, e de novo, e de novo, e de novo, e desejei ter algo contra o qual me encostar quando Rhys falou:

— O pai de Tamlin, os irmãos e o próprio Tamlin partiram para a floresta illyriana, tendo sabido por Tamlin, por *mim*, onde minha mãe e irmã estariam, que eu tinha planos de vê-las. Eu deveria estar lá; mas não estava. E eles assassinaram minha mãe e minha irmã mesmo assim.

Comecei a balançar a cabeça, os olhos queimando. Não sabia o que estava tentando negar ou apagar ou condenar.

— Deveria ter sido eu — disse Rhys, e entendi... entendi o que ele tinha dito naquele dia em que chorei diante de Cassian no ringue de treinamento.

Eles colocaram suas cabeças em caixas e mandaram pelo rio, até o acampamento mais próximo. O pai de Tamlin ficou com as asas como troféus. Fico surpreso por você não as ter visto pregadas no escritório.

Estava prestas a vomitar, a cair de joelhos e chorar.

Mas Rhys olhou para a variedade de animais de água que eu fizera, e disse:

— O que mais?

Talvez fosse o frio, talvez fosse a história, mas o gelo estalou em minhas veias e a canção selvagem de um vento de inverno uivou em meu coração. Eu senti então... como seria fácil saltar entre eles, *uni-los*, meus poderes.

Cada um dos animais parou no ar... e congelou em pedaços perfeitamente entalhados de gelo.

Um a um, eles caíram no chão. E se quebraram.

Os poderes eram um só. Tinham vindo da mesma origem sombria, do mesmo poço eterno de poder. Certa vez, há muito tempo, antes de a linguagem ser inventada, quando o mundo era novo.

Rhys apenas continuou:

— Quando eu soube, quando meu pai soube... Não fui totalmente sincero com você quando contei Sob a Montanha que meu pai matou o pai e os irmãos de Tamlin. Eu fui com ele. Ajudei. Nós atravessamos para o limite da Corte Primaveril naquela noite e, depois, seguimos o restante do caminho a pé, até a mansão. Matei os irmãos de Tamlin quando os vi. Controlei suas mentes e os deixei indefesos enquanto os cortava em pedaços, e, em seguida, derreti seus cérebros dentro dos crânios. E, quando cheguei ao quarto do Grão-Senhor, ele estava morto. E meu pai... meu pai tinha matado a mãe de Tamlin também.

Eu não conseguia parar de balançar a cabeça.

— Meu pai prometera não tocar nela. Disse que não éramos o tipo de macho que faria aquilo. Mas ele mentiu para mim, e o fez mesmo assim. E depois foi até o quarto de Tamlin.

Eu não conseguia respirar... não conseguia respirar quando Rhys falou:

— Tentei impedir. Ele não ouviu. Ia matar Tamlin também. E eu não podia... Depois de todas aquelas mortes, para mim, bastava. Não me importava que Tamlin tivesse estado lá, tivesse deixado que eles matassem minha mãe e minha irmã, que tivesse ido me matar porque não queria arriscar enfrentá-los. Para mim, bastava de morte. Então, impedi meu pai diante da porta. Ele tentou passar por mim. Tamlin abriu a porta, nos viu, sentiu o cheiro de sangue que já escorria para o corredor. E nem mesmo consegui dizer uma palavra antes de Tamlin matar meu pai com um golpe.

"Senti o poder passar para mim, mesmo ao ver quando o poder passou para ele também. E simplesmente nos olhamos, quando ambos fomos subitamente coroados Grão-Senhores... então, eu corri."

Ele assassinou a família de Rhysand. O Grão-Senhor que eu amara — assassinou a família do amigo e, quando perguntei a ele a respeito de como a família *dele* havia morrido, Tamlin apenas me disse que uma corte rival o fizera. *Rhysand* o tinha feito e...

— Ele não lhe contou nada disso.

— Eu... sinto muito — sussurrei, a voz rouca.

— Por que você deveria sentir muito?

— Eu não sabia. Não sabia que ele tinha feito isso...

E Rhys achou que eu o estava comparando... comparando *ele* e Tamlin, como se eu achasse que este era algum tipo de modelo...

— Por que parou? — perguntou Rhys, indicando os cacos de gelo no tapete de folhas de pinheiro.

As pessoas que ele mais amava; mortas. Assassinadas a sangue frio. Assassinadas por *Tamlin*.

A clareira explodiu em chamas.

As folhas de pinheiro sumiram, as árvores gemeram, e até mesmo Rhys xingou conforme o fogo varreu a clareira, meu coração, e devorou tudo no caminho.

Não era à toa que fizera Tamlin implorar naquele dia em que fui formalmente apresentada a Rhys. Não era à toa que ele tivesse aproveitado todas as chances de provocar Tamlin. Talvez minha presença ali fosse apenas para...

Não. Eu sabia que não era verdade. Sabia que estar ali não tinha nada a ver com o que havia entre Rhys e Tamlin, embora ele, sem dúvida, tivesse gostado de interromper nosso casamento. De me salvar daquele casamento, na verdade.

— Feyre — disse Rhys, enquanto o fogo se extinguia.

Mas ali estava... crepitando em minhas veias. Crepitando ao lado de veias de gelo e água.

E escuridão.

Brasas subiam ao nosso redor, flutuando no ar, e lancei um sopro de escuridão tranquilizadora, um sopro de gelo e água, como se fosse um vento; um vento no crepúsculo, limpando o mundo.

O poder não pertencia aos Grão-Senhores. Não mais.

Ele pertencia a mim; assim como eu *só* pertencia a mim, como meu futuro era *meu* para decidir, para forjar.

Depois que descobrisse e dominasse o que os demais tinham me dado, poderia entrelaçá-los: em algo novo, algo de todas as cortes e de nenhuma delas.

Chamas chiaram quando se extinguiram tão completamente que nenhuma fumaça restou.

Mas encontrei o olhar de Rhys, os olhos pareciam um pouco arregalados enquanto me observava trabalhar. Falei, com a voz rouca:

— Por que não me contou antes?

Ao ver Rhys com o traje de combate illyriano, as asas abertas por toda a extensão da clareira, a espada despontando por cima do ombro...

Ali, naquele buraco em meu peito; eu vi a imagem ali. À primeira interpretação, Rhys pareceria assustador, a vingança e a ira encarnadas. Mas de perto... a pintura mostraria a beleza no rosto, as asas abertas não para ferir, mas para me levar para longe do perigo, para me proteger.

— Não queria que pensasse que estava tentando jogá-la contra ele — respondeu Rhysand.

A pintura... eu conseguia vê-la; senti-la. Eu queria pintá-la.

Eu queria pintar.

Não esperei que Rhys estendesse a mão para me aproximar dele. E, encarando-o, falei:

— Quero pintar você.

Rhys me ergueu nos braços com cuidado.

— Nu seria melhor — disse ele, ao meu ouvido.

Capítulo 46

Eu estava com tanto frio que talvez jamais me aquecesse de novo. Mesmo no inverno no mundo mortal, conseguira encontrar alguma fonte de calor, mas depois de quase esvaziar meu estoque de magia naquela tarde, nem mesmo o fogo crepitante da lareira conseguiria descongelar o frio que envolvia meus ossos. Será que a primavera *algum dia* chegaria àquele lugar maldito?

— Eles escolhem esses lugares — disse Cassian, diante de mim, enquanto comíamos ensopado de cordeiro à mesa disposta no canto da parte anterior da casa de pedra. — Apenas para se certificar de que os mais fortes entre nós sobrevivam.

— Pessoas horríveis — resmungou Mor para a tigela de barro. — Não culpo Az por jamais querer vir aqui.

— Suponho que treinar as garotas tenha ido bem — observou Rhys, ao meu lado, com a coxa tão próxima que o calor roçou contra a minha.

Cassian esvaziou a caneca de cerveja.

— Consegui que uma delas confessasse que não tinham uma lição havia dez dias. Todas estavam ocupadas demais com "tarefas", aparentemente.

— Nenhuma guerreira nata nesse bando?

— Três, na verdade — disse Mor. — Três em dez não é nada mal. As outras, eu ficaria feliz se apenas aprendessem a se defender. Mas aquelas três... Elas têm o instinto, as garras. São as famílias idiotas que querem que tenham as asas cortadas e virem reprodutoras.

Eu me levantei da mesa e levei a tigela para a pia embutida na parede. A casa era simples, mas ainda era maior e estava em melhores condições que nosso velho chalé. A sala da frente servia como cozinha, sala de estar e de jantar, com três portas nos fundos: uma para o banheiro, outra para a despensa, e a terceira era a saída dos fundos, pois nenhum verdadeiro illyriano, de acordo com Rhys, jamais construía um lar com apenas uma saída.

— Quando parte para a Cidade Escavada amanhã? — perguntou Cassian a Mor, tão baixo que eu soube que provavelmente estava na hora de subir.

Mor arranhou o fundo da tigela. Aparentemente, Cassian fizera o ensopado... e não estava nada mau.

— Depois do café. Antes. Não sei. Talvez à tarde, quando estiverem todos acordando.

Rhys estava um passo atrás de mim, com a tigela na mão, e indicou para que eu deixasse a louça suja na pia. Ele inclinou a cabeça na direção da escada íngreme e estreita nos fundos da casa. Era ampla o bastante para que coubesse apenas um guerreiro illyriano — mais uma medida de segurança —, e olhei para a mesa uma última vez antes de desaparecer para o andar de cima.

Mor e Cassian encaravam as tigelas vazias de comida, conversando tranquilamente, para variar.

A cada passo, eu conseguia sentir Rhys às costas, o calor, a teia e a fluidez de seu poder. E naquele pequeno espaço, o cheiro de Rhys tomou conta de mim, me chamou.

O andar de cima era escuro, iluminado pela pequena janela no fim do corredor, e o luar entrava por uma fenda estreita entre os pinheiros ao nosso redor. Havia apenas duas portas ali, e Rhys apontou para uma delas.

— Você e Mor podem dividir este quarto esta noite, apenas diga a ela para se calar se tagarelar demais. — Eu não diria, no entanto. Se precisasse conversar, se distrair e estar pronta para o que viria no dia seguinte, eu a ouviria até o amanhecer.

Rhys colocou a mão na própria maçaneta, mas eu me inclinei contra a madeira de minha porta.

Seria tão fácil dar os três passos para cruzar o corredor.

Passar as mãos por aquele peito, tracejar aqueles lindos lábios com os meus.

Engoli em seco quando Rhys se virou para mim.

Não queria pensar no que queria dizer, no que estava fazendo. O que era aquilo — o que quer que fosse — entre nós.

Porque as coisas entre nós jamais tinham sido normais, desde o primeiro momento em que nos conhecemos no Calanmai. Eu não conseguira me afastar dele com facilidade então, quando achei que era letal, perigoso. Mas agora...

Traidora, traidora, traidora...

Rhys abriu a boca, mas eu já estava dentro do quarto e fechara minha porta.

✠

Chuva congelante pingava entre os galhos dos pinheiros enquanto eu caminhava em meio à névoa com meu traje de combate de couro illyriano, armada com um arco, uma aljava e facas, tremendo como um cão molhado.

Rhys estava alguns metros atrás, carregando nossa bagagem. Tínhamos voado bem para o interior das estepes da floresta, tão longe que precisaríamos passar a noite ali. Tão longe que nada nem ninguém poderia ver outra "gloriosa explosão de chamas e temperamento", como Rhys chamara. Azriel não recebera notícias de minhas irmãs a respeito da decisão das rainhas, então, tínhamos tempo de sobra. Embora Rhys certamente não parecesse ter tempo quando me informou naquela manhã. Mas pelo menos não precisaríamos acampar lá fora. Rhys me prometeu que havia algum tipo de estalagem para viajantes por perto.

Eu me virei para onde Rhys caminhava, atrás de mim, e vi as imensas asas primeiro. Mor tinha partido antes de eu sequer acordar, e Cassian estava irritadinho e ansioso no café da manhã... Tanto que fiquei feliz em partir assim que terminei o mingau. E me senti um pouco mal pelos illyrianos que precisariam lidar com ele naquele dia.

Rhys parou quando me alcançou, e, mesmo com as árvores e a chuva entre nós, pude ver suas sobrancelhas se erguerem em uma pergunta silenciosa sobre por que eu tinha parado. Não tínhamos falado sobre a Queda das Estrelas ou sobre a Corte dos Pesadelos — e, na noite anterior, enquanto eu me revirava na minúscula cama, decidi: diversão e distração. Não precisava ser complicado. Manter as coisas puramente físicas... bem, não parecia muito com traição.

Ergui a mão, sinalizando para que Rhys ficasse onde estava. Depois do dia anterior, não queria que ele se aproximasse muito, para que eu não o queimasse. Ou pior. Rhys fez uma reverência dramática, e revirei os olhos quando caminhei até o córrego adiante, contemplando onde poderia, de fato, tentar brincar com o fogo de Beron. *Meu* fogo.

A cada passo, eu conseguia sentir o olhar de Rhys me devorando. Ou talvez fosse a ligação, tocando nos meus escudos mentais; lampejos de fome tão insaciável que era difícil me concentrar na tarefa diante de mim, e não na sensação das suas mãos acariciando minhas coxas, me empurrando contra ele.

Eu podia jurar que senti um pingo de diversão do outro lado do escudo mental também. Sibilei e fiz um gesto vulgar por cima do ombro, quando deixei o escudo cair, apenas um pouquinho.

Aquela diversão se transformou em puro prazer — e, depois, em uma carícia de desejo que percorreu minha espinha até embaixo. Mais embaixo.

Meu rosto ficou quente, e um galho se partiu sob minha bota, o som tão alto quanto relâmpago. Trinquei os dentes. O chão se inclinava na direção de um córrego cinzento e forte, tão rápido que só podia ser alimentado pelas altas montanhas cobertas de neve ao longe.

Bom; aquele ponto era bom. Havia ali um suprimento a mais de água para afogar quaisquer chamas que pudessem escapar, e muito espaço aberto. O vento soprava para longe de mim, levando meu cheiro para o sul, mais para o interior da floresta, quando abri a boca para dizer a Rhys que ficasse para trás.

Com aquele vento e o córrego ruidoso, não foi surpresa que eu não os tivesse ouvido até que me cercassem.

— Feyre.

Eu me virei, com a flecha armada e apontada para a fonte da voz...

Quatro sentinelas da Corte Primaveril saíram andando das árvores atrás de mim como espectros, armados até os dentes e de olhos arregalados. Dois deles eu conhecia: Bron e Hart.

E entre eles estava Lucien.

Capítulo 47

Se eu quisesse escapar, poderia encarar o rio, ou encarar os feéricos. Mas Lucien...

Os cabelos vermelhos estavam presos para trás, e não havia um pingo de elegância: apenas armadura de couro, espadas, facas... O olho de metal de Lucien me percorreu, a pele parecendo pálida.

— Estamos caçando você há mais de dois meses — sussurrou Lucien, agora observando o bosque, o córrego, o céu.

Rhys. Que o Caldeirão me salvasse. Rhys estava muito para trás e...

— Como me encontrou? — Não reconheci minha voz calma e fria. Ela dissera me *caçando*. Como se eu realmente fosse uma presa.

Se Tamlin estava ali... Meu sangue gelou mais que a chuva congelante escorrendo por meu rosto, minhas roupas.

— Alguém nos deu a informação de que estaria aqui, mas foi sorte termos sentido seu cheiro no vento e... — Lucien deu um passo em minha direção.

Eu recuei. Apenas um metro entre mim e o rio.

O olho de Lucien se arregalou levemente.

— Precisamos sair daqui. Tamlin está... não tem sido ele mesmo. Vou levá-la direto para...

— Não — sussurrei.

A palavra ecoou rouca pela chuva, pelo córrego, pela floresta de pinheiros.

As quatro sentinelas se entreolharam, então olharam para a flecha que eu mantinha puxada.

Lucien me observou de novo.

E pude ver o que ele agora enxergava: o couro de combate illyriano. A cor e a vivacidade que tinham voltado a meu rosto, a meu corpo.

E o aço silencioso em meu olhar.

— Feyre — disse Lucien, estendendo a mão. — Vamos para casa.

Não me movi.

— Aquele deixou de ser meu lar no dia em que você o deixou me trancafiar lá dentro.

A boca de Lucien se contraiu.

— Foi um erro. *Todos* cometemos erros. Ele está arrependido, mais arrependido do que você pode imaginar. E eu também. — Lucien deu um passo em minha direção, e recuei mais alguns centímetros.

Não restava muito entre mim e as águas agitadas abaixo.

O treinamento de Cassian me atingiu, como se as lições que ele me impunha todas as manhãs fossem uma rede que me segurou enquanto eu me atirava ao pânico crescente. Depois que Lucien me tocasse, ele nos atravessaria. Não para longe — ele não era tão poderoso assim, mas era rápido. Saltaria por quilômetros, e depois mais e mais longe, até que Rhys não pudesse me alcançar. Ele *sabia* que Rhys estava ali.

— Feyre — implorou Lucien, e ousou dar outro passo com a mão estendida.

Minha flecha se inclinou em sua direção, o arco rangendo.

Não tinha percebido que, embora Lucien fosse treinado como um guerreiro, Cassian, Azriel, Mor e Rhys *eram* Guerreiros. Cassian podia apagar Lucien *do mapa* com um único golpe.

— Abaixe a flecha — murmurou Lucien, como se estivesse acalmando um animal selvagem.

Atrás dele as quatro sentinelas se aproximaram. Estavam me cercando.

O bicho de estimação e a posse do Grão-Senhor.

— Não. Me. Toque. — sussurrei

— Você não entende a situação em que estamos, Feyre. Nós... *eu* preciso de você em casa. Agora.

Eu não queria ouvir. Olhando para o rio abaixo, calculei minhas chances.

Olhar me custou. Lucien avançou com a mão estendida. Um toque, era tudo que seria preciso...

Eu não era mais o bicho de estimação do Grão-Senhor.

E talvez o mundo devesse aprender que eu tinha mesmo presas.

O dedo de Lucien roçou a manga de meu casaco de couro.

E eu me tornei fumaça e cinzas e noite.

O mundo ficou silencioso e se dobrou, e ali estava Lucien, avançando tão lentamente no que agora era espaço vazio quando desviei dele, quando disparei para as árvores atrás das sentinelas.

Parei, e o tempo retomou o ritmo natural. Lucien cambaleou, segurando-se para não cair do penhasco — e se virou, de olhos arregalados, para me ver agora de pé atrás das sentinelas. Bron e Hart se encolheram e recuaram. De mim.

E de Rhysand, ao meu lado.

Lucien congelou. Transformei meu rosto em um espelho de gelo: o gêmeo insensível da diversão cruel na expressão do rosto de Rhysand quando ele limpou um fiapo de tecido da túnica escura.

Roupas escuras e elegantes — sem asas, sem couro de combate.

As roupas elegantes e sem vincos... Outra arma. Para esconder o quanto ele era habilidoso e poderoso; para esconder de onde vinha e o que amava. Uma arma que valia o custo da magia que Rhys usava para escondê-la; mesmo que nos pusesse em risco de sermos rastreados.

— Pequeno Lucien — ronronou Rhys. — A Senhora da Corte Outonal não ensinou a você que quando uma mulher diz não, é não?

— Canalha — grunhiu Lucien, passando em disparada para além das sentinelas, mas sem ousar pegar em armas. — Seu canalha imundo e devasso.

Soltei um grunhido.

Os olhos de Lucien se semicerraram para mim, e ele falou, com horror quase silencioso:

— O que você fez, Feyre?

— Não venha atrás de mim de novo — avisei, com a mesma voz baixa.

— Ele nunca vai parar de procurá-la; nunca vai parar de esperar que volte para casa.

As palavras me atingiram no estômago... como era o objetivo. Deve ter ficado estampado em meu rosto, porque Lucien insistiu:

— O que ele fez com você? Ele pegou sua mente e...

— Basta — disse Rhys, inclinando a cabeça com aquela graciosidade casual. — Feyre e eu estamos ocupados. Volte para suas terras antes que eu mande sua cabeça como um lembrete ao meu velho amigo do que acontece quando subalternos da Corte Primaveril colocam os pés em meu território.

A chuva congelante escorreu pela gola de meu traje, descendo por minhas costas. O rosto de Lucien estava mortalmente pálido.

— Você já provou o que queria, Feyre... Agora, volte para casa.

— Não sou uma criança fazendo joguinhos — falei, entre dentes. Era assim que eles me viam: precisando ser paparicada, ouvir desculpas, ser defendida...

— Cuidado, Lucien — aconselhou Rhysand. — Ou a querida Feyre vai mandar você de volta em pedaços também.

— Não somos seus inimigos, Feyre — suplicou Lucien. — As coisas ficaram ruins, Ianthe saiu do controle, mas não quer dizer que você deve desistir...

— Você desistiu — sussurrei.

Senti até mesmo Rhys ficar imóvel.

— *Você* desistiu de mim — repeti, um pouco mais alto. — Você era meu amigo. E *o* escolheu, escolheu obedecê-lo, mesmo quando viu o que as ordens e as regras dele faziam comigo. Mesmo quando me viu definhando *dia após dia*.

— Não tem *ideia* de como aqueles primeiros meses foram voláteis — disparou Lucien. — *Precisávamos* apresentar uma frente unida e obediente, e eu devia ser o exemplo para todos os outros na corte.

— Você *viu* o que estava acontecendo comigo. Mas temia Tamlin demais para realmente fazer algo a respeito.

Era medo. Lucien tinha insistido com Tamlin, mas só até certo ponto. Ele sempre cedia no final.

— Eu implorei a você — falei, as palavras afiadas e ofegantes. — Implorei a você tantas vezes para que me ajudasse, que me tirasse da casa, mesmo por uma hora. E você me deixou sozinha, ou me enfiou em um quarto com Ianthe, ou me disse para aguentar.

Lucien falou, baixo demais:

— E suponho que a Corte Noturna seja muito melhor?

Lembrei... me lembrei do que eu deveria saber, ter vivido. O que Lucien e os demais jamais poderiam saber, nem mesmo que isso significasse abrir mão de minha vida.

E eu faria isso. Para manter Velaris segura, para manter Mor e Amren e Cassian e Azriel e... *Rhys* a salvo.

Eu disse a Lucien, em voz grave e baixa e tão cruel quanto as garras que se formavam na ponta de meus dedos, tão cruel quanto o peso assombroso entre minhas escápulas:

— Quando se passa tanto tempo presa na escuridão, Lucien, se percebe que a escuridão passa a olhar de volta.

Um pulso de surpresa, de prazer malicioso contra meus escudos mentais, para as asas escuras e palmadas que eu sabia que agora despontavam por cima de meus ombros. Cada beijo gelado da chuva lançava descargas frias por mim. Sensíveis... tão sensíveis aquelas asas illyrianas.

Lucien recuou um passo.

— O que fez com você mesma?

Dei um breve sorriso para ele.

— A garota humana que você conhecia morreu Sob a Montanha. Não tenho interesse algum em passar a imortalidade como bicho de estimação de um Grão-Senhor.

Lucien começou a balançar a cabeça.

— Feyre...

— Diga a Tamlin — falei, engasgando ao pronunciar o nome, ao pensar no que ele fizera a Rhys, à família dele — que, se mandar mais alguém para estas terras, vou caçar cada um de vocês. E vou demonstrar exatamente o que a escuridão me ensinou.

Havia algo como dor genuína no rosto de Lucien.

Eu não me importava. Apenas o observei, irredutível, fria e sombria. A criatura que um dia eu poderia ter me tornado caso tivesse ficado na Corte Primaveril, caso tivesse permanecido quebrada durante décadas, séculos... até aprender a silenciosamente direcionar aqueles cacos de dor para fora, aprendesse a saborear a dor dos outros.

Lucien assentiu para as sentinelas. Bron e Hart, de olhos arregalados e trêmulos, sumiram com os outros dois.

Lucien se demorou um momento, nada além de ar e chuva entre nós. Ele disse baixinho, para Rhys:

— Você está morto. Você e toda a sua maldita corte.

Então, Lucien se foi. Encarei aquele espaço vazio onde ele estivera, esperando, esperando, sem deixar que aquela expressão deixasse meu rosto até que um dedo quente e forte traçasse uma linha pela beira de minha asa direita.

Pareceu... pareceu um sopro em minha orelha.

Estremeci, arqueando o corpo ao mesmo tempo em que expirei.

E, então, Rhys estava na minha frente, observando meu rosto, as asas atrás de mim.

— Como?

— Metamorfose — consegui dizer, e observei a chuva descer pelo rosto de Rhys. E me distraí tanto que as garras, as asas, a escuridão ondulante sumiram, e fiquei leve e com frio em minha pele.

Metamorfose... ao pensar em parte da história, no macho de quem eu não me permitia lembrar. Metamorfose; um dom de Tamlin que eu não queria, do qual não precisara... até agora.

Os olhos de Rhys se suavizaram.

— Foi uma atuação muito convincente.

— Dei a ele o que Lucien queria ver — murmurei. — Deveríamos encontrar outro lugar.

Ele assentiu, e a túnica e a calça de Rhys sumiram, foram substituídas por aquele traje de couro familiar, as asas, a espada. Meu guerreiro...

Nada *meu*.

— Você está bem? — perguntou Rhys, quando me pegou nos braços para voar conosco para outro lugar.

Eu me aninhei em seu calor, aproveitando.

— O fato de que foi tão fácil, de que eu me senti tão pequena, me deixa mais chateada que o próprio encontro.

Talvez esse fosse meu problema desde o início. Por que eu não tinha ousado dar aquele passo final na Queda das Estrelas. Eu me sentia culpada por *não* me sentir terrível, não de verdade. Não por querer Rhysand.

Algumas batidas poderosas das asas nos lançaram para o alto das árvores e dispararam baixo por cima da floresta; a chuva feria meu rosto.

— Eu sabia que as coisas estavam ruins — disse Rhysand, com um ódio silencioso, quase inaudível por cima da lâmina de gelo do vento e da chuva. — Mas achei que Lucien, ao menos, teria se intrometido.

— Eu também — falei, a voz mais baixa do que pretendia.

Rhys me apertou com carinho, e pisquei para ele em meio à chuva. Pela primeira vez, ele estava com os olhos em mim, e não na paisagem abaixo.

— Você fica bem de asas — disse Rhys, e beijou minha testa.

Até mesmo a chuva parou de parecer tão fria.

Capítulo 48

Aparentemente, a "estalagem" próxima não passava de pouco mais que uma taverna barulhenta, com alguns quartos para alugar — em geral por hora. E, pelo visto, não havia vagas. Exceto por um quarto minúsculo, *minúsculo*, no que um dia fora parte do sótão.

Rhys não queria que ninguém soubesse quem, exatamente, estava entre os Grão-Feéricos, os feéricos e os illyrianos, e quem mais estava hospedado na estalagem abaixo. Embora eu mal o reconhecesse quando Rhys — sem magia, sem qualquer coisa exceto ajustar a postura — calou aquela sensação de poder sobrenatural até não passar de um guerreiro illyriano comum e muito belo, nervosinho por precisar pegar o último quarto disponível, tão no alto que havia apenas uma escada estreita até ele: nenhum corredor, nenhum outro cômodo. Se eu precisasse usar o banheiro, teria de me aventurar no nível abaixo, o qual... considerando os cheiros e os sons da meia dúzia de quartos naquele nível, fiz questão de usar rapidamente quando subimos e então jurar não visitá-lo de novo até a manhã.

Um dia brincando com água e fogo e gelo e escuridão na chuva congelante tinha me exaurido tanto que ninguém me olhava, nem mesmo o mais bêbado e solitário dos clientes da taverna da cidade. A pequena cidade mal passava daquilo: um conjunto formado pela estalagem, uma alfaiataria, uma mercearia e um bordel. Tudo voltado para os caçadores, os guerreiros e os viajantes que passavam por aquela parte da floresta a caminho das terras illyrianas, ou para fora delas. Ou apenas para os feéricos que moravam ali, solitários e felizes com isso. Pequena e remota demais para que Amarantha e seu séquito sequer se importassem.

Sinceramente, não me interessava onde estávamos, contanto que fosse seco e quente. Rhys abriu a porta para nosso sótão e se afastou para me deixar passar.

Bem, pelo menos o quarto era seco.

O teto era tão rebaixado que, para chegar ao outro lado da cama, eu precisaria engatinhar pelo colchão; o quarto era tão minúsculo que era quase impossível dar a volta pela cama até o armário mínimo enfiado contra a outra parede. Eu podia facilmente sentar na cama e abrir o armário.

A cama.

— Eu pedi duas — falou Rhys, já com as mãos erguidas.

A respiração dele se condensou diante do rosto. Não havia nem mesmo uma lareira. E não havia espaço bastante para que eu sequer exigisse que Rhys dormisse no chão. Não confiei no meu domínio das chamas para tentar aquecer o quarto. Provavelmente queimaria aquela espelunca toda até o chão.

— Se não pode arriscar usar magia, então precisaremos aquecer um ao outro — falei, e imediatamente me arrependi. — Calor do corpo — expliquei. E, só para tirar aquele olhar do rosto dele, acrescentei: — Minhas irmãs e eu precisávamos dividir uma cama, estou acostumada.

— Vou tentar me comportar.

Minha boca ficou um pouco seca.

— Estou com fome.

Rhys parou de sorrir ao ouvir isso.

— Vou descer e pegar comida para nós enquanto você se troca. — Ergui uma sobrancelha. Rhys falou: — Por mais que minhas habilidades de me misturar sejam notáveis, meu rosto é reconhecível. Prefiro não ficar lá embaixo por tempo suficiente para ser notado. — De fato, ele tirou um manto da sacola e o vestiu, as faixas verticais cobriram as asas, as quais Rhys não arriscaria fazer sumirem de novo. Ele usara poder mais cedo naquele dia, muito pouco, dissera, para talvez não ser notado, mas não voltaríamos para aquela parte da floresta tão cedo.

Rhys vestiu o capuz, e me deliciei com as sombras, a ameaça e as asas.

Morte em asas ligeiras. Era como eu chamaria a pintura.

Rhys falou, baixinho:

— Adoro quando você me olha assim.

O ronronar na voz aqueceu meu sangue.

— Como?

— Como se meu poder não fosse algo do qual fugir. Como se você me visse realmente.

E para um macho que tinha crescido sabendo que era o Grão-Senhor mais poderoso da história de Prythian, que podia destruir mentes se não tomasse cuidado, que estava sozinho, sozinho com aquele poder, aquele fardo, que o medo era sua arma mais poderosa contra as ameaças a seu povo... Eu acertei em cheio quando brigamos, depois da Corte dos Pesadelos.

— Tive medo de você a princípio.

Os dentes brancos de Rhys brilharam nas sombras do capuz.

— Não teve, não. Nervosa, talvez, mas jamais sentiu medo. Já senti o terror genuíno em pessoas suficientes para saber a diferença. Talvez por isso eu não conseguisse ficar longe.

Quando? Antes que eu pudesse perguntar, Rhys desceu as escadas, fechando a porta atrás de si.

Foi um suplício tirar minhas roupas semicongeladas, pois se agarravam à pele molhada de chuva, e me choquei contra o teto rebaixado, contra as paredes próximas, e bati com o joelho no mastro de latão da cama enquanto me trocava. O quarto estava tão frio que precisei me despir aos poucos: troquei uma camisa congelada por uma seca, a calça, por legging com forro de lã, e as meias ensopadas, por meiões de crochê espessos, feitos à mão, que subiam até as canelas. Quando vesti um suéter grande demais que tinha um leve cheiro de Rhys, sentei de pernas cruzadas na cama e esperei.

A cama não era pequena, mas certamente não era grande o bastante para que eu fingisse que não estaria dormindo ao lado dele. Principalmente com as asas.

A chuva pingava no telhado a poucos centímetros de onde eu estava: uma batida constante para os pensamentos que agora latejavam em minha mente.

Só o Caldeirão sabia o que Lucien estava relatando a Tamlin, provavelmente naquele exato momento, se não horas antes.

Eu tinha mandado aquele bilhete a Tamlin... e ele decidiu ignorá-lo. Assim como ignorara ou rejeitara quase todos os meus pedidos, agira de acordo com aquele senso iludido do que *ele* acreditava ser certo para meu bem-estar e minha segurança. E Lucien estava preparado para me levar contra a vontade.

Machos feéricos eram territorialistas, dominantes, arrogantes — mas aqueles na Corte Primaveril... tinha algo de podre em seu treinamento. Porque eu sabia — bem no fundo — que Cassian podia insistir e testar meus limites, mas, assim que eu dissesse não, ele recuaria. E eu sabia que se... se eu estivesse definhando e Rhys não fizesse nada para impedir, Cassian ou Azriel teriam me salvado. Eles teriam me levado para algum lugar — onde quer que eu precisasse estar — e lidado com Rhys depois.

Mas Rhys... Rhys jamais teria *não* visto o que acontecia comigo; jamais estaria tão errado, seria tão arrogante ou autocentrado. Ele sabia o que Ianthe era desde o momento em que a conheceu. E entendia como era ser uma prisioneira, e estar indefesa, e lutar — todos os dias — contra os horrores de ambos.

Eu amara o Grão-Senhor que tinha me mostrado os confortos e as maravilhas de Prythian; amara o Grão-Senhor que me deixou ter tempo e comida e segurança para pintar. Talvez uma pequena parte de mim sempre se importasse com ele, mas... Amarantha nos quebrara, aos dois. Ou me quebrara tanto que quem ele era não parecia mais adequado.

E eu podia me libertar disso. Podia aceitar isso. Talvez fosse difícil por um tempo, mas... talvez melhorasse.

Os pés de Rhys eram quase silenciosos, delatados apenas pelo leve rangido das escadas. Fiquei de pé para abrir a porta antes que ele pudesse bater, e o vi ali, parado, com uma bandeja em mãos. Nela havia duas pilhas de pratos cobertos, além de duas taças, uma garrafa de vinho e...

— Diga que esse cheiro é de ensopado. — Inspirei, saí da frente e fechei a porta enquanto Rhys colocava a bandeja na cama. Certo... não havia nem mesmo espaço para uma mesa ali.

— Ensopado de coelho, se é que podemos acreditar no cozinheiro.

— Eu podia viver sem ouvir isso — falei, e Rhys sorriu. Aquele sorriso deu um puxão em algo no fundo de meu estômago, e virei o rosto, sentando ao lado da comida, com o cuidado de não agitar a bandeja. Tirei a tampa dos pratos de cima: duas tigelas de ensopado. — O que é o outro prato aqui embaixo?

— Torta de carne. Não ousei perguntar que tipo de carne. — Olhei para Rhys com raiva, mas ele já estava dando a volta na cama, até o armário, com sua bagagem na mão. — Pode comer — falou Rhys. — Vou trocar de roupa primeiro.

De fato, ele estava ensopado; e só podia estar congelado e dolorido.

— Você deveria ter trocado de roupa antes de descer. — Peguei a colher e revirei o ensopado, suspirando ao ver as espirais quentes de vapor que se ergueram para beijar meu rosto frio.

O farfalhar e os ruídos de roupas molhadas sendo tiradas preencheu o quarto. Tentei não pensar naquele peito nu, nas tatuagens. Nos músculos firmes.

— Foi você quem passou o dia treinando. Trazer uma refeição quente era o mínimo que eu podia fazer.

Tomei um pouco do ensopado. Insípido, porém comestível e, mais importante, *quente*. Comi em silêncio, ouvindo o farfalhar das roupas de Rhys sendo trocadas, tentando pensar em banhos frios, ou feridas infeccionadas, ou micoses — qualquer coisa, menos o corpo nu, tão perto... e a cama na qual eu estava sentada. Servi uma taça de vinho para mim, e depois enchi a dele.

Por fim, Rhys se espremeu entre a cama e o canto da parede que se projetava para fora, as asas bem recolhidas. Rhys usava calça larga e fina, e uma camisa justa do que parecia ser o algodão mais macio.

— Como a passa por cima das asas? — perguntei, enquanto Rhys devorava o próprio ensopado.

— As costas são feitas com fendas que se fecham com botões escondidos... mas em circunstâncias normais, eu apenas uso magia.

— Parece que você tem muita magia em uso constante ao mesmo tempo.

Um gesto de ombros.

— Me ajuda a trabalhar o controle sobre o poder. A magia precisa de alívio, drenagem, ou se acumula e me deixa louco. Por isso chamamos as pedras illyrianas de Sifões: elas ajudam a canalizar o poder, a esvaziá-lo quando necessário.

— Louco de verdade? — Afastei a tigela vazia de ensopado e retirei a tampa da torta de carne.

— Louco de verdade. Ou é o que me avisaram. Mas posso sentir o puxão se ficar muito tempo sem liberar o poder.

— Isso é horrível.

Outro gesto de ombros.

— Tudo tem seu custo, Feyre. Se o preço de ser forte o bastante para proteger meu povo é precisar lutar com esse mesmo poder, então, não me importo. Amren me ensinou o suficiente sobre como controlá-lo. O suficiente para que eu deva muito a ela. Inclusive o escudo atual sobre minha cidade enquanto estamos aqui.

Todos ao redor de Rhys tinham alguma utilidade, alguma habilidade poderosa. Mas ali estava eu... nada mais que uma estranha híbrida. Mais problema do que valia a pena.

— Não é — contestou Rhys.

— Não leia meus pensamentos.

— Não posso evitar o que você às vezes grita pela ligação. E, além disso, tudo costuma estar estampado em seu rosto, se souber onde procurar. O que tornou sua atuação hoje muito mais impressionante.

Rhys deixou o ensopado de lado quando terminei de devorar minha torta de carne e deslizei para trás na cama, até os travesseiros, segurando a taça de vinho entre as mãos frias. Observei-o comer enquanto eu bebia.

— Achou que eu iria com ele?

Rhys parou no meio de uma garfada e, então, abaixou o garfo.

— Ouvi cada palavra entre vocês. Eu sabia que podia cuidar de si, mas... — Rhys retornou à torta, engolindo uma mordida antes de continuar: — Mas me vi decidindo que, se você tomasse a mão dele, eu encontraria uma forma de viver com isso. Seria sua escolha.

Bebi o vinho.

— E se ele tivesse me agarrado?

Não havia nada além de força de vontade irredutível nos olhos de Rhys.

— Então, eu teria destruído o mundo para resgatá-la.

Um calafrio percorreu minha espinha, e não pude tirar os olhos dele.

— Eu teria disparado a flecha — sussurrei. — Se ele tivesse tentado ferir você.

Eu não admitira aquilo nem para mim mesma.

Os olhos de Rhys brilharam.

— Eu sei.

Ele terminou de comer, colocou a bandeja vazia no canto e me encarou na cama, enchendo meu copo antes de cuidar do dele. Rhys era tão alto que precisava se abaixar para não bater com a cabeça no teto rebaixado.

— Um pensamento em troca de outro — sugeri. — Sem treinamento envolvido, por favor.

Uma risada rouca saiu de Rhys, e ele esvaziou a taça, apoiando-a na bandeja.

Rhys me observou tomar um longo gole.

— Estou pensando — disse ele, seguindo o movimento de minha língua no lábio inferior — que olho para você e me sinto como se eu estivesse morrendo. Como se não conseguisse respirar. Estou pensando que a quero tanto que não consigo me concentrar na metade do tempo que estou com você, e este quarto é pequeno demais para que eu me deite com você direito. Principalmente com as asas.

Meu coração deu um salto. Não sabia o que fazer com os braços, as pernas, o rosto. Bebi o restante do vinho e larguei a taça ao lado da cama, tomando coragem ao dizer:

— Estou pensando que não consigo parar de pensar em você. E me sinto assim há muito tempo. Mesmo antes de eu deixar a Corte Primaveril. E talvez isso me torne um lixo traidor e mentiroso, mas...

— Não torna — garantiu Rhys, o rosto sério.

Mas tornava. Eu queria ver Rhysand durante aquelas semanas entre as visitas. E não me importei quando Tamlin parou de visitar meu quarto. Tamlin tinha desistido de mim, mas eu também desistira dele. E era um lixo mentiroso por causa disso.

— Deveríamos ir dormir — murmurei.

O barulho da chuva foi o único som durante um bom tempo antes de Rhysand dizer:

— Tudo bem.

Eu engatinhei por cima da cama, até o lado quase enfiado contra o teto rebaixado, e me enfiei debaixo da colcha. Lençóis frios e ásperos me envolveram como a mão fria de alguém. Mas meu tremor vinha de outra coisa, totalmente diferente, conforme o colchão se movia, o cobertor se agitava e, então, as duas velas ao lado da cama se apagavam.

Escuridão me atingiu no mesmo momento em que o calor do corpo de Rhys veio. Foi difícil não me arrastar até ele. Nenhum de nós se moveu, no entanto.

Encarei a escuridão, ouvindo aquela chuva gélida, tentando roubar o calor de Rhys.

— Está tremendo tanto que a cama está sacudindo — disse ele.

— Meu cabelo está molhado — expliquei. Não era mentira.

Rhys ficou calado, e então o colchão rangeu, afundando diretamente atrás de mim quando seu calor me envolveu.

— Nenhuma expectativa — falou Rhys. — Apenas calor corporal. — Fiz uma careta para a risada em sua voz.

Mas as mãos largas de Rhys deslizaram por baixo e por cima de mim: uma espalmada contra minha barriga e me puxando contra seu calor firme, a outra deslizando sob as costelas e os braços para envolver meu peito, pressionando a frente de Rhys contra mim. Ele entrelaçou as pernas nas minhas, e depois uma escuridão mais pesada e mais quente se assentou sobre nós, com cheiro de algo cítrico e de mar.

Ergui a mão na direção daquela escuridão e toquei um material macio, sedoso — a asa de Rhys, me encasulando e aquecendo. Passei o dedo por ela, e Rhys estremeceu, e os braços me apertaram.

— Seu dedo... está muito frio — disse Rhys, com os dentes trincados, as palavras quentes em meu pescoço.

Tentei não sorrir, mesmo quando inclinei um pouco mais o pescoço, esperando que o calor da respiração de Rhys pudesse acariciá-lo de novo. Arrastei o dedo por sua asa, e a unha raspou suavemente contra a superfície lisa. Rhys ficou tenso, e a mão se abriu em minha barriga.

— Coisinha cruel e travessa — ronronou Rhys, o nariz roçando a parte exposta de pescoço que eu tinha arqueado sob ele. — Ninguém lhe ensinou modos?

— Não sabia que os illyrianos eram bebês tão sensíveis — comentei, deslizando outro dedo pelo interior da asa de Rhys.

Algo duro pressionou minha bunda. Calor tomou conta de meu corpo, e fiquei tensa e relaxada ao mesmo tempo. Acariciei a asa de Rhys de novo, agora com dois dedos, e ele estremeceu contra minhas costas ao ritmo da carícia.

Os dedos que Rhys tinha aberto sobre minha barriga começaram a fazer carícias suaves e preguiçosas. Rhys girou um em volta de meu umbigo, e eu me aproximei imperceptivelmente, roçando o corpo contra o dele, me arqueando um pouco mais, para dar àquela outra mão acesso aos meus seios.

— Gananciosa — murmurou Rhys, os lábios hesitantes sobre meu pescoço. — Primeiro, você me aterroriza com as mãos frias, agora você quer... o que você quer, Feyre?

Mais, mais, mais, quase implorei a Rhys enquanto seus dedos percorriam a curva de meus seios, enquanto a outra mão continuava as carícias preguiçosas na altura da barriga, do abdômen, devagar — tão devagar — seguindo na direção do cós baixo de minha calça e do desejo que se acumulava abaixo dele.

Os dentes de Rhysand roçaram contra meu pescoço em uma carícia demorada.

— O que você quer, Feyre? — Rhys mordiscou minha orelha.

Dei um gritinho, arqueando totalmente o corpo contra ele, como se pudesse fazer com que aquela mão deslizasse exatamente para onde eu queria. Sabia o que Rhys queria que eu dissesse. Não daria a ele essa satisfação. Ainda não.

Então, eu disse:

— Quero uma distração. — Saiu sem fôlego. — Eu quero... diversão.

O corpo de Rhys ficou tenso de novo atrás de mim.

E me perguntei se ele, de alguma forma, não via aquilo pela mentira que era; se achava... se achava que era realmente tudo que eu queria.

Mas as mãos de Rhys retomaram as carícias.

— Então, me permita o prazer de distraí-la.

Rhys passou a mão por baixo da parte de cima de meu suéter, mergulhando direto sob a blusa. Pele com pele, os calos das mãos me fizeram gemer quando roçaram no alto do meu seio e circularam meu mamilo firme.

— Amo esses — sussurrou Rhys, em meu pescoço, com a mão deslizando para meu outro seio. — Não tem ideia do quanto os amo.

Gemi quando Rhys acariciou meu mamilo com o nó do dedo, e me entreguei ao toque, silenciosamente implorando. Rhys estava duro como granito atrás de mim, e eu esfreguei o corpo no dele, o que fez com que Rhys soltasse um chiado baixo e malicioso.

— Pare com isso — grunhiu ele contra minha pele. — Vai estragar a *minha* diversão.

Eu não faria tal coisa. Comecei a me virar, buscando Rhys, precisando apenas *senti-lo*, mas ele emitiu um estalo com a língua e empurrou o corpo com mais força contra o meu, até que não restasse espaço para minha mão sequer deslizar.

— Quero tocá-la primeiro — falou Rhys, com a voz tão gutural que mal a reconheci. — Apenas... me deixe tocar você. — Rhys espalmou meu seio para enfatizar.

Foi uma súplica tão partida que parei, cedendo quando a outra mão de Rhys, de novo, traçou linhas em minha barriga.

Não consigo respirar quando olho para você.

Me deixe tocá-la.

Porque eu estava com ciúmes e irritado...

Ela é minha.

Afastei os pensamentos, os fragmentos que Rhys me lançava.

Ele deslizou o dedo pelo cós de minha calça de novo, um gato brincando com o jantar.

De novo.

De novo.

— Por favor! — Eu consegui dizer.

Rhys sorriu contra meu pescoço.

— Aí estão seus modos. — Sua mão, por fim, desceu sob minha calça. O primeiro toque de Rhys contra mim me arrancou um gemido do fundo da garganta.

Ele grunhiu com satisfação pela umidade que encontrou ali, e o polegar circulou por aquele ponto no ápice de minhas coxas, provocando, roçando para cima, contra ele, mas sem chegar a...

A outra mão de Rhys suavemente pressionou meu seio ao mesmo tempo em que o polegar desceu até onde eu queria. Empinei o quadril, minha cabeça estava totalmente para trás contra o ombro de Rhys agora, sem fôlego enquanto o polegar dele esfregava...

Soltei um gritinho, e Rhys riu, uma risada grave e baixa.

— Assim?

Um gemido foi minha única resposta. *Mais mais mais.*

Os dedos de Rhys deslizaram para baixo, lentos e diretos, até meu centro, e cada ponto de meu corpo, minha mente, minha alma se contraiu diante da sensação dos dedos dele ali, como se tivessem todo o tempo do mundo.

Desgraçado.

— *Por favor* — pedi, de novo, e empinei a bunda em sua direção para enfatizar.

Rhys chiou ao sentir o toque e deslizou um dedo para dentro de mim. Ele xingou.

— Feyre...

Mas eu já tinha começado a me mover contra ele, e Rhys xingou de novo, com uma exalação longa. Os lábios pressionaram meu pescoço, beijando mais e mais para cima, na direção de minha orelha.

Soltei um gemido tão alto que abafou a chuva quando Rhys deslizou um segundo dedo para dentro, me preenchendo de tal forma que não consegui pensar em mais nada, não consegui respirar.

— Isso — murmurou ele, e percorreu minha orelha com os lábios.

Eu estava cansada de meu pescoço e minha orelha ganharem tanta atenção. Eu me virei o máximo que consegui, e vi Rhys me encarando, encarando a mão na frente de minha calça, observando eu me aproximar.

Rhys ainda me encarava quando peguei a boca dele na minha, mordendo seu lábio inferior.

Rhys gemeu, mergulhando os dedos mais profundamente. Com mais força.

Não me importava; não me importava nem um pouco com o que e quem eu era e onde tinha estado quando me entreguei totalmente a ele, abrindo a boca. A língua de Rhys entrou, movendo-se de uma forma que me dizia exatamente o que ele faria se estivesse entre minhas pernas.

Os dedos de Rhys mergulhavam e saíam, devagar e com força, e minha própria existência pareceu se resumir àquela sensação, à tensão em mim que subia a cada carícia profunda, a cada impulso equivalente da língua em minha boca.

— Você não tem ideia do quanto eu... — Rhys se interrompeu, e gemeu de novo. — *Feyre*.

O som de meu nome em seus lábios me desfez. O clímax desceu por minha espinha, e gritei, apenas para que os lábios de Rhys cobrissem os meus, como se ele pudesse devorar o som. A língua de Rhys roçou o céu de minha boca enquanto eu estremecia em volta dele, retesando o corpo. Rhys xingou de novo, respirando com dificuldade, enquanto os dedos me acariciavam durante os últimos tremores, até que eu estivesse inerte e trêmula em seus braços.

Eu não conseguia tomar fôlego suficiente, rápido o suficiente, e Rhys tirou os dedos, recuando para eu pudesse encará-lo. Ele disse:

— Eu queria fazer isso quando senti o quanto você estava encharcada na Corte dos Pesadelos. Queria tomar você bem ali, no meio de todos. Mas, principalmente, só queria fazer isso. — Os olhos de Rhys encararam os meus quando ele levou aqueles dedos à boca e chupou.

Meu gosto.

Eu o comeria vivo. Deslizei a mão pelo peito de Rhys para prendê-lo na cama, e ele segurou meu pulso.

— Quando você me lamber — disse ele, com a voz rouca —, quero estar sozinho, muito longe de todos. Porque quando você me lamber, Feyre — falou Rhys, dando beijos breves em meu maxilar, meu pescoço —, vou me deixar rugir alto o bastante para derrubar uma montanha.

Imediatamente, fiquei novamente molhada, e Rhys riu baixo.

— E quando lamber *você* — disse ele, deslizando os braços ao meu redor e me puxando para junto do corpo —, quero que esteja deitada em uma mesa como meu banquete pessoal.

Solucei.

— Tive muito, muito tempo para pensar em como e onde quero isso — continuou Rhys contra a pele de meu pescoço; os dedos deslizaram sob o cós de minha calça, mas pararam logo abaixo. O lar deles naquela noite. — Não tenho intenção alguma de fazer tudo em uma noite. Ou em um quarto onde nem consiga transar com você contra a parede.

Estremeci. Rhys permanecia longo e duro contra mim. Eu precisava sentir, precisava colocar todo aquele tamanho dentro de mim...

— Durma — disse Rhys. Ele poderia muito bem ter me mandado respirar debaixo d'água.

Mas ele começou a acariciar meu corpo de novo; não para excitar, mas para acalmar, carícias longas e lascivas por minha barriga, pelas laterais do corpo.

O sono me encontrou mais rápido do que pensei.

E talvez fosse o vinho, ou a consequência do prazer que Rhys arrancara de mim, mas não tive um pesadelo sequer.

Capítulo 49

Acordei aquecida, descansada e calma.

Segura.

Luz do sol entrava pela janela imunda, iluminando os vermelhos e os dourados da muralha de asa diante de mim; onde ficara a noite inteira, me protegendo do frio.

Os braços de Rhysand me envolviam, sua respiração era profunda e constante. E eu sabia que era igualmente raro que ele dormisse tão profundamente, tão pacificamente.

O que tínhamos feito na noite anterior...

Com cuidado, eu me virei para olhar para Rhys; seus braços me apertaram de leve, como se para evitar que eu sumisse com a névoa da manhã.

Os olhos de Rhys estavam abertos quando aninhei a cabeça contra seu braço. Dentro do abrigo das asas de Rhys, nós nos observamos.

E percebi que podia muito bem me contentar em fazer exatamente aquilo para sempre.

Eu disse, baixinho:

— Por que fez aquele acordo comigo? Por que exigir uma semana de mim todo mês?

Os olhos violeta de Rhys estremeceram.

E não ousei admitir o que esperava em resposta, mas não era:

— Porque queria me impor perante Amarantha; porque queria irritar Tamlin, e precisava mantê-la viva de uma forma que não fosse vista como piedosa.

— Ah.

Sua boca se contraiu.

— Sabe... sabe que não há nada que eu não faria por meu povo, por minha família.

E eu era um peão naquele jogo.

A asa de Rhys se fechou, e pisquei diante da luz aguada.

— Banho ou não? — disse ele.

Eu me encolhi diante da lembrança do banheiro sujo e fétido no andar abaixo. Usá-lo para atender minhas necessidades já seria bem ruim.

— Prefiro me banhar em um córrego — falei, afastando a sensação de pesar em meu estômago.

Rhys soltou uma risada baixa e rolou para fora da cama.

— Então, vamos sair daqui.

Por um segundo, me perguntei se teria sonhado tudo que tinha acontecido na noite anterior. Pela leve e agradável dormência entre minhas pernas, eu sabia que não tinha, mas...

Talvez fosse mais fácil fingir que nada tinha acontecido.

A alternativa poderia ser mais do que eu podia suportar.

Voamos durante a maior parte do dia, para bem longe, próximo de onde as estepes da floresta se erguiam para encontrar as montanhas Illyrianas. Não falamos da noite anterior — mal falamos.

Outra clareira. Outro dia brincando com meu poder. Conjurar asas, atravessar, fogo e gelo e água e... agora, vento. O vento e as brisas que ondulavam pelos amplos vales e campos de trigo da Corte Diurna, e que depois sopravam a neve que cobria os picos mais altos destes.

Eu conseguia sentir as palavras subindo por ele conforme as horas se passaram. Eu o pegava me olhando sempre que eu fazia uma pausa; flagrava Rhys abrindo a boca... e depois fechando-a.

Choveu em um momento, e então ficou mais e mais frio com o tempo nublado. Ainda não tínhamos ficado na floresta depois do anoitecer, e me perguntei que tipo de criaturas poderia espreitar por ali.

O sol de fato descia quando Rhys me colocou nos braços e decolou.

Havia apenas o vento, e o calor dele, e o estrondo das poderosas asas.

— O que foi? — arrisquei.

A atenção de Rhys permanecia nos pinheiros escuros que passavam.

— Tem mais uma história que preciso contar.

Esperei. Ele não continuou.

Coloquei a mão na bochecha de Rhys, o primeiro toque íntimo que tínhamos o dia inteiro. A pele estava fria, e os olhos, tristes quando ele me olhou.

— Não dou as costas... não a você — jurei, baixinho.

O olhar de Rhys se suavizou.

— Feyre...

Rhys rugiu de dor, arqueando o corpo contra mim.

Senti o impacto; senti uma dor ofuscante por meio do laço que destruiu meus escudos mentais, senti o estremecer das dezenas de lugares em que as flechas o tinham atingido quando dispararam de arcos ocultos abaixo da folhagem da floresta.

E, então, estávamos caindo.

Rhys me agarrou, e sua magia se enroscou ao nosso redor em um vento escuro, preparando-se para nos atravessar para fora dali... e fracassou.

Fracassou porque aquelas eram flechas de freixo perfurando-o. Perfurando suas asas. Haviam nos rastreado — no dia anterior, por causa da pouca magia que Rhys usara contra Lucien, eles tinham, de alguma forma, *rastreado* e nos encontrado, mesmo tão longe...

Mais flechas...

Rhys liberou seu poder. Tarde demais.

Flechas lhe rasgaram as asas. Atingiram as pernas.

E acho que eu estava gritando. Não por medo, conforme mergulhávamos, mas por ele... pelo sangue e pelo brilho esverdeado naquelas flechas. Não era apenas freixo, mas veneno também.

Um vento escuro — o poder de Rhys — se chocou contra mim, e, então, fui atirada para longe quando Rhys me lançou às cambalhotas para além do alcance das flechas, às cambalhotas pelo ar...

O rugido de ira de Rhys estremeceu a floresta, as montanhas além. Pássaros se ergueram em ondas, fugindo daquele urro.

Eu me choquei contra a folhagem densa, meu corpo reclamou de dor quando fui atirada contra madeira e pinhas e folhas. E mais e mais para baixo...

Concentração concentração concentração.

Disparei uma onda daquele ar sólido que uma vez me protegera do temperamento de Tamlin. Atirei-a abaixo de mim como uma rede.

Colidi com uma parede invisível, tão sólida que achei que meu braço direito pudesse se quebrar.

Mas... parei de cair entre os galhos.

Dez metros abaixo, o chão era quase impossível de ver na escuridão crescente.

Não confiei naquele escudo para segurar meu peso por muito tempo.

Eu me arrastei até ultrapassar o escudo, tentando não olhar para baixo, e saltei pelos últimos metros até um amplo galho de pinheiro. Disparando acima da floresta, cheguei ao tronco da árvore e me agarrei a ele, ofegante, reorganizando a mente em torno da dor, da estabilidade de estar no chão.

Ouvi — procurando Rhys, as asas, o próximo rugido. Nada.

Nenhum sinal dos arqueiros ao encontro dos quais Rhysand caía. Dos quais ele me atirara tão longe. Tremendo, cravei as unhas na casca da árvore e prestei atenção em busca de Rhys.

Flechas de freixo. Flechas de freixo envenenadas.

A floresta ficou ainda mais escura, as árvores pareciam definhar em cascos esqueléticos. Até mesmo os pássaros se calaram.

Encarei a palma de minha mão — o olho pintado ali — e lancei um pensamento às cegas por ele, por aquele laço. *Onde você está? Diga, e irei até você. Encontrarei você.*

Não havia muralha adamantina de ônix no fim do laço. Apenas sombras intermináveis.

Coisas — coisas grandes, enormes — farfalhavam na floresta.

Rhysand. Nenhuma resposta.

A última luz do dia se foi.

Rhysand, por favor.

Nenhum som. E o laço entre nós... silencioso. Sempre o sentia me protegendo, me seduzindo, rindo para mim do outro lado dos escudos. E agora... sumira.

Um uivo gutural ondulou ao longe, como rochas arrastando-se umas nas outras.

Cada pelo de meu corpo se arrepiou. Jamais tínhamos ficado fora depois do anoitecer.

Respirei para me tranquilizar, armando uma das poucas flechas restantes no arco.

No chão, algo escorregadio e escuro passou serpenteando, as folhas estalaram sob o que pareciam ser enormes patas que terminavam em garras semelhantes a agulhas.

Algo começou a gritar. Guinchos agudos de pânico. Como se estivesse sendo dilacerado. Não era Rhys; era outra coisa.

Comecei a tremer de novo, a ponta de minha flecha reluzia conforme estremecia comigo.

Onde está onde está onde está.

Me deixe encontrá-lo me deixe encontrá-lo me deixe encontrá-lo.

Desarmei o arco. Qualquer pingo de luz poderia me denunciar.

Escuridão era minha aliada; escuridão poderia me proteger.

Fora ódio da primeira vez que atravessei — e ódio da segunda vez que consegui.

Rhys estava ferido. Tinham *ferido* Rhys. Ele era o alvo. E agora... agora...

Não era ódio incandescente que escorria por mim.

Mas algo antigo, e congelado, e tão cruel que afiava minha concentração como uma lâmina.

E, se eu quisesse rastreá-lo, se quisesse chegar ao ponto no qual o vira pela última vez... eu também me tornaria um ser da escuridão.

Estava percorrendo o galho no momento em que algo se chocou contra a vegetação próxima, grunhindo e sibilando. Mas me dobrei em fumaça e luz estelar, e atravessei da beira de meu galho para a árvore do outro lado. A criatura abaixo soltou um grito, mas não prestei atenção.

Era noite; eu era vento.

De árvore em árvore, atravessei, tão rápida que as bestas que perambulavam pelo chão da floresta mal notaram minha presença. E se eu podia criar garras e asas... podia mudar meus olhos também.

Eu já havia caçado o suficiente ao pôr do sol para ver como os olhos animais funcionavam, como brilhavam.

Um comando frio fez meus olhos se arregalarem, transformando-se: uma cegueira temporária enquanto eu atravessava entre as árvores de novo, correndo por um galho amplo e atravessando pelo ar até o seguinte...

Aterrissei, e a floresta noturna se tornou clara. E as coisas caminhando abaixo... não olhei para elas.

Não, mantive a atenção em atravessar pelas árvores até chegar ao limite do ponto no qual eu fora atacada, o tempo todo dando puxões naquele laço, procurando aquela parede familiar do outro lado. Então...

Uma flecha estava presa nos galhos acima de mim. Atravessei para o galho largo.

E, quando arranquei aquela vara de madeira de freixo, quando senti meu corpo imortal se esquivar em sua presença, um grunhido baixo escapuliu de mim.

Não tinha conseguido contar quantas flechas atingiram Rhys. De quantas ele havia me protegido, usando o próprio corpo.

Enfiei a flecha na aljava e continuei em frente, circundando a área até ver outra — no tapete de folhas de pinheiro.

Achei que gelo pudesse ter refletido atrás de mim conforme atravessei na direção de onde a flecha teria sido atirada, encontrando outra, e mais outra. Guardei todas.

Até descobrir o lugar em que os galhos de pinheiro estavam quebrados e destruídos. Por fim, senti o cheiro de Rhys, e as árvores ao redor reluziam com gelo quando vi o sangue manchando os galhos, o chão.

E flechas de freixo por todo o local.

Era como se uma emboscada estivesse esperando e tivesse disparado uma saraivada de centenas de flechas, rápidas demais para que Rhys as detectasse ou evitasse. Principalmente se ele estava distraído comigo. Distraído o dia todo.

Atravessei em rompantes pelo local, com o cuidado de não ficar no chão por muito tempo, para que as criaturas perambulando por perto não me farejassem.

Ele caíra com força, diziam os rastros. E precisaram arrastá-lo para longe. Rapidamente.

Haviam tentado esconder o rastro de sangue, mas mesmo sem a mente de Rhys falando comigo, eu podia encontrar aquele cheiro em qualquer lugar. Eu *encontraria* aquele cheiro em qualquer lugar.

Talvez fossem bons em esconder o próprio rastro, mas eu era melhor.

Continuei minha caçada, com uma flecha de freixo agora engatilhada no arco conforme eu lia os sinais.

Duas dúzias, pelo menos, levaram Rhys para longe, embora mais estivessem lá para o ataque inicial. Os demais tinham atravessado para longe, deixando um grupo menor para arrastar Rhys na direção das montanhas... na direção de quem pudesse estar esperando.

Estavam se movendo rapidamente. Mais e mais para dentro da floresta, na direção das gigantes dormentes que eram as montanhas illyrianas. O sangue de Rhys escorrera por todo o caminho.

Vivo, aquilo me dizia. Ele estava vivo, mas... se os ferimentos não coagulavam... as flechas de freixo estavam fazendo seu trabalho.

Eu matara uma das sentinelas de Tamlin com apenas uma flecha de freixo bem direcionada. Tentei não pensar no que uma saraivada poderia fazer. O rugido de dor de Rhys ecoava em meus ouvidos.

E em meio àquele ódio impiedoso e irredutível, decidi que, se Rhys não estivesse vivo, se ele estivesse ferido a ponto de não poder ser salvo... não me importava quem fossem e por que tinham feito aquilo.

Estariam todos mortos.

Pegadas desviaram do grupo principal: batedores provavelmente enviados para encontrar um local para passar a noite. Reduzi a velocidade das travessias, cuidadosamente rastreando as pegadas agora. Dois grupos haviam se dividido, como se tentassem esconder aonde tinham ido. O cheiro de Rhys estava em ambos.

Tinham levado as roupas dele, então. Porque sabiam que eu os rastrearia, tinham me visto com Rhys. Sabiam que eu iria atrás dele. Uma armadilha; provavelmente era uma armadilha.

Parei nos galhos mais altos de uma árvore que dava para onde os dois grupos tinham se separado, avaliando o território. Um seguia mais para o fundo das montanhas. O outro seguia pelo limite delas.

Montanhas eram território illyriano; nas montanhas eles corriam o risco de ser descobertos por uma patrulha. Presumiriam que era para lá que *eu* duvidaria de que seriam estúpidos demais para ir. Presumiriam que eu acharia que se ateriam à floresta não vigiada e não patrulhada.

Considerei minhas opções, farejando os dois caminhos.

Não tinham contado com o leve segundo cheiro que se agarrava ali, entrelaçado ao dele.

E não me deixei pensar nisso enquanto atravessava na direção dos rastros para a montanha, correndo mais que o vento. Não me permiti pensar no fato de que *meu* cheiro estava em Rhys, agarrando-se a ele depois da noite passada. Rhys trocara de roupa naquela manhã, mas o cheiro em seu corpo... Sem tomar banho, eu estava sobre ele inteiro.

Então, atravessei na direção de Rhys, em *minha* direção. E, quando a estreita caverna surgiu ao pé de uma montanha, o mais leve brilho de luz escapando da entrada... parei.

Um chicote estalou.

E cada palavra, cada pensamento e sensação se esvaiu de mim. Outra chicotada... e outra.

Joguei o arco por cima do ombro e puxei outra flecha de freixo. Rapidamente amarrei as duas flechas, para que uma ponta reluzisse de cada lado — e fiz o mesmo com outras duas. E quando terminei, quando olhei para as adagas gêmeas improvisadas em cada mão, quando aquele chicote soou de novo... atravessei para dentro da caverna.

Tinham escolhido uma com entrada estreita, que se abria para um túnel amplo e sinuoso, montando acampamento depois da curva da caverna, para evitar serem detectados.

Os batedores na frente — dois machos Grão-Feéricos sem armaduras características e que eu não reconheci — não repararam quando passei.

Dois outros batedores patrulhavam do lado de dentro da boca da caverna, vigiando aqueles na frente. Eu cheguei e parti dali antes que eles conseguissem me ver. Passei pela curva, o tempo escorregava e se dobrava, e meus olhos escuros como a noite queimaram diante da luz. Eu os mudei, atravessei entre um piscar e outro, além dos outros dois guardas.

E, quando olhei para os quatro outros naquela caverna, olhei para a pequena fogueira que tinham acendido e para o que já tinham feito com ele... Fiz força contra o laço entre nós — quase chorando quando senti aquela muralha adamantina... Mas não havia nada além dela. Apenas silêncio.

Tinham encontrado correntes estranhas de pedra azulada para manter os braços dele abertos, suspendendo-o de cada uma das paredes na caverna. O corpo pendia inerte das correntes, as costas pareciam um pedaço destruído de carne. E as asas...

Tinham deixado as flechas de freixo nas asas. Sete delas.

Ele estava de costas para mim, e apenas a visão do sangue escorrendo pela pele me disse que Rhys estava vivo.

E aquilo bastou — aquilo bastou para que eu explodisse.

Atravessei até os dois guardas que seguravam chicotes idênticos.

Os demais ao redor gritaram quando enfiei minhas flechas de freixo em suas gargantas, fundo e com brutalidade, exatamente como eu tinha feito inúmeras vezes enquanto caçava. Um, dois — então, estavam no chão, chicotes inertes. Antes que os guardas pudessem atacar, atravessei de novo, até os mais próximos.

Sangue jorrou.

Travessia, golpe; travessia, golpe.

Aquelas asas — aquelas lindas, poderosas asas...

Os guardas na entrada da caverna tinham entrado às pressas.

Foram os últimos a morrer.

E o sangue em minhas mãos parecia diferente daquele Sob a Montanha. Desse sangue... eu gostei. Sangue por sangue. Sangue por cada gota que tinham derramado do dele.

Silêncio recaiu na caverna quando os últimos gritos terminaram de ecoar, e atravessei para a frente de Rhys, enfiando as adagas ensanguentadas no cinto. Segurei-lhe o rosto. Pálido... pálido demais.

Mas os olhos de Rhys se abriram como fendas e ele gemeu.

Não disse nada quando disparei para as correntes que o seguravam, tentando não reparar nas impressões de mãos ensanguentadas que eu deixava em Rhys. As correntes pareciam gelo — eram piores que gelo. Tinham uma sensação *errada*. Afastei a dor e a estranheza, e a fraqueza que descia por minha coluna, e o soltei.

Os joelhos de Rhys caíram na rocha com tanta força que me encolhi, mas corri até o outro braço, ainda erguido. Sangue fluía pelas costas de Rhys, pela frente, e se empoçava nos sulcos formados por seus músculos.

— Rhys — sussurrei. Quase caí de joelhos também quando senti um lampejo *dele* por trás dos escudos mentais, como se a dor e a exaustão o tivessem reduzido à espessura de uma janela. As asas de Rhys, salpicadas daquelas flechas, continuavam abertas, tão dolorosamente esticadas que encolhi o corpo. — Rhys... precisamos atravessar para casa.

Os olhos dele se abriram de novo, e Rhys arquejou.

— Não posso.

Qualquer que fosse o veneno naquelas flechas, então, a magia dele, a força...

Mas não podíamos ficar ali, não quando o outro grupo estava próximo. Então, eu disse:

— Segure firme. — E segurei a mão de Rhys antes de nos atirar à noite e à fumaça.

Atravessar era tão pesado, como se todo o peso de Rhysand, todo aquele poder, me arrastasse para trás. Era como andar na lama, mas me concentrei na floresta, em uma caverna coberta por musgo que tinha visto no início daquele dia enquanto saciava minha sede, oculta na lateral da margem do rio. Eu tinha olhado dentro da caverna, e não havia nada além de folhas ali. Pelo menos era segura, se não um pouco úmida. Melhor que ficarmos a céu aberto — e era nossa única opção.

Cada quilômetro foi um esforço. Mas continuei segurando sua mão, apavorada porque, se soltasse, o deixaria em algum lugar em que talvez jamais o encontrasse, e...

E, então, tínhamos chegado àquela caverna, e Rhys gemeu de dor quando nos chocamos contra o chão molhado e frio de pedra.

— Rhys — supliquei, aos tropeços na escuridão, uma escuridão tão impenetrável, e com aquelas criaturas ao nosso redor, não arrisquei uma fogueira...

Mas ele estava tão frio, e ainda sangrava.

Fiz meus olhos mudarem de novo, e minha garganta deu um nó quando vi os danos. As lacerações pelas costas continuavam pingando sangue, mas as asas...

— Preciso tirar essas flechas.

Rhys gemeu de novo, as mãos apoiadas no chão. E, ao vê-lo daquele jeito, incapaz de sequer fazer um comentário malicioso ou dar um meio sorriso...

Fui até a asa de Rhys.

— Isso vai doer. — Trinquei o maxilar conforme estudava a forma como as flechas tinham perfurado a linda membrana. Precisaria partir as flechas em dois pedaços e deslizar cada ponta para fora.

Não... não partir. Precisaria cortar — devagar, com cuidado, suavemente, para evitar que qualquer pedaço ou parte áspera causasse mais danos. Quem sabia o que uma farpa de freixo poderia fazer se ficasse presa ali?

— Vá em frente — disse Rhys, ofegante, a voz rouca.

Havia sete flechas no total: três em uma asa, quatro na outra. Tinham retirado aquelas das pernas, não sei por que motivo... os ferimentos já estavam quase coagulados.

Sangue pingou no chão.

Tirei a faca de onde estava presa a minha coxa, avaliei o ferimento de entrada e, cuidadosamente, segurei a haste da flecha. Rhys chiou. Parei.

— Vá em frente — repetiu Rhys, os nós dos dedos brancos quando socou o chão.

Apontei a pequena parte da lâmina serrada contra a flecha e comecei a serrar o mais cuidadosamente possível. Os músculos cobertos de sangue das costas de Rhys se moveram e retesaram, e sua respiração ficou intensa, irregular. Lenta demais — eu estava sendo lenta demais.

Mas, se fosse mais rápido, poderia machucar mais, poderia danificar a asa sensível.

— Você sabia — falei, por cima do som da serragem — que em um verão, quando eu tinha 17 anos, Elain comprou tintas para mim? Tínhamos apenas o suficiente para gastar em coisas supérfluas, e ela comprou presentes para mim e para Nestha. Não tinha o suficiente para um conjunto completo, mas me comprou vermelho, azul e amarelo. Eu usei as tintas até a última gota, aproveitando o máximo possível, e pintei pequenas decorações em nosso chalé.

A respiração de Rhys saiu pesada, e, por fim, serrei a flecha. Não deixei que ele soubesse o que eu fazia antes de arrancar a ponta da flecha com um puxão suave.

Rhys xingou, travando o corpo, e sangue jorrou — e, depois, parou.

Quase soltei um suspiro de alívio. Comecei a trabalhar na próxima flecha.

— Pintei a mesa, os armários, a porta... E tínhamos uma cômoda velha, preta, em nosso quarto, com uma gaveta para cada uma. Não tínhamos muitas roupas para colocar ali, de qualquer modo. — Serrei a segunda flecha mais rápido, e Rhys se preparou quando a puxei para fora. Sangue escorreu e, depois, coagulou. Comecei na terceira. — Pintei flores para Elain em sua gaveta — falei, serrando e serrando. — Pequenas rosas e begônias e íris. E para Nestha... — A flecha caiu no chão, e eu puxei a outra ponta.

Observei o sangue fluir e parar; observei Rhys abaixar devagar a asa até o chão, o corpo tremendo.

— Nestha — continuei, começando com a outra asa —, para ela eu pintei chamas. Ela estava sempre nervosa, sempre queimando. Acho que Nestha e Amren se tornariam amigas rapidamente. Acho que gostaria de Velaris, apesar de não admitir. E acho que Elain... Elain também gostaria. Embora provavelmente grudasse em Azriel, apenas por um pouco de paz e silêncio.

Sorri ao pensar naquilo... em como eles ficariam bonitos juntos. Se o guerreiro algum dia deixasse de amar Mor em segredo. Duvidava disso. Azriel provavelmente amaria Mor até o dia em que se tornasse um sussurro de escuridão entre as estrelas.

Terminei a quarta flecha e comecei a quinta.

A voz de Rhys estava áspera quando ele disse, na direção do chão:

— O que pintou para você?

Puxei a quinta e segui para a sexta antes de responder:

— Pintei o céu noturno.

Rhys ficou imóvel. Acrescentei:

— Pintei estrelas e a luz e nuvens e apenas céu escuro e infinito. — Terminei a sexta flecha e estava a caminho de serrar a sétima antes de dizer: — Nunca soube por quê. Eu raramente saía à noite; geralmente, estava tão cansada de caçar que só queria dormir. Mas me pergunto... — Puxei a sétima e última flecha. — Me pergunto se alguma parte minha sabia o que me esperava. Que eu jamais seria uma cultivadora mansa, ou alguém que queimava como fogo, mas que seria silenciosa e determinada e cheia de facetas, como a noite. Que eu teria beleza, para aqueles que soubessem onde procurar, e, se as pessoas não se dessem o trabalho de me olhar, mas apenas de me temer... Então, eu não gostaria muito delas mesmo. Me pergunto se, mesmo em meu desespero e minha falta de esperança, jamais estive realmente só. Me pergunto se estava procurando este lugar, procurando por todos vocês.

O sangue parou de escorrer, e a outra asa de Rhys se abaixou até o chão. Devagar, as lacerações nas costas começaram a cicatrizar. Dei a volta até onde Rhys estava caído no chão, com as mãos apoiadas na rocha, e me ajoelhei.

Ele ergueu a cabeça. Olhos cheios de dor, lábios drenados de sangue.

— Você me salvou — constatou Rhys, rouco.

— Pode me explicar quem eram depois.

— Emboscada — disse Rhys mesmo assim, os olhos observando meu rosto, em busca de sinais de dor. — Soldados de Hybern com correntes antigas do próprio rei, para anular meu poder. Devem ter rastreado a magia que usei ontem... Desculpe. — As palavras saíram aos tropeços de Rhys. Afastei seus cabelos pretos para trás. Por isso ele não conseguira usar o laço para falar entre nossas mentes.

— Descanse — pedi, e me movi para alcançar o cobertor de minha sacola. Teria de servir. Rhys segurou meu pulso antes que eu pudesse me levantar. Suas pálpebras se abaixaram. A consciência se esvaía, muito rápido. Rápido demais e muito intensamente.

— Eu também estava procurando por você — murmurou Rhys. E desmaiou.

Capítulo 50

Dormi ao seu lado, oferecendo o calor que podia, monitorando a entrada da caverna a noite inteira. As bestas da floresta passavam caminhando em um desfile infinito, e, apenas à luz cinzenta antes do alvorecer, os grunhidos e os chiados se foram.

Rhys estava inconsciente quando a luz aquosa do sol pintou as paredes de pedra, a pele, suada. Verifiquei os ferimentos e vi que mal se curavam; um líquido oleoso brilhante escorria deles.

E, quando coloquei a mão na testa de Rhys, xinguei ao sentir o calor.

Veneno cobria aquelas flechas. E esse veneno ainda estava em seu corpo.

O acampamento de guerra illyriano ficava tão distante que meus poderes, frágeis por causa da noite anterior, não nos levariam longe.

Mas, se tinham aquelas correntes terríveis para anular o poder de Rhys, tinham flechas de freixo para derrubá-lo, então, aquele veneno...

Uma hora se passou. Rhys não melhorou. Não, a pele estava pálida... empalidecendo; a respiração, curta.

— Rhys — chamei, baixinho.

Ele não se moveu; tentei sacudi-lo. Se Rhys podia me dizer o que o veneno era, talvez eu pudesse tentar encontrar algo para ajudar... Ele não acordou.

Por volta do meio-dia, pânico me tomou como um punho gigante.

Não sabia nada sobre venenos ou remédios. E lá fora, tão longe de todos... Será que Cassian nos encontraria a tempo? Será que Mor atravessaria até lá? Tentei despertar Rhys diversas vezes.

O veneno o arrasara profundamente. Eu não arriscaria esperar que ajuda chegasse.

Não arriscaria a vida de Rhys.

Então, eu o envolvi em tantas camadas de roupas quanto pude, mas peguei meu manto, beijei a testa de Rhys e saí.

Estávamos a apenas algumas centenas de metros de onde eu estava caçando na noite anterior, e, quando saí da caverna, tentei não olhar para os rastros das bestas que tinham passado logo acima de nós. Rastros enormes, terríveis.

O que eu estava prestes a caçar seria pior.

Já estávamos próximos de água corrente — então, montei uma armadilha perto, construindo-a com mãos que se recusavam a tremer.

Coloquei o manto — praticamente novo, elegante, lindo — no centro da armadilha. E esperei.

Uma hora. Duas.

Eu estava prestes a começar a barganhar com o Caldeirão, com a Mãe, quando um silêncio arrepiante, familiar, recaiu sobre o bosque.

Ondulando em minha direção, os pássaros pararam de cantar, o vento parou de suspirar contra os pinheiros.

E, quando um estalo soou na floresta, seguido por um guincho que doeu em meus ouvidos, encaixei uma flecha no arco e disparei para ver o Suriel.

Era tão terrível quanto eu me lembrava:

Roupas em frangalhos mal escondiam um corpo feito não de pele, mas do que parecia ser osso sólido e gasto. A boca sem lábios tinha dentes largos demais, e os dedos — longos, finos — emitiam cliques uns contra os outros enquanto a criatura segurava o elegante manto que eu colocara no centro da armadilha, como se o tecido tivesse sido soprado pelo vento.

— Feyre Quebradora da Maldição — disse ele, se virando para mim, com uma voz que era tanto uma quanto muitas.

Abaixei o arco.

— Preciso de você.

Tempo; eu estava ficando sem tempo. Podia sentir pelo laço aquela urgência implorando que eu me apressasse.

— Que mudanças fascinantes um ano infligiu a você, ao mundo — comentou o Suriel.

Um ano. Sim, fazia mais de um ano agora desde que tinha cruzado a muralha pela primeira vez.

— Tenho perguntas — declarei.

O Suriel sorriu, e cada um daqueles dentes marrons, manchados e grandes demais ficou exposto.

— Você tem duas perguntas.

Uma resposta e uma ordem.

Não desperdicei tempo; não com Rhys, não quando aquele bosque poderia estar cheio de inimigos nos caçando.

— Que veneno foi usado naquelas flechas?

— Veneno de sangue — respondeu ele.

Não conhecia aquele veneno... jamais ouvira falar.

— Onde encontro a cura?

O Suriel tamborilou os dedos ossudos uns contra os outros, como se a resposta estivesse dentro do som.

— Na floresta.

Sibilei e fiz uma expressão apática.

— Por favor, por favor, não seja enigmático. *Qual* é a cura?

O Suriel inclinou a cabeça, o osso reluziu à luz.

— Seu sangue. Dê seu sangue a ele, Quebradora da Maldição. Está cheio do dom de cura do Grão-Senhor da Crepuscular. Vai poupá-lo da ira do veneno de sangue.

— Só isso? — insisti. — *Quanto* sangue?

— Alguns punhados servirão. — Um vento vazio, seco, nada parecido com os véus nevoentos e frios que costumavam passar, acariciou meu rosto. — Ajudei você antes. Ajudei agora. E vai me libertar antes que eu perca a paciência, Quebradora da Maldição.

Alguma parte humana primitiva e permanente tremeu em mim quando olhei para a mesma armadilha em volta das pernas do Suriel, que o prendia ao chão. Talvez dessa vez o Suriel tivesse se deixado ser pego. E soubesse como se libertar. Talvez tenha aprendido assim que eu o poupei dos naga.

Um teste... de honra. E um favor. Pela flecha que eu disparei para salvá-lo no ano anterior.

Mas prendi uma flecha de freixo no arco, encolhendo o corpo diante da camada de veneno que a cobria.

— Obrigada pela ajuda — agradeci, me preparando para fugir, caso o Suriel avançasse contra mim.

Os dentes manchados do Suriel estalaram uns contra os outros.

— Se deseja acelerar a cura de seu parceiro, além de seu sangue, uma erva de flores rosa cresce perto do rio. Faça com que ele a mastigue.

Disparei a flecha na armadilha antes de terminar de ouvir as palavras.

A armadilha se soltou. E a palavra foi absorvida por mim.

Parceiro.

— O que você disse?

O Suriel ficou totalmente de pé, mais alto que eu mesmo do outro lado da clareira. Não tinha percebido que, apesar dos ossos, era musculoso... poderoso.

— Se deseja... — O Suriel parou e sorriu, mostrando quase todos aqueles dentes marrons e espessos. — Não sabia, então.

— Diga — disparei.

— O Grão-Senhor da Corte Noturna é seu parceiro.

Eu não tinha certeza absoluta de que respirava.

— Interessante — falou o Suriel.

Parceiro.

Parceiro.

Parceiro.

Rhysand era meu parceiro.

Não amante, não marido, mas mais que isso. Um laço tão profundo, tão permanente, que era honrado acima de todos os outros. Raro, celebrado.

Não a parceira de Tamlin.

De Rhysand.

Eu estava com ciúmes, e irritado...

Você é minha.

As palavras escapuliram de mim, baixas e distorcidas:

— Ele sabe?

O Suriel agarrou o tecido do novo manto nos dedos ossudos.

— Sim.

— Há muito tempo?

— Sim. Desde...

— Não. Ele pode me contar... Quero ouvir dos lábios dele.

O Suriel inclinou a cabeça.

— Você está... está sentindo demais, muito rápido. Não consigo ler.

— Como posso ser sua parceira? — Parceiros eram iguais, combinavam, pelo menos de algumas formas.

— Ele é o Grão-Senhor mais poderoso que já andou sob a face da Terra. Você é... nova. É feita de todos os sete Grão-Senhores. Diferente de tudo. Não são semelhantes nisso? Não combinam?

Parceiro. E ele sabia... ele *sabia*.

Olhei para o rio, como se pudesse ver até a caverna, onde Rhysand dormia.

Quando olhei de volta para o Suriel, ele tinha sumido.

Encontrei a erva rosa e arranquei-a do chão no caminho de volta para a caverna.

Ainda bem que Rhys estava semiacordado, as camadas de roupa que eu havia jogado sobre ele agora estavam espalhadas pelo cobertor, e Rhys me deu um sorriso contido quando entrei.

Atirei a erva contra ele, enchendo o peito nu de Rhys de terra.

— Mastigue isso.

Ele piscou, confuso, para mim.

Parceiro.

Mas Rhys obedeceu, franzindo a testa para a planta antes de arrancar algumas folhas e começar a mastigar. Rhys fez uma careta ao engolir. Tirei o casaco, puxei a manga para cima e caminhei até ele. Rhys sabia e escondera de mim.

Será que os outros sabiam? Será que tinham adivinhado?

Ele... ele prometera não mentir, não esconder coisas de mim.

E aquilo; aquela *coisa mais importante da minha existência imortal*...

Passei uma adaga por meu antebraço, fiz um corte longo e profundo, e me ajoelhei diante de Rhysand. Não senti dor.

— Beba isto. *Agora.*

Rhys piscou de novo, erguendo as sobrancelhas, mas não dei a ele a chance de protestar antes de segurá-lo pela nuca, erguer o braço até sua boca e o empurrar contra minha pele.

Rhysand parou quando meu sangue tocou seus lábios. Então, abriu mais a boca, e a língua roçou meu braço enquanto ele bebia meu sangue. Um punhado. Dois. Três.

Puxei o braço de volta, o ferimento já estava se curando, e abaixei a manga.

— Você não tem o direito de fazer perguntas — avisei, e ele ergueu o olhar para mim, exaustão e dor estampados no rosto, meu sangue brilhando naqueles lábios. Parte de mim odiava as palavras, por agir daquela forma quando Rhys estava ferido, mas não me importava. — Só pode respondê-las. E nada mais.

Cautela tomou conta dos olhos de Rhysand, mas ele assentiu, mordendo outro punhado da erva e mastigando.

Eu o encarei, o guerreiro meio illyriano que era meu parceiro de alma.

— Há quanto tempo sabe que sou sua parceira?

Rhys ficou imóvel. O mundo inteiro ficou imóvel.

Ele engoliu em seco.

— Feyre.

— Há quanto tempo sabe que sou sua parceira?

— Você... Você pegou o Suriel? — Como Rhys tinha descoberto, não me importava.

— Eu disse que você não tem o direito de fazer perguntas.

Achei que algo como pânico pudesse ter surgido em suas feições. Rhys mastigou de novo a planta — como se ajudasse instantaneamente, como se ele soubesse que queria estar com todas as forças para enfrentar aquilo, me enfrentar. A cor já florescia em suas bochechas, talvez por qualquer que fosse a cura em meu sangue.

— Suspeitava havia um tempo — disse Rhys, engolindo em seco de novo. — Tive certeza quando Amarantha estava matando você. E, quando estávamos na varanda Sob a Montanha, logo depois de sermos libertados, eu *senti* aquilo se encaixar entre nós. Acho que quando você foi Feita, isso... isso aguçou o cheiro do laço. Olhei para você então, e a força me atingiu como um golpe.

Ele tinha ficado de olhos arregalados, cambaleara para trás como se estivesse chocado... apavorado. E sumira.

Isso acontecera havia mais de meio ano.

Meu sangue latejava nas orelhas.

— Quando ia me contar?

— Feyre.

— *Quando ia me contar?*

— Não sei. Queria contar ontem. Ou quando você tivesse percebido que não havia apenas um acordo entre nós. Esperava que pudesse perceber quando eu a levasse para a cama e...

— Os outros sabem?

— Amren e Mor. Azriel e Cassian suspeitam.

Meu rosto corou. Eles sabiam... eles...

— Por que não me contou?

— Você estava apaixonada por ele; ia se casar com ele. Então, você... estava passando por tudo aquilo, e não pareceu certo contar.

— Eu merecia saber.

— Na outra noite, você me disse que queria uma distração, queria *diversão.* Não um laço de parceria. E não alguém como eu... uma confusão. — Quer dizer então que as palavras que eu tinha disparado depois da Corte de Pesadelos assombraram Rhys.

— Você prometeu... prometeu nada de segredos, nada de jogos. *Prometeu.*

Algo em meu peito estava desabando. Alguma parte de mim que eu achei que tivesse perdido havia muito tempo.

— Eu sei que sim — concedeu Rhys, o brilho lhe retornando ao rosto. — Você acha que eu não queria contar? Acha que gostei de ouvir que você só me queria para diversão e sexo? Acha que não me deixou completamente louco o fato de que aqueles desgraçados me derrubaram do céu porque eu estava ocupado demais me perguntando se deveria contar ou esperar, ou talvez aceitar as migalhas que você me oferecia e ficar feliz com isso? Ou que talvez deveria deixá-la ir, para não ter uma vida inteira de assassinos e Grão-Senhores a caçando por estar comigo?

— Não quero ouvir isso. Não quero ouvir você explicar como presumiu que sabia o que era melhor, que eu não podia lidar com isso...

— Não foi o que fiz...

— Não quero ouvir você me contar que decidiu que eu deveria permanecer ignorante enquanto seus amigos sabiam, enquanto *todos vocês* decidiam o que era certo para mim...

— Feyre...

— Me leve de volta ao acampamento illyriano. Agora.

Rhys estava ofegante, puxando ar em grande quantidade e estremecendo.

— Por favor.

Mas disparei até ele e segurei a mão de Rhys.

— *Me leve de volta agora.*

Então, vi a dor e a mágoa em seus olhos. Vi e não me importei, não quando aquela coisa em meu peito se contorcia e se quebrava. Não quando meu coração... meu *coração*... doía tanto que percebi que de alguma forma tinha sido consertado nos últimos meses. Consertado por ele.

E agora doía.

Rhys viu tudo isso e mais em meu rosto, e eu não vi nada além de dor no dele quando ele reuniu a sua força e, grunhindo de dor, atravessou conosco para o acampamento illyriano.

Capítulo 51

Nós nos chocamos contra lama congelante do lado de fora da pequena casa de pedra.

Acho que Rhys pretendia nos atravessar para dentro dela, mas seus poderes tinham se esvaído. Do outro lado do pátio, vi Cassian — e Mor — na janela da casa, tomando café da manhã. Seus olhos se arregalaram, e depois eles dispararam para a porta.

— Feyre — gemeu Rhys, os braços nus cedendo quando ele tentou ficar de pé.

Deixei Rhys deitado na lama e disparei para a casa.

A porta se escancarou, e Cassian e Mor corriam até nós, verificando cada centímetro de nossos corpos. Cassian percebeu que eu estava inteira e disparou para Rhys, que lutava para se levantar, a pele exposta coberta de lama, mas Mor... Mor viu meu rosto.

Fui até ela, com frio, vazia.

— Quero que me leve para algum lugar bem longe — falei. — Agora mesmo. — Eu precisava fugir, precisava pensar, ter espaço, silêncio e paz.

Mor examinou nós dois, mordendo o lábio.

— Por favor — pedi, e minha voz falhou à palavra.

Atrás de mim, Rhys gemeu meu nome de novo.

Mor observou meu rosto outra vez e segurou minha mão.

Nós sumimos em vento e noite.

A claridade me agrediu, e absorvi os arredores: montanhas e neve a nossa volta, fresca e reluzente à luz do meio-dia, tão limpa contra a terra em mim.

Estávamos no alto dos picos, e, a cerca de 100 metros, um chalé repousava, enfiado entre dois picos mais altos das montanhas, protegendo-o do vento. A casa parecia escura, não havia nada ao redor até onde eu enxergava.

— A casa está protegida, para que ninguém possa atravessar para dentro. Ninguém pode passar além deste ponto, na verdade, sem a permissão de nossa família. — Mor deu um passo adiante, a neve estalando sob as botas. Sem o vento, o dia estava ameno o bastante para me lembrar de que a primavera tinha chegado ao mundo, embora apostasse que estaria congelando depois que o sol se fosse. Segui Mor, e algo formigava em minha pele. — Você tem... permissão de entrar — disse Mor.

— Porque sou a parceira dele?

Ela continuou caminhando pela neve na altura dos joelhos.

— Adivinhou, ou ele contou?

— O Suriel me contou. Depois que fui caçá-lo buscando informação sobre como curar Rhys.

Ela xingou.

— Ele... ele está bem?

— Vai viver — respondi. Mor não fez mais perguntas. E não estava me sentindo generosa para fornecer mais informações. Chegamos à porta do chalé, a qual Mor destrancou com um gesto de mão.

Um cômodo principal, com painéis de madeira, consistindo de uma cozinha à direita, e uma sala de estar com um sofá de couro coberto de peles à esquerda; e um pequeno corredor nos fundos que dava para dois quartos e um banheiro compartilhado, nada mais.

— Éramos mandados para cá para "refletir" quando éramos jovens — disse Mor. — Rhys costumava contrabandear para cá livros e bebida alcoólica para mim.

Eu me encolhi ao ouvir seu nome.

— É perfeito — assegurei, tensa. Mor gesticulou com a mão, e uma fogueira tomou vida na lareira; o calor inundou a sala. Comida apareceu nos balcões da cozinha, e algo nos canos rangeu. — Não precisa de lenha — disse ela. — Vai queimar até que você vá embora. — Mor ergueu uma sobrancelha como se para perguntar quando seria.

Virei o rosto.

— Por favor, não conte a ele onde estou.

— Ele vai tentar encontrá-la.

— Diga que não quero ser encontrada. Não por um tempo.

Mor mordeu o lábio.

— Não é de minha conta...

— Então, não diga nada.

Ela disse mesmo assim.

— Ele queria contar. E estava acabando com ele não o fazer. Mas... Eu nunca o vi tão feliz quanto como fica quando estão juntos. E não acho que essa felicidade tenha algo a ver com você ser parceira dele.

— Não me importo. — Mor ficou em silêncio, e consegui sentir as palavras que ela queria dizer se acumulando. Então, eu disse: — Obrigada por me trazer aqui. — Uma dispensa educada.

Mor fez uma reverência com a cabeça.

— Voltarei em três dias. Há roupas nos quartos, e toda a água quente que quiser. A casa é encantada para cuidar de você, apenas deseje ou fale de coisas, e tudo será feito.

Eu só queria solidão e silêncio, mas... um banho quente parecia uma boa forma de começar.

Mor deixou o chalé antes que eu conseguisse dizer mais alguma coisa.

Sozinha, sem ninguém por perto em quilômetros, fiquei na cabine silenciosa e encarei o nada.

PARTE TRÊS

A CASA DE NÉVOA

Capítulo 52

Havia uma banheira funda embutida no chão do chalé na montanha — grande o bastante para acomodar asas illyrianas. Eu a enchi com água quase escaldante, sem me importar com como a magia daquela casa operava, apenas que funcionava. Sibilando e me encolhendo, entrei.

Três dias sem um banho, e eu podia ter chorado ao sentir o calor e a limpeza.

Não importava que certa vez eu tivesse passado semanas sem banho — não quando conseguir água quente para isso no chalé de minha família era mais problemático do que valia a pena. Não quando nem sequer tínhamos uma banheira e eram precisos baldes e baldes de água para nos limparmos.

Eu me lavei com um sabonete escuro que tinha cheiro de fumaça e pinho, e, quando terminei, fiquei sentada ali, observando o vapor espiralar entre as poucas velas.

Parceira.

A palavra me afugentou do banho mais cedo do que eu queria, e me cercou enquanto eu colocava as roupas que encontrara em uma gaveta do quarto: legging preta, um suéter grande, cor de creme, que ia até o meio da coxa, e meias grossas. Meu estômago roncou e percebi que não comia desde o dia anterior, porque...

Porque ele estava ferido e eu tinha perdido a cabeça — completa e totalmente — quando Rhys foi tirado de mim, abatido do céu como um pássaro.

Agi por instinto, por um impulso de proteger Rhys que vinha de um lugar tão profundo em mim...

Tão profundo em mim...

Encontrei um pote de sopa no balcão de madeira que Mor devia ter levado e descobri uma panela de ferro para aquecê-la. Pão fresco e crocante estava perto do fogão, e comi metade enquanto esperava a sopa esquentar.

Ele suspeitara daquilo antes de que eu nos tivesse libertado de Amarantha.

Meu casamento... Rhys o interrompera para me poupar de um erro terrível, ou por interesse próprio? Porque eu era sua parceira, e permitir que eu me atasse a outra pessoa era inaceitável?

Jantei em silêncio, apenas com o crepitar do fogo como companhia.

E sob a barreira de meus pensamentos, um latejar de alívio.

Meu relacionamento com Tamlin estava condenado desde o início. Eu tinha partido — apenas para encontrar meu parceiro. Para ir até meu parceiro.

Se eu tentava poupar nós dois da vergonha, de boatos, somente... somente haver encontrado meu parceiro funcionaria.

Eu não era um lixo mentiroso e traidor. Nem de perto. Mesmo que Rhys... Rhys soubesse que eu era sua parceira.

Enquanto eu dividia a cama com Tamlin. Por meses e meses. Ele sabia que eu estava compartilhando a cama com Tamlin, e não deixara transparecer. Ou talvez não se importasse.

Talvez não quisesse o laço. Esperava que se desfizesse.

Eu não devia nada a Rhysand então... não tinha nada por que me desculpar.

Mas ele sabia que eu reagiria mal. Que me machucaria mais do que me ajudaria.

E se eu soubesse?

E se eu *soubesse* que Rhys era meu parceiro enquanto amava Tamlin?

Aquilo não desculpava o fato de ele não ter me contado. Não desculpava as últimas semanas, durante as quais me odiei tanto por desejar Rhys tão intensamente — quando ele deveria ter me contado. Mas... eu entendia.

Lavei a louça, limpei as migalhas da pequena mesa de jantar entre a cozinha e a sala de estar, e deitei em uma das camas.

Apenas na noite anterior, estava aninhada ao seu lado, contando as respirações de Rhys para me certificar de que ele não tinha parado de respirar. E na noite anterior a essa, estava nos braços dele, com seus dedos entre minhas pernas, a língua em minha boca. E agora... Embora o chalé estivesse quente, os lençóis estavam frios. A cama era grande; vazia.

Pela pequena janela de vidro, a propriedade coberta de neve ao meu redor brilhava azul ao luar. O vento parecia um gemido oco, soprando grandes e reluzentes tufos de neve para além do chalé.

Eu me perguntei se Mor teria contado a Rhys onde eu estava.

Se ele, de fato, iria atrás de mim.

Parceiro.

Meu parceiro.

A luz do sol refletida na neve me acordou, e semicerrei os olhos diante da claridade, me xingando por não ter fechado as cortinas. Precisei de um momento para me lembrar de onde estava; de por que estava naquele chalé isolado, no interior das montanhas de — não sabia que montanhas eram aquelas.

Rhys certa vez mencionara um retiro preferido que Mor e Amren tinham queimado até virar cinzas durante uma briga. Eu me perguntei se seria aquele, se fora reconstruído. Tudo era confortável; gasto, mas relativamente em boas condições.

Mor e Amren sabiam.

Não conseguia decidir se eu as odiava por aquilo.

Sem dúvida, Rhys ordenara que ficassem quietas, e elas respeitaram seu desejo, mas...

Fiz a cama, preparei o café da manhã, lavei a louça e, depois, fiquei no centro da sala de estar.

Eu tinha fugido.

Exatamente como Rhys esperava que eu fugisse — como eu tinha dito a ele que qualquer um em sã consciência *teria* fugido dele. Como uma covarde, como uma tola, deixei Rhys ferido na lama gelada.

Tinha fugido dele — um dia depois de dizer que ele era a única coisa à qual eu jamais daria as costas.

Tinha exigido sinceridade e, no primeiro teste verdadeiro, nem mesmo deixara que Rhys a demonstrasse. Não dera a Rhys a consideração de ouvir seu lado.

Você me vê.

Bem, eu tinha me recusado a vê-lo. Talvez tivesse me recusado a ver o que estava bem diante de mim.

Tinha lhe dado as costas.

E talvez... talvez não devesse.

O tédio me atingiu no meio do dia.

Tédio supremo e inflexível, porque estava presa do lado de dentro enquanto ouvia a neve que derretia pingar morosamente do telhado no dia ameno de primavera.

Isso me deixou curiosa — e depois que terminei de revirar as gavetas e os armários dos dois quartos (roupas, fitas velhas, facas e armas entre elas, como se alguém as tivesse enfiado ali dentro e simplesmente esquecido), os armários da cozinha (comida, conservas, panelas e frigideiras, um livro de receitas manchado) e a sala de estar (cobertores, alguns livros, mais armas escondidas por *toda parte*), eu me aventurei na despensa.

Para o retiro de um Grão-Senhor, o chalé era... incomum, porque tudo tinha sido feito e decorado com esmero, mas... casualmente. Como se aquele fosse o único lugar ao qual todos pudessem ir, se jogar em camas e no sofá, e não ser ninguém além deles mesmos, se revezando na cozinha à noite e na caça e na limpeza e...

Família.

Parecia uma família; aquela que eu jamais tivera, que nunca ousara desejar de verdade. Tinha parado de esperar por isso quando me acostumei com o espaço e a formalidade de morar em uma mansão. De ser um símbolo de um povo quebrado, o ídolo de ouro e a marionete de uma Grã-Sacerdotisa.

Abri a porta da despensa, e uma lufada de ar frio me cumprimentou, mas velas se acenderam, graças à magia que mantinha o lugar aconchegante. Prateleiras sem poeira (outro truque mágico, sem dúvida) brilhavam com mais comida armazenada. Livros, equipamento esportivo, mochilas e cordas e, surpresa, mais armas. Vasculhei tudo, aqueles resquícios de aventuras do passado e do futuro, e quase não vi quando passei por elas.

Meia dúzia de latas de tinta.

Papel e algumas telas. Pincéis velhos e salpicados de tinta de mãos preguiçosas.

Havia outros materiais de desenho e pintura — tintas pastel e aquarela, o que parecia ser carvão para desenho, mas... encarei a tinta, os pincéis.

Qual deles havia tentado pintar enquanto estava preso aqui, ou aproveitando umas férias com todos eles?

Eu disse a mim mesma que minhas mãos estavam trêmulas devido ao frio quando as estendi para a tinta e abri a tampa.

Ainda fresca. Provavelmente devido à magia que preservava o lugar.

Olhei para o interior escuro e reluzente da lata que tinha aberto: azul.

Então, comecei a pegar os materiais.

✠

Pintei o dia todo.

E quando o sol sumiu, pintei a noite toda.

A lua tinha descido quando lavei as mãos e o rosto e o pescoço, e caí na cama, sem me incomodar em tirar a roupa antes de a inconsciência me levar embora.

Eu estava acordada, com o pincel na mão, antes que o sol da primavera pudesse voltar ao trabalho de descongelar as montanhas ao meu redor.

Parei apenas por tempo bastante para comer. O sol se punha de novo, exausto devido à depressão que tinha causado à camada de neve do lado de fora, quando uma batida soou à porta da frente.

Coberta de tinta — com o suéter creme totalmente arruinado — congelei.

Outra batida, leve, mas insistente. Depois, um:

— Por favor, não esteja morta.

Não sabia se foi alívio ou desapontamento que fez meu peito afundar quando abri a porta e encontrei Mor soprando ar quente nas mãos em concha.

Ela olhou para a tinta em minha pele, em meus cabelos. Para o pincel em minha mão.

E, então, para o que eu tinha feito.

Mor entrou, vinda da noite fria de primavera, e soltou um assobio baixo quando fechou a porta.

— Bem, você certamente anda ocupada.

De fato.

Pintei quase todas as superfícies da sala principal.

E não apenas com grandes pinceladas de cor, mas com decorações — pequenas imagens. Algumas eram básicas: grupos de estacas de gelo caindo pelas laterais do portal. Elas se derretiam aos primeiros sinais de neve e, depois, se tornavam flores exuberantes de verão, antes de ficarem mais claras e mais intensas como folhas de outono. Eu tinha pintado um anel de flores ao redor da mesa de carteado, perto da janela; e folhas e chamas crepitantes em volta da mesa de jantar.

Mas entre as decorações intricadas, eu os tinha pintado. Pedaços de Mor e Cassian e Azriel e Amren... e Rhys.

Mor foi até a grande lareira, onde eu pintara a moldura superior de preto, ressaltado com veios de ouro e vermelho. De perto, era um trecho sólido e belo de tinta. Mas do sofá...

— Asas illyrianas — falou Mor. — Ah, eles nunca vão parar de se gabar disso.

Mas ela foi até a janela, a qual eu tinha emoldurado com mechas espiraladas de dourado, cobre e bronze. Mor levou o dedo ao cabelo, inclinando a cabeça.

— Bonito — elogiou ela, observando a sala de novo.

Os olhos de Mor recaíram sobre o portal que dava para o corredor dos quartos, e ela fez uma careta.

— Por que — disse ela — os olhos de Amren estão ali?

De fato, acima da porta, no centro do aro, eu tinha pintado um par de olhos prateados brilhantes.

— Porque ela está sempre vigiando.

Mor riu com escárnio.

— Isso não vai funcionar. Pinte meus olhos ao lado dos dela. Assim, os machos desta família saberão que nós *duas* estamos vigiando da próxima vez que vierem para cá se embebedar por uma semana seguida.

— Eles fazem isso?

— Costumavam fazer. — *Antes de Amarantha.* — Todo outono, os três se trancavam nesta casa durante cinco dias, e bebiam e bebiam e caçavam e caçavam, então voltavam para Velaris parecendo quase mortos, mas sorrindo como tolos. Meu coração se aquece ao saber que, de agora em diante, precisarão fazer isso com Amren e eu encarando.

Um sorriso repuxou meus lábios.

— De quem é essa tinta?

— Amren — respondeu Mor, revirando os olhos. — Estávamos todos aqui um verão, e ela queria ensinar a si mesma a pintar. Fez isso durante uns dois dias, antes de se cansar e decidir começar a caçar pobres criaturas.

Uma risada silenciosa escapou de mim. Caminhei até a mesa, a qual eu tinha usado como superfície principal para misturar e organizar as tintas. E talvez eu fosse uma covarde, mas fiquei de costas para Mor ao dizer:

— Alguma notícia de minhas irmãs?

Mor começou a vasculhar os armários, para procurar comida ou para avaliar o que eu precisava. Ela disse, por cima de um ombro:

— Não. Ainda não.

— Ele está... ferido? — Eu o tinha deixado na lama gelada, ferido e limpando o veneno do organismo. Tentei não pensar nisso enquanto pintava.

— Ainda se recuperando, mas bem. Com raiva de mim, é claro, mas pode enfiar essa raiva naquele lugar.

Combinei o amarelo-dourado de Mor com o vermelho que tinha usado nas asas illyrianas, e misturei até que um laranja vibrante surgisse.

— Obrigada... por não contar a ele que eu estou aqui.

Um gesto de ombros. Comida começou a aparecer no balcão: pão fresco, frutas, potes com algo que eu conseguia cheirar do outro lado da cozinha e quase me fez gemer de fome.

— Mas você deveria conversar com ele. Fazer com que remoa isso, é claro, mas... ouça o lado dele. — Mor não me olhou ao falar. — Rhys sempre tem os motivos dele, e pode ser infernalmente arrogante, mas em geral está certo com relação aos próprios instintos. Comete erros, mas... Você deveria ouvi-lo.

Eu tinha decidido que ouviria, mas falei:

— Como foi sua visita à Corte dos Pesadelos?

Mor parou, o rosto ficou incomumente pálido.

— Boa. É sempre um prazer ver meus pais. Como você deve imaginar.

— Seu pai está melhorando? — Acrescentei o cobalto dos Sifões de Azriel ao laranja e misturei até que um marrom intenso surgisse.

Um pequeno sorriso sombrio.

— Devagar. Talvez eu tenha partido mais alguns ossos quando o visitei. Minha mãe me baniu dos aposentos particulares de ambos desde então. Uma pena.

Alguma parte selvagem de mim sorriu com prazer primitivo ao ouvir aquilo.

— Uma pena mesmo — ironizei. Acrescentei um pouco de branco-neve para clarear o marrom, verifiquei de acordo com o olhar que Mor lançou para mim, e depois peguei um banquinho a fim de alcançar, e comecei a pintar o portal. — Rhys a obriga mesmo a fazer isso com frequência? Aturar as visitas a eles?

Mor se encostou no balcão.

— Rhys me deu permissão, no dia em que se tornou Grão-Senhor, para matar todos eles quando eu tivesse vontade. Vou a essas reuniões, vou à Corte dos Pesadelos para... lembrar-lhes disso às vezes. E para manter a comunicação entre nossas duas cortes, por mais difícil que seja. Se entrasse lá amanhã e matasse meus pais, ele não piscaria. Talvez fosse um inconveniente, mas... ficaria feliz.

Eu me concentrei na mancha de marrom-caramelo que pintava ao lado dos olhos de Amren.

— Sinto muito... por tudo que você suportou.

— Obrigada — agradeceu Mor, aproximando-se para me observar. — Visitá-los sempre me deixa nervosa.

— Cassian pareceu preocupado. — Outra pergunta intrometida.

Mor deu de ombros.

— Cassian, acho, também aproveitaria a oportunidade para destruir aquela corte inteira. Começando por meus pais. Talvez eu deixe que faça isso um ano, como presente. Para ele e para Azriel. Seria um presente perfeito de solstício.

Perguntei, talvez um pouco casualmente demais:

— Você me contou sobre a vez com Cassian, mas... e com Azriel, já...?

Uma risada afiada.

— Não. Azriel? Depois daquela vez com Cassian, jurei me afastar de todos os amigos de Rhys. Azriel não tem poucas amantes, no entanto, não se preocupe. Ele as mantém em segredo melhor que nós, mas... ele as tem.

— Então, se estivesse interessado, você...?

— A questão, na verdade, não seria eu. Seria ele. Eu poderia tirar a roupa bem na frente de Azriel, e ele não moveria um músculo. Talvez tenha enfrentado e provado que aqueles canalhas illyrianos estavam errados todas as vezes, mas não importa se Rhys o fizer príncipe de Velaris, Azriel vai se enxergar como um bastardo qualquer, e não se achará bom o bastante para ninguém. Principalmente eu.

— Mas... você *está* interessada?

— Por que está perguntando essas coisas? — A voz de Mor ficou tensa, afiada. Mais cautelosa do que eu jamais tinha ouvido.

— Ainda estou tentando entender como vocês trabalham juntos.

Um riso de escárnio, e aquela cautela se dissipou. Tentei não parecer aliviada.

— Temos cinco séculos de história complicada para você entender. Boa sorte.

De fato. Terminei os olhos dela: um pouco de castanho-mel nos olhos cor de mercúrio de Amren. Mas, quase em resposta, Mor declarou:

— Pinte os de Azriel. Ao lado dos meus. E os de Cassian ao lado dos de Amren.

Ergui as sobrancelhas.

Mor me deu um sorriso inocente.

— Para todos podermos vigiar você.

Apenas balancei a cabeça e desci do banquinho para começar a entender como pintar olhos cor de avelã.

— É tão ruim assim... ser a parceira dele? Ser parte de nossa corte, nossa família, com história complicada e tudo? — perguntou Mor, baixinho.

Misturei a pintura no pequeno prato, as cores se mesclando a tantas vidas misturadas.

— Não — sussurrei. — Não, não é.

E tive minha resposta.

Capítulo 53

Mor passou a noite ali e até chegou a pintar uns bonecos de palito rudimentares na parede ao lado da porta da despensa. Três fêmeas com cabelos absurdamente longos e oscilantes que se pareciam com os dela; e três machos alados, que, de alguma forma, Mor conseguiu fazer com que parecessem empertigados com senso de importância. Eu ria sempre que os olhava.

Mor partiu depois do café da manhã, precisando caminhar até onde o escudo que impedia a travessia terminava, e acenei para a silhueta distante e trêmula antes de ela sumir.

Olhei para a extensão branca reluzente, descongelada o bastante para que trechos vazios a pontuassem — revelando parte de grama branca como o inverno que se estendia até o céu azul e as montanhas. Eu sabia que, em algum momento, o verão tinha de chegar até mesmo àquela terra dos sonhos derretida, pois tinha visto varas de pesca e equipamento esportivo que sugeriam uso em tempo mais quente, no entanto era difícil imaginar neve e gelo se tornando grama macia e flores selvagens.

Com a rapidez de uma crista de onda, eu me vi ali: correndo pelo campo que dormia sob a fina camada de neve, pisoteando a água dos pequenos córregos que já cobriam o chão, me banqueteando com frutas vermelhas de verão conforme o sol se punha atrás das montanhas...

Depois, eu iria para casa, para Velaris, onde finalmente passearia pelo quarteirão dos artistas e entraria naquelas lojas e galerias, e descobriria o que eles sabiam, e talvez — talvez um dia — abriria minha loja. Não para vender meu trabalho, mas para ensinar aos outros.

Talvez ensinar a outros que eram como eu: quebrados em alguns lugares e tentando lutar contra isso, tentando aprender quem eram além da escuridão e da dor. E eu iria para casa no fim de cada dia exausta, mas contente... realizada.

Feliz.

Eu iria para casa todo dia, para a casa na cidade, para meus amigos, cheios de histórias de seus respectivos dias, e nos sentaríamos em volta daquela mesa e comeríamos juntos.

E Rhysand...

Rhysand...

Ele estaria lá. Ele me daria o dinheiro para abrir minha loja; e porque eu não cobraria de ninguém, venderia minhas pinturas para pagá-lo de volta. Porque eu pagaria de volta, parceiro ou não.

E ele estaria aqui no verão, voaria sobre o campo, me perseguiria pelos pequenos córregos, até a encosta da montanha íngreme e gramada. Rhys se sentaria comigo sob as estrelas, me daria frutas vermelhas de verão na boca. E estaria à mesa do solar, gargalhando alto — nunca mais seria frio e cruel e severo. Nunca mais seria o escravizado ou a prostituta de ninguém.

E à noite... À noite subiríamos as escadas juntos, e Rhys sussurraria histórias de suas aventuras, e eu sussurraria sobre meu dia e...

E aí estava.

Um futuro.

O futuro que eu via para mim, alegre como o nascer do sol sobre o Sidra.

Uma direção, uma meta e um convite para ver o que mais a imortalidade poderia me oferecer. Não parecia mais tão insípido, tão vazio.

E eu lutaria até o meu último suspiro para obtê-lo... para defendê-lo.

Então, eu soube o que precisava fazer.

✢

Cinco dias se passaram, e pintei cada quarto do chalé. Mor atravessara com mais tinta antes de partir, com mais comida do que eu conseguiria comer.

Mas, depois de cinco dias, estava cheia de meus pensamentos como companhia... cheia de esperar, cheia da neve descongelando e pingando.

Ainda bem que Mor voltou naquela noite, batendo à porta, estrondosa e impaciente.

Eu tinha tomado um banho uma hora antes, limpara tinta de lugares que nem mesmo sabia ser possível sujar, e meus cabelos ainda secavam quando abri a porta para a lufada de ar frio.

Mas não era Mor que estava parada sob o portal.

Capítulo 54

Encarei Rhys.

Ele me encarou.

As bochechas de Rhys estavam coradas devido ao frio, os cabelos pretos caíam embaraçados, e ele realmente parecia estar *congelando* parado ali, com as asas recolhidas.

E eu sabia que, com uma palavra minha, Rhys sairia voando noite fria adentro. Que, se eu fechasse a porta, ele sairia e não insistiria.

As narinas de Rhys se dilataram, sentindo o cheiro da tinta atrás de mim, mas ele não deixou de me encarar. Esperando.

Parceiro.

Meu... parceiro.

Aquele macho lindo, forte, altruísta... Que se sacrificara e se destruíra pela família, pelo povo, e não achava que era digno, que *ele* não era digno de ninguém... Azriel acreditava que não merecia alguém como Mor. E eu me perguntava se Rhys... se ele de alguma forma sentia o mesmo em relação a mim. Saí da frente, segurando a porta aberta para ele.

Podia jurar que senti um pulsar de alívio fraquejando os joelhos dele através do laço.

Mas Rhys observou as pinturas que eu fizera, absorvendo as cores alegres que agora davam vida ao chalé, e falou:

— Você nos pintou.

— Espero que não se importe.

Rhys avaliou o portal para o corredor do quarto.

— Azriel, Mor, Amren e Cassian — listou Rhys, observando os olhos que eu havia pintado. — Sabe que um deles vai pintar um bigode sob os olhos de quem o irritar primeiro.

Segurei os lábios para conter o sorriso.

— Ah, Mor já prometeu fazer isso.

— E quanto aos meus olhos?

Engoli em seco. Tudo bem. Sem enrolação.

Meu coração batia tão incontrolavelmente que eu sabia que Rhys conseguia ouvi-lo.

— Tive medo de pintá-los.

— Por quê?

Rhys me encarou.

— Por quê?

Nada de jogos, nada de provocações.

— A princípio, porque eu estava muito irritada com você por não ter me contado. Depois, porque temia gostar demais deles e descobrir que você... não sentia o mesmo. E, depois, porque eu tinha medo de pintar e começar a desejar tanto que você estivesse aqui que simplesmente os encararia o dia todo. E parecia uma forma patética de passar meu tempo.

Ele contraiu os lábios.

— De fato.

Olhei para a porta fechada.

— Você voou até aqui.

Rhys assentiu.

— Mor não quis me dizer onde você estava, e existe um número limitado de lugares tão seguros quanto este. Como eu não queria que nossos amigos de Hybern me rastreassem até você, precisei fazer isso à moda antiga. Levou... um tempo.

— Você está... melhor?

— Completamente curado. Rapidamente, considerando o veneno de sangue. Graças a você.

Evitei seu olhar, me virando para a cozinha.

— Deve estar com fome. Vou esquentar alguma coisa.

Rhys esticou o corpo.

— Você... faria comida para mim?

— Esquentaria — expliquei. — Não sei cozinhar.

Não parecia fazer diferença. Mas o que quer que fosse, o ato de oferecer comida a ele... coloquei sopa fria em uma panela e acendi o fogão.

— Não conheço as regras — comecei, de costas para ele. — Então, precisa explicar para mim.

Ele ficou no centro do chalé, observando todos os meus movimentos. Rhys falou, rouco:

— É um... momento importante quando uma fêmea oferece comida ao parceiro. Desde o tempo de quaisquer que fossem as bestas que nós fomos, há muito tempo. Mas ainda importa. A primeira vez importa. Alguns pares de parceiros tornam isso uma ocasião especial, dão uma festa só para que a fêmea possa formalmente oferecer comida ao parceiro... Isso em geral é feito entre os ricos. Mas significa que a fêmea... aceita a parceria.

Encarei a sopa.

— Me conte a história... conte tudo.

Rhys entendeu minha oferta: contar enquanto eu cozinhava, e eu decidiria no fim se ofereceria ou não aquela comida.

Uma cadeira arranhou o chão de madeira quando Rhys se sentou à mesa. Por um momento, houve apenas silêncio, interrompido pelo raspar de minha colher contra a panela.

Então, Rhys falou:

— Fui capturado durante a Guerra. Pelo exército de Amarantha.

Parei de mexer, meu estômago se revirou.

— Cassian e Azriel estavam em legiões diferentes, então, não faziam ideia de que minhas forças tinham sido feitas prisioneiras. E que os capitães de Amarantha nos detiveram durante semanas, torturando e matando meus guerreiros. Eles colocaram parafusos de freixo em minhas asas e tinham aquelas mesmas correntes da outra noite para me segurar. Aquelas correntes são um dos maiores trunfos de Hybern: pedra extraída das profundezas de suas terras, capaz de anular os poderes de um Grão-Feérico. Até mesmo os meus. Então, me acorrentaram entre duas árvores, me espancaram quando tinham vontade, tentaram me fazer dizer a eles onde estavam as forças da Corte Noturna, usando meus guerreiros, a morte e a dor deles, para me fazer ceder.

"Mas não cedi — continuou Rhys, a voz áspera. — E eles eram burros demais para saber que eu era illyriano, e tudo que precisavam fazer para me obrigar a me curvar era tentar cortar minhas asas. E talvez tenha sido sorte, mas jamais as cortaram. E Amarantha... Ela não se importava que eu estivesse lá. Era mais um filho de Grão-Senhor, e Jurian tinha acabado de assassinar a irmã dela. Amarantha só se importava com chegar até ele, com *matar* Jurian. Não fazia ideia de que, a cada segundo, a cada respiração, eu planejava sua morte. Estava disposto a tornar aquilo minha resistência final: matar Amarantha a qualquer custo, mesmo que significasse destruir minhas asas para me libertar. Observei os guardas e aprendi os turnos de Amarantha; então, sabia onde ela estaria. Marquei um dia e um horário. E estava pronto, estava tão pronto para acabar com aquilo e esperar por Cassian e Azriel e Mor do outro lado. Não havia nada além de meu ódio, e o alívio por meus amigos não estarem ali. Mas no dia anterior àquele que eu mataria Amarantha, em que faria minha resistência final e chegaria a meu fim, ela e Jurian se enfrentaram no campo de batalha."

Rhys parou, engolindo em seco.

— Eu estava acorrentado à lama, fui forçado a assistir enquanto eles batalhavam. Assistir Jurian dar meu golpe fatal. Mas... Amarantha o matou. Observei quando ela arrancou o olho de Jurian, e, depois, o dedo, e, quando Jurian estava caído de costas, eu a observei carregá-lo de volta ao acampamento. E ouvi Amarantha, devagar, ao longo de vários dias, esquartejar Jurian. Os gritos eram intermináveis. Ela estava tão concentrada em torturá-lo que não detectou a chegada de meu pai. Em meio ao pânico, matou Jurian, para não o ver em liberdade, e fugiu. Então, meu pai me resgatou e disse a seus homens, disse a Azriel, para deixar o freixo em minhas asas como punição por ter sido pego. Eu estava tão ferido que os curandeiros me informaram: se eu tentasse lutar antes de as asas se curarem, jamais voaria de novo. Então, fui obrigado a voltar para casa e me recuperar, enquanto as batalhas finais eram travadas.

"Eles fizeram o Tratado, e a muralha foi construída. Tínhamos libertado nossos escravizados na Corte Noturna havia muito tempo. Não confiávamos nos humanos para guardar nossos segredos, não quando eles se reproduziam tão rápida e frequentemente que meus ancestrais não conseguiam conter todas as mentes ao mesmo tempo. Mas nosso mundo estava mudado mesmo assim. Todos mudamos com a Guerra. Cassian e Azriel voltaram diferentes; eu voltei diferente. Nós viemos até aqui... para este chalé. Ainda estava tão ferido que me carregaram. Estávamos aqui quando chegaram as mensagens com os termos finais do Tratado.

"Eles ficaram comigo quando urrei para as estrelas que Amarantha, apesar do que tinha feito, de cada crime cometido, sairia impune. Que o rei de Hybern sairia impune. Muitas mortes tinham ocorrido dos dois lados para que todos fossem levados à justiça, disseram eles. Até mesmo meu pai me deu a ordem de esquecer, de construir com vistas um futuro de coexistência. Mas jamais perdoei o que Amarantha havia feito com meus guerreiros. E jamais esqueci também. O pai de Tamlin... era amigo dela. E, quando meu pai o matou, eu fiquei convencido de que talvez Amarantha tivesse sentido uma pontada do que eu vivenciara quando ela assassinou meus soldados."

Minhas mãos estavam trêmulas enquanto eu mexia a sopa. Jamais soubera... Jamais achei...

— Quando Amarantha voltou para esses lados, séculos depois, eu ainda queria matá-la. A pior parte era que ela nem mesmo sabia quem eu era. Nem mesmo lembrava que eu era o filho do Grão-Senhor, aquele que mantivera cativo. Para Amarantha, eu era apenas o filho do homem que matara seu amigo... era apenas o Grão-Senhor da Corte Noturna. Os outros Grão-Senhores estavam convencidos de que Amarantha queria paz e comércio. Apenas Tamlin desconfiou dela. Eu o odiava, mas ele conhecia Amarantha pessoalmente, e, se não confiava nela... Eu sabia que Amarantha não tinha mudado.

"Então, planejei matá-la. Não contei a ninguém. Nem mesmo a Amren. Deixei Amarantha pensar que eu estava interessado em comércio, em aliança. Decidi que iria à festa Sob a Montanha para que todas as cortes celebrassem nosso acordo de comércio com Hybern... E, quando Amarantha estivesse bêbada, eu entraria em sua mente, faria com que revelasse cada mentira e crime que cometera, e depois transformaria seu cérebro em líquido antes que alguém pudesse reagir. Eu estava pronto para ir à guerra por aquilo."

Eu me virei, encostada no balcão. Rhys olhava para as mãos, como se a história fosse um livro que ele pudesse ler entre elas.

— Mas ela pensou mais rápido, agiu mais rápido. Fora treinada contra minha habilidade em particular e tinha diversos escudos mentais. Eu estava tão ocupado trabalhando para abrir um túnel através deles que não pensei na bebida em minha mão. Não queria que Cassian, Azriel ou mais ninguém naquela noite testemunhasse o que eu estava prestes a fazer, então ninguém se deu o trabalho de cheirar o líquido.

"Quando senti meus poderes sendo arrancados por aquele feitiço que Amarantha colocou na minha bebida durante o brinde, disparei--os uma última vez, apagando Velaris, os feitiços, tudo que era bom da mente dos feéricos da Corte dos Pesadelos, os únicos que tiveram permissão de me acompanhar. Projetei o escudo sobre Velaris, atando-o a meus amigos para que precisassem permanecer, ou arriscariam que aquela proteção desabasse, e usei as últimas gotas para contar a eles, pelas mentes, o que estava acontecendo, e para avisar que ficassem longe. Em alguns segundos, meu poder pertencia completamente a Amarantha."

Os olhos de Rhys se ergueram para os meus. Assombrados, tristes.

— Ela matou metade da Corte dos Pesadelos bem ali. Para me provar que podia. Uma vingança pelo pai de Tamlin. E eu soube... soube, naquele momento, que não havia nada que eu não faria para evitar o escrutínio de Amarantha sobre minha corte de novo. Evitar que olhasse por tempo demais para quem eu era e o que eu amava. Então, disse a mim mesmo que aquela era uma nova guerra, um tipo diferente de batalha. E, naquela noite, quando Amarantha voltou a atenção para mim, eu sabia o que ela queria. Eu sabia que o objetivo não era transar comigo, mas se vingar do fantasma de meu pai. Mas, se era isso o que ela queria, então, era o que conseguiria. Eu a fiz implorar e gritar, e usei meus poderes restantes para tornar aquilo tão bom para Amarantha que ela quis mais. Desejou mais.

Segurei o balcão para evitar deslizar até o chão.

— Então, ela amaldiçoou Tamlin. E meu outro grande inimigo se tornou a brecha que poderia libertar todos nós. Todas as noites que eu passava com Amarantha, sabia que ela estava se perguntando se eu tentaria matá-la. Não podia usar meus poderes para feri-la, e ela tinha erguido proteções contra ataques físicos. Mas, durante cinquenta anos, sempre que eu estava dentro dela, pensava em matá-la. Amarantha não fazia ideia. Nenhuma. Porque eu era tão bom em meu trabalho que ela achava que eu também gostava. E começou a confiar em mim, mais do que nos outros. Principalmente quando provei o que podia fazer com seus inimigos. Mas eu ficava feliz em fazê-lo. Eu me odiava, mas ficava feliz em fazê-lo. Depois de uma década, parei de esperar ver meus amigos ou meu povo de novo. Esqueci como eram seus rostos. E parei de ter esperanças.

Os olhos de Rhys brilharam prateados, e ele piscou para afastar a umidade.

— Há três anos — disse Rhys, baixinho —, comecei a ter esses... sonhos. A princípio, eram lampejos, como se estivesse vendo pelos olhos de outra pessoa. Uma lareira crepitando em um lar escuro. Um rolo de feno em um celeiro. Uma toca de coelhos. As imagens eram turvas, como olhar por vidro embaçado. Eram rápidas, um lampejo aqui e ali, a cada poucos meses. Não pensei muito nelas, até que uma das imagens foi a da mão de alguém... Uma linda mão humana. Segurando um pincel. Pintando... flores em uma mesa.

Meu coração deu um salto.

— E, nesse momento, mandei de volta um pensamento como mensagem. Do céu noturno, da imagem que me levava alegria quando eu mais precisava. O limpo céu noturno, estrelas e a lua. Não sabia se a mensagem tinha sido recebida, mas tentei mesmo assim.

Eu não tinha certeza se estava respirando.

— Aqueles sonhos, os lampejos daquela pessoa, daquela mulher... Eu os cultivava. Eram um lembrete de que havia alguma paz lá fora no mundo, alguma luz. Que havia um lugar, e uma pessoa, que tinha segurança o bastante para pintar flores em uma mesa. Eles se prolongaram durante anos, até... um ano atrás. Eu estava dormindo ao lado de Amarantha e acordei sobressaltado de um sonho... esse era mais nítido e mais claro, como se aquela névoa tivesse sido limpa. Ela... você estava sonhando. Eu estava em seu sonho, observando enquanto você tinha um pesadelo sobre uma mulher cortando sua garganta, enquanto era perseguida pelo Bogge... Não a conseguia alcançar, falar com você. Mas você estava vendo nosso povo. E percebi que a névoa provavelmente era a muralha, e que você... você estava agora em Prythian.

"Vi você por meio de seus sonhos e guardei as imagens, selecionando-as diversas vezes, tentando localizá-la, identificá-la. Mas tinha pesadelos tão horríveis, e as criaturas pertenciam a todas as cortes. Eu acordava com seu cheiro no nariz, e aquilo me assombrava o dia todo, cada passo. Mas, então, uma noite, você sonhou que estava de pé em meio àquele verde, vendo fogueiras apagadas para o Calanmai."

Havia um silêncio profundo em minha mente.

— Eu sabia que havia apenas uma comemoração tão grande; conhecia aquelas colinas... e sabia que você provavelmente estava lá. Então, contei a Amarantha... — Rhys engoliu em seco. — Contei a ela que queria ver a Corte Primaveril para a comemoração, para espionar Tamlin e ver se alguém tinha aparecido, desejando conspirar com ele. Estávamos tão perto do prazo da maldição que Amarantha se sentia paranoica, inquieta. Ela me disse para voltar com traidores. Eu prometi que o faria.

Os olhos de Rhys se ergueram para mim de novo.

— Cheguei lá e consegui sentir seu cheiro. Então, segui aquele cheiro, e... E lá estava você. Humana, completamente humana, e sendo arrastada por aqueles porcos de merda que queriam... — Rhys balançou a cabeça. — Pensei em matá-los bem ali, mas então eles a empurraram, e eu apenas... agi. Comecei a falar sem saber o que estava dizendo, apenas que você estava ali, e que eu a estava tocando e... — Ele expirou, estremecendo.

Aí está você. Estava a sua procura.

As primeiras palavras de Rhys para mim — não eram mentira alguma, nem uma ameaça para manter aqueles feéricos longe.

Obrigado por encontrá-la para mim.

Tive a vaga sensação de que o mundo escorregava por baixo de meus pés como areia se afastando da praia.

— Você me olhou — disse Rhys —, e eu soube que você não tinha ideia de quem eu era. Que eu podia ter visto seus sonhos, mas você não tinha visto os meus. E era apenas... humana. Era tão jovem e frágil e não tinha qualquer interesse em mim, e eu soube que, se eu ficasse por tempo demais ali, alguém me veria e relataria de volta, e ela encontraria você. Então, comecei a recuar, pensando que você ficaria feliz por se livrar de mim. Mas depois você me chamou, como se não conseguisse me deixar partir ainda, caso soubesse ou não. E eu sabia... Sabia que estávamos em território perigoso, de alguma forma. Sabia que jamais poderia falar com você, ou vê-la, ou pensar em você de novo.

"Não quis saber por que você estava em Prythian; não quis sequer saber seu nome. Porque vê-la em meus sonhos era uma coisa, mas pessoalmente... Naquele momento, bem no fundo, acho que eu sabia o que você era. E não me permiti admitir, porque, se havia sequer a mínima chance de você ser minha parceira... Eles teriam lhe feito coisas inomináveis, Feyre.

"Então, deixei que desse as costas. Disse a mim mesmo depois que você se foi que talvez... talvez o Caldeirão tivesse sido bondoso, e não cruel, por me permitir vê-la. Apena uma vez. Um presente pelo qual eu estava passando. E, quando você se foi, encontrei aqueles três porcos. Invadi suas mentes, remodelei suas vidas, as histórias, e os arrastei perante Amarantha. Fiz com que confessassem ter conspirado para encontrar outros rebeldes naquela noite. Fiz com que mentissem e alegassem que a odiavam. Observei Amarantha dilacerá-los enquanto ainda estavam vivos, alegando inocência. E gostei daquilo, porque sabia o que queriam fazer com você. E sabia que aquilo teria sido banal em comparação com o que Amarantha teria feito se a encontrasse."

Levei a mão ao pescoço. *Tive meus motivos para estar fora naquela noite*, dissera Rhys certa vez, Sob a Montanha. *Não pense, Feyre, que não me custou.*

Rhys continuou olhando para a mesa ao dizer:

— Eu não sabia. Que você estava com Tamlin. Que estava na Corte Primaveril. Amarantha me enviou naquele dia depois do Solstício de Verão porque eu fora tão bem-sucedido no Calanmai. Estava pronto para debochar de Tamlin, talvez começar uma briga. Mas, então, entrei naquela sala e o cheiro era familiar, mas parecia oculto... E depois vi o prato, senti o encantamento e... Ali estava você. Morando na casa de meu segundo pior inimigo. Jantando com ele. Fedendo a ele. Olhando para ele como... Como se o amasse.

Os nós dos dedos de Rhys ficaram brancos.

— E decidi que precisava assustar Tamlin. Precisava assustar você e Lucien, mas, principalmente, Tamlin. Porque vi como ele a olhava também. Então, o que fiz naquele dia... — Os lábios de Rhys estavam pálidos, contraídos. — Invadi sua mente e a tomei por tempo bastante para que você sentisse, para que a aterrorizasse, a ferisse. Obriguei Tamlin a implorar, como Amarantha me fizera implorar, para mostrar a ele o quanto era impotente para salvá-la. E rezei para que minha atuação bastasse para fazer com que Tamlin a mandasse para longe. De volta ao reino humano, para longe de Amarantha. Porque ela encontraria você. Se você quebrasse aquela maldição, ela a encontraria e a mataria.

"Mas fui tão egoísta, tão estupidamente egoísta, que não pude sair sem saber seu nome. E você estava me olhando como se eu fosse um monstro, e, depois, disse a mim mesmo que isso não importava. Mas você mentiu quando perguntei. Eu sabia que havia mentido. Tinha sua mente nas mãos, e você teve a ousadia e a precaução de mentir descaradamente. Então, dei as costas a você de novo. Vomitei as tripas assim que saí."

Meus lábios estremeceram, e eu os fechei com força.

— Verifiquei de novo uma vez. Para me certificar de que você tinha ido embora. Fui com eles no dia em que saquearam a mansão... para completar minha atuação. Disse a Amarantha o nome daquela garota, achando que você o teria inventado. Não fazia ideia... Não fazia ideia de que ela mandaria os subalternos atrás de Clare. Mas, se eu admitisse minha mentira... — Rhys engoliu em seco. — Invadi a mente de Clare quando a levaram Sob a Montanha. Tirei sua dor e disse para gritar quando fosse esperado. Então eles... eles fizeram aquelas coisas com ela, e tentei consertar, mas... Depois de uma semana, não conseguia deixar que continuassem. Que a ferissem mais. Então, enquanto a torturavam, entrei na mente de Clare de novo e acabei com aquilo. Ela não sentiu nenhuma dor. Não sentiu nada do que fizeram com ela, mesmo no fim. Mas... Mas eu ainda a vejo. E meus homens. E os outros que matei por Amarantha.

Duas lágrimas escorreram pelas bochechas de Rhys, ligeiras e frias.

Ele não as limpou quando disse:

— Achei que tivesse terminado depois daquilo. Com a morte de Clare, Amarantha acreditava que você estivesse morta. Então, você estava segura, e muito, muito longe, e meu povo estava seguro, e Tamlin tinha perdido, então... havia acabado. Nós estávamos acabados. Mas, depois... Eu estava nos fundos da sala do trono naquele dia em que o Attor a levou. E jamais conheci tal horror, Feyre, quanto ao assistir você fazer aquele acordo. Terror irracional e estúpido, eu nem a conhecia. Nem mesmo sabia seu nome. Mas pensei naquelas mãos de pintora, nas flores que a vi criar. E em como ela sentiria prazer ao quebrar seus dedos. Precisei assistir enquanto o Attor e seus seguidores a espancaram. Precisei observar o desprezo e o ódio em meu rosto enquanto me olhava, me observava ameaçar destruir a mente de Lucien. Então... então, descobri seu nome. Ouvir você pronunciá-lo... foi como a resposta para uma pergunta que eu fazia havia quinhentos anos.

"Decidi naquele momento que lutaria. E lutaria sujo, e mataria e torturaria e manipularia, mas lutaria. Se havia uma chance de nos libertar de Amarantha, era você. Pensei... Pensei que o Caldeirão estava me mandando aqueles sonhos para me dizer que seria você nossa salvadora. Salvadora de meu povo.

"Então, assisti a sua primeira tarefa. Fingindo... sempre fingindo ser aquela pessoa que você odiava. Quando se feriu tão gravemente contra o Verme... Encontrei o caminho até você. Uma forma de desafiar Amarantha, de semear esperança para aqueles que soubessem ler a mensagem, e uma forma de mantê-la viva sem parecer suspeito. E uma forma de me vingar de Tamlin... De usá-lo contra Amarantha, sim, mas... De me vingar dele por minha mãe e minha irmã, e por... ter você. Quando fizemos aquele acordo, você estava tão cheia de ódio que eu sabia que tinha feito meu trabalho direito.

"Então, conseguimos suportar aquilo. Eu a obriguei a se vestir daquela forma para que Amarantha não suspeitasse, e fiz com que bebesse o vinho para que não se lembrasse dos horrores noturnos naquela montanha. E na última noite, quando encontrei vocês dois no corredor... Fiquei com ciúmes. Fiquei com ciúmes dele, e com raiva por ter usado aquela única chance de não ser notado não para libertá-la, mas para estar com você, e... Amarantha viu esse ciúme. Ela me viu beijá-la para esconder a prova, mas viu o motivo. Pela primeira vez, viu o motivo. Então, naquela noite, depois que deixei você, precisei... satisfazê-la. Amarantha me manteve lá por mais tempo que o habitual, tentando arrancar respostas de mim. Mas dei o que ela queria ouvir: que você não era nada, que era lixo humano, que eu a usaria e descartaria. Depois... quis ver você. Uma última vez. Sozinha. Pensei em contar tudo, mas quem eu tinha me tornado, quem você achava que eu era... Não ousei destruir aquele ardil.

"Sua última tarefa chegou, e... Quando ela começou a torturá-la, alguma coisa se partiu de uma forma que não pude explicar, apenas que ver você sangrando e gritando me devastou. Por fim, me destruiu. E eu soube, quando peguei aquela adaga para matá-la... eu soube naquele momento o que você era. Soube que era minha parceira e estava apaixonada por outro macho, e tinha se destruído para salvá-lo, e isso... isso não importava. Se você morresse, eu morreria junto. Não podia parar de pensar nisso, de novo e de novo, conforme você gritava, enquanto eu tentava matar Amarantha: você era minha parceira, minha parceira, minha parceira.

"Mas, depois, ela partiu seu pescoço."

Lágrimas escorreram pelo rosto de Rhys.

— E eu a senti morrer — sussurrou ele.

Lágrimas escorriam por minhas bochechas.

— E aquela coisa linda e maravilhosa que tinha entrado em minha vida, aquela dádiva do Caldeirão... tinha partido. Em meu desespero, eu me agarrei àquele laço. Não o do acordo, o acordo não era nada, o acordo era como uma teia de aranha. Mas me agarrei àquele laço entre nós, e *puxei*, e desejei que você se segurasse, que ficasse comigo, porque se pudéssemos ser livres... Se pudéssemos ser livres, então, nós sete estávamos lá. Poderíamos trazê-la de volta. E não me importava se eu precisasse dilacerar as mentes de todos para fazer isso. Eu os *obrigaria* a salvar você. — As mãos de Rhys tremiam. — Você tinha nos libertado com seu último suspiro, e meu poder... envolvi meu poder naquele laço. O laço de parceria. Conseguia senti-la tremeluzindo ali, segurando.

Meu lar. Meu lar ficava na outra ponta da ligação, fora o que eu disse ao Entalhador de Ossos. Não Tamlin, não a Corte Primaveril, mas... Rhysand.

— Então, Amarantha morreu, e falei com os Grão-Senhores, em suas mentes, convencendo-os a se apresentarem, a oferecerem aquela faísca de poder. Nenhum discordou. Acho que estavam chocados demais para dizer não. E... eu mais uma vez precisei ver Tamlin abraçar você. Beijar você. Queria ir para casa, para Velaris, mas precisava ficar, me certificar de que as coisas estivessem acontecendo como deviam, de que você estivesse bem. Então, esperei o máximo possível e lancei um puxão pelo laço. E você veio me encontrar.

"Quase contei naquele momento, mas... Você estava tão triste. E cansada. E, pela primeira vez, olhou para mim como... Como se eu tivesse algum valor. Então, prometi a mim mesmo que, da próxima vez que a visse, eu a libertaria do acordo. Porque era egoísta, sabia que se a libertasse naquele momento, ele a trancafiaria e eu jamais a veria de novo. Quando estava para deixá-la... Acho que transformar você em feérica fez o laço se encaixar permanentemente. Eu sabia que ele existia, mas me *atingiu* naquele momento, me atingiu com tanta força que entrei em pânico. Sabia que, se ficasse mais, ignoraria as consequências e a levaria comigo. E você me odiaria para sempre.

"Aterrissei na Corte Noturna quando Mor me esperava, e estava tão agitado, tão... descontrolado, que contei tudo a ela. Fazia cinquenta anos que não a via, e minhas primeiras palavras para Mor foram: *Ela é minha parceira*. E durante três meses... durante três meses, tentei me convencer de que você estava melhor sem mim. Tentei me convencer de que tudo o que eu tinha feito levara você a me odiar. Mas a sentia pela ligação, por seu escudo mental aberto. Sentia sua dor, sua tristeza e solidão. Sentia que lutava para escapar da escuridão de Amarantha da mesma forma que eu. Ouvi que se casaria com ele, e disse a mim mesmo que estava feliz. Eu deveria deixá-la ser feliz, mesmo que aquilo acabasse comigo. Mesmo que fosse minha parceira, havia merecido aquela felicidade.

"No dia do casamento, eu planejara cair de bêbado com Cassian, que não fazia ideia do motivo, mas... Mas, então, a senti de novo. Senti seu pânico e desespero, e ouvi implorar a alguém, qualquer um, para que a salvasse. Perdi a cabeça. Atravessei até o casamento e mal me lembrava de quem deveria ser, que papel deveria interpretar. Só podia ver você, naquele vestido de casamento idiota... tão magra. Tão, mas tão magra e pálida. E tive vontade de matar Tamlin por isso, mas precisava tirá-la dali. Precisava cobrar aquele acordo, apenas uma vez, para tirá-la de lá, ver se estava bem."

Rhys ergueu os olhos para mim, desolado.

— Fiquei arrasado, Feyre, ao mandar você de volta. Ao vê-la definhar, mês a mês. Fiquei arrasado por saber que ele compartilhava sua cama. Não apenas porque você era minha parceira, mas porque eu... — Rhys abaixou o olhar e, depois, ergueu-o para mim de novo. — Eu sabia... sabia que estava apaixonado por você no momento em que peguei a faca para matar Amarantha.

"Quando você finalmente veio para cá... decidi que não contaria. Nada. Não a libertaria do acordo, porque seu ódio era melhor que enfrentar as duas alternativas: que não sentia nada por mim, ou que...

que talvez sentisse algo semelhante e, se eu me permitisse amá-la, você seria tirada de mim. Assim como minha família o foi, assim como meus amigos o foram. Então, não contei a você. Observei-a definhar. Até aquele dia... Aquele dia em que ele a trancafiou.

"Eu o teria matado se estivesse lá. Mas quebrei regras muito fundamentais quando a levei. Amren disse que, se eu fizesse com que você admitisse que somos parceiros, manteria qualquer problema longe de nossa porta, mas... Não podia impor o laço a você. Não podia tentar seduzi-la para que aceitasse o laço também. Mesmo que isso desse permissão a Tamlin para que declarasse guerra contra mim. Você já tinha passado por tanta coisa. Não queria que pensasse que tudo que fiz foi para conquistá-la, apenas para manter meu território a salvo. Mas eu não conseguia... Não conseguia parar de estar com você, e de amar você, e de querer você. Ainda não consigo ficar longe."

Rhys se recostou, soltando um longo suspiro.

Devagar, eu me virei, para onde a sopa agora fervia, e servi uma concha em uma tigela.

Rhys observou cada passo que dei até a mesa, com a tigela fumegante nas mãos.

Parei diante dele, olhando para baixo.

E falei:

— Você me ama?

Rhys assentiu.

E me perguntei se amor seria uma palavra muito fraca para o que ele sentia, o que tinha feito por mim. Para o que eu sentia por ele.

Coloquei a tigela diante de Rhys.

— Então, coma.

Capítulo 55

Observei Rhys consumir cada colherada, e seus olhos desviavam de mim para a sopa.

Quando ele terminou, soltou a colher.

— Não vai dizer nada? — indagou Rhys, por fim.

— Eu ia contar o que tinha decidido assim que o vi à porta.

Rhys se virou em minha direção na cadeira.

— E agora?

Ciente de cada respiração, de cada movimento, sentei em seu colo. As mãos de Rhys carinhosamente se apoiaram em meu quadril enquanto eu observava seu rosto.

— E agora quero que saiba, Rhysand, que amo você. Quero que saiba... — Os lábios dele tremiam, e limpei a lágrima que lhe escorreu pela bochecha. — Quero que saiba que — sussurrei — que estou quebrada, e me curando, mas cada pedaço de meu coração pertence a você. E me sinto honrada, *honrada*, por ser sua parceira.

Os braços de Rhys me envolveram, e ele apoiou a testa em meu ombro com o corpo trêmulo. Acariciei os cabelos sedosos.

— Amo você — repeti. Não ousara dizer as palavras em minha mente. — E enfrentaria cada segundo daquilo de novo, para poder encontrá-lo. E, se a guerra vier, vamos enfrentá-la. Juntos. Não deixarei que me tirem de você. E não deixarei que o tirem de mim também.

Rhys ergueu o olhar, e seu rosto brilhava com lágrimas. Ele ficou imóvel quando me aproximei, beijando uma lágrima. Depois, outra. Como Rhys certa vez beijara minhas lágrimas.

Quando meus lábios estavam salgados por causa delas, eu me afastei o bastante para ver os olhos de Rhysand.

— Você é meu — sussurrei.

O corpo de Rhys estremeceu com o que podia ser um soluço, mas os lábios encontraram os meus.

Foi carinhoso... suave. O beijo que talvez Rhys me desse se tivéssemos tempo e espaço para nos conhecer em nossos mundos separados. Para cortejar um ao outro. Deslizei os braços em volta de seus ombros, abri a boca para Rhys, e sua língua deslizou para dentro, acariciando a minha. Parceiro... meu parceiro.

Rhys ficou rígido contra mim, e gemi em sua boca.

O som libertou qualquer que fosse o controle que Rhys tinha sobre si, e ele me pegou com um movimento fluido e me deitou de costas na mesa — em meio e sobre todas as tintas.

Rhysand intensificou o beijo, e entrelacei as pernas às costas dele, puxando-o para perto. Rhys tirou os lábios de minha boca, foi até meu pescoço e ali roçou os dentes e a língua pela pele, conforme deslizava as mãos por baixo de meu suéter e subia mais e mais, até agarrar meus seios. Arqueei ao toque e ergui os braços quando Rhysand arrancou meu suéter com um movimento simples.

Ele recuou para me olhar; meu corpo estava nu da cintura para cima. Tinta encharcava meus cabelos, meus braços. Mas eu só conseguia pensar na boca de Rhys quando ela desceu até meu seio e o sugou, a língua acariciando meu mamilo.

Entrelacei os dedos pelos cabelos de Rhys, e ele apoiou a mão ao lado de minha cabeça — acertando uma paleta de tinta. Rhys soltou uma risada grave, e observei, sem fôlego, quando ele pegou aquela mão e traçou um círculo em volta de meu seio, e depois desceu, até pintar uma seta apontando para baixo, sob meu umbigo.

— Caso você esqueça onde isso termina — disse Rhys.

Grunhi para ele, uma ordem silenciosa, e Rhys riu de novo, e a boca encontrou meu outro seio. Ele pressionou o quadril contra o meu, provocando — provocando tão terrivelmente que precisava tocá-lo, precisava apenas sentir *mais* de Rhys. Tinta cobria minhas mãos, meus braços, mas não me importei quando agarrei as roupas dele. Rhys se moveu o suficiente para permitir que eu as removesse; armas e armadura caíram no chão com um ruído, revelando aquele lindo corpo tatuado, os músculos poderosos e as asas agora despontando acima.

Parceiro... meu parceiro.

A boca de Rhys se chocou contra a minha, a pele exposta parecia tão quente contra a minha, e lhe segurei o rosto, sujando-o de tinta também. Sujei os cabelos de Rhys até que grandes mechas de azul e vermelho e verde descessem por ele. As mãos de Rhys encontraram minha cintura, e afastei o quadril da mesa para ajudá-lo a retirar minhas meias, minha calça.

Rhys recuou de novo, e soltei um ruído de protesto — que se abafou em um arquejo quando ele segurou minhas coxas e me puxou para a beira da mesa, em meio a tintas, pincéis e copos d'água, e depois prendeu minhas pernas por cima dos ombros, para que se apoiassem uma de cada lado daquelas lindas asas, e, em seguida, se ajoelhou diante de mim.

Ajoelhou sobre aquelas estrelas e montanhas pintadas nos joelhos. Rhys não se curvaria a ninguém e a nada...

Exceto a sua parceira. Sua igual.

O primeiro toque da língua de Rhys me incendiou.

Quero que esteja deitada na mesa como meu banquete pessoal.

Rhys grunhiu em aprovação diante de meu gemido, meu gosto, e se libertou completamente sobre mim.

Com uma das mãos prendendo meu quadril à mesa, Rhys se dedicava a mim com carícias longas, curvas. E quando sua língua deslizou para dentro de mim, estiquei a mão para agarrar a borda da mesa, para me agarrar ao limite do mundo do qual eu estava muito perto de cair.

Rhys lambeu e beijou até chegar ao ápice de minhas coxas, exatamente quando os dedos substituíram a boca, impulsionando-se para dentro de mim enquanto ele sugava, com os dentes roçando muito de leve...

Arqueei o corpo, afastando-o da mesa, quando meu clímax o devastou, estilhaçando minha consciência em milhões de pedaços. Rhys continuou me lambendo, e seus dedos ainda se moviam.

— Rhys! — exclamei, rouca.

Agora. Eu o queria agora.

Mas Rhys permaneceu de joelhos, banqueteando-se em mim, com aquela mão me prendendo à mesa.

Alcancei o prazer de novo. E somente quando eu estava trêmula, quase soluçando, inerte de prazer, Rhys se levantou do chão.

Ele me olhou de cima a baixo, nua, coberta de tinta, o rosto e o corpo do próprio Rhys manchados com ela, e me deu um sorriso lento e satisfeito.

— Você é *minha* — grunhiu ele, e me pegou nos braços.

Eu queria a parede; queria que Rhys apenas me tomasse contra a parede, mas ele me carregou até o quarto que eu ocupava e me apoiou na cama com um carinho de partir o coração.

Completamente nua, observei Rhys desabotoar a calça, e seu tamanho considerável se libertou. Minha boca secou ao ver aquilo. Eu o queria, queria cada glorioso centímetro de Rhys dentro de mim, queria agarrá-lo até que nossas almas se unissem.

Rhys não disse nada quando se aproximou de mim, as asas bem recolhidas. Ele jamais levara uma fêmea para a cama com as asas expostas. Mas eu era sua parceira. Rhys se curvaria apenas a mim.

E eu queria tocá-lo.

Aproximei o corpo, estendendo a mão por cima do ombro de Rhys para acariciar a poderosa curva de sua asa.

Rhys estremeceu, e vi seu pau contrair.

— Brinque depois — disparou Rhys.

Certo.

A boca de Rhys encontrou a minha, o beijo foi infinito e intenso, um choque de línguas e dentes. Rhys me deitou nos travesseiros, e entrelacei as pernas às costas dele, tomando cuidado com as asas.

Mas parei de me importar quando ele roçou a minha entrada. Parou.

— *Brinque depois* — grunhi contra a boca de Rhys.

Ele riu de uma forma que estremeceu meus ossos e, depois, deslizou para dentro. E de novo. E de novo.

Mal consegui respirar, mal consegui pensar além de onde nossos corpos estavam unidos. Rhys ficou imóvel dentro de mim, permitindo que eu me ajustasse, e, então, abri os olhos e o vi me encarando.

— Diga de novo — murmurou Rhys.

Eu sabia o que ele queria dizer.

— Você é meu — sussurrei.

Rhys recuou levemente e, depois, impeliu o corpo de volta, devagar. Tão angustiantemente devagar.

— Você é meu — declarei, arquejando.

De novo, Rhys recuou e, depois, se impulsionou para a frente.

— Você é meu.

De novo; mais rápido, mais profundo agora.

E eu senti, então, o laço entre nós, como uma corrente indestrutível, como um raio de luz inextinguível.

A cada impulso latejante, o laço ficava mais nítido e mais claro e mais forte.

— Você é meu — sussurrei, passando as mãos por seus cabelos, pelas costas, pelas asas de Rhys.

Meu amigo em meio a tantos perigos.

Meu amante, que tinha curado minha alma quebrada e exausta.

Meu parceiro, que esperara por mim contra todas as expectativas, apesar da sorte.

Movi os quadris ao ritmo de Rhys. Ele me beijou de novo e de novo, nossos rostos ficaram úmidos. Cada centímetro meu queimava e se retesava, e meu controle se perdeu completamente quando ele sussurrou:

— Amo você.

O clímax irrompeu por meu corpo, e Rhys se impulsionou contra mim, firme e rápido, atraindo meu prazer até que eu sentisse e visse e cheirasse aquele laço entre nós, até que nossos cheiros se *mesclassem*, e eu era dele e ele era meu, e éramos o início, o meio e o fim. Éramos uma canção cantada desde a primeira brasa de luz no mundo.

Rhys rugiu quando alcançou o prazer, me penetrando até a base. Do lado de fora, as montanhas tremeram, a neve restante farfalhava para fora delas em uma cascata de branco reluzente, apenas para ser engolida pela noite que esperava abaixo.

Silêncio caiu, interrompido apenas por nossas respirações ofegantes.

Segurei o rosto manchado de tinta de Rhys entre as mãos coloridas e o obriguei a me olhar.

Seus olhos estavam radiantes como as estrelas que eu pintara certa vez, havia muito tempo.

E sorri para Rhys quando deixei que aquele laço de parceria brilhasse nítido e luminoso entre nós.

✣

Não sabia por quanto tempo tínhamos ficado deitados ali, nos tocando preguiçosamente, como se pudéssemos de fato ter todo o tempo do mundo.

— Acho que me apaixonei por você — murmurou Rhys, acariciando meu braço com o dedo — assim que percebi que estava afiando aqueles ossos para fazer uma armadilha para o Verme de Middengard. Ou talvez no momento em que me respondeu de volta por ter debochado de você. Me lembrou tanto de Cassian. Pela primeira vez em décadas, tive vontade de *gargalhar*.

— Você se apaixonou por mim — falei, inexpressiva — porque o lembrei de seu amigo?

Ele deu um peteleco em meu nariz.

— Eu me apaixonei por você, espertinha, porque era uma de nós, porque não tinha medo de mim e decidiu encerrar sua vitória espetacular ao atirar aquele pedaço de osso contra Amarantha como se fosse uma lança. Senti o espírito de Cassian ao meu lado naquele momento, e podia jurar que o ouvi dizer: *Se não se casar com ela, seu canalha idiota, eu me caso.*

Dei uma risada abafada, deslizando a mão coberta de tinta pelo peito tatuado. Tinta... certo.

Estávamos, os dois, cobertos de tinta. E a cama também.

Rhys acompanhou meus olhos e me deu um sorriso que era completamente malicioso.

— Que conveniente que a banheira seja grande o suficiente para dois.

Meu sangue ferveu, e me levantei da cama, apenas para que Rhys fosse mais rápido e me pegasse nos braços. Ele estava sujo de tinta, o cabelo formava uma crosta com ela, e as pobres e lindas asas... Eram as impressões de minhas mãos nelas. Nu, Rhys me carregou até o banheiro, onde a água já estava caindo; a magia daquele chalé agia a nosso favor.

Ele desceu os degraus até a água, o murmúrio de prazer foi como um sopro de ar contra minha orelha. E talvez eu também tivesse gemido um pouco quando a água quente me atingiu e Rhys nos sentou na banheira.

Um cesto de sabonetes e óleos surgiu na borda de pedra, e me empurrei para longe de Rhys a fim de poder afundar mais na superfície. O vapor fluía entre nós; Rhys pegou uma barra daquele sabonete com cheiro de pinho, a entregou a mim e me deu uma toalha.

— Alguém, parece, sujou minhas asas.

Meu rosto corou, mas senti um aperto no estômago. Machos illyrianos e suas asas... tão sensíveis.

Girei o dedo para indicar que Rhys se virasse. Ele obedeceu, abrindo aquelas asas magníficas o suficiente para que eu encontrasse as manchas de tinta. Com cuidado, com muito cuidado, passei sabão na toalha e comecei a limpar o vermelho, o azul e o roxo.

A luz de velas dançava sobre as inúmeras e desbotadas cicatrizes de Rhys — quase invisíveis, exceto pelas partes mais espessas de membrana. Rhys estremeceu a cada movimento meu, as mãos estavam apoiadas na borda da banheira. Olhei por cima do ombro para ver a prova daquela sensibilidade, e falei:

— Pelo menos os boatos sobre a envergadura das asas corresponder ao tamanho de outras partes estavam certos.

Os músculos das costas de Rhys ficaram tensos quando ele soltou uma risada.

— Que boca suja e travessa.

Pensei em todos os lugares em que queria colocar aquela boca e corei um pouco.

— Acho que eu estava me apaixonando por você havia um tempo — confessei, as palavras quase inaudíveis por cima dos pingos da água enquanto eu lavava as lindas asas. — Mas soube na Queda das Estrelas. Ou cheguei perto de saber, e fiquei com tanto medo que não quis prestar mais atenção. Fui uma covarde.

— Tinha motivos perfeitamente aceitáveis para evitar isso.

— Não, não tinha. Talvez... graças a Tamlin, sim. Mas não tinha nada a ver com você, Rhys. *Nada* a ver com você. Jamais senti medo das consequências de estar com você. Mesmo que cada assassino do mundo nos cace... Vale a pena. *Você* vale a pena.

A cabeça de Rhys se curvou um pouco. Ele disse, rouco:

— Obrigado.

Meu coração se partiu para Rhys nesse momento, pelos anos que ele havia passado pensando o oposto. Beijei o pescoço nu, e ele levou a mão para trás até passar o dedo por minha bochecha.

Terminei as asas e segurei o ombro de Rhys a fim de virá-lo para mim.

— E agora? — Sem dizer nada, Rhys pegou o sabonete de minhas mãos e me virou, esfregando minhas costas, esfregando levemente com o tecido.

— Cabe a você — disse Rhys. — Podemos voltar para Velaris e pedir que uma sacerdotisa verifique o laço, ninguém como Ianthe, prometo, e seremos oficialmente declarados Parceiros. Podemos fazer uma pequena festa para comemorar, jantar com nosso... grupo. A não ser que prefira uma festa grandiosa, embora acredite que você e eu concordemos em nossa aversão a elas. — As mãos fortes de Rhys pressionaram músculos tensos e doloridos em minhas costas, e gemi. — Também podíamos ficar diante de uma sacerdotisa e sermos declarados marido e mulher, além de parceiros, se quer um nome mais humano para me chamar.

— Como *você* vai me chamar?

— Parceira — disse Rhys. — Embora chamá-la de mulher também soe muito atraente. — Os dedos de Rhys massagearam minha coluna. — Ou, se quiser esperar, podemos não fazer nada disso.

Somos parceiros, não importa se isso é divulgado pelo mundo ou não. Então, não há pressa em decidir.

Eu me virei.

— Estava perguntando a respeito de Jurian, o rei, as rainhas e o Caldeirão, mas fico feliz por saber que tenho tantas opções no que diz respeito a nosso relacionamento. E que você fará o que eu quiser. Devo tê-lo nas mãos.

Os olhos de Rhys dançaram com diversão felina.

— Coisa cruel e linda.

Ri com escárnio. A ideia de que ele me achava bonita...

— Você é — insistiu Rhys. — É a coisa mais linda que já vi. Pensei isso assim que a vi no Calanmai.

E era algo muito, muito estúpido que beleza significasse qualquer coisa, mas... Meus olhos se encheram de lágrimas.

— Isso é bom — acrescentou Rhys —, porque você achou que *eu* fosse o macho mais lindo que você já viu. Então, isso nos torna quites.

Fiz uma careta, e Rhys riu, deslizando as mãos para agarrar minha cintura e me puxar para si. Ele se sentou no banco embutido na banheira, e montei nele, acariciando distraidamente os braços musculosos.

— Amanhã — falou Rhys, e as feições se tornaram sérias. — Partiremos amanhã para a propriedade de sua família. As rainhas mandaram notícias. Elas retornam em três dias.

Fiquei espantada.

— Está me contando isso só *agora*?

— Me distraí — respondeu Rhys, os olhos brilhando.

E a luz naqueles olhos, a alegria silenciosa... Elas me deixaram sem fôlego. Um futuro... teríamos um futuro juntos. *Eu* teria um futuro. Uma *vida*.

O sorriso de Rhys se dissolveu em algo espantado, algo... reverente, e estendi a mão para segurar seu rosto...

Então, vi que minha pele brilhava.

Levemente, como se alguma luz interior brilhasse sob ela, escorrendo para o mundo. Luz quente e branca, como a do sol; como uma estrela. Aqueles olhos cheios de assombro me encararam, e Rhys percorreu meu braço com o dedo.

— Bem, pelo menos agora posso me gabar de literalmente fazer minha parceira brilhar de felicidade.

Ri, e o brilho ficou um pouco mais forte. Rhys se aproximou, me beijando suavemente, e me derreti por ele, envolvendo seu pescoço com os braços. Rhys ficou firme como uma rocha contra mim, empurrando enquanto eu me sentava, montada, bem acima dele. Seria preciso apenas um movimento suave para que entrasse em mim...

Mas Rhys ficou de pé na água, nós dois pingávamos, e entrelacei as pernas a sua volta quando ele nos levou outra vez ao quarto. Os lençóis haviam sido trocados pela magia doméstica da casa e pareciam quentes e macios contra meu corpo nu quando Rhys me deitou e me encarou. Brilhando... eu estava brilhando, forte e pura como uma estrela.

— Corte Diurna?

— Não me importa — declarou Rhys, a voz rouca, e tirou o encantamento que recaía sobre ele.

Era uma pequena magia, dissera Rhys certa vez, para conter quem ele era, qual era a aparência do seu poder.

Quando o mistério total de Rhys foi liberado, ele preencheu o quarto, o mundo, minha alma, com reluzente poder ébano. Estrelas e vento e sombras; paz e sonhos e o limiar afiado de pesadelos. Escuridão ondulou de Rhys como gavinhas de vapor quando ele estendeu a mão e a apoiou, aberta, contra a pele reluzente de minha barriga.

A mão da noite espalmada, a luz vazando pelas sombras vaporosas, e me apoiei no cotovelo para beijá-lo.

Fumaça e névoa e orvalho.

Gemi ao sentir aquele gosto, e Rhys abriu a boca para mim, me deixando roçar a língua contra a dele, passá-la por seus dentes. Tudo que Rhys era tinha sido exposto diante de mim — uma última pergunta.

Eu queria tudo.

Segurei seus ombros, guiando Rhys até a cama. E, quando ele se deitou de costas, vi o lampejo de protesto diante das asas esmagadas. Mas cantarolei:

— Bebê illyriano. — E passei as mãos pelo abdômen musculoso de Rhys... e além dele. Rhys parou de protestar.

Ele era enorme em minha mão: tão firme, mas tão sedoso que simplesmente passei o dedo, maravilhada. Rhys sibilou, o pênis tremeu quando passei o polegar pela cabeça. Dei um risinho quando o fiz de novo.

Rhys estendeu a mão para mim, mas eu o impedi com um olhar.

— Minha vez — avisei.

Rhys me deu um sorriso preguiçoso de macho antes de se recostar, levantando a mão para trás da cabeça. Esperando.

Desgraçado arrogante.

Então, me abaixei e o guiei para minha boca.

Rhys estremeceu diante do contato e soltou um *Merda*; então, ri sobre ele, mesmo ao tomá-lo mais fundo na boca.

As mãos de Rhys estavam agora em punhos nos lençóis, os nós dos dedos brancos enquanto eu deslizava a língua por ele, roçando levemente com os dentes. O gemido de Rhys era como fogo em meu sangue.

Sinceramente, fiquei surpresa por ele ter esperado um minuto inteiro antes de me interromper.

Avançar era uma palavra melhor para o que Rhys fez.

Em um segundo, ele estava em minha boca, minha língua percorria aquela cabeça grossa; no seguinte, as mãos de Rhys estavam em minha cintura, e eu era virada de bruços. Ele abriu minhas pernas com os joelhos, separando-as enquanto segurava meu quadril, erguendo mais e mais antes de me penetrar profundamente com um único ímpeto.

Gemi no travesseiro a cada glorioso centímetro, erguendo o corpo sobre os antebraços, meus dedos agarrando os lençóis.

Rhys recuou e mergulhou de novo, a eternidade explodiu ao meu redor naquele instante, e achei que poderia me partir por não conseguir o suficiente dele.

— Olhe só para você — murmurou Rhys ao entrar em mim, e beijou a extensão de minha coluna.

Consegui me erguer o suficiente para ver onde estávamos unidos — ver a luz do sol brilhar de dentro de mim contra a noite ondulante, nos mesclando e unindo, crescendo. E ver aquilo me arrasou tão completamente que alcancei o prazer com o nome dele nos lábios.

Rhys me puxou contra si, uma das mãos agarrava meu seio enquanto a outra deslizava e acariciava aquele emaranhado de nervos entre minhas pernas, e não consegui distinguir o fim de um prazer do início do seguinte quando Rhys penetrou de novo e de novo, os lábios em meu pescoço, em minha orelha.

Eu podia morrer daquilo, decidi. De querer Rhys, do prazer de estar com ele.

Rhys nos virou, recuando apenas o suficiente para se deitar de costas e me puxar sobre o corpo.

Um lampejo na escuridão — um *flash* de dor remanescente, uma cicatriz. E entendi por que ele me queria daquele jeito, queria terminar daquele jeito, comigo montada nele.

Aquilo partiu meu coração. Eu me inclinei para a frente a fim de beijar Rhys, suave e carinhosamente.

Quando nossas bocas se encontraram, deslizei sobre Rhys, o encaixe ainda mais profundo, e ele murmurou meu nome contra minha boca. Beijei-o de novo e de novo, e o montei suavemente. Mais tarde — haveria outros momentos para ser firme e rápida. Mas agora... Não pensaria em por que era com aquela posição que Rhys queria terminar, para que eu expulsasse a mancha na escuridão com a luz.

Mas eu brilharia... por ele, eu brilharia. Por meu futuro, eu brilharia.

Então, me sentei, com as mãos apoiadas no peito largo de Rhys, e liberei aquela luz em mim, deixando que ela afastasse a escuridão do que quer que tivesse sido feito a ele, meu parceiro, meu amigo.

Rhys grunhiu meu nome, impulsionando o quadril para cima. Estrelas dispararam quando ele me penetrou profundamente.

Acho que a luz que emanava de mim podia ser luz estelar, ou talvez minha visão tivesse se partido quando o prazer irrompeu em mim de novo e Rhys alcançou o próprio prazer, arquejando meu nome diversas vezes ao transbordar dentro de mim.

Quando terminamos, permaneci sobre Rhys, a ponta dos dedos enterrada em seu peito, e me maravilhei com ele. Conosco.

Ele puxou meu cabelo molhado.

— Precisaremos encontrar uma forma de abafar essa luz.

— Posso esconder as sombras com facilidade.

— Ah, mas só perde o controle delas quando está irritada. E como tenho total intenção de fazê-la o mais feliz que alguém pode ser... Tenho a sensação de que precisaremos controlar esse brilho espantoso.

— Sempre pensando; sempre calculando.

Rhys beijou o canto de minha boca.

— Não tem ideia de quantas coisas já pensei no que diz respeito a você.

— Me lembro da menção a uma parede.

A risada de Rhys foi uma promessa sensual.

— Da próxima vez, Feyre, vou transar com você contra a parede.

— Com tanta força que vai fazer os quadros caírem.

Rhys riu.

— Mostre de novo o que pode fazer com essa boca safada.

Obedeci.

Era errado comparar, porque eu sabia que provavelmente todos os Grão-Senhores podiam evitar que uma mulher dormisse a noite inteira, mas Rhysand era... faminto. Consegui talvez uma hora completa de sono à noite, embora, talvez, devesse compartilhar a culpa igualmente.

Não conseguia parar, não conseguia me saciar com seu gosto na boca, com a sensação de Rhys dentro de mim. Mais, mais, mais... até eu achar que podia explodir de tanto prazer.

— É normal — garantiu Rhys, depois de uma mordida no pão enquanto estávamos sentados à mesa para tomar café da manhã. Mal tínhamos chegado à cozinha. Rhys dera um passo para fora da cama, me fornecendo uma vista total das gloriosas asas, das costas musculosas e daquela linda bunda, e avancei nele. Rolamos no chão, e Rhys destruiu o belo tapete com as garras enquanto eu o cavalgava.

— O que é normal? — perguntei. Mal conseguia olhar para Rhys sem querer entrar em combustão.

— O... frenesi — respondeu ele, com cautela, como se com medo de que a palavra errada nos fizesse disparar um contra o outro antes de nutrirmos o corpo. — Quando um casal aceita o laço de parceria é... avassalador. De novo, desde a época das bestas que um dia fomos. Provavelmente tem algo a ver com se certificar de que a fêmea seja emprenhada. — Meu coração deu um salto ao ouvir aquilo. — Alguns casais não deixam a casa por uma semana. Machos ficam tão voláteis que pode ser perigoso para eles até mesmo aparecer em público. Já vi machos racionais e educados destruírem um cômodo porque outro macho olhou por tempo demais na direção de suas parceiras, logo depois de terem virado parceiros.

Expirei, sibilando. Outro cômodo destruído me veio à mente.

Rhys falou, baixinho, sabendo o que me assombrava:

— Gosto de acreditar que tenho mais controle que o macho comum, mas... Seja paciente comigo, Feyre, se eu parecer um pouco ansioso.

O fato de ele admitir aquilo...

— Não quer deixar esta casa.

— Quero ficar naquele quarto e transar com você até ficarmos roucos.

E, rápido assim, eu estava pronta para ele, ardendo de desejo, mas... mas precisávamos partir. Rainhas. Caldeirão. Jurian. Guerra.

— Quanto à... gravidez — comentei.

Podia muito bem ter jogado um balde água fria sobre nós.

— Nós não... não estou tomando um tônico. Não tenho tomado, quero dizer.

Rhys soltou o pão.

— Quer começar a tomar de novo?

Se eu quisesse, se começasse naquele dia, anularia o que tínhamos feito na noite anterior, mas...

— Se sou parceira de um Grão-Senhor, espera-se que eu carregue seus filhos, não? Então, talvez eu não devesse.

— Não se espera que você carregue *nada* para mim — grunhiu Rhys. — Filhos são raros, sim. Muito raros e muito preciosos. Mas não quero que os tenha, a não ser que você queira, a não ser que *nós dois* queiramos. E agora, com essa guerra vindo, com Hybern... Admito que estou apavorado ao pensar em minha parceira grávida com tantos inimigos ao nosso redor. Apavorado pelo que *eu* possa fazer se você estiver grávida e em perigo. Ou ferida.

Algo apertado em meu peito se aliviou, mesmo quando um calafrio percorreu minhas costas ao considerar aquele poder, aquele ódio que eu vira na Corte Noturna, libertado sobre o mundo.

— Então, começarei a tomar hoje, quando voltarmos.

Eu me levantei da mesa, com joelhos trêmulos, e fui para o quarto. Precisava tomar banho — estava coberta dele, minha boca tinha o gosto dele, apesar do café da manhã. Rhys falou baixinho, atrás de mim:

— Eu ficaria infinitamente feliz se você um dia me honrasse com filhos. Por compartilhar isso com você.

Eu me voltei para Rhys.

— Quero viver primeiro — falei. — Com você. Quero ver coisas e viver aventuras. Quero aprender o que é ser imortal, ser sua parceira, ser parte de sua família. Quero estar... pronta para eles. E, por mais que seja egoísta, quero ter você todo para mim por um tempo.

O sorriso de Rhys foi carinhoso, doce.

— Leve o tempo que precisar. E, se eu tiver você inteira para mim pelo resto da eternidade, então, não vou reclamar.

Cheguei à borda da banheira antes de Rhys me pegar, me carregar para a água e fazer amor comigo, devagar e intensamente, em meio ao vapor que subia.

Capítulo 56

Rhys atravessou conosco até o acampamento illyriano. Não ficaríamos tempo suficiente para corrermos riscos — e com dez mil guerreiros illyrianos nos cercando nos diversos picos, Rhys duvidava que alguém seria burro o bastante para atacar.

Tínhamos acabado de aparecer na lama do lado de fora da pequena casa quando Cassian disse, atrás de nós:

— Bem, já estava na hora.

O grunhido selvagem e descontrolado que Rhys emitiu era diferente de tudo que eu tinha ouvido, e segurei seus braços quando ele se virou para Cassian.

Cassian olhou para Rhys e riu.

Mas os guerreiros illyrianos no acampamento começaram a levantar voo, levando mulheres e crianças com eles.

— Viagem difícil? — Cassian prendeu o cabelo preto com uma faixa de couro desgastada.

Silêncio sobrenatural agora escorria de Rhys, de onde o grunhido tinha disparado apenas momentos antes. E para não ver Rhys transformar o acampamento em ruínas, eu disse:

— Quando ele esmagar seus dentes para dentro da boca, Cassian, não venha chorando até mim.

Cassian cruzou os braços.

— O laço de parceria está deixando você irritadinho, Rhys?

Rhys não respondeu.

Cassian riu.

— Feyre não parece muito cansada. Talvez ela possa me montar...

Rhys explodiu.

Asas e músculos e dentes estalando, e os dois saíram rolando pela lama, punhos pelos ares, e...

E Cassian sabia exatamente o que estava dizendo e fazendo, percebi, quando chutou Rhys de cima dele, pois Rhys não tocou naquele poder que poderia ter derrubado as montanhas.

Ele vira a ansiedade nos olhos de Rhys e soube que precisava liberá-la antes de prosseguirmos.

Rhys também sabia. Por isso ele atravessou para lá primeiro... e não para Velaris.

Eram uma visão e tanto, dois illyrianos lutando na lama e nas pedras, ofegantes, cuspindo sangue. Nenhum dos outros illyrianos ousou pousar.

E não pousariam, percebi, até que Rhys tivesse acalmado o temperamento... ou deixado o acampamento de vez. Se o macho comum precisava de uma semana para se ajustar... O que seria preciso de Rhysand? Um mês? Dois? Um ano?

Cassian riu quando Rhys lhe acertou um soco no rosto, e sangue jorrou. Cassian devolveu o soco, e encolhi o corpo quando a cabeça de Rhys disparou para o lado. Tinha visto Rhys lutar antes, controlado e elegante, e o vira com raiva, mas nunca tão... selvagem.

— Eles vão ficar nessa por um tempo — disse Mor, encostada ao portal da casa. Ela mantinha a porta aberta. — Bem-vinda à família, Feyre.

E achei que aquelas poderiam ser as palavras mais lindas que eu já ouvira.

Rhys e Cassian passaram uma hora se socando até a exaustão, e, quando voltaram arrastando os pés para a casa, ensanguentados, imundos, bastou apenas um olhar para meu parceiro para que eu desejasse seu cheiro e sensação.

Cassian e Mor imediatamente encontraram outro lugar para ir, e Rhys não se incomodou em tirar completamente minhas roupas antes de me curvar sobre a mesa da cozinha e me fazer gemer seu nome alto o bastante para que os illyrianos que ainda circundavam os céus nos ouvissem.

Mas, quando terminamos, a tensão nos ombros de Rhys e aquela contida nos olhos tinham sumido... E uma batida de Cassian à porta fez com que Rhys me entregasse um pano úmido para que eu me limpasse. Um momento depois, nós quatro tínhamos atravessado para a música e a luz de Velaris.

Para casa.

✢

O sol mal tinha se posto quando Rhys e eu caminhamos de mãos dadas para a sala de jantar da Casa do Vento e encontramos Mor, Azriel, Amren e Cassian já sentados. Esperando por nós.

Ao mesmo tempo, eles se levantaram.

Ao mesmo tempo, olharam para mim.

Ao mesmo tempo, fizeram uma reverência.

Foi Amren quem disse:

— Vamos servir e proteger.

Cada um levou a mão ao coração.

Esperando... por minha resposta.

Rhys não havia me avisado, e me perguntei se as palavras deveriam vir de meu coração, ditas sem segundas intenções ou ardis. Então, eu as disse.

— Obrigada — agradeci, desejando que minha voz fosse firme. — Mas preferiria que fossem meus amigos antes da servidão e da proteção.

Mor falou, piscando um olho:

— Nós somos. Mas vamos servir e proteger.

Meu rosto corou, e sorri para eles. Minha... família.

— Agora que isso está definido — disse Rhys, atrás de mim —, podemos, por favor, comer? Estou morto de fome. — Amren abriu a boca com um sorriso sarcástico, mas ele acrescentou: — *Não* diga o que estava prestes a dizer, Amren. — Rhys lançou um olhar afiado a Cassian. Os dois ainda estavam cheios de hematomas, mas se curavam rápido. — A não ser que queira resolver isso no telhado.

Amren emitiu um estalo com a língua e me apontou com o queixo.

— Ouvi dizer que você criou presas na floresta e matou umas bestas hybernianas. Bom para você, garota.

— Na verdade, ela salvou a pele dele — revelou Mor, enchendo a taça de vinho. — O pobrezinho do Rhys acabou amarrado.

Ergui minha taça para que Mor a enchesse.

— Ele precisa mesmo ser excepcionalmente paparicado.

Azriel engasgou com o vinho e me encarou: com o olhar acolhedor, para variar. Até mesmo suave. Senti Rhys ficar tenso ao meu lado, e rapidamente desviei o rosto do mestre-espião.

Um olhar para a culpa nos olhos de Rhys me disse que ele estava arrependido. E lutava contra aquilo. Tão estranho, os Grão-Feéricos com as parcerias e os instintos primitivos. Tão destoante das tradições antigas e de seus ensinamentos.

Partimos para as terras mortais logo depois do jantar. Mor levou a esfera; Cassian carregou Mor, Azriel voou perto, e Rhys... Rhys me carregou firme, os braços fortes e determinados em volta de mim. Ficamos em silêncio quando disparamos sobre a água escura.

Enquanto seguíamos a fim de mostrar às rainhas o segredo que todos haviam sofrido tanto, por tanto tempo, para guardar.

Capítulo 57

A primavera por fim chegara ao mundo humano; açafrões e narcisos despontavam da terra descongelada.

Apenas a rainha mais velha e a de cabelos dourados vieram dessa vez. Mas foram escoltadas pelo mesmo número de guardas.

Mais uma vez, usei meu vestido marfim esvoaçante e a coroa de penas de ouro, mais uma vez estava ao lado de Rhysand quando as rainhas e as sentinelas atravessaram para a sala de estar.

Mas agora Rhys e eu dávamos as mãos — sem hesitar, uma canção sem fim ou começo.

A rainha mais velha nos observou com os olhos inteligentes, viu nossas mãos, nossas coroas, e simplesmente se sentou sem que a convidássemos a fazê-lo, arrumando a saia do vestido esmeralda em volta do corpo. A rainha dourada permaneceu de pé por mais um momento, e a cabeça reluzente e cacheada se inclinou levemente. Os lábios vermelhos se curvaram para cima quando ocupou o assento ao lado da companheira.

Rhys nem sequer abaixou a cabeça para elas ao dizer:

— Agradecemos por dispor do tempo para nos ver de novo.

A rainha mais jovem apenas deu um curto aceno de cabeça, e o olhar âmbar passou para nossos amigos atrás de nós: Cassian e Azriel de cada lado das janelas recuadas, onde Elain e Nestha estavam de pé com as roupas mais finas, o jardim de Elain todo florido atrás de ambas. Os ombros de Nestha já eretos. Elain mordeu o lábio.

Mor estava do outro lado de Rhys, dessa vez usando azul-esverdeado que me lembrou das águas calmas do Sidra; a caixa ônix que continha a Veritas estava em suas mãos.

A rainha idosa, avaliando todos nós com olhos semicerrados, soltou um suspiro.

— Depois de ter sido tão gravemente insultada da última vez... — Ela lançou um olhar incandescente na direção de Nestha. Minha irmã devolveu um olhar que era pura chama irredutível para a rainha. A idosa emitiu um estalo com a língua. — Debatemos durante muitos dias se deveríamos voltar. Como podem ver, três de nós acharam o insulto imperdoável.

Mentirosa. Culpar Nestha, tentar semear a discórdia entre nós pelo que ela tentara defender... Eu disse, com calma surpreendente:

— Se aquele foi o pior insulto que já ouviram em suas vidas, diria então que vão ficar muito chocadas quando a guerra vier.

Os lábios da mais jovem se contraíram de novo, olhos âmbar incandescentes... uma leoa encarnada. Ela me disse, ronronando:

— Então, ele conquistou seu coração no fim das contas, Quebradora da Maldição.

Encarei a rainha de volta enquanto Rhys e eu nos sentávamos em nossas poltronas; Mor passou para aquela ao meu lado.

— Não acho — comecei — mera coincidência que o Caldeirão tenha permitido que nos encontrássemos às vésperas do retorno de uma guerra entre nossos dois povos.

— O Caldeirão? E dois povos? — A rainha dourada brincou com um anel de rubi no dedo. — *Nosso* povo não evoca um Caldeirão; *nosso* povo não tem magia. Da forma como vejo, há *seu* povo, e o nosso. *Você* é pouco melhor que aqueles Filhos dos Abençoados. — Ela ergueu uma sobrancelha bem-cuidada. — *O que* acontece com eles quando atravessam a muralha? — A rainha inclinou a cabeça para Rhys, Cassian e Azriel. — Viram presas? Ou são usados e descartados, e deixados para envelhecer e morrer enquanto vocês permanecem jovens para sempre? Uma pena... é tão injusto que você, Quebradora da Maldição, tenha recebido o que todos aqueles tolos sem dúvida imploraram para obter. Imortalidade, juventude eterna... O que Lorde Rhysand teria feito se você envelhecesse, e ele não?

— Há um objetivo por trás de suas perguntas, além de ouvir a si mesma falar? — perguntou Rhys, impassível.

Uma risada baixa, e a rainha se voltou para a idosa, o vestido amarelo farfalhando com o movimento. A mulher mais velha apenas estendeu a mão enrugada para a caixa nos dedos finos de Mor.

— Essa é a prova que pedimos?

Não faça isso, meu coração começou a suplicar. *Não mostre a elas.*

Antes que Mor conseguisse sequer assentir, eu disse:

— Meu amor pelo Grão-Senhor não é prova suficiente de nossas boas intenções? A presença de minhas irmãs aqui não lhes diz nada? Há um anel de noivado de ferro no dedo de minha irmã, e, mesmo assim, ela está do nosso lado.

Elain parecia lutar contra a vontade de esconder a mão atrás da saia do vestido rosa-claro e azul, mas permaneceu altiva enquanto as rainhas a avaliavam.

— Eu diria que é prova da estupidez dela — disse a rainha dourada, com escárnio — estar noiva de um homem que odeia feéricos... e arriscar a união associando-se a vocês.

— Não julgue algo sobre o qual não sabe *nada* — sibilou Nestha, com um veneno silencioso.

A rainha dourada cruzou as mãos sobre o colo.

— A víbora fala de novo. — Ela ergueu as sobrancelhas para mim. — Certamente seria sábio evitar que ela participasse desta reunião.

— Ela oferece a casa e arrisca a posição social para que tenhamos as reuniões — argumentei. — Tem o direito de ouvir o que é dito. De participar como representante do povo destas terras. As duas têm.

A idosa interrompeu a mais nova antes que ela pudesse responder, e, de novo, gesticulou com aquela mão enrugada para Mor.

— Mostre, então. Prove que estamos erradas.

Rhys deu um aceno sutil de cabeça para Mor. Não... não, não era certo. Mostrar a elas, revelar o tesouro que era Velaris, que era meu lar...

Guerra é sacrifício, disse Rhys em minha mente, pela pequena fenda que eu no momento mantinha aberta para ele. *Se não apostarmos Velaris, arriscaremos perder Prythian... e mais.*

Mor abriu a tampa da caixa preta.

A esfera de prata do lado de dentro reluziu como estrela sob um vidro.

— Esta é Veritas — falou Mor, com uma voz que era jovem e velha. — O dom de meu primeiro ancestral para nossa linhagem. Apenas algumas vezes na história de Prythian nós a usamos, nós liberamos sua verdade sobre o mundo.

Mor ergueu a esfera do ninho de veludo. Não era maior que uma maçã madura e cabia dentro das palmas das mãos em concha de Mor, como se o corpo inteiro, todo o ser de Mor tivesse sido moldado para a esfera.

— A verdade é fatal. A verdade é liberdade. A verdade pode quebrar e consertar e unir. A Veritas contém a verdade do mundo. Eu sou Morrigan — disse Mor, com os olhos não totalmente terrenos. Os pelos em meu braço se arrepiaram. — Vocês sabem que falo a verdade.

Mor colocou a Veritas no tapete entre nós. As duas rainhas se aproximaram.

Mas foi Rhys quem disse:

— Desejam prova de nossa bondade, de nossas intenções, para que possam confiar o Livro a nossas mãos? — A Veritas começou a pulsar, uma teia de luz irradiando a cada pulso. — Há um lugar em minhas terras. Uma cidade de paz. E arte. E prosperidade. Como duvido que seus guardas ousem cruzar a muralha, mostrarei a vocês, mostrarei a verdade dessas palavras, mostrarei esse lugar dentro da própria esfera.

Mor estendeu a mão, e uma nuvem pálida rodopiou da esfera, unindo-se à luz do objeto quando passou flutuando por nossos tornozelos.

As rainhas se encolheram, e os guardas se aproximaram com as mãos nas armas. Mas as nuvens continuaram fluindo conforme a verdade daquilo, de Velaris, escorria da esfera, de onde quer que se originasse, de Mor, de Rhys. Da verdade do mundo.

E, na luz cinzenta, uma imagem surgiu.

Era Velaris, vista de cima — vista por Rhys, voando para a cidade. Um grão na costa, mas, conforme ele descia, a cidade e o rio se tornaram mais nítidos, vibrantes.

Então, a imagem deu uma guinada e fez uma curva, como se Rhys tivesse voado por Velaris naquela manhã mesmo. Ela disparou entre barcos e docas, além de lares e ruas e teatros. Além do Arco-Íris de Velaris, tão colorido e lindo sob o novo sol da primavera. Pessoas, felizes e reflexivas, boas e acolhedoras, acenavam para ele. Momento após momento, imagens dos Palácios, dos restaurantes, da Casa do Vento. Tudo — toda aquela cidade secreta e impressionante. Meu lar.

E eu podia jurar que havia amor naquela imagem. Não conseguia explicar como a Veritas comunicava aquilo, mas as cores... Entendi as cores, e a luz, o que elas passavam, o que a esfera, de alguma forma, captava de qualquer que fosse a ligação com as memórias de Rhys.

A ilusão se dissipou, e cor e luz e nuvens foram puxadas de volta para dentro da esfera.

— Essa é Velaris — disse Rhys. — Há cinco mil anos nós a mantemos em segredo de forasteiros. E agora vocês sabem. É isso que protejo com os boatos, com os sussurros, com o medo. Por que lutei por seu povo na Guerra, apenas para dar início ao meu suposto reino de terror depois que subi ao trono e me certifiquei de que todos ouvissem as lendas a respeito disso. Mas, se o custo de proteger minha cidade e meu povo é o desprezo do mundo, então, que seja.

As duas rainhas olhavam boquiabertas para o tapete, como se pudessem ver a cidade ali. Mor pigarreou. A rainha dourada, como se Mor tivesse latido, se assustou e soltou um lenço decorado no chão. Ela se abaixou para pegá-lo, as bochechas um pouco rosadas.

Mas a idosa ergueu o olhar para nós.

— Sua confiança é... valorizada.

Esperamos.

Seus rostos ficaram severos, insensíveis. E agradeci por estar sentada quando a mais velha acrescentou, por fim:

— Vamos considerar.

— Não há tempo para considerar — replicou Mor. — Cada dia perdido é mais um que Hybern se aproxima de destruir a muralha.

— Discutiremos entre nossas companheiras e os informaremos quando nos aprouver.

— Não entendem os riscos que estão assumindo ao fazer isso? — perguntou Rhys, sem um pingo de condescendência. Apenas... apenas, talvez, choque. — Precisa dessa aliança tanto quanto nós.

A rainha idosa fez um gesto com os ombros frágeis.

— Achou que ficaríamos comovidas com sua carta, sua súplica? — A mulher indicou o guarda mais próximo com o queixo, e ele levou a mão à armadura para tirar de dentro dela uma carta dobrada. A idosa leu: — *Escrevo não como Grão-Senhor, mas como um macho apaixonado por uma mulher que um dia foi humana. Escrevo para implorar que aja rapidamente. Que salve seu povo, que ajude a salvar o meu. Escrevo para que um dia possamos encontrar a verdadeira paz. Para que eu possa, um dia, conseguir viver em um mundo no qual a mulher que amo possa visitar a família sem medo de ódio e reprimendas. Um mundo melhor.* — A rainha soltou a carta.

Rhys escrevera a carta semanas antes... antes de nossa parceria. Não era uma exigência para que as rainhas nos encontrassem, mas uma carta de amor. Estendi a mão pelo espaço entre nós e peguei a mão dele, apertando-a suavemente. Os dedos de Rhys se apertaram sobre os meus.

Mas, então, a idosa disse:

— Quem sabe isso não é tudo alguma grande manipulação?

— O quê? — disparou Mor.

A rainha dourada assentiu em concordância e ousou dizer a Mor:

— Muitas coisas mudaram desde a Guerra. Desde suas supostas amizades com nossas ancestrais. Talvez não sejam quem dizem ser. Talvez o Grão-Senhor tenha entrado em suas mentes para nos fazer crer que você é a Morrigan.

Rhys ficou em silêncio; todos ficamos. Até que Nestha disse, baixinho:

— Essa é a conversa de mulheres loucas. De *tolas* arrogantes e estúpidas.

Elain tentou pegar a mão de Nestha para silenciá-la. Mas Nestha deu um passo adiante, com o rosto branco de ódio.

— Dê o Livro a eles.

As rainhas piscaram, enrijecendo o corpo.

Minha irmã disparou:

— *Dê o Livro a eles.*

E a rainha mais velha sibilou:

— *Não.*

A palavra ecoou dentro de mim.

Mas Nestha continuou e estendeu o braço, para nos indicar, indicar a sala, o mundo.

— Há pessoas inocentes aqui. Nestas terras. Se não querem arriscar as vidas contra as forças que nos ameaçam, então conceda a essas pessoas uma chance de lutar. Dê o Livro a minha irmã.

A velha emitiu um suspiro agudo pelo nariz.

— Uma evacuação pode ser possível...

— Você precisaria de dez mil navios — disse Nestha, a voz falhando. — Precisaria de uma armada. Fiz os cálculos. E, se estiver se preparando para a guerra, não enviará seus navios para nós. Estamos abandonados aqui.

A idosa segurou os braços polidos da poltrona quando se inclinou um pouco à frente.

— Então, sugiro pedir que um de seus machos alados a carregue pelo mar, garota.

Nestha engoliu em seco.

— Por favor. — Não achei que jamais ouviria aquela palavra da boca de Nestha. — Por favor, não nos abandone para enfrentar isso sozinhos.

A rainha mais velha permaneceu imóvel. Eu não tinha palavras na mente.

Tínhamos mostrado a elas... tínhamos... tínhamos feito tudo. Até mesmo Rhys estava em silêncio, o rosto, indecifrável.

Mas, então, Cassian caminhou até Nestha, e os guardas enrijeceram o corpo quando o illyriano passou por eles como se fossem talos de trigo em um campo.

Cassian observou Nestha por um longo momento. Ela ainda encarava as rainhas com raiva, os olhos cheios de lágrimas — *lágrimas* de ódio e desespero, daquele fogo que queimava tão violentamente por dentro. Quando Nestha finalmente reparou em Cassian, ergueu o olhar para ele.

A voz de Cassian estava rouca quando ele falou:

— Há quinhentos anos, lutei em campos de batalha não muito longe desta casa. Lutei ao lado de humanos e feéricos, sangrei ao lado deles. Ficarei de pé naquele campo de batalha de novo, Nestha Archeron, para proteger esta casa, seu povo. E não consigo pensar em forma melhor de encerrar minha existência que defender aqueles que mais precisam.

Observei uma lágrima escorrer pela bochecha de Nestha. E observei Cassian estender a mão para limpá-la.

Nestha não se encolheu ao toque.

Não sabia por que, mas olhei para Mor.

Ela estava com os olhos arregalados. Não de ciúmes, ou de irritação, mas... algo talvez parecido com assombro.

Nestha engoliu em seco e, por fim, deu as costas a Cassian. Ele encarou minha irmã por mais um momento antes de encarar as rainhas.

Sem aviso, as duas mulheres se levantaram.

Mor indagou, também de pé:

— É uma quantia que querem? Digam seu preço, então.

A rainha dourada deu um riso de escárnio quando seus guardas as cercaram.

— Temos todas as riquezas de que precisamos. Agora voltaremos a nosso palácio para deliberar com nossas irmãs.

— Vocês já vão dizer que não — insistiu Mor.

A rainha dourada deu um risinho.

— Talvez. — Ela segurou a mão enrugada da idosa.

A rainha idosa ergueu o queixo.

— Agradecemos o gesto de sua confiança.

Então, elas se foram.

Mor xingou. E olhei para Rhys, meu coração se partiu, estava prestes a indagar por que não insistira, por que não dissera mais...

Mas os olhos de Rhys estavam na poltrona na qual a rainha dourada estivera sentada.

Abaixo dela, de alguma forma escondida pela volumosa saia enquanto a mulher estava sentada, havia uma caixa.

Uma caixa... que ela devia ter removido de onde quer que a estivesse escondendo quando se abaixou para pegar o lenço.

Rhys se dera conta. Tinha parado de falar para tirar as mulheres dali o mais rápido possível.

Como e onde ela contrabandeara aquela caixa de chumbo era a menor de minhas preocupações.

Não quando a voz da segunda e última parte do Livro tomou conta da sala e cantou para mim.

Vida e morte e ressurreição

Sol e lua e escuridão

Putrefação e florescência e ossos

Oi, coisinha doce. Oi, Senhora da noite, princesa da decomposição. Oi, besta de presas e corça trêmula. Me ame, me toque, me cante.

Loucura. Enquanto a primeira metade era inteligência calculista, aquela caixa... aquilo era o caos, e a desordem, e desgovernança, alegria e desespero.

Rhys suavemente pegou a caixa e a colocou na poltrona da rainha dourada. Ele não precisou de meu poder para abri-la... porque o feitiço de nenhum Grão-Senhor estava preso a ela.

Rhys abriu a tampa. Um bilhete estava sobre o metal dourado do livro.

Li sua carta. Sobre a mulher que ama. Acredito em você. E acredito em paz.

Acredito em um mundo melhor.

Se alguém perguntar, você roubou isto durante a reunião.

Não confie nas outras. A sexta rainha não estava doente.

Só isso.

Rhys pegou o Livro dos Sopros.

Luz e escuridão e cinza e luz e escuridão e cinza...

Ele disse para minhas duas irmãs, Cassian permanecendo próximo a Nestha:

— A escolha é de vocês, senhoras, se desejam ficar aqui, ou vir conosco. Ouviram falar da situação em curso. Fizeram os cálculos a respeito de uma evacuação. — Um aceno de aprovação quando Rhys encontrou o olhar azul de Nestha. — Se escolherem ficar, uma unidade de meus soldados estará aqui em uma hora para guardar este lugar. Se desejarem vir morar conosco naquela cidade que acabamos de mostrar a elas, sugiro que façam as malas agora.

Nestha olhou para Elain, ainda em silêncio e de olhos arregalados. O chá que ela havia preparado... o chá mais fino e exótico que o dinheiro podia comprar, estava intocado na mesa.

Elain tocou o anel de ferro no dedo.

— A escolha é sua — disse Nestha, com suavidade incomum. Por ela, Nestha iria para Prythian.

Elain engoliu em seco, uma corça presa em uma armadilha.

— Eu... eu não posso. Eu...

Mas meu parceiro assentiu, carinhosamente. Com compreensão.

— As sentinelas estarão aqui, e permanecerão invisíveis e não serão sentidas. Elas se viram, não precisa se preocupar com elas. Se mudarem de ideia, uma delas estará à espera nesta sala todo dia ao meio-dia e à meia-noite para que falem. Meu lar é seu lar. As portas estão sempre abertas a vocês.

Nestha olhou de Rhys para Cassian e, depois, para mim. Desespero ainda empalidecia seu rosto, mas... ela fez uma reverência com a cabeça. E disse para mim:

— Foi por isso que pintou estrelas em sua gaveta.

CAPÍTULO 58

Imediatamente voltamos para Velaris, sem confiar que as rainhas demorariam muito a perceber a ausência do Livro, principalmente se a vaga menção da sexta rainha poderia significar a existência de mais ardis entre elas.

Amren recebeu a segunda metade em minutos e nem mesmo se deu o trabalho de perguntar sobre a reunião antes de sumir para a sala de jantar da casa da cidade e fechar as portas atrás de si. Então, esperamos.

E esperamos.

✣

Dois dias se passaram.

Amren ainda não desvendara o código.

Rhys e Mor partiram no início da tarde para visitar a Corte de Pesadelos — para devolver a Veritas a Keir sem que ele soubesse, e para se certificar de que o administrador estivesse de fato preparando suas forças. Cassian recebera relatórios de que as legiões illyrianas estavam agora acampadas pelas montanhas, esperando a ordem de voar para onde quer que nossa primeira batalha pudesse ser.

Haveria uma, percebi. Mesmo que anulássemos o Caldeirão usando o Livro, mesmo que *eu* conseguisse impedir aquele Caldeirão e o rei de usá-lo para destruir a muralha e o mundo, ele tinha exércitos reunidos. Talvez levássemos a briga até o rei depois que o Caldeirão fosse inutilizado.

Não recebemos notícias de minhas irmãs, nenhum relatório dos soldados de Azriel de que tinham mudado de ideia. Meu pai, lembrei, ainda fazia negócios no continente; com que tipo de mercadorias, só a Mãe sabia. Outra variável naquilo tudo.

E não houve notícias das rainhas. Era nelas que eu pensava com mais frequência. Na rainha duas-caras, de olhos dourados, com não apenas as cores de um leão, mas o coração de um leão também.

Esperava vê-la de novo.

Com Rhys e Mor fora, Cassian e Azriel foram se hospedar na casa enquanto continuavam a planejar nossa inevitável visita a Hybern. Depois daquele primeiro jantar, quando Cassian abrira uma das garrafas de vinho *muito* antigas de Rhys para que pudéssemos comemorar minha parceria em grande estilo, percebi que eles vieram me fazer companhia, jantar comigo e... os illyrianos tinham passado a cuidar de mim.

Rhys disse isso naquela noite em que escrevi uma carta a ele e a vi desaparecer. Aparentemente, ele não se incomodava em deixar que os inimigos soubessem que estava na Corte dos Pesadelos. Se as forças de Hybern o rastreassem até lá... boa sorte para elas.

Eu havia escrito a Rhys: *Como digo a Cassian e Azriel que não preciso que eles me protejam? Companhia tudo bem, mas não preciso de sentinelas.*

Rhys escreveu de volta: *Não diga a eles. Imponha limites se eles os cruzarem, mas é amiga deles... e minha parceira. Eles a protegerão por instinto. Se expulsá-los da casa, vão simplesmente se sentar no telhado.*

Escrevi: *Vocês, machos illyrianos, são insuportáveis.*

Rhys apenas respondeu: *Que bom que compensamos isso com as envergaduras impressionantes das asas.*

Mesmo com Rhys do outro lado do território, meu sangue tinha esquentado, e meus dedos dos pés se contraíram. Mal consegui segurar a caneta por tempo suficiente para escrever: *Sinto falta dessa envergadura impressionante em minha cama. Dentro de mim.*

Rhys respondeu: *Claro que sente.*

Sibilei, rabiscando: *Porco.*

Quase senti a risada de Rhys pelo laço — nosso laço de parceria. Rhys escreveu: *Quando eu voltar, visitaremos aquela loja do outro lado do Sidra, e você vai experimentar todas aquelas coisinhas de renda para mim.*

Caí no sono pensando naquilo, desejando que minha mão fosse a dele, torcendo para que Rhys terminasse na Corte dos Pesadelos e voltasse logo para mim. A primavera irrompia por todas as colinas e os picos em Velaris. Queria voar sobre as flores amarelas e roxas com ele.

Na tarde seguinte, Rhys ainda estava fora, Amren, ainda enterrada no livro, Azriel patrulhava a cidade e o litoral próximo, e Cassian e eu — entre tantas coisas — terminávamos de assistir a uma apresentação vespertina de alguma antiga sinfonia feérica reverenciada. O anfiteatro ficava do outro lado do Sidra, e, embora Cassian tivesse oferecido me levar voando, eu quis andar. Até mesmo meus músculos estavam gritando em protesto depois da lição cruel daquela manhã.

A música era linda — estranha, mas linda, escrita em uma época, dissera Cassian, em que humanos nem mesmo caminhavam sobre a Terra. Ele achou a música intrigante, desafinada, mas... eu ficara hipnotizada.

Voltando a pé por uma das pontes principais sobre o rio, fazíamos companhia um ao outro em silêncio. Deixamos mais sangue com Amren — que agradeceu e nos mandou dar o fora de lá — e agora seguíamos para o Palácio de Linhas e Joias, onde eu queria comprar presentes para minhas irmãs, por terem nos ajudado. Cassian prometera mandá-los com o próximo batedor, enviado a fim de recuperar o relatório mais recente. Imaginei se ele aproveitaria para mandar algo a Nestha.

Parei no centro da ponte de mármore, e Cassian parou ao meu lado quando olhei para a água azul-esverdeada que corria suavemente. Eu conseguia sentir a direção da corrente abaixo, sal e água doce se entrelaçando, as algas oscilantes cobrindo o leito cheio de mexilhões, os ruídos de pequenas criaturas ligeiras sobre rocha e lama. Será que

Tarquin conseguia sentir aquelas coisas? Será que dormia no palácio de sua ilha no mar e nadava pelos sonhos de peixes?

Cassian apoiou os antebraços no amplo parapeito de pedras; os Sifões vermelhos eram como poças vivas de chamas.

Eu disse, talvez porque fosse uma enxerida que gostava de me meter na vida dos outros:

— Significou muito para mim... o que você prometeu a minha irmã no outro dia.

Cassian deu de ombros, farfalhando as asas.

— Eu o faria por qualquer um.

— Também significou muito para ela. — Olhos cor de avelã se semicerraram levemente. Mas observei o rio casualmente. — Nestha é diferente da maioria das pessoas — expliquei. — Ela parece ser severa e cruel, mas acho que é uma parede. Um escudo... como aqueles que Rhys tem na mente.

— Contra o quê?

— Sentimentos. Eu acho que Nestha sente tudo... vê demais; vê e sente tudo. E ela queima por causa disso. Manter essa parede erguida ajuda a evitar que ela se sinta sobrepujada, que se importe demais.

— Ela mal parece se importar com mais alguém além de Elain.

Encarei Cassian, observando seu rosto bonito.

— Ela nunca será como Mor — falei. — Nunca amará livremente e entregará esse amor a todos os que cruzem seu caminho. Mas os poucos com quem se importar... acho que Nestha destruiria o mundo por eles. Ela se destruiria por eles. Ela e eu temos nossos... problemas. Mas Elain... — Minha boca se inclinou para o lado. — Ela jamais vai esquecer, Cassian, que você se ofereceu para defender Elain. Defender o povo dela. Enquanto viver, vai se lembrar dessa bondade.

Ele esticou o corpo, batendo os nós dos dedos contra o mármore liso.

— Por que está me dizendo isso?

— Eu só... achei que você deveria saber. Para quando a vir de novo e Nestha o irritar. O que tenho certeza de que acontecerá. Mas saiba que, bem no fundo, ela se sente grata, e talvez não tenha a habilidade de dizer isso. Mas o sentimento... o coração... está lá.

Parei, pensando se deveria insistir com Cassian, mas o rio fluindo sob nós mudou.

Não foi uma mudança física. Mas... um tremor na corrente, no leito rochoso, nas coisas ligeiras que rastejavam abaixo. Como se nanquim tivesse caído na água.

Cassian imediatamente ficou alerta enquanto eu verificava o rio, as margens de cada lado.

— Que diabo é isso? — murmurou ele. Cassian bateu no Sifão de cada mão com um dedo.

Fiquei boquiaberta quando uma armadura preta de escamas começou a se abrir e deslizar por seus pulsos, pelos braços, substituindo a túnica que estava ali. Camada após camada, cobrindo Cassian como se fosse uma segunda pele, fluindo até seus ombros. Os Sifões adicionais surgiram, e mais armadura se espalhou por seu pescoço, pelos ombros, pelo peito e pela cintura. Pisquei, e a armadura tinha coberto as pernas de Cassian e, depois, os pés.

O céu estava limpo, as ruas, cheias de conversa e vida.

Cassian continuou observando, com uma lenta rotação ao redor de Velaris.

O rio abaixo de mim permaneceu constante, mas conseguia senti-lo se reunindo, como se tentasse se libertar de...

— Do mar — sussurrei. O olhar de Cassian disparou para a frente, para o rio diante de nós, para os penhascos altos ao longe, que marcavam as ondas revoltas onde o Sidra encontrava o oceano.

E ali, no horizonte, um borrão preto. Ágil, espalhando-se conforme se aproximava.

— Diga que são pássaros — pedi. Meu poder fluía nas veias, e fechei os dedos em punhos, desejando que o poder se acalmasse, se controlasse...

— Não há patrulha illyriana que deveria saber sobre este lugar... — disse Cassian, como se em resposta. O olhar se voltou para mim. — Vamos retornar agora mesmo.

O borrão preto se separou, fraturando-se em incontáveis figuras. Grandes demais para serem pássaros. Muito grandes. Eu disse:

— Você precisa soar o alarme...

Mas as pessoas já o faziam. Algumas apontavam, outras gritavam.

Cassian me segurou, mas saltei para trás. Gelo dançava na ponta de meus dedos, vento urrava em meu sangue. Eu os derrubaria um a um...

— Chame Azriel e Amren...

Tinham chegado aos penhascos do mar. Inúmeras criaturas aladas de longos braços e pernas, algumas com soldados nos braços... Uma horda invasora.

— Cassian.

Mas uma lâmina illyriana surgiu na mão de Cassian, idêntica àquela a suas costas. Uma faca de luta agora reluzia na outra. Cassian as estendeu para mim.

— Volte para casa... agora mesmo.

Eu certamente não iria. Se estavam voando, eu poderia usar meu poder como vantagem: congelar suas asas, queimá-los, destruí-los. Mesmo que houvesse tantos, mesmo que...

Muito rápido, como se fosse carregada por um vento descontrolado, a força alcançou os limites externos da cidade. E disparou flechas sobre o povo, que gritava e corria para se abrigar nas ruas. Peguei as armas estendidas de Cassian, e os cabos de metal frio sibilaram sob as palmas de minhas mãos, quentes como uma forja.

Cassian ergueu a mão no ar. Luz vermelha explodiu do Sifão, disparando para cima e para longe — formando uma parede sólida no céu acima da cidade, diretamente no caminho daquela força invasora.

Ele trincou os dentes, grunhindo quando a legião alada se chocou contra o escudo. Como se Cassian tivesse sentido cada impacto.

O escudo vermelho translúcido se estendeu para mais longe, empurrando as forças...

Nós dois observamos com horror silencioso quando as criaturas avançaram contra o escudo, de braços estendidos...

Não eram apenas qualquer tipo de feérico. Qualquer magia que se acumulava em mim estremeceu e se extinguiu quando os vi.

Eram todos como o Attor.

Todos de braços e pernas longos, pele cinza, com focinhos viperinos e dentes afiados como lâminas. E, quando a legião daquelas criaturas se chocou contra o escudo de Cassian, como se fosse teia de aranha, vi nos braços cinzentos e esguios manoplas daquela pedra azulada que eu vira em Rhys, reluzindo ao sol.

Pedra que quebrava e repelia magia. Direto do covil maldito do rei de Hybern.

Um após o outro, eles penetraram o escudo de Cassian.

Cassian lançou outra parede contra as criaturas. Algumas se afastaram da horda e se atiraram contra os arredores da cidade, vulneráveis fora do escudo. O calor que estava se acumulando em minhas palmas se dissipou em um suor grudento.

As pessoas gritavam, fugiam. E eu soube que os escudos de Cassian não dariam conta...

— *VÁ!* — rugiu Cassian. Disparei em movimento, sabendo que ele provavelmente permanecera ali porque eu tinha ficado; sabendo que ele precisava de Azriel e Amren e...

Acima de nós, três das criaturas se chocaram contra o domo do escudo vermelho. Rasgando-o, destroçando camada após camada com aquelas manoplas de pedra.

Era isto que detinha o rei nos últimos meses: ele precisava reunir seu arsenal. Armas para combater magia, para combater Grão-Feéricos que se fiariam nelas...

Um buraco se abriu, e Cassian me atirou ao chão, me empurrando contra o parapeito de mármore, e suas asas se abriram sobre mim; suas pernas eram sólidas como faixas de rocha escavada às minhas costas...

Gritos na ponte, risadas sibilantes, então...

Um ruído aquoso e de algo sendo esmagado.

— Merda! — exclamou Cassian. — *Merda*...

Ele deu um passo adiante, e disparei de baixo de Cassian para ver o que era, quem era...

Sangue brilhou na ponte de mármore branco, reluzindo como rubis ao sol.

Ali, em um daqueles imponentes e elegantes postes de luz que ladeavam a ponte...

O corpo estava quebrado, as costas arqueadas devido ao impacto, como se estivesse sentindo os espasmos da paixão.

Os cabelos dourados tinham sido tosados. Os olhos dourados tinham sido arrancados.

Ela estava estremecendo no local em que fora empalada no poste, o mastro de metal perfurava o torso esguio diretamente, sangue se agarrava ao metal acima.

Alguém na ponte vomitou e, depois, continuou correndo.

Mas eu não conseguia deixar de olhar para a rainha dourada. Ou para o Attor, que voou pelo buraco que tinha feito e se empoleirou no topo do poste ensopado de sangue.

— Cumprimentos — sibilou a criatura — das rainhas mortais. E de Jurian. — Então, o Attor levantou voo, rápido e ágil, seguindo diretamente para o distrito de teatros do qual tínhamos saído.

Cassian tinha me prendido de novo contra o chão da ponte... e disparou contra o Attor. Depois, parou, lembrando-se de mim, mas eu disse, rouca:

— Vá.

— Corra para casa. *Agora*.

Essa foi a ordem final; e o adeus de Cassian quando ele disparou pelo céu atrás do Attor, que já desaparecera para as ruas histéricas.

Ao meu redor, buraco após buraco era aberto naquele escudo vermelho, e as criaturas aladas entravam aos montes, soltando os soldados hybernianos que tinham carregado pelo mar.

Soldados de todas as formas e tamanhos: feéricos inferiores.

A boca escancarada da rainha dourada se abria e se fechava como um peixe em terra firme. Salve-a, ajude-a...

Meu sangue. Eu poderia...

Dei um passo. O corpo da mulher ficou inerte.

E de onde quer que fosse que aquele poder em mim se originava, senti a morte da rainha passar em um sussurro.

Os gritos, as asas batendo, o farfalhar e o estampido de flechas irromperam no silêncio súbito.

Corri. Corri para meu lado do Sidra, para casa. Não confiava em mim para atravessar — mal conseguia pensar em meio ao pânico que latejava em minha mente. Eu tinha minutos, talvez, antes que chegassem a minha rua. Minutos para chegar lá e levar o máximo de pessoas para dentro comigo. A casa estava encantada. Ninguém entraria, nem mesmo aquelas coisas.

Feéricos passavam às pressas, corriam em busca de abrigo, de amigos e família. Cheguei ao fim da ponte, as colinas íngremes se erguiam...

Soldados hybernianos já ocupavam o topo daquela colina, os dois Palácios, rindo dos gritos, das súplicas, conforme invadiam prédios e arrastavam pessoas para fora. Sangue escorria pelos paralelepípedos, formando córregos.

Elas haviam feito aquilo. Aquelas rainhas tinham... entregado aquela cidade de arte e música e comida para aqueles... monstros. O rei devia ter usado o Caldeirão para quebrar os encantamentos.

Uma explosão estrondosa estremeceu o outro lado da cidade, e caí com o impacto; lâminas dispararam, mãos foram cortadas nos paralelepípedos. Eu me virei na direção do rio, me levantando com dificuldade, avançando para minhas armas.

Cassian e Azriel estavam, ambos, no céu agora. E onde eles voavam, aquelas criaturas aladas morriam. Flechas vermelhas e azuis disparavam deles, e aqueles escudos...

Escudos gêmeos de vermelho e azul se uniram, chiando, e se chocaram contra o restante das forças aéreas. Carne e asas foram destruídas, ossos derreteram...

Até que mãos encasuladas em pedra caíram do céu. Apenas mãos. Emitindo estampidos contra os telhados, levantando a água do rio. Era tudo o que restara deles: o que dois guerreiros illyrianos tinham conseguido fazer.

Mas havia inúmeros mais que já haviam pousado. Muitos. Telhados foram destruídos, portas, estilhaçadas, gritos subiam e depois se calavam...

Aquele não era um ataque para saquear a cidade. Era um extermínio.

E erguendo-se acima de mim, apenas alguns quarteirões abaixo, o Arco-Íris de Velaris estava banhado em sangue.

O Attor e as criaturas como ele convergiram para lá.

Como se as rainhas tivessem dito onde atacar; onde Velaris estaria mais vulnerável. O coração pulsante da cidade.

Fogo ondulava, fumaça preta manchava o céu...

Onde estava Rhys, onde estava meu parceiro...

Do outro lado do rio, trovão ecoou de novo.

E não eram Cassian ou Azriel que lutavam do outro lado do rio. Mas Amren.

As mãos finas só precisavam apontar e os soldados caíam — caíam como se as próprias asas falhassem. Eles se chocavam contra as ruas, se debatendo, engasgando, agitando as garras, gritando, assim como o povo de Velaris gritara.

Virei a cabeça para o Arco-Íris a alguns quarteirões de distância — desprotegido. Indefeso.

A rua diante de mim estava livre, a solitária passagem, segura pelo inferno.

Uma fêmea gritou dentro do quarteirão dos artistas. E eu descobri por onde tinha de ir.

Virei a lâmina illyriana na mão e atravessei para o Arco-Íris em chamas e ensanguentado.

Aquele era meu lar. Aquele era meu povo.

Se eu morresse defendendo-os, defendendo aquele pequeno lugar no mundo onde a arte florescia...

Então, que assim fosse.

E me tornei escuridão, e sombra, e vento.

Atravessei para o limite do Arco-Íris quando os primeiros soldados de Hybern viravam na esquina mais afastada, disparando para a avenida do rio, destruindo os cafés nos quais eu tinha me sentado e rido. Não me viram até que eu estivesse sobre eles.

Até que minha espada illyriana partisse suas cabeças, uma após a outra.

Seis caíram atrás de mim, e, quando parei ao pé do Arco-Íris, encarando o fogo e o sangue e a morte... Muitos. Soldados demais.

Jamais conseguiria, jamais mataria todos...

Mas havia uma jovem fêmea, de pele verde e esguia, com um pedaço de cano velho e enferrujado erguido acima do ombro. Ela defendia o território diante da fachada da loja — uma galeria. As pessoas agachadas dentro da loja choravam.

Diante delas, rindo dos feéricos, do pedaço de metal erguido pela fêmea, cinco soldados alados a circundavam. Brincando com ela, provocando.

Mesmo assim, a feérica defendia o local. Mesmo assim, sua expressão não se alterava. Pinturas e cerâmica estavam destruídas ao redor da mulher. E mais soldados pousavam, espalhando-se, massacrando...

Do outro lado do rio, trovão ecoou — Amren ou Cassian ou Azriel, eu não sabia.

O rio.

Três soldados me viram do alto da colina. Correram até mim.

Mas corri mais rápido, de volta ao rio ao pé da colina, até o melódico Sidra.

Atingi o limite do quarteirão, a água já estava manchada de sangue, e bati o pé, uma pisada forte.

Como se em resposta, o Sidra se ergueu.

Eu me curvei àquele poder estrondoso dentro de meus ossos, meu sangue e minha respiração. Eu me tornei o Sidra, antigo e profundo. E dobrei o rio à minha vontade.

Ergui as lâminas. Desejando que o rio subisse mais, moldando-o, forjando-o.

Aqueles soldados hybernianos pararam imediatamente quando me virei na direção deles.

E lobos de água dispararam de trás de mim.

Os soldados se viraram, fugindo.

Mas meus lobos eram mais rápidos. *Eu* era mais rápida enquanto corria com eles, no coração da matilha.

Lobo após lobo saiu rugindo do Sidra, tão colossais quanto aquele que um dia eu matara, disparando pelas ruas, correndo para cima.

Dei cinco passos até a matilha chegar aos soldados que provocavam a dona da loja.

Dei sete passos até a matilha os matar, água desceu pelas gargantas, afogando-os...

Alcancei os soldados, e minha espada cantou quando cortei as cabeças arquejantes dos corpos.

A dona da loja soluçou quando me reconheceu, a barra enferrujada ainda estava erguida. Mas a feérica assentiu — apenas uma vez.

Corri de novo, me perdendo entre os lobos d'água. Alguns dos soldados disparavam para o céu, batendo as asas para cima, recuando.

Então, cresceram asas e garras em meus lobos, e se tornaram falcões e gaviões e águias.

Eles se chocaram contra os soldados, as armaduras, encharcando-os. Os soldados no ar, ao perceber que não tinham se afogado, pararam de voar e riram... debochando.

Ergui a mão para o céu e fechei os dedos em punho.

A água os encharcou, as asas, a armadura, os rostos... E virou gelo.

Gelo tão frio que existia antes da luz, antes de o sol aquecer a terra. Gelo de uma terra envolta em inverno, gelo de partes de mim que não sentiam piedade, nenhuma simpatia pelo que aquelas criaturas tinham feito e estavam fazendo com meu povo.

Congelados, dezenas de soldados alados caíram no chão de uma só vez. E se quebraram sobre os paralelepípedos.

Meus lobos avançavam ao meu redor, dilacerando e afogando e caçando. E aqueles que fugiam deles, aqueles que subiam aos céus — congelavam e se estilhaçavam; congelavam e se estilhaçavam. Até que as ruas estivessem cheias de gelo e sangue e pedaços quebrados de asa e pedra.

Até que os gritos de meu povo pararam, e os gritos dos soldados se tornaram uma canção em meu sangue. Um dos soldados se ergueu acima dos prédios de cores alegres... Eu o conhecia.

O Attor batia as asas, frenético, com sangue de inocentes cobrindo-lhe a pele cinza, as manoplas de pedra. Lancei uma águia de água contra ele, mas o Attor foi mais rápido, ligeiro.

Ele fugiu de minha águia, e de meu gavião, e de meu falcão, subindo mais, escalando o ar com as garras. Para longe de mim, de meu poder — de Cassian e de Azriel, que protegiam o rio e a maioria da cidade, longe de Amren, que usava qualquer que fosse o poder sombrio que possuía para lançar tantos deles ao chão sem ferimentos visíveis.

Nenhum de meus amigos viu o Attor subindo, voando para a liberdade.

Ele voltaria para Hybern — para o rei. Tinha escolhido ir até lá. Liderá-los. Por ódio. E eu não tinha dúvida de que a rainha dourada, a leoa, tinha sofrido em suas mãos. Como Clare sofrera.

Onde está você?

A voz de Rhys soou distante em minha mente, pela fenda em meu escudo.

ONDE ESTÁ VOCÊ?

O Attor estava fugindo. A cada batida de meu coração, ele voava mais alto e mais longe...

ONDE...

Embainhei a espada illyriana e a espada de luta no cinto, e me atrapalhei ao pegar as flechas que tinham caído na rua. Disparadas contra meu povo. Flechas de freixo, cobertas em um veneno esverdeado familiar. Veneno de sangue.

Estou exatamente onde preciso estar, disse eu a Rhys.

E, então, atravessei para o céu.

Capítulo 59

Atravessei para um telhado próximo, com uma flecha de freixo em cada mão, verificando onde estava o Attor, batendo as asas, no alto...

FEYRE.

Disparei um escudo mental adamantino contra aquela voz; contra ele.

Agora não. Não nesse momento.

Conseguia sentir Rhys batendo vagamente contra aquele escudo. Rugindo contra ele. Mas nem mesmo ele conseguia entrar.

O Attor era *meu*.

Ao longe, correndo em minha direção, na direção de Velaris, uma escuridão poderosa devorou o mundo. Soldados em seu caminho não emergiam de novo.

Meu parceiro. Morte encarnada. A noite triunfante.

Vi o Attor de novo, desviando para o mar, na direção de Hybern, ainda sobre a cidade.

Atravessei, projetando minha consciência na direção dele como uma rede, perfurando de uma mente para a outra, usando o fio como uma corda, me guiando pelo tempo e pela distância e pelo vento...

Mirei o borrão oleoso da malícia da criatura, localizando meu próprio ser, minha concentração, no centro dele. Ele era um farol de corrupção e imundície.

Quando emergi do vento e das sombras, estava logo acima do Attor.

Ele gritou, e suas asas se curvaram quando me choquei contra ele. Quando mergulhei aquelas flechas envenenadas em cada asa, bem no músculo principal.

O Attor arqueou de dor, e a língua bifurcada partiu o ar entre nós. A cidade era um borrão abaixo, o Sidra, um mero córrego àquela altura.

Em um segundo, eu me enrosquei no Attor. Virei uma chama viva que queimava tudo que tocava, me tornei tão indestrutível quanto a parede adamantina em minha mente.

Gritando, o Attor se debateu contra mim, mas as asas, com aquelas flechas, presas em minhas mãos...

Queda livre.

Direto para o mundo. Para sangue e dor. O vento nos agredia.

O Attor não conseguia se desvencilhar de meu toque incandescente. Ou de minhas flechas envenenadas que espetavam suas asas. Aleijando-o. A pele em chamas do Attor fazia meu nariz arder.

Enquanto caíamos, minha mão encontrou a adaga.

A escuridão que consumia o horizonte se aproximou em disparada — como se me visse.

Ainda não.

Ainda não.

Inclinei a adaga sobre a caixa torácica ossuda e alongada do Attor.

— Isso é por Rhys — sibilei contra a orelha pontuda da criatura.

A reverberação do aço sobre osso ressoou em minha mão.

Sangue prateado aqueceu meus dedos. O Attor gritou.

Arranquei a adaga, e sangue jorrou para cima, sujando meu rosto.

— Isso é por Clare.

Mergulhei a lâmina de novo, girando-a.

Já se podiam ver os vultos dos prédios. O Sidra corria vermelho, mas o céu estava vazio... livre de soldados. Assim como as ruas.

O Attor gritava e sibilava, xingava e suplicava, quando arranquei a lâmina.

Eu conseguia distinguir as pessoas, distinguir suas formas. O chão crescia ao nosso encontro. O Attor estava se contorcendo tão violentamente que fiz o possível para mantê-lo em minhas mãos quentes como forjas. Pele incandescente se soltou, voando acima de nós.

— E isso — sibilei, me aproximando para dizer as palavras ao ouvido do Attor, para sua alma pútrida. Deslizei a adaga uma terceira vez, me deliciando com ossos e carne se rasgando. — Isso é por *mim*.

Eu conseguia contar os paralelepípedos. Via a Morte chamando de braços abertos.

Mantive a boca ao lado da orelha do Attor, perto, como uma amante, conforme nosso reflexo em uma poça de sangue se tornava nítido.

— Vejo você no inferno — sussurrei, e deixei a lâmina na lateral do corpo dele.

O vento ondulou no sangue sobre os paralelepípedos a poucos centímetros de distância.

E atravessei para longe, deixando o Attor para trás.

✠

Ouvi o estalo e o choque, mesmo enquanto deslizava pelo mundo, impulsionada por meu poder e pela velocidade do mergulho. Emergi a poucos metros — meu corpo levou mais tempo que a mente para se adaptar.

Meus pés e minhas pernas cederam, e cambaleei de costas até a parede de um prédio pintado de rosa atrás de mim. Com tanta força que o gesso cedeu e rachou contra minha coluna, meus ombros.

Ofeguei, trêmula. E na rua adiante — o que estava quebrado e escorrendo nos paralelepípedos... As asas do Attor eram uma destruição retorcida. Além disso, pedaços de armadura, ossos partidos e carne queimada eram tudo que restava.

A onda de escuridão, o poder de Rhysand, por fim chegou ao meu lado do rio.

Ninguém gritou diante da cascata de noite salpicada de estrelas que cortou toda a luz.

Achei que tivesse ouvido leves grunhidos e um arranhar — como se a escuridão tivesse buscado soldados ocultos, escondidos no Arco-Íris, mas, então...

A onda sumiu. Luz do sol.

Um esmagar de botas diante de mim, a batida e o sussurro de asas poderosas.

A mão em meu rosto, erguendo meu queixo conforme eu encarava fixamente a ruína destruída que era o Attor. Olhos violeta encontraram os meus.

Rhys. Rhys estava ali.

E... E eu tinha...

Ele se inclinou para a frente, com a testa coberta de suor, a respiração entrecortada. Rhys deu um beijo carinhoso em minha boca.

Para lembrar nós dois. Quem éramos, o que éramos. Meu coração gelado se descongelou, o fogo em meu estômago foi apaziguado por uma gavinha de escuridão, e a água escorreu de minhas veias de volta ao Sidra.

Rhys recuou, acariciando minha bochecha com o polegar. As pessoas choravam. Lamentavam-se.

Mas não se ouviu nenhum grito de terror. Nenhum derramamento de sangue ou destruição.

Meu parceiro murmurou:

— Feyre Quebradora da Maldição, defensora do Arco-Íris.

Abracei a cintura de Rhys e chorei.

E, mesmo enquanto a cidade dele chorava, o Grão-Senhor da Corte Noturna me abraçou até que eu por fim conseguisse encarar aquele mundo novo, encharcado de sangue.

CAPÍTULO 60

— Velaris está segura — disse Rhys, nas altas horas da noite. — Os encantamentos que o Caldeirão tirou foram refeitos.

Não tínhamos parado a fim de descansar até então. Durante horas, trabalhamos, assim como o resto da cidade, para curar, para emendar, para caçar respostas de qualquer forma possível. E, agora, estávamos todos reunidos de novo; o relógio soava 3 horas da manhã.

Eu não sabia como Rhys se aguentava em pé enquanto ele se encostava na lareira da sala de estar. Já eu quase caía no sofá ao lado de Mor, nós duas cobertas de terra e sangue. Como o restante deles.

Jogado em uma poltrona feita para asas illyrianas, Cassian exibia uma expressão arrasada e se curava devagar o bastante para que eu soubesse que tinha drenado o poder durante aqueles longos minutos em que defendera a cidade sozinho. Mas os olhos cor de avelã ainda brilhavam com as chamas do ódio.

Amren não parecia muito melhor. As roupas cinzentas da minúscula fêmea estavam praticamente em frangalhos, e a pele por baixo era pálida como neve. Quase dormindo no sofá diante de mim, ela se encostava em Azriel, que ficava lançando olhares alarmados para ela, mesmo que os próprios ferimentos sangrassem um pouco. No dorso das mãos cobertas de cicatrizes, seus Sifões azuis estavam apagados, mudos. Completamente vazios.

Enquanto eu ajudava os sobreviventes no Arco-Íris a cuidar dos feridos, a contar os mortos e a começar os consertos, Rhys vinha checar de vez em quando, enquanto reconstruía os encantamentos com qualquer poder que tivesse restado em seu arsenal. Durante uma de nossas breves pausas, Rhys me contou o que Amren tinha feito do lado dela do rio.

Com o poder sombrio, ela disparou ilusões para as mentes dos soldados. Eles acreditavam que tinham caído no Sidra e estavam se afogando; acreditavam que voavam milhares de quilômetros acima e tinham mergulhado, rápidos e ligeiros, para a cidade — apenas para encontrar a rua a poucos metros, e terem os crânios esmagados. Sobre os mais cruéis, os mais vis, Amren liberou os próprios pesadelos — até que morressem de terror, os corações cedendo.

Alguns haviam caído no rio, bebendo o próprio sangue, que se esvaía enquanto se afogavam. Alguns tinham desaparecido de vez.

— Velaris pode estar segura — respondeu Cassian, sem se dar o trabalho de levantar a cabeça de onde ela repousava contra o encosto da poltrona. — Mas por quanto tempo? Hybern sabe sobre este lugar, graças àquelas rainhas. Para quem mais vão vender a informação? Quanto tempo teremos até que outras cortes venham xeretar? Ou até que Hybern use aquele Caldeirão de novo para derrubar nossas defesas?

Rhys fechou os olhos, os ombros estavam tensos. Eu já conseguia ver o peso que recaía sobre aquela cabeça de cabelos pretos.

Odiava acrescentar ao fardo, mas falei:

— Se todos formos a Hybern para destruir o Caldeirão... quem defenderá a cidade?

Silêncio. Rhys engoliu em seco.

Amren disse:

— Eu fico. — Cassian abriu a boca para protestar, mas Rhys olhou lentamente para a imediata. Amren o encarou de volta ao acrescentar: — Se Rhys precisar ir a Hybern, então sou a única de vocês que pode guardar a cidade até que ajuda chegue. Hoje foi uma surpresa. Uma ruim. Quando partirem, estaremos mais bem preparados. Os novos encantamentos que fizemos não cairão tão facilmente.

Mor soltou um suspiro.

— Então, o que fazemos agora?

— Dormimos. Comemos — respondeu Amren, simplesmente.

E foi Azriel quem acrescentou, com a voz rouca em consequência da cólera da batalha:

— E depois retaliamos.

Rhys não foi deitar.

E, quando saí do banho, a água cheia de sujeira e sangue, ele não estava em lugar algum.

Mas procurei pelo laço entre nós e subi, arrastando os pés, as pernas rígidas reclamando de dor. Ele estava sentado no telhado, no escuro. As asas imensas se abriam atrás de Rhys, caindo sobre os azulejos.

Deslizei para seu colo, abraçando seu pescoço.

Ele olhava para a cidade à volta.

— Tão poucas luzes. Tão poucas luzes restantes esta noite.

Não olhei. Apenas tracei as linhas do rosto de Rhys e, depois, passei o polegar por sua boca.

— Não é culpa sua — garanti, em voz baixa.

Os olhos de Rhys se voltaram para os meus, mal visíveis na escuridão.

— Não é? Entreguei a cidade a elas. Disse que estava disposta a arriscá-la, mas... não sei quem odeio mais: o rei, aquelas rainhas ou a mim.

Eu afastei os cabelos de seu rosto. Rhys pegou minha mão, impedindo os movimentos de meus dedos.

— Você me deixou de fora — sussurrou Rhys. — Você... fez um escudo contra mim. Completamente. Não consegui encontrar uma entrada.

— Desculpe.

Rhys soltou uma risada amarga.

— Desculpe? Sinta-se impressionada. Aquele escudo... O que você fez com o Attor... — Rhys balançou a cabeça. — Poderia ter sido morta.

— Vai me fazer um sermão por isso?

Rhys franziu a testa. Depois, enterrou o rosto em meu ombro.

— Como poderia fazer um sermão por defender meu povo? Quero brigar, sim, por não ter voltado para casa, mas... escolheu lutar por eles. Por Velaris. — Rhysand beijou meu pescoço. — Não mereço você.

Meu coração apertou. Rhys foi sincero: se sentia realmente daquela forma. Acariciei seus cabelos de novo. E disse a Rhys, as palavras eram o único som na cidade silenciosa e escura:

— Merecemos um ao outro. E merecemos ser felizes.

Rhys estremeceu contra mim. E quando seus lábios encontraram os meus, deixei que me deitasse nos azulejos do telhado e fizesse amor comigo sob as estrelas.

Amren desvendou o código na tarde seguinte. A notícia não era boa.

— Para anular o poder do Caldeirão — disse ela, como cumprimento, enquanto nos reuníamos em volta da mesa de jantar na casa da cidade, depois de voltarmos às pressas dos reparos que estávamos todos fazendo, tendo dormido muito pouco —, é preciso tocar o Caldeirão e dizer estas palavras. — Ela as escrevera para mim em um pedaço de papel.

— Tem certeza disso? — perguntou Rhys. Ele ainda estava arrasado devido ao ataque, por ter curado e ajudado o povo o dia inteiro.

Amren sibilou.

— Estou tentando não me sentir ofendida, Rhysand.

Mor cutucou-os para abrir caminho, encarando os dois pedaços do Livro dos Sopros reunidos.

— O que acontece se juntarmos as duas metades?

— Não as junte — disse Amren, simplesmente.

Com cada pedaço disposto, as vozes se misturavam e cantavam e sibilavam — mal e bem e loucura; escuridão e luz e caos.

— Se unir as partes — explicou Amren, quando Rhys lhe lançou um olhar inquisidor —, a explosão de poder poderá ser sentida em todos os cantos e buracos da Terra. Não vai apenas atrair o rei de

Hybern. Vai atrair inimigos muito mais antigos e mais desprezíveis. Coisas que estão adormecidas há muito tempo... e devem permanecer assim.

Eu me encolhi um pouco. Rhys colocou a mão em minhas costas.

— Então, atacamos agora — disse Cassian. O rosto havia se curado, mas Cassian caminhava com dificuldade devido a um ferimento que eu não conseguia ver por baixo do traje de combate. Ele indicou Rhys com o queixo. — Como você não pode atravessar sem ser rastreado, Mor e Az atravessam com todos nós, Feyre quebra o Caldeirão, e nós partiremos. Entraremos e sairemos antes que qualquer um perceba, e o rei de Hybern terá uma nova panela.

Engoli em seco.

— Pode estar em qualquer lugar do castelo.

— Sabemos onde está — replicou Cassian.

Pisquei. Azriel disse, para mim:

— Conseguimos descobrir que ele está nos andares inferiores. — Por meio da espionagem, do planejamento para aquela *viagem* durante tantos meses. — Cada centímetro do castelo e da terra ao redor é pesadamente vigiado, mas não é impossível passar. Calculamos o tempo para um pequeno grupo de nós entrar, rápida e silenciosamente, e sair antes que saibam o que está acontecendo.

— *Mas* o rei de Hybern poderia notar a presença de Rhys assim que ele chegasse. E se Feyre precisar de tempo para anular o Caldeirão, e não soubermos *quanto* tempo, essa é uma variável arriscada — argumentou Mor.

Cassian rebateu:

— Consideramos isso. Então, você e Rhys atravessarão conosco até a costa; voaremos, e ele fica. — Precisariam me atravessar, percebi, porque eu ainda não tinha a habilidade para fazer isso por longas distâncias. Pelo menos não com muitas paradas no meio. — E quanto ao encantamento — continuou Cassian —, é um risco que precisaremos correr.

Fez-se silêncio enquanto eles esperavam pela resposta de Rhys. Meu parceiro observou meu rosto, de olhos arregalados.

— É um plano sólido — insistiu Azriel. — O rei não conhece nossos cheiros. Destruímos o Caldeirão e sumimos antes que ele note... Será um insulto mais grave que a rota direta e sangrenta que estávamos considerando, Rhys. Nós os derrotamos ontem, então entrarmos naquele castelo... — A vingança de fato dançava naquele rosto normalmente plácido. — Deixaremos alguns lembretes de que ganhamos a última e maldita guerra por um motivo.

Cassian assentiu sombriamente. Até mesmo Mor sorriu um pouco.

— Está me pedindo — disse Rhys, por fim, calmo demais — para *ficar de fora* enquanto minha parceira entra na fortaleza do rei?

— Sim — respondeu Azriel, com a mesma calma, e Cassian se colocou levemente entre os dois. — Se Feyre não conseguir anular o Caldeirão fácil ou rapidamente, nós o roubaremos, enviaremos os pedaços de volta ao desgraçado quando terminarmos de destruí-lo. De toda forma, Feyre o chama pelo laço quando tivermos terminado, e você e Mor nos atravessam para fora. Não poderão rastreá-lo rápido o bastante se for apenas nos buscar.

Rhysand se sentou no sofá ao meu lado, por fim, suspirando. Ele desviou o olhar para mim.

— Se quiser ir, então vá, Feyre.

Se eu já não estivesse apaixonada por ele, poderia tê-lo amado por aquilo, por não insistir que eu ficasse, mesmo que aquilo enlouquecesse os instintos de Rhys, por não me trancafiar depois do que acontecera no dia anterior.

E percebi... percebi o quanto tinha sido maltratada antes se os meus padrões tinham se tornado tão baixos. Se a liberdade que eu tinha recebido parecia um privilégio e não um direito inerente.

Os olhos de Rhys ficaram sombrios, e eu soube que ele lia o que eu pensava e sentia.

— Você pode ser minha parceira — começou Rhysand. — Mas ainda é uma pessoa independente. Decide seu destino, faz suas escolhas. Não eu. Você escolheu ontem. Escolhe todos os dias. Para sempre.

E talvez ele só entendesse porque também estivera impotente, sem escolhas, fora forçado a fazer coisas muito terríveis, e trancafiado. Trancei meus dedos nos dele e apertei. Juntos... juntos encontraríamos nossa paz, nosso futuro. Juntos lutaríamos por eles.

— Vamos para Hybern — decidi.

Eu estava no meio das escadas, uma hora depois, quando percebi que ainda não fazia ideia de para que quarto ir. Tinha usado meu quarto desde que tínhamos voltado do chalé, mas... e o dele?

Com Tamlin, ele ficara com o próprio quarto e dormia no meu. E supus... supus que seria igual.

Eu estava quase na porta do quarto quando Rhysand falou, atrás de mim:

— Podemos usar seu quarto se quiser, mas... — Ele se inclinava contra a porta aberta do próprio quarto. — Ou o seu ou o meu, mas vamos dividir um de agora em diante. Apenas me diga se eu deveria passar minhas roupas para o seu. Se não tem problema para você.

— Não quer... não quer seu próprio espaço?

— Não — respondeu Rhys, diretamente. — A não ser que você queira. Preciso que me proteja de nossos inimigos com seus lobos de água.

Ri com deboche. Ele tinha me obrigado a contar essa parte da história várias vezes. Indiquei o quarto de Rhys com o queixo.

— Sua cama é maior.

E foi isso.

Entrei e encontrei minhas roupas já ali, um segundo armário agora ao lado do dele. Encarei a imensa cama e, depois, o espaço aberto ao nosso redor.

Rhys fechou a porta e foi até uma pequena caixa na mesa... e silenciosamente a entregou para mim.

Meu coração acelerou quando abri a tampa. A safira em formato de estrela reluziu à luz da vela, como se fosse um dos espíritos da Queda das Estrelas preso na pedra.

— O anel de sua mãe?

— Minha mãe me deu esse anel para me lembrar de que estaria sempre comigo, mesmo durante a pior parte de meu treinamento. E quando alcancei a maioridade, ela o tirou. Era uma herança de sua família, fora entregue de uma fêmea a outra durante muitos, muitos anos. Minha irmã ainda não tinha nascido, então, não o teria entregado a ela, mas... Minha mãe o deu à Tecelã. E então me disse que, se eu devesse me casar ou ter uma parceira, essa fêmea deveria ser esperta ou forte o bastante para recuperá-lo. E, se a fêmea não fosse qualquer dessas coisas, não sobreviveria ao casamento. Prometi a minha mãe que qualquer coisa em potencial ou parceira seria testada... Então, o anel ficou lá durante séculos.

Meu rosto corou.

— Você disse que era algo de valor...

— É. Para mim e para minha família.

— Então, minha viagem à Tecelã...

— Vital para que descobríssemos se você podia detectar esses objetos. Mas... escolhi o objeto por puro egoísmo.

— Então, ganhei meu anel de casamento sem nem ser perguntada se queria me casar com você?

— Talvez.

Inclinei a cabeça.

— Você... você quer que eu o use?

— Apenas se você quiser.

— Quando formos para Hybern... digamos que as coisas não deem certo. Alguém vai poder notar que somos parceiros? Poderiam usar isso contra você?

Ódio lampejou nos olhos de Rhys.

— Se nos virem juntos e puderem sentir nosso cheiro ao mesmo tempo, saberão.

— E se eu aparecer sozinha, usando um anel de casamento da Corte Noturna...

Rhys grunhiu baixinho.

Eu fechei a caixa, deixando o anel dentro.

— Depois que anularmos o Caldeirão, quero fazer tudo. Declarar a parceria, casar, dar uma festa idiota e convidar todos em Velaris, tudo isso.

Rhys pegou a caixa de minhas mãos e a colocou na cômoda, antes de me levar para a cama.

— E se eu quiser dar um passo além disso?

— Estou ouvindo — ronronei, quando Rhys me deitou nos lençóis.

Capítulo 61

Eu jamais usara tanto aço. Lâminas foram presas por todo o meu corpo, escondidas nas botas, nos meus bolsos internos. E ainda tinha a espada illyriana em minhas costas.

Apenas algumas horas antes, eu sentira uma felicidade tão sobrepujante depois de tanto horror e tristeza. Apenas algumas horas antes, eu estivera nos braços de Rhys enquanto ele fazia amor comigo.

E agora, Rhysand, meu parceiro e Grão-Senhor e igual, estava ao meu lado no vestíbulo, com Mor, Azriel e Cassian armados e prontos nas armaduras semelhantes a escamas, todos nós calados.

— O rei de Hybern é velho, Rhys, muito velho. Não se demore — dizia Amren.

Uma voz perto de meu peito sussurrou: *Oi, linda e travessa mentirosa.*

As duas metades do Livro dos Sopros, cada uma enfiada em um bolso diferente. Em uma delas, o feitiço que eu deveria dizer havia sido nitidamente escrito. Não ousei pronunciá-lo, embora o tivesse lido dezenas de vezes.

— Entraremos e sairemos antes que dê por nossa falta — disse Rhys. — Guarde bem Velaris.

Amren observou minhas mãos enluvadas e minhas armas.

— Aquele Caldeirão — disse ela — faz o Livro parecer inofensivo. Se o feitiço falhar, ou se não conseguirem movê-lo, então, *fujam*. — Assenti. Ela nos observou de novo. — Voem bem. — Supus que esse fosse o máximo de preocupação que Amren mostraria.

Nós nos viramos para Mor, cujos braços estavam estendidos, esperando por mim. Cassian e Rhys atravessariam com Azriel, meu parceiro seria deixado alguns metros fora da costa, antes que os illyrianos encontrassem Mor e eu segundos depois.

Eu me movi na direção dela, mas Rhys se colocou na minha frente, o rosto tenso. Fiquei na ponta dos pés e o beijei.

— Ficarei bem, todos ficaremos bem. — Os olhos de Rhys encararam os meus durante o beijo, e, quando me afastei, o olhar dele recaiu sobre Cassian.

Cassian fez uma reverência.

— Com minha vida, Grão-Senhor. Vou protegê-la com minha vida.

Rhys olhou para Azriel. Ele assentiu com uma reverência e falou:

— Com as vidas de nós dois.

Aquilo foi satisfatório para meu parceiro, que, por fim, olhou para Mor.

Ela assentiu uma vez, mas disse:

— Conheço minhas ordens.

Eu me perguntei quais seriam, por que eu não fora informada, mas Mor segurou minha mão.

Antes que eu conseguisse me despedir de Amren, partimos.

Partimos — e mergulhamos no ar livre, na direção de um mar escuro como a noite...

Um corpo quente se chocou contra o meu, me pegando antes que eu entrasse em pânico e talvez me atravessasse para outro lugar.

— Calma — disse Cassian, desviando para a direita. Olhei para baixo e vi Mor ainda mergulhando; depois, ela atravessou de novo, para o nada.

Nenhum sinal ou lampejo da presença de Rhys perto ou atrás de nós. Alguns metros adiante, Azriel era uma sombra ligeira por cima da água preta. Na direção da massa de terra da qual agora nos aproximávamos.

Hybern.

Nenhuma luz acesa ali. Mas parecia... antiga. Como se fosse uma aranha esperando em sua teia havia muito, muito tempo.

— Já estive aqui duas vezes — murmurou Cassian. — Em ambas, estava contando os minutos para ir embora.

Eu podia ver por quê. Uma parede de penhascos brancos como ossos se erguia, os topos, chatos e gramados, e abria caminho para um terreno de colinas íngremes e estéreis. E uma sensação sobrepujante de nada.

Amarantha tinha assassinado todos que escravizara, em vez de libertá-los. Ela fora comandante ali, uma de muitos. Se aquela força que atacou Velaris fosse de vanguarda... Engoli em seco, flexionando as mãos sob as luvas.

— Ali está o castelo, adiante — indicou Cassian, com os dentes trincados, desviando.

Em uma curva na costa, construído no penhasco e empoleirado acima do mar, um castelo estreito e em ruínas de pedra branca.

Nenhum mármore imperial, nenhuma pedra de calcário elegante, mas... creme. Cor de osso. Talvez uma dúzia de pináculos espetasse o céu noturno. Algumas luzes tremeluziam nas janelas e nas varandas. Não havia ninguém do lado de fora, nenhuma patrulha.

— Onde estão todos?

— Troca da guarda. — Eles tinham planejado muito bem aquilo. — Há uma pequena porta pelo mar, na base. Mor estará a nossa espera ali... é a entrada mais próxima dos níveis mais inferiores.

— Presumo que ela não possa nos atravessar para dentro.

— Há muitos encantamentos a fim de arriscar o tempo que custaria para que Mor os quebrasse. Rhys pode conseguir. Mas nós o encontraremos à porta, na saída.

Minha boca ficou um pouco seca. Sobre meu coração, o Livro dizia: *Casa... me leve para casa.*

E, de fato, eu conseguia sentir. A cada centímetro que voávamos, mais e mais rápido, mergulhando de forma que a água do oceano me esfriasse até os ossos, eu conseguia sentir.

Antigo — cruel. Sem lealdade a ninguém, apenas a ele mesmo.

O Caldeirão. Não precisavam se dar o trabalho de descobrir onde ele estava dentro do castelo. Eu sem dúvida seria atraída direto até ele. Estremeci.

— Calma — pediu Cassian de novo. Descemos na direção da base dos penhascos para ver a porta a partir do mar diante de uma plataforma. Mor estava à espera, com a espada em punho, e a porta aberta.

Cassian soltou um suspiro, mas Azriel a alcançou primeiro, aterrissando ágil e silenciosamente, e, no mesmo momento, entrou no castelo para verificar o corredor adiante.

Mor nos esperava — estava com os olhos em Cassian quando pousamos. Eles não se falaram, mas o olhar foi longo demais para que fosse qualquer coisa, menos casual. Imaginei o que o treinamento, os sentidos aguçados, teriam detectado.

A passagem adiante era escura, silenciosa. Azriel surgiu um segundo depois.

— Neutralizei os guardas. — Havia sangue em sua faca, uma faca de freixo. Os olhos frios de Az encararam os meus. — Rápido.

✢

Não precisei de concentração para rastrear o Caldeirão até o esconderijo. Ele me puxava a cada respiração, me chamando para o abraço sombrio.

Sempre que chegávamos a uma bifurcação, Cassian e Azriel se dividiam, em geral voltando com lâminas ensanguentadas, rostos sombrios, silenciosamente me avisando para me apressar.

Estavam trabalhando naquelas semanas, com quaisquer que fossem as fontes de Azriel, para cronometrar aquele encontro em um itinerário exato. Se eu precisasse de mais tempo que o reservado, se o Caldeirão não pudesse ser movido... tudo poderia ter sido em vão. Mas não aquelas mortes. Não, com aquelas eu não me importava mesmo.

Aquelas pessoas — aquelas pessoas tinham ferido Rhys. Tinham levado *ferramentas* consigo para incapacitá-lo. Haviam mandado aquela legião para destruir e assassinar minha cidade.

Desci para um calabouço antigo, as pedras escuras e manchadas. Mor se manteve ao meu lado, sempre monitorando, a última linha de defesa.

Se Cassian e Azriel estivessem feridos, percebi, ela deveria se certificar de que eu saísse por quaisquer meios necessários. Depois, voltaria.

Mas não havia ninguém no calabouço; não que eu tivesse visto, depois que os illyrianos acabaram com eles. Haviam executado aquilo com maestria. Encontramos outra escada, que dava cada vez mais para baixo...

Apontei, a náusea se acumulando.

— Ali. Fica ali embaixo.

Cassian pegou as escadas, com a espada illyriana manchada de sangue escuro. Nem Mor, nem Azriel pareceram respirar até que o assobio baixo de Cassian soou pelas pedras das escadas abaixo.

Mor colocou a mão em minhas costas, e descemos até a escuridão.

Casa, suspirou o Livro dos Sopros. *Casa*.

Cassian estava parado em uma câmara redonda sob o castelo — uma esfera de luz feérica flutuava acima de seu ombro.

E, no centro da sala, no alto de um pequeno altar, estava o Caldeirão.

Capítulo 62

O Caldeirão era ausência e presença. Escuridão e... de onde quer que viesse a escuridão.

Mas não vida. Não alegria ou luz ou esperança.

Talvez fosse do tamanho de uma banheira, forjado em ferro escuro, com as três pernas — aquelas três pernas que o rei tinha saqueado os templos para encontrar — entalhadas como se fossem galhos de ervas-daninhas, cobertos de espinhos.

Eu jamais vira algo tão horrível; e atraente.

O rosto de Mor ficou sem cor.

— Rápido — disse ela para mim. — Temos alguns minutos.

Azriel verificou a sala, as escadas pelas quais descemos, o Caldeirão, as pernas dele. Fiz menção de me aproximar do altar, mas Azriel estendeu um braço em meu caminho.

— Ouça.

Então, ouvimos.

Não eram palavras. Mas uma pulsação.

Como sangue pulsando pela sala. Como se o Caldeirão tivesse um coração.

Semelhante atrai semelhante. Eu me movi em sua direção. Mor estava às minhas costas, mas não me impediu quando subi ao altar.

Dentro do Caldeirão não havia nada além de tinta preta rodopiante.

Talvez o universo inteiro tivesse vindo dele.

Azriel e Cassian ficaram tensos quando apoiei a mão na borda. Dor... dor e êxtase e poder e fraqueza fluíram por mim. Tudo que era e não era, fogo e gelo, luz e escuridão, dilúvio e seca.

O mapa da criação.

Contendo-me, eu me preparei para ler aquele feitiço.

O papel tremeu quando o tirei do bolso. Quando meus dedos roçaram a metade do Livro dentro dele.

Mentirosa de língua doce, senhora de muitos rostos...

Com uma das mãos na metade do Livro dos Sopros, e a outra, no Caldeirão, saí de dentro de mim, e um sobressalto percorreu meu sangue, como se eu não passasse de um para-raios.

Sim, você vê agora, princesa da putrefação — vê o que precisa fazer...

— Feyre — murmurou Mor, em aviso.

Mas minha boca era estrangeira, meus lábios podiam muito bem estar em Velaris enquanto o Caldeirão e o Livro fluíam por mim, em comunhão.

A outra, sibilou o Livro. *Traga a outra... permita que nos unamos, permita que nos libertemos.*

Tirei o Livro do bolso, enfiando-o sob o braço quando peguei a segunda metade. *Boa menina, linda menina — tão doce, tão generosa.*

Juntas juntas juntas.

— Feyre. — A voz de Mor cortou a canção das duas metades.

Amren estava errada. Com as partes separadas o poder estava partido; não era o bastante para destruir o abismo do poder do Caldeirão. Mas juntas... Sim, juntas fariam o feitiço funcionar quando eu o pronunciasse.

Com ele inteiro, eu não me tornaria um condutor entre as partes, mas mestre delas. Não era possível mover o Caldeirão; precisava ser agora.

Percebendo o que eu estava prestes a fazer, Mor disparou até mim, xingando.

Lenta demais.

Coloquei a segunda metade do Livro sobre a outra.

Uma ondulação silenciosa de poder afetou minha audição, fraquejou meus ossos.

Depois, nada.

De longe, Mor falou:

— Não podemos arriscar...

— Dê um minuto a ela — interrompeu Cassian.

Eu era o Livro e o Caldeirão e som e silêncio.

Eu era um rio vivo pelo qual um fluía para o outro, subindo e descendo, diversas vezes, uma maré sem fim ou começo.

O feitiço, as palavras.

Olhei para o papel na mão, mas meus olhos não viram, meus lábios não se moveram.

Eu não era uma ferramenta, não era um peão. Não seria um condutor, não seria lacaia daquelas *coisas*...

Memorizara o feitiço. Eu o diria, sussurraria, pensaria.

Do poço de minha memória, a primeira palavra se formou. Avancei na direção dela, estendendo a mão para aquela única palavra, a única palavra que seria um fio de volta a mim mesma, para dentro de quem eu era...

Mãos fortes me puxaram de volta, me afastando.

Luz escura e pedra musgosa fluíram para dentro de mim, a sala girou quando arquejei e encontrei Azriel me sacudindo, os olhos tão arregalados que eu conseguia ver a parte branca em volta deles. O que acontecera, o que...

Passos soavam acima. Azriel imediatamente me empurrou para trás, e a lâmina ensanguentada se ergueu.

O movimento desanuviou minha mente por tempo bastante para que eu sentisse algo úmido e quente escorrendo por meu lábio e pelo queixo. Sangue — meu nariz estava sangrando.

Mas aqueles passos ficaram mais altos, e meus amigos tinham as armas em punho quando um homem bonito, de cabelos castanhos, entrou, arrogante, descendo os degraus. Humanos... as orelhas eram redondas. Mas os olhos...

Eu conhecia a cor daqueles olhos. Encarei um deles, envolto em cristal, durante três meses.

— Tola idiota — falou o homem para mim.

— Jurian — sussurrei.

CAPÍTULO 63

Medi a distância entre meus amigos e Jurian, comparei minha espada às espadas gêmeas cruzadas às costas dele. Cassian deu um passo na direção do guerreiro que descia e grunhiu:

— *Você.*

Jurian riu com escárnio.

— Trabalhou até conseguir subir de patente, foi? Parabéns.

Senti quando ele deslizou até nós. Como uma ondulação de noite e ira, Rhys surgiu ao meu lado. O Livro sumiu imediatamente, o movimento foi tão sutil, quando Rhys o tirou de mim e o enfiou no próprio casaco, que mal registrei que acontecera.

Mas assim que o metal deixou minhas mãos... Pela Mãe, o que acontecera? Eu tinha fracassado, tão completamente, ficara tão pateticamente sobrepujada por ele...

— Você parece bem, Jurian — comentou Rhys, caminhando até o lado de Cassian, casualmente se colocando entre mim e o antigo guerreiro. — Para um cadáver.

— Da última vez que o vi — disse Jurian, com desprezo —, estava aquecendo os lençóis de Amarantha.

— Então, você se lembra — ponderou Rhysand, mesmo enquanto meu ódio disparava. — Interessante.

Os olhos de Jurian se voltaram para Mor.

— Onde está Miryam?

— Está morta — respondeu Mor, simplesmente. A mentira que era contada havia quinhentos anos. — Ela e Drakon se afogaram no mar Erythrian. — O rosto impassível da princesa dos pesadelos.

— Mentirosa — cantarolou Jurian. — Sempre foi uma mentirosa, Morrigan.

Azriel grunhiu, o som era diferente de tudo que eu já ouvira dele antes.

Jurian o ignorou, o peito começava a se inquietar.

— *Para onde levou Miryam?*

— Para longe de você — sussurrou Mor. — Eu a levei para o príncipe Drakon. Eles se tornaram parceiros e se casaram na noite em que você assassinou Clythia. E ela nunca mais pensou em você.

O rosto dele se fechou. Jurian — herói das legiões humanas... que pelo caminho tinha se transformado em um monstro tão terrível quanto aqueles contra os quais lutara.

Rhys estendeu o braço para trás, para pegar minha mão. Tínhamos visto o bastante. Segurei a borda do caldeirão de novo, desejando que ele obedecesse, que viesse conosco. E me preparei para o vento e para a escuridão.

Mas não surgiram.

Mor segurou as mãos de Cassian e de Azriel... e permaneceu imóvel.

Jurian sorriu.

Rhysand falou, apertando minha mão na dele:

— Novo truque?

Jurian deu de ombros.

— Fui enviado para distrair você, enquanto ele fazia o feitiço. — O sorriso de Jurian se tornou lupino. — Não deixará este castelo a não ser que ele permita. Ou em pedaços.

Meu sangue gelou. Cassian e Azriel se agacharam em posição de luta, mas Rhys inclinou a cabeça. Senti seu poder sombrio se elevar mais e mais, como se fosse destruir Jurian bem ali.

Mas nada aconteceu. Nem mesmo um roçar de vento salpicado de noite.

— E tem isso — avisou Jurian. — Não se lembrou? Talvez tenha se esquecido. Foi bom eu estar lá, desperto a cada momento, Rhysand. Ela roubou o livro de feitiços *dele* para tomar seus poderes.

Dentro de mim, como uma chave clicando em uma fechadura, aquele núcleo derretido de poder apenas... parou. Qualquer que fosse o fio até ele, entre minha mente e minha alma, tinha sido partido; não, esmagado com tanta força por aquela mão invisível que nada conseguia fluir.

Procurei a mente de Rhys, o laço...

E me choquei contra uma parede dura. Não adamantina, mas de uma pedra estranha, insensível.

— Ele se certificou — continuou Jurian, quando me choquei contra aquela parede interna, tentando conjurar meus dons, inutilmente — de que aquele livro em especial fosse devolvido. Ela não sabia como usar metade dos feitiços mais cruéis. Sabe como é não poder dormir, beber ou comer ou respirar ou *sentir* durante quinhentos anos? Entende como é estar constantemente acordado, ser forçado a observar tudo que ela fazia?

Aquilo o fizera perder a sanidade — torturara a alma de Jurian até que ficasse louco. Era isso o brilho aguçado em seus olhos.

— Não deve ter sido tão ruim — argumentou Rhys, embora eu soubesse que ele estava liberando cada gota de vontade naquele feitiço que nos continha, que nos amarrava — se você está agora trabalhando para o mestre dela.

Um lampejo de dentes brancos demais.

— Seu sofrimento será longo e completo.

— Parece delicioso — assegurou Rhys, agora nos virando para sair da sala. Um grito silencioso para *correr*.

Mas alguém surgiu no alto das escadas.

Eu o conhecia... em meus ossos. Os cabelos pretos na altura dos ombros, a pele áspera, as roupas que pendiam mais para o lado prático que o elegante. Ele era de uma altura surpreendentemente mediana, mas musculoso como um jovem.

Mas o rosto — o qual parecia, talvez, o de um homem humano na faixa dos 40 anos... imperturbavelmente bonito. Para esconder os infinitos olhos pretos e cheios de ódio que queimavam ali.

— A armadilha foi tão fácil que estou sinceramente um pouco desapontado por vocês não a terem percebido — disse o rei de Hybern.

Mais rápido que qualquer um de nós poderia ver, Jurian disparou um dardo de freixo escondido no peito de Azriel.

Mor gritou.

Não tivemos escolha a não ser seguir o rei.

O dardo de freixo estava coberto de veneno de sangue que o rei de Hybern alegava fluir onde ele quisesse. Se resistíssemos, se não fôssemos com ele até o andar de cima, o veneno dispararia para o coração de Azriel. E com nossa magia travada, sem a habilidade de atravessar...

Se eu de alguma forma conseguisse chegar a Azriel, dar a ele um punhado de meu sangue... Mas levaria tempo demais, requereria movimentos demais.

Cassian e Rhysand carregavam Azriel entre eles, o sangue do mestre-espião escorria pelo chão atrás de nós conforme subíamos as escadas espiraladas do castelo do rei.

Tentei não ficar no caminho enquanto Mor e eu os seguíamos, com Jurian atrás de nós. Mor tremia — tentava muito não tremer, mas tremia ao encarar a ponta daquela seta, visível no espaço entre as asas de Azriel.

Nenhum de nós ousou acertar o rei de Hybern enquanto ele caminhava adiante, à frente. O rei levara consigo o Caldeirão, fazendo-o desaparecer com um estalar de dedos e um olhar sarcástico para mim.

Sabíamos que o rei não estava blefando. Seria preciso um movimento da parte deles para que Azriel morresse.

Os guardas estavam à vista agora. E os cortesãos. Grão-Feéricos e criaturas — não sabia em que categoria se encaixavam — que sorriam como se fôssemos a próxima refeição.

Os olhos das criaturas estavam mortos. Vazios.

Não havia nenhuma mobília, nenhuma obra de arte. Como se o castelo fosse o esqueleto de alguma criatura poderosa.

O salão do trono estava com as portas abertas, e parei. Um salão do trono... *o* salão do trono que aperfeiçoara a inclinação de Amarantha para demonstrações públicas de crueldade. Luzes feéricas serpenteavam pelas paredes brancas como ossos, e as janelas davam para o mar que quebrava bem abaixo.

O rei subiu em um altar escavado de um único bloco de esmeralda escura — o trono fora montado de ossos de... Senti o sangue se esvair de meu rosto. Ossos humanos. Amarronzados e lisos pela idade.

Paramos diante do trono, com Jurian observando nossas costas. As portas do salão do trono se fecharam.

O rei disse, para ninguém em particular:

— Agora que cumpri com a minha parte do acordo, espero que cumpram com a de vocês. — Das sombras perto de uma porta lateral, duas figuras emergiram.

Comecei a balançar a cabeça como se isso fosse ser o suficiente para apagar aquilo que estava diante de meus olhos: Lucien e Tamlin caminhando até a luz.

Capítulo 64

Rhysand ficou imóvel como a morte. Cassian grunhiu. Entre eles, Azriel tentou erguer a cabeça, mas fracassou.

Mas eu encarava Tamlin — aquele rosto que eu amara e odiara tão profundamente — quando parou a bons 20 metros de nós.

Tamlin usava o boldrié... com facas de caça illyrianas, percebi.

Os cabelos dourados estavam mais curtos, e o rosto, mais magro desde a última vez que eu o vira. E os olhos verdes... Arregalados enquanto me olhavam da cabeça aos pés. Arregalados quando ele viu meu traje de combate, a espada illyriana e as facas, o modo como eu estava de pé entre meu grupo de amigos — minha família.

Ele estava trabalhando com o rei de Hybern.

— Não — sussurrei.

Mas Tamlin ousou dar mais um passo para perto, me encarando como se eu fosse um fantasma. Lucien, com o olho de metal agitado, o impediu com a mão no ombro.

— Não — repeti, dessa vez mais alto.

— Qual foi o custo — disse Rhysand, baixinho, ao meu lado. Eu arranhava e rasgava a parede que separava nossas mentes; ofegava e empurrava aquele punho que continha minha magia.

Tamlin ignorou Rhys, olhando, por fim, para o rei.

— Tem a minha palavra.

O rei sorriu.

Dei um passo na direção de Tamlin.

— *O que você fez?*

O rei de Hybern disse, do trono:

— Fizemos um acordo. Eu entrego você, e ele concorda em deixar que minhas forças entrem em Prythian pelo próprio território. Então, eu o uso como base enquanto removemos aquela muralha ridícula.

Balancei a cabeça. Lucien se recusou a encarar o olhar de súplica que mandei em sua direção.

— Você é louco — sibilou Cassian.

Tamlin estendeu a mão.

— Feyre. — Uma ordem, com se eu não passasse de um cão convocado.

Não fiz qualquer movimento. Precisava me libertar; precisava libertar aquela porcaria de poder...

— Você — disse o rei, apontando um dedo grosso para mim — é uma fêmea muito difícil de capturar. É claro, também concordamos que vai trabalhar para mim depois que for devolvida para casa, para seu marido, mas... É futuro marido ou marido? Não me lembro.

Lucien olhava para todos nós, empalidecendo.

— Tamlin — murmurou ele.

Mas Tamlin não abaixou a mão esticada em minha direção.

— Vou levá-la para casa.

Recuei um passo... na direção de onde Rhysand ainda segurava Azriel com Cassian.

— E tem aquela outra parte também. A outra coisa que eu queria — continuou o rei. — Bem, Jurian queria. Dois coelhos com uma cajadada, na verdade. O Grão-Senhor da Corte Noturna morto, e descobrir quem eram seus amigos. Levou Jurian à loucura, sinceramente, você não ter revelado isso durante aqueles cinquenta anos. Então, agora você sabe, Jurian. E agora pode fazer o que quiser com eles.

Ao meu redor, meus amigos estavam tensos, rígidos. Até mesmo Azriel sutilmente levava a mão ensanguentada e coberta de cicatrizes às armas. Seu sangue se empoçava na beirada de minhas botas.

Eu disse, com firmeza, nitidamente, a Tamlin:

— Não vou a lugar nenhum com você.

— Vai dizer outra coisa, minha querida — replicou o rei —, quando eu completar a parte final de meu acordo.

Horror se acumulou em meu estômago.

O rei apontou meu braço esquerdo com o queixo.

— Quebrar esse laço entre vocês dois.

— Por favor — sussurrei.

— De que outra forma Tamlin poderá ter sua noiva? Não pode ter uma esposa que foge para outro macho uma vez por mês.

Rhys permaneceu em silêncio, embora tenha agarrado Azriel com mais força. Observando, considerando, entendendo aquela trava sobre seu poder. A ideia de aquele silêncio entre nossas almas ser permanente...

Minha voz falhou quando eu disse a Tamlin, ainda do lado oposto do semicírculo irregular que formávamos diante do altar.

— Não. Não deixe que ele faça isso. Eu disse a você... eu *disse a você* que estava bem. Que eu parti...

— Você não estava bem — grunhiu Tamlin. — Ele *usou* aquele laço para manipulá-la. Por que acha que eu passava tanto tempo fora? Estava procurando uma forma de *libertar* você. E você *partiu*.

— Eu parti porque estava *morrendo* naquela casa!

O rei de Hybern emitiu um estalo com a língua.

— Não é o que esperava, é?

Tamlin grunhiu para ele, mas, de novo, estendeu a mão em minha direção.

— Venha para casa comigo. Agora.

— Não.

— Feyre. — Um comando irredutível.

Rhys mal respirava; mal se movia.

E percebi... percebi que era para evitar que seu cheiro se tornasse aparente. Nosso cheiro. Nosso laço de parceria.

A espada de Jurian já estava em punho... e ele olhava para Mor como se fosse matá-la primeiro. O rosto drenado de sangue de Azriel se contorceu com ódio quando ele reparou naquele olhar. Cassian, ainda segurando o amigo em pé, observava todos, avaliando, se preparando para lutar, para defender.

Parei de esmurrar o punho sobre meu poder. Eu o acariciei suavemente — com amor.

Sou feérica e não feérica, tudo e nada, eu disse ao feitiço que me segurava. *Você não me detém. Sou como você: real e não, pouco mais que fiapos de poder reunidos. Você não me detém.*

— Vou com você — declarei, baixinho, para Tamlin, para Lucien, que se mexia, desconfortável. — Se deixá-los em paz. Liberte-os.

Você não me detém.

O rosto de Tamlin se contraiu com ira.

— Eles são monstros. Eles são... — Tamlin não terminou enquanto caminhava pelo salão para me agarrar. Para me levar para fora dali, e então, sem dúvida, atravessar para longe.

Você não me detém.

O punho que segurava meu poder relaxou. Sumiu.

Tamlin disparou até mim pelos poucos metros restantes. Tão rápido... tão rápido...

Eu me tornei névoa e sombra.

Atravessei para longe de seu alcance. O rei soltou uma risada grave quando Tamlin tropeçou.

E saiu cambaleando para trás quando o punho de Rhys lhe acertou o rosto.

Ofegante, recuei até os braços de Rhysand quando um deles envolveu minha cintura, quando o sangue de Azriel sobre Rhys ensopou minhas costas. Atrás de nós, Mor saltou para preencher o espaço que Rhys tinha desocupado, passando o braço de Azriel por cima dos ombros.

Mas aquela parede de pedra terrível permanecia em minha mente e ainda bloqueava o poder do próprio Rhys.

Tamlin ficou de pé, limpando o sangue que agora escorria do nariz, enquanto recuava para onde Lucien mantinha a posição com a mão na espada.

Mas no momento em que Tamlin se aproximou do seu Emissário, ele cambaleou um passo. O rosto de Tamlin ficou branco de ódio.

E eu soube que Tamlin tinha entendido um momento antes de o rei rir.

— Não acredito. Sua noiva o deixou apenas para encontrar o parceiro. A Mãe tem um senso de humor deturpado, ao que parece. E que talento... diga, menina: como se livrou desse feitiço?

Eu o ignorei. Mas o ódio nos olhos de Tamlin fez meus joelhos falharem.

— Desculpe — pedi, e fui sincera.

Os olhos de Tamlin estavam sobre Rhysand, o rosto era quase selvagem.

— *Você* — grunhiu Tamlin, o som era mais animalesco que feérico. — *O que fez com ela?*

Atrás de nós, as portas se abriram e soldados entraram. Alguns se pareciam com o Attor. Alguns eram piores. Mais e mais, ocupando o salão, as saídas, armaduras e armas tilintando.

Mor e Cassian, com Azriel inerte, um peso morto entre eles, observaram cada soldado e arma, considerando nossas melhores chances de escapar. Eu os deixei fazer isso enquanto Rhys e eu encarávamos Tamlin.

— Não vou com você — disparei para Tamlin. — E mesmo que fosse... Seu tolo *burro* e covarde por nos vender a *ele*! Sabe o que ele quer fazer com aquele Caldeirão?

— Ah, vou fazer muitas, muitas coisas com ele — disse o rei.

E o Caldeirão surgiu de novo entre nós.

— Começando agora.

Mate-o mate-o mate-o.

Não sabia dizer se a voz era minha ou do Caldeirão. Não me importava. Eu me libertei.

Garras e asas e sombras estavam imediatamente ao meu redor, cercadas por água e fogo...

Então, sumiram, contidas quando aquela mão invisível agarrou meu poder de novo, com tanta força que arquejei.

— Ah — disse o rei para mim, emitindo um estalo com a língua —, isso. Olhe para você. Uma criança de todas as sete cortes, igual e diferente de todas. Como o Caldeirão ronrona em sua presença. Planejava usá-lo? Destruí-lo? Com aquele livro, podia fazer o que quisesse.

Eu não disse nada. O rei deu de ombros.

— Vai me contar em breve.

— Não fiz acordo algum com você.

— Não, mas seu mestre fez, então, vai obedecer.

Ódio liquefeito escorreu por mim. Sibilei para Tamlin:

— Se me levar daqui, se me afastar de meu parceiro, vou *destruir* você. Vou destruir sua corte e tudo que estima.

Os lábios de Tamlin se contraíram. Mas ele disse, simplesmente:

— Não sabe do que está falando.

Lucien encolheu o corpo.

O rei gesticulou com o queixo para os guardas na porta ao lado, pela qual Tamlin e Lucien tinham entrado.

— Não, ela não sabe. — As portas se abriram de novo. — Não haverá destruição — continuou o rei, enquanto pessoas, *mulheres* passavam por aquelas portas.

Quatro mulheres. Quatro humanas. As quatro rainhas restantes.

— Porque — disse o rei, quando os guardas das rainhas se enfileiraram atrás delas, arrastando algo no centro da formação — vai descobrir, Feyre Archeron, que é de seu interesse se comportar.

As quatro rainhas nos olharam com desprezo e ódio nos olhos. Ódio.

E se afastaram para deixar que seus guardas pessoais passassem.

Medo como eu jamais havia sentido entrou em meu coração quando os homens arrastaram minhas irmãs, amordaçadas e amarradas, diante do rei de Hybern.

CAPÍTULO 65

Aquele era algum novo tipo de inferno. Algum novo nível de pesadelo. Até cheguei a tentar me acordar.

Mas ali estavam elas: de camisola, a seda e a renda sujas, rasgadas.

Elain chorava baixinho, com uma mordaça ensopada em lágrimas. Nestha tinha os cabelos embaraçados como se tivesse lutado como um felino selvagem, e ofegava conforme nos observava. Observava o Caldeirão.

— Você cometeu um grande erro — disse o rei a Rhysand, enquanto os braços de meu parceiro estavam entrelaçados com os meus — no dia em que foi atrás do Livro. Eu não precisava dele. Estava contente por deixar que permanecesse escondido. Mas assim que suas forças começaram a xeretar... Decidi: quem melhor para ser minha conexão com o reino humano que meu amigo recém-ressuscitado, Jurian? Ele tinha acabado de passar por todos aqueles meses se recuperando do processo, e queria ver o que acontecera com o antigo lar; então, ficou mais que feliz em visitar o continente por uma longa temporada.

De fato, as rainhas sorriram para ele; fizeram uma reverência. Os braços de Rhys se retesaram em um aviso silencioso.

— O valente e esperto Jurian, que sofreu tanto no fim da Guerra, agora é meu aliado. Está aqui para me ajudar a convencer essas rainhas a ajudarem com minha causa. Por um preço, é claro, que é irrelevante aqui. E é mais inteligente trabalhar comigo, com meus homens, que permitir que vocês, monstros da Corte Noturna governem e ataquem. Jurian estava certo em avisar a Suas Majestades que você tentaria pegar o Livro, que alimentaria as rainhas com mentiras sobre amor e bondade, quando *ele* vira do que o Grão-Senhor da Corte Noturna era capaz. O herói das forças humanas, renascido, como um gesto ao mundo humano de minha boa-fé. Não pretendo invadir o continente, mas trabalhar com eles. Meus poderes protegeram a corte delas de olhos *curiosos*, apenas para mostrar os benefícios a elas. — Um risinho para Azriel, que mal conseguia erguer a cabeça para grunhir de volta. — Tentativas tão impressionantes de se infiltrar no lugar sagrado delas, encantador de sombras, e uma prova irrefutável para Suas Majestades, é claro, de que sua corte não é tão benevolente quanto parece.

— Mentiroso — sibilei, e me virei para as rainhas, ousando dar apenas um passo para longe de Rhys. — Eles são *mentirosos*, e, se não libertarem minhas irmãs, vou *massacrar*...

— Estão ouvindo as ameaças, a linguagem que usam na Corte Noturna? — disse o rei para as rainhas mortais, os guardas agora nos cercando em um semicírculo. — Massacrar, ultimatos... Eles querem acabar com a vida. Eu desejo dar vida.

A rainha mais velha disse ao rei, recusando-se a reconhecer minha presença, minhas palavras:

— Então, mostre, prove esse dom que mencionou.

Rhysand me puxou de volta contra si. Ele disse, em voz baixa, para a rainha:

— Você é uma tola.

O rei interrompeu.

— É mesmo? Por que se submeter à velhice e a doenças quando o que ofereço é muito melhor? — Ele gesticulou com a mão em minha direção. — Juventude eterna. Você nega os benefícios? Uma rainha mortal se torna uma rainha que pode reinar para sempre. É claro que há riscos, a transição pode ser... difícil. Mas um indivíduo com força de vontade poderia sobreviver.

A rainha mais jovem, a de cabelos pretos, deu um leve sorriso. Juventude arrogante... e velhice amarga. Apenas as duas outras, aquelas que vestiam branco e preto, pareceram hesitar, aproximando-se uma da outra, e de seus guardas altos.

A rainha idosa ergueu o queixo:

— Mostre. Demonstre que pode ser feito, que é seguro. — Ela falou de juventude eterna naquele dia, me desprezou por causa disso. *Vadia* duas-caras.

O rei assentiu.

— Por que achou que pedi que minha boa amiga Ianthe descobrisse quem Feyre Archeron gostaria de ter consigo durante a eternidade? — Mesmo quando horror tomou conta de meus ouvidos com um silêncio avassalador, olhei para as rainhas; a pergunta, sem dúvida, estampada em meu rosto. O rei explicou: — Ah, perguntei a elas primeiro. Elas acharam muito... deselegante trair duas mulheres jovens e equivocadas. Ianthe não teve tais problemas. Considere isso meu presente de casamento para vocês — acrescentou o rei a Tamlin.

Mas o rosto de Tamlin ficou tenso.

— O quê?

O rei inclinou a cabeça, saboreando cada palavra.

— Acho que a Grã-Sacerdotisa estava esperando por seu retorno para contar, mas não perguntou *por que* ela acreditava que eu fosse capaz de quebrar o acordo? Por que ponderava tanto sobre o assunto? Há muitos milênios as Grã-Sacerdotisas são obrigadas a se ajoelhar perante os Grão-Senhores. E durante esses anos em que Ianthe morou naquela corte estrangeira... que mente aberta ela tem. Depois que nos conhecemos, depois que pintei a Ianthe uma imagem de Prythian sem Grão-Senhores, em que as Grã-Sacerdotisas pudessem governar com graciosidade e sabedoria... Não foi preciso muito para convencê-la.

Eu ia vomitar. Tamlin, há que se reconhecer, parecia prestes a fazer o mesmo.

O rosto de Lucien tinha ficado inexpressivo.

— Ela entregou... entregou a família de Feyre. A você.

Eu tinha contado a Ianthe tudo sobre minhas irmãs. Ela perguntara. Perguntara quem eram, onde moravam. E eu fora tão burra, estava tão quebrada... Entreguei cada detalhe.

— Entregou? — O rei riu com escárnio. — Ou salvou dos grilhões da morte mortal? Ianthe sugeriu que ambas eram mulheres com força de vontade, como a irmã. Sem dúvida sobreviverão. E provarão para nossas rainhas que *pode* ser feito. Se a pessoa tiver força.

Meu coração deu um salto.

— *Não...*

O rei me interrompeu:

— Sugiro que se preparem.

E, então, o inferno explodiu no salão.

Poder, branco, infinito, horrível, se chocou contra nós.

Tudo que vi foi o corpo de Rhysand cobrindo o meu quando fomos todos atirados ao chão, e ouvi o rompante de dor no momento em que ele absorveu a maior parte do poder do rei.

Cassian se contorceu, e suas asas brilharam enquanto ele protegia Azriel.

As asas dele... as asas dele...

O grito de Cassian à medida que suas asas eram destruídas sob garras de pura magia foi o som mais terrível que já ouvi. Mor disparou até ele, mas era tarde demais.

Rhys se moveu em um instante, como se partisse em disparada até o rei, mas poder nos atingiu de novo, e de novo. Rhys caiu de joelhos.

Minhas irmãs gritavam, apesar das mordaças. Mas o grito de Elain... um aviso. Um aviso para...

À minha direita, agora exposta, Tamlin corria até mim. Para me agarrar, por fim.

Golpeei com uma faca contra ele... com o máximo de força possível.

Tamlin precisou se abaixar para desviar dela. E recuou da segunda faca que eu tinha em punho, me olhando boquiaberto, olhando para Rhys, como se pudesse, realmente, ver o laço de parceria entre nós.

Mas eu me virei quando os soldados avançaram, nos interrompendo. Virei e vi Cassian e Azriel no chão, e Jurian rindo baixinho para o sangue que jorrava das asas destruídas de Cassian...

Estavam em frangalhos.

Fui até ele, desajeitadamente. Meu sangue. Talvez fosse o bastante, fosse...

Mor, de joelhos ao lado de Cassian, disparou contra o rei com um grito de puro ódio.

Ele lançou um golpe de poder contra Mor. Ela desviou, com a faca inclinada na mão, e...

Azriel gritou de dor.

Mor congelou. Parou a 30 centímetros do trono. A faca caiu no chão com um clangor.

O rei ficou de pé.

— Que rainha poderosa você é — sussurrou ele.

E Mor recuou. Passo a passo.

— Que prêmio — disse o rei, com o olhar sombrio devorando Mor.

A cabeça de Azriel se ergueu de onde ele estava jogado sobre o próprio sangue, com os olhos cheios de ódio e dor quando grunhiu para o rei:

— *Não toque nela.*

Mor olhou para Azriel; e havia medo real ali. Medo... e outra coisa. Mor não parou de se mover até, de novo, se ajoelhar ao lado dele e pressionar o ferimento de Azriel com a mão. Ele chiou, mas cobriu os dedos ensanguentados de Mor com os próprios.

Rhys se colocou entre mim e o rei quando me ajoelhei diante de Cassian. Arranquei o couro que cobria meu antebraço...

— Coloque a mais bonita primeiro — disse o rei, Mor já esquecida.

Eu me virei, apenas para que os guardas do rei me agarrassem pelas costas. Rhys apareceu ali instantaneamente, mas Azriel gritou, arqueando as costas, conforme o veneno do rei avançava.

— Por favor, evite — disse o rei — ter ideias burras, Rhysand. — Ele sorriu para mim. — Se algum de vocês interferir, o encantador de sombras morre. Uma pena quanto às asas do outro troglodita. — O rei fez uma reverência debochada para minhas irmãs. — Senhoras, a eternidade espera. Provem para Suas Majestades que o Caldeirão é seguro para... indivíduos com força de vontade.

Balancei a cabeça, incapaz de respirar, de pensar em uma forma de sair daquilo...

Elain tremia, chorava, enquanto era empurrada para a frente. Na direção do Caldeirão.

Nestha começou a se debater contra os homens que a seguravam.

— Pare — disse Tamlin.

O rei não parou.

Lucien, ao lado de Tamlin, levou de novo a mão à espada.

— Pare com isso.

Nestha urrava para os guardas, para o rei, conforme Elain cedia, passo a passo, na direção daquele Caldeirão. Quando o rei gesticulou com a mão, líquido encheu o Caldeirão até a borda. *Não, não...*

As rainhas apenas observavam, com expressões petrificadas. E Rhys e Mor, separados de mim por aqueles guardas, não ousaram sequer mover um músculo.

— Isso não é parte do acordo. *Pare com isso agora* — disparou Tamlin.

— Não me importo — disse o rei, simplesmente.

Tamlin se atirou contra o trono, como se fosse despedaçar o rei. Aquela magia branca incandescente se chocou contra ele, empurrando Tamlin para o chão. Laçando-o.

Tamlin lutou contra a coleira de luz no pescoço, em volta dos pulsos. O poder dourado de Tamlin irradiou; inutilmente. Eu me debati contra o punho que segurava meu poder, rasgando-o, de novo e de novo...

Lucien deu um passo cambaleante para a frente quando Elain foi agarrada por dois guardas e erguida. Ela começou a espernear então, chorando enquanto os pés se chocavam contra as laterais do Caldeirão, como se fosse dar impulso nele, como se fosse derrubar o artefato...

— *Basta.* — Lucien disparou até Elain, até o Caldeirão.

E o poder do rei o laçou também. No chão, ao lado de Tamlin, com o único olho arregalado, Lucien teve o bom senso de parecer horrorizado ao olhar de Elain para o Grão-Senhor.

— Por favor — implorei ao rei, que gesticulou para que Elain fosse atirada na água. — Por favor, faço qualquer coisa. Darei qualquer coisa a você. — Eu fiquei de pé, me afastando de onde Cassian estava prostrado, e olhei para as rainhas. — Por favor, vocês não precisam de prova, eu sou prova de que funciona. Jurian é prova de que é seguro.

A rainha idosa falou:

— Você é uma ladra e uma mentirosa. Conspirou com nossa irmã. Sua punição deveria ser a mesma. Considere isso um presente.

O pé de Elain atingiu a água, e ela gritou — gritou com um terror que me atingiu tão profundamente que comecei a chorar.

— Por favor — implorei, a ninguém em particular.

Nestha ainda estava lutando, ainda rugia por baixo da mordaça.

Elain, por quem Nestha teria matado, se prostituído, roubado. Elain, que fora gentil e doce. Elain, que deveria se casar com o filho de um senhor que odiava feéricos...

Os guardas enfiaram minha irmã no Caldeirão com um único movimento.

Meu grito não tinha terminado de ressoar quando a cabeça de Elain afundou.

Ela não emergiu.

Os gritos de Nestha eram o único ruído. Cassian avançou às cegas até eles — até ela, gemendo de dor.

O rei de Hybern se curvou levemente para as rainhas.

— Vejam.

Rhys, ainda separado de mim por uma parede de guardas, fechou os dedos em punhos. Mas não se moveu, e Mor tampouco ousou se mover, não com a vida de Azriel por um fio nas mãos do rei.

E, como se tivesse sido virado por mãos invisíveis, o Caldeirão entornou.

Mais água do que parecia possível foi despejada em cascata. Água preta, coberta de fumaça.

E Elain, como se tivesse sido atirada por uma onda, foi jogada com o rosto para baixo no piso de pedra.

As pernas estavam tão pálidas, tão delicadas. Eu não conseguia me lembrar da última vez que a vira nua.

As rainhas se aproximaram. Viva, ela tinha de estar *viva*, precisava ter querido sobreviver...

Elain inspirou, ergueu as costas de ossos esguios, a camisola molhada estava praticamente transparente.

E quando ela se levantou do chão, apoiada nos cotovelos, com a mordaça no lugar, quando se virou para me olhar...

Nestha começou a rugir de novo.

Pele pálida começou a brilhar. O rosto de Elain tinha, de alguma forma, se tornado mais lindo — infinitamente lindo, e as orelhas... As orelhas de Elain agora eram pontiagudas sob os cabelos encharcados.

As rainhas arquejaram. E, por um momento, tudo em que pude pensar foi meu pai. O que faria, o que diria, quando a filha preferida olhasse para ele com um rosto feérico.

— Então, podemos sobreviver — sussurrou a mais jovem, de cabelos pretos, com os olhos brilhando.

Caí de joelhos, e os guardas não se deram o trabalho de me pegar enquanto eu chorava. O que ele tinha feito, o que tinha feito...

— Agora, a felina selvagem, por favor — disse o rei de Hybern.

Virei a cabeça para Nestha quando ela ficou em silêncio. O Caldeirão se levantou.

Cassian se moveu, curvando-se no chão, mas a mão dele estremeceu. Na direção de Nestha.

Elain ainda estava tremendo nas pedras molhadas, a camisola puxada até a altura das coxas, os pequenos seios completamente visíveis sob o tecido ensopado. Os guardas riam.

Lucien grunhiu para o rei apesar da magia que feria seu pescoço:

— Não a deixe no maldito chão...

Um clarão de luz surgiu, e um arranhão soou, e, então, Lucien estava andando na direção de Elain, livre das amarras. Tamlin permaneceu atado ao chão, uma mordaça de magia branca iridescente na boca agora. Mas os olhos estavam sobre Lucien quando...

Quando Lucien tirou o casaco e se ajoelhou diante de Elain. Ela se encolheu para longe do casaco, dele...

Os guardas puxaram Nestha para o Caldeirão.

Havia tipos diferentes de tortura, percebi.

Havia a tortura que eu sofrera, que Rhysand sofrera.

E havia aquilo.

A tortura que Rhys trabalhara tanto durante aqueles cinquenta anos para evitar; os pesadelos que o assombravam. Ser incapaz de se mover, de lutar... enquanto nossos entes queridos são destruídos. Meus olhos encontraram os de meu parceiro. Dor ondulou naqueles olhos violeta — ódio e culpa e pura dor. O espelho de meus olhos.

Nestha lutou a cada passo.

Não facilitou para eles. Ela arranhou e chutou e se debateu.

E não foi o suficiente.

E nós não fomos o suficiente para salvá-la.

Observei quando Nestha foi erguida. Elain permaneceu estremecendo no chão, com o casaco de Lucien sobre o corpo. Ela não olhou para o Caldeirão atrás de si, não enquanto os pés agitados de Nestha se chocaram contra a água.

Cassian se agitou de novo, as asas destruídas estremecendo e jorrando sangue enquanto os músculos se encolhiam. Diante dos gritos de Nestha, do ódio dela, os olhos de Cassian se arregalaram, vítreos e sem enxergar, uma resposta a algum chamado em seu sangue, uma promessa que fizera a minha irmã. Mas dor o derrubou de novo.

Nestha foi enfiada na água até a altura dos ombros. Ela se debateu até mesmo quando a água subiu. Nestha arranhava e gritava de ódio, desafiadora.

— *Afunde-a* — sibilou o rei.

Os guardas, com dificuldade, empurraram os ombros magros de Nestha. Os cabelos castanho-dourados.

E, quando empurraram a cabeça de minha irmã, ela se debateu uma última vez, libertando o longo e pálido braço.

Com os dentes expostos, Nestha apontou um dedo para o rei de Hybern.

Um dedo, uma maldição e condenação.

Uma promessa.

E, quando a cabeça de Nestha foi forçada para debaixo d'água, quando aquela mão foi violentamente empurrada para baixo, o rei de Hybern teve o bom senso de parecer abalado.

Água preta subiu por um momento. A superfície ficou imóvel.

Vomitei no chão.

Os guardas, por fim, deixaram que Rhysand se ajoelhasse ao meu lado na poça crescente do sangue de Cassian — deixaram que ele me abraçasse enquanto o Caldeirão, de novo, se inclinava.

Água se derramou, Lucien ergueu Elain nos braços e para fora do caminho. As amarras de Tamlin sumiram, assim como a mordaça. Ele ficou imediatamente de pé, grunhindo para o rei. Até mesmo o punho em minha mente se afrouxou, virando uma mera carícia. Como se ele soubesse que tinha vencido.

Eu não me importava. Não quando Nestha estava jogada nas pedras.

Eu sabia que ela estava diferente.

De como quer que Elain tivesse sido Feita... Nestha estava diferente.

Mesmo antes de dar o primeiro suspiro, eu senti.

Como se o Caldeirão, ao fazê-la... tivesse sido forçado a dar mais do que queria. Como se Nestha tivesse lutado até mesmo depois de afundar, e tivesse decidido que, se era para ser arrastada para o inferno, levaria o Caldeirão consigo.

Como se aquele dedo que tinha apontado fosse agora uma promessa de morte para o rei de Hybern.

Nestha respirou. E quando olhei para minha irmã, com a beleza de alguma forma intensificada, as orelhas... Quando Nestha olhou para mim...

Ódio. Poder. Inteligência.

Então, esses sentimentos sumiram, e horror e choque lhe contorceram o rosto, mas Nestha não parou, não se deteve. Ela estava livre... estava solta.

Nestha ficou de pé, tropeçou nas pernas um pouco mais longas, mais finas, arrancou a mordaça...

Nestha se chocou contra Lucien, arrancando Elain de seus braços, e gritou para Lucien quando ele caiu para trás:

— *Solte-a!*

Os pés de Elain escorregaram no chão, mas Nestha a levantou, passou as mãos pelo rosto de Elain, pelos ombros, pelos cabelos...

— *Elain, Elain, Elain* — soluçava Nestha.

Cassian se moveu de novo... tentando se levantar, responder à voz de Nestha enquanto ela segurava minha irmã e gritava seu nome, de novo e de novo.

Mas Elain olhava por cima do ombro de Nestha.

Para Lucien, cujo rosto ela finalmente vira.

Olhos castanho-escuros encararam um olho vermelho e outro metálico.

Nestha ainda chorava, ainda irradiava ódio, ainda inspecionava Elain...

As mãos de Lucien se abaixaram, inertes, ao lado do corpo.

A voz dele falhou quando Lucien sussurrou para Elain:

— Você é minha parceira.

Capítulo 66

Não permiti que a declaração de Lucien fosse absorvida.

Nestha, no entanto, se virou para ele.

— Ela *não é coisa nenhuma* — disse minha irmã, e o empurrou de novo.

Lucien não se moveu um centímetro. O rosto estava pálido como a morte enquanto encarava Elain. Minha irmã não disse nada, o anel de ferro reluzia, fosco, em seu dedo.

O rei de Hybern murmurou:

— Interessante. Muito interessante. — Ele se virou para as rainhas. — Estão vendo? Mostrei não uma, mas duas vezes que é seguro. Quem gostaria de ser Feita primeiro? Talvez consiga um senhor feérico bonitão como parceiro também.

A rainha mais nova deu um passo adiante, os olhos chegaram a percorrer os homens feéricos reunidos. Como se pudesse escolher entre eles.

O rei riu.

— Muito bem, então.

Ódio percorreu meu corpo, tão violento que não o controlei, e não havia nenhuma canção em meu coração além do grito de guerra do ódio. Eu os mataria. Eu mataria *todos* eles...

— Se está disposto a oferecer barganhas — disse Rhys subitamente, ficando de pé e me puxando consigo —, talvez eu faça uma.

— Ahn?

Rhys deu de ombros.

Não. Bastava de acordos; bastava de sacrifícios. Bastava de ele se entregar, pouco a pouco.

Bastava.

E se o rei se recusasse, se não houvesse nada a fazer a não ser observar meus amigos morrerem...

Eu não podia aceitar aquilo. Não podia suportar... não aquilo.

E por Rhys, pela família que eu tinha encontrado... Eles nunca haviam precisado de mim; não de verdade. Apenas para anular o Caldeirão.

Eu tinha fracassado com eles. Assim como fracassara com minhas irmãs cujas vidas eu agora destruíra...

Pensei naquele anel me esperando em casa. Pensei no anel no dedo de Elain, de um homem que agora provavelmente a caçaria e mataria. Se Lucien a deixasse partir.

Pensei em todas as coisas que queria pintar... e que jamais pintaria.

Mas por eles... por minha família, tanto a de sangue quanto a que escolhi, por meu parceiro... A ideia que me atingiu não pareceu tão assustadora.

Então, não tive medo.

Caí de joelhos com um espasmo, segurando a cabeça enquanto trincava os dentes e soluçava, soluçava e ofegava, puxando os cabelos...

O punho daquele feitiço não teve tempo de me pegar de novo quando explodi além dele.

Rhys estendeu o braço para mim, mas liberei meu poder, um clarão daquele branco, luz pura, tudo que conseguiu escapar da represa do feitiço do rei. Um clarão de luz que era apenas para Rhys, apenas por causa de Rhys. Eu esperava que ele entendesse.

O poder irrompeu pelo salão, e a força reunida sibilou e recuou.

Até mesmo Rhys congelou — o rei e as rainhas ficaram boquiabertos. Minhas irmãs e Lucien tinham se virado também.

Mas ali, bem no fundo da luz da Corte Diurna... eu vi. Um poder nítido e purificador. Quebradora da Maldição — quebradora de feitiço. A luz açoitou cada amarra física, me mostrou os emaranhados de feitiços e encantamentos, me mostrou o caminho... Eu me acendi mais forte, procurando, procurando...

Enterrados dentro das paredes do castelo, os feitiços de proteção estavam fortemente entrelaçados.

Lancei aquela luz ofuscante em disparada mais uma vez — uma distração e uma carta na manga enquanto eu partia os encantamentos por suas antigas artérias principais.

Agora, só precisava fazer meu papel.

A luz se dissipou, e eu estava aninhada no chão, a cabeça nas mãos.

Silêncio. Silêncio enquanto todos me olhavam, boquiabertos.

Até mesmo Jurian tinha perdido a arrogância no local em que estava apoiado contra a parede.

Mas meus olhos estavam apenas em Tamlin quando abaixei as mãos, inspirando, e pisquei. Olhei para o anfitrião, para o sangue e para a Corte Noturna, e, então, por fim, de volta para Tamlin quando sussurrei:

— Tamlin?

Ele não se moveu um centímetro. Além de Tamlin, o rei me olhava, boquiaberto. Se sabia que eu havia destruído suas proteções, se sabia que tinha sido intencional, não era minha preocupação; ainda não.

Pisquei de novo, como se minha mente se desanuviasse.

— Tamlin? — Olhei para as mãos, para o sangue, e, quando olhei para Rhys, quando vi meus amigos com expressões sombrias e minhas irmãs imortais ensopadas...

Não havia nada além de choque e confusão no rosto de Rhys quando recuei de perto dele.

Para longe deles. Na direção de Tamlin.

— Tamlin. — Eu consegui dizer de novo. O olho de Lucien se arregalou quando ele se colocou entre mim e Elain. Então, virei para o rei de Hybern. — Onde... — Virei para Rhysand de novo. — O que você fez comigo — sussurrei, um som grave, gutural. Recuando para Tamlin. — *O que você fez?*

Tire-as daqui. Tire minhas irmãs daqui.

Entre... por favor, entre na encenação. Por favor...

Não havia som, nenhum escudo, nenhum lampejo de sentimento em nosso laço. O poder do rei o tinha bloqueado completamente. Não havia nada que eu pudesse fazer contra aquilo, Quebradora da Maldição ou não.

Mas Rhys colocou as mãos nos bolsos quando ronronou:

— Como se libertou?

— O quê? — Jurian parecia exaltado, afastando-se da parede e disparando até nós.

Mas eu me virei para Tamlin e ignorei as feições e o cheiro e as roupas, que eram todos errados. Ele me observou, desconfiado:

— Não deixe que ele me leve de novo, não deixe que ele... não... — Não pude conter o choro, que me fazia estremecer, não quando a força total do que eu estava fazendo me atingiu.

— Feyre — falou Tamlin, baixinho. E eu soube que tinha vencido.

Chorei mais intensamente.

Tire minhas irmãs daqui, implorei a Rhys, pelo laço silencioso. *Destruí as defesas para você... para todos vocês. Tire-as daqui.*

— Não deixe que ele me leve — chorei, de novo. — Não quero voltar.

E quando olhei para Mor, para as lágrimas que escorriam por seu rosto enquanto ajudava Cassian a se levantar, soube que ela percebeu o que eu queria dizer. Mas as lágrimas sumiram e se tornaram tristeza por Cassian, quando ela virou o rosto cheio de ódio, horrorizado, para Rhysand e disparou:

— O que você fez com essa garota?

Rhys inclinou a cabeça.

— Como conseguiu, Feyre? — Havia tanto sangue nele. Um último jogo... aquele era um último jogo que todos jogaríamos juntos.

Balancei a cabeça. As rainhas tinham recuado metade do caminho, os guardas formavam uma parede entre nós.

Tamlin me observava com cautela. Lucien também.

Então, me virei para o rei. Ele sorria. Como se soubesse.

Mas falei:

— Quebre o laço.

Rhysand ficou imóvel como a morte.

Disparei para o rei, meus joelhos doeram quando me joguei ao chão diante do trono.

— Quebre o laço. O acordo, o... laço de parceria. Ele... ele me obrigou, ele me fez jurar...

— Não — falou Rhysand.

Eu o ignorei, mesmo quando meu coração se partiu, mesmo quando eu soube que ele não teve a intenção de falar...

— Faça-o — implorei ao rei, mesmo enquanto rezava silenciosamente para que ele não reparasse nas proteções destruídas, na porta que eu tinha deixado escancarada. — Sei que pode. Apenas... me liberte. Me liberte disso.

— *Não* — falou Rhysand.

Mas Tamlin olhava de mim para Rhys. E olhei para ele, o Grão-Senhor que um dia amei, e sussurrei:

— Basta. Basta de mortes, basta de assassinatos. — Eu chorava entre dentes. Obriguei-me a olhar para minhas irmãs. — *Basta.* Me leve para *casa* e liberte-as. Diga a ele que é parte do acordo e liberte-as. Mas basta, por favor.

Cassian, devagar, sentindo dor a cada momento, se virou o bastante para olhar para mim por cima de uma das asas destroçadas. E nos olhos cheios de dor dele, eu vi: a compreensão.

A Corte dos Sonhos. Eu tinha pertencido a uma corte de sonhos. E de sonhadores.

E pelos sonhos deles... pelo que tinham trabalhado, sacrificado... Eu podia fazer aquilo.

Tire minhas irmãs daqui, eu disse a Rhys, uma última vez, lançando a súplica por aquela parede de pedra entre nós.

Olhei para Tamlin.

— Basta. — Aqueles olhos verdes encontraram os meus, e a tristeza e o carinho neles foram a coisa mais terrível que eu já vira. — Me leve para casa.

Tamlin disse, inexpressivo, para o rei:

— Solte-as, quebre o laço de Feyre e vamos acabar com isso. As irmãs vêm conosco. Você já ultrapassou limites demais.

Jurian começou a protestar, mas o rei disse:

— Muito bem.

— Não! — Foi tudo o que Rhys disse, de novo.

Tamlin grunhiu para ele:

— Não dou a *mínima* se ela é sua parceira. Não dou a mínima se acha que tem direito a ela. Ela é *minha*, e, um dia, vou revidar cada pingo de dor que ela sentiu, cada gota de sofrimento e desespero. Um dia, talvez, quando ela decidir que quer acabar com você, ficarei feliz em obedecer.

Vá embora... apenas vá. Leve minhas irmãs junto.

Rhys me olhava.

— Não.

Mas eu recuei... até chegar ao peito de Tamlin, até que as mãos dele, quentes e pesadas, repousaram sobre meus ombros.

— Faça-o — disse Tamlin ao rei.

— Não — repetiu Rhys, a voz falhando.

Mas o rei apontou para mim. E gritei.

Tamlin segurou meus braços quando gritei e gritei devido à dor que rasgou meu peito, meu braço esquerdo.

Rhysand estava no chão, rugindo, e achei que ele tivesse dito meu nome, tivesse urrado enquanto eu me debatia e chorava. Eu estava sendo despedaçada, estava morrendo, eu estava morrendo...

Não. Não, eu não queria aquilo, não queria...

Um estalo soou em meus ouvidos.

E o mundo se partiu ao meio quando o laço se rompeu.

Capítulo 67

Desmaiei.

Quando abri os olhos, apenas segundos tinham se passado. Mor estava agora puxando Rhys para longe, e ele ofegava no chão, os olhos selvagens, os dedos se fechando e abrindo...

Tamlin arrancou a luva de minha mão esquerda.

Pele límpida, nua, o recebeu. Nenhuma tatuagem.

Eu estava chorando e chorando, os braços de Tamlin me envolveram. Cada centímetro deles pareceu errado. Quase vomitei ao sentir seu cheiro.

Mor soltou o colarinho do casaco de Rhysand, e ele rastejou — *rastejou* de volta para Azriel e Cassian, o sangue dos amigos sujou a mão de Rhys, o pescoço, enquanto ele se arrastava. As respirações pesadas de Rhys me partiram, partiram minha alma...

O rei apenas gesticulou para ele.

— Você está livre, Rhysand. O veneno de seu amigo se foi. As asas do outro, creio que estejam um pouco destruídas.

Não resista, não diga nada, implorei, quando Rhys alcançou os irmãos. *Leve minhas irmãs. As proteções caíram.*

Silêncio.

Então olhei, apenas uma vez, para Rhysand, Cassian, Mor e Azriel.

Eles já me encaravam. Rostos ensanguentados e frios e transtornados. Mas por baixo... eu sabia que era amor o que havia por baixo. Eles entendiam as lágrimas que rolavam por meu rosto conforme eu silenciosamente me despedia.

Então, Mor, ágil como uma víbora, atravessou até Lucien. Até minhas irmãs. Para mostrar a Rhys, percebi, o que eu tinha feito, o buraco que eu abrira para que escapassem...

Mor empurrou Lucien para longe com a palma da mão no peito, e o rugido dele sacudiu os corredores quando ela segurou minhas irmãs pelo braço e sumiu.

O rugido de Lucien ainda soava quando Rhys disparou, segurou Azriel e Cassian e nem mesmo se virou para mim quando eles atravessaram para fora.

O rei ficou de pé, disparando a ira para os guardas, para Jurian, por não terem segurado minhas irmãs. Exigindo saber o que acontecera com as proteções do castelo...

Eu mal ouvi. Havia apenas silêncio em minha cabeça. Tanto silêncio onde antes havia risada sombria e diversão maliciosa. Um deserto açoitado pelo vento.

Lucien balançava a cabeça, sem fôlego, e se virou para nós.

— *Traga ela de volta* — grunhiu ele para Tamlin por cima das palavras do rei. Um parceiro... um parceiro já enlouquecendo para defender o que era dele.

Tamlin o ignorou. Então, eu também ignorei. Mal conseguia suportar, mas encarei o rei quando ele se sentou no trono, segurando os braços do assento com tanta força que os nós dos dedos embranqueceram.

— Obrigada — sussurrei, com a mão no peito, a pele tão pálida, tão branca. — Obrigada.

O rei apenas disse, para as rainhas reunidas, agora a uma boa distância:

— Comecem.

As rainhas se entreolharam e, então, viraram para os guardas de olhos arregalados, caminharam em fila até o Caldeirão, os sorrisos crescendo. Lobos circundando a presa. Uma delas brigou com outra por ter sido empurrada, e o rei murmurou algo para todas que não me dei o trabalho de ouvir.

Jurian caminhou até Lucien em meio à briga que se iniciava, rindo baixo.

— Sabe o que bastardos illyrianos fazem com fêmeas bonitinhas? Não vai sobrar uma parceira, pelo menos não uma que seja útil a você.

O grunhido dc resposta de Lucien foi selvagem.

Cuspi aos pés de Jurian.

— Vá para o inferno, seu porco imundo.

As mãos de Tamlin seguraram meus ombros com mais força. Lucien se virou em minha direção, e aquele olho de metal girou e semicerrou. Séculos de racionalidade cultivada se encaixaram no lugar.

Eu não entrara em pânico porque minhas irmãs tinham sido levadas.

Falei, baixinho:

— Vamos trazê-la de volta.

Mas Lucien me observava, cauteloso. Até demais.

Virei para Tamlin:

— Me leve para casa.

— Onde está — interrompeu o rei por cima da briga das rainhas.

Eu preferia a voz entretida e arrogante ao tom inexpressivo e cruel que cortou o salão.

— Você... *você* deveria usar o Livro dos Sopros — disse o rei. — Eu conseguia senti-lo aqui, com...

O castelo inteiro estremeceu quando ele percebeu que eu não estava com o Livro no casaco.

Apenas respondi:

— Está errado.

As narinas do rei se dilataram. Até o mar abaixo pareceu recuar de terror diante da ira que empalideceu o rosto áspero. Mas o rei piscou e a ira sumiu. Ele disse, contido, para Tamlin:

— Quando o Livro for recuperado, espero sua presença aqui.

Poder, com cheiro de lilás e cedro e as primeiras folhas verdes, espiralou ao meu redor. Ele nos preparava para atravessar... através das proteções que eles não faziam ideia de que eu tinha destruído.

Então, falei para o rei, e para Jurian, e para as rainhas reunidas, já na borda do Caldeirão, brigando para decidir quem iria primeiro:

— Vou acender pessoalmente suas piras funerárias pelo que fizeram com minhas irmãs.

E fomos embora.

CAPÍTULO 68

Rhysand

Eu me choquei contra o chão do solar, e Amren estava imediatamente ali, as mãos nas asas de Cassian, xingando devido às feridas. Depois, xingou por causa do buraco no peito de Azriel.

Nem mesmo seu poder de cura poderia consertar os dois. Não, precisaríamos de um curandeiro de verdade para cada um, e rápido, pois, se Cassian perdesse aquelas asas... Eu sabia que ele preferiria a morte. Qualquer illyriano preferiria.

— Onde ela está? — indagou Amren.

Onde ela está onde ela está onde ela está

— Tire o Livro daqui — exigi, jogando as partes no chão. Odiava tocá-las, a loucura e o desespero e a alegria. Amren ignorou a ordem.

Mor não tinha surgido... estava largando ou escondendo Nestha e Elain onde achasse mais seguro.

— Onde ela está? — repetiu Amren, pressionando a mão às costas arrasadas de Cassian. Eu sabia que ela não falava de Mor.

Como se meus pensamentos a tivessem convocado, minha prima surgiu: ofegante, selvagem. Ela abaixou ao lado de Azriel no chão, as mãos ensopadas de sangue tremiam ao arrancar a flecha de seu peito, com sangue cobrindo o tapete. Mor apertou o ferimento com os dedos, luz irradiando conforme seu poder costurava osso e carne e veias.

— *Onde ela está?* — disparou Amren, mais uma vez.

Eu não conseguia dizer as palavras.

Então, Mor as disse por mim ao se ajoelhar sobre Azriel; meus dois irmãos estavam misericordiosamente inconscientes.

— Tamlin ofereceu passagem pelas terras dele e nossas cabeças em bandejas para o rei em troca de aprisionar Feyre, partir o laço dela e fazer com que fosse devolvida à Corte Primaveril. Mas Ianthe traiu Tamlin, disse ao rei onde encontrar as irmãs de Feyre. Então, o rei fez com que as irmãs de Feyre fossem levadas com as rainhas, para provar que poderia torná-las imortais. Ele as colocou no Caldeirão. Não pudemos fazer nada enquanto elas foram transformadas. Ele nos neutralizou.

Aqueles olhos de mercúrio dispararam para mim.

— Rhysand.

Consegui falar:

— Não tínhamos opções, e Feyre sabia. Então, fingiu se libertar do controle que Tamlin achava que eu tinha sobre sua mente. Fingiu que... nos odiava. E disse a ele que iria para casa, mas apenas se a matança acabasse. Se nós fôssemos libertados.

— E o laço — sussurrou Amren, com o sangue de Cassian brilhando nas mãos enquanto reduzia o sangramento.

— Ela pediu ao rei que quebrasse o laço. Ele obedeceu — disse Mor.

Achei que estivesse morrendo... achei que meu peito poderia, de fato, estar partido ao meio.

— Isso é impossível — retrucou Amren. — Esse tipo de laço não pode ser quebrado.

— O rei disse que podia quebrá-lo.

— O rei é um tolo — disparou Amren. — Esse tipo de laço *não pode* ser quebrado.

— Não, não pode — concordei.

As duas me olharam.

Limpei a mente, o coração estilhaçado — partido devido ao que minha parceira tinha feito, sacrificado por mim e minha família. Pelas irmãs. Porque não achava... ela não achava que era essencial. Mesmo depois de tudo que fizera.

— O rei desfez o acordo entre nós. Foi difícil, mas ele não se deu conta de que não era o laço de parceria.

Mor se espantou.

— Ela... Feyre sabe...

— Sim — sussurrei. — E agora minha parceira está nas mãos de nosso inimigo.

— Vá atrás dela — sibilou Amren. — *Agora mesmo.*

— Não — falei, e odiei a palavra.

Elas me olharam, boquiabertas, e tive vontade de rugir ao ver o sangue que as cobria, ao ver meus irmãos inconscientes e sofrendo no tapete diante de Mor e Amren.

Mas consegui dizer para minha prima:

— Não ouviu o que Feyre disse a ele? Ela prometeu destruí-lo, de dentro para fora.

O rosto de Mor empalideceu, a magia incandescente no peito de Azriel.

— Vai entrar naquela casa para destruí-lo. Para destruir todos.

Assenti.

— Agora, é uma espiã, com ligação direta até mim. O que o rei de Hybern fizer, aonde ele for, quais forem os planos, ela saberá. E nos relatará tudo.

Porque entre nós, fraco e suave, escondido, para que ninguém pudesse encontrar... entre nós havia um sussurro de cor, e de alegria, de luz e de sombra, um sussurro *dela*. Nosso laço.

— Ela é sua parceira — disparou Amren para mim. — Não sua espiã. *Vá atrás dela*.

— Ela é minha parceira. E minha espiã — argumentei, baixo demais. — E é a Grã-Senhora da Corte Noturna.

— O quê? — sussurrou Mor.

Com um dedo mental, acariciei aquele laço, agora oculto, bem no fundo de nós, e falei:

— Se tivessem retirado sua outra luva, teriam visto uma segunda tatuagem no braço direito. Idêntica à outra. Pintada na noite passada, quando saímos de fininho, encontramos uma sacerdotisa e fizemos o juramento de que ela seria minha Grã-Senhora.

— Não... não consorte — disparou Amren, piscando. Eu não a via surpresa havia... séculos.

— Não consorte, não esposa. Feyre é Grã-Senhora da Corte Noturna. — Minha igual de todas as formas; ela usaria minha coroa, se sentaria em um trono ao lado do meu. Jamais nos bastidores, jamais incumbida de procriação e festas e cuidados com as crianças. Minha rainha.

Como que em resposta, um lampejo de amor estremeceu o laço. Eu me segurei diante do alívio que ameaçou acabar com qualquer calma que eu fingia sentir.

— Está me dizendo — sussurrou Mor — que minha Grã-Senhora está agora cercada de inimigos? — Um tipo letal de calma tomou seu rosto manchado de lágrimas.

— Estou dizendo — elucidei, observando o sangue coagular nas asas de Cassian pelos cuidados de Amren. Sob as mãos de Mor, a hemorragia de Azriel tinha diminuído... o suficiente para mantê-los vivos até que o curandeiro chegasse. — Estou dizendo — repeti, meu poder se acumulando e roçando contra a pele, contra meus ossos, desesperado para ser liberado sobre o mundo — que sua Grã-Senhora fez um sacrifício por sua corte, e agiremos quando chegar a hora.

Talvez o fato de Lucien ser parceiro de Elain ajudasse... de alguma forma. Eu encontraria uma forma.

Então, ajudaria minha parceira a despedaçar a Corte Primaveril, Ianthe, aquelas rainhas mortais e o rei de Hybern. Devagar.

— E até lá? — indagou Amren. — E quanto ao Caldeirão... e o Livro?

— Até então — respondi, encarando a porta como se pudesse vê-la entrar, rindo, alegre, linda —, guerreamos.

Capítulo 69

Feyre

Tamlin aterrissou conosco no cascalho na entrada da propriedade.

Tinha me esquecido de como era silencioso ali.

Como era pequeno. Vazio.

A primavera florescia; o ar era suave, com cheiro de rosas.

Ainda era lindo. Mas ali estavam as portas atrás das quais ele me selara. A janela que esmurrei, tentando sair. Uma linda prisão coberta de rosas.

Mas sorri, com a cabeça latejando, e disse, entre as lágrimas:

— Achei que jamais a veria de novo.

Tamlin apenas me encarava, como se não acreditasse muito.

— Também achei que você não veria.

E você nos entregou... entregou cada vida inocente nesta terra por isso. Só para que pudesse me ter de volta.

Amor; amor era um bálsamo, tanto quanto um veneno.

Mas era amor que queimava em meu peito. Ao lado do laço que o rei de Hybern nem sequer tocara, porque não sabia quão profundamente precisaria cavar para parti-lo. Para separar Rhysand e eu.

Doera, doera intensamente quando o acordo entre nós acabou, e Rhys tinha feito seu trabalho perfeitamente, o horror era impecável. Sempre fomos tão bons em brincar juntos.

Não duvidei dele, não disse nada além de *Sim* quando Rhys me levou para o templo na noite anterior e fiz meus votos. A ele, a Velaris, à Corte Noturna.

E agora... uma carícia suave, carinhosa por aquele laço, oculto sob aquele deserto em que estivera o acordo. Lancei um lampejo de sentimento de volta pela linha, desejando poder tocá-lo, segurá-lo, rir com Rhys.

Mas mantive esses pensamentos longe da expressão do rosto. Tudo exceto alívio silencioso, quando me inclinei na direção de Tamlin, suspirando.

— Parece... parece que parte foi um sonho, ou um pesadelo. Mas... Mas eu me lembrava de você. E quando o vi lá hoje, comecei a arranhar, a lutar contra aquilo, porque sabia que podia ser minha única chance e...

— Como se libertou do controle dele? — perguntou Lucien, inexpressivo, atrás de nós.

Tamlin deu um grunhido de aviso a Lucien.

Eu tinha me esquecido de que ele estava ali. O parceiro de minha irmã. A Mãe, decidi, tinha mesmo senso de humor.

— Eu queria, não sei como. Só queria me libertar; então, consegui.

Nós nos encaramos, mas Tamlin acariciou meu ombro com o polegar.

— Você... você está ferida?

Tentei não ser dominada pelo ódio. Sabia o que ele queria dizer. E a ideia de que Rhysand faria algo assim com alguém...

— Eu... eu não sei — gaguejei. — Eu não... não lembro dessas coisas.

O olho de metal de Lucien se semicerrou, como se ele pudesse sentir a mentira.

Mas ergui o rosto para Tamlin e rocei sua boca com a mão. Minha pele exposta, limpa.

— Você é real — declarei. — Você me libertou.

Foi difícil não transformar as mãos em garras e lhe arrancar os olhos. Traidor... mentiroso. Assassino.

— Você *se* libertou — sussurrou Tamlin. Ele indicou a casa. — Descanse, depois conversaremos. Eu... preciso encontrar Ianthe. E passar algumas coisas a limpo.

— Eu... eu quero participar dessa vez — falei, parando quando Tamlin tentou me guiar de voltar para aquela linda prisão. — Chega... chega de me afastar. Chega de guardas. Por favor. Tenho tanto a contar sobre eles... fragmentos, mas... Posso ajudar. Posso recuperar minhas irmãs. Me deixe ajudar.

Ajudar a colocar você na direção errada. Ajudar a colocar você e sua corte de joelhos, e acabar com Jurian e aquelas rainhas ardilosas e traidoras. E, então, dilacerar Ianthe em pedacinhos minúsculos e enterrá-los em um poço para que ninguém os encontre.

Tamlin observou meu rosto e, por fim, assentiu.

— Vamos recomeçar. Fazer as coisas de outro jeito. Enquanto você estava fora, percebi... Que estava errado. Tão errado, Feyre. E peço desculpas.

Tarde demais. Tarde demais. Mas apoiei a cabeça no braço de Tamlin quando ele envolveu meu corpo e me levou para a casa.

— Não importa. Estou em casa agora.

— Para sempre — prometeu Tamlin.

— Para sempre — repeti, olhando para trás, para onde Lucien estava parado na entrada de cascalho.

Seu olhar recaía sobre mim. A expressão, rigorosa. Como se tivesse enxergado através de cada mentira.

Como se soubesse sobre a segunda tatuagem sob minha luva, e sobre o encantamento que eu agora mantinha sobre ela.

Como se soubesse que tinham deixado uma raposa entrar no galinheiro, e não pudesse fazer nada a respeito disso.

A não ser que nunca mais quisesse ver sua parceira — Elain — de novo.

Dei a Lucien um sorriso dócil e preguiçoso. Então, nosso jogo tinha começado.

Chegamos aos degraus de mármore que davam para as portas de entrada da mansão.

E Tamlin, sem saber, levava a Grã-Senhora da Corte Noturna para o coração do próprio território.

Agradecimentos

Agradeço às seguintes pessoas, que tornam minha vida uma bênção imensurável:

A meu marido, Josh: você me ajudou a superar este ano. (E muitos anos antes deste, mas este em especial.) Não tenho palavras para descrever quanto amo você, e quanto sou grata por tudo que faz. Pelas inúmeras refeições que cozinhou, para que eu não precisasse parar de escrever; pelas centenas de louças que lavou depois, para que eu pudesse voltar correndo para o escritório e continuar trabalhando; pelas horas passeando com o cachorro, principalmente de manhã cedo, só para que eu pudesse dormir... Este livro agora é um livro *de verdade* por sua causa. Obrigada por me carregar quando eu estava cansada demais, por limpar minhas lágrimas quando meu coração estava pesado e por sair comigo em tantas aventuras pelo mundo.

Para Annie, que não pode ler isto, mas que merece crédito mesmo assim: cada segundo com você é uma dádiva. Obrigada por tornar um trabalho relativamente solitário nem um pouco solitário — e pelas risadas, pela alegria e pelo amor que trouxe para minha vida. Amo você, cachorrinha.

Para Susan Dennard, minha Threadsister e *anam cara:* tenho quase certeza de que pareço uma vitrola quebrada a esta altura, mas *obrigada* por ser uma amiga por quem vale a pena esperar, e pela diversão, pelos momentos realmente épicos que tivemos juntas. Para Alex Bracken, Erin Bowman, Lauren Billings, Christina Hobbs, Victoria Aveyard, Jennifer L. Armentrout, Gena Showalter e Claire Legrand: tenho muita sorte por chamar vocês de amigos. Adoro todos vocês.

Para minha agente, Tamar Rydzinski: o que eu faria sem você? Tem sido minha rocha, minha estrela-guia, e minha fada madrinha desde o início. Sete livros depois, ainda não tenho palavras para expressar minha gratidão. Para minha editora, Cat Onder: trabalhar com você nestes livros tem sido o ponto alto de minha carreira. Obrigada por sua sabedoria, seu carinho e sua genialidade editorial.

Para minhas equipes fenomenais da Bloomsbury pelo mundo inteiro e da CAA: Cindy Loh, Cristina Gilbert, Jon Cassir, Kathleen Farrar, Nigel Newton, Rebecca McNally, Natalie Hamilton, Sonia Palmisano, Emma Hopkin, Ian Lamb, Emma Bradshaw, Lizzy Mason, Courtney Griffin, Erica Barmash, Emily Ritter, Grace Whooley, Eshani Agrawal, Nick Thomas, Alice Grigg, Elise Burns, Jenny Collins, Linette Kim, Beth Eller, Diane Aronson, Emily Klopfer, Melissa Kavonick, Donna Mark, John Candell, Nicholas Church, Adiba Oemar, Hermione Lawton, Kelly de Groot, e toda a equipe de direitos estrangeiros: é uma honra conhecer e trabalhar com vocês. Obrigada por tornarem meus sonhos realidade. Para Cassie Homer: obrigada por *tudo*. Você é absolutamente divertida.

Para minha família (principalmente meus pais): amo vocês até a Lua. Ida e volta.

Para Louisse Ang, Nicola Wilksinson, Elena Yip, Sasha Aslberg, Vilma Gonzalez, Damaris Cardinali, Alexa Santiago, Rachel Domingo, Jamie Miller, Alice Fanchiang e os Maas Thirtheen: sua generosidade, sua amizade e seu apoio significam o mundo para mim.

E, por fim, para meus leitores: vocês são os melhores. Os melhores de verdade. Nada disso seria possível sem *vocês*. Obrigada, do fundo do coração, por tudo que fazem por mim e por meus livros.

Este livro foi composto na tipografia Minion Pro,
em corpo 12/15, e impresso em
papel off-white no Sistema Cameron da
Divisão Gráfica da Distribuidora Record.